고교생과 함께하는

김윤식 교수의 서양고전 특강

엮은이 / 김윤식

문학평론가

주요 저서에 『한국 근대소설사 연구』『작가와 내면풍경』
『현대소설과의 대화』와 고등학교 『문학』 교과서(한샘출판) 등
80여 종이 있고, 1985～90년까지 약 5년 간
KBS TV 교양 프로그램 「고전백선」을 진행한 바 있음.

고교생과 함께하는

서양고전 특강 ③

1998년 7월 20일 초판 1쇄 발행
2002년 1월 15일 초판 3쇄 발행

엮은이 : 김윤식
펴낸이 : 홍진태
펴낸곳 : (주)한국문학사

주소 : 서울특별시 마포구 대흥동 433-2
전화 : 편집 / (02) 706-8541～3
영업 / (02) 706-8545
팩시밀리 : (02) 706-8544

출판등록 1979. 8. 3. 제16-15호

값 9,500원

ISBN 89-87527-14-x 04800
89-87527-11-5 (세트)

통합교과형 수능·논술 대비

고교생과 함께하는
김윤식 교수의 서양고전 특강

김윤식 엮음

(주)한국문학사

책을 펴내며

고전(古典)이란, 오랜 세월이 흘렀음에도 불구하고 여전히 인류의 귀중한 정신적 자산으로 남아 있는 작품을 말한다. 선인들이 고전 속에서 인생의 숭고한 가치를 배워야 한다고 말하는 것은 이 때문이다. 그러나 고전을 읽는 사람은 그리 많지 않다. 고전은 오히려 골치 아픈 책, 재미없는 책으로 취급받기 일쑤다. 고전을 읽지 않는 이유에는 여러 가지가 있을 것이다.

첫째, 고전 읽는 일 자체의 어려움을 들 수 있다. 상당한 정신집중이 필요하며, 때에 따라서는 그 고전이 씌어졌던 당대의 시대상황이나 정신 풍토에 대해서도 풍부한 지식이 있어야 한다. 예를 들어, 도스토예프스키의 『카라마조프가의 형제들』을 제대로 읽기 위해서는 그 당시 러시아의 사회·문화사적 상황에 대한 이해가 있어야 한다. 그러나 대부분의 사람들은 고전을 읽을 때, 그 책 한 권이면 모든 내용을 충분히 이해할 수 있으리라고 기대한다. 이러한 기대감이 곧바로 실망감과 연결되는 것이다. 고전을 읽을 때는 충분한 해설이 부가된 작품을 골라 읽는 일이 필요한 것은 이 때문이다.

둘째, 고전의 현대적 의의에 대한 적극적 관심의 부족을 들 수 있다. 고전은 역사 속에 갇혀 있는 화석이 아니다. 고전의 현재적 의미를 이해하고 끊임없이 우리 생활에 응용하는 창조적 자세가 필요하다.

누군가는 '고전'을 '모든 사람이 말하는 책, 그러나 아무도 읽지 않는 책'이라고 지적하여, 고전을 읽지 않는 풍토에 대해 재치 있는 비판을 가하기도 했다. 이제 고전이 독자에게 친숙한 책, 현대인들에게 가치 있는 책이 되기 위해서는 어떤 식의 독서가 필요할 것인가에 대해 고민할 시점이 되었다. 이 책은 이러한 문제의식 속에서 편집된 것이다. 다행히 대학입시 논술고사가 '고전을 대상으로 출제한다'는 원칙을 천명하고 있어, 고전 읽기가 그들 수험생에게도 많은 도움을 줄 수 있으리라 생각된다.

편자가 1985년부터 1990년까지 약 5년 간에 걸쳐 진행했던 KBS TV 교양 프로그램「김윤식의 고전백선」을 기반으로 하고, 아울러「서울대 선정 고전 200선」자료도 참고로 하여 작품을 선정하였다. 그러나 이러한 기준을 기계적으로 적용한 것은 아니다. 고등학생의 눈높이에 맞춰 지나치게 전문적이거나 어려운 고전은 제외했고, 최근 저술 중에서도 고전적인 의의를 가진다고 생각하는 책들은 과감하게 수록하였다.

이 책을 집필하면서 한 가지 아쉬움으로 남는 것은 분량 관계상 고전 작품의 전체 내용을 게재하지 못하고 부분적으로 예시할 수밖에 없었다는 점이다. 길고 중량감 있는 고전을 처음부터 끝까지 인내심을 가지고 읽으면서, 인류의 스승이라 할 만한 그들 저자들과 내면의 대화를 나누는 것이 가장 바람직한 고전 읽기 방식임에는 틀림없다. 그러나 방대한 양의 고전을 읽는 데 있어 절대적인 시간이 부족하거나, 또는 고전이라는 중압감 때문에 선뜻 고전 읽기를 겁내 하는 청소년들에게도 고전에 대한 이해가 필요하리라는 생각에서 이러한 편집체제를 택했다. 따라서 이 책은 고전의 세계를 향해 가는 안내서의 일종이다. 이 책을 읽고 난 다음에, 왜 우리에게 고전이 절실히 필요한지 이해할 수 있을 정도만이라도 된다면, 이 책의 편집의도는 실현된 셈이다.

이 책은 크게 세 부분으로 나누어져 있다. 첫째, 작가와 작품의 개요를 설명하는 부분이다. 독자들은 이 대목에서 고전이 탄생하게 된 시대적 사상적 배경을 이해하게 된다. 둘째, 고전작품의 한 대목을 발췌한 부분이다. 해당 작품 중에서 가장 중요하다고 생각되는 부분을 발췌한 이 대목을 읽으면서 작품 전체의 모습을 생각해 보는 것도 좋은 공부거리가 될 것이다. 셋째, 통합형 문·답 부분이다. 이 대목은 대입 논술고사를 준비중인 수험생들에게 도움이 될 것이다. 그러나 독자들에게 이 책을 단순한 수험서로 읽지 말아 줄 것을 당부드린다. 책을 읽는다는 것은 결국 '저자와 독자 간의 대화'이다. 저자의 견해에 대해 질문하고 비판하는 것이야말로 독자를 또 한 사람의 저자로 만들어 주는 요소이기 때문이다.

우리는 고전의 저자들에게 존경심을 표하기 위해 책을 읽는 것은 아니다. 그들의 견해는 분명 지혜롭고 통찰력으로 가득 차 있지만, 우리는 그들과 다른 환경에서 살고 있다. 그러므로 우리는 우리 자신을 위해서 책을 읽는 것이고, 따라서 우리 식으로 읽을 자유가 있는 것이다. 고전이란 소문만 무성한 책이 아니다. 우리 현대인들에게 귀중한 토론의 장을 제공하는 귀한 자료로 거듭날 때 비로소 고전은 고전다워질 것이다.

1998년 여름

김 윤 식

고교생과 함께하는

김윤식 교수의 서양고전 특강 ③

차 례

5 / 책을 펴내며 ●
10 / 3권의 체제와 내용 ●
27 / 그리스 로마 신화 **불핀치** ●
41 / 오디세이 **호메로스** ●
50 / 이솝 우화집 **이솝** ●
57 / 오이디푸스 왕 **소포클레스** ●
67 / 변신 이야기 **오비디우스** ●
84 / 데카메론 **보카치오** ●
95 / 캔터베리 이야기 **초서** ●
107 / 돈키호테 **세르반테스** ●
122 / 햄릿 **셰익스피어** ●
132 / 로빈슨 크루소 **디포** ●
141 / 걸리버 여행기 **스위프트** ●
157 / 캉디드 **볼테르** ●
170 / 에밀 **루소** ●
179 / 젊은 베르테르의 슬픔 **괴테** ●
188 / 서정 시집 **워즈워스** ●
195 / 적과 흑 **스탕달** ●
205 / 주홍글씨 **호손** ●
215 / 레미제라블 **위고** ●
228 / 고리오 영감 **발자크** ●
240 / 아버지와 아들 **투르게네프** ●
256 / 악의 꽃 **보들레르** ●
265 / 보바리 부인 **플로베르** ●

문학

● 도스토예프스키 카라마조프가의 형제들 / 277
● 톨스토이 부활 / 294
● 입센 인형의 집 / 304
● 솅키에비치 쿠오바디스 / 321
● 도데 풍차간의 편지 / 337
● 지드 좁은 문 / 345
● 생텍쥐페리 어린 왕자 / 354
● 모파상 목걸이 / 365
● 졸라 나나 / 376
● 예이츠 이니스프리 호수의 섬 / 389
● 고리키 어머니 / 397
● 릴케 말테의 수기 / 409
● 카프카 변신 / 420
● 헤세 수레바퀴 밑에서 / 433
● 브레히트 억척어멈과 그 자식들 / 443
● 사르트르 구토 / 455
● 오웰 1984년 / 464
● 아이히 꿈 / 475
● 카뮈 이방인 / 484
● 헤밍웨이 노인과 바다 / 494
● 엘리엇 황무지 / 506
● 밀러 세일즈맨의 죽음 / 515
● 솔제니친 이반 데니소비치의 하루 / 525
● 주요용어 보기 / 535

차 례

3권의 체제와 내용

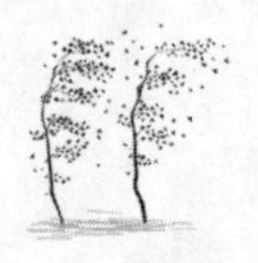

이 책은 서양 문학 전반을 다루고 있다. 이 책에 실린 총 45편의 작품은 시대, 나라, 문예사조, 주제, 형식 등을 고려하여 가급적 어느 한 편에 치중되지 않도록 배려하여 선택된 작품들이다. 그러므로 이들 작품에 접하게 되면, 서양 문학 전반에 대한 이해는 물론, 문학이라는 형식으로 표현된 삶의 보편적인 지혜와 철학에 대해서도 어느 정도 공감하게 될 것이다.

서양 문학은 토론과 탐구를 즐겼던 고대 그리스인들로부터 시작되어, 실용적인 것을 중시했던 고대 로마인들, 경건한 종교적 태도를 잃지 않았던 중세인들에게로 이어졌고, 이후에는 이탈리아에서의 '문예부흥'을 필두로 하여 프랑스와 독일의 계몽주의를 거치면서 점차 다양하게 인간과 사회의 여러 모습을 담게 되었다.

누군가는 서구 역사의 특징을 '일인의 자유에서 만인의 자유로의 확대'라고 정의하였다. 이러한 점은 특히 피지배자들의 역사에 잘 나타난다. 예를 들어, 노예는 고대 그리스와 로마 사회의 산물이지만, 중세에 이르러서는 이들이 농노, 즉 노예의 신분에서 어느 정도 탈피한 농민적 존재로 부상되며, 근대에 이르러서는 다시 근대 시민으로 그 위치가 격상된다. 이러한 역사는 문학 내에도 잘 반영된다. 문학이 결국 전체적인 삶에 대한 옹호, 사회적 약자에 대한 옹호로 인류사 속에 우뚝 서 있는 까닭은, 문학 작품 속에 이러한 인류사의 역정(歷程)이 잘 반영되어 있기 때문이다.

이 책은 개별적인 문학 작품에 대한 해설과 작품 인용, 그리고 논술형 문·답으로 묶여져 있다. 그러나 이들 다발을 묶는 하나의 끈은 바로 '역사'이다. 우리는 역사를 어떤 시각에서 바라볼 수 있는가. 높은 위치에 올라서야 나무들이 가린 숲의 전체적인 모습이 보이듯, 우리는 역사적 조망이라는 높은 위치에 올라서서야 비로소 개별 작품들을 바라볼 수 있는 것이다.

이런 의도에 충실하기 위해 이 책은 고대 - 중세 - 근대 사회로의 이행이라는 역사 발전의 법칙에 맞춰 작품을 배열하였다. 어느 특정한 나라나 시대에 편중되지 않게 작품을 배열하다 보니, 꼭 다루고자 했던 몇 편의 작품이 제외되었다. 또한 프랑스, 러시아, 영국, 독일, 미국, 이탈리아 등 소위 서구 열강에 작품이 편중된 점도 아쉽게 느껴진다. 그러나 라틴 아메리카, 아시아, 아프리카의 문학이 비교적 최근에 이르기까지 제대로 국내에 번역·소개되지 못했고 또 연구자들의 조명을 받지 못했다는 점을 감안하면, 이러한 편중 또한 어쩔 수 없는 일이었다.

우리가 서양 문학을 공부하는 것이 다만 서구적 의미의 교양을 기르기 위한 것만은 아니다. 서양 문학은 분명 시대에 앞선 통찰력과 용기를 지니고 있지만, 그들 나름의 한계를 가지고 있는 것도 사실이다. 서구 열강에 의한 식민지 통치, 과학 기술의 남용으로 인한 자연의 파괴, 남성의 여성 지배, 근대적 가치 체계에 대한 지나친 신념이 빚어 낸 온갖 야만적 행위 등이 이들 작품 속에 은연중 깔려 있음도 놓쳐서는 안 된다.

이 책에 실린 작품들의 내용과 체제, 편집 의도 등을 간단히 소개하기로 한다.

『그리스 로마 신화』는 서구 예술 및 문화의 정신적·사상적 원본을 제공해 주는 것으로서 그리스 로마 신화에 대한 정확한 지식 없이는 그 본질에 다가가기 어렵다. 서구 문학의 원형적 심상은 바로 그리스 로마 신화의 변용으로부터 시작한다. 여기서는 테세우스와 디오니소스 그리고 아리아드네 사이에 있는 미노스 궁의 미궁 이미지를 현대적 시선으로 변용해 보는 기회를 마련하고자 했다. 현대에 있어 미궁은 그 상품의 신화로부터 한 발짝도 뺄 수 없는 현대인의 운명을 상징한다.

호메로스의 『오디세이』는 『일리아드』와 함께 인간의 영웅적 행동을 그리고 있다. 특히 이들 작품을 관류하는 주인공 오디세우스는 신들의 저주와 증오에 맞서서 용감히 싸워 이기는 인간 승리의 드라마를 연출하였다. 그러나 오디세우스는 신들과의 투쟁을 통해서, 인간의 나약함과 한계를 새삼 깨닫게 된다. 우리는 이들 작품을 읽으면서 어떻게 인간이 신이 부여한 질서에 맞서 문명을 만들어 냈으며, 인간이 산출한 문명은 어떠한 한계를 지니고 있는지 배우게 될 것이다.

『이솝 우화집』은 현대 사회에서도 널리 읽히는 작품이다. 이 작품에서는 교훈을 전달하는 우화 특유의 화법에 대해 잘 살펴보고, 각자 그런 화법을 구사할 수 있는 능력도 키워 보도록 하자.

소포클레스의 『오이디푸스 왕』은 고대 그리스 비극의 교과서라고 할 수 있다. 주인공 오이디푸스 왕이 결국에는 아버지를 살해하고 어머니와 결혼하는 패륜을 저지른 것이 밝혀지는 것으로 끝나는 이 작품은 이후 프로이트에 의해 '오이디푸스 콤플렉스'라는 정신분석학 개념이 만들어진 것으로도 유명하다. 이 작품이 다룬 비극적 구도는 당시 아리스토텔레스의 『시학』에 의해 자세하게 분석되고 있어, 『시학』이 결국에는 『오이디푸스 왕』에 대한 비평서임을 말해 주기도 한다. 인간의 '성격적 결함'에 의해 '파국'에 이르고, 관객들은 이를 보며 '공포'와 '연민'의 감정을 통해

'카타르시스'에 이르게 된다는 것은 아리스토텔레스의 『시학』에서 다루어진 기본 개념이자, 모든 문학을 설명하는 중요한 단서로 남아 있다.

오비디우스의 『변신 이야기』는 고대 그리스 신화에 이은 로마 신화의 결정판으로 볼 수 있다. '변신(變身)'은 현재의 물리적 한계를 벗어나고자 하는 인간의 근원적인 소망사항이자, 새로운 문명의 원동력이기도 하다. 하늘을 나는 새를 바라보며 새로 변신하기를 소망하는 인간의 심리가 결국은 비행기라는 문명을 낳은 원동력이 아니었을까. 이 작품은 신과 인간, 인간과 동물, 인간과 식물 사이의 자유로운 변신 과정을 보여 줌으로써 자유분방한 상상력의 세계를 펼쳐 보이고 있다. 우리는 이들의 변신 이야기를 통해 인간이 어떻게 자신의 한계를 뛰어넘고자 했는지 알게 될 것이다.

보카치오의 『데카메론』은 중세 사회의 한 모습을 담고 있다. 우리는 흔히 서양의 중세를 '암흑시대'라 부른다. 그러나 4세기 로마제국의 멸망에서 14세기 이후인 이탈리아의 르네상스 시대까지의 긴 시간대를 암흑시대라는 표현만으로 매도할 수는 없다. 모든 면에서 신의 질서가 인간의 세계보다 우위를 점하고 있었다는 사실을 염두에 둔다고 해도, 어차피 인간의 삶은 다양하게 마련이다. 이 작품은 이러한 모습을 잘 표현하고 있다.

『캔터베리 이야기』는 초서에게 '영시의 아버지'라는 영예를 안게 해준 작품으로, 당대 영국 사회의 모든 인간 군상과 사회적 문제들을 사실과 허구의 교묘한 결합 속에 배치해 둔 작품이다. 당시 유포되어 있던 우화·신화·전설·민담 등이 인물의 성격과 조화를 이루면서 현실감과 극적 긴장감을 높여 주고 있다. 특히 지문에 나와 있는 '바스의 여장부 이야기'는 작가의 주제 의식이 치밀하게 조직된 부분으로 진정한 귀족의 의미, 아름다움의 가치,

부부애 등에 관한 흥미 있는 대답을 제공해 준다.

세르반테스의 『돈키호테』는 잘 알려져 있으면서도 많이 읽히지 않은 작품이다. 특히 이 작품에서는 돈키호테에 대한 우리의 상식적인 선입견이 그 동안 작품의 진정한 이해를 막아 오지 않았는가에 대해 반성하면서 탐구해 볼 만한 작품이다.

셰익스피어의 『햄릿』은 영원한 고전으로 평가된다. 우리가 우유부단한 인물의 전형으로 알고 있는 햄릿에게 공감하는 이유는 우리 내부에도 '햄릿적인 요소'가 잠재해 있기 때문일 것이다. 『햄릿』은 숙부인 클로디어스가 국왕을 죽이고 왕비와 결혼함으로써 가정과 국가를 유지하는 기존의 가치체계를 송두리째 파괴해 버렸을 때, 나약한 한 개인이 무엇을 할 수 있는가 묻고 있다. 이외에도 셰익스피어의 다른 비극들, 예컨대 『리어왕』『맥베스』에는 인간의 약점에 대한 신랄한 비판이 담겨 있어 영원한 고전으로서의 가치를 가지고 있다. 이들 작품들은 인간의 권력욕, 질투, 의심 등이 빚어낼 수 있는 비극을 보여 준다.

다니엘 디포의 『로빈슨 크루소』는 동화로 각색되어 우리에게 친숙한 작품이다. 로빈슨 크루소라는 선원이 표류되어 무인도에서 자기 혼자만의 사회를 이루어 살아가는 모습을 담은 이 작품은 과연 인간이 혼자서도 살 수 있을까,라는 질문을 던진다. 독자들은 이 작품을 읽어 나가면서, 역으로 인간이 '사회적 동물'로서 누리는 혜택을 새삼 느끼게 될 것이다. 한편, 이 작품은 사회주의의 대사상가 마르크스에 의해 새로운 시각에서 해석되기도 했다. 즉, 로빈슨 크루소가 야만적인 환경 속에서 고군분투하며 살아가는 모습 속에서 그는 현대 사회를 살아가는 개인의 운명을 본 것이다. 사실 인간은 '사회적 동물'로서 사회와의 조화 속에서 살아가기도 하지만, 동시에 사회와의 끊임없는 투쟁 속에서 살아가기도 한다. 로빈슨 크루소의 삶 자체에 이러한 현대인의 모습이 압축되어 있다고 마르크스는 본 것이다.

스위프트의 『걸리버 여행기』도 동화로 더 잘 알려진 작품이다. 그러나 이 작품은 편견으로 가득 찬 당시의 영국 사회를 풍자한 정치 풍자 소설이었다는 점을 강조해 둘 필요가 있다. 사소한 문제를 가지고 끊임없이 싸우는 사람들, 아집과 편견으로 가득 찬 사람들의 편협한 인생관 등은 주인공 걸리버가 거인국·소인국으로 여행하는 속에서 뼈저리게 체험한 문제들이었다. 만약 다른 우주에서 지구에 막 도착한 외계인이 우리의 삶을 바라본다면 그들은 우리를 과연 어떻게 생각할까. 지구촌 전체를 전쟁으로까지 몰고 가는 종교적 편견, 정치적 대립, 경제적 이해관계가 과연 그들의 시각에서 보면, 그리 중요한 것일까. 우리는 이 작품을 읽으면서 이러한 질문을 던지게 될 것이다.

볼테르의 『캉디드』는 계몽주의 시대의 산물이다. 그러나 이 작품이 계몽의 힘을 전적으로 신뢰하고 옹호한 것은 아니다. 오히려 이 작품은 계몽이라는 이름하에 벌어질 수 있는 인간의 오만과 야만을 경계하고 있다. 그런 점에서 볼 때, 이 작품은 '계몽에 대한 계몽'으로서의 가치를 담고 있다. 인간의 이성에 입각한 계몽의 힘을 전적으로 신뢰하던 어리숙한 젊은이 '캉디드'가 세상을 여행하면서 겪는 여러 가지 사건들은 세상이 그리 어리숙하지 않으며, 계몽의 힘만으로는 해결하기 힘든 악의 요소들로 가득 차 있다는 점을 캉디드에게 가르쳐 준다. 볼테르는 이 작품을 통해 당시 계몽주의 사상 전반에 파급되어 있던 성급한 낙관주의를 경계하였다.

루소의 『에밀』은 '어머니를 위한 아이 교육론'으로서의 가치를 가지고 있다. 루소는 이 책에서 '자연으로 돌아가라'는 유명한 경구를 남기고 있다. 루소는 자연 예찬론자로서, 인간의 나약함과 비겁함이 모두 문명의 산물임을 밝히고 있다. 그는 자연 속에서 자연과 조화롭게 살아가는 인간만이 행복한 인간이라고 주장함으로써, 독특한 낭만주의적 세계관을 창조해 내었다. 우리는 인간과 문명에 관한 에세이에 해당하는 이 책에서 인간과 자연 간의 공존이라는 화두를 떠올리게 될 것이다.

괴테의 『젊은 베르테르의 슬픔』은 지극히 낭만적인 색채를 지닌 작품이다. 예술을 사랑하는 순수한 젊은이 베르테르가 유부녀인 로테와의 사랑에 괴로워하고 마침내는 자살하고 마는 이야기를 담고 있는 이 작품이 당대의 젊은이들을 열광하게 하고, 현대인들에게까지 깊은 감명을 남기는 이유는 무엇일까. 사랑은 국경을 초월한다고 하지만, 사랑이 국경만 초월하는 것은 아니다. 우리는 이 작품에서 어떠한 합리적인 이유로도 설명하기 힘든 사랑의 순수함과 열정에 대해 배울 수 있게 될 것이다.

워즈워스의 시들은 낭만주의적 감수성을 토대로 자연과 저 먼 곳에 대한 동경을 시적 상상력으로 탁월하게 묘사해 내었다. 『서정 시집』에 수록된 「무지개」나 「수선화」에서의 감동은 시인이 그가 대상에 대해 받은 감동을 말하는 것이기보다는 시인 내면의 가슴의 울렁거림이며 시인 자신의 내부에서 번쩍이는 주관적인 마음의 움직임과 내적 시선을 의미한다. 낭만주의적 상상력이란 체험 그 자체의 기억이기보다는 기억의 창조적 변용이며 재생이다.

스탕달의 『적과 흑』은 프랑스 대혁명 이후 프랑스에 불어닥친 보수 반동의 분위기 속에서 자유를 열망하는 한 젊은이 줄리앙 소렐이 걸어간 비극적 일생을 담고 있다. 평민 출신의 줄리앙 소렐은 뛰어난 능력을 가지고 있음에도 불구하고, 신분상의 제약으로 그저 초라한 가정교사 직에 머물러 있어야만 했다. 급기야 그는 귀족 출신의 귀부인과 처녀를 유혹하여 그들을 이용해 출세의 길을 걷고자 한다. 그러나 결국 신분적 한계를 넘어서고자 하는 그의 욕심은 비극적 종말을 맞이하게 된다. 살인 용의자로 체포되어 법정에 서게 된 그는 법정의 최후진술에서 '도대체 나를 이렇게 만든 것은 누구인가'라고 외친다. 이 작품은 프랑스 대혁명 이후 팽배하게 된 자유와 평등에 대한 욕구가 기존의 보수적인 체제에 의해 좌절되는 모습을 보여 주고 있다.

호손의 『주홍글씨』는 미국 청교도 사회의 어두운 일면을 포착한 작품이다. 정직과 성실을 강조하는 청교도 윤리 자체가 나쁜 것은 물론 아니다. 막스 베버가 『프로테스탄티즘의 윤리와 자본주의 정신』에서 강조했듯, 청교도 윤리는 근대 자본주의를 가능하게 했을 정도로 합리적인 인생관과 세계관을 담고 있었다. 더욱이 청교도인들은 서구에서의 종교적 박해를 피해 미국이라는 신대륙으로 이민을 감행했을 정도로 종교적 박해를 실감했던 사람들이었다. 그러나 그들은 신대륙에서 다른 의미의 박해를 가하게 되는데, 호손은 당시의 '마녀 사냥'이라는 종교재판에서 그러한 끔찍한 일면을 발견하게 된다. 호손은 불륜의 죄를 저지른 한 여인과 목사의 회개를 통해, 인간에게 보다 중요한 것이 겸손과 자기 반성이라는 점을 강조했다.

위고의 『레미제라블』은 프랑스 혁명기를 배경으로 한 인간애와 이상주의적 인도주의를 잘 드러낸 작품이다. 모든 인간은 자신의 죄 때문에 고민한다. 그 고민은 인간을 신적인 경지까지 이르게 한다. 선인과 악인, 사적 인간과 공적 인간, 진짜 양심과 가짜 양심 사이의 경계를 가르는 일은 불가능하다. 가장 공적이며 냉철하고 비정하게까지 보이는 형사 자베르는 마지막 순간에 주인공인 장 발장을 놓아 주고 센 강에 몸을 던진다. 그가 개인과 사회의 양면적 모순에 굴복해 자살해 버리는 것은 그만큼 사회 체제가 유폐되었음을 반증하는 것에 다름 아니다.

발자크의 『고리오 영감』은 현대 사회의 가치 기준이 '돈'이라는 것에 집중되면서 벌어진 현상을 다룬 작품이다. 이른바 자본주의 사회의 등장이 그것이다. 이 작품은 19세기 초 프랑스 사회에서 이러한 현상의 문제점을 예리하게 파헤친 명작으로 평가받는다.

투르게네프의 『아버지와 아들』은 혁명 전의 러시아 사회를 세대간의 차이를 중심에 두고 그린 작품이다. 이 작품을 통해 물론 당시의 러시아 사회를 배울 수도 있지만 우리 사회의 세대간의 문제를 염두에 두면서 읽어 보는 것도 바람직하다.

보들레르의 『악의 꽃』은 상승과 하강, 선과 악이라는 극단적 인간 정신의 대조를 합일이라는 확장된 개념으로 끌어올리고 있는 시편이다. 여기에 실린 「상승」과 「교감」은 시인의 정신과 육체의 합일이라는 상징적 형이상학이 내밀하게 드러나 있는 작품이다. 시인의 위치는 눈에 보이는 세계 위쪽에, 높은 공기와 맑은 공간 속에 자리잡는다. 「상승」은 시인의 정신적 도피라는 테마를 변주한 것이다. 정신은 육체에서 풀려 나와 이데아의 세계에서 움직인다. 물질세계와 정신세계는 서로 교감한다. 정신세계에 접근하게 해주는 상징들을 제공하는 것이 물질세계이다. 우리의 모든 감각들은 서로 뒤섞여 자연의 신비를 밝혀 내는 데 협력한다. 「교감」은 신비론적 의미를 띠고 있는데, 이 경우 시인은 고양된 존재로서 이 신비로운 교감들을 직관적으로 붙들어 매는 통역사가 된다

플로베르의 『보바리 부인』은 이른바 보바리즘이라는 유명한 신조어를 만들어 낸 작품이기도 하다. 우리 자신이 보바리이기도 하다는 언급에 유의하면서, 현대에 사는 우리들의 '욕망'이라는 것의 정체가 무엇이며 어떻게 형성되는 것인지를 이 작품에서 탐구해 보기 바란다.

도스토예프스키의 『카라마조프가의 형제들』은 20세기의 고민을 압축한 밀도 높은 작품으로 평가된다. 종교적 심성이 조롱되고 물

질적이고 타산적인 가치만 존중되는 현대 사회에서 과연 진정한 사랑이 가능한가라고 질문하는 이 작품은, 현대인들의 황폐한 정신세계와 새로운 삶의 가능성을 반영하고 있어 문제적이다. 특히 조시마 장로와 알료사, 이반 등이 나누는 대화는 현실세계와 이상세계, 정치와 종교의 의미 등에 대해 많은 토론자료를 제공하고 있다.

톨스토이의 『부활』에 대한 문학사적인 평가는 다분히 인색한 편이다. 버림받은 카추샤의 한 많은 일생이라는 줄거리도 진부하며, 카추샤를 동정하여 자신의 인생의 행로를 바꾼 젊은 백작의 이야기도 뭔가 현실성이 결여되어 있는 듯이 보이기 때문이다. 그러나 이 작품은 종교적 신앙을 직접 행동으로 옮긴, 20세기의 거인 톨스토이의 인생관을 담고 있다는 의미에서 보면 거의 종교의 반열에 오를 만한 작품이기도 하다.

입센의 『인형의 집』은 여성의 자각과 정체성 확보라는 측면에서 읽을 수 있는 작품이다. 오늘의 우리 사회는 어떠한가. 여성들의 사회 진출이 활발해지면서 그간 뿌리 깊은 가부장제 사회의 흔적이나 여성에 대한 인식부족의 실체가 점점 명확히 드러나고 있다. 이런 문제들이 고전에서는 어떻게 다루어졌는지 살펴보는 일은 의미 있을 터이다.

솅키에비치의 『쿠오바디스』는 기독교적인 시각으로 보면, 비니키우스와 리기아의 사랑 및 비니키우스의 회개하는 과정이 중심 줄기로 되어 있다. 피압박민족의 불굴의 저항정신과 불의에 반한 정의의 가치, 물리적인 힘으로 대표되는 헬레니즘 문명에 대한 헤브라이즘의 정신적 승리가 이 작품의 중요한 테마를 이룬다. 그렇지만 다른 한편으로는 '풍류를 아는 자' 곧 심미판관인 페트로니우스의 탐미적 인생관 및 예술관이 큰 비중을 차지한다. 그의 마지막 죽음의 장면에는 예술과 인생에 관한 심미판관으로서의 절대적 탐미적 시각과 그에 대립되어 있는 네로의 치기어린 예술관이 극적으로 배치되어 있어 우리의 흥미를 더해 준다.

도데의 『풍차간의 편지』는 짤막한 소품들로 구성되어 있어 인류의 영원한 고전들이라는 대작들과는 거리가 먼 작품들이다. 그러나 여기에 실린 작고 사소한 사건들은 청소년들이 갖추어야 할 삶의 순수성과 지혜를 압축하고 있다. 작고 따뜻한 주제 속에서 오히려 깊은 감명을 느낄 수도 있다는 점도 문학의 매력이지 않을까.

앙드레 지드의 『좁은 문』은 남녀간의 사랑을 포함해서 인간의 삶의 방식에 대한 작가의 탐구가 잘 드러난 작품이다. 이 작품을 통해 현대 우리들의 삶에 대한 반성도 함께 모색해 보아야 할 터이다.

생텍쥐페리의 『어린 왕자』는 흔히 어른을 위한 동화라고 한다. 이 작품에서는 주인공과 어린 왕자의 대화를 통해 작가가 전달하고자 한 교훈을 읽어 내는 것이 긴요하다.

모파상의 「목걸이」는 그의 문학적 지론인 묘사의 사실성과 간결성, 치밀한 언어 선택, 이야기의 빠른 전개 등을 모두 보여 주는 단편으로, 결말의 극적 반전을 통해 어리석은 인간의 욕망이 도달하는 지점을 정확히 짚어 내었다.

졸라의 『나나』는 프랑스 제2제정기를 비판적으로 그려 낸 소설로 평가된다. 이 작품에서는 대중들의 집단 심리가 어떻게 작동되며 부패한 사회의 특징이 무엇인가 등을 독서의 초점으로 삼아 읽기를 바란다. 우리 사회의 이해에도 도움이 될 것이다.

예이츠의 「이니스프리 호수의 섬」이 낭만주의적 동경과 순수 자연에 대한 예찬을 보여 주고 있다면, 「비잔티움으로의 항해」는 영적인 동경의 근원적 이미지를 제시한 작품이다. 「비잔티움으로의 항해」는 예이츠가 아일랜드 독립 운동에 헌신하고 의회에 진출해 정치가로서 활동을 하면서 현실주의적 경향의 시를 쓰다가 현실에 대해 환멸을 느끼고 다시 이상의 세계를 흠모하게 되는 시기에 씌어졌다. 이때 그가 추구한 것은 젊은 시절 즐겨 그렸던 19세기적 자연에 대한 낭만적 동경이 아니라 영원한 예지의 성도인 비잔티움에 대한 영적 항해였다.

고리키의 『어머니』는 운동권 아들을 둔 어머니의 의식변화 과정을 그린 작품이다. 한 어머니가 러시아 혁명에 가담한 아들과 결국은 생각을 같이하게 되는 과정을 그린 이 작품은 부모와 자식 간의 의견차이 혹은 혈연의 정과 진리 사이의 모순을 극복하는 모습이기도 하여서 주목된다.

릴케의 『말테의 수기』는 진정한 인간 영혼의 구원 문제와 예술을 향한 절대적 지향성을 수기 형태로 풀어 놓은 작품이다. 여기서 제시한 지문은 '탕아의 귀향'이라는 마지막 부분인데, 탕아는 '진지한 무관심'을 위해 가족을 떠났다가 다시 사랑의 품으로 돌아온다. 그러나 그는 가족의 사랑을 거부하고 뛰쳐나간 예전의 그가 아니다. 그는 가족의 사랑을 표면적으로 받아들이는 대신 예술을 통해 신을 향한 절대적 방향성 속에 자신을 놓는다. 정신의 가출은 예술과 영혼의 내적 충일을 위한 자양이 된다.

『변신』은 20세기 전반의 대표적인 독일어계 작가인 카프카의 작품으로, 제1차 세계대전이 일어나기 직전의 암울한 서구 사회를 배경으로 하고 있다. 작가는 벌레로 변신한 외판원 그레고르 잠자의 삶과 죽음을 통해 현대 사회 속에서의 인간 소외라는 문제를 극단적인 방식으로 제기하고 있다. 기괴하고 흉칙한 벌레로 변한 그레고르를 가족들은 수치스러워하고 경멸한다. 그러한 가족들의 수치감과 무시, 그리고 그로 인한 절망감 속에서 그레고르는 죽음을 맞이한다. 그레고르의 변신과 죽음은 현대 사회 속에서 인간이 겪는 불안과 소외를 형상화한 것이며, 작가는 이를 통해 인간의 실존적인 고독과 더불어 그와 같은 소외 상황을 만들어 내는 중요한 원인의 하나인 현대 사회의 비인간성을 드러내고 있다.

헤세의 『수레바퀴 밑에서』는 작가 자신의 소년 시절의 체험을 기록한 소설이다. 부모의 이기적인 명예욕 때문에 마울브론의 신학교에 입학을 강요당한 소년 한스는, 그릇된 교육 제도의 수레바퀴 밑에 짓눌려 지옥과 같은 학교 생활을 견디다 못해 뛰쳐나와 시계 톱니바퀴를 닦는 견습공이 되지만 끝내 강에 익사하고 만다. 여기서 헤세는 그릇된 신학교의 교육 제도와 권위를 비판하고 이것을 못 견디고 뛰쳐나온 천재의 예술적 직관에 대해 말하고 있다. 천재는 결코 이 질서를 그대로 수용하거나 그들 집단으로부터 철저하게 상처받아 영혼을 소모하는 그런 사람을 가리키는 것이 아니라, 그 상처를 잘 치유해서 나중에 자신이 가진 천재성을 불멸의 예술작품으로 승화시키는 인간이다.

브레히트의 『억척어멈과 그 자식들』은 실천적인 극작가였던 브레히트가 소위 서사극이라는 명칭으로 시도했던 연극의 대본이다. 특히 이 작품은 히틀러 치하에 살았던 한 작가의 고투라는 점에서 자못 의의가 깊다. 전쟁의 위기 속에서 전쟁의 의미를 깨닫지 못하는 국민들에게 그 전쟁의 의미를 깊이 있게 전달하려 했던 작가의 의도가 선명하다.

사르트르의 『구토』는 앙트완 로캉탱이라는 주인공의 삶을 통해 인간의 실존적 존재로서의 자각 과정을 일기 형식으로 그린 작품이다. 현대 사회는 언어의 홍수 속에 묻혀 사는 시대이다. 이 언어의 홍수는 자신에 대한 그리고 사물에 대한 정체성을 자각하게도 하지만 오히려 그 반대의 경우를 양산한다고도 할 수 있다. 이러한 문제점에 대한 사르트르의 해답은 유익하다.

조지 오웰의 『1984년』은 미래소설로서 반유토피아소설의 범주에 드는 작품이다. 즉 현대 문명의 최종 귀착지가 전체주의 사회로 되는 것에 대한 경계이기도 하고, 한편으로 소련 혹은 히틀러 파시즘이라는 전체주의의 실상을 암시한 작품이기도 하다. 그런데 이 작품에서는 특히 정치와 언어의 상관성에 대한 작가의 탐구가 돋보이므로 이 측면에 대해서도 주의를 기울여 보자.

독일의 전후작가 중의 한 사람으로 평가되는 귄터 아이히의 『꿈』은 라디오 방송극 대본이다. 이 작품은 나치즘이라는 광기를 경험했던 독일인들이 전쟁이 끝난 직후에 겪게 된 극심한 가치관의 혼란과 악몽을 담고 있다. 이 작품은 '현실이 아닌 꿈'의 구도 속에서 모든 이야기를 진행시키고 있지만, 정작 이 사건들은 '꿈이 아닌 현실' 속에서 되풀이되고 있는 비극이라는 점에서 문제적인 것이다. 귄터 아이히는 이 작품을 통해 1930년대 나치즘의 광기는 물론, 자본주의로 대표되는 현대의 물질 중심적 삶이 담고 있는 악몽을 환기시키고 있다.

카뮈의 『이방인』은 카뮈를 세계적인 작가로 일거에 올려 놓은 그의 대표작이다. 현대 사회의 부조리와 인간들의 의식 속에 내재된 모순적 의식을 극단적으로 묘사함으로써 그의 또 다른 대표작인 『시지프의 신화』와 함께 프랑스 현대 지성사에 영향을 끼쳤을 뿐 아니라 현재 우리 문학과 철학에도 영향을 끼친 작품이다.

『노인과 바다』는 미국의 현대 작가 헤밍웨이의 대표작이자 노벨상 수상 계기가 되기도 했던 작품이다. 주인공인 늙은 어부 산티아고는 85일 만에 대어를 낚지만, 피냄새를 맡고 달려든 상어들에게 모두 빼앗기고 앙상한 뼈만을 갖고 지쳐서 되돌아온다. 노인은 패배감에 휩싸인다. 상어와의 사투는 자연과의 대결이자 그의 인간으로서의 가치를 발견하기 위한 최후의 싸움이었기 때문이다. 노인을 위로해 주는 것은 순진한 애정을 간직한 소년 마놀린과 자신이 젊은 시절 아프리카 해안에서 보았던 사자의 꿈뿐이다. 작가는 노인과 소년의 이야기를 통해 인간 존재의 의미와 허무를 교차시키고 있다. 단순한 구성으로 이루어져 있지만 헤밍웨이의 문학적 태도와 문체적 특성을 잘 보여 주는 작품이다.

엘리엇의 「황무지」는 현대 물질문명의 부패와 타락, 그리고 제1차 세계대전을 치르면서 나타난 인간성 불모의 현상과 그것에 대한 환멸을 다루고 있다. 문명의 기계화로 인해 인간 정신이 황폐화되고 부박해지면서 인간의 정신적 에너지는 고갈되고 현대인들이 휴식할 수 있는 가능성은 점차 희박해졌다. 이러한 상황에서 인간 구원 문제가 중요해질 수밖에 없는데, 엘리엇은 이를 불모와 재생의 구조로 읊어 냈다. 인간의 고뇌와 선·악 간의 갈등, 인간의 운명과 신의 섭리에 대해 깊이 있게 관찰하고 분석함으로써 인간 영혼에 대한 구원 가능성을 들여다보고자 한 것으로 「황무지」는 현재에 있어서도 여전히 의미 있는 주제가 된다.

『세일즈맨의 죽음』은 미국의 대표적인 현대극작가 아서 밀러가 1949년에 발표한 작품이다. 작가는 세일즈맨의 불행한 정신편력과 죽음을 통해 자기 정체성을 제대로 확립하지 못한 현대인의 비극을 그려 내고 있다. 주인공 윌리는 물질적 성공이 인생의 가치를 결정짓는다는 집념에 사로잡혀 있다. 그러나 이미 경제 구조가 대량 생산과 직매 체재로 바뀐 마당에 방문판매원이 설 자리는 없어졌다. 결국 일이 잘되던 과거와 난관에 빠진 현재 사이의 심리적 괴리와, 기대대로 되지 않는 자식들에 대한 고민을 그는 죽음으로써 해결하고 만다. 그의 죽음은 가족을 위한 마지막 헌신으로 기도된 것이지만, 결국은 자기 자신을 객관적으로 인식하지 못한 비극적 결말이 된 셈이다.

『이반 데니소비치의 하루』는 러시아의 문호 솔제니친의 출세작이다. 솔제니친은 자신의 실제 경험을 바탕으로, 이반 데니소비치 슈호프라는 평범한 농민을 등장시켜 스탈린 시대 강제노동 수용소의 하루를 유머 섞인 필치로 담담하게 그려 내었다. 특히 절망과 기아와 공포가 지배하는 강제노동 수용소의 생활이 처음으로 작품 속에 전면적으로 그려졌다는 점에서 많은 감명을 불러일으켰다. 또한 이 작품에서 작자는 이반 데니소비치의 눈을 통하여 다양한 인물들의 성격을 구체적으로 드러내고, 억압적인 체제가 인간의 삶을 유린하는 것을 날카롭게 고발했다.

◐

그리스 로마 신화

토머스 불핀치

미국의 역사가이자 신화학자인 토머스 불핀치(1796~1867)는 미국 매사추세츠 주 보스턴 근교에서 태어났다. 그의 조부는 의사였으며, 아버지는 워싱턴의 국회의사당 건립에 참여한 유명한 건축가였다. 그는 미국의 르네상스 시대라고 불리는 19세기 미국 문학의 전성기 때 청소년기를 보냈다. 보스턴 라틴 학교, 필립스 엑스터 아카데미와 같은 명문고를 거쳐 1814년 하버드 대학을 졸업하고 모교인 라틴 학교에서 교편을 잡았다. 평범한 은행원으로 평생을 독신으로 살았지만, 보스턴 박물관 협회의 회장직을 맡으면서 당대의 문인들과 친교를 맺었고, 고전에 대한 박학에 힘입어 『신화의 시대』를 집필하여 롱펠로에게 헌정했다. 『신화의 시대』는 그리스 로마 신화에 대한 가장 충실하고 현대적인 결산물로 받아들여지는데, 우리에게 『그리스 로마 신화』라는 이름으로 번역·소개되었다. 그 외에도 『히브리의 서정적 역사』 『기사도의 시대』 『샬레망의 전설』 『신화 시대의 시』 『교실용 셰익스피어』 『그리스와 로마의 영웅들과 성자들』 등 고전을 현대화하여 대중들에게 보급하는 일에 힘썼다. 또한 그는 노예폐지 운동에 앞장서기도 했으며, 청소년 문제에도 남다른 관심을 기울여 가난한 아이들의 보호자가 되기도 했다.

작품 해제

서구 문화 및 정신사를 이해하기 위해서는 그리스 로마 신화를 알지 않고서는 충분치 못하다. 서구 정신사의 근원에는 이 신화의 여러 메타포와 알레고리가 심층적으로 내재되어 있다. 서구 문학 및 예술은 근본적으로 이 신화의 정신적 문화적 변용이라 할 만큼 그리스 로마 신화가 이들 서구 문화에 끼친 영향은 지대하다. 호메로스의 『일리아드』와 『오디세이』, 헤시오도스의 『신통기(神統記)』『노동과 나날』 같은 서사시도 사실은 그리스 로마 신화를 원형으로 하고 있다. 미케네 시대에 이미 완성된 원형이 구비문학으로 전승되어 이를 재창작했던 것이다.

일반적으로 그리스와 로마 신화를 하나의 단위로 묶어서 통칭하는 경향이 있는데 이는 로마 신화가 그리스 신화에 접합됨으로써 로마 신화와 그리스 신화 사이의 유사한 신들은 통합되고 그 차이가 희석되어 지금 현존하는 신화로 남게 되었기 때문이다. 그래서 일반적으로 로마 신화는 없는 것이나 마찬가지라고 말하기도 한다. 로마 신화의 신은 누멘(nũmen)이라는 비인격적인 신인데, 그리스인들과 접촉함으로써 그리스 신의 인격적이고 구체적인 모습을 갖춘 신으로 성격을 바꾸게 되었다는 것이다. 유피테르와 제우스, 유노와 헤라, 넵투누스와 포세이돈, 미네르바와 아테네, 베누스와 아프로디테, 메르쿠리우스와 헤르메스 등은 유사한 성격을 지닌 로마 신과 그리스 신의 짝이다. 오늘날 로마 신화로 알려진 것들은 로마나 그 이웃에 전해지고 있는 것들을 모아 그리스 신화를 본떠 이루어졌거나 그리스 신화와 로마 신화가 융합되어 전해지는 것들이 많다.

그리스 신화의 대부분은 신들의 자손인 영웅의 이야기로 구성되어 있고 각 전설은 몇 개의 이야기가 모여 하나의 군(群)을 이룬다. 예컨대 아르고나우타이 전설은 영웅 이아손을 중심으로 헤라클레스와 오르페우스가 등장해 거선을 타고 금양모(金羊毛)를 찾아 떠나는 이야기다. 테베 전설군은 카드모스에 의한 테베 시의 건국과 그의 자손인 그 유명한 오이디푸스 왕의 기구한 일생, 그의 두 아들의 왕위 쟁탈권을 둘러싼 음모와 책략, 테베를 공격하는 일곱 명의 장수와 그의 아들들인 에피고넨들의 테베 원정 등으로 이루어져 있다. 트로이 목마로 잘 알려진 트로이 전설, 헤라클레스 전설 등도 하나의 독립된 전설군을 이루고 있다. 이 신화 전설은 단순한 신과 영웅들의 공적만을 알려 주는 것이 아니라 역사가 진행되는 동안 계속 첨가, 윤색, 변형되어 오늘에 이르고 있다.

그 과정 동안 큰 공적을 이룬 사람으로는 호메로스를 비롯해 아이스킬로스, 소포클레스, 에우리피데스 등 3대 비극시인이다. 그리고 오늘날 우리가 보는 체계화된 『그리스 로마 신화』는 로마의 시인 오비디우스가 쓴 『변신 이야기』를 바탕으로 한 것이다. 카프카의 『변신』이나 현재 공상 소설의 변신담은 사실은 신화적 원형을 가지고 있는 셈이다.

그리스 로마 신화는 로마제국의 멸망 이후 오랫동안 사장(死藏)되어 있었다. 신 중심의 사회였던 중세 사회에서는 신을 모독하기도 하고 조롱하기도 하는 이러한 종류의 이야기가 전해질 수 없었기 때문이다. 그러나 근대 르네상스 이후 그리스 고전에 대한 관심이 부각되면서 그리스 로마 신화는 다시 발굴되어 정리되기 시작했다. 그러므로 그리스 로마 신화는 어느 특정한 사람에 의해 창작되거나 정리된 것이 아니라, 여러 가지 각도에서 새롭게 해석되고 윤색되기도 했다.

우리가 알고 있는 『그리스 로마 신화』는 미국의 역사학자인 토머스 불핀치가 새롭게 편집하고 각색한 『신화의 시대(Age of

Fable)』(1855)를 번역한 것이다. 불핀치는 『신화의 시대』의 대부분을 그리스 로마 신화에 할애했는데, 이 책은 이야기 솜씨가 좋고 문장이 간결하여 가장 대중적인 그리스 로마 신화집에 해당된다. 또한 이 책은 근대 이후의 유명한 문학작품을 병치시켜 신화의 현대적인 의의를 느낄 수 있게 해준 점도 미덕으로 평가되는데, 신화를 대중적으로 보급하고 교육적으로 활용하는 데 있어서 불핀치의 공은 자못 큰 것이었다.

작품 읽기

디오니소스

디오니소스(바커스)는 제우스와 세멜레 사이에서 태어난 아들이었다. 헤라는 세멜레에 대한 원한으로 그녀를 죽일 음모를 꾸몄다. 헤라는 세멜레의 늙은 유모인 베로에의 모습으로 변신하여, 그녀의 애인이 정말 제우스 신인지 어떤지 의심을 품도록 하기 위해 탄식을 하면서 말했다.

"나는 사실이기를 바랍니다만, 그러나 두려움을 금할 수 없었습니다. 원래 사람들은 자신의 말과 같지 않은 경우가 많답니다. 그가 진정 제우스라면 증거를 보여 달라고 하십시오. 하늘에서와 같이 광휘찬란한 차림을 하고 오도록 요구하십시오. 그렇게 하면 사실여부를 알 수 있을 것입니다."

그 말을 듣고 세멜레는 그렇게 해볼 생각이 났다. 그녀는 무엇인지 밝히지는 않고 어떤 청 하나를 들어주십사고 제우스에게 청했다. 제우스는 들어주마고 약속하고 신들도 두려워하는 스틱스 강의 신을 증인으로 내세우고 위배(違背)할 수 없는 서약을 했다. 그제야 세멜레는 그녀의 청을 밝혔다. 제우스는 그녀가 말할 때 제지하려고 하였으나 그럴 사이가 없었다. 말은 입 밖으로 나와 그는 그의 약속도 그녀의 청도 취소할 수가 없게 되었다. 깊은 고뇌에 잠긴 채 그는 그녀와 이별하고 하늘로 돌아갔다. 그곳에서 그는 광휘 찬란한 몸차림을 하였다. 그러나 거인족들을 멸망시킬 때와 같이 중무장을 하지 않고 오직 신들 사이에서 그의 경무장으로 알려져 있는 차림을 하였다. 이렇게 차리고서 그는 세멜레의 방에 들어섰다. 인간으로서의 그녀의 육체는 신의 광휘를 감내할 수 없었다. 그래서 그녀는 재가 되어 소멸되었다.

제우스는 유아인 디오니소스를 데리고 와 뉘사 산의 님프들에게 맡겼다. 이 님프들은 그를 소년이 될 때까지 양육하고 그 보수로 제우스에 의해 휘아데스 성좌로서 별 사이에 놓여지게 되었다.

디오니소스는 성장하자, 포도의 재배법과 그 귀중한 과즙을 짜내는 법을 발견했다. 그러나 헤라는 그를 미치게 하여 추방하였으므로 그는 지상의 여러 나라를 돌아다니는 방랑객이 되었다. 프리기아에 이르렀을 때 여신 래아는 그의 광기를 치료해 주고 그녀의 종교상의 의식을 가르쳐 주었다. 그는 아시아 편력의 길을 떠나 그 주민들에게 포도 재배법을 가르쳐 주었다. 그의 편력 중 가장 유명한 일은 인도 원정이었는데, 이 여행은 수년 간 계속되었다고 한다. 의기 양양하게 돌아온 그는 그리스에다 자기의 신앙을 펼치려고 했으나 이에 반대하는 군주들에 의해 저지되었다. 그들은 그 종교가 수반한 무질서한 광증 때문에 그 포교를 두려워한 것이다.

그가 고향인 테베 시 가까이 오자, 국왕 펜테우스는 이 새로운 신앙을 조금도 존중하지 않았으므로 그 의식의 집행을 금지하였다. 그러나 디오니소스가 온다는 것이 알려지자 남자도 여자도, 특히 여자들이 노소의 구별 없이 그를 만나고 그의 계선 행렬에 참가하고자 구름과 같이 모여들었다.

펜테우스가 아무리 충고하고 명령하고 위협해도 허사였다. 그래서 그는 자신의 시종들에게 말했다.

"가서 소란을 피우는 군중을 지도하고 있는 방랑자를 잡아 오너라. 그가 신족 태생이라고 주장하지만, 나는 그것이 거짓이라는 것을 자백케 하고 그의 가짜 신앙을 버리도록 하겠다."

그의 친구들과 현명한 고문관들이 신에게 반항하지 말도록 간언하고 탄원하였으나 듣지 않았다. 오히려 그들의 간언은 왕의 노여움을 점점 부채질하는 결과가 되었다. 디오니소스를 잡아 오라고 왕이 파견한 부하들이 돌아왔다. 그들은 디오니소스의 신자들에 의하여 쫓겨 왔으나, 그 중 한 사람을 포로로 잡아 뒤로 결박하여 왕 앞에 데리고 왔다. 펜테우스는 그를 본노에 넘쳐 무섭게 노려보면서 말했다.

"이놈아, 너의 운명이 다른 자에게 경종이 되기 위하여 너는 당장에 처형을 받을 것이다. 지체 없이 너를 처형하고 싶으나 이에 앞서 몇 가지 물어 볼 것이 있다. 너의 이름은 무엇이며 너희들이 거행한다고 하는 새로운 의식이란 어떤 것인지 말하라."

포로는 두려움 없이 대답했다.

"제 이름은 아코이데스이고 고향은 마이오니아입니다. 저의 양친은 가난하여 유산이라고는 땅 한 뙈기, 양 한 마리 남기지 않았고, 남긴 것이라고는 낚싯대와 그물과 고기잡이의 가업(家業)뿐이었습니다. 저는 이 가업에 수년 동안 종사하였습니다만 언제나 한 장소에 머무르는 것에 싫증이 나서 수로(水路) 안내인의 기술을 익혀 별을 보고 항로를 안내할 수 있게 되었습니다. 델로스를 향하여 항해하고 있을 때, 디아 섬에 기항(寄港)하게 되어 상륙하였습니다. 다음날 아침 음료수를 구하러 선원들을 보낸 후에 저는 바람의 방향을 관찰하려고 자그마한 언덕을 올라갔습니다. 그때 선원들이 아름다운 외모의 소년을 데리고 왔습니다. 그 소년은 자고 있더라는 것인데 그들은 이를 뜻하지 않은 경품(景品)이라고 생각하였습니다. 그들은 그 소년이 고귀한 신분으로서 왕자일지도 모르며 몸값을 받을 수 있으리라고 생각하였습니다. 저는 그의 옷차림과 걸음걸이와 얼굴을 관찰하였습니다. 그리고 인간 이상의 어떤 점이 있음을 느꼈습니다. 저는 선원들에게 말했습니다. "어떤 신이 그 모습 속에 숨어 있는지 나는 모른다. 그러나 신이 숨어 있음은 의심할 여지가 없다. 관대하신 신이여, 저희들이 당신에게 가한 폭행을 용서하십시오. 그리고 저희들이 하는 일이 성공하도록 해주십시오"라고. 돛대에 오르기와 줄을 타고 내려오는 데 명수인 딕튀스와, 키잡이인 멜란토스, 선원들이 구호를 부를 때 지휘를 하는 에포페우스 등은 이구동성으로 "제발 기도는 그만두시오." 하고 소리쳤습니다. 탐욕이 그들의 눈을 어둡게 하였던 것입니다. 그들이 소년을 배에 태우려고 할 때 저는 "이 배를 이와 같은 불경건에 의하여 더렵혀서는 안 된다. 이 배에 대해서는 누구보다도 나에게 권리가 있다"고 반대했습니다. 그러나 난폭자인 뤼카바스는 저의 멱살을 잡고 배 밖으로 내던지려고 하였습니다. 저는 줄에 매달려 거의 목숨을 건졌습니다만 다른 자들도 이러한 그의 행위를 저지하려고 하진 않았습니다. 그러자 디오니소스(그 소년이 사실 디오니소스였습니다)는 졸음을 뿌리치는 것처럼 부르짖었습니다. "당신들은 나를 어떻게 하려는 거요? 무엇 때문에 싸우고 있소. 누가 나를 이곳에 데리고 왔소. 당신들은 장차 나를 어디로 데리고 가려고 하는 거요?" 그들 중의 한 사람이 말했습니다. "걱정할 것 없다. 네가 가고 싶은 곳을 말하라. 우리들이 너를 그곳에 데려다 주마." 디오니소스는 말하였습니다. "우리 집은 낙소스요. 그곳으로 데려다 주오. 후하게 사례하겠소." 그들은 그렇게 하마고 약속하였습니다. 그리고 저에게 배를 낙소스로 안내하라고 명령하였습니다. 낙소스는 오른편에 있었습니다. 저는 배가 그곳으로 가도록 돛을 조절하였습니다. 그러자 어떤 자는 눈짓으로 다른 자는 귀엣말로 저애를 이집트로 데리고 가서 노예로 팔 작정이니 배를 반대 방향으로 돌리라고 하였습니다. 저는 당황하여 "나는 배 안내를 못하겠으니 다른 사람을 시키시오." 하면서 그들의 음모에 가담하지 않았습니다. 그들은 저에게 욕설을 퍼붓고 그 중의 한 사람이 "우리 생명이 모두 네게 달려 있는 줄 아느냐"고 소리치고는 저 대신 안내 일을 맡아 배를 낙소스 방향으로부터 돌렸습니다. 그때야 디오니소스는 그들의 배반을 알아차린 것처럼 바다를 바라다보며 울먹이는 소리로 말했습니다. "선원들, 이곳은 당신들이 나를 데려다 준다고 약속한 해안이 아니오. 저 섬은 우리 집이 있는 곳이 아니오. 내가 무슨 죄를 지었기에 이런 짓을 하는 거요. 가엾은 아이를 속였다고 명예로울 것이 뭣이오?" 저는 이 말을 듣고 울었습니다. 그러나 선원들은 우리들을 비웃고 배의 속도를 올렸습니다. 한데 갑자기 ── 이상한 일이지만 사실이었습니다 ── 배가 바다 한가운데서 좌초한 것처럼 움직이지 않게 되었습니다. 선원들은 놀라 노를 잡아당기기도 하고 돛을 더 펴기도 하며 배를 움직이려고 애썼으나 허사였습니다. 무거운 열매가 열린 담쟁이가 노에 감기어 그 운동을 방해하고 돛 위에 달라붙었습니다. 열매가 줄줄이 달린 포도덩굴이 돛대 위에 뻗어오르고 뱃전에 엉키었습니다. 피리 소리가 들리고 향기로운 술냄새가 사방에 풍기었습니다. 디오니소스 자신은 포도 잎사키로 된 관을 쓰고 손에 담쟁이가 엉킨 창을 들고 있었습니다. 별들이 그의 발밑에 웅크리고 형형 색색의 스라소니(살쾡이)와 얼국 무늬가 있는 표범이 그의 주위에서 놀고 있었습니다. 선원들은 공포에 사로잡히기도 하고 미치기도 하였습니다. 어떤 사람은 물 속으로 뛰어들어갔습니다. 다른 사람들도 그 뒤를 따르려고 하다가 먼저 들어간 동료들의 모습이 변하여 몸은 편평하게 되고 끝에는 구부러진 꼬리가 난 것을 보았습니다. 한 사람이 부르짖었습니다. "이 무슨 기적인가!" 그가 말하는 순간 그의 입은 넓어지고 콧구멍은 확대되고 온몸이 비늘로 덮였습니다. 다른 사람도 노를 저으려고 하니 손이 오그라들고, 얼마 가지 않아 손이 아니라 지느러미가 된 것 같았습니다. 또 다른 사람은 팔을 들어 줄을 잡으려 하자 팔이 없어졌음을 발견하고 불구의 몸을 구부려서 바닷속으로 뛰어들어갔습니다. 이제까지 그의 다리였던 것은 초승달 모양의 두 끝의 꼬리가 되었습니다. 모든 선원들은 돌고래가 되어 배의 주위를 헤엄쳐 다녔습니다. 수면에 뜨기도 하고 가라앉기도 하고 물보라를 사방에 뿌리기도 하고 넓은 콧구멍으로 물을 뿜기도 했습니다. 열두 명 중에서 저 혼자만 남았습니다. 공포에 떨고 있자니 디오니소스는 저를 위로해 주었습니다. "걱정 마시오, 배를 낙소스로 돌리시오." 저는 복종하였습니다. 그리고 그곳에 도착하였을 때 저는 제단에 불을 밝히고 디오니소스 제전을 거행하였습니다.

펜테우스는 이때 부르짖었다.

"어리석은 이야기를 듣느라고 시간을 너무 허비했다. 저놈을 데리고 가서 속히 처형하라."

아코이데스는 펜테우스의 부하들에게 끌려 옥 속에 갇혔다. 그러나 그들이 처형에 쓰는 도구를 마련하고 있는 동안에 옥문이 저절로 열리고 그의 사지로부터 쇠사슬이 풀렸다. 후에 부하들이 그를 찾아보았으나 그는 아무 데도 없었다.

펜테우스는 그래도 반성하는 빛이 없었고, 다른 사람을 보내기보다 자신이 직접 제전의 광경을 보러 가려고 결심하였다. 키타이론 산은 신자들로 가득 찼다. 그리고 박카이(디오니소스의 여신도)들의 부르짖음은 사방에 울려 퍼졌다. 소동은 펜테우스의 노기를 다시 불러일으켰다. 그건 마치 나팔 소리가 군마(軍馬)를 흥분시키는 것과도 같았다. 그는 숲 속으로 들어가서 제전의 중심부가 있는 넓은 곳에 뛰어들었다. 동시에 부인들이 그를 보았다. 그 중 최초의 부인은 디오니소스에 의하여 눈이 멀게 된 펜테우스의 어머니 아가우에였는데, 그녀는 소리쳤다.

"저기 산돼지가 있소. 이 숲 속을 휩쓸고 다니는 저 커다란 괴물이오! 여러분, 이리로 오십시오! 내가 제일 먼저 산돼지를 잡으렵니다."

군중은 그를 향하여 돌진하였다. 그는 거만한 태도를 버리고 겸손하게 빌기도 하고, 변명하기도 하고, 자신의 죄를 사죄하기도 하고, 용서를 간원하기도 하였으나, 그들은 그에게 접근하여 부상을 입혔다. 그는 자신의 아주머니들을 불러 어머니의 손으로부터 보호해 주기를 호소하였으나 효과가 없었다. 그의 두 아주머니인 아우토노에와 이노는 그의 양팔을 하나씩 잡았다. 그리고, 그들 사이에서 그는 토막토막 잘리어졌다. 그의 어머니는 외쳤다.

"승리다, 승리! 우리가 승리한 것이다. 그 영광은 우리의 것이다!"

이리하여 디오니소스의 신앙은 그리스에 확립되었다.

아리아드네

우리는 전에 테세우스의 이야기를 할 때, 미노스 왕의 딸 아리아드네가 테세우스를 도와 미궁(迷宮)으로부터 탈출케 한 후, 테세우스와 같이 낙소스 섬에 왔었으나, 배은망덕한 테세우스는 그녀가 잠든 사이에 그대로 그녀를 남겨 두고 혼자만 귀국길에 오른 이야기를 하였다. 아리아드네는 잠에서 깨어나 버림받은 줄 알자 슬픔에 잠겼다. 그러자 아프로디테는 그녀를 불쌍히 여겨 그녀가 상실한 인간의 애인 대신에 신을 애인으로 내려 줄 것을 약속했다.

아리아드네가 버림받은 곳은 디오니소스가 좋아하는 섬으로서, 티레노스의 선원들이 배반하여 그를 포박하였을 때 데려다 달라고 애원했던 곳도 다름 아닌 이 섬이었다. 아리아드네가 운명을 한탄하고 있을 때 디오니소스는 그녀를 발견하고 위로하여 자기의 처로 삼았다. 결혼 선물로 그는 그녀에게 보석으로 장식된 금관을 주었다. 그리고 그녀가 죽었을 때 그는 금관을 손에 쥐고 공중으로 던졌다. 금관이 위로 올라감에 따라 보석은 더욱 광휘를 발하여 별로 변하였다. 그리고 아리아드네의 금관은 그 원형을 유지하면서 무릎을 꿇은 헤라클레스와 뱀을 쥐고 있는 그 부하 사이에서 한 성좌로서 하늘에 박혀 있다.

논점 테세우스, 아리아드네, 디오니소스 : 그리스 로마 신화의 대부분이 그러하듯 여러 신들은 서로 어떤 형태로든 관련을 맺는데, 이들도 아리아드네를 두고 연결된다. 아리아드네가 테세우스로 하여금 미노스 궁을 빠져나올 수 있도록 도와 주었음에도 불구하고 테세우스는 아리아드네를 낙소스 섬에 남겨둔 채 귀국해 버린다. 그런 아리아드네를 발견하고 그녀와 결혼한 것은 디오니소스다. 이 미궁 신화는 특히 현대에 이르러 많은 현대 신화적 이미지의 원본으로서 빈번이 언급된다. 현대적 삶의 여러 불가해하고 논증되지 않은 상황을 암시하기도 하고 현대성의 국면 자체가 미궁의 이미지와 유사한 측면을 담고 있다고 설명되기도 한다. 백화점 혹은 슈퍼마켓에 진열돼 있는 상품의 이미지 속에서 현대인들은 길을 잃는다. 미궁으로부터 헤쳐 나오는 길은 지난하다. 현대인은 삶 그 자체가 미궁이라고도 말한다. 상품의 바닷속에 몸을 던지는 버림받은 아리아드네인 것이다.

통합형 문·답

다음은 유하 시인의 시다. 이 시에서 그려지고 있는 상품 신화의 이미지를 위 신화와 대응시켜 적절하게 분석해 보자.

압구정동은 체제가 만들어 낸 욕망의 통조림 공장이다
국화빵 기계다 지하철 자동 개찰구다 어디 한번 그 투입구에
당신을 넣어 보라 당신의 와꾸를 디밀어 보라 예컨대 나를 포함한 소설가 박상우나
시인 함민복 같은 와꾸로는 당장은 곤란하다 넣자마자 당장은 띠— 소리와 함께

거부 반응을 일으킨다 그 투입구에 와꾸를 맞추고 싶으면 우선 일년 간 하루 십 킬로의

로드웍과 섀도우 복싱 등의 피눈물 나는 하드 트레이닝으로 실베스타 스탤론이나

리처드 기어 같은 샤프한 이미지를 만들 것 일단 기본 자세가 갖추어지면

세 겹 주름바지와, 니트, 주윤발 코트, 장군의 아들 중절모, 목걸이 등의 의류 액세서리 등을 구비할 것 그 다음

미장원과 강력 무쓰를 이용한 소방차나 맥가이버 헤어스타일로 무장할 것

그걸로 끝나냐? 천만에, 스쿠프나 엑셀 GLSi의 핸들을 잡아야 그때 화룡점정이 이루어진다

그 국화빵 통과 제의를 거쳐야만 비로소 압구정동 통조림통 속으로 풍덩 편입할 수 있게 되는 것이다

이곳 어디를 둘러보라 차림새의 빈부 격차가 있는지 압구정동 현대아파트는 욕망의 평등 사회이다 패션의 사회주의 낙원이다

가는 곳마다 모델 탤런트 아닌 사람 없고 가는 곳마다 술과 고기가 넘쳐나니 무릉도원이 따로 없구나 미국서 똥구루마 끌다 온 놈들도 여기선 재미 많이 보는 재미 동포라 지화자. 봄날은 간다——

해서, 세속도시의 즐거움에 동참하고 싶은 자들 압구정동의 좁은 문으로 들어가길 힘쓰는구나

투입구의 좁은 문으로 몸을 막 우겨넣는구나 글쟁이들과 관능적으로 쫙 빠진 무용수들과의 심리적 거리는, 인사동과 압구정동과의 실제 거리에 비례한다

걸어가면 만날 수 있다 오, 욕망과 유혹의 삼투압이여

자, 오관으로 느껴 봐라, 안락하게 푹 절여진 만화방창 각종 쾌락의 묘지, 체제의 꽁치통조림 공장, 그 거대한 피스톤이, 톱니바퀴가

검은 기름의 몸체를 번득이며 손짓하는 현장을
  왕성하게 숨막히게 숨가쁘게
  그러나 갈수록 섹시하게

바람이 분다 이곳에 오라
바람이 분다 이곳에 오라
바람이 불지 않는다 그래도 이곳에 오라
(유하, 「바람 부는 날이면 압구정동에 가야 한다 2」 전문)

현대인은 욕망의 노예라는 것이 이 시인이 진단하는 현대적 질병이다. 압구정동은 그 표상이다. 상품은 문화의 묘지라는 서구 상품 신화를 비판한 어느 학자의 말처럼 압구정동은 세속적이고 탐욕적인 욕망의 신작로면서 모든 진정성 있는 삶의 조건들이 철저하게 말살되는 문화의 묘지로서의 공간을 표상한다. 그 속의 인간들은 그들의 내적 욕망의 움직임으로부터 비롯된 욕망이기보다는 실베스타 스탤론이나 주윤발 등의 육체파적 이미지의 모델이나 배우들에게서 비롯된 가짜 욕망과 물적 허영심으로 자신을 치장한다. 모든 상품의 가치는 포장 가치로 대변된다. 유행에 가장 민감한 상품의 이미지들로 치장해야만 압구정동이라는 욕망의 통조림 공장 속에 자신을 편입시킬 수 있다. 욕망의 통조림이란 자기 정체성이 철저하게 상실되고 획일화되고 몰개성화된 가짜 욕망의 혼합 덩어리다. 시인은 이 욕망의 통조림 공장에 풍덩 빠져 든 현대인들의 자기 정체성 상실과 삶의 방향성 상실을 신랄하게 비판한다. 즉 위 신화의 테세우스가 빠진 미노스 궁은 압구정동이라는 욕망의 통조림 공장이 만들어 낸 가짜 욕망이 판치는 세속도시의 미궁 바로 그것이다. 현대인들은 그 가짜 욕망의 바닷속에서 헤어 나오지 못하고 길을 헤매고 있다.

압구정동의 욕망의 통조림 공장에 빠진 사람들 누구에게도 각자를 특성짓는 개성은 보이지 않는다. 차림새의 빈부 격차는 존재하지 않는다. 그것은 빈부 격차가 현실적으로 없다는 의미가 아니라 그 빈부 격차의 심각한 현실을 이 가짜 욕망이 감추어 버리기 때문이다. 가는 곳마다 탤런트 같은 사람들과 흥청되는 소비 문화, 그것은 압구정동을 현대판 무릉도원으로 착각하게 만든다. 그 허위적 표상의 세계에서 사람들은 세속도시의 환락과 쾌락적 즐거움을 누린다. 윤리적인 삶의 좌표는 어디에도 존재하지 않는다. 시인은 아이로니컬하고 역설적이고 신랄한 어조를 통해 이 소비사회의 욕망의 미궁에 빠진 현대인들을 비판한다. 상품의 가치가 포장의 가치로 대변되고 국화빵 같은 개성과 획일적인 유행이 판을 치고 모든 윤리적 자세와 삶의 진정성이 훼손되는 곳에서의 삶, 이것이 시인이 그려 낸 소비 상품의 미궁 속에서 허우적대는 현대인의 초상인 것이다.

◐

오디세이

호메로스
Homeros

호메로스(BC 800년경)라는 이름을 가진 시인이 실재했는지 어떤지는 명확하지 않다. 어쨌든 그는 기원전 800년경에 소아시아 이오니아 해변의 스미르나 키오스 섬에 살았다고 전해진다. 이 시대의 시인은 대부분 음유(吟遊) 시인으로서 각 지방을 순회하였는데, 호메로스도 역시 여러 도시를 전전하며 시를 읊는 장님 시인이었다. 이로써 그는 예로부터 전해 내려오던 구비문학을 집대성하고 자신의 천재성과 창조성을 발휘하여 서사시인 『일리아드』와 『오디세이』를 완성하였다. 그리스의 시성(詩聖)으로까지 추앙되는 인물이지만, 실재 인물이 아니라 전설적 시인, 혹은 개인이 아닌 시인 집단으로 보는 경우도 적지 않다. 따라서 호메로스의 작품은 이미 존재하고 있던 그리스 영웅신화를 바탕으로 호메로스가 집대성하고 완성시켰다고 보는 편이 무난하다.

작품 해제

호메로스의 대표적 서사시인 『일리아드(Iliad)』와 『오디세이(Odyssey)』는 트로이 전쟁을 배경으로 하고 있다. 이 작품에 기록된 문명이 과연 실재했을까에 대해서는 대부분 회의적이었으나, 1870년 오스트리아의 고고학자 슐레이만이 트로이의 유적지를 발견함에 따라 그 실체가 널리 알려지게 되었다.

『일리아드』와 『오디세이』의 배경인 트로이 전쟁은 아킬레우스의 어머니인 테티스의 결혼식장에 초대받지 못해 분노에 치민 에리스(불화의 여신)가 '최고의 미인에게 이 사과를!'이라는 말과 함께 황금 사과를 결혼식장 안에 던진 것에서 시작된다. '신(神) 중의 신'인 제우스는 헤라(그의 아내), 아테나와 아프로디테(그의 딸) 중 어느 하나를 '최고의 미인'으로 선택하기가 곤란하자 축하차 방문한 트로이의 왕자 파리스에게 심판권을 준다. 결국 그는 '최고의 미인'을 보상으로 제의한 아프로디테를 선택한다. 스파르타의 왕인 메넬라오스의 아내 헬레나가 당시 그리스 최고의 미인이었으므로, 파리스는 헬레나를 납치하고, 이로 인해 메넬라오스의 친형이자 미케네의 왕인 아가멤논을 총사령관으로 하여 트로이 원정대가 출발한다.

『일리아드』는 그 후 전쟁이 계속되는 동안 벌어지는 사건들, 예컨대 영웅 아킬레우스의 사랑과 분노, 트로이의 총사령관 헥토르의 죽음을 중심으로 삼아 전쟁의 참혹함을 여실하게 보여 주는 전쟁문학의 백미이다. 한편 『오디세이』는 트로이 전쟁이 끝난 후 그리스 영웅 오디세우스가 집으로 돌아오는 과정에서 겪는 고통과 모험의 서사시다. 그러므로 『일리아드』가 전적으로 전쟁의 참혹함과 영웅의 세계를 그리고 있다면, 이에 비해 『오디세이』는 오디세우스가 지닌 불굴의 의지와 인간적인 약점, 아내와 아들을 향한 사랑, 권력과 재물을 탐하는 신하들의 추한 모습이 뒤엉켜 인간세상에 대한 폭넓은 비판을 가하고 있다. 이는 『오디세이』가 더욱 독자들의 사랑을 많이 받게 하는 요소라 할 수 있다.

『오디세이』는 이른바 '귀향(歸鄕)'을 구조로 한 서사시다. 즉 오디세우스가 트로이 전쟁을 승리로 이끈 다음, 천신만고 끝에 고향인 이타카로 돌아오는 내용을 담고 있다. 줄거리는 다음과 같다.

오디세우스는 '트로이의 목마(木馬)' 속에 위장 침투하여 성을 점령하고 전쟁에서 승리하나, 자신의 승리를 도와 준 바다의 신 포세이돈에게 감사의 뜻을 표하지 않아 포세이돈의 노여움을 산다. 포세이돈은 오디세우스가 결코 집으로 돌아갈 수 없으며, 바다 위에서 방황하다 죽게 될 것이라는 저주를 내린다.

포세이돈의 저주대로, 오디세우스는 집으로 향하는 도중 많은 장애물을 만난다. 오디세우스는 10년 가까이 각지를 표류하게 되는데, 이야기는 오디세우스가 요정인 칼립소의 섬에 붙잡혀 있던 시점에서부터 시작된다. 『오디세이』는 오디세우스의 모험담을 주요 플롯으로 하고, 집에서 그를 기다리는 아내 페네로페와 그를 찾아 나선 텔레마코스의 이야기를 보조 플롯으로 사용하고 있다. 제1장에서 제4장까지의 노래는 아버지 오디세우스의 소식을 찾아 나선 아들 텔레마코스를 주인공으로 삼고 있으며, 제9장에서 제12장까지의 노래는 오디세우스 자신의 모험담으로 이루어져 있다.

오디세우스는 많은 장애물을 만나는데 이들 이야기는 각각 독립된 에피소드로서 독특한 가치를 지니고 있다. 예컨대 오디세우스는 아름다운 마술사 키르케가 살고 있는 섬에 감금된다. 키르케는 마술을 걸어 오디세우스의 부하들을 모두 돼지로 만들어 버린다. 그들은 육체는 돼지이나, 정신은 전과 다름없이 인간의 상태로 남아 있다. 돼지로서의 육체와 인간으로서의 정신을 가지고 살아가야 하는 운명, 이는 인생

전체에 대한 비유이기도 한 것이다. 오디세우스는 돼지로서의 굴욕적인 삶을 살아갈 수 없다고 선언한다. 돼지로 살기보다는 차라리 존엄한 인간으로 죽기를 바랐기 때문에, 그는 목숨을 건 탈출을 감행한다.

헝가리의 문학비평가 루카치는 '변신(變身)'의 진정한 형벌은 몸이 돼지로 변한 데 있는 게 아니라, 정신이 아직까지 인간의 것으로 남아 있는 데 있다는 점을 밝힌 바 있다. 자신이 돼지가 아니라 다름 아닌 인간이었다는 고통스러운 '기억'은 오디세우스로 하여금 돼지로서의 안락한 쾌락에 만족하지 않고, 그것과 싸워 자신의 인간성을 회복하도록 만들어 준다. 현대인들은 키르케의 마법에 빠져 자신이 인간임을 망각한 채 살아가고 있는지도 모른다. 『오디세이』는 키르케의 마법에 저항한 오디세우스를 통해 인간정신의 승리를 주장하였다. 오디세우스는 '나는 인간이 되어야 한다'고 끊임없이 외치고, 이를 회복하기 위해 투쟁한다. 그러나 그가 물질에 대한 유혹과 마법에서 빠져 나와 고향인 이타카로 돌아오는 데는 많은 시일이 걸렸고, 그만한 고통을 극복해야 했다. 이러한 오디세우스의 인간상은 자아 상실에 허덕이고 있는 현대인들에게 깊은 감명을 준다.

작품 읽기

오디세우스는 거인들이 사는 키클로프스(거인족) 섬에 도착했다. 여기에서 그는 열두 명의 부하와 함께 폴리페모스의 환대를 받고, 자기 이름이 우티스('아무도 아니다'라는 뜻)라고 말했다. 그런데 거인인 폴리페모스는 그들을 동굴에 가두고 입구를 큰 돌로 막은 뒤 부하 중에서 여섯 명을 잡아먹었다. 돌을 움직이지 못해 밖으로 나갈 수 없었던 오디세우스는 마론이 준 포도주로 거인을 취해 잠들게 하고, 불로 달군 철봉으로 그의 눈을 찔렀다. 폴리페모스는 '아무도 아니다' 가 나를 죽이려 한다고 소리쳤으나, 다른 키클로프스는 아무도 그를 도우려 하지 않았다. 날이 밝자 폴리페모스는 양떼를 밖으로 내보내기 위해 동굴 입구의 돌을 치웠다. 이에 오디세우스와 여섯 명의 부하는 양떼들의 옆구리에 매달려 밖으로 도망쳤다. 배에 도달한 오디세우스는 자기 본명은 '우티스' 가 아니라 '오디세우스' 라고 외친다.

도망친 그는 바람의 신 아이올로스의 섬에 갔다. 아이올로스는 서풍 이외의 모든 바람이 들어 있는 자루를 오디세우스에게 주어, 그가 무사히 돌아갈 수 있도록 자루 안에 있는 바람을 사용하는 요령을 가르쳐 주었다. 그러나 오디세우스의 부하들은 그 자루 속에 돈이 들어 있는 줄 알고 오디세우스가 잠든 틈을 타서 자루를 열어 보았다. 그러자 온갖 바람이 빠져 나와, 그들은 다시 고향의 반대편으로 멀리 밀려나고 말았다.

오디세우스는 이 배로 항해를 계속하여 키르케(마법에 뛰어난 여신 중의 하나)가 사는 아이아이에 섬에 도착했다. 강력한 마술사인 키르케는 일행에게 마법을 걸어 부하들을 모두 돼지로 만들어 버렸다. 오디세우스는 마법에 대해 저항력을 가진 약초를 준 헤르메스의 도움으로 키르케를 무찌르고 부하들을 다시 인간으로 바꾸어 놓았다.

마침내 오디세우스는 사이렌(그리스 신화 중의 해정(海精), 상반신은 여자이고 하반신은 새 모양을 한 마녀) 요정이 사는 섬을 지나게 되었다. 사이렌 요정은 노랫소리가 너무 매혹적이어서 인간들이라면 누구나 그 소리에 매혹되어 그 섬에 가까이 다가서다가 결국은 암초에 걸려 모두 죽게 만든다는, 아름다우면서도 무시무시한 요정이다. 오디세우스는 사이렌의 섬에 가까워지자, 부하들이 사이렌의 노래에 유혹당하지 않게 하기 위해 부하의 귀를 마개로 막았다. 그 자신은 노랫소리를 들었지만, 그는 이미 자기 몸을 마스트에 묶어 놓게 만들었던 것이다. 오디세우스는 사이렌 요정의 노래를 듣고 그곳으로 가고 싶어 미칠 지경이었고 부하들에게 그곳으로 배를 저으라고 소리 높여 명령했지만, 부하들은 이미 귀를 막고 있었으므로 오디세우스의 명령을 들을 수 없었다. 부하들은 오디세우스가 미리 내렸던 지시에 따라, 묵묵히 배를 저을 따름이었다. 결국 오디세우스는 사이렌의 노랫소리를 들으면서도 좌초되지 않고 무사히 그곳을 빠져 나올 수 있었다.

그 후에도 오디세우스는 갖은 고난을 만난다. 오디세우스가 탄 배가 표류하여 도착한 곳은 아름다운 칼립소가 사는 오기기아 섬이었다. 칼립소는 오디세우스와 결혼하고, 오디세우스를 불사신으로 만들 정도로 그를 사랑했다. 그러나 오디세우스는 그녀와 7년 동안을 같이 살고 나자 고향과 아내 생각이 나서 울며 나날을 보냈다. 이 눈물이 신들을 감동시켰다. 이에 신들은 헤르메스를 파견하여 칼립소에게 오디세우스와 헤어지도록 명하고, 그에게 뗏목 만드는 법을 가르치라고 했다. 오디세우스는 그 후에도 숱한 우여곡절을 겪은 끝에 아내와 아들이 있는 고향 이타카로 귀향하게 된다.

(『그리스 로마 신화 사전』 '오디세우스' 중에서)

통합형 문·답

제시문에서 오디세우스는 거인 폴리페모스, 바람의 신 아이올로스, 마법의 여신 키르케, 사이렌 요정, 칼립소를 만난다. 이들과의 만남이 각각 상징하는 바를 중심으로, 오디세우스의 삶이 보인 긍정적인 측면을 논술해 보자.

오디세우스가 가장 먼저 만난 것은 거인 폴리페모스이다. 여기에서 폴리페모스는 인간에게 부과된 물리적인 폭력을 상징하는 것 같다. 인간의 역사는 자연의 가공할 만한 위력과 싸워 나오면서 형성된 역사로 볼 수 있다. 대부분 자연의 힘은 막강한 것이어서, 이에 대적하려는 인간의 힘은 매우 왜소해 보인다. 오디세우스와 폴리페모스와의 대결도 이러한 모습에 가깝다. 그러나 오디세우스는 포기하지 않고 용의주도하게 자신의 계획을 관철시켜 나간다. 그는 거인 폴리페모스에게 자신의 정체를 감추고, 술을 먹여 판단력을 흐리게 한 다음 양떼의 옆구리에 숨어 탈출한다. 자신의 이름을 감추고 '우티스('아무도 아니다'라는 뜻)'라고 말한 것은 적과의 싸움에서 승리하기 위해서는 자신의 정체를 감추고 상대방의 비밀에 대해서 잘 알아야 한다는 전략, 즉 지피지기(知彼知己)면 백전불패(百戰不敗)라는 격언을 상기시킨다.

바람의 신 아이올로스와의 만남은 자연의 도움을 제대로 이용하지 못하는 인간의 어리석음을 보여 주는 대목이다. 오디세우스는 아이올로스의 도움을 받아 바람을 잘 이용할 수 있는 기회를 얻었다. 그러나 그는 부하들을 너무 믿은 나머지 이를 끝까지 선용(善用)하지 못한다. 부하들은 자루 속에 든 것에 대한 호기심을 버리지 못해 마침내 자루를 열어 보고 만다. 재물을 향한 부하들의 욕심 때문에 일을 그르친 것이다. 오디세우스는 부하들도 역시 어리석은 인간이라는 점을 잊지 말았어야 했다. 인간은 자칫 재물욕에 눈이 어두워질 수 있다는 점을 감안하여 이에 대해 끊임없이 경계심을 늦추지 말았어야 했다.

마법의 여신 키르케와의 만남은 인간이 자칫하면 돼지와 같은 상태로 전락할 수 있음을 보여 준다. 여기에서 부하들이 돼지로 변신했다는 사실을 신화 그대로 믿을 필요는 없을 것이다. 그보다는 오히려 우리들에게 무엇인가 상징적인 교훈을 주는 쪽으로 해석해야 한다. 여기에서 키르케가 보여 준 마법은 마치 마약과 비슷하다. 마약에 취한 사람은 동물에 가까운 행동을 벌인다고 한다.

의지력이 박약한 대부분의 사람들은 한번 마약에 빠지면 평생 거기에서 벗어나지 못한다. 그러나 이 작품 속의 주인공 오디세우스는 이러한 유혹에서 과감히 벗어났으며, 그 결과 부하들도 돼지의 상태에서 벗어나게 만들 수 있었던 것이다. 사실 인간의 육체와 돼지의 몸이 다른 것은 큰 문제가 되지 않는다. 중요한 것은 인간에게는 자신의 일생을 돼지처럼 허비할 수 없다는 강한 주체의식이 있다는 점이다. 오디세우스는 이러한 주체의식을 가진 사람이기에 키르케의 마법에서 풀려날 수 있었다고 본다.

사이렌 요정과의 만남은 생활과 예술의 관계에 대해 생각하게 만든다. 사이렌 요정이 살고 있는 섬을 지날 때 오디세우스에게는 두 가지의 선택 방식이 있었다. 하나는 아예 귀를 막고 이 지점을 통과해 버리는 방식이다. 이것은 가장 안전하게 그곳을 통과할 수 있는 방법이다. 그러나 사이렌 요정의 노랫소리를 듣지 못하고 지나치는 방법이라는 점에서 아쉬움을 남긴다. 두 번째 방법은 사이렌 요정의 소리를 들어 보는 것이다. 그러나 이것은 결국 배가 표류되어 죽음을 자초하는 방식이라는 점에서 결코 택해서는 안 되는 방식이다. 이 두 가지 방식은 아마도 평범한 생활인과 예술가의 삶을 각각 상징하는 것으로 해석할 수 있다. 평범한 생활인이라면 사이렌의 소리를 듣고 절대절명의 위기에 빠지느니보다는 차라리 안전하게 그 소리를 피해 가는 쪽을 택할 것이다. 그러나 이 경우, 사이렌 노랫소리의 아름다움은 체험하지 못할 것이다. 한편 예술가는 자기의 목숨을 걸고 아름다움을 추구하는 사람들이다. 그러나 이들은 결국 견실한 생활인이 되지 못하고, 아름다움에만 도취하여 그 세계에서 표류하다가 비참한 일생을 마치기 십상이다. 이 두 가지 선택 방식을 놓고 고민하던 오디세우스는 자신의 몸을 마스트에 묶어둔 채 사이렌의 소리를 들음으로써, 평범한 생활인으로서의 자세와 미를 추구하는 예술가의 특권을 함께 누릴 수 있었다. 우리는 이 에피소드에서 오디세우스의 비범한 지혜로움을 목도하게 된다.

칼립소와의 만남에서도 오디세우스는 불굴의 의지를 지닌 인물로 묘사되었다. 그는 온갖 방해에도 불구하고, 고향으로 돌아가고야 말겠다는 자신의 뜻을 관철시킨다. 그는 칼립소의 지극한 대접을 받으며 편히 살 수 있었으나, 자신의 뜻을 굽히지 않아 결국 신들의 도움을 받아내게 된다. 인간은 유혹에 약하다고 한다. 오디세우스도 인간인 이상, 유혹을 초연하게 벗어나기란 쉬운 일이 아니었을 것이다. 그러나 그는 유혹을 뿌리치고 자신의 뜻을 저버리지 않았다는 점에서 우리들에게 장엄한 교훈을 남겼다. 인생이란 나약하게 유혹만을 좇아다니기에는 너무 짧다는 것을, 그리고 유혹을 이긴 자만이 결국 자신의 인생을 성공적으로 사는 것이라는 사실을 가르쳐 준다.

결국 우리는 이상의 다섯 가지 에피소드를 통해, 인간의 어리석음과 나약함에 대해 스스로 반성해 볼 수 있게 된다. 그리고 인간의 취약함을 벗어나기 위해 인간인 오디세우스가 투쟁하는 모습을 보면서, 인생에서 용기와 지혜 그리고 의지가 얼마나 소중한 것인지를 배우게 된다.

이솝 우화집

이 솝
Aesop

그리스의 우화 작가 이솝은 아이소포스(Aisopos)의 영어식 표기이며, 그에 대한 정확한 생존 연대는 분명치 않다. 5세기 후반에 나온 헤로도투스의 『역사』에 이솝에 대한 이야기가 나온 것이 거의 전부라고 하는데, 그에 의하면 이솝은 기원전 6세기경 살았고 노예일 가능성이 있으며 델포이 사람들에 의해 살해당했다는 정도이다. 기원전 5세기경에 이르면 그의 이름은 아테네에 널리 퍼져서 우화작가라면 이솝을 연상할 정도였다고 하는데, 혹자들은 그가 가상적 인물이었다고 주장하기도 한다. 당대의 사정을 고려해 보면 그의 글은 글로 씌어져 읽혔다기보다는 구비 전승되었을 가능성이 높으므로 우화는 모두 이솝의 것으로 간주되었을 가능성이 많아서 이솝이라는 인물과 그의 우화에 대해 정확한 규정을 내리기가 곤란하다. 안짱다리, 불룩 나온 배, 검고 비할 데 없이 추악한 외모를 가졌다는 유명한 아이소포스 상(像)은 아득한 후세의 창작에 지나지 않는다.

작품 해제

이솝 우화는 정확한 판본을 규정하기가 어렵다. 우화라면 당연히 이솝의 것이라고 간주된 경우가 많았기 때문이다. 따라서 우화 일반이 간행되던 역사를 일단 알아보고 이솝 우화로 정리된 작품집의 존재를 알아보는 정도가 이솝 우화의 범주를 규정할 수 있는 길이 아닌가 한다.

국내에 이솝 전집을 번역하여 간행한 어느 교수의 정리에 의하면 최초의 우화집이 나온 것은 기원전 300년경 아테네에서였고, 현재 남아 있는 가장 오래된 우화집은 패드루스라는 인물이 라틴어 운문으로 적어 놓은 것이라 한다. 그러나 이 우화집 내에는 패드루스 자신이 지은 우화도 포함되어 있었던 듯하다고 지적하고 있다. 이후 2세기경에 나온 바브리우스의 운문 우화집이 있고, 서기 400년경 로마인 아비아누스가 라틴어 운문집을 썼으며, 15세기 이후 패드루스와 아비아누스의 운문을 산문으로 고친 판본이 많이 나왔다고 한다.

일반적으로 『이솝 우화집(Fables of Aesop)』 가운데 가장 신빙성 있는 것으로는 1929년에 프랑스 학자 에밀 샹브리가 프랑스어로 번역 출간한 『이솝 우화집』을 꼽는다. 이 작품집에는 이솝 우화로 추정되는 우화 358편을 실어 놓았다.

일반적으로 우리가 알고 있는 것과는 달리 이솝 우화는 원래 성인 대상용으로 교훈적인 내용은 상대적으로 강조되지 않았다고 한다. 그런데 번역 과정에서 외설적인 내용이 삭제되면서 어린이용 교훈집으로 바뀌었고, 또 그러한 어린이용 번역집만 국내에 소개되었기 때문이다. 그러다가 최근에야 국내에서도 완역본이 소개되었다.

우화(寓話)는 대개 교훈을 전달하기 위해 비유적 어법을 사용하여 풍자적으로 내용을 제시하는 문학 장르이다. 인간의 여러 상황을 인간 이외의 여러 동물이나 신 등의 이야기로 꾸며서 이야기하는 짧은 분량의 글인데 우리 문학의 경우에는『별주부전』『장끼전』같은 작품이 이 부류에 든다.

우화에 등장하는 동물 등은 사람의 속성을 띠고 있다.『이솝 우화집』에 등장하는 동물들의 경우 대개의 다른 우화와 마찬가지로 개는 충성스러움, 여우는 간교함, 곰은 우직함 등의 속성을 띠며 그 속성들은 복잡한 심리적 갈등의 산물이 아닌 단순하고 전형적인 성격으로 처리된다.

이러한 단순성에 의해 이야기에 제시되는 교훈은 쉽게 독자에게 전달된다. 또한 대체로 이 교훈은 현실적이면서도 아니러니가 함축되어 있다.

서양에서는 이 이솝 우화와 17세기 프랑스의 라 퐁텐의 우화가 유명하며 조지 오웰의『동물 동장』같은 서양 우화의 전통을 이용한 정치소설도 있다. 우리 문학의 경우에는 안국선의『금수회의록』이 이 부류에 든다. 이러한 특징들을 고려할 때 우화는 알레고리의 한 분야라고도 할 수 있다.

작품 읽기

(가) 몹시 굶주린 여우 한 마리가 참나무에 뚫린 구멍에서 고기가 든 빵을 발견하고선 기어들어가 그것을 먹어치웠다. 이 음식들은 양치기가 남겨 둔 것이었다. 배가 잔뜩 부른 여우는 그 구멍에서 다시 빠져 나올 수가 없었다. 때마침 그곳을 지나다 그 여우의 울음과 탄식을 들은 다른 여우가 다가가서 무슨 일이냐고 물었다. 전후 사정을 듣고 난 그 여우가 말하기를 "흠, 그렇다면 자네가 들어갔을 때처럼

배가 홀쭉해지기를 기다릴 수밖에. 그땐 쉽사리 빠져 나올 수 있을 테니까."

(『이솝 우화집』,「인내」 중에서)

(나) 여우 한 마리가 울타리를 기어오르다 미끄러졌다. 떨어지지 않으려고 여우는 가시나무 덤불을 움켜잡았다. 가시에 찔려 발에서 피가 나자 여우는 고통스럽게 외쳤다. "이런 세상에! 나는 너에게 도움을 청했는데 나를 이전보다 더욱 궁지에 몰아넣다니." "그래, 이 친구야! 나를 붙잡으려 했던 것은 너의 대단한 실수였어. 왜냐하면 나 자신이 모든 것을 붙잡고 늘어지니까"라고 가시나무가 말했다.

(『이솝 우화집』,「친구인가 원수인가?」 중에서)

(다) 배고픈 여우가 나무 위에 뻗어 있는 포도넝쿨에서 포도송이를 발견하고는 따 먹으려 애썼지만 포도송이가 너무 높게 매달려 있었다. 그래서 여우는 떠나면서 스스로 위로하기를, "저 포도송이들은 어차피 익지도 않았을 거야."

(『이솝 우화집』,「신 포도」 중에서)

(라) 사냥꾼들에게 쫓기던 여우가 나무꾼을 보자 숨겨 달라고 애원했다. 나무꾼은 여우에게 그의 오두막에 숨으라고 말했다. 곧 사냥꾼들이 들이닥쳐 나무꾼에게 이쪽으로 여우가 지나가는 것을 보지 못했느냐고 물었다. 나무꾼은 "보지 못했소"라고 대답은 하면서도 엄지손가락을 젖혀 여우가 숨은 곳을 가리켰다. 하지만 사냥꾼들은 그의 말을 곧이듣고는 그의 암시를 눈치채지 못했다. 사냥꾼들이 가 버리자 여우는 밖으로 나와 한마디 말도 없이 제 갈 길을 휭허케 가 버렸다. 나무꾼은 구해 준 은혜에 대해 감사하단 말 한마디 없이 사라지는 여우를 꾸짖었다. "저는 당신께 감사했을 거요." 여우가 뒤돌아보

며 말했다.

"만약 당신의 행동과 성격이 당신의 말과 일치했더라면 말이오."

(『이솝 우화집』, 「말보다는 행동을」 중에서)

(마) 원숭이 한 마리가 많은 동물들 앞에서 춤을 추어 강렬한 인상을 남겼다. 그는 동물들에 의해 왕으로 추대되었다. 여우는 질투가 났다. 고기가 놓여진 덫을 발견한 여우는 원숭이를 그곳으로 데려가 "여기 제가 찾아낸 맛있는 고기 한 덩어리가 있습니다. 제가 먹지 않고 전하께서 특별히 잡수시라고 보관해 왔습니다. 그러니 드십시오" 라고 말하였다. 원숭이는 무심코 고기를 덥석 잡다가 덫에 걸리고 말았다. 원숭이가 여우에게 함정을 만들어 놓은 것을 비난하자 여우는 대답했다. "이봐 원숭이 친구, 너 같은 바보가 동물의 왕이라니."

(『이솝 우화집』, 「지혜가 모자라 죽은 원숭이」 중에서)

논점 (가)의 이야기는 세월이 모든 어려운 문제를 해결해 주니 참고 기다리라는 교훈을 준다.

(나)의 이야기는 도움을 주기는커녕 피해를 주는 성품의 사람들에게 도움을 청하는 사람들의 어리석음을 실례로 보여 준다.

(다)는 사람들은 자신들의 능력 부족으로 무슨 일에 실패했을 때도 그 원인을 주위 환경 탓으로 돌려 버린다는 점을 경계한 내용이다.

(라)의 우화는 남들 앞에선 공공연하게 선을 말하면서 뒤돌아서선 딴전 부리는 사람들을 빗대어 비판하고 있다.

(마)는 적절한 상황 판단 없이 일을 꾀하는 사람들은 그로 인해 고통을 받게 되고 비웃음까지 사게 된다는 교훈을 준다.

통합형 문·답

우화는 현재에도 씌어질 뿐 아니라 현대 문학 작품 특히 소설에 종종 삽입되는 경우가 있다. 작가들이 우화를 쓰거나 혹은 문학 작품에 삽입하는 이유에 대해 생각해 보고 우화라는 형식의 현대적 의의에 대해 생각해 보자.

우화는 교훈을 전달하기 위해 혹은 어떤 부당하거나 어리석은 사례들에 대해 비판하기 위해 이야기되고 또 글로 씌어진다. 말하자면 우화는 부정적인 대상을 전제로 한다. 그 대상의 여러 문제점들을 비판하고 풍자하는 것이다. 이러한 사정은 우화의 형식을 띤 정치소설 『금수회의록』이나 『동물농장』을 염두에 두면 쉽게 이해된다. 즉 이런 소설들은 어떤 부정적인 대상을 비판하기 위해 씌어진 것이 분명하다. 우화라는 이야기 형식이 등장인물의 성격이나 행동이 명쾌하고 단순하며 간결한 특징을 지니고 있어서 그 부정적인 대상에 대해 신랄한 공격을 감행할 수도, 그리고 부정적 대상 자체의 우둔함이나 비도덕성을 격렬하게 비판할 수도 있게 한다. 이러한 측면은 우화가 지니고 있는 강점이자 우화를 애독하게 되는 이유이기도 하다.

한편 우화는 주제를 강력하게 전달하는 데 효과적이기는 하나, 사태의 진실을 전체적으로 드러내 주는 역할을 충실히 수행하지 못할 수도 있다. 그것은 두 가지 이유 때문이다. 첫째로는 우화에 등장하는 인물성격의 단순함 때문이고 둘째로는 우화는 분명 비유이기 때문이다.

현실 세계에 사는 사람들의 심리나 성격은 어느 누구도 그렇게 단순하지 않다. 위의 작품에서처럼 어리석거나 신의 없는 행동을 할 수밖에 없는 내적 갈등이 어느 누구에게도 존재하는 것이다.

이러한 갈등의 구체적인 파악이 오히려 세상 인간들을 이해하는 데 더 도움을 준다고 생각한다면 이 우화의 형식은 한계가 분명해진다. 또한 우화는 비유이기에 현실 그 자체의 문제를 직접적으로 분명하게 꼬집는 데는 한계가 있다. 비유는 언제나 불충분하다는 이야기가 있다. 바로 이야기해도 될 것을 돌려 이야기한다면 분명 이 비유를 통해 놓치고 말 어떤 부분이 존재하게 되는 것이다.

그러나 이렇게 비유적으로 말하는 이유가 없는 것은 아닐 것이다. 특히 직접 말하기가 아주 어려운 경우, 즉 말하는 이가 전략을 세우지 않고 직접적으로 말한다면 어떤 불이익을 당한다거나 아니면 쉬운 말로 초보적인 관점을 제시할 필요가 있을 때는 이 우화의 형식도 효과적이라고 할 수 있다.

◐

오이디푸스 왕

소포클레스
Sophocles

소포클레스(BC 497/496~406)는 아이스킬로스, 유리피데스와 함께 그리스 3대 비극 작가에 속한다. 아테네 근처의 콜로노스에서 부유한 기사 계급 출신 무기제조업자의 아들로 태어났다. 123편의 희곡을 썼다고 전해지며, 비극 7편과 풍자극 1편이 현재 남아 있다. 대표작으로는 『아이아스』 『오이디푸스 왕』 『엘렉트라』 『콜로노스의 오이디푸스』 등이 있다. 그의 작품은 아이스킬로스의 어처구니없는 단순성, 유리피데스의 심리적 다양성의 중간 지점에 놓인다. 당시에는 유리피데스가 높은 평가를 받았으나, 아리스토텔레스는 그의 『시학』에서 소포클레스의 작품, 특히 『오이디푸스 왕』을 비극의 모델로 간주하였다. 이런 이유에서 『시학』은 『오이디푸스』에 대한 비평문이기도 하다. 소포클레스는 3부작에 3편의 연극이 포함되는 아이스킬로스 식의 3부작 구성을 지양하고 연속적인 이야기가 담겨 있는 작품을 썼다. 그는 비극 작품의 경연대회에서 1위를 스무 번을 넘게 차지했고, 2위는 그보다 훨씬 많았으며, 한번도 3위를 차지한 적은 없었다고 한다. 그는 연극의 기술적인 방면에서 처음으로 세 사람째의 배우를 이끌어들여 구성을 복잡하게 하였고, 극의 예술적인 전개를 위하여 코러스(합창단)의 숫자를 늘렸다.

작품 해제

『오이디푸스 왕(Oedipus Rex)』은 테베를 뒤덮는 전염병의 재앙을 면하기 위해서는 선왕(先王) 라이오스를 죽인 자가 밝혀져야 한다는 신탁(神託)에서 시작된다. 그러나 이 극 속의 비극적인 운명의 원인은 극 밖에 있었다. 즉, 라이오스 왕이 젊은 시절 엘리스의 펠로포스 왕의 궁궐로 망명해 있을 때 그곳의 아름다운 왕자 크류이시포스를 사랑하여 이른바 동성애를 범했기 때문에 펠로포스 왕의 저주를 받은 것이다. 그래서 테베로 돌아온 라이오스 왕은 자식을 낳아서는 안 되며, 만약 이것을 어기면 그 아들 손에 죽고 만다는 신탁을 받게 된다. 그러나 라이오스 왕은 이오카스테에게 접근하여 결혼한 후 아들을 하나 얻었는데, 그가 바로 오이디푸스였다.

그리스 신화는 왕족과 신들의 끊임없는 복수 이야기, 신탁에 의한 저주가 극의 중요한 주제가 되고 있다. 자연이 인간에 부여한 운명과 인간의 이에 대한 투쟁 사이의 갈등이 비극적 구도가 된 것이다. 『오이디푸스 왕』도 그러한 예 중의 하나이다. 줄거리는 다음과 같다.

그리스 테베에 무서운 전염병이 퍼진다. 수많은 백성들이 죽어 가는 것을 본 오이디푸스 왕은 전염병의 원인을 찾도록 처남인 크레온을 아폴론 신전으로 보낸다. 오이디푸스는 원래 코린토스의 왕자였는데, 불길한 신탁을 받고서 이로 인해 발생할 불행을 피하기 위해 방랑 생활을 하였다. 그러다 테베에 이르는 길에서 사소한 시비 끝에 한 노인을 살해한 후, 테베 사람들을 괴롭히는 괴물 스핑크스를 죽이고 그 공적으로 당시 살해된 선왕의 뒤를 이어 테베의 왕위에 올랐으며, 선왕 라이오스의 왕비였던 이오카스테를 아내로 삼은 상태였다. 크레온은 선왕 라이오스를 살해한 자를 제거하라는 명령을 받아 돌아오고 오이디푸스는 그 범인을 추적한다.

그러나 좀처럼 범인을 찾아내지 못한 오이디푸스는 이상한 불안감에 사로잡힌다. 그리고 어렸을 때부터 자기 자신을 괴롭혀온 불길한 신탁을 생각해 낸다. 그 신탁이란 자신이 아버지를 죽이고 어머니를 아내로 삼을 운명이라는 것이다. 그런데 라이오스와 이오카스테에게도 아들이 있었는데, 그 아이가 아버지를 죽이고 어머니를 아내로 삼으리라는 저주가 있어 그들은 그 아이를 카타이론 산에 버렸다는 게 아닌가. 그렇다면 이 수수께끼는 무엇인가. 오이디푸스는 엄연히 코린토스의 왕자가 아니었던가. 그런데도 그는 고민을 한다. 다행히 라이오스 왕이 살해되었을 당시의 목격자가 살아 있으니 그를 찾아 물어 보면 의문은 쉽게 풀릴 것이다.

이때 뜻하지 않던 소식이 전해진다. 즉 코린토스의 사자(使者)가 등장하여, 코린토스의 왕이 죽고 오이디푸스가 그 후계자로 선택되었다는 사실을 말하는 것이다. 그와 동시에 사자는 놀랄 만한 사실을 한 가지 더 알려 준다. 오이디푸스는 원래 코린토스 사람이 아니라 테베 태생이라는 것이다. 더구나 그는 원래 라이오스의 아들로서 갓난아이 때 카타이론 산에 버려졌었다는 사실을 말해 준다. 또한 선왕 라이오스의 최후 목격자가 등장하여 오이디푸스가 예전에 살해했던 노인이 라이오스 왕이었음이 드러나고, 이로써 모든 '출생의 비밀'이 밝혀진다. 오이디푸스는 라이오스 왕과 이오카스테의 아들이었던 것이다. 모든 것을 알아차린 왕비는 절망과 비탄으로 인하여 자살하고, 오이디푸스는 자신의 운명을 깨닫고 자신의 눈을 찔러 스스로 맹인(盲人)이 된 다음, 딸 안티고네만을 데리고 정처 없는 방랑의 길을 떠난다.

이 작품은 신이 부여한 운명과 인간의 의지 사이에서 빚어지는 갈등을 다룬 비극이다. 선왕 라이오스 왕도 오이디푸스 왕도 자신에게 신탁으로 부여된 운명에서 벗어나고자 하나, 결국 잔혹한 운명적 비극을 확인하게 된다. 이처럼 비극은 운명 앞에서는 나약하게 마련인 인간 자체의 한계를 주제로 삼아, 인간은 모름지기 신과 자연의 운명 앞에 겸허해야 함을 가르치고 있다.

다시 조국으로 돌아온 오이디푸스와 딸 안티고네의 이야기는 이 작품의 속편이라고 볼 수 있는 『콜로노스의 오이디푸스』에서 다루어진다. 이 작품에서 두 인물은 신의 운명에 항변하며 참된 인간의 의미를 다시금 질문하고 있다.

작품 읽기

사자(使者): 자살하셨습니다. 이 일에서 가장 비참한 것을 못 보셨기 때문에 여러분은 괴로움도 작습니다. 그러나 내가 기억하는 한에서, 내가 본 그분의 죽음을 말씀드리겠습니다.

그분은 미칠 듯이 집안으로 뛰어들어가서 머리채를 두 손으로 쥐어뜯으시면서, 곧장 내외분의 침실로 뛰어가셨습니다. 방에 들어가시자마자 문을 쾅 닫으시고는, 오래전에 돌아가신 라이오스 왕을 소리쳐 부르셨습니다. 그 몸에서 태어난 아드님을 생각하셨던 것이지요. 아버지를 죽이고 어머니를 스스로의 소생으로 저주받게 한 그 아들, 그 엄청난 자손 말입니다.

불쌍하게도 남편에게서 남편을, 자식에게서 자식이라는 이중의 출산을 본 그 혼인을 한탄하고 계셨습니다. 그 다음에 무슨 일이 일어났는지 저는 모릅니다. 오이디푸스 왕께서 소리치시며 뛰어 들어오셨기 때문에, 그분의 마지막은 보지 못하고 말았습니다. 누구나 다 왕께서 서성대시는 것을 물끄러미 보고만 있었습니다. 왕께서는 오락가락하시면서 "칼을 달라. 아내면서도 아내가 아니고, 자식과 자식 애를 함께 낳은 사람이 어디 있느냐"고 외치셨습니다. 그렇게 미친 듯이 외치시는 동안에, 아무도 보지 못하였지만, 무슨 인간 이상의 다른 힘이 이끌었는지 왕께서는 소리를 지르시면서 문에 덤벼드시어 빗장을 비틀어 벗기시고 방안으로 뛰어드셨습니다.

보니까, 왕비의 몸은 이미 매달려 있었습니다. 밧줄의 고리로 목을 맸던 것입니다. 왕께서는 그 모습을 보시자 목이 멘 소리를 내시면서 밧줄을 풀으셨습니다. 그리고는 그 가엾은 시체를 내려 분하시고 나서, 차마 못 볼 일이 일어났습니다. 왕께서는 왕비가 입고 계신 옷에서 황금의 장식바늘을 빼서 높이 쳐드셨다가 당신의 두 눈알을 그것으로 콱 찌르셨습니다. 그때 이런 말을 하시더군요. "너희들은 이제 다시는 내게 덮친 수많은 앙화도, 내가 스스로 저지른 수많은 죄업도 보지 마라! 이제부터 너희들은 어둠 속에 있거라! 보아서 안 될 사람을 보고, 알고 싶은 사람을 알아채지 못했던 너희들은 다시는 누구의 모습도 보아서는 안 된다."

이렇게 신음하시면서, 한 번도 아니고 몇 번씩 손을 치켜드셨다가는 눈을 찌르시고 그때마다 눈에서 흘러내리는 피가 수염을 적셨습니다. 거기에서는 핏방울이 떨어졌다기보다는 시꺼먼 피가 억수같이 쏟아져 나왔습니다.

이런 무서운 일이 한편에서만이 아니라 양편에서, 내외분께서 함께 겪으셨습니다. 옛부터 내려온 이 집안의 행복은 진정 행복이었습니다. 그러나 오늘부터는 비탄과 파멸과 죽음과 치욕, 온갖 앙화라고 부를 수 있는 것들은 하나도 갖추지 않은 것이 없게 되었습니다.

…〈중략〉…

코러스 : 조국 테베 사람들이여, 명심하고 보라. 이이가 바로 오이디푸스 왕이시다. 그이야말로 저 이름 높은 죽음의 수수께끼를 풀고, 권세 이를 데 없었던 사람. 온 장안에서 누구나 그 행운을 부러워했건만. 아아, 이제는 저토록 격렬한 풍파에 묻히고 말았다. 그러니 사람으

로 태어난 몸은 조심스럽게 마지막 날 보기를 기다려라. 아무 괴로움도 당하지 말고 삶의 저편에 이르기 전에는 이 세상 누구도 행복하다고 부르지는 마라.

(『오이디푸스 왕』 결말 부분 중에서)

통합형 문·답

1 제시문을 통해 오이디푸스 왕의 비참한 말로(末路)에서 느낄 수 있는 삶의 지혜는 무엇인가 정리해 보자.

코린토스의 왕자 오이디푸스는 유명한 스핑크스의 수수께끼 '어려서는 네 발이고, 커서는 두 발이며, 늙어서는 세 발인 것은 무엇인가' 라는 문제를 맞추고 스핑크스를 죽인다. 수수께끼를 풀지 못해 많은 희생자를 냈던 테베의 사람들은 오이디푸스를 그들의 영웅으로 생각하고 왕으로 모신다. 우리는 스핑크스를 지혜, 죽음, 권위 등 왕의 조건을 묻는 시험의 상징으로 볼 수 있다. 또한 이는 백성들이 싫어하던 폭정, 죽음을 부르는 권력일 수도 있다. 오이디푸스는 이 죽음을 부르는 권력의 억지 수수께끼를 자신의 지혜로 풀고 입성하여 왕이 되는 것이다. 여기에서 보다 중요한 것은 오이디푸스가 비록 백성들의 환영을 받으며 왕이 되지만, 권력은 항상 누군가의 죽음으로 인해 유지된다는 것이다.

오이디푸스의 입장에서 이런 죽음을 통한 자신의 등극 과정은 승승장구였을 것이다. 더욱이 그는 라이오스 왕의 죽음으로 공석이 된 왕의 자리와 미녀인 왕비 이오카스테의 남편의 자리에 함께 오른다. 권좌와 미인을 한꺼번에 차지한 오이디푸스의 마음에 테베에 퍼지는 전염병처럼 일말의 불안이 번지는 것은 오히려 당

연하다. 그것은 권력에 대한 욕망이 빚은 필연적인 불안이다. 닿는 것마다 황금을 만들던 마이더스의 손이 자신의 죽음을 재촉하고 가족마저도 생명이 없는 황금상으로 만들어 버렸듯이, 오이디푸스의 권좌 또한 피로 물든 것이며 보이지 않는 불운을 간직한 것이기 때문이다. 인간에게 있어 중요한 3대 미덕인 용기, 지혜, 정의를 실현한 오이디푸스 왕의 몰락은 완전함을 이루고자 신에 대항하다 그 성과마저 뺏겨 버린 바벨탑의 이야기를 떠올리게 한다.

근친살해를 예언하는 신탁은 이에 대한 경고이다. 만인의 위에서 지휘봉을 휘두르고자 하는 성취욕이 결국은 사람의 눈을 멀게 하여 진실과 가족들의 안위마저도 염두에 두지 못하게 하는 것이다. 칼에는 눈이 없기에 눈이 멀어 버린 사람의 칼은 더욱 위험하다. 그것이 복수를 감행하는 것이건 또는 대부분의 사람들의 소망을 대변하는 것이건 무기를 휘두르는 마음 자체는 욕망 없는 무심(無心)의 상태에 이르기 어렵다. 자신이 바로 아버지를 죽인 아들이라는 사실을 확인해 가는 오이디푸스가 자신의 과거를 수많은 죄업의 인과로 바라보게 되는 것은 그 때문이라고 할 수 있다. 제시문의 마지막에 나오는 오이디푸스의 독백은 그런 심경을 잘 나타내 주고 있다. 또한 더 나아가 스핑크스의 지혜를 정복하고 미인과 나라를 손에 넣었던 자신의 오만이 얼마나 어리석었던가를 반성하고 있다.

20세기에 정신분석학이라는 학문을 부흥시킨 프로이트는 이러한 인간의 욕망을 개인과 가정의 차원으로 끌고 들어와 '오이디푸스 콤플렉스(Oedypus Complex)'라는 유명한 조어(造語)를 만들었다. 어머니 젖을 빠는 시기인 구강기를 막 빠져 나온 아이는 어머니를 사랑하게 된다. 이 사랑은 곧 적대자를 자각하면서 심각한 혼란에 빠지는데, 그 적대자란 바로 아버지다. 아이는 아버지를 죽이고 어머니와의 사랑을 완성하려는 욕망과 아버지와의 힘 대결에서 질 수밖에 없는 현실적인 문제를 놓고 고민하게 된다. 결국 대부분의 아이들은 사랑을 완성하려는 살해욕을 잠재적으로 억압하고 마는데, 이 억압으로 인해 발생하는 것이 오이디푸스 콤플렉스라는 것이다. 잠재된 아버지 살해 욕망은 다양한 형태로 나타난다. 우리가 일반적으로 말하는 기성세대와의 갈등이나, 니체가 말한 권력에의(힘에의) 의지를 오이디푸스 콤플렉스라고 볼 수도 있다.

좀더 흥미로운 것은 고대 부족 사회에 있었던 '디오니소스 제의' 또한 오이디푸스 콤플렉스로 읽을 수 있다는 것이다. 자연을 다스리는 신의 권위와 능력을 가진 족장이 나이가 들어 힘이 없어지면, 사람들은 족장에게 자연을 다스릴 수 있는 힘도 사라진다고 믿었다. 겨울이 오면 사람들은 다시 봄이 올 힘이 없어지지 않을까 걱정하고, 태풍이나 질병 같은 자연의 진노를 다스리지 못하면 어떡하냐고 걱정하기 시작한다. 그러면 이들 중 족장을 꿈꾸는 젊은이들이 현재의 족장을 살해할 준비를 한다. 어느 새벽, 이들은 족장을 죽이기 위해 모험을 감행하고 결국 신의 권위를 상징하는 황금가지를 손에 넣는다. 그리고 족장의 살과 피를 먹으며 그에게 들어 있던 신성의 권위를 자신이 가지게 되고 이로써 새로운 족장이 탄생하는 것이다. 이 의식이 완화되어 살과 피를 빵과 포도주 등으로 대신하여 행하는 것이 중세 시대부터 시작된 '카니발'이다.

개인적이고 가정적인 속성에서 벗어나 좀더 사회적인 견지에서 '오이디푸스 콤플렉스'를 바라보는 것이 본래 이 작품의 의도에 맞을 듯하다. '장강(長江)의 뒷물결이 앞물결을 밀어낸다'는 유명한 말이 나타내듯, 새로운 세대는 기성세대의 권위를 실추시키고 스스로 우위에 서려고 한다. 끊임없이 새로운 것이 들어와야 썩지 않는 물처럼 인간사회도 끊임없이 새로운 세대의 유입을 통해 활력을 얻게 되는 것이다. 그러나 이 유입은 낡은 권위의 실추뿐만 아니라 희생도 낳게 된다. 새로운 세대는 마음속으로는 끊임없이 기성세대를 살해하려는 욕망에 시달리기 때문이다. 또 그것만이 완전한 우위를 보장하는 길이기도 한 것이다. 근대 사회를 기득권을 가진 부르주아 계급과 새로운 정권을 건설하려는 프롤레타리아 계급의 싸움으로 본 마르크스도 이런 권력의 속성을 잘 알고 있었다고 보여진다. 그래서 '피를 두려워하는 혁명은 이루어질 수 없다'고 하지 않았던가. 오이디푸스 왕은 지혜와 용기, 정의를 정복한 새로운 세대를 일컫는 대명사이다. 그러나 권좌를 향한, 사랑을 향한 그의 욕망은 결국 그를 향한 칼날이 되고 만 것이다. 모든 사실을 안 후 스스로 눈을 찌르는 그의 행위는 모든 것을 정복했으나 결국 욕망에 눈이 멀었던 자신에 대한 반성을 뜻한다고 볼 수 있다. 이를 통해 그는 내면으로 향하는 진실의 눈을 뜬 것이다. 『오이디푸스 왕』은 내면의 소리보다는 외부로 향한 욕망에 시달리는 사람들에 대한 경고이다. 그러므로 경쟁과 성취욕에 시달리는 현대인들에게도 삶의 질이란 무엇인가 하는 질문을 던지고 있는 것이다.

통합형 문·답

2 오이디푸스 왕의 실명(失明)에 대해 그 상징적 의미를 규명해 보자.

서구 근대사, 특히 19세기를 '과학의 시대'라고 부른다. 이 시기에는 중세 신학의 신비주의적 관점에서 탈피하여, 과학이라는 객관적인 눈으로 외면적인 현상의 관찰과 실험을 거쳐 명백한 지식에 도달할 수 있다는 사고가 지배적이었다. 이러한 과학의 승리는 '자연에 대한 인간의 승리'를 의미하는 것이기도 했다. 그러나 20세기에 들어서서는 과학이 자신하는 합리성은 인간의 맹목에 지나지 않으며, 자연의 법칙성을 인간의 이성으로 설명하는 것이 그리 간단하지 않을 뿐 아니라 오히려 이러한 설명 자체가 크나큰 위험성을 지니고 있다는 사실이 밝혀지기 시작했다.

이 작품에서 신의 신탁을 무시한 오이디푸스 왕이나 그의 아버지 라이오스 왕은 인간의 능력을 과신한 자들로 평가할 수 있다. 그러나 결과적으로 그들은 신이 부여한 운명 앞에서 비참한 말로를 맞이한다. 이는 곧 인간은 신이나 자연 앞에서 겸허해야 한다는 교훈과도 통한다. 오이디푸스가 자신의 눈을 찌른다는 결말은 매우 상징적이다. 인간은 눈을 뜨고도 볼 수 없는 세계가 있다는 것, 차라리 외면적인 현상에 눈멀고 내면적인 진실을 깨달아 가는 것이 참된 인생의 길이라는 주제의식이 라이오스 왕의 말로와 오이디푸스 왕의 길고 힘든 방랑 속에 담겨져 있는 것이다.

변신 이야기

오비디우스
Ovidius

오비디우스(BC 43~AD 18년경)는 로마의 황금시기인 아우구스투스 시대의 시인이다. 부유한 기사의 아들로 태어나 아버지의 희망에 따라 관리가 되기 위해 로마에서 수사학과 법률을 공부하지만 이후 문단에 진출하여 풍족한 유산, 빛나는 기지, 엄청난 기억력, 세련된 사교술로 일약 문단의 총아가 된다. 그의 초기작 중 유명한 것은 『사랑의 기술』이다. 그는 이 책에서 '보아 주는 이 없는데, 곱게 핀 꽃이 무슨 소용이 있느냐' 고 질문하면서 남성에게는 여성을 유혹하는 방법, 여성에게는 남성을 유혹하는 방법을 가르치고 있다. 오비디우스는 지나친 사랑의 편력으로 마침내 귀양길에 오르기도 했지만, 유배지에서 초대작 『변신 이야기』를 집필하였다. 『변신 이야기』는 그 내용이 방대하고 자유로운 상상력, 그리스 · 로마 신화의 풍부한 재현을 보이고 있는데, 이런 까닭에 중세 시대를 '기독교와 오비디우스의 시대' 라고 부를 정도였다.

작품 해제

오비디우스의 『변신 이야기(Metamorphosis)』(AD 8)는 그리스 신화, 로마 신화 및 기타 소아시아의 설화를 집대성한 기록이다.

신과 인간들의 이야기인 그리스 신화는 지금껏 시공을 뛰어넘는 풍부한 상상력, 신과 인간들의 행동에서 포착할 수 있는 인간의 전형적인 속성 등으로 인해 오랫동안 독자들의 사랑을 받아왔다. 그리스 신화는 우라노스와 가이아에 의한 천지창조 시대, 뒤이은 거신(巨神)들의 전쟁 시대, 거인(巨人)들의 전쟁 시대, 그리고 올림포스의 제신들이 살던 시대, 영웅들의 시대, 인간의 시대로 내려오다 트로이 전쟁에서 그 대장정의 막을 내렸다. 이 신화는 반신반인(半神半人)의 영웅이 부족국가를 건국하는 신화의 일종이며, 이러한 신화는 각국마다 형태를 달리하며 전승되어 온 '건국 서사시'인 셈이다.

로마 신화는 트로이 전쟁 이후 유민(流民) 아이네이아스가 이탈리아의 라틴 평원으로 이주한 뒤, 사랑의 여신 아프로디테와 결합하는 데서부터 시작된다. 이렇게 되면 로마인의 조상은 신들의 아버지인 우라노스까지 소급되는 셈이 되며, 이런 이유에서 로마 신화는 그리스 신화와 대부분 중복된다. 즉 그리스 신화를 모방한 것이다. 물론 그리스 신화와 로마 신화는 신들의 이름이 각기 다르게 표기되어 있다. 제우스—주피터—유피테르, 헤라—주노—유노, 베누스—아프로디테—비너스 등, 같은 신의 이름이 달리 표기되는 것은 그리스어와 로마어의 차이에서 기인한 것이다.

오비디우스의 『변신 이야기』는 이러한 그리스 신화와 로마 신화를 통합하고, 그 외에도 당시에 떠돌던 소아시아의 설화, 트로이 전쟁사, 로마의 건국 신화까지 합친 가장 방대한 분량의 신화이자, 그리스 신화와 로마 신화를 이해하는 데 가장 충실한 길잡이라는 평가를 받고 있다. 우리가 즐겨 읽는 토머스 불핀치의 『그리스 로마 신화』 혹은 『신들의 시대』는 18세기 미국에서 재편집된 것으로, 그 대부분이 오비디우스의 『변신 이야기』에서 인용한 것으로 알려져 있다.

'변신(變身)'은 신과 인간 사이의 변신은 물론 동물과 식물의 변신까지 포함한 개념이며, 더 넓게 말한다면 사물이 생성(生成)되는 과정을 상징하는 개념이기도 하다. 이러한 변신이 모두 과학적인 진실성을 가지고 있는 것은 아니다. 그러나 신과 인간이 함께 하고, 자연과 인간이 공존하면서 새로운 문명을 창달해 가는 과정이 이 이야기 속에는 많이 담겨 있다. 그래서인지 이들 이야기들은 자연과의 교감과 조화를 점차 상실해 가는 현대인에게도 많은 가르침을 준다.

작품 읽기 1

어느 왕에게 세 명의 딸이 있었다. 막내인 프시케는 특히 아름다웠기 때문에, 사람들은 베누스(비너스의 라틴어 이름, 그리스 신화의 아프로디테에 해당, 미와 사랑의 여신)에 대한 신앙을 버리고 프시케를 숭배하게 되었다. 물론 프시케로서는 신처럼 숭배받기보다는 구혼받기를 원했을 테지만, 베누스 여신은 자신에 대한 숭배의 의식을 박탈당한 것에 화가 나서 프시케를 벌하려 했다. 이에 여신은 아들인 큐피드에게 명하여, 프시케가 가장 추한 생물과 사랑에 빠지도록 하라고 했다. 그러나 큐피드는 프시케를 본 순간 스스로 사랑에 빠져 어머니의 명령을 따를 수 없게 되었다. 그는 프시케의 아버지에게 하나의 신탁을 내리도록 아폴론에게 부탁했다. 그것은 프시케에게 신부 의상을 입히고 악마가 아내로 데려갈 수 있도록 하기 위해 산꼭대기에 데려다 놓으라는 것이었다. 왕은 몹시 슬펐으나 이 신탁에 따를 수밖에 없었다. 그러나 프시케는 서풍인 제피로스의 산들바람에 실려 사람의 눈에 띄지 않는 깊은 골짜기로 옮겨졌다. 그녀는 여기에서 보석이 박힌 문과 황금 마루가 있는 궁전을 발견했다. 안에 들어가자 보이지 않는 손이 그녀를 맞이했다. 다정한 목소리가 그녀를 응대하면서 아무도 두려워할 필요가 없다고 했다. 밤이 되어 프시케가 자리에 눕자 인간의 모습을 한 큐피드가 들어왔다. 그는 자신이 프시케의 남편이라면서, 자기의 정체를 알려 하거나 모습을 보려고만 하지 않는다면 행복한 일생을 보내게 될 것이라고 했다. 그러나 만일에 이 말을 따르지 않으면, 그녀가 낳을 아이에게 딸려 있는 불사신의 운명이 취소될 것이라고 했다.

프시케는 큐피드를 깊이 사랑하게 되었다. 그러나 며칠이 지나자 아무도 만날 수 없는 쓸쓸함을 견디지 못해, 언니들이 찾아오도록 해도 되느냐고 보이지 않는 남편에게 물었다. 큐피드는 내키지 않았으나 할 수 없이 허락했다. 그러면서 그녀의 언니들이 자신의 정체에 대해 묻지 못하도록 하라는 경고를 덧붙였다. 이번에도 서풍인 제피로스가 언니들을 바람에 싣고 왔다. 그런데 언니들은 화려한 궁전을 보는 순간 심한 질투를 느꼈다. 그녀들은 두 번째로 동생을 찾아왔을 때 프시케가 아직 남편의 모습을 한 번도 보지 못했다는 사실을 알았다. 이에 언니들은 프시케의 남편이 뱀이 되어 그녀의 뱃속에 들어와 그녀와 태아를 먹을지도 모른다고 겁을 주고 또 이것을 믿게 만들었다. 프시케는 남편의 경고와 언니들의 이야기 사이에서 갈등을 느꼈으나, 결국 호기심과 공포감을 이기지 못하고, 그날 밤 잠자리에 들 때 램프와 단도를 가지고 갔다. 프시케는 큐피드가 잠들기를 기다렸다가 램프에 불을 켰다. 그리고 그를 죽이려고 단도를 높이 들고 램프를 그의 얼굴 가까이로 가져갔다. 순간 그녀는 상대의 아름다운 모습에 너무 놀란 나머지, 자신도 모르게 램프의 뜨거운 기름 한 방울을 그의 어깨에 떨어뜨리고 말았다. 큐피드는 깜짝 놀라 눈을 떴다. 프시케에게 정체가 드러나 자신의 비밀이 밝혀진 것을 안 큐피드는 벌떡 일어나 그 길로 달아나고 말았다.

절망한 프시케는 그를 찾아 백방으로 수소문했으나 허사였다. 한편 프시케의 언니들은 큐피드의 정체를 알고는 자기들이 그와 결혼하려고 했다. 이에 동생의 흉내를 내어 신부 의상을 입고 산에서 뛰어내렸으나 바위에 부딪혀 죽고 말았다. 그 동안에도 프시케는 큐피드를 찾아 다니며 다른 여신들에게도 도움을 청했지만, 여신들도 동료 여신인 베누스의 적을 도울 수 없었다. 이에 프시케는 베누스가 살고 있는 궁정으로 그녀를 찾아갔다. 그러자 베누스는 프시케를 노예로 삼아 도저히 불가능한 일들만 시켰다. 먼저 그녀는 여러 가지 종류가 섞인 곡물을 밤이 될 때까지 선별하지 않으면 안 되었다. 그러자 개미떼가 나타나 그 일을 해주었다. 다음에는 사람을 잡아먹는 식인 양떼에게 가서 한 줌의 털을 베어 오라는 명령을 받았다. 그랬더니 이번에는 식물인 갈대가 양들이 잠들었을 때 어떻게 털을 베면 되는지 가르쳐 주었다. 세 번째로 프시케는 아르카디아 지방의 산악에 있는 스틱스 강의 물을 길어 오지 않으면 안 되었다. 그러자 큐피드에게 은혜를 입은 일이 있는 독수리가 나타나 물을 길어다 주었다. 마지막으로 그녀는 프로세르피나 여신으로부터 미(美)가 든 병을 가져오라는 명령을 받았다. 이 명령은 자기가 죽게 된다는 뜻임을 프시케는 알고 있었다. 왜냐하면 프로세르피나는 저승의 여왕이었기 때문이다. 이에 그녀는 높은 탑에 올라가 투신할 결심을 했다. 그러자 탑은 어떻게 하면 그 일을 잘할 수 있는지 그녀에게 가르쳐 주었다. 그 지시에 따라 프시케는 약간의 돈과 빵을 가지고 사자(死者)들이 살고 있는 하데스의 나라로 갔다. 그녀는 돈과 빵으로 저승의 뱃사공인 카론과 그 번견(番犬)을 매수하고, 또 베누스가 장치한 몇 군데 함정을 용케 피했다. 프로세르피나는 프시케에게 의자와 식사를 권했지만, 그녀는 바닥에 앉고 식사도 하지 않았다. 그러자 여신은 단단히 봉한 병을 그녀에게 주었다.

한편 아내를 잃은 적적함을 이기지 못한 큐피드는 제우스의 옥좌에 다가가 자신이 명령에 따르지 않았음을 자백하고, 프시케를 정식 아내로 인정해 달라고 탄원하자, 제우스도 이에 동의했다. 그 동안 프시케는 지상으로 돌아오면서 호기심을 억제하지 못하여 뚜껑을 열어서는 안 된다는 충고를 무시하고 병을 열어 보았다. 그런데 이 병에 들어 있던 것은 죽음의 수면이었다. 그리하여 프시케는 잠에 빠져 버렸다. 큐피드가 그녀를 발견한 것은 바로 이때였다. 그는 프시케를 다시 살려 올림포스로 데려갔다. 신들은 큐피드와 프시케의 결혼을 축하했다. 베누스도 분노를 가라앉히고, 유피테르(제우스)는 불로불사(不老不死)의 영약인 넥타르를 직접 그들의 잔에 부어 주었다. 그들 사이에서는 볼푸타스('희열(喜悅)' 이라는 뜻)가 태어났다.

(『그리스 로마 신화 사전』 '프시케' 중에서)

통합형 문·답

제시문이 우리에게 주는 교훈은 무엇인가. 프시케를 중심으로 설명해 보자.

직접 민주주의를 실행했던 그리스의 대표적인 도시 아테네에서는 여자와 노예의 투표를 금지했었다. 이 사실은 그리스의 눈부신 번영이 노예에 의해 이루어졌다는 것을 알려 주기도 하지만, 그리스 사회에 여성에 대한 편견이 얼마나 극심했는가를 알려주는 반증이기도 하다. 여성들에 대한 편견은 신화에서도 여지없이 나타난다. 신이 직접 만든 최초의 여성은 판도라이다. 여성을 대표하는 판도라의 임무는 인간사회를 다스리는 에피스테메(프로메테우스의 동생)에게 보내져서 인간사회를 혼란스럽게 만드는 것이다. 이를 위해 신들은 각기 한 가지씩 판도라에게 선물을 준다. 이 선물의 내용 또한 여성에 대한 편견을 드러내 준다. 지혜의 여신인 아테네는 옷과 치장술을, 아프로디테는 유혹을 위한 교태와 한숨을, 헤르메스는 염치없는 마음씨와 거짓말도 서슴지 않는 간사함을, 아폴론은 사람들의 주목을 받게 하는 노래를 선물한다. 그러나 판도라에게는 본래 여성이기에 지닌 악덕이 있었는데 그것은 바로 호기심이다. 궁금한 것을 참지 못하는 이 호기심은 개봉이 금지되어 있던 제우스의 상자를 열게 하고, 인간사회에 온갖 악덕을 퍼뜨리게 한다.

그리스와 로마 신화의 신들은 무척이나 인간적이다. 그로 인해서인지 인간으로부터 도전을 받는 경우가 무척 많았는데, 프시케의 도전은 미(美)에 대한 도전이다. 그러나 이 도전은 프시케가 스스로 원해서 이루어진 것이 아니다. 사람들의 미에 대한 숭배가 신에게서 인간으로 옮겨지면서 생겨난 것이다. 비록 스스로 원해서 도전한 것은 아니지만 프시케는 원인 제공자로 베누스의 추궁을 받는다. 신과 인간의 대결 속에서 스스로 오만하지는 않았더라도 다른 이들의 각성을 위해 희생양이 되는 경우를 보여 주는 것이 이 프시케 이야기라고 할 수 있다.

그러나 이야기는 프시케가 처벌을 받는 것으로 쉽게 끝나지 않는다. 처벌을 위해 내려온 신 큐피드가 희생양으로 지목된 프시케를 사랑하게 되는 것이다. 사랑에 빠진 큐피드는 프시케를 자신의 아내로 삼는데, 조건은 밤에만 만나며 자신의 정체를 알려고 해서는 안 된다는 것이다. 프시케의 첫 번째 위기는 그녀가 호기심에 빠져들면서 시작된다. 사랑하는 사람의 본모습을 확인하고 싶어하는 욕구는 사랑하는 사람과의 결별이라는 위기를 부른 것이다. 사랑하는 사람과의 재회를 위해 자신을 처벌하려 했던 베누스 여신을 찾아간 프시케는 여러 가지 시험을 받는다. 사랑하는 사람을 의심하고 시험한 일이 결국 몇 배 어려운 시험으로 돌아온 것이다. 이 시험은 프시케가 그리스와 로마 신화에 만연했던 여성에 대한 편견을 극복하는 것으로 읽혀지기도 한다. 그리고 그 시험중에 나타나는 조력자가 곤충에서 식물로, 식물에서 동물로, 동물에서 생명이 없는 건축물에까지 이르는 것은 이 시험이 프시케의 사랑을 더욱 굳건하게 성장시킨다는 것을 알려 주기도 한다. 마지막 시험에서 프시케는 또 한 번 호기심으로 인해 위기에 빠지는데, 그것은 사실 여성으로서는 극복하기 힘든 아름다움에 대한 호기심이다. 명부에서 가져온 미가 봉인된 병에는 죽음의 수면이 들어 있다. 프시케는 미에 대한 호기심으로 죽음에까지 이르는 것이다. 죽음의 잠을 자는 프시케를 구한 것은 그녀의 사랑이 깊다는 것을 인정한 큐피드였다.

로마어로 큐피드는 사랑을 의미하고, 프시케는 영혼 혹은 나비를 뜻한다. 이를 통해 우리는 프시케가 여성으로서 선천적으로 가진 욕망을 극복하고, 그것이 영혼의 성장을 불러일으켜 나비의 환골탈태와 같은 내적인 아름다움을 낳았음을 알 수 있다. 프시케는 험한 일들을 당하면서 자신의 외형상의 아름다움을 극복해 갔지만, 그것을 되찾고 싶어하는 욕망은 내재해 있었고 한 번의 죽음을 통해 그 욕망을 완전히 버릴 수 있었다. 또한 상대가 신이라고 할지라도 함께 살 때 어떠한 고난도 이겨야 한다는 약속을 시험을 통해 실천해 나갔다고 볼 수도 있다.

프시케 이야기는 사랑에 대한 은유라기보다는 오히려 결혼에 대한 은유이다. 결혼을 하면서 여성이 겪게 되는 내적인 변화로서, 아름다워지기 위해서는 어떤 자세가 필요한지를 역설하기 때문이다. 그러나 이 아름다운 이야기 속에는 역시 여성에 대한 편견이 내재해 있다. 물론 신의 지위와 인간의 지위가 다르기는 하겠지만 여성은 하층에서부터 어려운 일들을 겪어 가면서 사랑을 찾아 올라간다. 이에 비해 큐피드라는 남성은 어떠한가. 큐피드는 여성보다 우월한 위치에 서서 그 사랑을 공인하는 것에 그치고 있는 것이다. 그러나 결혼이 단순히 남성과 여성의 결합만을 의미하는 것이 아니라 영혼에 대한 의미를 내포한다면 이 이야기는 그저 단순한 사랑 이야기일 수만은 없을 것이다. 또한 고전적인 사랑이 지니고 있는 아름다움도 느낄 수 있는 작품인 것이다.

작품 읽기 2

아라크네는 베 짜는 솜씨에 관한 한, 미네르바(로마 신화에 나오는 지혜의 여신, 그리스 신화의 아테네에 해당) 여신에 못지않게 세상 사람들의 칭송을 받는 처녀였다. 미네르바 여신 자신도 이러한 소문을 들은 바 있었다. 아라크네는 신들과 족보가 닿는 것도 아니고 그렇다고 명문의 딸도 아니었다. 아라크네를 유명하게 만든 것은 오직 베 짜는 재간이었다.

아라크네가 짜 놓은 베만 구경거리인 것은 아니었다. 짜고 있을 때의 손놀림도 훌륭한 구경거리였다. 구경하는 사람들이 팔라스(아테네 여신의 통칭) 여신으로부터 그런 재간을 배운 것이 분명하다고 생각하는 것도 무리는 아니었다. 그러나 아라크네 자신은 이를 부인했다. 부인하는 데 그치지 않고, 아주 훌륭한 스승 밑에서 배웠을 것이라는 말에 화를 내기까지 하면서 이렇게 말하고는 했다.

"그럼 팔라스 여신더러 와서 저와 겨루어 보시라고 하지요. 제가 진다면 어떤 벌이라도 받겠어요."

팔라스 여신은 이런 소문을 듣고는 백발 노파로 둔갑하여 아라크네의 집을 찾았다. 지팡이가 없으면 걸음을 옮겨 놓기도 힘들어 보이는 그런 노파의 모습을 잠시 빌린 여신은 이 집을 찾아와 이렇게 말했다.

"이것 보아요, 처녀. 나이 먹은 할망구의 말이라고 해서 다 귓가로 흘려 버리면 안 됩니다. 나이를 먹은 사람은 본 것 들은 것이 그만큼 많은 법이니 더러 쓸 말도 있는 것입니다. 그러니까 내 말을 귀담아 들으세요. 인간만을 상대로 겨룬다면 그대가 가장 솜씨 좋은 분임에는 틀림이 없겠지만요, 여신의 신성은 그렇게 욕보이는 게 아니랍니다. 그러니 소갈머리 없는 제가 실언을 했습니다, 하고 여신께 용서를 비세요. 빌면 여신께서도 너그러운 분이시라니까 처녀를 용서하실 겁니다."

이 말을 들은 아라크네는 감던 실꾸리를 뽑아 들고 노파를 노려보았다. 금방이라도 그것으로 노파를 칠 것 같았다. 그러나 그것만은 가까스로 참아낸 아라크네는, 팔라스 여신인 줄도 모르고 이 노파를 꾸짖었다.

"그렇게 터무니없는 말씀을 하시는 걸 보면, 할머니가 너무 오래 사신 게지요. 아니면 연세를 너무 잡수셔서 망령나셨거나. 며느리나 딸이 있으면 거기에나 가서 그런 말씀 들려주세요. 내 일은 내가 알아서 할 거니까요. 그런 소리 듣는다고 내 마음이 달라질 줄 아세요? 내 생각에는 변함이 없어요. 왜, 팔라스 여신더러 몸소 오시라고 하시지 그래요? 팔라스 여신이 왜 내 도전을 피하기만 하는지 모르겠어요."

"여기 왔다."

여신은 이렇게 대꾸하고는 노파의 모습을 벗고 팔라스 여신의 참 모습으로 돌아섰다. 요정들과 여자들은 모두 공손하게 머리를 조아리고 여신을 경배했다. 아라크네만 제외하고는 모두가 겁에 질려 몸둘

곳을 몰랐다.

아라크네는 벌떡 일어났다. 아라크네의 뺨은 잠깐 붉게 상기되었다가는 곧 핏기를 잃었다. 그러나 아라크네는 제 생각을 굽히지 않았다. 오직 이길 수 있다는 일념으로 제 운명과 맞서려 할 뿐이었다.

유피테르(제우스)의 딸도 더 이상은 아라크네를 달래려 하지 않았다. 여신은 이 도전을 받아들여 곧 겨루기에 들어갔다. 여신과 아라크네는 방 이쪽저쪽에 놓인 베틀로 올라가 날실을 걸었다. 둘 다 부티를 허리에 감고 잉아에 날실을 꿴 다음 재빠른 손놀림으로 씨실을 북에다 물려 날실 사이로 밀어 넣었다. 이 둘의 손은 쉴새없이 베틀 위를 오고 갔다. 어찌나 열심이었던지 이들은 일하고 있다는 것까지 까맣게 잊을 정도였다.

팔라스 여신은 케크롭스가 쌓은 성채의 아크로폴리스에 있는 마르스의 바위와, 이 도시의 이름을 두고 옛날 자신과 넵투누스가 겨루기하던 광경을 베폭에다 짜 넣었다. 이 겨루기 마당에는 올림포스의 12신 중의 나머지 신들도 위풍당당한 모습으로 유피테르를 중심으로 높은 보좌에 열석해 있었다. 신들은 외관만으로도 어느 신이 어느 신인지 금방 알아볼 수 있는 모습을 하고 있었다.

…〈중략〉…

아라크네는 황소로 둔갑한 유피테르에게 속아 순결을 잃은 에우로파 이야기를 그림으로 짜 넣었다. 황소는 살아 움직이는 것 같았고 파도는 베폭 위에서 넘실거리는 것 같았다. 에우로파는 떠나온 해변을 돌아다보면서 함께 놀던 동무들을 향해 비명을 지르고 있었다. 아라크네는 이 밖에도 사랑을 훔치기 위해 둔갑한 유피테르의 갖가지 모습을 짜 넣었다. 키륀스 왕의 왕비를 사랑하는 암피트뤼온, 청동탑 속으로 들어가 다나에를 사랑하는 황금 소나기, 아소포스의 딸을 취하는 불꽃, 므네모쉬네를 사랑하는 황금 소나기, 프로세르피나와 사랑을 나누는 얼룩뱀…… 이 모두가 둔갑한 유피테르였던 것이다. 아라크네는 황소로 둔갑하여 아이올로스의 딸을 범하는 넵투누스의 모습도 그림으로 짜 넣었다.

…〈중략〉…

겨루기 상대의 솜씨가 인간의 도를 넘은 데 격분한 이 금발의 여신은, 신들의 비행(非行)을 낱낱이 폭로한 이 베폭을 찢어 버리고는, 들고 있던 키토로스 산 회양나무 북으로 아라크네의 이마를 서너 번 때렸다. 아라크네는 그제야 여신으로부터 용서받을 수 없는 죄를 받을 줄 알고는 들보에 목을 매었다. 여신은 제 손으로 들보에 목을 맨 아라크네를 가엾게 보고 그 끈을 늦추면서 이렇게 일렀다.

"이 사악한 것아, 네가 누구 마음대로 네 목숨을 끊으려 하느냐? 목숨을 보존하라. 보존하되 늘 이렇게 매달려 있어야 한다. 이것은 벌은 벌이나 끝이 없는 벌이니, 너의 일족과 후손들까지 이 형벌을 받아야 할 것이다."

이 말끝에 여신은 헤카테 약초즙을 한 방울 아라크네의 몸에 뿌렸다. 이 독초즙이 묻자 아라크네의 머리에서는 머리카락이 빠지면서 코와 키가 없어졌다. 머리는 눈에 잘 보이지도 않을 만큼 줄어들었다. 이와 함께 몸통도 아주 조그맣게 줄어들었다. 갸름하던 손가락은 양옆으로 길어져 다리가 되었다. 나머지 부분은 모두 배가 되었다.

아라크네는 꽁무니로 실을 내놓기 시작했다. 이때 거미가 된 아라크네는 지금도 옛날과 다름없이 실을 내어 공중에다 걸고는 거기에 매달려 산다.

(『변신 이야기』 제6부 「신들의 복수」 중에서)

통합형 문·답

1 제시문은 '팔라스 여신과 아라크네의 솜씨 겨루기' 이야기를 다루고 있다. 아라크네의 잘못은 어디에 있으며, 아라크네가 거미로 변한 형벌은 현대인에게 어떤 교훈을 주는지 논술해 보자.

철학자 러셀은 사람의 인식을 사실에 대한 인식, 진리에 대한 인식의 두 가지로 나누었다. 그리고 사실에 대한 인식은 쉽지만, 참이 무엇인지 더 이상 의심할 수 없는 사물의 실체에 대한 인식인 진리에 대한 인식은 쉽게 다룰 수 없는 것이라고 말했다. 또한 즉각적으로 이루어지지 않는 이 참에 대한 인식의 존재와 방법을 밝히는 것이 바로 철학자가 해야 할 일이라고 주장하였다. 참에 대한 인식의 어려움을 강조하는 러셀의 말은 일상적으로 이루어지는 우리의 참에 대한 인식이 애매하다는 것을 알려 주는 경종이기도 하다. 일상 속에서 우리는 참에 대한 인식과 사실에 대한 인식을 혼동하는 경우가 많다. 특히 과학기술이 발달하면서 우리가 지니게 된 첨단 과학기술이 곧 인류의 진보라는 신념은 이런 혼동을 잘 보여 주는 예라고 할 수 있다.

기술과 선(善)을 혼동하는 것에 대한 경고는 아라크네의 이야기에서도 잘 드러난다. 팔라스 여신보다 베 짜는 솜씨가 뛰어나다는 아라크네는 그 기술의 뛰어남이 자신의 능력이라는 신념을 넘어 그것이 선(善)이고 진(眞)이라는 판단의 오류에 빠져 있다. 판단의 오류는 특히 팔라스 여신과 베를 짜면서 나타나는 그림의 내용에 들어가면 더욱 여실히 알 수 있다. 아라크네는 생산과 창조의 기쁨을 신에 대한 우월적 입장에서 표현한 것이다. 물론 유피테르 신의 잘못을 경고한 인간의 행위를 무작정 잘못되었다고 할 수는 없다. 그러나 기술의 우위와 사실로 보여진 것이 상황여하를 막론하고 절대적인 진실이라고 자신할 수는 없는 것이다.

아라크네가 잘못된 판단을 내린 밑바탕에는 자신의 기술에 대한 과신(過信)과 타인을 무시하는 오만(傲慢)이 깔려 있다. 자신의 기술에 대한 과신에 눈이 먼 아라크네는 결국 그 기술의 아름다움이라는 부분적 진리를 자기 자신 전체로 확장시키는 오류를 범한 것이다. 이런 오만을 바탕으로 아라크네는 세상의 질서를 조롱했다. 그녀에게 있어 세상은 타락한 것이고, 잘못 만들어진 오류투성이인 것이다. 아라크네에게 있어 세상의 아름다움은 헛된 것이고, 오직 조롱받기 위한 질서일 뿐이다. 이런 점에서 아라크네는 변화와 질서에 대한 능력으로 세상을 마음껏 유린하는 유피테르 신을 닮아 있기조차 하다.

앞서 말한 바와 같이 현대에 들어 이룩한 과학기술의 발달은 인간을 한껏 오만하게 만들었다. 더욱이 과학기술의 발달에 힘의 논리가 가미되면서 서구의 강대국들이 아시아와 아프리카의 제3세계를 식민지로 만들고 강점한 사실들은 인류사에 있어 진정으로 부끄러운 일이 아닐 수 없다. 제3세계를 강점한 강대국들이 내세운 논리들은 세계의 평화를 위해서라든가, 식민지의 근대화를 돕기 위해서라는 얄팍한 논리들이었다. 이런 논리들이 당대에 받아들여질 수 있었던 것은 바로 기술을 물신화하고 진리를 신화로 만드는 잘못된 인식의 오류들 때문이었다고 할 수 있다.

인간에게는 인간다움이라는 것이 있고, 기술에도 인격이 있다고 한다. 또한 천박한 인격은 좋은 기술을 천박한 일에 쓰기 쉽다고 한다. 동아시아의 조그만 반도땅에서 남쪽의 나라는 근대화를 통해 이룬 경제적 성취의 많은 부분을 군비에 쓰고, 북쪽 나라는 탱크를 만들고 군인을 양성하는 데 열중하다가 다같이 난관에 봉착하고 있다. 또한 서구에서도 발달된 과학기술을 무기 개발과 실험에 쓰고 있으며, 작고 큰 많은 전쟁을 일으키고 있다. 그러면서도 지구 곳곳에서는 기아로 쓰러져 가는 사람들이 있는 것이다. 과연 인간의 기술은 진보했다고 하더라도 인간의 지성은, 인간의 영혼은 진보를 한 것일까.

심리학자이며 사회학자인 에리히 프롬은 『소유냐 존재냐』라는 책에서 인류사회의 진보는 인류의 소유욕을 발달시켰으며, 존재에 대한 관심을 불러일으키는 것이 세기말에 우리가 택할 수 있는 최선의 선택이라고 말했다. 이외에도 인류 영혼의 황폐함을 지적하는 석학들의 경고는 끝이 없다. 그 중 마르쿠제는 기술과 생존의 문제를 논한 대표적인 사람이다. 그는 건물이 높게 만들어질수록 무너질 확률이 높아지듯이 인류의 과학기술이 발달할수록 인류가 자멸할 확률이 많아진다고 경고한 바 있다. 우리는 쉽게 원자력이라는 금세기 최고의 발명품을 생각할 수 있다. 또한 컴퓨터와 텔레비전의 발달로 인한 신종 자폐증과 정보 편집증 등을 생각해 볼 수도 있다.

이런 경고들은 결코 인간에게 과학의 발달과 진보를 포기하라는 것은 아닐 것이다. 도리어 인간이 올바른 인식을 가지게 된다면 이런 기술의 발달은 삶의 질을 한층 더 높여 줄 것이라고 충고하는 것이다. 우리는 '아라크네의 이야기'에서 현대 사회에 깃들인 영혼의 불모성과 인식의 오류를 지적하는 석학들의 말을 들을 수 있다. 또한 이 신화가 경고하는 것도 인간의 자신에 대한 과신과 그 과신으로 인해 많은 사람들을 잘못된 길로 인도하는 거짓 지식에 대한 것이다.

통합형 문·답

2 제시문은 결국 '신과 인간의 대결'을 다룬 것으로 볼 수도 있다. 인간인 아라크네를 옹호해 보자.

그리스 신화의 신들은 결코 인간과 친밀한 관계를 유지하지 못했다. 그리스 최고의 신인 유피테르는 인류를 네 번이나 멸망시켰으며, 인간에게 불을 준 프로메테우스를 잡아 묶었다. 또한 셀 수도 없이 많은 불륜과 강간 사건을 일으켰으며, 이로 인한 헤라의 질투로 많은 이들을 고생하게 만들었다.

프로메테우스 이후 개인이 아닌 인류 전체에게 도움을 준 신들은 없었다. 그러나 프로메테우스가 인류에게 가르쳐 준 불의 사용과 여러 가지 기술들은 인류에게 스스로 발전할 수 있는 힘을 주었다. 신들은 이러한 인간의 능력을 끊임없이 질투했다. 헤르메스의 도둑질과 유피테르의 강간 사건을 고발한 시지프를 죽이려고 했던 것은 신이었다. 또한 영원히 굴러 떨어지는 바위를 들어올리는 형벌을 죽은 이에게 부과한 것도 신이었다. 수다한 잘못을 저지르면서 신들은 인간에게 자신을 섬길 것만을 요구하였다. 진정으로 신은 어떠하였는가. 매일의 축제와 질투와 치정 사건으로 인간을 괴롭혀 오지 않았던가.

물론 매일 아침 태양 마차를 끌고 하늘로 올라 자연의 질서를 지키는 아폴로처럼 고마운 신도 있고, 질서와 조화에서 벗어난 광기와 축제의 기쁨을 알게 한 디오니소스라는 신도 있다. 그러나 이들의 임무는 자신들을 위한 임무이기도 했다. 순전히 인간만을 위해 하는 일이었다면 그들은 그토록 부지런하고 일관성 있게 행동하지 않았을 것이다. 결국 신들은 인간에 대해 아무 일도 하지 않으면서 그 자신의 능력과 권위로 인간을 지배하고 있는 것이다.

또 굳이 따지자면 그리스와 로마의 신들은 정통성도 없다. 거신이었던 티탄족에 대한 쿠데타에 성공하여 권좌에 올랐으니 말이다.

이러한 일련의 사실들은 인간이 인간 스스로를 반성하여 자신을 꾸짖을 수는 있어도 신이 인간을 꾸짖거나 벌할 수 없다는 것을 우리에게 알려 준다. 아라크네는 자신의 능력으로 기술을 익혔고 그에 대한 자부심을 지니고 있었다. 그것이 그릇된 인식과 오만을 불러 오지 않았다면 그것은 잘못일 수 없다. 그러나 그렇다고 하더라도 신은 뛰어난 인간에 대한 징벌의 본보기로 아라크네를 벌했을 것이다. 더욱이 그것은 시합이었다. 올림픽의 정신에 따라 마땅히 그 결과를 검증한 후에 죄과를 따질 수도 있는 일이었던 것이다. 그러나 팔라스 여신은 실력의 우열을 검증하기도 전에 도덕성으로 아라크네를 매도하고 자신의 권능으로 거미로 만들어 버렸다. 이것은 명백히 잘못된 것이다. 시민정신이 발달한 민주주의 사회에서 있어서는 안 되는 사전 검열인 것이다. 아라크네의 본보기는 뛰어난 기술을 가진 후세 사람들의 자유로운 표현을 억제할 것이다. 사회에 대한 또 다른 억압인 것이다.

아무리 뛰어난 신이나 인간이라 하더라도 자신에게 부여한 사회적 권위와 천부의 능력을 함부로 사용해서는 안 될 것이다. 우리는 비록 그 권능 앞에 무릎을 꿇을 수밖에 없었더라도 아라크네의 뛰어난 기술을 기억할 것이다. 그리고 신이 이를 억누를 수밖에 없었던 정황을 아라크네에 대한, 또 인류 전반에 대한 신의 억압으로 기억할 것이다.

◐

데카메론

보카치오
Giovanni Boccaccio

보카치오(1313~1375)는 이탈리아 피렌체 근처 체르탈토에서 무역업에 종사하는 아버지와 재봉사 출신의 어머니 사이에서 사생아(私生兒)로 태어났다. 어릴 때부터 라틴어 공부에 비상한 재능을 보였고 특히 단테의 문학에 관심을 쏟았다. 아버지는 그에게 상술을 배우도록 하기 위해 나폴리로 보냈으나, 그는 당시 문화의 중심지였던 나폴리에서 법률 공부와 문학에 몰두하였다. 그 후 피렌체 공화정부로부터 극진한 대우를 받아 중요한 외교관 직책을 맡기도 했으며, 1948년에서 1953년 사이에 『데카메론』을 집필하였다. 당시 피렌체에는 페스트가 유행했는데, 이때를 전후하여 그는 당대 최대의 시인인 페트라르카와 친교를 맺으면서 비교적 안정된 생활을 하게 된다. 이후 보카치오는 종교에 귀의하여 세속적인 작품 『데카메론』을 폐기하려고 했으나, 페트라르카의 만류로 그만두었다고 전한다. 그는 단테와 페트라르카와 함께 이탈리아 문예부흥 시기의 3대 인문주의자로 거론된다. 주요 작품으로 『단테전』 『필로콜로』 등이 있다.

작품 해제

『데카메론(Decameron)』(1348～1353)은 데카(deca-)라는 표현에서 알 수 있듯이, '10일 간의 이야기'라는 뜻이다. 이탈리아의 플로렌스에 전염병인 페스트가 돌자 이를 피해 일곱 명의 여성과 세 명의 남성이 교외의 별장에 머물게 된다. 이들은 무료함을 달래기 위해 각자 하루에 한 편씩 이야기를 꺼내는데, 10일 간의 이야기니 총 100편이 되는 셈이다. 물론 이들 이야기들은 앞뒤의 이야기가 서로 긴밀하게 연결된 것은 아니다. 그래서 이러한 소설 형식을 두고 '피카레스크 소설' 혹은 '옴니버스 소설'이라고 부르기도 한다.

중세의 이야기들이 성스럽고 영적인 것에 초점을 두었다면, 『데카메론』은 평범한 사람들의 세속적인 욕망들, 예를 들어 성욕이나 이기적인 본능에 충실하다. 그래서 이들 이야기에는 매우 외설적인 부분도 포함되어 있다. 1348년경 페스트가 유행하여 피렌체를 휩쓸었을 때 많은 사람들이 죽음을 당했다. 이러한 역사적 재난이 이 작품의 배경에 깔려 있음은 당연한데, 폐허가 되어가는 피렌체, 살아 남은 사람들은 곧잘 '꽃의 도시'라고 부르던 피렌체에서 멀리 피신의 길을 떠났다. 시체가 여기저기 뒹구는 황량하고 음산한 상황 속에서 이들은 생명의 소중함, 생명의 환희에 대해 새삼 눈떴을지도 모른다. 그러므로 이 작품 속의 외설적인 부분은 생명 예찬의 일부분으로 해석할 수도 있다.

이 작품은 근대적인 리얼리즘의 정신을 갖춘, 산문정신이 충만한 최초의 작품으로 평가된다. 이 작품 속의 거칠고 외설적인 표현들, 당대 성직자들에 대한 거침없는 표현들은 서민들의 세속적인 생활을 정확하게 반영한 데서 비롯된 것으로 보인다. 여기에 실린 100편의 이야기에는 도덕적인 훈화도 포함되어 있지만, 타락하고 부패한 교회 수도승들에 대한 풍자, 사랑과 연애의 기쁨과 슬픔이 솔직하게 드러나 있다.

이 작품에서 가장 큰 부분을 차지하는 것은 성생활의 해방과 쾌락, 성직자들의 위선과 부패에 대한 조소, 낡은 지배계급에 대한 서민들의 저항의식 등이다. 또 여태껏 천상적(天上的)이고 신비적인 베일로 감싸여 있던 여성의 이미지에서 벗어나 육욕과 직결되는 매력과, 간통조차 인간의 자연스러운 성정(性情)으로 받아들이는 충격적인 모습도 보여 주었다. 이 책의 명성은 부분적으로 사랑의 모험과 테크닉, 색정에 대한 과감한 묘사에서 비롯된 것이다. 또 겉으로는 서민에게 인내와 금욕을 강요하면서도, 이면적으로는 현세적인 욕망에 도취되어 있던 교회나 신부의 타락과 기만성이 통렬하게 풍자된 대목도 이색적이다.

이 책은 당시에도 너무 음란하다는 비난이 있었는데, 이러한 비난에 대해 작가는 '세상의 부인들이 좀더 도덕적인 화제를 가지고 있었다면, 나도 좀더 도덕적인 것을 썼을 것이다'라고 응수했다고 한다. 하여튼 서민들의 자유분방하고 다양한 생활을 대변한 이 책은, 단테의 『신곡(神曲)』에 비유되어 『인곡(人曲)』이라는 별칭이 붙어 있다.

작품 읽기

하느님은 사람들이 말과 행동으로 자기들이 저지른 잘못을 증명해 보여야 할 때, 그 반대의 일을 해도 가만히 참으시고 나무라지도 않으시며, 당신의 틀림없는 진실을 보여 주신다는 이야기를 해드릴까 생각해요. 그래야만 우리는 더욱더 진심으로 하느님을 믿을 수 있다고 생각되기 때문이지요.

여러분, 이것은 전에 들은 이야기입니다만, 파리에 '자노 드 세비네'라는 매우 선량한 거상(巨商)이 살고 있었습니다. 그는 정직하고 책임감 강한 사람으로, 널리 직물업을 경영했었습니다. 그리고 같은 상인이며 역시 책임감이 강하고 매우 정직한 '아브라함'이라는 돈 많은 유대인과 친하게 사귀고 있었습니다.

이 유대인이 정직하고 책임감 강한 사람임을 안 자노는 이렇듯 훌륭하고 선량한 사람이 신앙 부족으로 육체의 파멸을 겪는 일이 있어서는 큰일이라고 걱정하기 시작했습니다. 그래서 그에게 유대교를 믿는 것이 잘못의 원인이니 그리스도교의 참된 가르침을 배우면 어떠냐, 그리스도교야말로 신성하고 건전한 종교여서 나날이 번영하고 신자도 불어 가는 데 비해, 자네의 유대교는 차츰 쇠퇴하여 이제 쇠망의 길을 걷고 있지 않느냐고 친구로서 타일렀습니다.

아브라함은 유대교만큼 건전하고 좋은 종교는 없다고 생각하며 자기는 이 종교 아래 태어났으니 그 가르침 아래 생각하고 살고 죽어갈 참이므로 무슨 일이 있어도 종교를 바꿀 생각은 없다고 대답하였습니다. 그러나 자노는 조금도 단념하지 않고 상인 특유의 설법으로 다시 같은 말을 열심히 되풀이하면서, 자기의 종교가 어째서 유대교보다 뛰어난지 끈질기게 이야기했습니다.

아브라함은 유대교에 대한 신앙이 깊었습니다만, 자노의 우정에 깊이 감동했던지 아니면 하느님의 성령이 이 순수한 사나이의 입으로 옮아 와 지껄이게 한 말에 마음이 움직였던지 하여튼 자노의 설득에 귀기울이기 시작했습니다. 그러나 자기의 신앙만은 완고하게 바꾸려 하지 않았습니다. 이렇게 그는 완강히 자기 처지를 지켜 나갔습니다만, 한편 자노 쪽도 끈질기게 설득을 계속했으므로 마침내 유대인은 그의 너무나도 꾸준한 집요함에 그만 지고 말았습니다.

"자노, 자네는 내가 그리스도 교도가 되어야 직성이 풀린단 말이지? 나도 그래 볼까 생각하는데, 그 약속을 하기 전에 먼저 나는 로마로 가서 자네가 말하는 그분, 이 세상에서 하느님의 대리인이라는 분을 만나 보고, 그분의 품위와 태도, 그리고 형제뻘 되는 추기경 여러 분의 품위와 태도를 직접 내 눈으로 보고 싶네. 그리고 자네의 말과 견주어 본 뒤 자네가 나한테 들려주었듯, 자네의 신앙이 내 것보다 뛰어나다는 것을 알게 되면 방금 말했듯 나는 그리스도 교도가 되겠네. 하지만 만일 자네 말과 다를 때는 나는 지금처럼 유대 교도로 있겠네."

이 말을 듣고 자노는 매우 실망하여 속으로 혼자 중얼거렸습니다.

'이 사람을 개종시킬 수만 있으면 매우 애쓴 보람이 있겠구나 생각했는데, 그 고생도 물거품으로 돌아가는가보군. 로마 교황청에 가서 성직자들의 더러운 악덕 생활을 보면, 그리스도 교도가 되기는커녕 그리스도 교도라도 틀림없이 유대 교도로 되돌아가고 말 테니.'

그래서 아브라함에게 말했습니다.

"허, 어째서 큰돈을 쓰며 일부러 로마까지 간다는 건가? 배 여행이건 육로 여행이건, 자네 같은 부자한테는 위험이 가득 도사리고 있다네. 이 도시에는 세례를 해줄 만한 분이 없다는 말인가? 내가 자네에게 말한 신앙에 관해 의문점이 있다면, 자네 질문에 대해서 설명해줄, 교의에 밝고 훌륭한 선생님이나 총명한 분이 이곳에도 얼마든지 있지 않은가? 그러니 내 생각으로는 그 여행이 쓸데없는 짓일 것 같구먼. 저쪽에 있는 성직자쯤 되는 분은 이곳에서도 만나 볼 수 있고, 저쪽이 얼마쯤 뛰어난 점을 굳이 든다면, 교황님 바로 밑에 있다는 것 정도일 걸세. 그러니 내 말대로, 그런 고생은 면죄를 받으러 가는 날까지 보류해 두게. 그때는 나도 함께 갈 테니까."

이에 유대인은 대답했습니다.

"자노, 나도 자네 말이 맞다고 생각하네. 하지만, 한마디로 말해 자네가 권하는 개종을 하기 전에 나는 꼭 로마에 다녀오고 싶네. 그렇지 않으면 나는 개종하지 않겠네."

자노는 그의 결의가 예사롭지 않은 것을 알고 말했습니다.

"그렇다면 탈없이 다녀오게나."

이렇게 말하기는 하였으나 로마 교황청을 보고 나면 도저히 그리스도 교도가 되지 않을 것이라고 생각했습니다. 그렇다고 시간을 허비해 봐야 별수가 없다는 생각에 더 이상 구차하게 고집을 피우지 않았습니다.

한편 유대인 아브라함은 말에 올라 되도록 빨리 로마의 교황청을 찾아갔습니다. 로마에 닿자 그는 아는 유대인들로부터 크게 환영을 받았습니다. 하지만 그곳에 머무르는 동안 아무에게도 로마에 온 이유를 알리지 않고, 교황이며 추기경이며 그 밖의 성직자들의 상태를 관찰하기 시작했습니다.

그는 관찰력이 꽤 날카로운 사람이었으므로 자기가 본 일이며 남한테 들은 이야기로 미루어, 위로 높은 사람에서 아래의 낮은 수도사에 이르기까지 모두 불결하기 이를 데 없는 음탕한 생활을 하고 있다는 것을 알았습니다. 게다가 모두 잘 먹고 잘 마셔서 주정꾼에다 야수처럼 먹어대 색정 또한 여간 왕성하지 않다는 것을 알았습니다.

좀더 관찰해 보니, 모두 돈이라면 사족을 못 쓰는 욕심쟁이로 인간의 피라기보다 그리스도 교도의 피와도 같은, 그리고 희생이나 제물 같은 신성한 물품조차 모두 똑같이 돈으로 바꾸어 사고 파는 것을 알았습니다. 그 방법이 또한 그 즈음 파리에서 하던 직물 거래보다 더 규모가 컸는데, 그 성물(聖物) 매매를 '알선'이라고 부르고 있었습니다. 이와 같은 일에 차마 입에 담을 수도 없는 여러 가지 일들이 합쳐져 이 진지하고 절도 있는 유대인을 완전히 불쾌하게 만들었습니다. 그는 이제 충분히 관찰했다고 여기고 파리로 돌아가기로 했습니다.

그가 돌아온 것을 알자, 자노는 도저히 그가 그리스도 교도가 되지는 않겠구나 생각하면서도 찾아가 함께 다시 만나게 된 것을 기뻐했습니다. 그리고 이삼 일 지나 교황이며 추기경이며 그 밖의 교황청

사람들을 어떻게 생각하느냐고 물어 보았습니다.

아브라함은 곧 대답했습니다.

"너무 심하더군. 그러다간 하느님의 벌을 받을걸. 자네한테니까 똑똑히 말하지만, 내가 보건대 어느 성직자에게도 신성하다든가 신앙적인 헌신 같은 것은 약으로 쓰고 싶어도 찾아볼 수 없었고, 오히려 음탕하고 탐욕스럽고 시샘이 많은데다 오만하더군. 아무리 보아도 하느님의 일에 종사하고 있다기보다 악마의 소업을 만들어 내는 제작소 같은 느낌이 들었네. 더욱이 그런 것을 위해 자네가 말하는 하느님의 양치기, 다시 말해 교황은 온갖 신경을 다 쓰고, 모든 지혜를 다 짜고, 모든 술책을 다 부리고 있는 것처럼 보였다네. 그 때문에 다른 사람들도 그리스도교의 초석이자 기둥이어야 하는데도, 그리스도교를 무(無)로 돌려 이 세상에서 추방하려 애쓰고 있는 것처럼 보였다네. 그러나 내가 알기로는 그들의 그와 같은 안간힘은 열매를 맺지 못하고, 오히려 자네의 종교에는 더 신자가 불어나, 성령이 어느 종교보다도 신성하고 참된 것으로서 찬연히 빛나고, 가르침의 훌륭한 초석이 되고 기둥이 되었던 것 같네. 나는 자네의 권유에도 끄덕하지 않고 그리스도 교도가 되기를 거부해 왔네만, 이제는 무슨 일이 있어도 그리스도 교도가 되지 않고서는 못 견디게 되었다고 말하고 싶네. 자, 함께 성당으로 가세. 자네의 신성한 종교의 관례에 따라 성당에서 내게 세례를 베풀게 해주지 않겠나?"

자노는 전혀 반대의 결과를 예기하고 있었으므로 그의 말을 듣고 여태까지 그토록 기뻐한 적이 없을 만큼 무척 기뻐했습니다. 그래서 곧 파리의 노트르담 성당으로 가서 성직자들에게 아브라함이 세례를 받게 해 달라고 부탁했습니다. 성직자들은 그의 말을 듣고 곧 세례를 해주었습니다. 자노는 그에게 조반니라는 세례명을 주었습니다. 그는 훌륭한 수도사들로부터 그리스도교의 가르침을 완전히 배워, 이윽고 선량하고 훌륭한 사람이 되어 신앙에 가득 찬 생활을 보내게 되었습니다.

(『데카메론』 제1부 제2장에서)

통합형 문·답

이 이야기에서 유대인 아브라함은 자노의 권유로 로마 교황청을 찾아간다. 거기에서 성직자의 나쁜 품행을 보고 파리로 돌아와, 오히려 그리스도 교도가 된다. 유대인 아브라함은 어떤 생각에서 이러한 의외의 판단을 내리게 되었는지 논술해 보자(단 유대교와 그리스도교 등 특정 종교에 대한 종교적 지식이나 판단은 개입시키지 말도록 한다).

『데카메론』은 인류의 멸망이 곧 닥쳐올 것 같은 위기의 시기에 출현했다. 비록 너무 외설스럽다는 평가를 받기도 하지만, 우리는 『데카메론』에서 어떤 여유와 활력을 느낄 수 있다. 어째서 그러한 것인가. 그 이유는 우선 솔직함에서 찾을 수 있다. 『데카메론』은 당대의 실상을 솔직하게 담아 내고 있다. 병에 걸린 사람들은 죽어 가고, 절친한 두 집안 사이에서 간음이 일어난다. 이를 선도해야 할 성직자들은 자신들의 지위를 이용해 돈과 음식, 성의 욕망에 탐닉하였다. 비록 이런 세계를 있는 그대로 보이고 있지만, 『데카메론』의 화자들은 이런 현상을 비극적인 것으로만 보지 않았다. 도리어 성의 범람에서 생의 활력을 보고 권위가 실추된 성직자들의 탐욕을 보며 인간에 대한 자각을 하는 것이다. 이 자각은 성직자들의 권위는 신이 준 것이 아니라 인간이 만든 것이고 진정한 신의 권위는 신앙생활을 실천해 나가는 인간의 몫이라는 것을 아는 것이다.

개종을 한 아브라함의 이야기는 바로 이런 『데카메론』의 전반적인 맥락하에서 이해할 때 제대로 그 의미를 파악할 수 있다. 유대교를 믿는 아브라함은 정직하고 성실한 사람이다. 유대교에서 정직과 성실을 본 그는 그 덕목을 지키는 것이 그저 당연하다고 생각했을 것이다. 종교를 믿고 따르던 당시의 많은 사람들처럼 그는 죄를 지으면 벌을 받고 선을 행하면 상을 받는다는 일반적인 믿음에 기초해서 세상을 살았을 것이다. 친구의 개종에 대한 권유에도 그 마음이 움직이지 않았던 것은 그의 믿음이 신에 대한 믿음에 기초한 무반성적인 것이기 때문이었을 것이다. 계속해서 개종을 권유받으면서 성직자들의 품위와 태도를 확인하려는 아브라함의 모습은 존중받는 종교인의 모습을 찾는 단순한 신자의 모습인 것이다.

그러나 애써 찾아간 로마 교황청은 아브라함에게 충격적이었을 것이다. 성직자는 부패하고 '성물(聖物)'을 매매하고 있었다. 또한 순결하고 검소해야 할 성직자들이 일반 사람들보다 더한 사치와 방탕에 빠져 있었던 것이다. 아브라함에게 있어 그리스도교를 대표하는 성직자들은 도리어 그리스도교를 망치기 위해 파견을 나온 악마의 사도들 같아 보였다. 아브라함이 이상하게 생각한 것은 그럼에도 불구하고 그리스도교의 교세가 계속해서 확장되고 있는 것이었다. 마치 악마의 끊임없는 위협에도 신의 권능은 여전히 건재한 것처럼 말이다. 또한 그런 성직자들을 대표로 세우고 있는 일반인들은 당연히 그들도 부패한 생활에 빠져들어야 함에도 불구하고 그들의 믿음을 지키고 훌륭한 생활을 하고 있는 것이다.

아브라함에게 이것은 신의 계시처럼 보였다. 신의 부름을 받는 성령의 영역은 성직자들이 지켜 주는 것이 아니라 일반 신도들이 지킨다는 것을 알려 주는 것처럼 느껴진 것이다. 자신이 믿고 있던 유대교와 은연중에 비교되었다고 생각할 수도 있겠다. 그가 그리스도교로 개종하려고 결심한 것은 아마도 미래의 종교는 권위를 가진 자들의 것이 아니라 일반 민중들의 것이라는 생각에 기초했을 것이다. 그는 성직자들의 종교가 아닌 민중들의 종교에서 새로운 활력과 미래의 종교상을 찾은 것이다.

『데카메론』은 이렇듯 세기말을 그리고 있는 듯하지만, 앞으로의 세계에 대한 희망을 이야기하는 작품이다. 세대 간의 갈등이 심해지고 그 간극이 멀어지고 있는 우리의 현실에서 『데카메론』은 심상치 않은 의미를 지니고 있다. 미래는 새로운 눈으로 넓게 보아야 열린다는 것이다. 바로 이 점이 『데카메론』을 그저 외설스러운 야담집에서 현재까지도 꾸준히 읽히는 고전으로 남아 있게 하는 요소일 것이다. 기성세대는 도덕적인 잣대로 모든 것들을 재고, 새로운 세대는 극단적인 일탈을 꿈꾸는 일이 잦은 오늘날, 『데카메론』은 미래의 비전이란 과연 무엇인가,라는 질문을 우리에게 던진다. 이제는 우리가 『데카메론』의 질문에 답해야 할 차례이다.

보카치오 인생의 역설 '아버지'

대작가들 중에는 부모의 몰이해로 고생한 사람이 많다. 하지만 그 덕분인지 그 반동인지 그런 부모를 가졌다는 것이 오히려 독특한 문학 세계를 만들어 내는 원동력이 되었으니, 이것이 삶의 역설이다. 다음은 보카치오의 생애를 재미있게 정리한 마르치노 다 시니아의 글이다.

'생명력이 넘치며 호라티우스나 오비디우스를 좋아하는 이 젊은이는 아들을 훌륭한 상인으로 만들겠다는 생각을 버리지 않는 푸념이 심하고 인색한 늙은 아버지 밑에서 6년이 넘게 상업과 부기를 배워야만 했지. 그리고 또다시 아버지는 보카치오에게 돈 되는 일을 할 수 있도록 6년 동안 노예 같은 법률 공부를 시켰어. 그는 이 무렵부터 법률과 관계된 것이라면 무조건 혐오하고 변호사나 서기를 만나면 마치 낙타가 접근하는 것을 본 말처럼 부들부들 떨게 되었지. 그래서 그런지 아버지와 떨어져 살고 있던 우리의 젊은 시인은 아버지가 페스트로 죽었다는 소식을 듣고도 크게 슬퍼하지 않았어. 왜냐하면 비로소 법률 공부를 포기할 수 있게 되었기 때문이야. 그는 평온하게 피렌체로 돌아와 검은 상복을 입은 채로 이따금 노래를 불렀지. 그렇다고 누가 보카치오를 비난할 수 있겠는가. 아버지가 죽은 다음 그의 눈앞에 『데카메론』의 제3일 아침처럼 즐겁고 자유로운 인생이 펼쳐졌는데 말일세.'

보카치오의 아버지가 어떤 지독한 행동을 했는지 자세히는 알 수 없고 아들에게 문학을 시키지 않으려고 부린 횡포가 실제로 보카치오의 문학에 대한 열정을 부추겼는지도 알 수 없으나 다만 확실한 것은 아버지가 상업과 법률 공부를 시킨 것이 작품 형성에 크게 도움이 되었다는 점이다. 『데카메론』에는 도둑과 사기, 폭력 사건과 재판 이야기가 무수히 나온다. 이것은 법률이나 사법 내용에 정통한 사람이 아니고는 충분히 표현할 수 없는 부분이다. 어떻게 보면 보카치오는 아버지에게 고맙다는 인사를 해야 할 것도 같다.

◐

캔터베리 이야기

초 서
Geoffrey Chaucer

제프리 초서(1342~1400)가 살았던 14세기 영국은 매우 어지럽고 격동이 계속된 시기였다. 그 가운데서 영국인들은 다시 자주 독립 정신과 민족적 긍지를 가지고 사회의 부패를 청산하고 민족 정신과 문화적 각성을 도모하게 되었다. 이에 발맞추어 문학에서도 중요한 성과를 이루어 가게 되는데, '영시의 아버지'로 기억되는 초서는 이 시기를 전후해서 나타났다. 그의 아버지는 성공한 포도주 상인이었고 어머니는 영국 왕실과 깊은 관련을 맺고 있어서 초서는 어렸을 때부터 훌륭한 교육을 받고 자라났다. 상인 출신으로서 그는 왕실에 발을 들여 놓을 수 있었고 이것은 국왕의 신임을 받아 외교적 임무를 띠고 유럽 대륙 여러 곳을 돌아다니며 많은 활약을 할 수 있는 계기가 되었다. 뿐만 아니라 이탈리아 등지에서 단테나 보카치오와 같은 르네상스기 작가의 많은 작품들과 정신을 접함으로써 그의 문학적 자양을 획득할 수 있는 계기를 만들기도 하였다. 29세 되던 해 그의 후원자의 부인인 블란취의 죽음을 애도하는 시 작품인 「공작부인의 책(The Book of Duchess)」(1369)을 시작으로 그는 시인으로서 활동했지만 본격적인 작품 활동은 40대 후반기에 와서야 이루어졌다. 그의 필생의 대작인 『캔터베리 이야기』도 1380년경에 와서야 집필을 시작했던 것으로 추정된다.

작품 해제

초서의 작품 중에서 널리 알려진 것은 『캔터베리 이야기(The Canterbury Tales)』(1387~1400)와 『트로일러스와 크리세이데(Troilus and Cruseyde)』(1380년경)이다. 우리에게는 『캔터베리 이야기』의 저자로 유명한 초서지만, 초서가 옛날부터 지금까지 항상 『캔터베리 이야기』의 저자로만 알려진 것은 아니고 엘리자베스 시대까지는 주로 『트로일러스와 크리세이데』의 작가로서 알려지고 숭상되었다고 한다. 그의 작품은 시대에 따라서 선호도가 상이했고 시인으로서의 기교나 자질에 대한 평가도 달랐다. 습작시대부터 마지막 임종 때까지 계속 씌어진 『캔터베리 이야기』에는 두 가지 영향이 있었는데, 하나는 「장미의 로망」이고 다른 하나는 「철학의 위안」이라는 텍스트로서 이것이 『캔터베리 이야기』의 밑그림으로 작용했던 것이다. 초서의 수사학은 이탈리아의 페트라르카나 보카치오에게서 온 것이 많지만, 그는 점차 전통적 수사학의 굴레에서 스스로를 해방시키면서 자신의 수사와 문체를 실험 발전시켜 나가게 된다.

『캔터베리 이야기』는 각 단편의 주제적인 연관성을 염두에 두고 묶어 보면, 결국 인간 행동의 세 가지 영역인 시민생활, 가정생활, 사생활에 관한 이야기로 나눌 수 있다. 시민생활 이야기는 단편 1의 기사·방앗간 주인·장원 청지기·요리사 이야기며, 가정생활에 관한 이야기는 단편 3, 4, 5에 걸쳐 있고 바스의 여장부·대학생·상인·탁발수사·소환계·수습기사·향반의 이야기며, 사생활에 관한 것은 단편 7의 선장·수녀시승·수도승 이야기다. 종결은 단편 8~10에 걸쳐 있다.

프롤로그는 순례 참가자들의 인간 군상을 흥미롭게 묘사하는 것으로 시작한다. 이들은 중세말 영국 사회의 모든 곳에서 볼 수 있는 각계각층의 인물을 망라하고 있어 출신, 교양, 성격, 복장, 행태, 지식 등이 천차만별이며 갖가지 인간 유형을 대표하는 인물로 그려진다. 그것은 시간과 공간을 초월한 인간 유형을 보여 주는데, 이 이야기가 중세의 이야기로서만이 아니라 당대적 의미를 가지는 것은 이 때문이다. 초서는 그가 읽었던 보카치오의 작품을 번안해 자신의 이야기를 구성하기도 하고 전해 오던 소화, 설화, 전설 들을 각색하거나 윤색하기도 했다. 그의 작품은 설화의 내용이나 인물의 다양성이 주는 탁월한 묘사력과 풍자정신뿐 아니라 그의 언어의 음악성과 운율의 아름다움 때문에 문학적 가치를 인정받고 있다.

그런데 20세기 들어와서 가장 논란이 된 것은 프롤로그에도 등장하고 이야기 속에도 나오는 '나'가 누구인가 하는 문제였다. 초서는 프롤로그의 저자이기도 하지만 일반적인 의미의 '나'라기보다는 19명의 순례자 무리에 끼인 한 순례자이자 내레이터이다. 순례자 초서는 그들 중에서도 어리석을 만큼 순진하고 자기 주변에서 일어나는 상황에 대해 무지하고 희화적인 운문을 엮어서 청중의 빈축을 산다. 초서가 자신의 견해와 입장을 직접적으로 노출시키지 않고 순례자의 마스크 뒤에 숨어서 동행자들을 그리고 그들의 이야기를 기록한 것은 아이러니와 풍자의 극적인 효과이다.

> 이 세상이 도대체 무엇이냐, 인간이 원하는 것은 또 무엇?
> 때로는 사랑으로 때로는 차가운 무덤 속에서 혼자서 동반자 없이 찾아 헤맨다.

그는 이 같은 질문을 던지지만 해답은 주지 않는다. 던지기만 하고 해답은 주지 않는 이 이야기 구조에서 독자는 자기 자신에 대한 근원적인 질문을 스스로에게 다시 하게 되는 것이다.

초서가 살았던 14세기 영국은 낡은 세계로부터 새로운 세계로, 구질서로부터 새질서로 옮겨 가던 시절이었다. 이 가운데 교회 권력과 세속 권력은 끊임없이 갈등하게 되는데, 대표적인 것이 엘리엇이 시극 『대성전의 살인』에서 보여 준 바로 그것이기도 했다. 즉 헨리 왕의 부하 네 사람이 왕과 사사건건 맞서며 로마의 교권을 옹호하던 캔터베리 대주교 토머스를 대성전 안에서 도끼로 찍어 죽이는 사건이다. 토머스는 성인이 되고 캔터베리는 성지가 되어 많은 사람들이 찾아가는 순례지가 된다. 이 『캔터베리 이야기』는 캔터베리로 순례 가는 30여 명이 런던에서 캔터베리까지의 왕복길에 동행자들의 오락을 위해 이야기한 것을 모은 것으로 구성되어 있다. 처음 구상은 한 사람이 각각 완결된 4편의 이야기를 하는 것으로 총 100여 편의 설화를 모은 것으로 구상되었지만, 현재 남은 것은 20여 편의 이야기와 총 프롤로그, 이야기와 이야기 사이에 끼워진 연결부 정도이다.

초서는 국왕의 외교임무를 띠고 몇 차례 유럽 여행을 하고 문예부흥이 힘차게 전개되던 이탈리아를 목격함으로써 유럽 지성계의 거의 모든 것을 섭렵할 수 있었을 뿐 아니라 페트라르카와 단테, 보카치오와 같은 이탈리아 문학의 진수를 경험하게 된다. 이러한 폭넓은 지식은 그의 작품의 중요한 배경이 되고 있다. 그는 인간과 인간 조건의 어둡고 부조리에 찬 현실을 직시하고 그 속에서 비극의 씨를 발견하지만 끝내 낙관적인 사유를 버리지 않았다. 그의 풍자는 끔찍스러움이나 광포함이 개입되지 않고 끝내 관용과 유머로 일관하는데, 이것은 현재까지 유머와 풍자 정신이 특유한 영문학적 전통으로 자리잡게 되는 힘이 되었다.

작품 읽기

"이곳과 코카서스산 사이에서
가장 어두운 집 속에 횃불을 켜서 갖다 놓고
문을 꼭꼭 잠그고 나와 보세요.
그래도 그 횃불은 여러 만 명의 사람들이 볼 때와 꼭 같이
아름답게 탈 거예요.
내 목숨을 걸고 하는 얘기지만 그 횃불은 꺼질 때까지
그의 본래의 의무를 다할 것이 틀림없어요.
이것을 봐서도 잘 알 수 있겠지만, 귀족이라는 것은
재산하고는 아무 관계가 없어요.
왜냐하면 인간이란 그 횃불과 달리,
반드시 그 본성에 따라서 행동하지는 않기 때문이죠.
그 증거로 우리가 흔히 보는 것이 귀족의 자식의 수치스럽고 상스러운 짓 아녜요.
귀족의 집안에서 태어나고
그의 선조들이 고상하고 덕이 높다고 해서
귀족으로 대접받기를 원하는 자라도
그 자신이 아무런 적선을 하지 않고
훌륭했던 선조를 본뜨려고도 하지 않을 때,
그가 공작이든 후작이든 그는 귀족이랄 것이 없어요.
상스럽고 죄 많은 일을 하고 보면 자연히 상놈이 되고 마는 거죠.
결국 귀족이란 말은
돈 많았던 선조들에 대한 칭호에 불과하고
당사자와는 아무런 관계가 없는 거 아녜요.
귀족의 자격은 오직 하느님에게서 오는 것이에요.
진정한 귀족적인 성품은 신에게서만 오고,

우리가 선조로부터 현세의 지위와 함께 물려받은 것은 아니에요.
발레리우스가 말하듯이 진짜 귀족은
툴루스 호스틸리우스같이
빈곤으로부터 높은 귀족의 지위까지 오른 사람이에요.
세네카와 보에티우스를 읽어 보세요.
그러면 그런 사람들의 책 속에서
귀족적인 일을 행하는 자가 귀족이라는 것을 아실 거예요.
그러나 내가 당신에게 하고 싶은 말은 이거예요. 설사 나의 선조가 천한 사람들이었더라도
내가 바라는 것은, 하느님의
은총을 받아서 일생을 덕으로 사는 것이에요.
내가 착하게 생활하고 죄를 피하기
시작하면 나는 곧 귀족이 되는 거예요.
그 다음 당신은 나의 빈곤을 책하지만,
우리가 모두 믿고 우러러 섬기는 하느님은
자진해서 가난하게 일생을 사셨어요.
그리고, 남녀노소를 막론하고
다 알고 있는 일은 천국의 왕이신 그리스도께서
결코 사악한 생활을 하려 하시지 않았다는 것이에요.
빈곤 속에 만족하고 사는 사람은 정말 정직한 사람이에요.
이것은 세네카와 기타 학자들이 말한 그대로예요.
자신의 빈곤에 만족하고 있는 사람은 누구나 설사 한 벌의
셔츠도 갖지 못한 가난뱅이라도, 나는 그를 부자라고 생각해요.
남의 물건을 탐내는 자는 가난해요.
왜냐하면 자기 힘에 부치는 것을 가지려고 하기 때문이에요.
그 반면 아무것도 가진 것이 없는데도 아무것도 탐내지 않는 자가 있다면

그는 곧 가진 자이고 남들이 상놈 취급을 해도 그는 영락없는
부자예요. 진정한 빈곤은 즐겁게 노래해요.
주베날은 빈곤에 대해서 이렇게 말하고 있어요.
'즐겁게 가난한 자는 길을 가다가
도둑을 만나도 아무 거리낌없이 노래하고 놀 수 있다'
내 생각에 빈곤이란, 매우 고생되는 미덕이긴 하지만,
사람을 매우 근면하게 해줍니다.
또 그것을 끈기 있게 참는 자에게는
예지도 더해 주지요.
빈곤이란 비참하기는 하지만
아무도 그것을 탐내는 경쟁자가 없는 재산이에요.
빈곤해서 처지가 보잘것이 없으면
흔히 신과 자신을 더 잘 알게 돼요.
빈곤은 말하자면 그것을 통해서 진정한 친구를 골라낼 수 있는
거울과 같은 거라고 생각해요.
그러나 내가 당신을 슬프게 만들 리가 없지 않아요.
이젠 내가 가난뱅이라고 책하지 말아 주세요.
그 다음, 내가 늙었다고 성화시죠?
무슨 경서에 그렇게 씌어 있는 것은 아니지만,
당신과 같이 점잖은 분들은
모두 노인을 위해야 한다고 말하잖아요.
그리고 노인을 부를 때는 점잖게 '아버지'라고 하잖아요.
어디 잘 찾아보면, 이와 같은 말을 한 고인(古人)이 있을 거예요.
자, 이제 당신은 나보고 못나고 늙었다고 야단이지만,
그 덕에 나한텐 새서방이 생길 염려가 없으니 안심하세요.
왜냐면 못생기고 나이 먹으면 놀아날래도 놀아날 수 없어서
별수없이 정조를 지키게 마련이지요.

그러나 당신이 원하시는 것이 무언인가를 내가 알았으니,

당신의 속된 욕망을 풀어 드리지요.

그러면 다음 두 가지 중에서 하나를 택하세요.

못생기고 늙은 채 이대로 죽는 날까지

정숙하고 순박한 아내로

일생 당신 속을 안 썩이는 것,

그렇지 않으면 내가 젊고 아름다워서

나 때문에 당신 집안에서나

전연 엉뚱한 곳에서

뭇 남자들이 드나들고 법석하는 꼴을 보고 사는 팔자,

자 어서 택하세요.

그 기사는 심각하게 생각하고 한숨을 쉬고는

결국 이렇게 말했습니다.

"나의 처, 나의 애인,

나는 당신의 현명한 지배에 나 자신을 맡기겠어.

어떤 쪽이 제일 행복하고, 또 당신과

나에게 똑같이 영예로운 것인지, 당신이 알아서 골라 주오.

둘 중의 어느 쪽이든지 난 상관 없고,

당신 마음에 드는 것이면 나는 그것으로 만족이오."

"내가 고르고 또 내 맘대로 할 수 있다면

나는 당신의 지배자가 되겠어요."

"아, 그렇게 하오. 그게 제일 좋소."

"그러면, 나에게 키스해 줘요." 하고 여자가 말을 이었습니다.

"우린 이제 완전히 화해한 거예요. 왜냐하면 나는 이제 당신을 위해서 두 가지 다가 되겠어요.

즉 예쁘고 착한 아내가 되겠기 때문이에요.

이 세상이 생긴 이래

남편에게 제일 충실하고 잘하는 여자가 되지 못한다면
나는 미쳐서 죽게 해주십사고 하느님께 빌지요.
그리고 내 얼굴이 내일 아침에 가서 동서남북의
어느 나라의 여왕이나 황제비와도 같이 아름답게 보이지 않으면
내 목숨을 드릴 테니 마음대로 하세요.
자 커튼을 쳐들고 좀 봐 주세요."
기사가 정말 자기 아내를 다시 보았더니
아내는 아름답고 거기에다 젊어서,
기쁨을 이기지 못해 두 팔로 아내를 끌어안고
그의 가슴은 환희로 가득 찼습니다.
그는 수천 번 아내에게 키스하고
아내는 아내대로 남편에게 즐거움을 주는 일이면
하나에서 열까지 순종했습니다.
이렇게 그들은 완전한 기쁨 속에서 일생을 지냈습니다.
그리스도님, 우리에게 유순하고 젊고, 또
잠자리에 들어서는 우리를 만족시켜 줄 수 있는 남편을 주시고,
또 그들보다 더 오래 살아서 개가할 수 있게 해 주십시오.
그리고 아내의 지배를 받지 않으려는
남편들의 수명을 짧게 줄여 주십시오.
그리고 늙어빠지고, 화만 내고, 깍쟁이 같은 녀석들은
염병을 내리셔서 일찌감치 거꾸러지게 조처해 주십시오.

(『캔터베리 이야기』, '바스의 여장부 이야기' 중에서)

논점 『캔터베리 이야기』 중에서 가장 독창적이면서도 흥미로운 대목으로 평가되는 것은 바스의 여장부 이야기다. 중세문학의 한 두드러진 테마는 남녀가 서로 다투면서 우위를 점하는 '양성의 싸움'이라는 것이다. 바스의 여장부는 그야말로 대단한 여성해방론자로서 스스로 다섯 명

의 남편을 두었으며 성생활에 있어서도 완전히 남녀평등을 요구하는 인물이다. 이 이야기는 중세문학에 절대적 영향을 끼친 「장미의 로망」이 그 모태가 되고 있다.

아서 왕 시대에 한 수업기사가 있었다. 이 젊은 기사가 말을 타고 가다 한 처녀를 겁탈하였는데 이 비행이 궁궐에 알려져 처형될 위기에 처하게 된다. 왕비와 궁궐 여자들의 간곡한 부탁으로 그는 목숨을 보장받는 대신 여왕으로부터 하나의 난제를 받게 되는데 그것은 여자들이 이 세상에서 가장 갖고 싶은 것이 무엇인지를 알아내는 것이었다. 이 질문에 대한 해답을 찾기 위해 그는 일 년 하루 동안의 목숨을 보장받고 길을 떠난다. 그러나 이 질문에 대한 대답은 모두가 다르고 모두가 어긋나기만 할 뿐 어디에서도 답을 찾을 수가 없다. 그는 어느 날 길가에 앉아 있는 늙고 추한 노파에게서 이 해답에 대한 암시를 얻고 궁궐에 들어간다. 그가 구한 답은 모든 남편들과 또 정사에 있어서 주도권을 잡는다는 것이었다. 이 해답에 그곳에 모인 어떤 사람들도 이의를 다는 사람이 없었다. 이때 노파는 기사가 한 대답은 실은 자신이 가르쳐 준 것이라는 점을 인지시키면서 자신의 소원은 그 기사와 결혼을 하는 것이라고 말한다. 위의 예문은 이 노파의 말에 절망하는 기사와 그런 기사에 대해 진정한 귀족의 자세를 논변하는 노파의 이야기를 담고 있다.

통합형 문·답

제시문을 통해서 우리가 알 수 있는 당대 생활 풍속과 그것에 대한 작가의 비판 정신을 추적해 보자.

바스의 여장부 이야기는 이 『캔터베리 이야기』 중 가장 유명하면서도 문제적인 장면에 속하는 것으로 완전한 남녀평등을 요구하는 여성해방론자의 이야기라는 지적이 있다. 중세문학의 두드러진 주제 중의 하나는 남녀 양성의 싸움인데, 이 이야기에도 기사와 노파 양성의 논쟁이 그 한 줄기가 되어 있음을 볼 수 있다.

이 이야기에 등장하는 추하고 늙은 노파의 논변 중에 눈에 띄는 대목은 어떤 사람이 귀족인가 하는 문제이다. 여장부의 논리는 아주 정확하다. 이 노파는 옛말에 돈 많고 지체가 높아서 귀족이라는 생각은 그릇되었다는 것, 오히려 높은 덕성과 인품으로 공적으로나 사적으로 가능한 한 선한 일을 하려는 사람이 진정한 귀족이라는 것, 선조인 귀족에게서 물려받은 것이 덕행이나 인품은 아니고 그저 재산과 거만함뿐이라면 그는 결코 귀족일 수 없다는 것 등을 확인시켜 주고 있다. 노파는 단테의 '잔가지를 타고 올라가 봐야 크게 올라갈 수 없다'는 것을 인용하면서 신분과 물려받은 유산으로 귀족이 된다는 것의 부조리함에 대해 역설한다. 이는 당대 계급사회에 대해 상당한 정도로 비판적이고 신랄한 고발을 한 것으로 생각된다. 귀족은 재산과는 관련 없다는 것, 귀족이라는 신분도 상스러운 일을 하게 되면 자연히 상놈이 되고 만다는 것 등을 노파는 역설하였다. 늙고 천하고 상스러운 이 노파도 실은 일생을 덕으로 살면서 하느님의 은총을 받는 것이 자신의 소원이라고 말한다. 노파는 청빈에 대한 성스러움, 신분에 구애받지 않는 사회적 지위와 만인에 대한 하느님의 은총의 혜택, 물질적이고 외형적인 것보다 정신적이고 고귀한 것에 대한 숭고함 등을 역설하였다.

실제로 이 이야기의 마지막에서 노파는 기사에게 보기는 흉하지만 정숙하고 충실한 아내가 되어 주기를 원하는지, 아니면 예쁘기는 하지만 부정한 아내가 되어 속을 썩이기를 원하는지를 선택하라고 다그친다. 기사는 귀찮아서 노파 마음대로 하라고 말하는데 노파는 결정권이 분명 자신에게 있지 않느냐고 회심의 미소를 띈다. 그리고 자신이 지배권을 획득했으니 얼굴이 예쁘면서도 정숙한 미덕을 갖춘 아내가 되겠다고 말하고는 기사에게 눈을 떠 보라고 말한다. 기사가 자세히 보니 자기 품안에 절세의 미인이 안겨 있었다.

이 에피소드를 통해 우리는 남녀 양성의 싸움이라는 당대 유행하는 이야기 구조를 따랐으면서도 그것을 통해 남녀 양성이 조화를 이루어 가는 삶의 내막을 이해하고자 한 초서의 의도를 파악할 수 있다. 또한 추한 노파가 마지막에 정숙하고 미려한 숙녀로 변했다는 변신담은, 진정한 가치에 대해 당대적 풍속의 비속함을 통해 역설적이고 풍자적으로 접근하는 초서의 비판정신을 엿보게 하는 대목이다.

◐

돈키호테

세르반테스
Miguel de Cervantes

에스파냐의 소설가이자 극작가인 세르반테스(1547~1616)는 마드리드 근교의 대학촌인 알칼라 데 에나레스에서 태어났다. 아버지는 외과의사였으나 각지를 전전하며 불안정한 생활을 했었기 때문에 세르반테스는 정규교육을 거의 받지 못했다. 그는 1570년 이탈리아로 가서 군에 입대했으며 이듬해 레판토 대전에서 영웅적인 전과를 올렸으나 부상을 당한다. 귀향하던 중 터키의 갈레 선의 공격을 받아 포로가 되어 5년 동안 알제리에서 노예 생활을 하게 된다. 11년 만에 고국에 돌아오지만 그의 공적이 무시되고 바라던 관직도 얻지 못하자 문필로 자립을 결심한다. 그러나 1587년 부친이 사망하자 생활고로 인해 무적함대의 식량 조달원과 징세원 노릇을 하며 안달루시아 지방을 전전한다. 한번은 주교의 영지에서 지나친 징발을 하다 교회로부터 파문을 당하기도 했고 은행에 맡겨 둔 공금을 횡령당하여 옥에 갇히기도 했다. 『돈키호테』는 1605년 발표한 작품으로 대단한 평판을 얻었지만 판권을 헐값에 넘겨 돈을 벌지는 못했다 한다. 그러나 이후 1616년 사망할 때까지 열심히 창작활동을 수행했다. 『돈키호테』 이외에도 12편의 단편 소설을 모은 『모범소설집』, 『돈키호테 속편』, 그리고 사후에 출판된 『페르실레스와 시히스문다의 모험』 등의 작품이 있다.

작품 해제

『돈키호테(Don Quixote)』의 정확한 제목은 『재지(才智)에 넘치는 시골 귀족 돈키호테 데 라만차(El Ingenioso Hidalgo Don Quixote de la Mancha)』이다. 1605년 전편이, 그리고 1615년 속편이 출간되었다. 이 작품은 라만차라는 시골 귀족 돈키호테의 이야기로서, 현재까지 세계적 고전으로 평가된다.

보통 돈키호테라 하면 정직하지만 세상 물정을 몰라 사람들에게 바보처럼 인식되는 인물로 상식화되어 있다. 정직함에 비해 그의 세상살이가 비극적이어서 애처로운 생각이 드는 것이다. 이런 상식의 초점은 대개 그 인물의 성격에 의한 것으로, 말하자면 주인공의 현실성이나 성품에 이야기의 중점을 두고 그에게서 배워야 할 점이나, 배우지 말아야 할 점 등을 발견하는 것이다.

그러나 작품을 이런 인간학적 차원에서 읽으면 작가가 의도한 바라든지, 혹은 작가가 의도하지 않았어도 작가의 이야기 속에 묻어 있게 마련인 이야기의 핵심 주제에 도달하기는 어려운 일이다. 차라리 '싸움판으로서의 소설, 싸움꾼으로서의 소설가 세르반테스'를 이해하는 것이 주제를 파악하는 데 도움을 준다. 줄거리를 간략히 살피면서 작품의 주제를 알아보도록 하자.

작품 초두에 세르반테스의 친구는 세르반테스에게 이렇게 이야기한다. '자네의 이 저작에는 기사도에 관한 서적이 세상이나 속인들 사이에서 갖고 있는 권위와 세력을 타도하는 것 이외에는 목적이 없으니까…….' 작가 세르반테스는 지칠 줄 모르는 돈키호테의 행적을 통해 기사문학의 해악을 통렬히 비판하려 한다. 말하자면 기사도라는 것이 만인의 웃음거리가 되게 함으로써 중세적 이데올로기에 대해 비판을 감행하려는 것이다. 기사도 소설에 미친 나이 오십쯤 된 노인이 어느 날 완전히 미쳐 버린 것으로 이 작품은 시작된다. 편력기사(遍歷騎士)가 되겠다는 것이 그의 생각이었다. 그가 이런 생각을 하자마자 그는 마음이 조급해졌는데 왜냐하면 쳐부수어야 할 부조리, 바로잡아야 할 부정, 고쳐야 할 비리, 제거해야 할 폐해, 처리해야 할 부채가 산더미같이 쌓여 있어 자기가 조금이라도 지체하면 그만큼 세상이 받는 손실이 크다고 생각했기 때문이다.

그가 생각하는 이른바 편력기사의 이상이란 무엇인가. 그는 이렇게 이야기한다. '약한 자들을 위해 모험을 찾아 천하를 두루 돌아다니겠습니다. 이것이야말로 기사도의 본분이요 나와 같은 편력기사들이 해야 할 일이라고 생각합니다. …〈중략〉… 저 우는 소리는 분명 나의 비호와 원조를 구하는 학대받는 부녀의 목소리임에 틀림없다. …〈중략〉… 나의 벗 산초여, 나는 우리 시대에 황금의 시대를, 아니 세상에서 말하는 황금시대를 소생시키려고 하늘의 뜻에 의해 태어났다는 것을 알아주기 바란다' 등등.

이런 사실에서 돈키호테의 인간적인 성품은 그 자체가 중요한 것이 아니라 사회의 저변을 폭로하는 매개적 역할 때문에 중요하다고 볼 수 있다. 이렇듯 작품 전편에 흐르는 기조는 봉건 체제의 지배이데올로기에 대한 비판이다. 돈키호테는 이제 기사가 되어 여행을 떠난다. 여관에 묵으며 그곳을 성이라고 여긴다. 그리고 풍차를 거인으로, 노를 젓는 수인들을 폭정의 희생자로 간주한다. 조그마한 불의나 악조차 그는 자신이 바로잡아야 한다고 생각한다. 가는 곳마다 모험을 감행하지만 좌충우돌하는 가운데 실패하고 나중에는 마을 친구들의 책략으로 감옥까지 가게 된다. 그는 자신이 마법에 걸렸다고 생각하며 결국 집으로 돌아오게 된다.

후편은 돈키호테와 산초에 대한 공작 부인의 우롱을 중심으로 이루어진다. 거기에는 몇 가지 에피소드가 전개되는데 이 가운데 산초가 바라타리아 섬의 영주직에 취임하게 되는 장면이 특징적이다. 돈키호테와 산초는 여기서 이렇게 이야기를 나눈다.

"저는 먹을 것만 있다면 선 채로 혼자서 먹더라도 임금님 곁에서 모시고 있는 거나 같습니다요. 오히려 그쪽이 더 좋습니다요.…… 나리, 제게 베풀어 주시려고 생각하시는 그런 명예는 제발 저에게 형편이 좋은 그 밖의 걸로 바꾸어 주셨으면 고맙겠습니다요. 그런 건 다 고맙게 받은 걸로 치고 앞으로 자손 대대로 사양했으면 합니다요." 중세적인 기사도적 명예는 필요없다는 산초의 비판적 안목이 늘 돈키호테를 따라다니게 되어 작품은 균형감각과 함께 흥미를 배가시킨다. 특히 세르반테스는 이런 주제를 전달하기 위해 여러 방법을 동원한다. 사실 이런 공격은 당시로서는 대단히 위험한 일이었기에 이이제이(以夷制夷 : 이 나라를 이용하여 저 나라를 침) 전술과 치고 빠지기 전술을 구사한다.

가령 중세 인문학의 차원에서 보아도 신분제라는 것은 역사성이 있다는 것, 즉 처음부터 신분차별이 있지는 않았음을 저들의 논리로 입증하는 방법이 그 하나이고, 다른 하나는 산초가 영주직에 취임하여 유능함을 보이면서도 그 직위를 수행하는 데 어려움이 따른다는 핑계로 영주직을 포기하게 되는 과정을 보이는 것이다. 이는 산초가 영주직에 유능함을 보여 줌으로써 지배 계급의 무능력을 반증하거나 혹은 산초에게 영주직을 부여한 사람이 바로 공작부처이며 그들은 장난으로 그런 짓을 했다고 하여 세르반테스가 그 반역에서 돌아올 피해를 모면하기 위한 포석을 미리 깔고 있다. 이런 작전들은 한마디로 치고 빠지는 전술이라 할 만하다.

"뿐만 아니라 영주가 되는 데는 그다지 대단한 재능도 학문도 필요하지 않다는 것을 수많은 경험으로 우리는 알고 있는데 그 증거로 거의 낫 놓고 기역자도 모르면서 매처럼 민첩하게 통치하고 있는 영주가 우리 주변에는 얼마든지 있으니 말이외다" 등등의 구절을 통해서 중세적인 신분제도, 가난으로 인한 불행 등에 대한 격렬한 비판을 수행한다. 『돈키호테』가 기사문학이나 라틴어로 된 중세적 인문학에 대해 비판적이라는 점을 넘어서 신분제도에 대해 대단히 공격적이라는 특징을 지닌다는 점은 산초라는 인물을 함께 배치해 놓음으로써 두드러진다. 그는 민중의 대변자로서의 역할을 톡톡히 해내고 있는 것이다.

이 장면 이외에도 사자의 모험, 몬테스노스 동굴의 모험, 마법의 배에서의 모험 등의 장면이 이어지고 마지막 은달의 기사와의 결투 장면에서 그는 결국 패배해 기사를 그만두게 된다. 그리고 고향으로 돌아온 돈키호테는 병으로 자리에 누워 이윽고 꿈에서 깨어나며 본래의 선량한 아론소 기하노로 돌아와 생을 마감하게 된다.

돈키호테에서 가장 인상적인 장면이라면 먼저 출간된 전편에 대해, 후편에 등장하는 돈키호테가 알고 있다는 점이다. 산초는 돈키호테에게 이렇게 이야기한다.

"간밤에 바르톨로메 카르라스코의 아들로 살라망카에 공부하러 가서 석사가 되어 돌아온 사람에게 제가 인사를 하러 갔더니 나리의 전기가 『재지 넘치는 시골 귀족 돈키호테 데 라만차』라는 제목으로 책이 되어 나와 있다고 했습니다요. 그리구, 저에 관해서도 산초 판자라는 진짜 이름으로 나오고 둘시네아 델 토보소 공주에 관해서도 나리와 제가 둘이 주고받는 여러 가지 말과 함께 나온다고 합디다요만, 저는 그것을 쓴 작자가 어떻게 해서 그런 것까지 다 알게 되었는지 정말 놀라워서 성호를 다 그었습니다요."

이 산초의 이야기를 들은 돈키호테는 삼손을 만나 작가의 근황에 대해 묻는다. 그러자 삼손은 이렇게 대답한다. '이야기를 발견하는 즉시로 출판하려고 혈안이 되어 있답니다. 출판을 하면 다시 칭찬을 얻는다기보다, 그것이 가져다 줄 이익에 마음이 동하고 있는 거겠지요'.

삼손과 돈키호테는 작품에 대해 이러저러한 토론을 벌인 후에 이렇게 예언하는데 이 대목은 단지 작가의 호기로만 볼 수 없는 구석이 있다.

'나는 이미 쇠퇴해 버린 편력의 기사도를 부활시키겠다는 염원을 품고 여기서 엎어지는가 하면 저기서 쓰러지고 여기서 절벽으로부터 굴러 떨어졌는가 하면 저기서 다시 일어난다는 식으로, 과부를 구하고 처녀를 보호하고 유부녀, 고아, 집 없는 사람들에게 구원의 손을 뻗는 등, 편력의 기사에게 알맞은 당연한 의무를 다하면서 내 희망의 태반을 완수하여 이미 오랜 세월이 흘렀소. 그리하여 나의 용감하고 많은 그리스도 교도다운 공훈으로 말미암아 나에 관한 모든 것은 거의 모든 나라, 아니 대부분의 나라에서 출판되어 널리 읽혀지고 있소. 벌써 나에 관한 이야기는 삼만 부가 인쇄되었으며 만일 하늘의 뜻이 저지하지만 않는다면 천 부의 삼만 배가 인쇄될 것이오.'

어찌 보면 돈키호테는 편력기사라는 위장으로 비판적인 사회변혁가 행세를 했는지도 모를 일이다. 그가 뜻한 바가 사실은 그런 일이기 때문이다. 이런 운동권의 행위들이 널리 퍼져 많은 사람에게 읽히리라는 돈키호테의 말, 즉 이런 인물을 내세운 세르반테스의 이 언급은 비록 17세기 초의 이야기였지만 2~3세기 후의 인류 역사를 꿰뚫어본 것일 수도 있다.

작품 읽기

라만차의 이름 높은 귀족 돈키호테의 사람됨과 일상 생활에 대한 이야기

그리 오래전 일이 아니지만, 그리고 그 이름을 기억하고 싶지도 않지만, 라만차라는 어느 마을에 긴 창, 낡은 방패, 야윈 말 그리고 날쌘 사냥개를 가진, 흔히 볼 수 있는 한 귀족이 살고 있었다. 그는 낮에는 양고기보다 쇠고기를 더 많이 넣어 삶은 요리, 밤에는 잘게 썬 고기 요리, 토요일에는 소금에 절인 돼지고기와 달걀 요리, 금요일에는 완두콩 콩국, 일요일이면 새끼 비둘기 요리를 곁들여 먹느라고 자신의 수입의 4분의 3을 지출하였다. 그 나머지는 두꺼운 나사로 지은 망토, 축제용 비로드의 짧은 바지, 똑같은 천의 슬리퍼에 평상시에도 최고급 모직 옷을 입으며 모두 낭비하곤 했다. 집에는 마흔 살이 넘은 가정부와 스무 살이 채 안 된 조카딸, 그리고 야윈 말에 안장을 얹기도 하고 정원 손질이며 밭일과 장보는 일을 하는 나이 어린 하인이 있었다.

우리들의 이 귀족의 나이는 이제 오십이 가까워지고 있었으며 그의 얼굴과 몸은 야위고 마르기는 했으나 뼈대가 튼튼하고 꼿꼿한 사나이로 새벽 일찍 일어나고 사냥을 즐겼다. 그는 보통 '키하다' 또는 '케사다' 라고 불렸으나 이에 관하여 글을 쓴 저자들 간에는 다소의 의견 차이가 있는 것 같다. 또 믿을 만한 억설에 의하면 '키하나' 라고 불렸다고도 한다.

그러나 그 문제는 우리의 이야기에 별로 중요한 것이 아니며 그에 관한 이야기에 진실과 다른 것이 있지만 않으면 될 것이다.

그런데 미리 알아두어야 할 것은, 그는 한가한 시간이 있으면(하기야 일년 중 대부분이 한가한 시간이지만) 기사도 이야기(기사도 소설은

몬탈보의 『아마디스』의 출현으로 16세기 에스파냐 기사도 소설의 전성기가 시작되었다. 에스파냐에 있어서의 마지막 기사도 소설은 후안 데 실바 작인 『포리시네 데 보에시야』로 『돈키호테』의 전편이 나오기 조금 전인 1602년에 출판되었다)를 읽는 데 골몰했으며 너무나 열중한 나머지 사냥이나 재산 관리조차 잊고 말았다. 나중에는 기사도에 대한 호기심과 이러한 도취가 정도를 넘어서, 읽고 싶은 기사도 책을 구입하기 위해서 수많은 밭을 팔아 버렸다. 이렇게 하여 사들일 수 있는 모든 책들을 사들여서 집안에 마구 쌓아 놓았는데, 그 중에서도 특히 유명한 펠리시아노 데 실바(그 당시 인기 있던 기사도 소설작가)가 지은 책을 가장 좋아하였다. 문장이 명쾌하면서도 그 독특하고 복잡한 서술이 주옥 같았으며 책의 어디를 펼쳐 봐도 있는 '나의 이성(理性)을 만든 이성 아닌 이성에 나의 이성도 힘 잃고 그대의 아름다움을 한탄하니 이 또한 이성이노라'와 같은 사랑의 밀어라든지 결투 장면을 읽을 때 그러했으며, 또 '별들과 더불어 그대의 거룩함을 거룩하게 강화하고 그대로 하여금 그 고귀함에 어울리도록 하는 드높은 하늘……' 따위의 대목을 읽을 때는 더욱 그러하였다.

이러한 문장들 때문에 이 기사는 가엾게도 제정신을 잃고 아리스토텔레스 자신이 비록 이 일만을 위해서 다시 소생한다 하더라도 필경 뜻을 끌어내지도 이해하지도 못했을 것이 틀림없는 그러한 문장들의 뜻을 이해하고 밑바닥까지 캐내어 해결하기 위해 밤잠을 자지 못하고 노력하였다. 그는 돈 벨리아니스가 남에게 입혔거나 자신이 받은 숱한 상처에 대해서는 암만해도 승복할 수가 없었다. 그것은 그를 치료한 의사들이 아무리 훌륭한 의사들이었다 할지라도 결국 그의 얼굴이나 온몸을 상처와 흉터 투성이로 만들었으리라 여겨졌기 때문이다. 그러면서도 그는 그 저자(헤로니모 페르난데스, 모두 4권의 『돈 벨리아니스』 중 2권까지에 돈 벨리아니스가 입은 상처는 101번에 이르고 있다), 『돈 벨리아니스』의 저자가 그 끝나지 않은 모험의 종결을 미래에 약속해 놓고 이야기를 끝맺은 점을 무척 칭찬하였다. 그래서 그는 몇 번이나 펜을 잡고 그 책에서 약속하고 있는 것 같은 이야기의 결말을 자기가 써서 끝내고 싶은 충동이 일어났다. 따라서 만일 그보다 크고 끊임없이 찾아오는 생각들이 그를 엄습하지만 않았던들 그는 그것을 실행했을 것이고 또 훌륭하게 해냈을 것은 명백한 일이다. 그는 마을의 신부(神父, 박학다식한 인물로서 시구엔사 대학(1472년에 창립된 삼류 대학)에서 학위를 받았다)와, 팔메린 데 잉글라테르라(포르투갈 작가 프란시스코 데 모라이시의 작품에 나오는 인물)와 아마디스 데 가울라 두 사람 중 어느 쪽이 더 훌륭한 기사였나 하는 문제를 가지고 만나기만 하면 열띤 논쟁을 벌였다. 그러면 같은 마을의 이발사인 니콜라스 선생은 아무도 태양의 기사 페보에는 미치지 못한다는 것이었다. 그와 어깨를 견줄 만한 사람이 있다면 아마디스 데 가울라의 동생인 돈 갈라오르 정도라 하였다. 왜냐하면 그는 모든 면에서 적절한 조건을 갖추고 있으나 자기 형처럼 울보도 아니고 무용(武勇)에 있어서도 형에게 조금도 뒤떨어지지 않는다는 의견이었다.

요컨대 그는 이런 종류의 책에 너무나 열중한 나머지 매일 밤을 뜬눈으로 꼬박 새웠고, 낮에는 낮대로 아침 동이 틀 때부터 어두워질 때까지 오로지 독서에만 열중하였는데, 이러는 바람에 그는 정신마저 잃게 되었다. 요술, 싸움, 전투, 결투, 부상, 구애, 연인, 번민, 그 밖의 온갖 황당무계한 사건 등 모두 그 엄청난 책에서 읽은 이상야릇한 환상이 언제나 그를 사로잡았으며, 그리하여 그가 읽은 숱한 허황된 얘기들이 모두 진실로만 여겨졌고, 그에게는 이 세상에서 그보다 더 확실한 이야기는 없다고 여겨질 만큼 그의 공상의 대부분을 차지하고 말았다. 그는 엘 시드 루이 디아스(에스파냐의 전설적인 영웅, 그를 주인공으로 한 무훈시 「시드의 노래」는 에스파냐 문학에 있어서 가장 오래된 작품이며, 코르네유의 「르 시드」도 그를 주인공으로 한 것이다)가 훌륭한 기사이긴 하였지만 무시무시하고 어마어마한 거인을 두 사람이나 한꺼번에 단칼로 두 동강을 낸 '불타는 칼의 기사(펠리시아노 데 실바 작 『아마디스 데 그레시아』의 주인공의 이명(異名))'에게는 도저히 미치지 못한다고 언제나 말하였다. 그가 베르마르도 델 카르피오(에스파냐의 전설적인 영웅. 778년의 론세스바이예스 전투에서 프랑스의 샤를마뉴의 열두 용사 중의 하나인 롤단을 껴안아 죽였다고 한다)를 높이 평가하는 것은, 헤르쿨레스가 지신(地神)의 아들 안테오를 두 팔로 껴서 목을 졸라 죽인 고사에 따라 카르피오가 귀신 같은 롤단을 론세스바이예스에서 무찔렀기 때문이다. 게다가 어느 놈을 보나 오만 불손한 거인 족속 중에서도 모르간테만이 부드럽고 사람 됨됨이가 좋은 사나이라고 해서 거인 모르간테를 극구 칭찬하였다. 그러나 그 중에서도 그가 가장 절찬한 자는 레이날도스 데 몬탈반(루노 드 몽트방, 프랑스의 샤를마뉴의 열두 용사 중의 한 사람)이었으며, 특히 그가 성에서 뛰쳐나와 닥치는 대로 마구 무찌르고, 다시 기록에 있는 대로 마호메트의 순금 성상을 바다 저편에서 빼앗는 대목을 읽었을 때는 더욱 그러하였다. 한편 배신자 갈랄론(갈랄론 데 마간사 백작, 이 이름은 샤를마뉴 이야기에 자주 나온다. 론세스바이예스 전투에서 열두 용사가 패하여 전사한 것은 갈랄론의 배신행위 때문이라고 한다)을 실컷 발로 걷어찰 수만 있었다면 그는 아마 자기 가정부뿐만 아니라 조카딸까지도 덤으로 붙여서 기꺼이 내놓았을 것이다. 정말이지 그는 사려 분별을 오래전에 잃어버리고, 이제까지의 어느 미치광이도 미처 생각해 내지 못했던 해괴망측한 생각을 갖게 되었다. 그것은 자기 자신이 편력기사(遍歷騎士)가 되어서 갑옷을 입고 말을 타고 무기를 들고 온갖 모험을 찾아 온 세상을 돌아다니면서, 전부터 읽고 익힌 모든 편력기사의 이야기를 스스로 실천해 보려는 것이었다. 그리하여 온갖 비행을 바로잡고 수많은 시험과 궁지에 몸을 던져 그것들을 멋지게 극복하는 날에는 그 명성을 길이 남기게 될 것이고, 그것은 곧 자기의 명예를 높이고 아울러 나라를 위해서도 봉사하는, 아주 시기에 맞는 중요한 일로 여겨졌다. 이 가엾은 사나이는 벌써 자기의 힘으로 적어도 트라비손다 제국의 왕위에라도 오른 기분이 되어 있었다.

그리하여 이런 즐거운 공상을 품고 그 속에서 느끼는 야릇한 희열에 쫓겨 어서 빨리 자기의 꿈을 실천에 옮기려고 서둘러댔다.

먼저 그가 한 일은 녹슬고 곰팡이 슨 채 몇 백 년 동안 한쪽 구석에 처박혀 있던 몇 대나 지난 옛 조상의 낡은 갑옷을 손질하는 것이었다. 그것을 정성들여 닦고 문지르다 보니 큰 결점이 있다는 것을 발견했다. 투구는 낯가리개가 달린 것이 아닌 그저 단순한 쇠모자였던 것이다. 그러나 그는 이 결점을 자신의 손재주로 보충할 수가 있었다. 두꺼운 판지로 낯가리개를 만들어 쇠모자에 붙인 것이다. 그리고 그것이 얼마나 튼튼하며 칼끝의 위험에 견딜 수 있는지를 시험해 보려고 칼을 뽑아 두어 번 내려쳐서, 일주일 동안의 노력의 결과를 망가뜨려 버리고 말았다.

이렇듯 어이없는 실패에 혀를 차고 그는 이번에는 위험을 막기 위해서 안쪽에 쇠를 대고 다시 공들여서 스스로 만족할 수 있을 만큼 만들어 놓았다. 그리고 또 시험해 볼 마음은 나지 않아서, 그만하면 훌륭한 낯가리개가 달린 투구가 되었다고 생각하고 그냥 그것을 쓰기로 하였다.

다음에 그는 자기의 여윈 말을 보러 갔다. 발굽이 레알[銀錢]을 쿠아르토[小錢]로 쪼개어 놓은 것처럼 갈라져 있었고, '가죽과 뼈뿐이로다!' 라는 그 고넬라(피에트로 고넬라, 15세기에 페랄라 공작에게 종사한 어릿광대로 그의 말이 몹시 여위었던 데서 나온 이야기. '가죽과 뼈뿐이로다' 라는 라틴 말은 플라우투수의 「아울라리아(항아리)」 제3막에서 유래한다)의 말보다도 더 지독하게 비루먹기는 했지만 그의 눈에는 알렉산더 대제의 부케팔루스보다도, 엘 시드의 바비에카보다도 훌륭하게 보였다.

이 말의 이름을 짓는 데 꼬박 나흘이 걸렸다. 그 까닭은(그의 생각에 의하면) 이만큼 훌륭한 기사님의 말인데다 말 또한 그런 명마니 아주 그럴듯한 이름을 갖지 않는다는 것은 말도 안 되는 일이었기 때문이다. 그래서 이 말이 편력기사의 애마가 되기 전에는 어떤 말이었으며 아울러 현재의 신분도 확실하게 나타내 주는 이름을 생각해 내기에 고심했다.

이리하여 자신의 기억과 공상을 총동원하여 짓고 고치고 덧붙이고 없애고 다시 새 이름을 궁리하고 하기를 수없이 거듭한 뒤에 겨우 '로시난테'라는 이름이 마음에 들었다. 그의 생각으로는 이 이름이야말로 품위도 있고 부르기도 좋고, 지금은 세상에서 제일가는 로신(비루먹은 말)이 되었지만 전에 일개 평범한 로신이었을 때와도 연결이 되는 이름이었다.

말에게 자기 마음에 꼭 드는 이름을 지어 주고 나자 이번에는 자기 자신도 새 이름을 갖고 싶어졌다. 그리하여 또다시 일주일을 연구한 끝에 생각해 낸 것이 돈키호테였다. 이 점에서 용맹스러운 아마디스가 자기 자신을 멋대가리없이 아마디스라고만 부르는 데 만족하지 않았을 뿐 아니라 조국의 이름을 높일 생각으로 자기 왕국과 고향의 이름을 덧붙여 스스로 아마디스 데 가울라라고 불렀던 것을 생각하고 자기도 이를 본떠서 자기 성에 고향의 이름을 붙여 돈키호테 데 라만차라고 하기로 했다. 이렇게 함으로써 자기 신분과 고향을 분명히 나타내고 나아가서는 향토를 빛내는 일이라고 생각했던 것이다.

이리하여 갑옷의 손질도 끝났고 낯가리개 달린 투구도 갖추었으며, 여윈 말의 이름도 지어 주었으며 자신의 이름도 고쳤으니, 이제 남은 것은 사랑을 바칠 귀부인을 찾는 일이었다. 왜냐하면 연애 없는 편력기사란 잎이나 열매 없는 나무요, 영혼 없는 육체나 다름없기 때문이었다. 그는 자기 스스로에게 말했다. 만약 내가 내 죄를 받느라고 또는 나의 무운이 좋아서, 편력기사들에게는 항상 일어나는 일이지만, 어딘가에서 어떤 거인을 만나 단숨에 그 녀석을 때려눕히든지 몸뚱이를 두 동강 내든지, 아무튼 싸움에 이겨 놈을 굴복시켰을 경우에 놈을 선물로 바칠 상대가 있다는 것은 얼마나 멋진 일일까? 그러면 놈을 나의 고귀한 부인에게로 보내어 무릎을 꿇고 공손한 목소리로 이렇게 말하게 하는 거야. "부인이시여, 저는 말린드라니아 섬(악당의 섬쯤 된다)의 군주로서 거인 카라쿨리암브르('떡판 같은 상판대기'쯤 되는 말)라고 하는 자인데 어떤 말로도 칭송을 다하지 못할 편력기사 돈키호테 데 라만차 님과 싸워서 일격에 패하였습니다. 그리하여 부인 앞에 나가 부인의 뜻대로 처분을 받으라는 돈키호테 님의 분부를 가지고 왔습니다."

우리의 선량한 기사의 독백이 여기에 이르렀을 때, 아니 그보다도 자신이 이름을 지어 줄 사랑하는 귀부인을 생각해 냈을 때, 오, 그의 넘치는 기쁨을 상상해 보시라!

사람들이 믿는 바에 의하면, 실제로 그가 살고 있는 마을에서 가까운 어느 마을의 농가에 매우 아름다운 처녀가 하나 있었는데 그는 한때 이 처녀를 연모한 적이 있었다. 그러나 알고도 남을 이야기지만, 그 처녀는 그런 것을 알지도 못했고 또 생각해 본 적도 없었다. 그 처녀의 이름은 알돈사 로렌소였는데, 그는 이 처녀에게 자기의 사랑하는 귀부인의 이름을 주기로 했다. 그래서 자기와 그다지 균형이 안 맞지도 않고 게다가 공주나 귀부인의 이름으로도 손색이 없을 이름을 이것저것 생각한 끝에 마침내 둘시네아 델 토보소라고 부르기로 했다. 그것은 이 처녀가 엘 토보소에서 태어났기 때문이었다. 어쨌든 이 이름도 역시 자기 자신을 비롯해서 자신이 지은 다른 이름들과 마찬가지로 그에게는 음악적이고 색다르고 함축성 있는 이름이었다.

(『돈키호테』 제1편 제1장 '전문' 중에서)

통합형 문·답

제시문을 읽고 작가가 돈키호테라는 인물을 지극한 몽상가, 심지어는 마치 정신이상자처럼 묘사한 의도에 대해 생각해 보자.

첫째, 아직 중세적 상황에 놓여 있었던 당시에 작가 세르반테스는 공허하고 현실적으로 무기력한 이데올로기로서의 기사문학을 야유할 필요가 있었을 것이다. 그리하여 돈키호테라는 인물을 시대 착오적이고 좌충우돌하는 편력기사로 만들어 만인의 웃음거리로 제공한 것이다.

둘째, 작가는 아직 엄존하는 봉건적인 지배체제나 신분제도를 공격하고 다시 빠져 나오는 방법으로 가장 적절한 수법을 사용한 것으로 보인다. 즉 돈키호테의 입을 통해 그렇게 말하게 하고는 그를 미친놈으로 그의 발언을 미친놈의 헛소리로 위장해 작가 자신은 추궁당하지 않게 한 것이다. 풍자 수법 가운데 미친놈의 입을 빌어 공격 대상을 욕하고는 모르는 척하는 방식이다.

이러한 점들을 좀더 구체적으로 지적해 보자. 작가는 돈키호테의 가장 큰 특징으로 터무니없는 행동을 강조하고 있다. 이러한 행동은 대명사적 돈키호테의 특징인데 이를 정확히 이해하자면 아직 엄존하고 있는 봉건 지배 세력에 타격을 가하고 그 자신은 살짝 빠지는 데 적합한 수법으로 이해해 볼 수 있다. 돈키호테가 어떤 심각한 반역적 발언을 하더라도 그는 미친놈이니까 하고 돌아설 수 있는 여유가 생기기 때문이다. 이런 여유는 작가 세르반테스의 명석함에서 온 것이다.

작품 전반에서 돈키호테는 기사도에 빠지지만 않으면 현명한 사람이며 기사도에 빠졌을 때 즉 중세적 이데올로기에 빠져 있을 때만 광기의 소유자가 된다. 이 말은 기사도 즉 자본주의가 막 싹터 가는 시기에 중세라는 잔존한 광기에 대한 비판이라 할 수 있다. 상부구조란 하부구조가 붕괴해도 쉽사리 붕괴되지 않는다. 그것이 바로 중세의 기사도인데 이런 기사도란 광기에 불과하다는 것이다.

햄 릿

셰익스피어
William Shakespeare

영국의 극작가 셰익스피어(1564~1616)는 현대 연극에 가장 큰 영향을 끼친 인물로 그의 작품은 '인도와도 바꾸지 않겠다'는 극찬을 들을 정도였다. 셰익스피어에 대한 연구는 별도로 셰익스피어 학을 독립시킬 정도로 활발하게 이루어졌고, 그 결과 지금껏 모든 비평 원리의 선례로 이용되고 있다. 그는 영국 중부 지방 스프렛퍼드머폰에이번에서 출생한 그는 유복한 시민의 아들로 행복한 유년 시절을 보냈으나, 이후 집안이 몰락하여 대학에도 진학하지 못했다. 1580년대 후반 런던에서의 배우 생활을 시작으로, 점차 상연용 각본을 가필하는 극단의 전속작가와 독립된 희곡작가로서의 경력을 쌓아 갔다. 그의 희곡 작품은 총 36편에 달하며, 흔히 4기로 나누어 그 경향을 설명한다. 제1기는 습작시대로 『헨리 6세』『로미오와 줄리엣』이 대표적이다. 제2기는 역사극과 희극의 완성기로 『리처드 2세』『한여름밤의 꿈』『말괄량이 길들이기』『베니스의 상인』이 대표작이다. 제3기는 복수의 비극을 그린 『햄릿』, 질투의 비극을 그린 『오셀로』, 권력의 비극을 그린 『맥베스』, 어리석음의 비극을 그린 『리어왕』 등 최고의 작품, 즉 4대 비극을 완성한 시기다. 제4기에는 『템페스트』 등의 전기극과 시집 『소네트집』을 남겼다. 인간 심성을 꿰뚫어 보는 통찰력, 인물 성격의 풍부성, 미적이면서도 강렬한 힘을 가진 언어를 통해 세계 연극사상 최고의 작품을 산출해 낸 작가로 평가된다.

작품 해제

켈트족과 스칸디나비아의 전설에서 줄거리를 빌려 온 것으로, 셰익스피어의 『햄릿(Hamlet)』은 키드의 『원(原) 햄릿』을 각색한 것이다. 1601년 런던의 글로브 극장에서 초연된 이 작품은 복수의 비극으로 잘 알려져 있으며, 주인공 '햄릿'의 풍부한 연극성으로 인해 연극사상 가장 고전적인 작품으로 남아 있다. 줄거리를 정리하면 다음과 같다.

덴마크의 왕자 햄릿은 국왕이었던 선친이 갑자기 돌아가신 후에 심한 우울증에 빠진다. 장례식을 치른 지 두 달도 채 못 되어 숙부가 왕위에 올랐고, 햄릿의 어머니 거트루드는 숙부와 재혼했기 때문이다. 햄릿은 '약한 자여, 그대 이름은 여자로다'라고 독백하며, 어머니의 수치스러운 행동을 원망하는 한편, 숙부가 아버지를 독살한 게 아닌가 하는 의혹을 떨쳐 버리지 못한다. 화려한 궁전이건만 검은 상복을 입은 햄릿이 창백하게 서 있다. '더러운 육체여! 녹고 녹아 흘러서 이슬이라도 될 수 있다면……' 햄릿은 이처럼 목적의식을 상실한 상태에서 방황한다.

이때 친구 호레이쇼가 나타나 선친을 닮은 유령이 밤에 초소에 나타났다고 말한다. 초소를 찾아간 햄릿은 직접 아버지의 유령을 만난다. 유령은 자기가 동생인 지금의 국왕에게 독살당했으니, 꼭 원수를 갚아 달라는 당부를 남기고 사라진다. 유령의 말을 들은 햄릿은 복수를 결심하고 남들이 눈치채지 못하게 미친 척한다. 사정을 모르는 사람들은 햄릿이 재상인 폴로니우스의 딸 오필리아를 너무 사랑한 나머지 미쳤다고 생각한다.

그러나 원래 내성적인 햄릿은 복수를 맹세하고서도 이를 실행에 옮기지 못한다. 이러한 의심은 점차 발전하여 숙부가 범인이라는 유령의 말조차 회의하는 단계에 이른다. 마침 국정에 유랑극단이 찾아온다. 햄릿은 이들에게 숙부가 선친을 살해하는 장면을 재현한 '곤자고의 살인' 이라는 작품을 숙부와 왕비의 눈앞에서 공연하도록 명령한다. 왕이 자기의 음모를 정확히 꿰뚫고 있는 듯한 연극을 보고는 충격을 받고 마침내 서둘러 퇴장하는 것을 보고서야, 햄릿은 숙부가 선친을 죽였다는 확신을 얻게 된다. 이에 햄릿은 어머니 방에 들어가 진실을 고백하라고 다그친다. 그때 누군가 뒤에서 엿듣는 듯한 인기척을 느낀 햄릿은 그를 왕으로 착각하고 칼로 찌르지만, 그는 재상이자 애인 오필리아의 아버지인 폴로니우스였다.

왕은 이 사건을 기화로 햄릿을 죽이려는 음모를 꾸미지만 햄릿은 용케 살아 남는다. 한편 아버지를 잃고 햄릿의 실성에 충격을 받은 오필리아는 미쳐 돌아다니다가 호수에 빠져 죽는다. 오필리아의 오빠 레어티스는 햄릿에게 결투를 청한다. 왕은 햄릿을 죽이기 위해 레어티스의 칼에 치명적인 독을 발라 놓고, 독이 든 술잔을 옆에 놓아 둔다. 왕비는 무심결에 독이 든 술을 먹고 죽는다. 햄릿과 레어티스는 결투 도중 칼이 바뀐 탓에 둘 다 상처 속에 독이 퍼져 죽는다. 음모를 깨달은 햄릿은 죽어 가면서도 숙부에게 복수의 칼을 들이댄다. 결국 이 작품의 주요 등장인물인 숙부와 왕비, 햄릿과 오필리아, 폴로니우스와 레어티스는 모두 죽고 만다. 비극적인 음모에 휩싸인 모든 인물이 결국 죽은 다음에야 『햄릿』이라는 비극이 종결되는 것이다. 고귀한 왕자였으며 덴마크 국민들의 높은 추앙을 받던 햄릿이 마지막 대사 '남은 건 침묵뿐이로다'를 읊으며 숨졌을 때, 우리는 고요하고 숭고한 심정에 젖게 되며 그 순간 우리의 영혼은 높은 곳을 향해 비상하게 된다.

이 작품은 우유부단한 지식인 상으로서의 햄릿이란 전형을 창조한 작품으로 널리 알려져 있으며, 지금도 세계에서 가장 많이 공연되는 작품이다. 행동을 망설이면서 인생을 허비하는 것은 햄릿뿐만이 아니라 현대인들의 속성이기도 한 것일까. 이 작품은 햄릿이라는 독특한 인물을 통해서 인생의 비극적인 조건에 대해 생각하게끔 만든다.

왜 햄릿이 망설이기만 했던가에 대해서는 많은 이견이 있다. 예를 들어, '곤자고의 살인'을 본 직후 숙부는 자기의 죄과를 잠시 후회하며 기도를 하는데, 이때 햄릿은 그를 죽일 수 있는 절호의 순간을 맞이한다. 그러나 햄릿은 회개하는 순간에 죽음을 맞이한 사람은 천당에 간다는 종교적 가르침을 떠올려 그를 죽이지 않는다. 결국 햄릿의 우유부단함은 인간의 속성이기도 하고, 종교적인 가르침에서 기인한 것이라고 볼 수도 있다. 이에 대해서는 햄릿이 사색적일 뿐 행동으로 옮길 만한 담대성이 없었다는 '성격적 무능설', 세속적 삶에 대한 비판이 너무나 예리해 행동을 아예 포기했다는 '비관론', 도탄에 빠진 덴마크를 우선 구해야 되겠다는 '구국사명설', 복수를 부도덕으로 치부하여 고민에 빠졌다는 '양심설', 숙부이지만 지금은 국왕이 된 왕에 대한 시기심과 어머니 사이에서 고민에 빠졌다는 '오이디푸스 콤플렉스설' 등 매우 다양하다. 최근에는 햄릿의 망설임은 연극적 플롯 자체의 특성에서 기인하는 것이라는 견해까지 제기되었다. 햄릿이 망설이지 않았다면 연극이 곧바로 끝나 버리기 때문에, 작가가 햄릿의 복수를 최후까지 지연시켰다는 해석이다. 어쨌든, 사변적이고 우유부단한 햄릿은 저돌적 인간형인 돈키호테와 대조되어, 인간의 한 속성을 제시했다고 볼 수 있다.

그러나 인간은 완전한 햄릿형도 완전한 돈키호테형도 아니다. 우리가 햄릿형이라고 생각하는 사람들은 51퍼센트의 햄릿과 49퍼센트의 돈키호테가 결합된 형태는 아닐까. 다만 우리는 햄릿형에서 우리들의 삶 속에 감추어진 한 단면을 발견할 수 있을 따름이다.

작품 읽기

(가) 살 것이냐 죽을 것이냐 그것이 문제로다. 사나운 운명의 돌팔매와 화살을 허용하는 것이 고상한 정신이냐. 아니면 바닷물처럼 많은 고난과 싸워 물리치는 것이 고상한 정신이냐? 죽는다는 것은 잠자는 것. 그것뿐이다. 잠에 의해서 우리가 마음의 아픔과 육체가 받는 수만 가지 충격들을 끝낼 수 있다면, 잠이야말로 우리가 열렬히 바랄 최적의 결론이다. 죽는다는 것은 잠자는 것. 잠을 잔다면 아마 꿈을 꿀 것이다. 그렇다, 여기에 난점이 있다. 우리가 생의 굴레의 속박에서 벗어나 죽음의 잠속으로 빠져들어갈 때 무슨 꿈을 꿀지 모르기 때문에 우리는 망설이게 되는 것이다. 이것이 바로 우리가 불행을 오랫동안 끌고 가는 이유일 것이다. 아니면 누가 시대의 채찍과 멸시를, 압박자의 불의들을, 오만한 자의 불손을, 버림받은 사랑의 쓰라림을, 법(송사)의 지연을, 관리의 오만불손을, 유덕한 사람들이 보잘것없는 자들에게서 잠자코 받아야 하는 모욕들을 참을 수 있겠는가. 단도 하나면 자신을 깨끗이 청산할 수 있는데 말이다. 누가 이 짐들을 지고 지루한 인생을 신음하고 땀 흘리며 살아가겠는가. 단지 죽음, 어떤 나그네도 아직 되돌아온 적이 없는 그 미지의 나라, 다음에 무엇이 있을지 모르는 두려움이 우리의 뜻을 망설이게 하고 우리가 모르는 다른 곳에 날아가느니 차라리 그 많은 고난들을 참아 가도록 만든다. 이리하여 분별심은 우리 모두를 겁쟁이로 만들며, 이리하여 결심의 본색은 우울이란 창백한 색으로 덮여진다. 또 지고의 그리고 극히 중요한 일들은 이 때문에 그것들의 경로를 바꾸게 되고, 실행의 이름조차 잃어버리고 마는구나.

(셰익스피어, 『햄릿』 제3막 제1장 중에서)

(나) 郡 이름은 잊었지만

無量面 淨土里
그런 곳이 없다면
누가 시외버스에 실려 몸을 뒤척이며
암모니아 냄새 자욱한 홍어회처럼 달려가겠는가
타버린 산이 삭고
산속에 새겨논 마애불도 삭아 버리고

이따금 돌조각이 저절로 굴러 내리는
절벽 앞을 걷다가
흰 빨래로 걸려 있는 구름 앞에서 그 흔한 망초꽃 속의 어느 눈썹 섭섭한 망초 하나와 만나
인사를 주고받겠는가

듣고 보니 우린 꿈이 같군.
끝이 환했어.

같은 꿈을 같이 꾼 자들이
같은 창살 속에 서서 같이 흔들리는 그런 곳.
無量面 淨土里가 없다면.

(황동규의 시 「망초꽃」)

통합형 문·답

(가)에서 햄릿은 삶에서의 희망과 꿈의 의미를 독백하고 있는 반면, (나)에서는 시적 화자가 망초꽃의 모습을 보며 '무량정토'에 대한 꿈을 이야기하고 있다. 양자 사이의 공통점과 차이점을 찾아, 궁극적인 삶의 목표에 대한 본인의 생각을 밝혀 보자.

셰익스피어의 『햄릿』과 황동규의 「망초꽃」은 모두 독백과 그 독백이 가리키는 대상에 대한 확신으로 이루어져 있다. 그리고 둘 다 죽음에 대한 담론을 통해 세상의 비극을 인식하는 구조로 되어 있다. 그러나 이 둘 중 햄릿은 죽음에 대한 불가지론을 고수함으로써 어쩔 수 없이 살아간다고 얘기하는 반면, 「망초꽃」의 화자는 삶에 대한 희망을 통해 세상을 긍정할 수 있다는 경지를 이야기하고 있다.

햄릿은 극 중에서 가장 유명한 말, '살 것이냐 죽을 것이냐 그것이 문제로다(To be or not to be, That is a question)'라는 말로 독백을 시작한다. 이를 통해 햄릿은 죽고 싶지만 죽지 못하는 자신의 심경을 고백하고 있는 것이다. 프랑스의 문호 알베르 카뮈는 『시지프의 신화』라는 책에서 이와 비슷한 말을 하고 있다. 인간의 실존에 앞서 그 인간에게는 바로 이 세상이 살 만한 가치가 있느냐, 그렇지 않느냐는 문제가 먼저 제기된다는 것이다. 이 문제는 꼭 선결과제인 것은 아니다. 또한 이 문제는 죽음의 위협을 당할 때보다도 세상에 대한 심각한 고민에 빠질 때 제기된다는 점에서 우리로서는 피해갈 수 없는 질문이다. 즉, 나는 왜 이토록 처절하고 외로운 세상에서 몸부림을 치면서라도 살아가야 하는가, 친구와 경쟁하고 남을 죽이지 않으면 내가 죽을 수도 있다는 절박한 문제에 시달리면서, 비웃음을 당하고 비웃어 가면서라도 살아야 할 가치가 있는 것이 이 세상이란 말인가, 등등의 생각이 들 때.

햄릿은 인간이 이 고난을 참아 가는 것이 알 수 없는 미지의 것에 대한 두려움 때문이라고 말한다. 죽음이 바로 그 미지의 것이다. 인간은 죽음 이후에 어떻게 되는지 모르고 있다. 신의 영역이기에 인간이 알지 못하는 죽음, 생명 있는 것이라면 모두 겪을 수밖에 없고 단연코 집단적일 수 없는 죽음이 두렵기 때문에 인간은 이 세상을 살아가고 세상의 모든 것을 인내한다는 것이다. 햄릿의 독백은 사실은 결행을 자꾸 미루고 있는 자신에 대한 변명이기도 하다. 다스릴 수 없는 운명 앞에 무력해진 인간이 부정을 저지른 인간을 죽여야만 정의가 세워진다는 책임감에 당혹하게 된 것이다. 햄릿은 이 모든 것을 행해야 하지만 그것을 이해할 수는 없다. 정의를 앞세운 복수는 이성의 영역이 아니라 도덕, 다시 말해 실행의 영역이기 때문이다.

이에 비해 황동규는 여유 있는 목소리로 무량정토(無量淨土)를 이야기하고 있다. 바로 사람의 마음속에 안식할 수 있는 여유가 없다면 이 세상은 살 만한 가치가 없다는 것이다. 그 여유는 일종의 종교가 될 수도 있고, 인간의 영혼이 될 수도 있다. 하지만, 그 종교 혹은 그 영혼이 어느 영역에 속해 있는지는 중요하지 않다. 시의 첫 부분에 '군(郡) 이름을 잊었다'는 진술은 그런 의미로 읽혀질 수 있다. 영역이 중요하지 않다는 점에서 무량과 정토는 죽음을 대하는 마음일 수도 있고 죽음 그 자체일 수도 있다. 세상이 하나의 창살이더라도 그 창살 속에 흔들리는 사람들의 마음에 안식할 수 있는 꿈의 영역이 있을 수 있다면 '끝'은 환할 수 있는 것이다.

햄릿처럼 인간은 도덕의 영역에서 끊임없이 흔들리며 죽음의 유혹을 맞이할 수도 있다. 또한 잘못된 세상이라고 생각하면서도 같은 꿈을 꾸며 작은 행복들과 아름다움들을 맞이할 수도 있다. 인간은 언제나 동일한 상황에 처하는 것이 아니기 때문이다. 개인의 영역에서 맞이하는 사소하고 작은 어려움들을 우리는 여유 있는 마음으로 극복할 수 있지만 자신의 생명이나 가족들의 생명과 관계된 일에 있어서도 과연 그럴 수 있을까. 자신 있다고 말할 수도 있고 자신 없다고 말할 수도 있을 것이다. 우리가 스스로에게 끊임없이 인류애와 도덕성을 강조하면서도 사소한 일들에 시달리며 큰 일들에 무관심해지는 것은 무엇 때문일까. 인간의 문제는 어렵다. 삶의 문제도 어렵다. 이와 연관시켜 나는 두 개의 문구를 말하고 싶다. 하나는 노자의 말이고 다른 하나는 공자의 말이다.

첫째, 천지불인(天地不仁)이라. 이 우주는 나를 위해 존재하지 않으니 나의 이익을 위해 그 질서를 어지럽히지 말라는 뜻이다. 타인에 대한 기대나 세상이 나로 인해 존재하는 것으로 여기는 오만에 대한 일종의 경고로 해석할 수 있다.

둘째, 진인사 대천명(盡人事待天命)이라. 사람의 일을 다하고 하늘의 명을 기다려라. 이 말은 너무나 유명한 말이라 설명이란 사족에 불과하겠지만, 조금 덧붙여 설명한다면 기대하는 것이 먼저가 아니고, 자신의 일을 성실하게 하는 것이 먼저라는 것이다. 또한 그 다음도 기대하는 것이 아니고 결과를 기다리는 것이라는 뜻이다. 기대는 언제 해도 손해다. 공자가 천하를 주유한 것은 열국의 제후들이 자신을 쓸 것이라는 기대에 의한 것이 아니라 배운 사람으로서의 깨달음을 대중에게 베푸는 것이 마땅하다고 생각했기 때문이다.

따라서 나는 삶의 목표는 삶의 자세여야 한다고 생각한다. 인간이 삶을 제대로 살 수 있도록 뒷받침하는 것은 삶에 대한 그의 자세이기 때문이다. 또한 이러한 삶의 자세를 만드는 것이 그리 쉬운 것이 아니기에 더욱 의미 있는 삶의 목표가 아닌가 되새겨 본다.

셰익스피어의 유언장

작품 속의 주인공과 작가 자신이 동일한 품성을 갖는 일은 매우 드문 일이지만 특히 셰익스피어의 작품을 통하여 그의 사람됨과 사생활을 상상하는 것은 불가능한 일이다. 한 인간 속에 햄릿과 이아고, 오셀로, 멕베스가 공존한다고는 도저히 생각할 수 없으며, 그가 만들어 낸 여성들, 줄리엣과 오필리어, 데스데모나 등도 모두 성격이 다른 여성들인 것이다.

또한 작품 밖에서의 그는 대단히 무미건조한 인물로, 그가 작성한 유언장만 해도 마치 관청의 서기가 쓴 것처럼 공식적인 표현투성이고, 도저히 햄릿의 독백을 쓴 사람의 시정(詩情)은 엿볼 수 없다. 예를 들어 부인에 대한 유증을 원문 그대로 적어 보면 다음과 같다.

'Item, I give unto my wife my second best bed with furniture.'

셰익스피어의 유언장은 그의 가족관계를 상세히 파악할 수 있게 해 그의 연구가에게는 더없이 흥미로운 문서다. 차녀 주디스에게 150파운드를 준다고 씌어 있을 뿐 아니라 누이동생인 조안과 그 세 아들, 친구 등에게 현금과 접시와 도검(刀劍)을 나누어 준다고 되어 있다. 그리고 토지, 가옥만은 셰익스피어의 장녀인 수잔나 홀과 가까운 친지의 손에 넘어가도록 자상하게 배려했다. 그러나 아내에게 물려줄 유산에 관해서는 '나의 두 번째로 좋은 침대와 가구'라고밖에 씌어 있지 않다. 컵이나 접시까지 일일이 유증할 사람을 명시했기 때문에 부인에게는 더 이상 돌아갈 것이 없었던 것이다.

혼자서 훌쩍 떠나 시작한 극작가로서의 런던생활 25년 만에 한 다섯 시간 정도 집을 비웠던 것처럼 고향 집에 도착한 셰익스피어는, 뜨개질과 부엌일로 10년을 하루같이 살고 있는 이미 오십대 후반에 접어든 연상의 아내를 보고서 어떤 생각이 들었을까? 피렌체로부터 단테가 추방당한 후 남편을 한 번도 만나지 못했던 단테 부인보다는 약간 나았을지 모르지만, 셰익스피어 아내로서 그녀의 삶은 불행했으리라.

로빈슨 크루소

디 포
Daniel Defoe

다니엘 디포(1660~1731)는 영국 런던에서 상인의 아들로 태어났다. 그의 아버지는 그를 장로교파 목사로 키우고 싶어했기에 뉴잉턴 대학까지 보내며 교육에 열성을 보였다. 그러나 대학을 졸업한 뒤로 그는 목사가 되기를 포기하고 제조업을 하면서 에스파냐와 포르투갈을 상대로 하는 무역업에 종사하였다. 그러다 결국 그는 사업에서 파산하고, 정치 소책자와 기사를 쓰면서 생계를 이어나갔다. 당시 다른 작가의 소설 주인공이 주로 귀족인 데 반해, 그의 작품 속 주인공들은 도둑과 사기꾼 · 장사치 · 선원 등이었는데 이는 새로운 사회 변화를 그가 나름대로 파악하였음을 보여 준다. 그의 삶은 아버지의 뜻을 어기고 바다로 나간 로빈슨 크루소의 삶과 공통점이 많다. 다니엘 디포는 젊은 시절에는 20여 년에 걸쳐 정치평론가로서 명성을 떨쳤고, 59세에 이르러서야 비로소 『로빈슨 크루소』를 쓰면서 작가로서의 명성을 얻었다. 40대에는 활발한 언론가로, 60대에는 왕성한 소설가로 활약한 그는 영국 사회의 격동기를 잘 반영했다는 평가를 받았다. 주요 작품으로 『해적 싱글턴』 『몰 플랜더스』 『로크사나』 등이 있다.

작품 해제

'요크의 선원 로빈슨 크루소의 생애와 그의 신기하고 놀라운 모험'이라는 원제를 지닌 『로빈슨 크루소(Robinson Crusoe)』(1719)는 스위프트의 『걸리버 여행기』와 함께 18세기 영국의 대표적인 고전소설로 평가받는다. 정치·사회평론가였던 디포가 쓴 이 소설은 당대에 형성되기 시작한 중산층의 세계관을 대변하는 작품으로, 발표 당시인 1719년부터 현재에 이르기까지 영국 사회를 풍미한 해상 여행과 해외 개척에의 활기를 잘 반영함으로써 많은 독자들의 마음을 사로잡았다.

로빈슨 크루소의 파란만장한 생애와 모험에 대한 이야기는 디포가 스코틀랜드의 한 선원이 남태평양에서 표류하다 후앙 페르난데스라는 섬에서 4년 4개월을 완전히 혼자 살았다는 당시의 이야기에서 착상한 것으로 알려져 있다. 그러나 이것은 모티프를 제공한 것에 지나지 않고, 나머지 부분은 디포 자신의 완전한 상상력에 의해 창조된 것이다. 줄거리는 다음과 같다.

타고난 방랑벽으로 집에서 도망쳐 나온 로빈슨 크루소는 첫 항해부터 배가 난파되는 등 불길한 예감을 받는다. 그러나 그는 천부적인 모험심으로 다시 배를 탔다가 카리브 해에서 일행을 모두 잃고 홀로 절해 고도에 표류한다. 이때부터 28년 2개월이란 긴 세월을 그는 무인도에서 단독으로 생활한다. 살아났다는 안도감, 미지의 섬에 대한 공포, '사회 없는 인간'으로서의 고독 속에서 그는 혼자서 집을 짓고 가구를 장만하며 가축을 기르고 농사를 짓는 등 집단사회에서나 가능한 수많은 일들을 스스로의 힘으로 해낸다. 마침내는 대륙의 식인족에게서 구출해 낸 흑인 프라이데이를 노예로 거느림으로써 2인 사회를 구축하고, 다시 반란을 일으킨 상선을 맞아 선장을 구출함으로써 무사히 귀국한다.

디포가 살았던 시절은 구질서와 새로운 가치관이 충돌하던 시기였다. 16세기의 거대한 해상활동으로 세계의 부를 긁어모은 영국의 중산층은 그 축적된 부를 발판으로 신흥계급으로 성장하면서 보수적인 귀족계급에 도전하기 시작했다. 그런 만큼 디포의 『로빈슨 크루소』에도 당대의 사회상이 짙게 깔려 있다.

로빈슨 크루소에게서 우선 드러나는 것은 첫째, '공작인(工作人, Homo Faber)'으로서의 창의력이다. 디포가 살았던 시대가 과학과 예술의 만능인을 만들어 낸 르네상스의 후예들이 활약하던 시대, 즉 인간의 능력에 대한 전폭적인 신뢰감을 가진 시대였던 만큼, 의지와 지혜만 있다면 얼마든지 자연을 정복할 수 있다는 생각이 작품 속 곳곳에 표현되어 있다. 크루소는 자연의 압도적인 위력과 식인족의 공격에 대한 두려움에도 불구하고, 집을 짓는 일부터 농사를 짓고 배를 만드는 일까지 모두 자신의 손으로 해낸다. 이는 작가인 디포가 그 시대의 낙관적인 세계관을 구현한 것으로 보인다.

둘째, 중산계급이 지닌 '경제적'인 소양이 크루소의 모습에서 발견된다. 그는 돈이라고는 전혀 필요 없는 무인도에서도 현금을 보관하고 회계장부를 만드는 등 철저하게 부의 추구와 합리적인 이윤 추구라는 자본주의 정신을 버리지 않았다. 이런 의미에서 이 작품은 19세기를 움직인 부르주아의 자신만만한 세계관을 가장 잘 반영한 작품으로 손꼽힌다. 마르크스도 이 작품을 분석 대상으로 삼아, 크루소의 철저한 경제적 태도를 근대 부르주아의 한 특성으로 설명하였다.

셋째, 그의 종교적 태도이다. 크루소는 위험을 겪을 때마다 성서의 교훈을 되살려 종교적인 구원을 갈구하며, 그 가르침에 따르지 못하는 자신의 성벽(性癖)에 대해 가혹할 만큼 비판을 가한다. 그가 28년 2개월 동안이나 무인도 생활을 하면서 이를 극복할 수 있었던 것은 순전히 성서의 힘이었다고 볼 수도 있다.

이 작품은 여태껏 동화로 소개되어 왔다. 크루소의 모험담 자체가 동화로서의 재미와 환상성을 가지고 있기 때문이다. 그러나 이 소설의 곳곳에는 당대 영국사회의 주도적 계층이었던 부르주아 및 프로테스탄트의 인생관, 세계관, 종교관이 잘 드러나 있음을 놓쳐서는 안 된다. 무엇보다 중요한 점은 과연 한 사람의 인간이 무인도에서 인간으로서의 삶을 살아갈 수 있는가에 대한 질문이다. 크루소의 삶은 어디까지나 허구일 뿐, 인간이 28년 간이나 숱한 고난과 고독을 견뎌내 가며 살아갈 수 있는가에 대해서는 거의 회의적이다. 또 크루소의 삶이 완전히 문명에서부터 결별된 것도 아니었다. 그는 배에서 많은 물품들을 가져와 자신의 생활 토대로 삼을 수 있었고, 운 좋게도 프라이데이라는 흑인을 만나 새로운 사회를 만들어갈 수 있었던 것이다.

인간은 사회적인 동물인 동시에 개별적인 존재이기도 하다. 우리는 여러 사람들 속에서 사회를 이루며 살아가지만, 어느 한편에서 보면, 로빈슨 크루소가 그러했듯 고독한 개별자로서 각자의 삶을 영위해 간다. 정현종 시인은 자신의 짤막한 시 「섬」에서 '사람들 사이에 섬이 있다/그 섬에 가고 싶다'고 읊은 적이 있다. 우리도 로빈슨 크루소와 같은 고독 속에서 각자 살아가고 있는지 모른다. 하여튼 이 작품은 무인도에서의 삶이라는 극단적인 상황 설정을 통해, 인간과 사회의 관계에 대해 질문하고 있다.

나는 악마가 우리의 마음속에 사는 하나님의 적이며, 하나님의 의로운 섭리를 파괴하고 세상에 그리스도의 왕국을 무너뜨리기 위해 온갖 간계를 쓴다고 설명했다. 그러자 프라이데이가 물었다.

"주인님은 하나님이 강하고 위대하다고 말씀하십니다. 그런데 하나님은 악마만큼 강하고 더 큰 힘을 가지지 못했나요?"

"아니, 그렇지 않아, 프라이데이. 하나님은 악마보다도 강하고 악마 위에 계신다. 그래서 우리는 하나님께 악마를 발밑에 짓밟고, 그의 유혹을 물리치고, 그의 불과 타는 화살을 끌 수 있게 해달라고 기도하는 거야."

프라이데이는 다시 물었다.

"그럼, 하나님이 악마보다도 더 강하고 힘이 세다면 왜 하나님은 악마가 더 악을 행하지 못하도록 죽이지 않나요?"

나는 이 질문에 한 대 맞은 것처럼 얼떨떨했다. 아무튼 그때 나는 나이가 꽤 들기도 했지만 선생으로는 아직 미숙했고, 어려운 문제의 해결자로서의 자격이 없었다. 그래서 처음에는 무어라고 대답해야 좋을지 몰랐다. 나는 그의 질문을 못 들은 척하고 그에게 무얼 물었느냐고 되물었다. 그러나 그는 이 문제가 무척 궁금했기 때문에 자기 질문을 잊어버릴 리가 없었다. 그는 말을 더듬거려 먼저 한 질문을 다시 반복했다. 이때쯤엔 나도 좀 여유가 생겼다. 그래서 대답했다.

"하나님은 악마에게 마지막 때 심한 벌을 내릴 거야. 악마를 심판의 날까지 살려 주었다가 끝없는 구렁에 빠뜨려 영원히 꺼지지 않는 불속에 던질 거다."

프라이데이는 이 대답에 만족하지 않고 다시 물었다.

"마지막까지 살려 둔다는 말을 이해 못하겠어요. 왜 악마를 지금 당장, 아니 오래전에 죽이지 않았습니까?"

“그 질문은 우리가 악을 행하여 하나님을 노엽게 하였는데 왜 하나님은 너나 나를 죽이지 않느냐는 질문과 같지. 우리가 회개하고 용서받을 때까지 우리를 살려 두는 거야.”

이 대답에 그는 잠시 만족했다.

“저어, 그럼 주인님이나 저나 악마나 모든 악인들이 모두 살아서 회개하면 하나님은 모두를 용서해 주신다는 말이구먼요?”

그는 감동해서 말했다.

…〈중략〉…

이 불쌍한 야만인을 깨우치기 위해 내가 사용한 방법은 지식도 지식이려니와 그 정성이 얼마나 컸는가는 하나님만이 아실 것이다. 나와 같은 방침으로 이런 일을 하는 사람들은 누구든지 경험하리라 생각되지만, 프라이데이에게 일을 설명하다 보면 전에는 내가 알지 못하고 충분히 생각하지도 못했던 여러 가지 점을 나 스스로 배우고 깨닫는다는 것을 인정하지 않을 수 없었다. 이것은 야만인을 가르치는 동안 나 자신이 그런 문제를 자연히 탐구하게 됨으로써 가능한 것이었다. 그리고 이번에는 사물을 탐구하는 데 있어 전에 느끼던 것보다 더 큰 감동을 느꼈다. 그래서 이 불쌍한 야만인이 나에게 가르침을 받는 것이 얼마나 큰 효과가 있는지 알 수 없었지만, 나로서는 그가 내게 온 것이 여간 고맙지가 않았다.

내 슬픈 감정도 훨씬 가벼워졌고, 내 생활도 몹시 즐거운 것이 되었다. 이 섬에 갇힌 외로운 생활 속에서도 하늘을 우러러보며 나를 이곳에 인도해 주신 하나님의 손에 나아가고 싶을 정도로 내 마음은 감동되었다. 그런데 이제는 하나님의 연장이 되어 불쌍한 야만인의 생명과 영혼을 구하고, 그에게 신앙과 기독교 교리에 대한 지식을 가르침으로써 예수 그리스도와 영원한 삶을 알게 해주었다. 이런 일을 모두 돌이켜보니, 내 영혼 구석구석에 은밀한 기쁨이 넘쳐 흘렀다. 내가 이 섬에 오게 된 것을 전에는 내게 일어날 수 있는 가장 큰 환난으로 생각했지만, 이제는 자주 즐거움이 되었다.

그 후, 이 섬에서 생활하는 동안 나는 감사하는 마음으로 보냈다. 프라이데이와 나 사이에 몇 시간이고 계속된 대화 때문에 우리 둘이 같이 산 3년 동안은 완전한 행복 속에 지낼 수 있었다. 완전한 행복이 지상에서 가능하다면, 우리가 그 경지에 이른 것이다.

(『로빈슨 크루소』, 「카누 한 척을 더 만들다」 중에서)

통합형 문·답

로빈슨 크루소와 프라이데이의 대화 속에서, 주인공인 '그'가 얻은 것에 대해 그 의미를 논술해 보자. 단, 기독교적인 신앙을 개입시키지 않아도 된다.

무인도에 표류하여 살아가게 된 로빈슨 크루소의 생활을 그린 이 소설은 프로테스탄트 세계관을 대변하고 있다. 프로테스탄트 세계관은 세 가지 중요한 속성을 지니고 있다. 실용주의적 속성과 자본주의적 속성, 그리고 기독교적 속성이 그것이다. 널리 알려진 바와 같이 서구 근대 초기에 부흥한 프로테스탄트 세계관은 성서의 영어 번역으로 대중들이 성서를 쉽게 접하게 되면서 생겨났다. 그 대표적인 논자는 칼뱅인데, 칼뱅은 부의 척도가 바로 신성의 척도라는 논리를 폄으로써 당시에 경제적 성공을 구가하던 중산계급에게 윤리적 척도를 마련해 주었다. 위 제시문은 이 윤리적 척도와 성실성이 기독교적 속성에 의존하고 있음을 보여 준다.

로빈슨 크루소는 기독교의 신에 대해 프라이데이에게 설명하려고 하고, 프라이데이는 전지전능한 신이 왜 악마를 그대로 두고 있는지 묻고 있다. 로빈슨 크루소는 그 질문은 악을 행하는 인간들을 왜 죽이지 않는가라는 질문과 같으며 결국 회개하면 용서해 주는 신의 자비를 설명해 준다. 프라이데이는 감동받고, 로빈슨 크루소 또한 타인을 가르치며 새롭게 깨달은 신성의 성격에 대해 감동받는다. 그리고 그 감동은 비기독교도인을 기독교도로 만들고 교육시키는 데 대한 보람과 희열로 나타난다.

열심히 신의 말씀을 따르지만 로빈슨 크루소의 마음에는 신에 대한 원망이 있었다고 우리는 생각해 볼 수 있다. 아무런 마음의 준비도 없이 무인도에 떨어진 로빈슨 크루소는 자신의 힘으로 모든 것을 일구어 나가야 했기 때문이다. 프라이데이를 만나면서도 그가 하필이면 식인종이라는 것, 그로 인해 외로움을 달래면서도 끊임없이 경계를 해야 한다는 것에 불만을 가지기도 했을 것이다. 그리고 그것이 악마의 유혹이라고 생각하며 그것을 물리치려고 생각했을 것이다. 물론 악마의 유혹을 받았기 때문에 그 또한 죄인이라고 생각하면서 말이다. 그는 타고난 성실함으로 마음속의 악마와 싸우기에 급급하여 회개만 하면 구원되는 것이라는 종교적 진실을 등한히 했을 수도 있다. 그는 악마를 없애려고만 했지 회개만 하면 모든 것을 용서하는 하나님의 사랑에 대해서는 의식하지 못했던 것이다.

프라이데이를 가르치면서 로빈슨 크루소의 마음에도 신성과 사랑에 대한 의식이 좀더 분명해지기 시작한다. 자신이 프라이데이에게 신앙을 가르치는 하나님의 연장이 된 것이다. 프라이데이가 제시한 신에 대한 회의가 신의 사랑에 대한 자각으로 바뀌는 순간, 로빈슨 크루소가 느낀 각성의 폭은 무척 컸을 것이다. 하나님은 회개만 하면 구원해 주시는 사랑의 하나님이다! 내가 무인도로 오게 된 것도 식인종인 프라이데이를 만난 것도 신의 역사 안에 있는 것이다! 이로 인해 로빈슨 크루소는 자신의 임무를 자각하고 영원한 삶이 무엇인지 깨우칠 수 있게 된다. 그는 신으로부터 버림받은 것이 아니라 새로운 임무를 수행하기 위해 이곳으로 오게 된 것이다. 야만인의 순진한 감동은 이런 로빈슨 크루소의 감동을 더욱 크게 했다. 그렇기 때문에 그는 모든 것을 자신이 해결해야 하는 무인도에서의 생활을 완전한 행복이라고 생각한 것이다.

걸리버 여행기

스위프트
Jonathan Swift

스위프트(1667~1745)는 더블린에서 영국계 부모의 유복자로 출생하여 킬케니 스쿨과 트리니티 칼리지를 졸업했다. 아일랜드의 침공으로 잉글랜드로 이주한 후, 퇴역한 외교관이자 친척인 윌리엄경의 집에서 많은 독서를 하게 된다. 엄격한 집안의 전통으로 마지못해 교회 계통의 일자리를 구한 그는 풍자가로서의 재능을 발견하고 1696년에서 이듬해 사이에 종교와 학문에 관한 강력한 풍자 에세이 「설교단의 이야기」와 「책들의 전쟁」을 쓴다. 이후 그는 32세에 목사가 되어 아일랜드로 돌아온다. 스위프트는 신학자인 동시에 성서에 대한 논쟁자였다. 그는 아일랜드에서 명망 있는 지도자로 남아, 영국의 지배에 대한 반발로 1724년에 있었던 아이리쉬 저항운동의 지도자가 되기도 했다. 스위프트는 아직도 아일랜드에서 국가적인 영웅으로 추앙받고 있으며, 그의 묘비명에는 '용감한 자유의 수호자' 라는 구절이 남아 있다. 그는 정치적인 일에 개입하면서도 심오한 상상력, 신랄한 위트, 감정의 격렬함으로 인해 평범한 인간들에 대한 혐오의 감정을 드러냈는데, 그것은 인간 자체에 대한 혐오가 아니라 인간의 본성이 선하다는 당시의 낙관적 견해에 대한 반감이었을 따름이라고 한다. 주요 저서로 『걸리버 여행기』 『통 이야기』 『책의 전쟁』 등이 있다.

작품 해제

국내에서는 스위프트의 『걸리버 여행기(Gulliver's Travels)』(1726)가 소년소녀명작집 등을 통해 마치 동화인 것처럼 소개되었다. 소인국과 대인국에서 벌어지는 환상적인 이야기는 어느 면에서 보면 동화적이기도 하다. 그러나 이 작품은 당대 사회의 모순을 날카로운 기지를 통해 반영하고 있는 풍자문학이다. 어렸을 적에 읽었던 동화와 비교해 가면서, 작품을 읽어 내는 자신의 안목이 얼마나 발전했는지 평가하면서 읽는 것도 큰 도움이 되리라 생각한다.

이 작품은 '18세기 영국의 대표적 산문 서술문학 작품이며 아울러 중요한 우화문학의 본보기다. 인간의 도덕적 취약점에 대한 스위프트의 풍자가 신랄하고, 작가의 인간혐오 사상이 무겁게 드러나고 있음에도 불구하고 면면히 유지되고 있는 유토피아 추구의 기조는 독자들에게 아주 흥미롭고 교훈적인 문학적 체험을 할 수 있게 한다'는 평가를 받고 있다.

우리는 이 작품을 읽어 나가면서 다음 사항을 점검해 볼 필요가 있다. ① 이 작품은 실제/허구의 경계에 놓여 있다. 양자간의 차이점은 무엇인가. ② 우화문학이란 무엇이며 이 작품에 등장하는 우화성의 정체는 무엇인가. ③ 인간의 도덕적 취약점은 이 작품에서 어떻게 나타나고 있으며, 그것을 가능하게 한 형상화 원리로서의 풍자란 무엇인가. ④ 유토피아란 과연 무엇인가. ⑤ 문학에서 흥미와 교훈은 어떤 관계에 놓여 있는가. 이런 문제의식을 설정하고 작품을 꼼꼼히 읽고 분석해야만 동화와는 다른 이 작품의 진정한 주제를 찾을 수 있을 것이다. 4부작으로 구성된 이 작품의 줄거리는 다음과 같다.

제1부에서는 작은 사람들의 나라를 다루고 있다. 키가 12센티미터에 불과한 소인국 사람들의 눈에 비친 걸리버의 모습은 당연하게도 괴물, '산 같은 사람'에 가까울 것이다. 그들은 걸리버의 모습과 행동, 그리고 그가 가지고 있는 물건들에 대해 당혹감을 가진다. 예컨대 걸리버가 지니고 있던 시계는 그들을 놀라게 하기에 충분하다. 제1부의 압권은 소인국 간의 감정대립과 전쟁에 대한 부분이다. 소인국에서는 두 개의 당파가 서로 다투고 있다. 높은 굽의 구두를 신는 사람들과 낮은 굽의 구두를 신는 사람들이 서로 당파를 형성하여 70개월 전부터 논쟁하고 있다. 한편 이웃나라와는 36개월 동안 전쟁을 계속하고 있다. 그 전쟁은 이렇게 묘사되어 있다.

"그 전쟁은 다음과 같이 시작되었습니다. 계란을 먹기 전에, 그것을 깨는 가장 오래된 방법은 넓고 둥근 방향의 끝부분을 깨는 것이었습니다. 그런데 지금 국왕의 할아버지께서 소년이었을 당시, 그 동안의 관습대로 계란을 깨다가 손가락을 베는 사건이 일어났습니다.

이렇게 되자 그의 아버지였던 당시의 국왕이 새로운 법을 만들어 모든 사람이 계란을 깰 때는 좁은 방향의 끝부분을 깨도록 명령하고, 이것을 어기는 사람이 있을 경우에는 엄한 벌을 내리기로 결정하였습니다. 국민들은 이 법에 대하여 몹시 화가 나서 이 문제로 인해 여섯 차례의 반란을 일으켰습니다. …〈중략〉… 통계에 의하면 그 동안 1만 1천 명이나 되는 사람들이 여러 차례에 걸쳐 좁은 방향의 끝부분으로 계란을 깨기보다는 차라리 죽음을 택하였던 것입니다."

더욱 재미있는 것은 그들이 신봉하는 성서에는 '진정한 믿음을 가진 사람들은 계란의 편리한 방향의 끝부분을 깨도록 하라'고 씌어져 있다는 사실이다. 작가는 소인국에서 벌어지는 이러한 에피소드를 통해, 인간이 믿고 있는 신념과 이념의 맹목성에 대해 비판한다. 소인국 우화를 통해 작가가 제시하고자 하는 주제는 맹목적인 신념에 사로잡힌 인간들이 벌이는 각종 폭력과 광기이다.

제2부는 걸리버가 거인국(巨人國)을 여행한 기록이다. 거인국 사람들은 키가 18미터나 되지만 의외로 단순하고 생각하기를 싫어하는 사람들이다. 거인국에서는 비교적 작다고 할 수 있는 개, 고양이, 쥐나 벌조차도 걸리버의 생명을 위협할 정도로 크고 힘이 세다. 그들의 폭력에서 가까스로 살아 남는 걸리버의 모험이야말로 제일 재미있게 읽힐 만한 동화적 소재들이다. 그러나 제2부에서도 몸집이 작은 다윗이 거인 골리앗을 이기는 이야기 따위의 모험담이 전부인 것은 아니다. 걸리버를 못살게 구는 거인국 사람들에 대한 묘사를 통해, 작가는 몸집은 크지만 올바른 정신을 가지지 못한 사람을 풍자하고 있는 것이다. 예컨대 이 거인국의 난쟁이는 걸리버보다 몸집이 몇 배가 크지만 걸리버를 질투하고 못살게 군다.

동화를 통해서 널리 알려져 있는 1, 2부와는 달리 3, 4부에서는 좀 더 공격적인 풍자가 이루어진다. 제3부는 「하늘을 나는 섬의 나라」를 다루고 있다. 이 섬나라의 주민들은 1, 2부와는 달리 몸집은 거의 정상인에 가깝지만 행동이 전혀 다르다. 그들은 너무 지나치게 사색에 몰두하여 옆사람이 뭐라고 말하든 거의 반응을 일으키지 못한다. 그래서 절벽이 나타나면 떨어지고, 기둥이 나타나면 머리를 부딪히며, 거리에서 다른 사람이 밀쳐 하수구로 떨어지게 되는 순간에도 아무런 대책을 가지지 못한다. 그래서 대화를 하기 위해 시종을 거느리고 다니는데, 그들이 머리를 때려 주는 도구를 가지고 다니면서 대화 상대방의 머리를 때려야만 비로소 옆에 사람이 와 있다는 것을 알아차릴 정도다. 그때서야 비로소 대화가 가능하기 때문이다. 그들은 매우 사색적이어서 수학과 물리 방면에는 특별한 재능을 가지고 있다. 빵조차 원뿔이나 원기둥, 평행사변형의 수학적인 도형으로 자르고, 옷을 한 벌 맞출 때도 자와 컴퍼스를 가지고 높이를 측정한다. 그것은 나일강의 삼각주를 측량할 때의 기하학과 동일한 방식이다. 그들은 여자의 아름다움을 묘사할 경우에도 사다리꼴, 원, 평행사변형 등의 기하학 용어를 구사한다. 그들은 매우 과학적인 것처럼 보이지만 기실은 매우 비합리적이어서 개인의 상상력이나 공상, 창조적인 발명과 같은 단어는 아예 없을 정도이다. 그들이 하는 일이란 매일 걱정하는 일뿐이다. 예컨대 수학적인 계산에 의하면 130년이 지난 다음 혜성이 분명히 지구를 파괴해 버릴 것이라는 걱정에서 벗어나지 못한다. 과학을 만능이라고 믿으면서 인간이 원래 지닌 소박한 지혜마저도 잃어버린 당시의 지적 세태를 꼬집은 것으로 보인다.

제4부는 말(馬)들의 나라에서의 모험이 등장한다. 이 나라에는 '야후'와 '휴이넘'이 공존하며 살고 있다. 일단 '야후'는 사람과 비슷한 형상으로, '휴이넘'은 말과 비슷한 형상으로 제시되는데, 여기에서 걸리버는 사람이 말을 지배하고 착취하는 것이 당연하다고 생각해 온 자신의 생각을 반성하기에 이른다. 제4부는 유럽의 당대 모습을 가장 정확하고 통렬하게 비판하고 있다. 서로간에 약간의 의견 차이로 인해 발생하는 사건들이 국가 간에는 전쟁으로, 개인들 간에는 거짓말과 도둑질로, 그리고 가진 자와 없는 자 사이에는 착취로 나타나는데, 그것이 사실은 근거 없는 짓이며 잘못된 사회통념에서 비롯된 것이라는 사실을 걸리버 자신이 깨치게 된다. 당대의 정치현실을 신랄하게 꼬집은 제4부의 내용은 이 책을 오랫동안 금서(禁書)의 목록에 가두도록 만들었다.

사실 이 책은 여러 사람들에 의해 끔찍하고 창피하고 비겁하며 신성모독적이라는 평가를 받아 왔다. 어느 작가는 이 책은 비교적 재미있고 교훈적이지만, 제4부의 내용을 읽어서는 안 될 것이라는 권고를 한 바도 있다. 작가의 풍자가 너무 진솔하여 그 사회와 그 사회에 몸담고 있는 개인의 치부가 너무도 적나라하게 드러나 있으므로, 그것을 모두 보여 주는 일이 끔찍하고 비교훈적이라고 느꼈기 때문일 것이다.

이상 살펴본 바와 같이 작가는 소인과 거인, 지나치게 사색적인 사람과 괴물인 '야후'를 각각 그리면서 가장 바람직한 사회는 어떤 모습인가에 대해 강력하게 발언하고 있다. 개인의 모순을 극단적으로 제시하는 풍자의 방법은 하나의 구체적인 사례를 통해 보다 보편적인 인간의 진실을 암시해 준다는 점에서 우화문학의 원형을 이룬다. 그러나 작가는 그 모순에 대한 단순한 고발과 풍자에 그치지 않고 새로운 유토피아를 제시하려고 노력하였다. 주인공인 걸리버가 한 곳에 머무르지 않고 새로운 세계를 찾아 항상 모험을 떠나는 낭만적인 인물로 그려진 것도 이 때문일 것이다.

『걸리버 여행기』는 제목이 말해 주는 바 그대로 걸리버라는 한 모험가가 체험한 여행의 기록이다. 물론 그 여행이 실제 있었던 일은 아니다. 그것은 허구(fiction)로서의 여행이다. 그렇다면 왜 스위프트라는 소설가는 허구로서의 여행기를 썼는가. 그 이유는 간단하다. 허구로서의 여행이 실제 존재했던 여행보다 더 재미있고 환상적이기 때문이다. 여행자들은 허풍이 심하다. 더욱이 자기 혼자서만 그곳을 여행했다고 가정하면 그 허풍은 더 심해지게 마련이다. 걸리버는 당시로서는 매우 생소하고 신비롭게 느껴졌을 일본(그 옆에는 한국해라는 'sea of Coree' 지명도 보인다), 혹은 태평양에 떠 있는 섬(하늘을 나는 섬)을 등장시켜 그 허풍의 정도를 강화하였다.

그러나 그것만으로는 왠지 설명이 부족하다. 스위프트는 이 작품을 단순히 재미를 위해 쓴 것이 아니기 때문이다. 그리고 작가는 이 소설의 첫머리에서, 걸리버가 남긴 여행기를 편집자가 마음대로 삭제하고 검열하였음을 불평하였다. 스위프트는 검열을 피하기 위해 걸리버라는 대리 인물을 내세운 것이 아닐까. 이런 맥락에서 '검열'의 문제를 좀더 생각해 보자.

사실 검열은 어느 시대 어느 사회에나 있게 마련이다. 검열은 주로 정부나 정치 권력자에 대한 직접적인 비난을 금지하거나 억제하기 위한 것으로 알려져 있으나, 그러한 정치적 문제 외에도 윤리적인 이유로 검열이 가해지기도 한다. 지나친 성 묘사나 부도덕한 성 윤리에 대해서도 검열이 가해지는 경우가 허다하다. 이런 면에서 보면 『걸리버 여행기』는 검열과 어느 정도 타협한 상태에서 작품이 전개된다는 점을 알 수 있다. 만약 검열이 없었다면 작가는 좀더 직접적으로 당시 영국 사회의 정치적 종교적 윤리적 타락에 대해 공격했을 것이다.

그러나 검열이 없었다면 분명 이보다 더 좋은 작품이 나왔을 것이라는 논리는 그릇된 추측일지도 모른다. 검열은 작품의 자유로운 전개를 방해하기도 하지만, 어느 경우에는 좀더 좋은 작품을 쓰도록 만들기도 한다. 극단적인 표현을 사용하자면, 모든 문학작품은 검열이 있었기에 좀더 우회적이고 다양한 표현을 구사하게 되었고, 혹은 보다 보편적인 주제를 제시할 수 있었다. 문학은 당대의 정치적 문제에 직접적인 비판을 가하기 위해 씌어지는 경우도 있지만, 그럴 경우 그 작품의 생명은 정치적 문제의 해결과 함께 끝나게 된다. 오히려 그 작품이 영원한 고전이 되는 경우는 그 정치적 문제를 직접 거론하기보다는 우회적으로 제시함으로써 보다 보편적인 문학으로 승화된 경우다.

박지원의 『허생전』을 한 예로 들자. 이 작품은 당시 사대부들의 위선과 무능, 그리고 효종을 위시한 당대 관료계층의 북벌론(北伐論)에 대한 비판을 주제로 삼고 있는 것으로 알려져 있다. 그렇다면 이 작품의 주인공 허생이 취한 행동은 모두 이러한 주제를 직접 드러내기 위한 것일까. 왜 허생은 돈을 번 다음 무인도로 가는가. '자신의 이상향을 펼치기 위해서'라는 답이 일반적일 것이다. 그러나 이렇게 생각해 보면 어떨까. '당시의 임금의 정책을 비판하고 게다가 새로운 나라까지 건설하는 것은 그야말로 대역죄(大

逆罪)에 해당한다. 그래서 허생은 새로운 나라를 건설하는 대신 무인도를 선택했다. 그것은 당대의 지배계층과 왕의 논리에 의해 자행되었을 법한 검열을 피하기 위한 것이다' 라고 『허생전』은 이 같은 검열 상황에서 씌어진 작품이다. 박지원이라는 작가는 당시로서는 매우 진보적인 실학파 중의 한 사람이었지만, 조선시대에 국왕의 권위에 도전하고 국왕이 지배하는 나라 속에 감히 새로운 이상국가를 설정할 수는 없었던 것이다.

작품 읽기 1

다른 나라 사람들에게는 릴리퍼트가 번영하고 있는 것처럼 보일지도 모르지만, 지금 우리는 두 가지 어려움에 직면하고 있습니다. 내부적으로는 격렬한 당쟁이며, 외부적으로는 적의 침략에 대한 위험을 가지고 있습니다. 우선 지난 70개월 이전부터 이 나라에는 두 개의 당파가 서로 논쟁하고 있다는 사실을 이해하시기 바랍니다.

그들은 구두의 높은 굽과 낮은 굽에서 파생된 '트라멕산' '슬라멕산' 이라는 이름으로 당파를 구별하고 있습니다. 높은 굽이 이제까지의 제도에 가장 잘 부합한 것도 사실입니다. 그러나 지금의 국왕은 행정부나 왕궁에 관련된 모든 직책에 오직 낮은 굽을 신은 사람만을 등용하기로 결정하였습니다. 당신도 보셨겠지만 국왕이 신고 있는 구두의 높은 굽은 다른 사람들이 신고 있는 신발보다 1드러르(미터 단위로 환산하면 약 1.8밀리미터) 정도 낮은 것입니다.

이들 당파 간의 대립은 굉장히 심해서 함께 식사를 하거나 술을 마시지도 않고, 심지어는 서로 이야기도 나누려고 하지 않습니다. 높은 굽을 신고 있는 '트라멕산' 파가 우리보다 훨씬 더 많은 것으로 알고 있습니다. 그러나 권력은 '슬라멕산' 파에게 있습니다. 왕자의 신발

가운데 한쪽의 굽이 다른쪽 굽보다 조금 높은 것을 보면 이 사실을 알 수 있습니다. 그렇기 때문에 걸을 때마다 왕자는 조금씩 절름거리지 않습니까?

이와 같이 내부적으로 편안하지 않은 가운데 우리는 블레퓌스크로부터 침략의 위협을 받고 있습니다. 그들은 릴리퍼트와 거의 비슷한 영토와 국력을 가지고 있습니다. 물론 당신의 말처럼 큰 사람들이 살고 있는 곳이 있겠지만, 릴리퍼트의 철학자들은 그 사실을 믿으려고 하지 않습니다. 당신이 달에서 떨어졌거나, 많은 별들 가운데 어느 하나에서 왔을 것이라고 믿습니다. 당신과 같은 사람 1백여 명만 있어도 릴리퍼트에 있는 모든 과일이나 짐승들을 순식간에 없애 버릴 것이기 때문입니다.

그리고 6천 개월이라는 우리의 역사를 살펴보아도 릴리퍼트와 블레퓌스크를 제외한 다른 나라의 이야기는 전혀 없습니다. 내가 지금부터 이야기를 시작하겠지만, 릴리퍼트와 블레퓌스크라는 강력한 나라들은 지난 36개월 동안 한치의 양보도 없는 전쟁을 수행하고 있습니다. 그 전쟁은 다음과 같이 시작되었습니다. 계란을 먹기 전에, 그것을 깨는 가장 오래된 방법은 넓고 둥근 방향의 끝부분을 깨는 것이었습니다. 그런데 지금 국왕의 할아버지께서 소년이었을 당시, 그 동안의 관습대로 계란을 깨다가 손가락을 베는 사건이 일어났습니다.

이렇게 되자 그의 아버지였던 당시의 국왕이 새로운 법을 만들어 모든 사람이 계란을 깰 때는 좁은 방향의 끝부분을 깨도록 명령하고, 이것을 어기는 사람이 있을 경우에는 엄한 벌을 내리기로 결정하였습니다. 국민들은 이 법에 대하여 몹시 화가 나서 이 문제로 인해 여섯 차례의 반란을 일으켰습니다. …〈중략〉… 통계에 의하면 그 동안 1만 1천 명이나 되는 사람들이 여러 차례에 걸쳐 좁은 방향의 끝부분으로 계란을 깨기보다는 차라리 죽음을 택하였던 것입니다. 이 문제에 관하여 수많은 책들이 출판되었습니다.

그러나 넓은 방향의 끝부분을 깨는 것에 대하여 옹호하는 사람들은 오랫동안 출판과 판매의 자유가 금지되어 왔습니다. 그리고 법에 의하여 그들은 공직에도 취임하지 못하도록 되어 있습니다. 이러한 갈등이 일어나는 동안 블레퓌스크의 국왕은 가끔 대사를 통해 우리의 행위가 브런데크랄(소인국 사람들이 믿는 종교의 복음을 기록한 성서를 의미한다) 제54조에 있는 가르침을 위배하기에 종교의 분리를 조장하고 있다고 비난하였습니다.

그러나 이것은 성서에 대한 잘못된 해석에 불과합니다. 원래의 기록에는 '진정한 믿음을 가지고 있는 사람들은 계란의 편리한 방향의 끝부분을 깨도록 하라'고 씌어져 있습니다. 어느 방향으로 계란을 깨는 것이 편리한 것인가에 대해서는 사람들 스스로의 마음에 달린 일이지만, 나는 국왕이 그것을 결정할 수 있다고 생각합니다.

(『걸리버 여행기』 제1부 「작은 사람들의 나라」 중에서)

통합형 문·답

소인국 사람들의 어리석음에 대해 비판하고, 이러한 어리석음이 우리 현실 속에서도 일어나고 있지는 않은지 반성해 보자. 우리 사회에 만연된 그릇된 사회풍토를 예로 들면서, 이를 논술해 보자.

걸리버가 여행한 소인국과 대인국에서 사람들의 몸집은 마음 씀씀이의 넓이를 나타낸다고 볼 수 있다. 우리가 동화를 통해 알고 있듯이 걸리버는 소인국에서 전쟁을 겪게 되는데, 소인국 사람들은 자신들의 이익에 맞게 한 거인을 이용하려는 태도를 보인다.

인용된 부분은 소인국 사람들의 편견과 호전성을 드러내는 것이라고 볼 수 있다. 이들은 신발의 굽의 높이를 특정한 진리라 생각하고 그것을 옹호하기 위해 싸운다. 이 때문에 소인국 사람들의 전체적인 모습은 다리를 저는 왕자의 모습처럼 기형적으로 되어 버린다. 소인국 사람들의 파행은 이에 그치지 않는다. 그들은 릴리퍼트와 블레훠스크라는 두 나라 외에도 다른 나라가 있을 수 있다는 것을 상상조차 하지 않는다. 이러한 상상력의 결핍도 그들의 뿌리 깊은 편견, 자신들만이 유일한 인류라는 생각에서 비롯된 것이다. 또한 이 두 나라가 성립된 것도 그들의 편견에서 일어났다. 계란을 어느 쪽으로 깨는 것인가, 하는 문제를 두고 말이다. 그리고 이 문제가 절대적으로 양분된 의견으로 나누어진 것은 왕자가 계란을 깨다가 손을 베인 사건에 의해서였다. 릴리퍼트의 왕은 왕자가 다친 것에 대한 분노를 넓은 방향의 끝부분으로 계란을 깨려는 사람들에게 퍼부은 것이다.

릴리퍼트 나라 사람들의 행동과 전쟁은 마치 어리석은 사람들의 그것과 같다. 물고기를 수돗물에 넣어 죽으면 그것이 수돗물 때문이 아니라 누군가 만져서 잘못된 것이라고 우기는 어린아이처럼 말이다. 잘못된 인과를 설정하는 오류는 누구나 저지를 수 있다. 계란을 어느 방향으로 깨는가가 진보를 가름하는 기준이라고 생각할 수 있듯이, 우리도 흔히 공부를 하는 데 어느 학습지를 쓰는가, 어떤 방법으로 공부하는가가 가장 중요한 것이라고 생각하는 오류를 범하는 것이다. 심지어 학생들 사이에서는 남학생이 여학생의 방석을 빌려 그것을 깔고 앉아 시험을 보면 잘 본다는 생각까지 퍼져 있다. 그리고 그것이 대단한 진리인 것처럼 생각하여 방석을 구하지 못하면 하루종일 불안에 싸여 시험을 못 보게 되는 것이다. 시험을 못 본 것이 불안 때문이었다고 해도 믿지 않는다. 단지 방석이 없어서 시험을 못 봤다고 생각하는 것이다.

한때 행운의 편지라는 것이 유행했었다. 발송된 편지에는 같은 내용의 편지를 여러 장 다른 사람에게 보내지 않으면 불행이 찾아올 것이라는 글이 씌어져 있다. 대부분의 사람들이 며칠간은 무시하지만 계속 불안해 하다가 결국은 편지를 써서 보내게 된다. 그리고 안도의 한숨을 쉰다. 이런 잘못된 인과를 설정하는 오류들은 사회적으로 점성술이나 빙의술 같은 혹세무민하는 술사들을 번성하게 하며 좀더 정치적으로는 당파나 학연, 지연, 혈연 등을 형성하게 한다. 특히 선거철에 이런 학연, 지연, 혈연 등 자신에게 직접적으로 연관되는 후보에 투표하는 행태가 두드러진다. 이런 행태는 아는 사람을 찍는 것이 나중에 자신에게 혹은 자신이 속한 집단에게 도움이 될 것이라는 인식에 기초한다. 그리고 선거에 나서는 사람들도 대개 이에 기대어 유세를 하는 것이다. 은연중에 이루어진 이러한 암묵적인 합의는 남의 편과 자기 편을 갈라서 보고 자기 편을 우월하다고 생각하는 사회적 혹은 개인적 편견에 기초해 있다. 앞서 말했듯이 이것은 인과의 오류에 해당한다. 현재 우리 나라에서도 이런 인과의 오류는 널리 퍼져 쉽게 고쳐지지 않는 뿌리 깊은 편견을 이루고 있다.

작품 읽기 2

내가 알고 있던 수학 지식이 하늘을 나는 나라 사람들의 어법을 익히는 데 큰 도움이 되었다. 이 나라의 어법은 수학과 음악에 많이 의존한 것이었으며, 나는 음악에 대해서도 꽤 지식이 있었다. 그들의 생각은 대부분 선과 도형에 관한 것이었다. 한 여자나 어느 동물의 아름다움을 칭찬할 때, 그들은 사다리꼴, 원, 평행사변형, 타원 및 그 밖의 기하학 용어로 표현하는 것이었다. 반면 그들이 살고 있는 집은 매우 조잡하게 지어져 있었다. 그 어떤 방에도 직각이 없도록 벽이 경사지게 되어 있었다. 이것은 하늘을 나는 나라 사람들이 실용 기하학을 경멸하기 때문인데, 그들은 실용 기하학을 매우 천박한 것으로 간주하였다.

그들이 지시하는 것은 일을 하는 사람들의 지적인 능력으로는 도저히 이해할 수 없을 정도로 정교한 것이어서, 거의 언제나 실수가 생겼다. 종이 위에다 자와 연필과 컴퍼스를 사용하는 데는 상당한 능력이 있었지만, 그것을 제외한 다른 일들에 대해서는 아주 서툴거나 어색하게 행동하였다. 수학과 음악을 제외한 모든 문제를 생각하는 일에 있어서 이들처럼 느리고 당황스러워하는 사람들도 없을 것이다.

그들은 언제나 비합리적이었으며, 올바른 의견을 갖는 경우란 거의 드물었다. 상상력이나 공상, 발명 같은 단어는 그들에게 낯설 뿐만 아니라 그런 뜻을 나타내는 말조차 없는 것 같았다. 그들의 정신이나 마음은 수학과 음악에 모두 갇혀 있는 것이다.

하늘을 나는 나라 사람들의 대부분은 점성술을 믿고 있었다. 특히 천문학에 관계하는 사람들은 더욱 그러하였다. 비록 공공연히 인정하는 것은 부끄럽게 여기지만 말이다. 내가 주로 감탄한 것은 뉴스와 정치에 대하여 그들이 아주 강한 취미를 가지고 있다는 것이었다. 그들은 끊임없이 공무를 수행하며 국가의 일에 대해 판단을 내리고, 정당의 견해를 철저하고 열정적으로 논박하는 것이었다.

내가 유럽에서 알고 있던 대부분의 수학자들에게서 나는 그러한 기질을 본 적이 있었다. 수학과 정치는 서로 닮은 점이 없지만, 만약 수학자들이 조그만 원도 커다란 원과 마찬가지의 각도를 갖고 있기 때문에 세계를 통제하고 운영하는 일도 하나의 공을 다루거나 굴리는 것 이상의 능력이 필요하지 않다고 생각한다면 별로 문제되지 않을 것이다. 하지만 나는 자신과 아무런 관계가 없는 일에 더욱 많은 관심을 보이고, 잘난 체하기를 좋아하는 사람들로부터 이러한 성질이 나왔다고 생각한다.

이 나라의 사람들은 언제나 불안에 싸여 있으며, 마음의 평화를 1분 간도 누리지 못하고 있다. 이들의 불안은 다른 사람들에게 아무런 영향도 미치지 못하는 엉뚱한 이유에서 생겨난다. 그들이 두려워하는 몇 가지 변화가 천체에서 일어나면 걱정이 되는 것이다. 예를 들면 태양이 계속해서 접근하기 때문에 시간이 지나면 지구가 태양에 의해 삼켜질 것이라고 염려하는 것이다. 불타는 태양의 표면이 점차 노폐물에 의해 덮여져서 빛을 더 이상 주지 못하면 어쩌나 하는 걱정을 하기도 하였다. 얼마 전에 지구는 혜성의 꼬리와 스치는 것을 가까스로 피했는데, 만약 피하지 못했더라면 틀림없이 재로 변하였을 것이며, 계산하기로는 130년이 지난 다음 그 혜성은 분명히 지구를 파괴해 버릴 것이라고 걱정하는 사람들도 있었다.

(『걸리버 여행기』 제3부 「하늘을 나는 섬의 사람들」 중에서)

통합형 문·답

제시문에 묘사된 '하늘을 나는 섬'의 사람들, 즉 현학적인 사람들의 속성에 대해 비판해 보자.

학문이란, 그 중에서도 특히 수학이라는 학문은 어떤 문제가 제출되었을 때 한 가지 답 이상은 가지고 있지 않다. 사실 수학이라는 학문 자체는 또 다른 문제를 허용하지 않기 때문에, 스스로 문제를 제출하는 능력도 결여되어 있다고 볼 수 있다. 금세기 들어 뛰어난 수학자이며 철학자였던 화이트-헤드는 근대가 과학적인 인식의 깊이 있는 추구와 확산에 의해 이루어진 철학의 시대라고 말한 바 있다. 또한 발달한 문명을 이루고자 그것을 상상하고 실천하려는 관념의 모험 시대라고도 했다. 이 두 가지 말은 근대 문명의 속성을 잘 드러내 주는 반면에 이 중 한 가지만 추구한다면 문명은 그 방향을 잃고 말 것이라는 경고의 의미로 받아들일 수도 있다.

사실 우리 인생에서 모든 것을 일거에 해결할 수 있는 학문은 없다. 인생의 문제를 해결하는 것은 나에게 속한 여러 경험과 지식, 그리고 판단력에 기초하는 것이다. 수학을 중심으로 한 학문은 그 자명성 때문에 도리어 실제와 추상화된 기호들의 세계를 혼동하기도 한다. 그 중 뉴스에서 잘 이용하는 것이 여론조사의 결과 발표나 확률이라는 것이다. 사실 여론조사는 누구를 대상으로 어디에서 어느 시각에 이루어지는가에 따라 결과가 달라지는 매우 민감한 분야다. 또한 확률이라는 것도 대상의 온전함의 여부에 따라 큰 편차를 보이는 것이다. 그러나 뉴스나 신문의 여론조사 대상은 흔히 '건강한 성인 남녀 100인' '평범한 성인 남녀 100인'이라는 모호한 말로 그 대상을 가리킨다. 사실 학문에서 일일이 한 사람씩을 지명하며 '오늘 여자에게 바람맞아 기분이 나쁜 성인 남자' '저녁 식사 준비가 잘 되어 기분이 좋은 여성'이라고 말할 수는 없을 것이다. 학문은 그 추상적인 속성 때문에 대상을 감각적으로 수용하기 힘든 것이다.

또한 학문은 미래를 예언하고 싶어하는 속성을 가지고 있다. 인간이 가진 많은 불안 중에서 사실 미래에 대한 불안은 뿌리 깊게 인간을 지배해 왔다. 학문은 추상의 세계에서 예상이라는 것을 가능하게 함으로써 미래에 대한 불안을 제거하는 데 중요한 역할을 해 온 것도 사실이다. 현학적인 사람들은 법칙에 쉽게 매료되고 미래를 예언하고 미리 걱정하는 속성을 가지고 살아간다. 그렇기에 그들은 복제 양(羊)을 만들어 내고, 혜성이 언제 다가올지를 예언하며, 지구의 멸망에 대한 비과학적인 논의를 종식시키기 위해 또 다른 논의를 하는 것이다.

최근에 나온 카오스 이론은 이런 필연의 논리가 위험하다고 지적한다. 인류의 미래는 이런 필연보다 우연의 영향을 많이 받는다는 것이다. 이런 그들의 생각은 열역학 제2법칙, 밀도가 크면 열량도 많아진다는 법칙에 근거하고 있다. 필연의 세계, 즉 고도로 정비된 첨단 사회는 우연히 생겨난 바이러스의 침입으로 일거에 무너질 수도 있다. 그렇기 때문에 모든 변수를 예상할 수 있는 비선형의 논리가 필요하다는 것이다. 또한 비선형의 논리를 적용하더라도 모든 것을 획일화하는 것은 위험하다. 절대적인 과학의 논리가 우위인 현대 사회에서는 우연한 반응에 대처할 능력이 떨어지기 때문이다. 과학은 이용하는 것이지 신봉할 수 있는 성질의 것이 아니다.

'하늘을 나는 섬'의 사람들의 실생활력이 떨어진다는 것은 그런 의미로 읽힐 수 있다. 자로 잰 듯이 정돈되지 않는 실생활에서 과학이라는 정돈된 학문을 하는 사람들이 그 인식 그대로만 살아간다면 어떻게 실생활을 잘할 수 있겠는가. 여유가 없는 마음도 마찬가지다. 진리는 단일한 것이라고 생각하는 사람들은 도리어 의견을 모으기 어렵다. 실생활에 있어서는 누구나 개인적으로 자신의 견해를 가질 수 있기 때문이다. 사실 인문학은 다의적인 해석을 강조하는 학문으로 수학 중심의 합리적 사회에 대한 경고를 하고 있는 것이다. 합리적인 것만을 신봉하는 사회는 어느 뛰어난 개인의 답을 정답이라고 생각할 수밖에 없고 획일화된 전체주의 사회로 나아갈 수밖에 없다. 그러나 우리가 인생에서 흔히 볼 수 있듯이 청년 시절에 모범적인 삶을 살았던 사람만이 평생을 잘 보내는 것은 아니다. 누구나 겪을 수 있는 시행착오가 그 사람의 모든 것을 판단하게 할 수 있는 기준이 아니기 때문이다.

◐

캉디드

볼테르
Voltaire

볼테르(1694~1778)는 18세기 유럽 사회의 부조리와 종교적 맹신에 저항하여 개혁과 진보를 역설했던 프랑스의 계몽사상가이다. 파리의 전형적인 중산층 출신으로 7세 때 어머니를 잃고 교회 학교에서 고전 수업을 받았다. 학교를 졸업한 이후에는 사교계에 출입하면서 당대의 자유주의 사상가들과 교유하며 자유분방하고 신랄한 풍자정신을 배웠다. 루이 14세가 죽은 후 당시 섭정을 하던 오를레앙공에 대한 풍자시를 발표하여, 1717년 바스티유 감옥에 투옥당했다. 그러나 석방된 후에도 천성적인 자유분방함과 무례함 때문에 다시 바스티유 감옥에 수감되었고, 이후 영국으로 건너간다. 프랑스보다 먼저 의회민주주의의 전통을 수립한 영국에서 이를 체득한 그는 귀국하여 구체제에 대한 비판적인 글을 써서 체포 위험에 처하게 되자, 그의 정부였던 샤틀레 후작부인의 별장에서 10년 간 은둔생활을 한다. 그 후 프랑스 학술원의 회원으로 선출되어 대중을 사로잡는 문장력으로 백과전서파들과 대중으로부터 환영을 받았지만, 또다시 궁중의 반감을 사고 만다. 베를린으로 건너간 그는 프리드리히 2세의 궁정에서 활동하다가 이후 스위스에 정착하지만, 자작극을 상연하러 파리로 갔다가 병으로 세상을 떠난다. 주요 작품으로 소설 『캉디드』, 희곡 『자이르』 『마호메트』, 논문집 『철학 사전』 등이 있다.

작품 해제

『에밀』의 저자 루소와 볼테르는 둘 다 계몽사상가로 분류되지만, 그들은 평생 논적으로 일관했다. 볼테르가 세상의 모든 것이 잘되어 있다는 낙천적인 이론에 회의적인 태도를 보이자, 루소는 모든 것은 잘되어 있다며 볼테르를 비판했다. 이에 화가 난 볼테르는 자신의 입장을 재정리하여 답하는데, 이것이 곧 『캉디드(Candide)』(1759)이다.

캉디드는 '순박한 사람'이라는 뜻으로, '속기 쉬울 만큼 단순하고 순진한 사람'이라는 경멸조의 의미가 포함되어 있다고 한다. 당시의 유럽은 대지진의 참사, 계몽사상가들에 대한 박해, 낙천주의 사상이 난무했었다. 이 소설의 원래 제목은 '캉디드냐, 낙관주의냐'이며, 여기에서 볼테르는 라이프니츠의 낙관주의에 대한 비판을 의도했다. 라이프니츠의 낙관주의는 우주가 신의 예정과 조화작용에 의해 형성되어 있다는 전제에서 출발하며, 이는 당시의 일반적인 종교적 견해이기도 했다. 그러나 볼테르는 이 세상이 결코 낙천적인 방향으로 가고 있다는 것을 믿을 수 없었으므로, 이 작품 속에서 라이프니츠의 낙천주의와 신학적 목적론을 통박하게 된다. 그는 세상이 불행과 악으로 가득 차 있으며, 이는 신의 의지에 의해서도 고쳐질 수 없는 일이므로, 인간이 스스로 불행과 모순에 가득 찬 세상의 진보와 개선을 위해 노력해야 한다는 점을 강조하였다. 주인공 캉디드가 여행을 하면서 경험하고 느낀 내용을 담은 소설 『캉디드』의 줄거리는 다음과 같다.

낙천주의 철학자 팡글로스로부터 교육을 받은 캉디드는 착하고 순진한 사람으로, 현재 상태를 최선의 세계로 믿고 있다. 그러나 막상 현실에 부딪혀 보니, 현실이 팡글로스로부터 교육받은 낙관주의적 세계관과는 전혀 다르다는 점을 실감하게 된다. 캉디드는 남작의 딸인 퀴네공트를 사랑한다는 의심을 받고 프러시아 왕국에서 추방된다. 그는 박해와 환멸로 고생하면서 불가리아, 네덜란드, 포르투갈 등을 방랑하는데, 여기에서 퀴네공트 공주를 다시 만난다. 그러나 아메리카로 함께 달아난 그들은 다시 헤어지는데, 캉디드는 그녀가 어느 공작의 노예가 되어 있다는 사실을 알고 그녀에게 달려간다. 그는 자기가 타고 있는 배 속에서 노예로 전락해 있는 퀴네공트의 오빠와 팡글로스를 만나 이들을 해방시켜 주고, 이어 퀴네공트도 해방시켜 준 뒤 어느 소작지에 정착하게 된다. 캉디드는 이러한 우여곡절을 겪는 고생 끝에, 잡다한 이론이나 논쟁보다는 인간 스스로 자신의 운명을 개척하는 것이 지혜로운 인생이라는 결론에 이르게 된다.

볼테르가 진정으로 바라던 것은 평화, 자유, 이성, 정의, 관용, 복지, 풍요, 학문, 예술 등 높은 수준의 문화 속에 깃든 삶의 행복이었다. 그는 이 작품 속에서 황금의 나라로 묘사된 엘도라도 속에 이러한 이상향을 담아 보였다. 여기에서는 종교는 축소되어 있으며, 사제와 법원과 감옥은 없고, 비중 있는 도시 계획, 현명하고 위트 넘치는 왕, 기술자 국민, 아름다운 경비 시녀, 음료수 샘, 향기 나는 도로 등의 이상적인 모습이 묘사되어 있다. 엘도라도를 발견한 캉디드는 엘도라도에 싫증을 내는 척하고 불완전한 유럽으로 되돌아오지만, 엘도라도보다 유럽을 택한 볼테르의 진정한 의도는 이러한 이상적 세계는 후일로 기약하고, 스스로는 유럽의 당면한 현실적 문제를 타개하는 것이 급선무라는 점을 강조하기 위한 것이었다. 속세를 떠나 도를 터득한 예수나 석가모니가 다시 속세로 되돌아오듯, 캉디드는 엘도라도를 버리고 다시 유럽으로 되돌아온 것이다.

자유로운 인간이 선입견대로 현실을 해석하지 않듯, 양식 있는 인간이 현실을 거부하지 않듯, 캉디드는 반팡글로스 파가 되어 지상에 그의 문화를 정착시켰다. 그는 초자연적인 신의 섭리나 부질없는 논쟁을 모두 덮어 두고, 노동 속에서 권태를 잊고 타락과 가난을 추방하자는, 건전하고 생산적인 노동철학을 주장했다. 즉 그의 도덕은 실천에 입각하여, 미래에 대한 긍정과 진취적인 의지를 담은 것이다.

작품 읽기 1

아주 유순한 품성을 타고난 한 청년이 살고 있었다. 그는 판단력이 꽤 예리하면서도 아주 순박했는데, 바로 그런 이유에서 캉디드라고 이름지어진 것이 아닌가 한다. 캉디드가 남작 나리의 누이와 이웃의 어느 착한 귀족 사이에서 태어난 아들이며, 그 귀족은 71대(약 2000년에 해당)가 계속된 귀족의 가문이라는 점은 증명되었지만, 71대 이전의 족보가 세월의 흐름으로 인해 유실되었다는 사실 때문에 그 아씨가 결코 그 귀족과의 결혼을 원치 않았다는 것을 그 집의 하인들은 알고 있었다.

가정교사 팡글로스는 그 집의 철인(哲人)이었다. 그는 원인 없는 결과란 절대로 있을 수 없다는 것과, 더할 나위 없이 좋은 이 세상에서, 남작 나리의 성이 가장 훌륭한 성이며, 마님께선 존재할 수 있는 가장 훌륭한 남작 마님이라고 근사하게 증명하였다. 그는 말하곤 했다.

"사물들이 달리 될 수 없다는 것은 입증되었네. 왜냐하면, 어떤 목적을 위해 생긴 모든 사물은 필연적으로 가장 좋은 목적을 갖고 있으니까. 코가 안경을 걸치기 위한 것이기 때문에 우리에게 안경이 있다는 사실을 주목해 보게나. 다리는 분명히 옷을 입도록 규정되어 있으므로 우리에겐 바지가 있는 것이네. 돌은 성을 짓기 위한 것이어서

전하께는 아주 훌륭한 성이 있지. 지방의 가장 고귀하신 남작은 가장 좋은 집에 사셔야 하지. 그리고 돼지는 먹히기 위해 생긴 것이므로 우리는 일년 내내 돼지고기를 먹는 것이네. 그러므로 모든 것이 잘되어 있다는 정도로 말하는 사람들은 어리석은 말을 한 것이고, 모든 것이 최고로 잘되어 있다고 말해야 하는 걸세."

캉디드는 팡글로스의 말을 주의깊게 듣고 순진하게 그대로 믿곤 했다.

(『캉디드』 중에서)

통합형 문·답

팡글로스의 말에서 오류를 찾아 분석하고, 캉디드의 태도를 비판해 보자. 또한 이와 유사한 사례를 우리 일상생활 주변에서 찾아보자.

우리가 판단을 하는 데 있어 일으키는 오류의 하나로 결과론이라는 것이 있다. 결과론은 어떤 대상에 관하여 그것의 원인이나 수단을 문제삼지 않고 결과만을 가지고 따지는 것이다. 이러한 결과론의 오류를 우리는 흔히 정치 마당에서 많이 볼 수 있다. 특히 투표 이전에는 각 정당의 대표자들을 비판하는 것만을 일삼다가 투표 결과가 발표된 이후에는 그것이 당연하다는 듯이 선전을 하는 여론의 행태는 혐오감마저 들게 하는 것이다.

현대 사회가 첨단 자본주의 사회라 불리는 시기로 접어들면서 모든 것은 빨라지고 속도에 대한 경탄 속에서 우리는 살아왔다. 특히 대한민국 사회는 1970년대의 고속성장을 통해 '한강의 기적'이라고 불리면서 '빨리'와 '급히'의 신화를 이루었다. 이 일련의 과정에서 결과론이 확산된 것은 당연한 일인지도 모른다. 비록 그것이 야합이나 담합이라 하더라도 가시적인 성과를 이루기만 한다면, 그 성과에 도달하기 위해서 저지른 모든 잘못을 용서하는 우리 사회의 풍토는 정말 개탄할 만하다. 부정행위를 해서라도 성적을 올리려는 아이, 선생님께 촌지를 드려서라도 자기 아이에 대한 관심을 불러일으키려는 학부형들의 모습은 이런 풍토가 어떤 결과를 불러오는지에 대해 무책임한 감수성을 가지고 있는 우리의 모습을 보여 주는 한 단면이기도 한 것이다.

정말 안타까운 것은 이것이 자연스러운 질서로 받아들여진다는 사실인지도 모른다. 설혹 그것이 잘못된 것이라 할지라도 그런 경향이 확산되어 가면 사람들은 한꺼번에 불감증에 걸려 버린다. 도리어 그것을 누이 좋고 매부 좋은 일이라고 생각하기까지 하는 것이다.

제시문에서 팡글로스의 말은 순전히 결과론적이다. '안경을 걸치기 위해서 코가 있고, 옷을 입기 위해서 다리가 있다. 풍부하게 널린 자연의 돌은 어느 귀족의 성을 쌓기 위해 있는 것이다.' 이렇게 따진다면 백성의 노동력은 국가의 부나 자본가, 귀족의 이익을 위한 것이 된다. 팡글로스는 현재의 안락에 흠취하여 나에게 좋은 것은 선행이고 나에게 나쁜 것은 악이라는 주관주의의 오류를 범하고 있는 것이다.

팡글로스가 범하는 또 하나의 오류는 사물에 잘못된 목적을 부여하는 목적의 오류이다. 그는 인위적인 목적과 자연 그대로를 나누어서 보지 못하고 있다. 코는 냄새를 맡기 위해서 있는 것이고 다리는 걷기 위해 있는 것이다. 안경은 눈이 나쁜 사람의 시력을 보호하기 위하여 인간이 본래 가지고 있는 코의 높이를 이용한 것이고 옷은 원래 입지 않았으나 인간이 부끄러움을 알게 되면서 또 피부를 보호할 필요가 생기면서 발달한 것이다. 귀족의 성은 인위적일 뿐 아니라 사회적인 것이기도 하다. 원래는 집만 있어도 되지만 귀족 중심의 사회에서 귀족이 자신의 권위와 일반인보다 더 편안한 생활을 하기 위해 만든 것이 성이기 때문이다. 이 성을 만들기 위한 일반 민중들의 노동력 착취를 당연하게 만든 것도 사회적으로 부여된 권위였다.

이상의 논술에서 우리는 팡글로스가 잘못 생각하는 또 하나의 오류를 지적할 수 있는데 그것은 시간의 선후관계를 잘못 생각하는 오류이다. 넓게는 인과의 오류에 속하는 이것은 우리의 일상생활에서도 자주 발견된다. 이러한 오류는 서로가 만나기 위해서 태어났다고 하는 사랑하는 두 사람의 낭만적인 생각에서부터 독일 민족은 세계를 지배하기 위해서 태어났다고 하는 파시즘적인 생각까지 낳게 한 것이다. 인과의 오류는 흔히 선천적인 것을 절대적인 것으로 생각하는 운명론자에게서 많이 발견되는 우익적인 사고이다. 이들의 생각에 따르면 이들은 환경을 바꾸고자 하는 인간의 노력은 전혀 쓸데없는 것이며, 개인의 기질 또한 평생에 걸쳐 바뀌지 않으므로 사람은 그 태생에 있어서부터 계급 계층적인 지위가 결정된다고 하는 결정론적 입장에 서게 된다.

사실 팡글로스의 말을 캉디드가 순진하게 믿는 것은 자신의 좁은 자아의 울안에서 생활하기 때문이다. 순전히 그의 잘못이라고 할 수는 없겠지만, 그는 자신의 주변에 별다른 관심을 가지지 않았다. 또한 팡글로스 선생의 말에 따라 구체적인 것을 배열하고 질서 잡힌 것으로 생각했다. 화이트-헤드는 이것을 '잘못 놓여진 구체성의 오류'라고 부른다. 캉디드의 생각은 구체적인 것에서 추상적인 것으로 발전해 간 것이 아니라 추상적인 것에 구체적인 것을 그저 적용하기만 한 것이다

작품 읽기 2

지상 낙원에서 추방당한 캉디드는 울면서 정처없이 한참을 걸었다. 저녁도 먹지 못한 채 그는 들판 한가운데, 두 밭고랑 사이에서 잤다. 눈이 펑펑 내리고 있었다. 배고픔과 피로로 다 죽어가며, 캉디드는 이웃 도시 쪽으로 겨우 몸을 이끌고 갔다. 그는 어떤 술집 앞에서 처량히 멈춰 섰다.

푸른 제복의 사나이 둘이 그를 알아보았다.

"이봐, 저기 아주 체격 좋고 키도 적당한 젊은이가 있군."

한 사람이 말했다. 그들은 캉디드에게 다가가서 아주 공손히 점심을 같이 하자고 청했다.

"신사분들, 아주 영광입니다만 제겐 식사비가 없습니다."

캉디드는 호감 가는 겸손한 태도로 말했다.

"아, 선생! 당신과 같은 용모와 장점을 가진 사람은 결코 아무것도 지불하는 게 아니오. 당신은 키가 1미터 80센티미터쯤 되지 않습니까?"

푸른 제복의 사람이 말했다.

"예, 바로 그렇습니다."

캉디드는 절을 하며 말했다.

"아, 선생! 식탁에 앉으시죠. 우리는 당신의 식사비를 지불해 줄 뿐 아니라, 당신과 같은 사람에게 돈이 없다는 것을 결코 용납 못할 것입니다. 인간은 서로를 돕기 위해 만들어진 것뿐이지요."

"옳으신 말씀입니다. 팡글로스 선생님께서도 제게 늘 그렇게 말씀하셨는데, 모든 것이 최고로 잘되어 있다는 걸 이제야 잘 알겠습니다."

그들이 은화 몇 닢을 받아 달라고 해서 그는 그 돈을 받고 차용증을 써 주려고 하였으나, 그들은 극구 거절했다. 그리고 모두는 식탁에 앉았다.

"당신은 뜨겁게 사랑하지 않습니까?"

"오, 네. 나는 한 처녀를 뜨겁게 사랑하고 있지요."

"아니, 우리는 당신이 불가리아인들의 왕을 뜨겁게 사랑하고 있는지 묻고 있는 겁니다."

그들 중 한 사람이 말했다.

"전혀요. 그분을 뵌 적이 한 번도 없으니까요."

"뭐라고요! 그분은 가장 매력적인 왕이신데요. 그분의 건강을 위해 축배를 들어야겠습니다."

"오! 아주 기꺼이요."

마침내 그는 술잔을 들었다.

"이제 그만 됐습니다. 당신은 불가리아인의 원조자요, 지지자, 방어자, 영웅입니다. 당신의 출세는 보장된 것이고, 당신의 영광도 확실합니다."

그들은 당장 캉디드의 발에 쇠사슬을 채워 연대로 끌고 갔다. 그는 우향우, 좌향좌, 거총, 바로총, 조준, 발사, 속보를 하고 몽둥이찜질 서른 대를 맞았다. 다음날엔 그는 좀 덜 힘든 훈련을 받고 스무 대만을 맞았고, 그 다음날은 열 대만을 맞고 동료들 사이에서 비범한 사람으로 여겨졌다.

너무도 어이없이 놀란 캉디드는 어떻게 자기가 영웅인지 그때까지도 잘 간파하지 못했다. 어느 화창한 봄날, 캉디드는 곧장 앞으로 걸어가면서, 마음대로 다리를 사용한다는 것은 동물 세계와 마찬가지로 인간 세계에 있어서도 특권이라고 생각하면서, 그는 '산책'할 생각을 했다. 그가 약 8킬로미터도 채 못 도망쳤을 때의 일이다. 키가 2미터쯤 되는 다른 영웅 네 명이 그를 붙잡아 영창으로 끌고 갔다. 군법 재판에서 그는 연대를 서른여섯 차례 행군하며 태형당하는 것과, 아니면 머리에 총탄 열두 발을 동시에 맞는 것 중 어느 것을 선택하겠느냐는 질문을 받았다. 그는 '자유'라고 명명되는 하느님 선물 덕택으로 서른 여섯차례 행군하며 태형당하기로 결심하며 연대를 행군했다.

(『캉디드』 중에서)

통합형 문·답

캉디드의 불행은 어디에서부터 비롯된 것이라고 생각하는가. 그 자신의 성격적 결함인가, 아니면 그 시대의 모순에서 시작된 것인가. 제시문을 증거로 삼아 자신의 견해를 밝혀 보자.

권위와 질서 안에서만 살아온 사람이 있다. 그는 그 권위와 질서가 자신에게 천부적으로 부여된 것이라고 생각하고 있다. 세상이 그에게 가혹하게 대하면 대할수록 그는 자신만이 이런 불행한 일을 겪고 있다고 생각하며 잘못을 세상 탓으로만 돌리게 된다. 그는 아무 일도 하지 않으며 한숨만을 쉬고 있을 뿐이다. 그의 생각은 너무나 순진해서 자신이 하고자 하면 무엇이든지 할 수 있다고 생각한다. 하지만 그는 아무 일도 하지 않는다. 사람들이 알아서 자신에게 잘해 주던 유년기를 보냈기에 그런 환경이 주어져야만 일을 할 수 있다고 생각하는 것이다. 일상에서 우리는 이들을 '온실 속의 화초' '마마 보이'라고 부른다. 그리고 못난 놈이라고 생각한다. 이와 약간은 다른 경우이긴 하지만 병 속에 갇힌 벼룩의 이야기가 있다. 병 속에 벼룩을 놓아 보면 처음에는 마구 뛰어올라 병 밖으로 빠져 나간다. 그러나 뚜껑을 닫아 놓으면 이들은 계속해서 뛰어오르다가 빠져 나갈 수 없다는 것을 알게 된다. 얼마의 기간이 지난 후에 이 병의 뚜껑을 열어 놓아도 벼룩들

은 다시는 뛰어오르지 않는다.

우리는 이 이야기에서 '환경 결정론'의 일단을 볼 수 있다. 특정한 환경이 일정 기간 계속되면 일정한 습성을 기르게 되고 이 습성을 가진 동물은 이로부터 빠져 나가기 힘들다는 것이다. 우리는 흔히 이를 인간 사회에 대입하여 우리 사회의 구조에 대해서 이야기하고 그 구조가 어떻게 변화하느냐가 가장 중요한 일이라는 이야기를 한다. 물론 구조에 대해 반성하거나 그것을 바꾸고자 하는 노력은 중요한 것이다. 한 사회가 만들어 낸 문화의 구조가 그 사회 구성원들의 잠재적인 집단 원형을 만든다는 것은 융의 저작을 거론하지 않아도 충분히 알 수 있는 것이다.

그러나 인간의 모든 것이 사회적으로 결정되는 것은 아니다. 독일의 철학자 헤겔이 말했듯이 인간에게는 자유 의지라는 것이 있으며 이 자유 의지는 자신에 대한 성찰, 간접적이고 직접적인 경험을 통해 보편적인 진리에 가까워질 수 있는 것이다. 물론 '살아냄'이라는 피동사와 '살아감'이라는 능동사의 간극이 그리 좁은 것은 아니고 명확한 것도 아니다. 그러나 '잘되면 내 탓, 못 되면 조상 탓'이라는 의지 결여형 사고방식은 극복되어야 하지 않을까.

캉디드는 '온실 속의 화초'로 '티처 보이(teacher boy)'로 살아온 사람이다. 속된 말로 '거리에서 굴러먹던 사람'과는 다른 품격과 태도를 갖추도록 요구받은 사람이다. 이런 성격의 사람이 거친 격동기를 순탄하게 사는 경우는 없다. 끊임없이 과거의 영화를 그리워하며 그 과거를 유기체적인 공동체로 부각시키는 것이다. 이런 캉디드의 태도는 금방 격동기의 세태를 겪고 나와서도 그 과거와 비슷한 태도를 보여 주는 사람들을 만나면 금방 그것에 동화되어 버리는 것에서도 나타난다. 캉디드는 갑자기 다가온 온정을 의심할 줄도 모르고, 그로 인해 곤란에 빠져도 거기서 빠져 나올 방법을 강구하지 않는다. 자유와 억압을 단순히 대우의 차이로 간주하는 것이다.

결국 그 차이를 인식하고 나서도 연대를 '산책'을 통해서 빠져나올 수 있다고 생각한 캉디드의 태도는 그의 순진한 의식을 보여 주는 징표이다. 이는 아이를 교육시키는 환경에 대한 이야기이기도 하거니와 좀더 큰 가치로 사고되는 사회는 한 개인에 대해 냉정하고 가혹하다는 것을 보여 준다. 그럼으로 해서 사회의 모든 것이 잘되어 있다는 순진한 낙관론과 교육의 중요성을 부각시키는 것이다.

다중 연애주의자 볼테르

끊임없이 자신이 사모하는 사람을 찬양할 수 있다는 사실을 커다란 행운으로 느끼며 살았던 볼테르는 그 시대의 연애관에 따라 다중적이고 복잡미묘한 관계를 맘껏 즐겼다.

볼테르는 당시 가장 훌륭한 계몽주의 저술가였다. 몸매가 가녀리고 기품이 흘렀으며 뛰어난 춤꾼이요, 식탁에서는 위트가 넘치는 멋쟁이였던 그에게는 많은 연인들이 따랐다. 그는 계속해서 새롭게 거듭되는 복잡한 연애 사건에 휘말리곤 했는데, 후작 부인, 연극배우, 친구 부인, 착한 시민의 딸, 화류계의 여자들과 연애하였으며 나중에는 심지어 자신의 질녀와도 연애하였다. 볼테르는 자신의 이 같은 쾌락적인 생활 태도에 대해 신학적인 근거를 제시한다. '하느님은 우리가 쾌락을 맘껏 즐길 수 있도록 하기 위해 세상에 내보낸 것이다. 그 밖의 모든 것은 무미건조하고 추하고 측은할 뿐이다.'

오늘날 서구가 가지고 있는 결혼제도의 기준들은 일부일처제, 애정 있는 부부생활, 핵가족 등과 같은 19세기의 이상들로부터 유래한 것이다. 그러나 볼테르가 살던 시대는 옛날 귀족주의적 이상에 따라서 결혼생활이 정해지고 혼외정사가 일상화되어 있던 시대로 사랑은 연인들을 위한 것이지 결혼한 부부를 위한 것이 아니었다. 샤틀레 후작 플로랑 클로드와 결혼한 에밀리와 볼테르의 만남은 당시 완벽한 조화였다고 전한다. 심지어 에밀리의 남편조차도 그녀에게 쪽지를 남겨 그녀가 볼테르를 정복하게 된 것을 축하한다고 하였을 정도였다. 그러던 에밀리가 출산 이후 뒤따르는 합병증으로 세상을 떠났을 때 볼테르는 너무나 당황한 나머지 목놓아 울었다고 한다. '내 죽음 역시 문 앞에 이르러 있구나.' 그의 조카였던 루이즈 드니 부인에게 보낸 편지에서 볼테르는 에밀리라는 한 인물이 죽고 난 이후에 자신의 삶을 추스리는 일에 관하여 기록하고 있다. 그는 에밀리를 남성으로 표현했는데 그것은 조카의 질투심을 유발시키지 않으면서 자신의 슬픔을 표현하고자 한 방편이었다. 조카 역시 그의 연인들 가운데 하나였기 때문이다.

볼테르는 나이가 들어 이렇게 자신의 지난 삶을 회고한다. '나는 육체와 영혼의 무질서에 익숙해져 있었다' 고.

에 밀

루 소
Jean-Jacques Rousseau

루소(1712~1778)는 프랑스의 대표적인 계몽사상가로서 볼테르, 디드로, 달랑베르 등과 동시대인이다. 스위스의 제네바에서 시계공의 아들로 태어났는데, 출산 직후 어머니를 잃고 10세에 아버지마저 잃어 외로운 어린 시절을 독서 속에서 보냈다. 정규 교육을 받지 못한 그는 30세에 파리로 나와 음악비평가로 생계를 유지하면서, 백과전서파의 디드로와 사귀며 사전 편찬에도 개입하여 음악 항목을 집필하기도 했다. 1750년 「과학과 예술은 풍속을 순화시키는데 기여하는가」라는 논문이 당선되어 비로소 사상가로서의 명성을 얻었는데, 이 논문에서 그는 '인간은 자연으로 돌아가야 한다' 는 주장을 처음 제기했다. 1754년에는 『인간불평등 기원론』에서 사유재산제도가 인간을 불평등하게 만들었다는 내용의 논문을 발표하여 당시의 사회제도를 비판하였다. 이어 『인간불평등기원론』과 『정치경제론』을 묶어 『사회계약론』을 발표하고, 교육에 관한 혁명적인 저서인 『에밀』을 발표했다. '루소가 태어나지 않았더라면 프랑스 혁명은 일어나지도 않았을 것이다' 라는 나폴레옹의 말처럼, 그의 문필 활동은 당시의 사회제도에 대한 강렬한 비판을 담고 있었다. 말년에는 사회질서의 혼란과 그리스도의 가르침을 파괴한다는 이유로 그의 저서들이 금지되고, 이에 실망한 루소는 유럽 각지로 도피했다가 이후 프랑스로 돌아왔는데, 이때 자신의 심경을 변명한 저서가 자서전적 작품인 『고백록』이다.

작품 해제

제약을 싫어하고 자연을 숭상했던 루소는 인간의 자유와 해방을 외친 자유사상가였다. 그의 구호는 '자연으로 돌아가라' '인간은 자유롭게 태어났다. 그러나 인간은 도처에서 얽매여 있다'는 표현 속에 잘 요약되어 있다.

이러한 그의 사상이 가장 집약적으로 드러난 저서가 바로 『에밀(Émile)』(1762)이다. 예컨대 『에밀』의 제1편에서 루소는 어린아이가 처음 태어나서 강보에 싸이는 순간부터 인간에 대한 구속과 제약이 시작된다고 보았다. 이러한 제약은 어린아이가 점차 성장하는 과정에서 더욱 강해지는데, 어머니가 아닌 유모가 아이를 떠맡았을 때 자신이 편하기 위해 아이의 자유를 제약하고, 또 공부를 핑계로 아이를 억압하려는 가정교사의 제약도 결국은 아이를 위한 것이 아니라 자신이 편하기 위한 편법에 지나지 않는다고 보았다. 루소의 논리는 결국 학교 교육에 대한 비판으로도 직결되는 것이다. 그는 이 책을 통해 개인의 잠재능력과 개성의 개발이 무엇보다 중요하다고 강조하면서, 구속과 억압을 중시하는 당대의 교육제도에 대해 신랄한 비판을 가했다. 루소의 교육사상을 밝힌 이 책은 현대에 이르러서도 교육학의 중요한 쟁점을 담고 있는 것으로 평가되며, 사조상으로는 칸트의 이상주의와 실러의 낭만주의를 낳았다. 루소는 당시의 이성 존중 풍토를 비판하면서 이성보다는 감정과 본능이 더 중요한 인간행위의 동기임을 가르쳤다.

『에밀』은 그의 근본이념인 동시에 사색의 출발점인 본연의 인간, 즉 자연인의 실현에 대한 방법을 모색한 작품으로서, 새로운 인간에 대한 이념 구축과 이론 탐구를 보여 준다. 즉 이 책은 이야기 식으로 씌어진 교육개혁론이며, 동시에 넓은 의미의 문명비판서인 셈이다. 루소가 이 책의 서문에서 '독자는 교육론이라기보다는 어느 한 몽상가의 몽상을 읽는 기분이 들 것이다'라고 말한 것처럼, 이 책은 유토피아적, 비실천적, 이론적인 성격을 담고 있다. 지나치게 여성을 폄하한다든지, 자기 논리에 취해 비현실적인 주장을 소리 높여 외치는 대목이 종종 발견되는 것도 이러한 특징과 관련되어 있다.

재미있는 사실은 루소 자신은 체계적인 교육을 한 차례도 받아본 적이 없다는 점이다. 교육의 결여야말로 그에게 새로운 교육론에 대한 소망을 품게 하였고, 자신이 받지 못했던 이상적인 교육과 교사의 모습을 그려 내게 한 것이다. 또 하나 빠뜨릴 수 없는 것이 바로 루소 자신의 기아(棄兒) 체험이다. 그는 6년 간이나 동거했던 한 여인과의 사이에서 다섯 아이를 낳았는데, 낳자마자 모두 고아원에 보내 버렸다는 것이다. 당시에는 이러한 기아 풍습이 다소 일반화되었던 것 같지만, 그래도 루소 자신이 자기 자식을 방기했다는 점에 대해서만큼은 도덕적인 책임을 져야 할 것이며, 루소 자신도 실제로 이러한 죄의식에 시달렸다고 한다. 이런 의미에서 본다면, 『에밀』은 루소 자신의 참회록이기도 하다. 하여튼 교양소설의 형식으로 씌어진 『에밀』에는 지식의 편중보다는 체육과 인격을 포함하는, 넓은 의미의 인성(人性) 교육이 주조를 이루고 있다.

루소가 평생을 통해 다루었던 주제는 결국 '자유'를 통한 '인간성 회복'에 있었다. 인간은 자연상태에서는 자유롭고 행복했으나, 인간 스스로가 만든 제도와 문화에 의해 부자연스럽고 불행한 상태에 빠졌다는 것이 그의 주장이다. 『에밀』이 다분히 에세이적인 성격을 담고 있다면, 그의 다른 대표작 『사회계약론』은 자유와 평등을 누리던 인간이 자연상태를 상실하여 지배와 피지배의 역학관계 속에 놓이게 된 배경, 이를 극복하기 위하여 무엇이 필요한가에 대한 보다 구체적인 해명을 담고 있다. 이 책에서는 루소의 유명한 '사회계약론'이 주창되었다. 루소의 사회계약론은 다수파가 소수파에 대해 행사하는 전제의 위험을 극복하려는 시도에서 출발했다. 루소도 사회를 구성하기 위한 합의(合意)의 필요성은 인정했으나, 존 로크가 합의를 지배자와 피지배자 간의 계약으로 본 반면, 루소는 인민들 상호간의 계약으로 보았다. 사람들은 상호간에 자연적 자유를 양도함으로써 전체가 융합된 일반의지를 만들며, 각 개인은 전체의 명령에 절대로 따라야 한다고 본 것이다.

작품 읽기

이와는 반대로 자연을 벗어나는 교육을 하는 경우도 있다. 이것은 어머니가 자식을 소홀히 하는 것이 아니라, 반대로 지나치게 보살피는 경우이다. 그럴 때는 자식을 우상으로 여기기 쉽고, 아이에게 자기의 약함을 감추다가 오히려 더 연약하게 만드는 경우이다. 그리고 또 그것은 일시적인 불편으로부터 아이를 보호하려다가 오히려 그 아이의 장래에 큰 사고와 위험을 부르는 경우, 또 어릴 때의 연약함을 연장시켜 그 아이가 어른이 되었을 때 얼마나 우매한 인간이 될지를 생각하지 않고서 아이를 자연의 법칙에서 빼돌리기 위해 어렵고 힘든 일들을 못하게 하는 경우이다. 그리스 신화에 의하면, 테티스는 아들을 불사신으로 만들기 위해 자신의 강물 속에 던졌다고 한다. 이 비유는 아름답고 명쾌하다. 그러나 잔인한 어머니는 그와는 다르다. 그들은 자신의 아이들을 나약한 상태에 방치해 둠으로써 고통을 주고 있는 것이다.

자연을 보라. 그리고 자연이 가르치는 대로 따르라. 자연은 갖가지 시련으로 아이들을 단련시키고 일찍부터 고통이 무엇인지를 가르쳐 준다. 하나 둘씩 솟아나는 이[齒]는 그들에게 열을 주고 심한 복통은 경련을 일으키게 한다. 오랜 기침은 숨을 막히게 하고 벌레들은 그들을 괴롭힌다. 아이들은 태어나자마자 갖가지 병에 걸려 이들의 절반 정도가 여덟 살 전에 죽고 만다. 이런 고통을 이겨내는 아이들의 몸에는 저항력이 생겨 생명력을 발휘할 수 있게 되며, 그리하여 생명의 근원은 확고해진다. 이것이 곧 자연의 법칙이다. 왜 여러분은 이러한 자연의 법칙에 따르려 하지 않는가.

여러분이 이 법칙을 바꾸려는 생각은 자연을 파괴하고 방해하는 행동이다. 자연이 내부에서 하는 일을 그대로 외부에 적용하는 것이 여러분 생각으로는 위험을 가중시키는 것이라고 생각하겠지만, 사실은 그 반대로 위험을 줄여서 약하게 하는 것이다. 매우 소중하게 기른 아이들이 그렇지 않은 아이들보다 사망률이 높다는 것을 우리는 경험을 통해 알고 있다. 너무 심하지 않은 한도 내에서 언젠가 겪을 위험에 대비해서 아이들을 단련시켜라. 계절 · 풍토 · 변화 등 많은 환경에 대비해서 지옥의 강물에 아이들을 던져라. 한번 습성이 굳어진 성인은 모든 변화가 위험한 것이 된다. 이와 같이 어린이는 생명이나 건강을 위태롭게 하지 않고도 강하게 만들 수 있으므로, 다소의 위험 부담이 따르더라도 주저해서는 안 될 것이다. 우리가 살아가는 데 그것들이 피할 수 없는 위험이라면, 일생에서 피해가 가장 적은 유년기에 위험을 겪게 하는 편이 나을 것이다.

끊임없이 고뇌하는 것이 인간의 운명이다. 자기 생명을 보존하려는 노력 자체가 고통인 것이다. 어린 시절에 육체적 고통밖에는 모르고 산 사람이야말로 얼마나 행복한가! 다른 고통에 비하면 육체적 고통은 견디기 쉬워, 육체적 고통 때문에 삶을 포기하는 경우는 극히 드물다. 절망을 낳는 것은 정신적 고통이기 때문이다.

아이는 태어나면서부터 울기 시작한다. 사람들은 울음을 달래려고 흔들어 주고 얼러 주기도 하지만, 때로는 울음을 그치게 하기 위해 꾸짖거나 때리기도 한다. 또 우리는 아이의 기분을 맞추기도 하고, 혹은 우리 기분에 맞추도록 아이에게 요구하기도 한다. 우리가 그들의 변화에 따르거나, 아니면 그들이 우리의 기분에 따라오도록 강요하는 것이다. 그러므로 아이는 명령을 하든지 아니면 명령을 받아야 한다. 그래서 아이가 갖게 되는 최초의 관념은 지배와 복종이다. 가끔 아이는 과실을 깨닫기 전에 벌을 받는다. 이렇게 해서 우리는 일찍부터 어린 가슴에 편견을 심어 주고는 그것을 자연의 탓으로 돌리고, 또 아이들을 고약하게 만들어 놓고 나서 고약해졌다고 불평하는 것이다.

이런 식으로 아이는 여자들의 변덕과 자신의 변덕의 희생물이 되어서 여자들 손에 의해 6, 7년 동안 길러진다. 그리고 아이에게 이것저것을 배우게 하는데, 이를테면 이해도 못하는 말이나 아무 소용도 없는 것들을 기억 속에 가득 채워 주고서, 또 인위적으로 넣어 준 편견으로 자연성을 없에고 나서야 어른들은 이 인위적인 인간을 가정교사의 손에 넘겨 주는 것이다. 그러면 가정교사들은 자신을 알게 하고 자신을 이용하는 일과 살아가는 법과 행복해지는 법을 가르치는 일은 젖혀 놓고, 모든 좋지 못한 것을 아이에게 가르친다. 그리하여 결국 노예이자 폭군이며, 육체와 정신이 고루 박약하게 된 이 아이는 세상에 뛰어들어 무능과 오만과 모든 악덕을 행함으로써, 사람들로 하여금 인간의 비참함과 사악함을 탄식하게 하는 것이다. 이것이 바로 우리의 잘못된 생각이 만들어 낸 인간이다. 자연인은 이와 다른 형태로 만들어진다.

여러분은 어린이가 그 본래의 모습을 간직하기를 바라는가? 그러기 위해서는 어린아이가 태어나는 순간부터 자연의 모습을 보존하도록 보살펴 주어야만 한다. 그리고 태어나면서부터 어른이 될 때까지 아이의 곁을 떠나지 말라. 그렇게 하지 않으면 여러분은 결코 성공하지 못할 것이다. 가장 훌륭한 유모가 어머니인 것처럼, 참된 교사는 아버지이다. 부모는 교육방법과 그 기능에서 일치해야 한다. 아이는 어머니의 손에서 아버지의 손으로 옮겨져 분별 있는 아버지로부터 교육을 받아야 한다.

(『에밀』 제1편 중에서)

통합형 문·답

제시문을 통해 드러나는 루소의 관점에 대해 찬반 양론 중 하나를 택한 다음에 본인의 주장을 논술해 보자.

인간은 자연으로 태어나 인위적으로 길러진다. 옷이 입혀지는 순간부터 아이는 인위적인 사회의 울안에 들어와 죽음 이후 흙으로 돌아갈 때까지 그 울안에서 살아가는 것이다. '요람에서 무덤까지' 라고 표현되는 인간의 일생은 요람이라는 사회적 양식과 무덤이라는 사회적 양식의 두 지점을 일생이라는 선으로 연결하고 있다는 점에서 그 사회성을 적절하게 보여 주고 있다고 하겠다.

루소는 국가가 형성되기 시작한 하나의 과도기를 지냈던 인물이다. 그는 봉건 사회의 좁고 고정된 영토에서 벗어나 국가라는 더 커진 영토 단위로 재편되는 과정에서 살았으며 그것이 또 다른 지배로 고정되는 것에 대항하여 자연의 인간을 옹호하였다. 부모의 보살핌과 사회의 보호장치들이 결국은 원래의 인간성을 박탈하고 나약하게 만든다는 것이 그의 견해다. 다소 극단적이고 이상적인 그의 사상은 위 제시문에서도 여지없이 드러난다.

물론 인간은 자연으로 태어난다. 옷을 입고 태어나는 것도, 장신구를 하고 태어나는 것도 아니다. 인간이 사회적으로 태어났다고 해서 질병의 위험이 없어지는 것도, 유아기의 호기심이 사라지는 것도 아니다. 비록 사회적으로 출산 시설이라든지 아이를 낳고 기르는 여러 가지 정보들은 풍부해졌지만, 근원적으로 자연의 위험이 물러나 버린 것은 아니다. 이 점에서 루소의 견해는 부분적으로 옳다. 유전적으로 우량아들만을 만드려는 인위적인 사고는 인간을 하나의 짐승으로 간주하고 마치 육질이 좋은 쇠고기만을 생산하려는 것과 같은 상업주의적인 사고를 생각나게 한다는 점에서 끔찍하다. 루소의 견해가 이런 과학에 기대기보다는 인간이 자연으로 태어났다는 점에 기대고 있다는 점에서는 긍정적이다.

그러나 루소는 현대 사회에서 생겨난 사회적 위험성에 대해서는 간과한 듯하다. 아이는 수풀이 우거진 정글에서 태어나는 것이 아니다. 그리고 현대 사회가 자연 상태의 정글보다 덜 위험하다고 주장하기는 힘들다. 루소의 시대가 구체적으로 어떤 주변 환경을 갖추었는지 우리는 상세하게 알 수 없지만, 지금보다는 기계의 위험이 덜했을 것이다. 현대의 아이들이 처해 있는 환경을 보자. 주방에서는 가스 레인지에 불이 타오르고 있고, 접시와 칼이 있다. 아이들이 먹어서는 안 되는 세제들이 널려 있고, 믹서기는 과일을 갈아대고 있으며 그 표면은 유리로 되어 있다. 화장실에는 아이들이 빠질 수 있는 물로 가득 찬 욕조가 있고 변기에도 물이 항상 고여 있다. 가장 위험하게는 세탁기가 문이 열린 채로 돌아가기도 한다는 것이다. 그 밖에도 아이들이 망가뜨릴 수 있는 오디오, 텔레비전, 여러 가지 장식장들이 망가짐과 동시에 아이들을 상해할 수 있는 날카로운 무기로 변해 버린다는 사실이다. 그리고 방안에 수다한 화장품과 아이들이 먹어서는 안 되는 많은 물품들이 즐비한 것이다. 밖에서는 자전거와 오토바이, 자동차 등 연약한 아이들을 위협하는 수많은 첨단 사회의 생산물들이 널려져 있다.

이런 환경에서 아이를 자연스럽게 키우는 것은 무리일 것이다. 또한 루소는 자연이란 무엇인지 (제시문 외에 더 있겠지만) 구체적으로 논하고 있지도 않다는 점도 지적할 수 있다. 그것은 아이를 놓아 기르자는 것은 아닐 것이다. 혹은 제시문에 따르자면 아이가 아프더라도 죽든지 살든지 내버려 두라는 말인가?

인간의 아이는 다른 동물들보다 좀더 오랜 보호기간을 필요로 하는 특이한 동물이다. 몇 개월만 넘으면 자립할 수 있는 수다한 동물들보다 열등하다고도 볼 수 있는 이러한 인간의 양태는 부모로부터 많은 보호를 받아야 한다는 특성이 도리어 자연스럽다는 것을 보여 주는 사례기도 하다. 인간은 자연 속에서 성장하지만, 부모와 이웃 등 사회의 사랑 속에서 성장하기도 한다는 점을 잊어서는 안 된다.

젊은 베르테르의 슬픔

괴 테
Johann Wolfgang von Goethe

괴테(1749~1832)는 고전주의 문학의 완성자이자 낭만주의를 개척한 독일의 문호이다. 신성로마제국 추밀원의 고문관인 부친과 프랑크푸르트 시장의 딸인 모친에게서 각각 엄격한 기풍과 상상력이 풍부한 예술가적 성격을 반반씩 이어받았다. 15세에 그레첸이라는 소녀와 첫사랑을 경험한 이후, 긴 생애 동안 아홉 명의 여성과 애정관계를 가졌던 것으로 알려져 있다. 라이프치히 법과대학 시절에는 미술과 문학에 심취하여 자유분방한 삶을 즐겼으며, 곧 이어 독일 낭만주의의 개척자인 헤르더를 만나 '슈트룸 운트 드랑(질풍노도)'의 문학관을 가지게 된다. 유부녀와의 사랑 끝에 자살하는 젊은이를 그린 『젊은 베르테르의 슬픔』은 전 유럽의 독서계를 열광시켰고, 베르테르가 입었던 노란색 상의와 베르테르의 자살 행위까지 젊은이들 사이에 모방의 대상이 되었다고 한다. 이후 바이마르 공화국으로 이주하여 영주의 고문관으로 활동하며 많은 치적을 쌓았고, 10년 후에는 이탈리아로 떠났다. 1794년부터는 실러와의 교우관계를 통해 새로운 창작의 전기를 마련하였는데, 『파우스트』 제1부와 『빌헬름 마이스터』는 실러의 격려에 의한 것이었다. 그의 생애 최고의 거작 『파우스트』는 집필 기간이 무려 60년이나 걸린 작품으로, 신과 악마, 신과 인간, 학문과 종교, 감성과 이성 사이의 대립을 다루고 있다.

작품 해제

『젊은 베르테르의 슬픔(Die Leiden des jungen Werthers)』(1774)은 독일의 문호 괴테가 쓴 서한체(書翰體) 소설로, 낭만적인 사랑의 아름다움을 예찬하고 있다. 이 작품은 베르테르가 친구인 빌헬름에게 보내는 편지, 베르테르를 잘 알고 있는 사람들의 보고를 모아 제공하는 형식으로 꾸며져 있다. 물론 대부분의 사람들은 베르테르의 행동을 이해하지 못한다. 베르테르가 모든 생활감정을 잃고 오직 사랑에 빠져 자신의 일생을 허비하고 있기 때문이다. 그러나 독자들은 평범한 생활에 만족하지 못하고 실연과 절망의 늪에 빠져 있는 베르테르가 친구 빌헬름에게 보내는 간곡한 사랑의 표현 속에서 '인생에서 사랑의 가치는 얼마나 큰 것인가'에 대해 공감하게 된다. 줄거리는 다음과 같다.

유복한 시민계급 출신으로 아버지의 유산을 받아 부족함이 없는 생활을 하던 젊은 변호사 청년 베르테르는 어떤 상속 사건을 처리하기 위해 어느 조그만 시골 마을에 찾아간다. 그는 그곳에서 법관의 딸 로테의 아름다움에 반해 점차 청춘의 열정이 불타오르는 듯한 느낌을 받는다. 그는 인생의 환희를 발견한 것이다. 그러나 그녀의 약혼자 알베르트가 여행에서 돌아오자, 베르테르는 마음의 갈피를 잡지 못하고 방황하기 시작한다.

베르테르는 일부러 멀리 떨어진 마을로 떠나 그곳에서 공사관 비서직을 맡는다. 그는 거기에서 1년을 보내는 사이에 참혹한 경험을 한다. 로테와 알베르트가 그에게 소식도 보내지 않은 채 결혼식을 올린 일, 그가 사교계에서 신분 차별로 인해 굴욕적인 대우를 받은 일이 벌어진 것이다. 그는 내면의 위안을 찾아 자신이 태어난 고향을 방문하고, 곧이어 로테가 살고 있는 곳으로 간다. 그러나 이미 베르테르의 운명은 점차 몰락의 길로 들어서게 된다. 로테에 대한 희망 없는 사랑, 귀족사회에 대한 환멸이 겹쳐 자살을 결심한다. 그는 알베르트가 없는 시간에 로테의 집을 찾아가고, 이제 막 꺼지려는 불꽃이 마지막 환하게 타오르듯, 그녀를 자신도 모르게 포옹한다. 그리고 이튿날 그는 알베르트로부터 권총을 빌려 자살한다.

이 작품은 괴테 자신이 겪은 체험에서 비롯된 것으로 알려져 있다. 평생 동안 여성의 사랑을 갈구한 괴테 역시 이러한 실연의 아픔을 통감했던 것이다. 괴테는 자신의 절망적인 사랑의 체험을 베르테르라는 허구의 인물을 빌어 표현한 것이다. 괴테는 이미 케슈트너라는 약혼자가 있는 여성 샤르테부프와의 괴로운 연애 체험 끝에 이 작품을 썼다고 전해진다.

이 작품에는 괴테의 인생관, 특히 당시에 유행하던 질풍노도(疾風怒濤, Sturm und Drang)의 정열이 잘 표현되어 있다. 괴테는 이를 통해 인습적이고 권위적인 세상에 대한 반항의 감정을 강렬하게 드러냈다. 괴테는 합리적이고 이성적인 것을 거부하고, 정열적인 사랑을 통해 진정한 삶과 예술의 가치를 모색한 것이다. 그러므로 이 작품은 사랑에 대한 예찬인 동시에, 고전주의를 넘어서는 낭만주의 문학에 대한 예찬이기도 하고, 세속적인 삶에 만족하는 근대 부르주아의 삶을 넘어서는 진정한 예술가의 삶에 대한 예찬이기도 하다. 젊은이의 낭만적인 사랑과 예술에 대한 순수한 열정이 잘 그려진 이 작품은 당시 젊은이들을 열광시켰는데, 소설 속에 묘사된 베르테르의 말과 행동, 옷차림, 심지어 그의 자살 행위까지 모방의 대상이 되어 한때 전 유럽에 유행했다고 한다. 그리고 나폴레옹도 이 작품의 애독자로서 진중에서도 여러 번 되풀이 읽었다고 하니, 당시 이 작품의 영향력을 짐작할 수 있다.

작품 읽기

법칙의 장점에 대해서 많은 이야기를 할 수 있겠는데, 이는 마치 시민 사회를 칭송할 수 있는 것과도 같다네. 법칙에 따라 교육받은 사람은 결코 멍청한 짓이나 나쁜 짓을 저지르진 않을 것인 바, 그것은 여러 법률과 복지를 통해 자라난 사람이 결코 견딜 수 없는 이웃이 된다거나 괴팍스런 악인이 될 수 없는 것과 마찬가지라네. 그러나 뭐라고 떠들어대도 할 수 없겠지만, 온갖 법칙이란 자연의 진정한 감정과 자연의 진정한 표현을 파괴해 버리고 말 걸세! 자네가 "그건 너무 가혹한 말일세! 법칙이란 다만 제한을 가하는 것이며, 너무 우거진 덩굴을 잘라 내는 것이라네." 하고 말한다면 ── 사랑하는 친구여, 그렇다면 비유를 한 가지 들어 볼까? 그것은 사랑과도 같은 것일세. 한 젊은이가 어떤 처녀에게 마음이 끌려서 하루 종일 그녀의 곁에서 지내며, 매 순간순간을 그 처녀에게 완전히 헌신하고 있다는 것을 표현하기 위해 자기의 모든 힘과 모든 재산을 탕진해 버렸다고 하세. 그런데 그때 어떤 속된 인간, 즉 공직에 있는 남자가 찾아와서는 그 청년에게 "여보게, 젊은이! 사랑이란 인간적이라네. 그러니 자네는 인간적으로 사랑해야만 할 걸세! 자네의 시간을 나누어서 하나는 일하는 데 바치고, 나머지 휴식 시간을 자네의 연인에게 바치도록 하게. 그리고 자네의 재산도 잘 계산해서 자네가 필요한 데 쓰고 남는 것이 있어서 그녀에게 선물을 한다면 반대하지 않겠네. 그러나 너무 자주 해서는 안 되고 그녀의 생일이나 행사 때 하도록 하게." 하고 말한다면 ── 그리고 그 젊은이가 그 말을 따른다면, 그는 유용한 젊은이가 될 걸세. 나라도 그를 관청에 취직시켜 달라고 어느 영주에게든 부탁하고 싶을 걸세. 하지만 그 젊은이의 사랑은 끝장난 것일세. 그가 예술가라면 그의 예술은 끝장난 것이고. 아아, 친구들이여! 어찌하여 천재의 흐름이란 그다지도 드물게 솟아나오고, 거대한 홍수를 이루어

용솟음치며 그대들의 놀란 영혼을 뒤흔들어 놓는 일이 드물까?——사랑하는 친구들이여, 거기 천재의 흐름의 양쪽 강변에는 평범한 인간들이 살고 있으며, 그들의 조그만 정자나 튤립 화단이나 채소밭이 파괴될까 염려하여 그들은 적당한 때에 제방을 쌓고 도랑을 파서 미래에 닥쳐올 위험을 막는 거라네.

(『젊은 베르테르의 슬픔』 중에서)

논점 이 대목은 베르테르가 많은 사람들의 비난을 받은 다음, 친구 빌헬름에게 자신의 처지를 변명하며 이해를 구하는 편지 부분이다. 일단 사랑에 빠진 젊은이가 자신의 처지를 설명하는 부분이지만, 낭만주의 문학에 대한 괴테 자신의 생각과 속물이 된 부르주아에 대한 비판이 담겨 있는 부분이기도 하다.

통합형 문·답

제시문에서 낭만주의적 속성을 찾아내어 그 의미를 정리한 다음 베르테르의 슬픔에 공감하는 편에 서서 베르테르를 옹호해 보자.

낭만주의는 계몽주의가 퇴조하고 합리성이 정착하기 시작한 18세기 말에 독일과 영국에서 시작되어 구미 유럽에서 번성한 문예사조의 하나이다. 낭만주의가 무엇인지를 묻는 질문에 대해서 단일한 대답은 하기 어렵다. 그러나 일반적으로 삼일치의 법칙 등과 같은 고전의 규범성에 저항하여 인간 감정의 자연스러움을 주장한 것이라는 대답과 상상력의 가치를 높게 평가하는 속성을 가진 것이라는 대답을 할 수 있다. 서구에서 낭만주의의 발흥은 반성을 위주로 하는 비판적 정신과 감정을 위주로 하는 창조적 정신을 서로 대립된 가치로 인식하게 하였다. 비판적 정신의 범주에는 주로 법칙·규범·사회 등이 포함되고, 창조적 정신에는 감정·사랑·예술 등이 포함된다.

그런 의미에서 보자면 낭만주의는 시민 사회의 혁명적인 에너지가 어떤 경직된 것으로 탈바꿈되는 것에 대한 경계라고 볼 수 있다. 이들은 자유와 평등, 박애라는 창조의 정신이 국가라는 단위 공동체를 이루면서 단일한 속성으로 굳어지고 또 개인의 감정에 대한 억압으로 전화(轉化)되는 과정에 거부감을 느꼈던 것이다. 물론 이들이 사회성 자체를 부정했던 것은 아니다. 괴테나 루소 등의 낭만주의자들이 다른 한편으로는 계몽주의자로 분류되기도 한다는 것은 이들이 사회와 인간을 분리시키고, 그 각각의 특성을 별개의 것으로 생각했기 때문이다. 특히 루소는 그의 교육론에 대한 저서인 『에밀』에서 인간의 교육과 사회의 교육을 나누고 그 두 가지 교육은 결코 병행될 수 없다고 주장하였다. 사회의 교육은 시민의 교육이고 시민이란 국가를 위한 임무를 수행하기 위해 자연스러운 감정을 없애는 교육이라고 보았던 것이다. '자연으로 돌아가라'는 명제를 가진 인간의 교육은 결코 이것과 조화를 이룰 수 없고, 이 두 가지 교육은 서로 대립된 가치를 지닌 것이기 때문이다.

위의 제시문은 이러한 낭만주의자들의 생각을 잘 나타내 주고 있다. 편지에서 베르테르는 먼저 시민 사회의 장점에 대해 이야기하였다. 시민 사회는 법칙을 하나의 장점으로 갖고 있고 법률과 복지를 통해 훌륭한 사람을 양성하는 것이다. 이는 생활의 미덕이며 평범한 사람의 미덕이기도 한 것이다. 그러나 그가 멈출 수 없는 감정의 격랑에 휩쓸린다면, 예를 들어 열렬한 사랑이라도 하게 된다면 이런 미덕과 시민 사회의 장점은 그를 둘러싼 억압이 되는 것이다. 사람들의 충고와 생활의 어려움은 사랑의 아름다움을 갈가리 찢으며 그에게 또 다른 유혹의 시선을 던질 것이다. 예술가들은 모두 이런 갈등을 겪는다. 예술의 경제적 토대는 물론 사회에서 나오지만, 진짜 예술은 사랑과도 같아서 대상에 대한 끊임없는 투신을 통하여 완성되는 것이다.

오늘날 우리의 입장에서 이러한 진술은 사실 기이하게 보인다. 예술가라고 자칭하는 많은 사람들이 별로 어렵지 않게 상업주의에 결탁하고, 그렇지 않은 사람의 뛰어난 예술은 매스 미디어나 각종 전시회를 통해 우리에게 알려진다. 굳이 예술가가 사회성과 결별해야 할 이유라도 있단 말인가. 그런데 괴테에게는 예술가를 일반인과는 다른 사람으로 생각하는 어떤 특정한 가치기준이 있음을 우리는 쉽게 간파할 수 있다. 이러한 경험은 일반인의 경우는 사랑에 빠져서 자신이 어떻게 처신해야 할지 모를 때만 겪을 수 있다. 사회의 일정한 기준을 따르며 사랑하는 사람에게 이런 경험을 할 수 있는 기회는 없다. 삶에 대한 열정, 자기 자신에 대한 자의식마저 불태울 열정만이 이를 자각할 수 있게 하는 것이다.

베르테르는 그런 사랑에 빠져 있다. 물론 우리는 그것을 특정한 경우라고 생각할 수도 있을 것이다. 그러나 오늘날 사회가 모두 휴머니즘이라는 겉보기에도 뻔한 가치 기준으로 획일화되고 그 기준조차도 사회 또는 국가라는 보다 높은 가치에 의해 서슴없이 매도당하는 이런 시기에 그의 사랑은 옹호할 만한 가치가 있는 것은 아닐까. 혹은 옹호하지는 못하더라도 최소한 우리 사회에 대한 경종은 될 수 있지 않을까. 사회가 각박해져 갈수록 일상적으로 들을 수 있는 노래들이 다 열렬한 사랑, 죽음보다 강한 사랑의 결속을 그리는 것은 무엇 때문일까. 이 의문에 대한 답은 우리 모두가 알고 있는 것이다. 사회는 인간의 감정을 다스릴 것만을 요구하기 때문이다. 그 속에서 교육받으면서 우리는 감정을 자유롭게 하기보다는 감정의 노예가 되고 법칙의 노예가 된다. 사랑보다는 사랑의 기술이나 사랑에 대한 담론이 더 많이 눈에 띄는 요즘 시대에 베르테르의 편지는 우리에게 많은 가르침을 주고 있다.

나폴레옹이 읽은 괴테

현대에 와서는 예술가적 심미안을 가진 정치가가 드물지만, 18세기의 정치가들은 책을 많이 읽어서 자유자재로 문장을 인용할 수 있을 정도가 아니면 상류인사가 될 자격이 없다고 생각했다. 따라서 그들은 철학이나 역사는 물론이고 소설, 희곡 같은 문예 작품도 남보다 더욱 열심히 탐독했다.

파란만장한 생애를 보낸 18세기 인물 나폴레옹도 독서광으로 알려졌다. 그가 청년기에 읽은 책에는 사상가 볼테르, 루소, 몽테스키외의 작품은 물론 플루타르크의 작품이나 유스티니아누스의 『법전』도 있었다. 그는 전장 한복판에 있을 때든지 마차로 여행중일 때든지, 탐욕스럽게 독서를 했다. 그가 괴테의 『젊은 베르테르의 슬픔』을 일곱 번이나 독파했다는 사실은 유명하다. 그리고 이 작품을 둘러싸고 나폴레옹은 괴테와 토론을 벌이기까지 했는데, 다음과 같다.

'이 소설에서 주인공의 야심과 연애에 대한 고뇌가 혼재하고 있는 것이 부자연스럽군. 바로 주인공 베르테르의 야심이, 연애가 그에게 미친 거대한 영향에 독자가 감동받는 것을 방해하고 있거든. 어째서 그렇게밖에 쓸 수 없었나?' 나폴레옹의 질문에 괴테는 '지금까지 이 점에 대해서 비평한 사람은 아무도 없었지만, 폐하의 비난은 전적으로 옳습니다'라고 하면서도 '하지만 단순하고 자연스러운 방법으로 효과를 내기 어려우면, 약간의 잔재주를 부려도 괜찮지 않습니까.' 하고 반론을 폈다고 한다.

괴테는 독재자 나폴레옹이 몰락하여 세인트헬레나로 유형당하는 신세가 된 이후에도 경애의 마음을 버리지 않고, '나폴레옹은 우리가 절대로 흉내 낼 수 없는 인물이다'라고 말했다. 괴테는 나폴레옹이라는 인물을 통해 최대한으로 발현된 인간의 능력을 높이 평가한 것인데, 이것은 그의 작품 『파우스트』 제2부와 말년에 쓴 여러 작품에 반영되고 있다.

서정 시집

워즈워스
William Wordsworth

워즈워스(1770~1850)는 영국 호수지방인 코크마우스에서 태어났다. 그의 시가 순수한 자연의 찬미 및 자연과 인간의 상호 교감을 노래한 것이 많은 이유는 유년기부터 비롯된 자연과의 오랜 교유 때문이다. 그의 대표작인 「수선화」나 「무지개」는 이 같은 그의 자연 예찬을 의미하는 것으로 알려져 있다. 1791년경에 그는 혁명의 와중에 휩싸인 프랑스에 건너가 혁명 사상에 감화를 받고 친프랑스적인 과격파 청년들과 어울리며 급진사상에 많은 영향을 받았다. 1797년 콜리지(Coleridge)와 만나 교제하면서 1798년 『서정 시집』을 출판하고 「서시」와 같은 자전적인 시를 쓰기 시작했다. 1843년 계관시인으로 추대되었으며, 1850년 서거 후 『서시』가 출판되었다. 워즈워스는 일반적으로 '낭만주의 시인'으로 알려져 있지만 그의 생전에 스스로는 낭만주의 시인으로 호칭하지 않았으며 19세기 초 영국에서 낭만주의는 낯설은 단어였다. 오히려 문학사적으로 워즈워스는 그의 시론의 독자성 때문에 더 깊이 연구되기도 하였다. 그는 기존의 문학적 전통의 유산인 적격이나 시어법을 단호히 거부하고 문학의 중심을 귀족으로부터 서민으로 옮겨 놓은 혁명적 업적을 이루었던 것이다. 그것은 프랑스혁명의 위대한 문학적 성과이기도 했다.

작품 해제

워즈워스가 그의 유명 시집 『서정 시집(Lyrical Ballads)』(1798)의 서문에서 제기한 시의 형식과 내용의 문제는 프랑스혁명 이념인 평등을 전제로 한 것이었다. 번지르르한 공허한 수사를 거부했을 뿐 아니라 산문과 운문의 차이마저 거부함으로써 서민들의 소박하고 구어체적인 시어 감각을 회복하고자 했다.

그런데 워즈워스에게 중요한 것은 대상이 아니라 대상을 바라보는 시인의 감정이며, 대상이 시인의 언어와 시를 결정하는 것이 아닌 시인의 언어와 시가 대상의 가치와 의미를 결정하는 것이었다. 워즈워스의 이 같은 입장은 당대적 규범과 시적 질서로부터 일탈된 것이었는데 그는 개인을 새로운 가치와 질서의 대변자로 인식하고 있었다. 사회적 규범이나 가치에서부터 자유롭고 객관적으로 눈에 보이는 세계로부터 물러나는 것이 시인의 새로운 태도로 인식되었던 것이다. 그의 시에서 부각되고 강조되는 것은 그래서 보이지 않는 것, 만져지지 않는 것들이 되는 셈이다. 워즈워스는 일상적이고 평범한 상황에서 사건을 빌려 와 그것을 상상력의 물감으로 칠해야 한다고 믿었다. 이는 그가 상상력에 대해 탁월한 이론을 펼쳤던 콜리지와의 오랜 교유를 바탕으로 해서 체득된 것이다.

제2판 서문에서 워즈워스는 낭만주의 시 이론의 대표적인 정언적 명제로 알려진 그 유명한 '강력한 감정의 자발스런 유출'을 주장했다. 그가 생각하는 시란 모든 지식의 호흡이고 보다 훌륭한 정신이며, 시의 근원을 정적 속에서 회상된 감정으로부터 취했을 때의 강력한 감정의 자발적인 유출의 산물이었다. 시인의 자격은 바로 예술의 권위를 갖는 수준 위에 존재하며 그는 보통 이상의 유기적 감수성을 지닌 사람으로 동시에 깊고 오랜 사색을 하는 자가 된다. 낭만주의 시인을 우리는 보통 천재적 개성과 상상력을 소유한 자들로 인식하는데, 그것은 이 같은 워즈워스의 낭만주의 시관을 이르는 것으로 보면 무방할 것이다.

결국 워즈워스에게 중요했던 것은 대상이 아닌 그 대상을 바라보는 시인의 주관적 내면 곧 내면의 눈이라고 할 수 있으며 그것은 그가 그려 내는 대상 속에서 시인 스스로를 발견하는 눈을 의미하는 것이었다. 뛰어난 시적 감수성을 지닌 사람은 사소하고 일상적인 사건이나 사물들에게서도 쉽게 감동을 받을 수 있는 사람이며, 그는 보이지 않는 것도 볼 수 있는 사람이다. 모든 사물은 시인의 내적 공간에서 감동의 손길이 닿는 순간 시로 변하게 되는 것이다.

작품 읽기

(가) 무지개

하늘의 무지개를 볼 때마다
내 가슴 설레느니,
나 어린 시절에 그러했고
어른이 된 지금도 그러하나니
늙어서도 그러할지라
아니면 차라리 죽음이 나으리라
어린이는 어른의 아버지!
자연의 경건함으로 나의 나날들이
하루하루 이어지기를

논점 「무지개」에서 나타나는 것도 그의 시론에서 보여 준 보이지 않는 것에 대한 시인 자신의 주관적 감동인데, 그것은 무지개라는 객관적 대상을 향한 시인의 감동이기보다는 오히려 그것을 보고 있는 감동에 찬 시인 가슴의 울렁거림인 것이다. 그래서 무지개가 뜨건 뜨지 않건 그것은 시인에게 중요하지 않다. '차라리 죽으리라' 고백하는 것은 그 조건이 무지개에 있는 것이 아니라 시인 자신의 뛰노는 가슴에 있다. 그는 무지개를 보고 자신의 가슴의 설레임, 즉 내면적 감동에 대해 말하고 있는 것이다. 그것은 영원의 감동에 대한 신앙고백이며 기원이다. 그러나 그 감동은 더 이상 가슴이 뛰지 않을 때의 불안감을 항시 내포하고 있으며 그것이 그의 시적 긴장의 원동력이 되게 한다.

(나) 수선화

산과 계곡에 높이 떠도는
구름처럼 외로이 헤매다
나는 문득 보았네,
춤추는 황금빛 수선화의 무리를
호숫가를 따라, 나무 아래서
미풍에 너울거리는 수많은 수선화를

은하에서 빛나며 반짝이는
별처럼 끊임없이 줄지어
수선화는 물가를 따라 선을 두르고
길게 길게 뻗쳐 있어,
나는 한눈에 보았노라
수많은 꽃송이가 흥겹게 춤추는 것을

주위의 물결도 춤추었으나
기쁨의 춤은 수선화를 따르지 못했으리!
이렇게 흥겨운 꽃밭을 벗하여
어찌 시인이 기쁘지 않으랴
나는 보고 또 보았다, 하지만 이 정경의
보배로움은 미처 알지 못했나니

망연히 홀로 근심에 싸여
내 자리에 누워 있을 때면,
고독의 축복인 내면의 눈 속으로
수선화가 반짝이며 번득이나니 ──
그때 내 가슴은 기쁨에 겨워
수선화와 더불어 춤을 추노라

논점 워즈워스는 과거의 경험이나 사건을 떠올려 생각의 소재로 삼았다. 현재와 과거의 시간에 대한 중첩된 의식이 그의 시 창작의 시발점이 된다. 1802년 누이 도로시와 함께 산책을 하고 집으로 향하는 도중에 울즈워터라는 호수 기슭에서 수선화를 본 후 2년이 지난 시점에서 이 시를 쓴 것이다. 그는 실제의 경험을 그의 기억의 창고에서 충분히 발효시킨 다음 시적으로 형상화했다. 마지막 연에서 호숫가가 아니라 시인의 '고독의 축복인 내면의 눈 속으로 수선화가 반짝이며 번득이'는 것은 그의 실제의 경험이 그의 기억 속에서 변형되고 재조직된 상상력의 산물임을 의미하는 것이다. 낭만주의 시에서의 상상력의 중요성이란 바로 이를 두고 말함이다.

통합형 문·답

제시된 두 시에서 보여 주는 시인의 감동은 그 순수한 대상물들에 대한 내면적 환희에서부터 비롯된다고 보인다. 위 시를 생각하면서 '어린이가 어른의 아버지'가 될 수 있는 이유에 대해 생각해 보자.

어린이가 어른의 부속물이나 미숙한 어른으로서의 의미가 아닌 하나의 완전한 인격체로 인식되기 시작한 것은 근대 이후의 일이다. 우리 나라에서도 '어린이'는 방정환 선생이 '어린이'라는 말을 사용하기 전에는 하나의 인격으로 인정되지 못하고 미숙하고 결핍된 존재로 이해되었다. 즉 어른들이 자기 마음대로 처리할 수 있는 존재로 '아이'가 인식되었던 셈이다. 그러나 '어린이'의 개념에 대해 우리가 심사숙고하게 되면서부터 어린이는 어른에게 하나의 거울로서 작용하게 된다. 그것은 사물의 순수 형용 그 자체의 의미를 가진다. 어른은 아이들에 비해 훨씬 불손하고 세속적이며 계산적이다. 이기적 책략과 전략적 제휴관계에 따라 인간 관계를 맺고 행동한다. 현대에 들어서서 이 같은 어른의 사고방식은 더욱 팽배해졌다. 어린이는 이 같은 현대인 곧 '어른'의 사고방식과 행위방식에 있어 하나의 반대되는 전형으로서의 의미를 띤다. 그것은 순수한 삶의 자세와 바람직한 생활방식을 알려 주는, '난 인간'이나 '든 인간'이 아닌 '된 인간'으로서의 길을 제시해 주는 것이다.

모든 가치들이 교환가치에 의해 지배되고 물적 자산이 절대적 의미를 띠는 현대에 있어 이러한 어린아이의 존재는 우리가 진정으로 의미 있게 살아가야 하는 방향을 제시해 준다. 어린이는 순수 바로 그 자체이며 그것은 가장 자연적인 인간의 본성이다. 어린아이의 눈을 들여다보며 속죄의 고백을 하는 범죄자의 눈물에서 우리는 순수가 갖는 내적 힘을 본다. 현대인에게 더욱 필요한 것은 바로 이 어린아이와 같은 순수한 본성 그 자체일 것이다. 그래서 워즈워스는 이 순수함과 이 순수함에 대한 무한하며 영원한 감동을 찬양했던 것이다. 이 순수를 우리가 알지 못한다면 이는 곧 죽음과 다를 바 없다. 이 순수함이 우리를 현존케 하고 영속케 하는 것이다.

그렇다면 어린이가 어른의 아버지가 되는 것은 당연하지 않은가. 세상이 각박하고 생활이 어려워질수록 우리가 삶을 살아가면서 배워야 하는 것은 바로 어린이의 순수한 마음 그 순수 자체의 본성이다. 니체는 그래서 어린아이의 순수성을 인간 본성에서 우러나오는 적극적인 생의 의지로 파악했던 것이다.

◐

적과 흑

스탕달
Stendhal

프랑스의 소설가 스탕달(1783~1842)은 발자크와 함께 근대 사실주의 소설을 개척한 대표적 작가이다. 부유한 부르주아 집안에서 태어났으나, 7세에 어머니를 잃고, 17세에 나폴레옹의 이탈리아 원정군에 참가하여 그곳에서 자유와 사랑과 음악을 알게 되었다. 젊은 시절에는 작가 생활과 군인 · 외교관 생활을 병행한 그는 29세에는 나폴레옹의 모스크바 원정에 종군하였고, 나폴레옹이 몰락한 31세 때부터는 문필생활로 생계를 유지하는 휴직 군인이 되었다. 38세에는 사랑에 빠지나 계속적인 실연을 거듭했고, 43세에 작가 생활, 48세에 다시 관직으로 들어가 이탈리아 주재 프랑스 영사를 지내는 등 다채로운 경력을 거쳤다. 왕정복고하의 파리에서 그는 몇몇 작품을 쓰지만 주목을 받지 못했고, 『적과 흑』(1930)도 별로 주목을 끌지 못했다. 그러나 그는 동시대인들의 냉담과 몰이해에 대해 끝까지 담담했는데, 1840년 발자크가 스탕달을 찬양하는 기사를 발표하여 그에게 용기를 주었다. 괴팍하고 자존심이 강했던 그는 자기가 기르던 두 마리 개에게 애정을 쏟으며 삭막한 만년을 보냈는데, 요양차 파리에 머물던 중 길거리에 쓰러진 채 사망하고 말았다. 사망 당시 그의 유서에는 '나는 백 년 후에나 유명해질 것이다'라는 내용이 씌어 있었다고 한다. 그의 작품은 후일에야 재조명되어, 근대 사실주의 문학을 완성시켰다는 평가를 받게 되었다.

작품 해제

『적과 흑(Le Rouge et le Noir)』(1930)은 나폴레옹의 역사가 끝난 직후의, 이른바 '왕정복고' 시기를 시대적 배경으로 삼고 있다. 나폴레옹은 '구체제'를 허물고 프랑스 혁명의 이념을 전유럽에 확산시킨 인물이었다. 프랑스 혁명은 주권재민 · 국민개병 · 애국심 · 의회제도 등을 통해 자유와 평등의 이념을 실현하고자 했는데, 나폴레옹은 이러한 혁명의 이념을 유럽 각지에 전파했고, 그 영향력은 매우 큰 것이었다. 다시 말해, 나폴레옹은 자신이 정복한 나라에 자유주의와 민족주의의 씨를 뿌린 혁명가이기도 했다. 그러나 나폴레옹의 몰락 이후 왕정이 부활하였고, 망명귀족들이 속속 돌아와 이전의 특권적 지위를 다시 향유하게 되었다. 『적과 흑』 속에서 평민 출신인 줄리앙 소렐이 나폴레옹의 이념에 적극적으로 찬동하고 그에 반하는 반동적인 귀족들을 증오하였을 것이라는 점은 충분히 짐작할 수 있는 부분이다. '1830년대의 연대기'라는 부제가 암시하고 있듯, 이 작품은 줄리앙 소렐이라는 평민 출신의 야망가를 통해, 귀족과 승려와 대부르주아가 지니고 있던 반동성을 폭로하고 있다. 줄거리는 다음과 같다.

목재상의 막내아들로 태어나 난폭한 아버지와 두 형에게 학대받으며 성장한 주인공 줄리앙은 신체적으로는 허약했지만 섬세한 외모와 출세를 향한 강한 집념을 가진 청년이었다. 더욱이 그는 귀족계급에 반기를 들고 실천한 나폴레옹의 열렬한 지지자인 동시에, 이 도시를 지배하고 있는 지배계급의 탐욕성에 대해 끝없는 증오심을 가지고 있었다. 그는 신부에게 접근하여 라틴어와 신학을 공부하면서, 신부가 되려고 결심한다. 나폴레옹이 집권하던 시대에는 평민도 재능이 뛰어나면 출세할 수 있었지만, 왕정복고 시대에는 성직자만이 유일한 출세의 길이었기 때문이다.

어느 날 그는 사제의 추천으로 레날 시장의 집에 가정교사로 취직한다. 레날 시장은 속물에 지나지 않았지만, 레날 부인은 신앙심이 두터운 정숙한 부인으로 줄리앙의 순진성에 감동하게 되고, 이어 격렬한 사랑을 느낀다. 줄리앙은 처음엔 그녀를 경계하지만, 무례한 레날 시장에 대한 복수의 일념으로 부인에게 접근하며 나중에는 진심으로 사랑하게 된다. 그러나 변덕스러운 그녀는 곧 자기가 줄리앙의 노예가 되었다고 생각하고 냉담한 태도를 취하여 줄리앙으로 하여금 질투심을 느끼게 한다. 줄리앙은 그럴수록 그녀의 사랑을 되찾기 위해 온 정성을 기울인다. 그러나 이러한 사실을 알게 된 레날 시장은 그를 더 이상 집에 머물지 못하게 한다.

줄리앙은 다시 신학교에 입학하고, 피라르 신부의 총애를 얻게 된다. 그는 신부의 추천으로 파리에 있는 라몰 후작의 비서가 된다. 후작의 딸인 마틸드는 기품 있는 여성으로 사교계의 창백한 귀공자들을 경멸하는 여성이었고, 조금 별난 줄리앙을 마음에 두고 있다가 밀애를 청하게 된다. 줄리앙은 마틸드를 정복하지만, 두 사람은 증오와 사랑이 뒤섞인 연애에 빠지게 된다. 마틸드가 임신하자 후작은 하는 수 없이 두 사람의 결혼을 승낙한다. 드디어 줄리앙에게 신분상승의 길이 열리게 된 셈이다.

이때 레날 부인이 줄리앙의 과거를 폭로하는 편지를 보내 온다. 모든 것이 끝장난 줄리앙은 화가 치밀어 성당에 있던 레날 부인을 저격하여 사형 선고를 받게 된다. 그러나 그는 옥중에서 레날 부인에 대한 오해를 풀게 되고, 자신을 진정으로 사랑한 사람은 레날 부인이라는 사실을 알게 된 후 미련 없이 단두대에 오른다. 줄리앙은 최후의 법정 진술에서 '귀족으로 태어나지 못한 것이 죄가 된다는 말이냐'라고 울부짖는다. 줄리앙의 이러한 절규는 시대의 진보에 역행하여 귀족계급의 이익만을 옹호하는 기득권 세력에 대한 통렬한 비판이기도 했다.

이 작품의 의미를 설명하기 위해서는 '욕망'에 대한 탐구가 필요하다. 인간은 누구나 욕망을 가지고 있다. 그러나 이 욕망이 절제되지 못할 때는 심각한 파탄을 맞게 된다. 주인공인 줄리앙 소렐이야말로 '욕망의 화신'이라 부를 만하다. 그는 자신의 신분을 뛰어넘어 출세지향적인 길을 걷기 위해, 귀족인 레날 부인과 마틸드를 이용하였다. 그러나 레날 부인의 질투로 인해 이러한 길이 좌절되자, 절제심을 잃고 부인을 살해하기에 이른다.

이러한 욕망의 심리구조는 오늘날 고도의 산업사회에서 우리 자신의 욕망이 광고에 의해 도발되는 것과 유사하다. 사실 우리는 어떤 상품을 사용가치에 따라 욕망하는 것은 아니다. 우리는 광고를 접하면서, 광고가 제시하는 대상을 소유하고자 하는 마음 자체를 모방한다. 그 상품을 소유한 사람들과 동일시하고 싶은 욕망이 우리로 하여금 결국 그 상품을 사도록 만드는 것이다. 줄리앙 소렐은 이러한 심리를 잘 이용하는 인물이다. 그는 레날 부인에게 접근하기 전에 그 집의 하녀에게 먼저 접근하여, 레날 부인의 질투심을 조장한다. 레날 부인은 하녀의 욕망에 자극되어 줄리앙을 먼저 소유하고자 하는 욕망을 가지게 되며, 이러한 욕망이 결국 레날 부인을 궁지로 몰아넣은 것이다. 『적과 흑』의 작가 스탕달은 사랑의 감정마저도 결국은 교환가치의 욕망에 지배받고 있다는 점을 드러냄으로써, 타인의 욕망을 모방하고자 하는 현대인의 한 속성을 폭로한 것이다.

작품 읽기

차석 검사는 범행의 잔인성에 대하여 졸렬한 프랑스어로 열을 올려 논고하고 있었다. 데르빌 부인 옆에 있는 부인들이 그것에 대해

극히 불만스러워하는 것을 줄리앙은 알아차렸다. 서로 아는 사이인 듯한 몇 명의 배심원이 부인들에게 말을 걸고는 안심시키려고 하는 것 같았다.

'어떻든 좋은 징조인 것만은 틀림없어' 라고 줄리앙은 생각했다. 그때까지 그는 공판에 와 있는 사람들 전원에 대해서 속으로 경멸감을 느끼고 있었다. 차석 검사의 어리석기 짝이 없는 열변이 이 혐오감을 한층 증가시켰다. 그러나 분명히 자기에게 향해진 동정의 표시를 보고 있는 동안 줄리앙의 굳어졌던 마음도 차차 풀어졌다. 그는 변호사의 확고한 표정에도 만족했다.

"미사여구는 그만두세요."

줄리앙은 변론에 나서려고 하는 변호사에게 낮은 목소리로 말했다.

"보쉬에의 과장된 말투를 그대로 빌려다가 당신을 공격했지만, 오히려 당신에게 유리하게 되었군요."

변호사는 이렇게 말했다. 사실 변호사가 5분도 채 이야기하지 않은 동안에 대부분의 여자들은 손수건을 꺼내 들고 있었다. 이것에 힘을 얻은 변호사는 배심원들을 향해서 매우 강력하게 변론을 늘어 놓았다. 줄리앙은 전율했다. 당장이라도 눈물이 나올 것 같았다.

'이런! 이렇게 되면 적들이 뭐라고 할 것인가!' 솟아오르는 감동에 압도당할 뻔했을 때, 다행히 발레노 남작의 건방진 시선과 마주쳤다. '저 빌어먹을 놈이 눈을 번뜩이고 있군. 저런 비열한 놈에게는 얼마나 기분 좋은 일일까! 이런 지경에 이르게 한 것만으로도 내 범행이 저주스러워지는군. 저놈이 나에 대해 레날 부인에게 뭐라고 할지 알 수 있나!'

이렇게 생각하자 다른 생각은 모조리 사라져 버렸다. 곧 청중의 박수로 줄리앙은 제정신으로 돌아왔다. 변호사가 변론을 막 끝낸 참이었다. 줄리앙은 악수를 청하는 것이 예의라는 생각이 들었다. 시간은 빨리 지나갔다. 변호사와 피고에게 시원한 음료수가 제공되었다. 이때 비로소 줄리앙은 어떤 사실을 알고 놀랐다. 여자들 중에 누구 하나도 방청석을 떠나서 식사하러 가는 사람이 없었던 것이다.

"정말 배가 고프군요. 당신은?"

하고 변호사가 물었다.

"저도 그렇습니다."

하고 줄리앙은 대답했다.

"보십시오. 지사 부인도 식사를 좌석에 날라다가 하고 있습니다."

변호사는 작은 발코니를 가리키면서 말했다.

"힘을 내십시오. 모든 일이 순조롭습니다."

공판이 속개되었다. 재판장이 사건의 개요를 말하고 있을 때 밤 12시를 알리는 종소리가 울렸다. 재판장은 말을 중단하지 않을 수 없었다. 일동의 불안에 싸인 정적 속에서 큰 시계의 종소리가 법정 안에 울려 퍼졌다.

'나의 최후의 날이 시작된 것이다' 라고 줄리앙은 생각했다. 이윽고 어떤 의무감이 치솟아 그의 온몸은 불타는 듯이 느껴졌다. 그때까지 그는 감동을 억누르며 결코 입을 열지 않겠다고 결심을 굳히고 있었다. 그러나 재판장으로부터 무언가 보충할 것이 없느냐는 질문을 받자 줄리앙은 일어섰다. 맞은편에 데르빌 부인의 모습이 보이고, 그 눈이 광선을 받아서 이상하게 빛나고 있는 것처럼 느껴졌다. '혹시 울고 있는 것은 아닐까?' 라고 그는 생각했다.

"배심원 여러분, 죽음을 앞두고 이와 같은 일은 대수롭지 않다고 생각하고 있었습니다만, 역시 경멸받는 것은 참을 수가 없어서 한마디 말씀드리겠습니다. 여러분, 불행하게도 저는 여러분의 계급에 속하지는 않습니다. 여러분의 관점에서 본다면, 저는 자신의 신분이 천한 것에 반항한 한 사람의 농부에 지나지 않을 겁니다."

줄리앙은 한층 더 목소리를 확고하게 하여 계속했다.

"저는 조금도 여러분의 호의를 바라지는 않습니다. 착각 같은 건

조금도 갖고 있지 않습니다. 저는 죽지 않으면 안 되고, 그것도 당연한 귀결입니다. 온갖 존경과 숭배를 받기에 가장 어울리는 부인의 생명을 저는 해치려고 했습니다. 레날 부인은 저에게 어머니와 같은 분이었습니다. 저의 범행은 잔인했고 더구나 '계획적'이었습니다. 배심원 여러분, 따라서 저는 사형에 처해져야 마땅합니다. 그러나 저의 죄가 더 가벼운 것이라 해도, 저의 소년 시절이 얼마나 동정할 만했는가는 전혀 참작하지 않고, 저를 처벌하려는 사람들이 있다는 것을 저는 알고 있습니다. 그럼으로써 그들은, 하층계급에서 태어나 소위 빈곤이라는 것에 압박받으면서도 다행히 훌륭한 교육을 받게 되어, 대담하게도 부자들이 오만하게 사교계라고 부르는 세계에 들어가려고 하는 청년들의 의욕을 영원히 꺾어 버리려는 것입니다.

여러분, 이것이 저의 죄입니다. 그리고 이 죄는 지금 이렇게 저와 같은 계급이 아닌 분들에 의해 재판을 받고 있으므로 더욱 엄하게 처벌받을 것이 틀림없습니다. 배심원석을 둘러본 바로는 유복한 농민으로 보이는 분은 한 사람도 보이지 않고 모두가 분개한 유산(有產)계급 사람들뿐이군요……."

20분에 걸쳐 줄리앙은 이런 어조로 계속 이야기했다. 그는 이 자리에서 마음에 응어리졌던 것을 남김 없이 털어 놓았다. 귀족계급의 은혜와 후원을 얻으려고 필사적이었던 차석 검사는 좌석에서 뛰어오를 듯한 기세였다. 그러나 줄리앙의 다소 추상적인 변론에도 불구하고, 여자들은 모두 흐느껴 울고 있었다. 데르빌 부인마저도 눈에 손수건을 대고 있었다. 진술을 끝내기에 앞서 줄리앙은 다시 한 번 범행이 계획적이었다는 것, 그것을 후회하고 있다는 것, 그리고 이전에 행복했던 시절에는 레날 부인을 존경하고 어머니와 같은 깊은 애정을 느끼고 있었다는 사실 등을 말했다. 데르빌 부인은 외마디 소리를 지르며 실신해 버렸다.

2시 종소리가 울리고 얼마 지나지 않아 소란스런 소리가 들려왔다.

배심원실의 조그만 문이 열렸다. 발레노 남작이 엄숙하고 과장된 걸음걸이로 나오고 나머지 배심원들이 그 뒤를 따랐다. 발레노 씨는 헛기침을 하고 나서는, 영혼과 양심에 비추어서 검토한 결과, 배심원 일동은 한 사람의 이의도 없이 줄리앙 소렐이 살인죄, 그것도 계획적 살인죄에 해당하는 것을 인정한다고 선언했다. 이 답신은 곧 사형을 의미하는 것이었으며, 즉시로 그 선고가 내려졌다.

(『적과 흑』 제2부 제41장 '공판' 중에서)

통합형 문·답

위 제시문은 소설의 결말 부분에 해당한다. 줄리앙 소렐이 외치는 최후진술 부분을 읽고, 그의 주장에 대해 찬반 양론을 분명히 하여 그의 태도에 대해 논술해 보자.

문득 일상이 온통 불만스럽게 느껴질 때 우리는 인생의 무의미성에 대해 생각한다. 그리고 죽음 앞에서의 평등과 같이 이 무의미성을 느끼는 데 있어서도 누구도 벗어날 수 없을 것이라는 생각이 들기도 한다. 이런 의미에서 불교에서 묻고 있는 '어디서 와서 어디로 가는가'라는 질문은 바로 이 무의미성과 생래적인 평등에 대한 질문으로 읽혀질 수도 있을 것이다. 또한 그 질문은 범상한 우리들의 합리성으로 생각해 볼 때, 생래적인 평등에서 벗어날 수 없다는 현실인식과 지금의 현실에서 벗어나고 싶다는 욕망 사이의 길이라고 생각할 수도 있을 것이다.

달리 보면 우리는 일상 속에서 가장 편안할 수 있다. 많은 이들이 그러하듯이 드문드문 불만을 토로하면서도 먹고사는 문제에 집착할 수도 있다. 또한 먹고사는 문제에 여유가 있다면 풍광좋은 산천을 찾아 마음을 닦는다는 핑계로 유람할 수도 있는 것이다. 그리고 자신보다 상층계급을 이루는 사람들에 대한 생각은 접어두면서, '이 생활이 제일 편안하다'고 자족할 수도 있을 것이다. 그러나 어느 날 '나는 왜 이렇게 태어났고 이 정도에 만족하며 살아가고 있는가'라는 생각이 들면 걷잡을 수 없는 번뇌, 자신의 일생을 망칠 수도 있는 상상 속에서 살아가게 될 수도 있다.

줄리앙 소렐은 지금보다 앞선 시기에 더욱 견고한 계급의 벽, 인식의 벽 속에서 살았다. 중세 시대는 귀족들의 시대였다. 자신의 태생이나 직업에 불만을 가진 백성들은 그들 스스로에 의해 교화되기도 하였고, 당시의 제도적 장치에 의해 교화되기도 하였다. 이 중에서 가장 직접적인 교화 형태는 귀족들의 간택에 의한 신분상승이었다. 한국의 중세에서는 마름으로, 서구에서는 집사나 관리인이라고 불렸던 이들의 역할은 그들을 지칭하는 말 그대로 관리였다. 타인의 지배에 의해 자신을 특별한 사람이라고 생각하게 되는 이 관리자의 간택 방식은 그들의 성취욕을 만족시키면서 더 이상의 욕심을 내지 않는 신분 차별주의자로 만들었을 것이다. 지위를 보장받기 위해서는 귀족들에 대한 아부가 필수였을 것이다.

이외에 광대나 재담가로 취급받는 사람들이 있었다. 이들은 대개 사교계에 출입하는 여성들에 의해서 간택되었는데 남성들의 방탕한 성생활 대신에 귀족 여성들에게도 그들의 무료를 달랠 수 있는 미남자들이 필요했을 것이다. 줄리앙 소렐은 이런 경우에 해당한다. 그는 교육으로 인해 자각한 태생의 불완전함, 생래적인 평등의식에 힘입어 신분상승 욕구는 정당한 것이라는 보편적 인식과 그 불가능성을 제공하는 사회적 인식에 눈뜬 것이다.

줄리앙은 현실적인 사람이었다. 그는 귀족 부인들에게 자신이 하나의 재산으로 취급된다는 것을 알았다. 그리고 남편들의 방탕한 생활 덕에 인간재산에 대한 귀족 부인들의 욕망이 얼마나 확대되어 있는지를 알았던 것이다. 한 여성에게서 다른 여성에게로 옮겨 가면서 자신의 보호장치를 마련하는 그의 여정은 이를 잘 알려 준다. 이러한 그의 행동은 분명 욕망을 토대로 하여 다른 이들의 욕망—소유욕을 이용한다는 점에서 자본주의적이다. 또한 불공평한 사회적 계급적 자각을 토대로 한다는 점에서 급진적이다.

이러한 줄리앙의 생각과 그에 따른 그의 일생을 우리는 동정할 수 있다. 하지만 그 근본 저의는 어디에 있는가. 줄리앙은 그의 저의를 하층계급이라는 부당한 편견이 자리잡은 데 대한 자각이라고 말하였지만, 사실은 그렇지 않다. 그건 시작이었을 뿐, 그리고 신분상승을 하기 시작하면서 좀더 분명히 자각한 것일 뿐, 그의 목표는 좀더 높은 지위에 오르는 것이었다. 그리고 그렇게 목표를 설정해 나간 그의 저의는 욕망이었던 것이다. 그는 자신을 '신분이 천한 것에 반항한 한 사람의 농부'라고 말하고 있다. 반항이란 저항보다는 즉흥적이고 일회적이고 개인적인 것이 아닌가. 그는 단지 귀족계급의 양해를 바랐던 것이다. 귀족계급의 자각을 바라는 것처럼 보이는 줄리앙의 최후진술은 '당신들의 욕망이 당연하므로 나의 욕망도 당연하다'는 억설에 지나지 않는다.

다만 방청석을 둘러보며 자신이 속한 계급의 인물이 오지 않았다는 것을 확인하는 그의 모습에서 우리는 은밀한 연대감과 자기확인의 오만한 의식을 찾을 수 있다. 현대에 들어 우리는 그와 같은 모습을 소수의 지식인들과 관리직으로 신분상승을 꾀하며 일신의 영달을 도모하는 소위 노동귀족들에게서 발견할 수 있다. 우리는 올바른 자각을 비뚤어진 의식으로 성취하려는 사람들에 대한 경고로 위 제시문을 읽을 수 있을 것이다. 또한 우리 사회 많은 학부모들의 열병인 교육열, 신분상승 욕구에 대한 질타로도 이 글을 읽을 수 있을 것이다. 그리고 병든 사회가 양산해 내는 영혼의, 그리고 존재의 질병에 대해서도 거론할 수 있을 것이다.

주홍글씨

호 손
Nathaniel Hawthorne

호손(1804~1864)은 미국 매사추세츠 주 세일럼 시에서 태어났다. 그의 선조는 대대로 엄격한 청교도였으며, 특히 고조부는 세일럼의 마녀 소탕 때 엄격한 재판관 노릇을 했다. 마녀 재판에 대한 악몽은 그의 『주홍글씨』 창작의 원동력이 되었다. 9세 때 다리를 다쳐 3년 동안 집안에서 지내는 동안 독서에 몰두하며 인간의 속세에서 자행되는 죄악에 대해 고민하는 감수성이 예민한 소년으로 성장하였다. 1821년 보든 대학에 진학하여 후일 미국의 국민시인이 된 롱펠로, 대통령이 된 피어스 등과 친교를 맺었다. 젊은 시절에는 사색과 독서에 몰두하며 몇 편의 작품을 썼으나 모두 실패한 다음, 직장을 얻어 안정된 생활을 하게 되었다. 그러나 1846년 세관에서 면직당한 후, 『주홍글씨』를 집필하여 당시 대단한 호평을 얻었다. 1853년에는 영국 리버풀의 영사가 되어 영국에서 체류하고, 훗날 이탈리아에도 체류하여 이 무렵 쓴 작품이 『대리석의 목양신』이다. 뉴잉글랜드 문학 전성기의 거장 호손은 선조들이 지켜 왔던 청교도주의에 자신의 자유주의와 초월주의를 결합하여, 죄악을 저지른 인간의 회한과 고민을 형상화했다. 즉, 그는 인간 정신의 어두운 심연을 탐구하여 운명의 모순을 해결하기보다는 오히려 그것을 세상에 폭로함으로써, 인간의 새로운 가능성을 모색하는 방식을 취했다.

작품 해제

청교도는 개인의 성실과 근면을 강조했지만, 그 내부에는 그 나름의 무서운 독선과 편견이 깔려 있었다. 이 작품을 쓴 작가 호손은 조부가 마녀재판을 담당했던 판사였던 까닭에, 청교도를 내세운 미국의 정신세계 속에 잠재해 있는 악몽을 누구보다도 먼저 인식하고 비판할 수 있었다.

『주홍글씨(The Scarlet Letter)』(1950)는 사람들로부터 순결하다는 평판을 듣고 있는 딤스데일 목사, '간통녀'라는 표지를 가슴에 달고 살아가야 하는 여자 헤스터 프린, 그녀의 남편인 의사 로저 칠링워드를 중심으로 '죄와 구원'에 대해 묻고 있는 작품이다. 줄거리는 다음과 같다.

어느 여름날 보스턴의 장터 앞에 마련된 형벌대에 한 여인이 서 있다. 헤스터 프린이라는 이름을 가진 그녀는 갓난아이를 안고 있는데, 그녀의 가슴에는 치욕적인 글씨 'A'자가 달려 있다. 남편이 행방불명되어 혼자 살고 있던 그녀는 다른 남자의 아이를 낳는 바람에 '간통한 여자(Adulteress)'를 뜻하는 글씨 'A'자를 낙인처럼 가슴에 달고 살아야 하는 것이다. 마을사람들은 아이 아버지의 이름을 밝히도록 그녀를 설득하지만, 그녀는 이를 단호히 거부하고 감옥살이와 'A'자의 치욕을 감수한다. 그러나 이 치욕의 형벌대 앞에는 그녀의 남편이 이미 도착해 있었다. 그는 아내의 부정을 알게 되자, 무서운 복수심에 휩싸인다. 그는 자기의 이름을 감추고 칠링워드라는 가명을 사용한 다음, 아내의 애인을 찾아내기로 결심한다.

사실 헤스터 프린과 부정의 죄를 저지른 사람은 바로 딤스데일 목사였다. 그는 양심의 가책으로 고민하며, 그 결과 건강이 극도로 악화된다. 로저 칠링워드는 마치 악마의 계시를 받은 듯이 그에게 접근하여, 그의 주치의로서 한집에 살게 된다. 칠링워드는 우연한 기회에 그가 저지른 부정의 비밀을 알게 된다. 칠링워드는 복수에 대한 집념을 억누르며, 단지 그를 심적으로 고문하여 그로 하여금 삶의 의욕을 잃도록 강요한다. 어린 딸 펄과 함께 꿋꿋이 살아가던 헤스터는 어느 날 밤, 형벌대 위에 올라가 스스로 자신의 죄를 벌하고 있는 딤스데일 목사를 발견한다. 목사의 건강이 너무도 쇠약해진 데 놀란 헤스터는 그 원인이 자신의 전남편 칠링워드에게 있음을 간파하고, 이제 그만 목사를 용서해 달라고 칠링워드에게 간청하지만 거절당한다. 그녀는 목사를 만나 자신의 전남편이었던 칠링워드의 정체를 밝히고, 딸과 셋이서 도망치자고 설득한다. 그러나 목사는 스스로 죄를 고백하겠다는 가장 인간적인 해결방법을 선택한다.

보스턴을 탈출하기로 결정한 날은 마침 새 총독의 취임을 축하하는 축제일이다. 그 자리에서 목사는 군중들이 지켜보는 가운데 형벌대 위로 올라간다. 그는 헤스터와 딸인 펄의 손을 잡고 죄를 고백한 후 숨을 거둔다. 로저 칠링워드는 목사가 죽어 결과적으로는 자신의 생을 지탱해 오던 복수의 감정이 사라지게 되자, 오히려 실의에 빠진다. 칠링워드는 자신의 잘못을 회개하고 전재산을 딸에게 물려 준 후 죽는다. 헤스터 프린은 딸이 성장한 후 다시 고향으로 돌아와 회개의 삶을 살아간다.

이 작품 속에서 일단 헤스터 프린과 딤스데일 목사는 부정(不淨)의 죄를 범한다. 그러나 헤스터 프린은 마을사람들로부터 조롱과 멸시를 받으면서도 꿋꿋하게 자신의 삶을 살아간다. 또한 딤스데일 목사도 한순간의 실수를 평생 회개하며 또 죽음의 순간에 자신의 죄를 밝힘으로써 양심의 가책에서 벗어난다.

작가 호손은 인간은 한순간에 죄를 범할 수 있으며, 중요한 점은 진실한 마음을 가지고 죄를 회개할 수 있느냐에 있다고 보았다. 즉, 인간의 구원 가능성에 중점을 두고서, 인류를 미워했다기 보다는 가엾게 여겼고, 인간이 받아온 죄의식에 반발을 느꼈다기 보다 오히려 이를 타인들과 더불어 짊어지는 모습을 보여 준 것이다. 그러나 호손은 복수의 화신이 되어 버린 칠링워드의 죄에 대해서는 '용서받지 못할 죄'라고 일컬었다. 그는 복수를 위해 인생을 살았고, 복수가 끝나자 기력이 쇠진하여 곧 죽는다. 그는 아내의 부정을 용서하지 못함으로써, 결국은 자신도 구원받지 못한 셈이다. 누구나 인간인 이상 죄를 범할 수도 있다는 평범한 사실을 받아들이지 않은 그는 지적 교만에 의해 인간성을 상실하고 인간 마음의 신성함을 파괴한 용서받을 수 없는 죄인인 것이다.

작가는 이 작품에서 세 가지 형태의 죄를 제시했다. 헤스터 프린은 세상에 드러난 간통죄를 저지르고 그 고통 속에 살아간다. 딤스데일은 간통죄를 범했음에도 이를 숨기고 살아가야 하는 또 하나의 고통을 겪으며 살아간다. 또한 칠링워드는 용서받지 못할 오만의 죄를 저질렀다. 작가가 헤스터 프린과 딤스데일을 용서한 것은 어찌 보면, 죄를 범한 인간, 즉 불완전한 인간이 바로 참된 미국인의 형상이라는 점을 암시한 것으로 볼 수 있다.

주홍글씨 'A자'에 대해서는 여러 가지 해석이 있었다. '간통녀'라는 원래의 의미 외에, 인간들 모두가 죄를 가지고 있다는 의미에서 '아담의 타락(Adam's fall)', 죄악과 편견을 극복하고 인간의 자유를 찾아 나서는 '미국인의 꿈(American Dream)'이라고 보는 견해 등이 그것이다.

작품 읽기

며칠이 지난 뒤, 앞에서 이야기한 광경에 대하여 의견을 정리하기에 충분한 시간적 여유가 생기자 처형대에서 목격한 일에 대하여 구구한 설이 떠돌았다. 그 광경을 목격한 사람들의 대부분은 불행한 목사의 가슴에 주홍글씨가, 헤스터 프린이 달고 있던 것과 조금도 다르지 않은 주홍글씨가 새겨져 있는 것을 보았다고 증언했다. 그 이유에 대해서는 여러 가지 이야기가 있었지만, 모두가 상상의 영역을 벗어나지 못한 것임은 말할 나위도 없다.

헤스터 프린이 처음으로 치욕의 표시를 달던 그날, 딤스데일 목사도 자기 몸에 심한 책고를 가하려 고행을 시작했으며, 그 후 온갖 방법으로 그 고행을 부질없이 실행해 왔다고 단언하는 사람도 있었다.

또 어떤 사람들은 목사의 그 낙인은 훨씬 뒤에 나타난 것이라고도 했다. 즉 유능한 마술사 로저 칠링워드 노인이 마술과 독약의 힘을 적용함으로써 비로소 나타난 것이라고 했다.

그런가 하면 목사의 특별하게 예민한 감수성과 정신이 육체에 미치는 놀라운 작용을 잘 알고 있던 사람들은, 그 무서운 상징은 한시도 쉴새없이 움직이고 있는 양심의 가책이라는 이빨이 마음속으로부터 밖으로 뚫고 나와 결국 주홍글씨의 형태를 빌려 하느님의 무서운 심판을 나타낸 것이라고 수군거렸다.

이러한 여러 자기 의견 중에서 어느 것을 믿건 그것은 독자의 마음이다. 작자로서는 이 기적의 글씨에 대하여 입수할 수 있는 모든 설명을 가했고, 또 그 글씨도 맡은 바 임무를 완수했으니, 이제 우리 뇌리에서 흔적도 없이 지워 버리고 싶은 심정이다. 너무 오랫동안 생각한 탓에 그것이 불쾌할 정도로 뇌리에 박혀 있으니 말이다.

그럼에도 불구하고 처음부터 끝까지 목격했고, 잠시도 딤스데일 목사로부터 눈을 뗄 수 없다고 말하는 사람들이, 목사의 가슴에는 갓난

아이의 가슴처럼 아무 표적도 없었다고 주장한 것은 기묘한 일이다. 이 사람들의 말에 의하면 목사는 임종 시에, 헤스터 프린으로 하여금 오랫동안 주홍글씨를 가슴에 달게 만들었던 그 죄악과 목사 사이에 어떠한 관련이 있었다는 것을 인정하지도 않았거니와 막연하게나마 암시한 적도 없었다는 것이다.

아주 훌륭한 목격자들의 말에 의하면, 목사는 목숨이 얼마 남지 않았다는 것을 알고, 게다가 군중들의 존경으로 이미 성자나 천사의 영역에 달해 있다는 것을 알고 있었으므로, 그 타락한 여인의 팔에 안겨 숨을 거둠으로써 인간의 미덕 등을 고루 갖춘 제아무리 훌륭한 사람도 전혀 무가치하다는 것을 세상 사람들에게 나타내려 했다는 것이다. 인류의 정신적인 행복을 위해 온갖 노력을 다한 다음 생애를 마친 목사는, 영원히 더러움을 모르는 하느님의 눈으로 본다면 어떤 인간이라도 모두 죄인이라는 슬프고도 위대한 교훈을 숭배자들의 가슴에 명기시키기 위해 자신의 죽음을 하나의 우화로 만들었다는 것이다. 아무리 덕망 있는 인간이라 할지라도 지상을 내려다보고 계신 하느님의 자비를 좀더 확실히 인식하고 있는 정도에 불과하며, 따라서 땅 위에서 동경하는 눈으로 하늘을 쳐다보고 있는 인간에게 어떤 가치가 있다고 생각하는 것은 전적으로 망상에 불과하다는 것을 가르쳐 주기 위해서였다는 것이다.

이런 중대한 진리에 대하여 왈가왈부하지 않는다 하더라도, 딤스데일 목사의 사건에 대한 이러한 해석은 바로 죽은 동료를 감싸 주려는 우정에 불과하다고 보고 싶은데, 이 생각이 틀렸다면 용서해 주기 바란다. 친구들, 특히 목사의 친구들은 흔히 주홍글씨를 환히 밝혀 준 한낮의 햇빛만큼이나 뚜렷한 증거가 있어, 목사가 허위와 죄악으로 더럽혀진 흙으로 돌아갈 인간이라는 것을 입증하고 있는 경우에도 끝까지 그의 성품을 옹호하려 드는 법이다.

…〈중략〉…

여기에서 불쌍한 목사의 비참한 생애가 남기는 수많은 교훈 가운데서 한 가지만 적어 두기로 하자.

'진실하라! 진실하라! 진실하라! 최악의 모습은 아닐지라도 최악의 모습을 추측할 수 있는 성질을 숨기지 말고 세상에 제시하라!'

딤스데일 목사가 죽은 직후에 로저 칠링워드라는 이름으로 알려진 노인의 모습에 나타난 변화만큼 놀라운 것은 없었다. 그는 온몸의 힘이 모두 한꺼번에 빠져 버린 것 같았다. 마치 뿌리째 뽑힌 잡초가 뙤약볕에 시들듯이 말라 버려 거의 사람 눈에 띄지 않을 정도가 되었다.

이 불행한 사나이는 인생의 보람을 끊임없이 빈틈없는 복수를 실천하는 데 두었다. 그리하여 그 완전한 승리와 목적 달성이 끝나고 사악한 지침을 지탱할 재료가 없어져 버리자, 즉 이 지상에서 행할 악마적인 작업이 없어지게 되자, 이 인간성을 잃은 사나이가 할 수 있는 일은, 일거리를 장만해 주고 응분의 보수를 주는 악마에게로 달려가는 것밖에 없었던 것이다.

그러나 지금까지 오랫동안 친근하게 접촉해 온 이들 관계 깊은 인물에 관해서는 —— 로저 칠링워드나 그의 친구들도 다름없이 —— 정을 베풀어 주고 싶다. 사랑과 미움이 근본에 있어서는 동일한 것이 아니냐 하는 문제는 재미있는 관찰과 연구의 대상이 된다. 사랑과 미움이 극한에 이르면, 둘 다 모두 인간 신성에 대한 고도의 친밀한 지식을 전제로 한다. 양자는 모두 한 인간으로 하여금 그의 애정과 정신생활의 양식을 다른 사람에게 의존하게 만든다. 그 대상이 없어져 버리면, 열렬히 사랑하던 사람이나, 또는 이에 못지않게 열렬히 증오하던 사람들도 다 함께 고독이라는 지옥으로 빠져들게 된다.

따라서 철학적으로 생각하면, 애증이란 두 가지 격정은 본질적으로는 동일한 것이다. 다만 사랑이 때때로 천국의 광명 속에 나타나는 데 비해, 증오는 어둡고 침침한 빛 속에 나타난다는 점만이 다를 뿐이다. 서로 상대방의 희생자였던 노의사와 목사는 지상에서 품었던 증오나 반감이 영혼의 세계에서는 의외로 만족스런 애정으로 변했음을 알게 될 것이다.

(『주홍글씨』 제24장 '뒷이야기' 중에서)

통합형 문·답

애증(愛憎)이란 동일한 것이라는 작자의 견해에 대해 각자의 생각을 논술해 보자.

그리스의 철학자 아리스토텔레스는 '사람은 사회적 동물'이라고 하였다. 이 말에는 두 가지 의미가 있다. 우선 그것은 어느 누구도 전적으로 홀로 존재할 수는 없다는 것이다. 또 하나의 다른 의미는 홀로 존재할 수 없는 인간의 기본 성격으로 인해 만들어진 사회가 인간의 존재를 규정한다는 것이다. 사람을 '사회적 동물'로 규정하는 두 가지 의미는 이제까지 많은 논의의 기초가 되어 왔으며 현대에 들어와서도 인간을 규정하는 기본적인 명제로 되어 있다.

첫 번째 의미, 사람은 누구도 전적으로 혼자가 되어서는 존재할 수 없다는 말은 두 번째 의미와 결합되어 다른 것에 혹은 집단에 의존하는 성격으로서의 인간을 가리키는 말이 아니다. 그것은 인간 인식의 근원이 다른 것과의 구별에 의해서 생겨나고 자신의 자아를 형성한다는 말이다. 개인이 무엇인가를 인식하는 데 있어서 가장 오래된 범주는 아마도 주관과 객관일 것이다. 나와 나 아닌 것을 나누는 기준은 무엇보다도 명확하다. 의심할 수 있는 모든 것을 의심하겠다는 방법론적 회의라는 것을 자신의 학문에 대한 기초적 태도로 설정했던 프랑스의 철학자 데카르트는 결국 아무리 해도 의심할 수 있는 것은 무엇인가를 느끼고 있는 자신, 무엇인가를 생각하고 있는 자신이라고 고백할 수밖에 없었다. 유명한 '나는 생각한다, 고로 존재한다(Cogito, ergo sum)'라는 말은 나의 사유를 의심할 수 없다는 말이 아니라 나의 사유함을 의심할 수 없다는 말이다. 다시 말해서 나의 생각, 나에게 다가오는 것들은 모두 악마가 만든 것이라고 의심할 수 있다 하더라도 나와 나 아닌 것의 구조적 이분성은 의심할 수 없다는 것이다.

이 말은 '인간은 사회적 동물'이라는 말의 두 번째 의미와 결합하면서 대상에 의존하거나 대상을 자신에게 동일화하려는 욕망으로 나타난다. 이 두 가지 욕망의 공약수는 바로 '대상'이라는 범주이다. '대상'과 조우하면서 인간은 '대상'에 자신의 욕망을 투사한다. 이 욕망 때문에 인간은 스스로의 자유, 혹은 '존재'라고 불리는 것으로부터 도피하게 된다는 것이 에리히 프롬의 저서들에서 나타나는 결론들이었다.

프롬은 이러한 도피의 양상은 크게 두 가지 극단으로 나타난다고 하였다. 사디즘과 마조히즘, 원래의 의미대로 말하자면 이것은 학대하는 것을 향한 욕망과 학대받고 싶어하는 욕망이다. 하지만 이를 인간 생활 전반에 연관지어 말하자면 이것은 지배하려는 욕망과 지배받고 싶어하는 욕망이다.

사디즘과 마조히즘이 모두 사랑의 심리나 행위와 연관지어져 논의되고 있다는 것은 흥미 있는 일이다. 사랑은 일차적으로 대상에 대한 강렬한 욕망이다. 사랑의 시선이 자기 자신에 대한 올바른 자각으로 미치기 전까지 사랑하는 사람은 모든 촉각을 자신이 사랑하는 대상에게로 집중시키기 때문이다. 사랑에 있어서 일차적인 욕망인 '소유'하고 싶어하는 욕망에 있어서 사디즘과 마조히즘은 양극단이다. 흔히 우리는 무엇인가를 소유하고자 하는 욕망을 가진다. 하지만 그 소유에는 한계가 있는 것이다. 사디즘을 소유하려는 욕망의 극단이라고 할 때 그것은 소유의 한계 밖으로 나아간다. 그럼으로 해서 소유를 못하게 된 모든 원인에 대해 증오하게 되는 것이다. 마조히즘도 마찬가지이다. 일종의 경향성으로 볼 때, 마조히즘은 소유당하고자 하는 욕망의 극단이다. 소유당하고자 하는 욕망의 극단으로 나아가 소유당하지 못하는 모든 원인을 증오하는 것이다.

호손에게 있어 애정과 증오는 이분법적인 대립의 양극단이다. 하나는 광명 속에서 나타나고, 다른 하나는 어둠 속에서 나타난다. 그러나 이 두 가지는 근본에 있어서 동일한 것이라고 호손은 이야기하고 있다. 그러나 이 두 가지를 실체로 판단하고 양극단으로 설정한 호손의 논의는 잘못된 것이다. 애정과 증오는 밀접하게 얽혀 있으며, 단순하게 도식적으로 파악하자면 증오는 도리어 애정의 하위 양태인 것이다. 앞서 논의한 바에 의하면 애정의 형태에는 여러 가지가 있지만, 이 양극단에는 모두 증오가 내재하고 있다. 그리고 애정을 소유가 아닌 존재의 욕망 또는 의존성으로 이해할 때만이 우리는 진정으로 사랑할 수 있는 것이다. 존재는 자신을 드러내고 싶어하고 남기고 싶어한다. 존재의 드러남은 타인의 시선에 의지해 있다. 자아는 타인에 대한 자신의 대처 방식을 통해 존재한다고 생각하는 것이다.

레미제라블

위 고
Victor-Marie Hugo

빅토르 위고(1802~1885)는 우리에게 소설가로 알려져 있지만 프랑스에서는 가장 위대한 금세기의 시인 중의 한 사람으로 평가받는다. 군인이었던 아버지는 그가 성장해 군인이 되기를 원했지만 그는 처음부터 시인이 될 생각을 하고 있었다. 그가 문단에 등단한 것은 왕당파 시인으로서였다. 그의 처녀 시집 『오드, 기타』(1822)는 이러한 경향을 단적으로 드러내고 있다. 그러나 그는 점차 낭만주의에 눈뜨게 되고 시대의 발걸음에 보조를 맞추면서 사회 문제에 깊은 관심을 갖게 되었다. 『레미제라블』의 초고인 「레미제르」도 이 시기(1845)에 씌어졌다. 그는 주로 왕가의 자손들과 관계를 맺었으며 1841년 아카데미프랑세즈 회원이 되었고 1845에는 자작의 지위를 받기도 하였다. 그러나 루이 나폴레옹의 정치적 견해에 반대하여 벨기에 · 영국 등지를 떠돌며 19년에 이르는 망명생활을 하는 처지에 빠지게 되었다. 이 기간은 『레미제라블』에서 장 발장의 옥중 기간과 일치하는데, 그는 창작에만 몰두해 뛰어난 작품들을 남겼다. 1870년 보불전쟁으로 나폴레옹 3세가 실각하자 위고는 민중의 환호 속에 파리로 입성하게 된다. 그는 수형자를 위해 노력하고 유대인 학살에 반대하는 등 인도주의적 이상주의자로서의 면모를 보이며 그의 일생의 후반기를 사회 정의의 실현을 위해 노력했다. 주요 작품으로 소설 『노트르담 드 파리』 『레미제라블』과 시집 『동방 시집』 등이 있다.

작품 해제

'레미제라블(Les Misérables)'의 속뜻은 두 가지인데, 하나는 '가난하고 창피한 짓이나 생활을 하면서도 부끄러움을 모르는 사람'이라는 뜻의 경멸적인 의미지만, 다른 하나는 '혜택을 받지 못한 사람들'이라는 의미도 동시에 가지고 있다. 이 표제는 위고의 인간관을 잘 대변해 주고 있다.

보들레르가 위고를 '부성애를 가진 강한 인간'으로 평가한 데서도 알 수 있듯이 위고의 성격은 이중적이었다. 그의 정치적인 야심과 강력한 권력에의 매혹은 동시에 가장 약한 자, 보호를 필요로 하는 자들에 대한 애정과 사랑으로 전화되었다. 『레미제라블』은 이러한 그의 상이한 성격을 집대성한 작품인 셈이다. 그는 『레미제라블』(1862)이 출간되었을 때 라마르틴 앞으로 보낸 편지에서 비참한 것, 지옥을 인정하는 것, 전쟁을 인정하는 인류는 하등의 사회, 하등의 종교, 하등의 인류라고 공언하며 다음과 같이 썼다.

"내가 목표로 삼고 있는 것은 보다 높은 곳에 있는 사회이며 인류이며 종교이다. 왕이 없는 사회, 국경이 없는 인류, 경전이 없는 종교인 것이다. 인간에게 소망을 갖고 있는 한 인간의 불행을 근절시키고자 노력할 것이며 노예상태를 없애며 비참한 것을 떨쳐 버리며 교육으로 무지를 제거하며 병을 치료하고 밤을 밝게 하고 증오를 미워할 것이다. 이 같은 심정으로 나는 『레미제라블』을 썼다."

이러한 그의 입장은 『레미제라블』이 씌어진 동기와 목적을 정확하게 제시해 줄 뿐 아니라 그가 가지고 있는 인간과 인류에 대한 이상주의적 인도주의의 실체를 명료하게 드러내 준다. 그의 인간애와 유토피아주의는 보들레르에게서 혹평을 받기도 했지만 그의 일생의 주제였던 사회악과 싸우는 인간의 투쟁을 그렸다는 점에서, 인간의 운명에 대한 투쟁을 그린 『노트르담 드 파리』와 자연에 대한 투쟁을 그린 『바다에서 일하는 사람들』과 같은 맥락을 가진다.

1842~43년에 걸쳐 발표된 파리 밑바닥 생활을 그린 외젠 쉬의 「파리의 비밀」은 『레미제라블』의 구성에 큰 영향을 끼쳤다. 『레미제라블』의 초고인 「레미제르」는 1845년에 씌어졌고 이를 바탕으로 『레미제라블』은 1862년 파리와 브뤼셀 등지에서 간행되기에 이른다.

『레미제라블』의 등장인물들은 실제 모델이 존재하는 것으로 알려져 있다. 밀리에르 주교의 모델은 디뉴의 주교였던 미요리스 주교이며 장 발장의 모델은 피에르 모랑이라는 전과자였다. 사제 로앙, 책방주인 루아이욜, 사게 아줌마 등은 모두 위고가 젊은 시절 알았던 인물들이거나 친하게 지냈던 사람들이다. 『레미제라블』의 등장인물들은 너무 비현실적이고 이상화되어 있어서 소설상의 결점으로 지적받기도 하는데, 예컨대 정신적·육체적 고통에 초인적인 능력을 보이는 장 발장이나, 너무나 냉정하고 차갑고 비정한 자베르 경관, 모성애의 화신처럼 그려진 팡틴 등의 모습에서 우리는 인물 성격이 극단적으로 전형화되어 있음을 느끼게 된다. 또한 시적이고 낭만적인 문장 등은 이 소설이 서사적 구조를 갖는 데 결함으로 지적되기도 하는데, 이는 소설은 시에 가까워야 한다고 주장했던 위고의 내밀한 특성을 잘 드러내 주는 대목이기도 하다. 소설 속에 삽입된 지루하고 장황한 논설 및 설명도 『레미제라블』의 한 특성으로 지적되고 있다.

작품 읽기

뭔가 새로운 일이, 하나의 혁명이, 하나의 재난이 그의 마음을 덮친 것이다. 그래서 그 일만을 되풀이하여 골똘히 생각했다.

자베르는 몹시 괴로워하고 있었다.

몇 시간 전부터 자베르는 아주 간단한 일도 뚜렷하게 결론을 짓지 못하고 있었다. 그의 마음은 혼란에 빠져 있었다. 아무리 곤란한 일에 부딪쳐도 그토록 단순하고 명쾌하던 그의 두뇌가 혼란에 빠진 것이다. 수정과 같은 맑은 머리에 먹구름이 낀 것이다. 자베르는 자신의 확고한 의무감이 산산조각이 난 것을 느꼈고, 자기 자신한테 이 사실을 속일 수가 없었다. 뜻밖에도 센 강변에서 장 발장과 우연히 마주쳤을 때, 그의 마음은 사냥감을 찾은 늑대와 같은 기분과, 주인과 다시 만난 사냥개와 같은 기분을 맛보았던 것이다.

그는 자기 앞에 두 갈래 길이 뻗어 있는 것을 보고 몹시 두려운 생각이 들었다. 왜냐하면 태어난 이래 직선으로 뻗은 한 갈래 길밖에 몰랐던 사나이였기 때문이다. 게다가 이런 심한 혼란에 휘말린 것은, 이 두 갈래 길이 반대 방향으로 치닫고 있다는 사실 때문이기도 했다. 이 두 갈래의 직선은 서로를 제압하고 있었다. 어느 쪽이 더 진실한 것일까?

그의 입장은 말로는 표현할 수 없는 것이었다.

악인에게 목숨을 구출받고, 그 빚을 갚는다. 본의 아니게도 전과자와 동등한 입장이 되어서 '가라!'고 말해 주었던 자에게, 이번에는 자기 쪽에서 그 은혜에 대한 답례로 '도망쳐라!'라고 말하게 된 것이다. 여러 가지 개인적인 이유에서 공적인 의무를 희생시키고, 더구나 그러한 개인적인 이유 속에 무언가 공적이기도 하고 숭고하기도 한 어떤 것을 감득(感得)해 버린다. 자기의 양심에 충실하려고 한 것이 사회를 배신해 버린 것이다. 이런 부조리한 일이 모두 현실이 되어 그를 내리눌렀다.

자베르는 장 발장이 자기에게 자비를 베풀어 준 것에 놀랐고, 또 그 자신이 장 발장을 용서해 준 것에도 아연실색했다.

그런데 그는 지금 어떤 입장에 놓여 있는 것일까? 그는 자기의 진짜 모습을 찾으려고 애썼지만 헛수고였다.

자, 이제 어떻게 하면 좋은가? 장 발장을 체포하는 것은 좋은 일이 아니다. 장 발장을 자유롭게 해줄까. 그것도 좋지 않은 일이다. 첫 번째 경우는 법을 준수하는 관료가 죄수의 수준으로 타락해 버리는 것이고, 두 번째 경우는 범죄자가 법을 짓밟는 경우가 된다. 어느 경우도 자베르에게는 불명예스러운 것이었다. 어떤 쪽을 택해도 타락이 따라다닌다. 운명에는, 양쪽에 심연이 입을 벌리고 있는 사회에 자신이 서 있는 걸 발견할 때가 가끔 있다. 자베르는 그러한 심연의 가장자리에 서 있었다.

…〈중략〉…

장 발장은 그를 당황하게 만들었다. 그의 일생의 지주가 되어 있던 공리(公理)가 하나도 남김 없이 이 사나이 앞에서 무너져 버린 것이다. 여러 가지 다른 사실을 상기해 보니, 전에는 거짓말이나 미친 짓이라고 생각했던 일들이, 지금은 진실같이만 생각되었다. 마들렌 씨의 모습이 다시 장 발장의 등뒤에 나타나, 두 모습이 서로 겹쳐져 단 하나의 존경해야 할 모습으로 바뀌어 버렸다. 자베르는 무언가 무서운 것이 영혼 속에 스며드는 것을 느꼈다. 그것은 전과자를 존경하는 감정이었다. 전과자에 대한 존경, 그런 것이 있을 수 있을까? 그렇게 생각되자 몸이 떨렸다. 그러나 그 감정에서 달아날 수가 없었다. 발버둥쳐도 헛수고였다. 마음속으로 그 비참한 사나이가 고상한 인간이라고 시인하지 않을 수 없었다. 견딜 수 없이 싫은 일이었지만 어쩔 수 없었다.

선(善)을 베푸는 악인, 동정심이 많고, 상냥하고, 남을 도와 주고, 관

대하고, 자비를 베풀어 악에 보답하고, 용서로써 증오에 보답하고, 복수보다는 동정을 택하고, 적을 멸망시키기보다 제 몸을 멸망시키려 하고, 자기를 때린 자에게도 구원의 손길을 뻗고, 높은 단 위에서 무릎을 꿇는, 인간이라기보다 천사를 닮은 전과자! 자베르는 이런 괴물이 실재로 존재한다는 것을 인정하지 않을 수 없었다.

그러나 이러한 상태가 오래 계속될 리는 없었다.

물론 분명히 밝혀 두겠는데, 그는 이 괴물에게, 이 더럽혀진 천사에게, 이 추한 영웅에게 아무런 저항도 없이 굴복한 것은 아니었다. 이 괴물에게 어안이 벙벙해지긴 했지만, 잔뜩 화가 났던 것도 사실이다. 그 마차 안에서 장 발장과 얼굴을 맞대고 있는 동안, 법률이라는 것이 몇 십 번이나 그의 마음속에서 입을 벌려 으르렁거렸다. 몇 번이나 그는 장 발장에게 덤벼들어 잡아먹고 싶다, 즉 그를 체포하고 싶다는 기분을 느꼈다. 마음만 먹는다면 그보다 더 간단한 일이 또 있을까? 가장 가까운 파출소를 지나치면서, '거주 지정 위반의 전과자다!' 하고 외치고 헌병을 불러서, '이 사나이를 부탁한다!'는 명령만 내리면 된다. 그 죄인을 파출소에 맡겨 두고 뒷일은 일체 관여를 하지 않고 내버려 두기만 해도 그 사나이는 영원히 법률이 정하는 죄수가 될 것이다. 결국 법이 알아서 처벌할 테니, 이토록 정당한 일이 또 있을까? 자베르는 이러한 일들을 차례로 마음속에서 생각해 보았다. 아니, 행동으로 옮겨 이 사나이를 체포하려 했다. 그러나 지금과 마찬가지로 그 일은 도저히 불가능했다. 그의 손은 부들부들 떨리면서 장 발장의 멱살을 움켜 잡으려 했지만, 그때마다 엄청나게 무거운 것에 짓눌려 힘없이 아래로 축 늘어져 버리는 것이었다. 그리고 그는 머릿속에서 하나의 목소리가, 어떤 이상한 목소리가 소리내어 부르는 것을 들었다. '좋아. 너의 생명의 은인을 넘겨 줘라. 그러고 난 다음에 본디오 빌라도의 대야를 갖고 오게 하여, 너의 손을 깨끗이 씻어라.'

그러자 그의 반성의 눈은 자기 자신 속으로 기울어져, 위대하게만 보이는 장 발장 옆에 그 자신의 모습이 몹시 초라해 보이는 것이었다.

한 범죄자가 자기의 은인이라니!

그렇다 치더라도, 왜 자기는 그 사나이가 시키는 대로 목숨을 구조받았는가? 그는 그 바리케이드 안에서 죽음을 당할 권리를 갖고 있었다. 그 권리를 행사해도 좋았다. 장 발장의 의사에 반하여 다른 반도들의 도움을 청해 기어이 자기를 총살하게 한 편이 나았는지도 모른다.

그의 가장 큰 괴로움은 확신을 갖지 못하게 된 일이었다. 왠지 모르게 뿌리째 뽑혀 버린 것 같은 느낌이었다. 그가 지금까지 의존해 왔던 법전(法典)도 이제 산산조각 난 파편이 되어 남아 있을 뿐이었다. 그리고 지금까지 느껴 본 적이 없는 불안한 기분에 사로잡혀 있었다. 지금까지 그의 단 하나의 척도였던 법률적인 확신과는 전혀 다른 감정적인 계시가 마음속에 끓어올랐다. 종래대로의 정확한 생활 태도로만은 이제 충분하지 않게 되었다. 일련의 뜻밖의 사실이 몇 가지나 떠올라와서 그를 제어했다. 하나의 새로운 세계의 모습이 훤히 그의 영혼에 보였다. 즉, 그가 받은 자비를 갚아야 한다는 것, 헌신, 연민, 관용, 동정이 미치는 격렬한 힘에는 위엄조차도 무너져 버린다는 것, 인간을 존중하는 것, 결정적으로 사람을 심판해서는 안 된다는 것, 처벌해서는 안 된다는 것, 법의 눈에도 눈물이 어릴 때가 있다는 것, 인간의 정의(正義)와는 반대로 나아가는 신의 정의와 같은 것이 존재한다는 것을 깨달았다. 그는 어둠 속에서 미지의 도덕이라는 무서운 해돋이를 보았다. 그 해돋이가 무서워져서 눈이 아찔했다. 억지로 독수리의 눈을 갖게 된 올빼미처럼.

그는 이렇게 생각했다. 이것도 진실이다. 예외라는 것도 있다, 권위가 당황하는 일도 있을 수 있고, 규칙도 사실에 직면하여 방해를 받는 일도 있을 수 있다, 모든 일이 법문(法文)의 테두리에 들어맞을 리

는 없고, 죄수의 덕이 관리의 덕을 함정에 빠뜨리는 일도 있을 수 있으며, 괴물이 신과 닮는 일도 있는 것이다. 운명에는 이러한 여러 가지 복병(伏兵)이 숨어 있는 것이다. 그리고 자기는 불의의 습격을 피하지 못했던 것이라고 생각되어 절망했다.

선의가 존재한다는 것을 아무래도 인정하지 않을 수 없었다. 그 전과자에게는 선의가 있었다. 그때까지는 없었던 일이지만, 그 자신도 이제 방금 선의를 가졌다. 그 때문에 타락해 버린 것이다.

자기가 비겁하다고 생각되니 정말 싫어졌다.

자베르의 생각에 의하면 이상(理想)이란 인간답게 되는 것도, 위대하게 되는 것도, 숭고하게 되는 것도 아니었다. 비난할 수 없는 인간이 되는 것이었다.

그런데 자신은 지금 과오를 저질러 버렸다.

어째서 이렇게 되었을까? 어째서 그런 일이 일어났을까? 자신도 설명할 길이 없었다. 머리를 감싸 쥐어 보았으나 소용 없었다. 아무래도 알 수 없었다.

그는 언제라도 장 발장을 법의 손에 되돌려 줄 작정이었다. 장 발장은 법에 묶인 포로이며, 자베르는 법을 섬기는 노예였다. 장 발장을 붙잡고 있는 동안, 한순간도 그를 놓아 줄 마음이 자기에게 있다고는 생각하지 않았다. 모르는 사이에 자기 손이 열려서 놓쳐 버린 것 같았다.

온갖 수수께끼와 같은 새로운 일들이 그의 눈앞에서 절반쯤 문을 열고 모습을 드러내었다. 그는 이럴까 저럴까 하고 마음속으로 질문해 보았지만, 스스로 대답하기가 두려웠다. 그는 스스로에게 물어 보았다. '내가 뒤쫓아가서 학대하기까지 한 그 전과자, 그 자포자기의 사나이가 나를 짓밟았다. 그놈은 복수라도 할 수 있었다. 아니, 원한을 풀기 위해서도, 신변의 안전을 위해서도 복수해야 했던 것이다. 그런데도 나를 놓아 주고, 나를 용서했다. 도대체 왜 그랬을까? 그것이 그의 의무였을까. 아니 그렇지 않다. 그 이상의 무엇이다. 그리고 이번에는 내 쪽에서도 그를 용서해 주었다. 나는 도대체 왜 그랬을까? 나의 의무였을까. 아니, 그렇지 않다. 그 이상의 무엇이다. 그렇다면, 의무 이상의 무엇이 있는 것일까? 여기까지 생각하자 섬뜩한 생각이 들었다. 그의 천칭(天秤)이 부서져서, 한쪽 접시는 심연 속에 떨어지고, 또 한쪽 접시는 하늘로 날아가 버린 것이다. 그리고 자베르는 날아간 접시에도 떨어진 접시에도 무서워 떨었다. 그는 볼테르주의자라든가 계몽 사상가라든가 불신자라고 불리는 그러한 부류의 인간과는 전혀 달라서, 반대로 확립된 가톨릭 교회를 본능적으로 공경하고 있었다. 그러나 교회는 그냥 단순히 사회 전체의 엄숙한 단편의 일부라고 이해해 왔을 뿐이다. 질서야말로 그의 교의이며, 질서만으로 충분했다. 성년이 되어 관리가 되고 나서 거의 모든 자기의 신앙을 경찰에 쏟아 넣었다. 회의 따위는 전혀 품지 않고, 극히 진지한 의미로 이런 말을 쓰는 것이지만, 앞에서도 말씀드린 것처럼, 그는 사제와 같은 태도로 밀정의 임무를 수행하고 있었던 것이다. 그의 수도원장은 지스케 씨였다. 그는 그때까지 또 하나의 원장인 신에 대해서는 거의 생각하지 않았다.

뜻밖에 신이라는 이 새로운 존재를 느낀 후부터 그의 마음은 혼란에 빠졌다. 그는 이 뜻밖의 존재를 깨닫고 방향을 잃어버렸다. 이 절대적인 존재를 어떻게 다루면 좋을지 짐작할 수가 없었다. 물론 그는 부하라고 하는 것은 언제나 머리를 숙여야 하는 것이고, 거역하거나 비난하거나 불평을 말해서는 안 되며, 너무 깜짝 놀랄 것 같은 상관을 만나면, 아랫사람은 사직(辭職)을 할 수밖에 달리 방법이 없다는 것도 알고 있었다.

그러나 신에게 사표를 제출하려면 어떻게 해야 좋은가?

그것은 어쨌든 ── 그는 언제나 거기까지 되돌아오지만 ── 어떤 사실이 그를 완전히 지배하고 있었다. 즉, 그가 용서할 수 없는 법률

위반을 저질렀다는 사실이다. 재범자가 거주 지정령을 위반하고 있는 것을 보고 못 본 체한 것이다. 범죄자를 석방해 버린 것이다. 법이 손에 넣고 있던 인간을 법으로부터 빼앗아 버렸다. 그는 그런 짓을 저지르고야 말았다. 이제 그 자신도 스스로를 이해할 수 없게 되어 버렸다. 자기 자신이 어쩐지 불확실하게만 느껴졌다. 왜 그런 짓을 저질렀는지조차 알 수 없고, 어지러운 현기증만 느낄 뿐이었다. 그는 지금까지 음산한 성실성을 낳는 맹목적인 신념을 떠받들며 살아왔다. 그 신념에 버림받았으므로, 그러한 성실성도 상실해 버린 것이다. 그가 믿고 있었던 것은 모두 사라지려고 했다. 바라지 않았던 진실이 냉혹하게 따라다녔다. 이제부터는 다시 태어난 인간이 될 수밖에 없었다. 그는 양심의 눈이 갑자기 백내장 수술을 받은 것처럼 이상스런 고통을 맛보았다. 보기도 싫은 것이 눈에 들어왔다. 자기가 텅 비게 되고, 쓸모 없어지고, 과거의 생활에서 절단되고, 파괴당하고, 녹아 버린 것 같은 느낌이 들었다. 몸속에 갖고 있던 권위가 죽어 버렸다. 이제 살아갈 이유가 없었다.

무서운 상태다! 산산이 흩어진 마음.

(『레미제라블』 제5부 제4편 중에서)

논점 이 부분은 장 발장을 쫓던 유능한 형사 자베르가 곤혹스런 내면의 갈등에 빠져 든 것을 보여 주고 있다. 바리케이드 앞에서 장 발장의 도움을 얻게 된 자베르는 이제 범죄자에게 혜택을 입은 형국이 된다. 그 뒤 장 발장은 위스망스라는 혁명당원을 구하기 위해 하수도를 통과하다 자베르에게 붙잡히고 만다. 여기서 자베르는 내면에 조금씩 동요를 느끼기 시작한다. 장 발장도 주교를 만난 이후는 어떠한 폭력에도 종교적인 심성으로 맞설 수 있는 힘이 생겨 자베르에게 아무 저항도 보이지 않는다. 자베르는 장 발장을 놓아 주고 가 버린다. 자베르는 장 발장을 놓아 주고 난 뒤 공인으로서 자기 임무를 방기했다는 것과 인간에 대한 순수한 애정으로부터 오는 인간적 갈등 사이에서 극심하게 혼란을 겪는다.

장 발장이나, 경찰관으로서의 양심과 인간으로서의 양심 사이에서 갈등하는 자베르라는 인물도 사실은 '레미제라블'인 것은 마찬가지이다. 그의 일생은 직선으로 뻗어난 길을 곧장 가기만 하면 되었는데, 이제 그 앞에는 갑자기 두 갈래 길이 나 있어 그에게 어느 한 길을 선택하라고 강요하는 것이다. 진실한 길은 무엇인가. 그에게 이 혼란을 해결해 줄 수 있는 것은 무엇인지 자명한 대답은 없는 상태다. 그에게는 자살이라는 최후의 선택을 할 수밖에 없는 부조리한 상황이 놓여 있다.

통합형 문·답

제시문의 밑줄 친 부분이 지닌 모순성에 대해 생각해 보자. 자베르와 같은 상황에서 인간에게는 어떤 행동의 결단이 필요하다. 개인의 윤리와 집단의 윤리 혹은 법과 양심 사이에서 인간은 언제나 선택을 강요받는다. 자베르 경위가 죽음을 택하는 것은 그의 마지막 선택이 될 수 있는가. 아니면 그와는 다른 길이 있을 수 있는가. 이에 대해 각자 비판적 의견을 개진해 보자.

장 발장을 체포할 것인가, 자유롭게 놓아 주어야 할 것인가. 전자는 법을 관리하고 질서를 유지해야 할 자가 인간에 대한 기본적인 양심을 저버림으로써 죄수의 수준으로 타락하는 것이고, 후자는 법을 짓밟은 범죄자를 국가 권력이 통제하지 못하는 혼란상태를 의미하며 범죄자가 법을 짓밟는 행위를 법이 허용하는 것이 된다. 어느 경우에도 이것은 타락이 된다. 탄압하는 인간과 탄압당하는 인간 둘 다 법을 초월하는 경지에 이르게 되었다. 인간 자베르는 이것을 해결할 도리가 없다. 개인의 양심에 충실하면 사회를 배신하는 것이 된다. 이 같은 양자택일적 상황에서 자베르는 곤혹스러움을 넘어 가장 깊은 양심의 소리를 듣는다. 지금까지 한 번

도 의심하지 않았던 공인으로서의 양심과 의무에 대해 그는 범죄자인 장 발장이란 존재 때문에 그 절대적 권위와 가치를 회의하게 되어 버린 것이다. 절대 완벽한 인간은 없는 법이며 어떤 인간도 다 '불쌍하고 가엾은' 처지에 놓일 수 있다.

인간에 대한 깊은 애정과 신뢰를 가진 사람은 그런 인간의 가혹한 운명을 이해하고 그런 상황에 놓인 인간일수록 더 깊은 사랑으로 그를 보살펴야 한다. 반면에 절대적인 권력과 법질서를 다져 놓은 국가는 역으로 그 권력과 권위가 정의와 합리성을 잃을 때 그것은 종이처럼 구겨지고 마는 것이다. 진실은 국가 권력으로부터 오지 않는다. 국가 권력을 진실이라고 확신할 수 있는 민중의 믿음에서 온다. 이 소설이 프랑스 혁명기의 국가의 권위와 질서의 붕괴를 그 배경으로 삼고 있음은 이를 반증한다.

자베르의 '영혼의 탈선'은 그를 지금까지 먹여 주고 존재하게 해주었던 국가 권력에 대한 회의와 인간적인 진실성 사이에서 비롯된 것이다. 장 발장을 통해 자베르는 진정한 인간적 가치에 대해 눈뜬 것이다. 그러나 명민하고 능력 있는 국가 권력의 충실한 신봉자인 자베르는 국가 권력을 그 자리에서 전적으로 부정하지 않는다. 그것은 자기 나름의 생의 원칙을 충실하게 지켜 온 개인적 진실성에서 비롯한다. 그래서 그는 갈등한다. 인간의 길과 잘못된 권력의 집행자로서의 길, 이 두 가지 길 사이에서 자베르는 어느 한 길을 선택하는 대신 극한적인 행위를 선택하는데 그것은 이 양갈래의 선택을 초월하는 자리에서 선택 자체가 무화되어 버리는 자살의 길이었다. 그는 센 강물 위에 몸을 던져 버린다.

이 해결할 수 없는 문제를 해결해야만 하는 선택의 상황에서 우리는 개인적 실존과 사회적 실존 사이의 그물에 걸린 한 인간 조건의 처절한 죽음을 목격한다. 이러한 운명을 재촉하는 사회는 그 사회가 성숙되지 못하고 부조리한 상황에 처해 있음을 보여 주는 것이다. 이 마지막 장 발장과 자베르의 모순적 운명을 통해 위고는 '가엾고 혜택받지 못한' 인간 존재조건의 가혹함을 말하면서 동시에 선과 악의 극단적 차이들을 무화시킨다. 그것은 하나의 종교적 의미를 내포한다. 장 발장과 자베르의 모습은 이 소설 후반기에 이르러 종교적 엄숙함을 지닌다. 모든 인간과 사물은 정신을 가지며 그들은 범죄 때문에 고뇌한다. 그들은 고뇌에 의해 속죄하며 그것은 모두 다 신의 경지에 이르게 된다는 것이다. 이 양자택일적 상황에서 개인의 죽음으로 양쪽의 진실을 보호하고자 한 자베르의 선택을 통해 프랑스 격동기의 정치 사회적 모순을 읽을 수 있다. 그의 죽음은 진실과 자유를 보장하지 않고 권력으로 폐쇄시켜 버린 한 닫힌 사회의 운명이기도 하다.

고리오 영감

발자크
Honoré de Balzac

발자크 (1799~1850)는 중부 프랑스 투르 출신으로, 그의 집안의 원래 성은 발싸였지만, 아버지 때부터 귀족처럼 드 발자크로 호칭하였다. 아버지는 원래 농부였으나 혁명기를 틈타 관리로 출세하였고 어머니는 상인 집안 출신으로 신경질적인 성격의 여인이었는데, 특히 부부는 30세나 나이 차이가 나서 발자크는 부모의 따뜻한 보살핌을 받지 못하고 어린 시절을 보냈다. 그는 고등학교를 마치고 파리 대학 법학부에 적을 두고 법학 공부를 했고 아버지의 권유로 법률사무소의 견습 서기 노릇도 했다. 1819년 20세가 되던 해, 법률보다는 문학이 적성에 맞는다고 판단하여 법률 공부를 포기하지만 서기 노릇 시절의 경험, 특히 사람들의 실리적 성향에 대한 인식이 창작에 큰 도움이 되었다 한다. 처음에는 생계를 위해 통속소설을 쓰며 한편으로 출판업 등에 손을 대었으나 실패하여 막대한 빚을 지게 되었다. 발자크라는 이름으로 처음 출간한 『올빼미 당』(1829)은 성공을 거두지 못했으나 이후 그는 초인적인 필력으로 창작에 몰두, 1834년 『고리오 영감』을 집필하였으며, 이 작품을 포함하여 91편의 방대한 작품군인 <인간 희극>을 창작하였다.

작품 해제

『고리오 영감(Le Père Goriot)』(1834)은 그의 나이 36세 때 발표한 대작이다. 이 작품에는 인물 재등장이라는 수법이 적용되는데, 이 작품을 계기로 그는 자신의 전 저작을 묶어 〈인간 희극〉이라는 총서명으로 프랑스의 사회사를 집필하려는 계획을 세우게 된다. 인물 재등장이란 한 작품에 등장한 인물이 다음 작품에도 등장하는 것을 말하며, 후에 플로베르도 이 방식을 취하였다.

작품의 줄거리를 보도록 하자.

이 작품은 파리의 초라한 한 하숙집을 배경으로 한다. 이 하숙집에는 일곱 명의 하숙생이 살고 있는데, 대개 초라한 몰골을 하고 있다. 이 가운데 농촌 출신인 라스티냐크는 입신출세를 노리는 야심 있는 청년이며, 탈옥수 보트랭 역시 이 집의 하숙생으로 정직한 수단으로는 절대 출세할 수 없다는 생각을 지닌 인물이며 사회에 대해 깊은 원한을 품고 있다. 그는 라스티냐크에게 출세를 시켜 주겠다고 유혹하지만 곧 체포된다. 그러나 라스티냐크의 뇌리에는 어느덧 보트랭의 철학이 자리잡게 된다.

한편 이 작품의 대표적인 주인공 고리오 영감은 프랑스혁명 당시 많은 사람들이 기아에 허덕일 때 국수 장사를 하여 폭리를 취한 인물이다. 왕정이 들어서자 그는 하숙집에 묵으며 여생을 보내고 있었는데, 처음에는 맨 아래층 가장 좋은 방에 있다가 점차로 볼품없는 방으로 옮겨 살게 된다. 그 이유는 이러하다. 그의 두 딸은 귀족에게 시집을 갔는데 남달리 허영심이 많고 남편 이외에도 애인들이 있었기에 많은 돈을 필요로 했다. 따라서 그녀들은 돈이 필요할 때마다 그의 아버지를 찾았다. 고리오 영감은 딸들에 대해서는 맹목적인 부성애를 지닌 인물이어서 딸들의 요구를 무제한적으로 들어주었다.

결국 고리오는 무일푼이 되고 마침 그의 두 딸은 고리오 영감 앞에서 말다툼을 하게 되며 그 충격으로 그는 쓰러진다. 며칠 후 눈을 감는 순간, 고리오는 자신의 딸들이 임종을 지키는 줄 착각하고 라스티냐크와 그의 친구에게 '오 나의 천사들'이라는 말을 남기고 죽는다. 라스티냐크는 외면하는 딸들을 대신해서 고리오 영감의 장례를 치러주며 사회에 대해 뼈저린 교훈을 얻게 된다. 말하자면 당대 사회에서 인간들과 돈과의 관계, 사회의 타락한 가치 체계 등에 대해 인식하게 되는 것이다. 라스티냐크는 마지막 장면에서 이렇게 이야기한다. '자 파리와의 한판 승부다'.

이 작품의 주제는 대개 세 인물을 통해 구현된다. 첫 번째 인물은 고리오 영감. 그가 돈에 눈이 먼 딸들에 의해 무자비하게 희생당하는 과정 속에서 돈의 위력을 실감케 한다. 두 번째 인물은 라스티냐크. 이 인물은 야심에 차서 파리로 진출하여 여러 인물들과 만나면서 사회의 실상을 깨우치게 된다. 세 번째 인물은 보트랭. 그는 탈옥수이자 악마적인 처신술의 신봉자이며 사회에 대해 뿌리 깊은 적의를 지니고 있다.

이렇듯 발자크의 인물들은 편집광적 정열과 일면성을 지니고 있다. 말하자면 그의 인물들은 스탕달의 그것보다 사실적이어서 문학적 초상화가로서의 작가의 진면목이 드러난다.

발자크는 이 인물들을 중심으로 한편으로 화려하지만 부패와 질투가 팽배해 있는 귀족 사회를, 다른 한편으로는 탐욕스럽고 추잡하지만 정력적이며 때로 고결한 소시민 계급을 그리고 있다.

한편 이러한 발자크의 작품 세계는 평자들에 의해 리얼리즘 승리의 전범으로 인정된다. 그는 왕당파 신봉자였음에도, 작품에서는 사회를 진실하게 묘사함으로써 부자와 가난한 자, 강자와 약자, 지배자와 피지배자의 갈등을 그려 나갔다. 이 과정에서 그는 1830

년대 프랑스 사회의 핵심과 다가올 2월 혁명 후의 철저히 자본주의적인 프랑스 사회를 예견한 진보적 작가로 자리매김되었다. 환언하면 그는 보수적 안목에도 불구하고 근대 부르주아 사회발전의 필연성을 열렬히 토로한 최초의 작가인 것이다.

이런 의의 이외에도 그의 인간에 대한 이해는 새롭다고 평가된다. 인간의 사유를 제약하고 규제하는 것으로서의 물질적 조건에 대한 탐구, 그리고 사회적 관계 속에서만 인간이 존재한다는 사회적 존재로서의 인간 개념이 그의 작품만큼 충분히 구현된 경우는 드물다. 이러한 점을 염두에 두면서 작품을 읽도록 하자.

다음 〈작품 읽기〉에 제시된 부분은 이 작품의 주인공들이 사는 하숙집 정경이다. 하숙집 사람들이 고리오 영감을 바라보는 시선 속에서 등장인물들의 사고 방식을 읽어 내기 바란다.

작품 읽기

학교에서나 사회에서처럼, 이 열여덟 중에는 놀림을 받고 모든 사람들로부터 비가 퍼붓듯 조롱을 당하는 불쌍한 인간이 있었다.

하숙생활이 2년째 되었고, 그들과 함께 2년 간을 더 살게 된 으젠드 라스티냐크에게는 그 인간의 모습이 모든 사람들 중에서 가장 두드러져 보였다. 이 '놀림감' 이란 옛날 제면업자인 고리오 영감이었는데, 얘기꾼도 그렇겠지만 화가라면 화면의 모든 광선을 이 영감의 머리에 집중시킬 것이다.

무슨 까닭으로, 반쯤은 미움이 섞인 경멸과 반쯤은 동정이 섞인 학대와 멸시를 사람들은 이 최고 고참 하숙인에게 퍼부었을까? 악덕은 용서를 받지만, 보통 용서하기 어려운 그의 우습고 괴상한 행동 때문에 그러는 걸까? 이 문제는 사회의 불공정성과 많은 연관을 갖고 있는 것이다. 어쩌면 진정한 겸손이나 무기력, 혹은 무관심 때문에 모든 것을 참고 있는 사람을 학대하는 것이 인간의 본성일까? 우리는 다른 사람이나 사물을 희생시켜서 우리의 힘을 증명하기를 좋아하지 않는가? 가장 허약한 어린애라도 얼음이 얼 때 집집의 초인종을 눌러 보거나, 새로운 기념비 위에 자기 이름을 써 보려고 몸을 치켜 올리는 법이다.

고리오 영감은 67세쯤 되는 노인으로, 1813년에 사업에서 손을 떼고, 뷔케르 부인의 하숙에 눌러앉게 되었다.

처음에 그는 쿠튀르 부인이 지금 쓰고 있는 방에 들었는데, 그 당시 1천2백 프랑의 하숙비를 지불하면서도 1백 프랑쯤 더 내거나 덜 내는 것을 별로 신경 쓰지 않는 사람이었다.

뷔케르 부인은 그가 지불한 하숙비의 선금으로 그가 쓰는 방 셋을 다시 손질하였는데, 노랑색 캘리코로 만든 커튼과 유트렉트 제품인 빌로도로에서도 쓰지 않을 벽지를 바른 보잘것없는 장식이었다. 그때는 정중하게 고리오 선생이라고 불리었던 이 고리오 영감이 보여 주는 무관심하고 너그러운 마음씨는 뷔케르 부인으로 하여금 그를 금전 문제에 관해서는 아무것도 모르는 바보로 보게끔 했었다.

고리오 영감은 멋진 옷들이 가득 찬 옷장을 가지고 왔었는데, 그것은 그가 사업을 그만두었을 때 돈을 아끼지 않고 훌륭하게 만든 옷장이었다.

뷔케르 부인은 네덜란드제 중등 피륙으로 만든 와이셔츠 열여덟 벌을 보고 감탄했었는데, 와이셔츠의 아름다움도 아름다움이지만 가슴에는 가느다란 고리에 연결된 장식 핀 두 개가 붙어 있었으며 그 장식 핀에는 큰 다이아몬드가 박혀 있었던 것이다.

이따금 밝은 하늘색 옷을 입는 그는 두 겹으로 누빈 흰색 조끼를 늘 입었으며, 조끼 밑으로는 배 모양으로 튀어나온 배가 흔들거렸고 패물이 달린 금시계줄을 늘어뜨리고 있었다.

역시 금으로 만든 담배 케이스에는 여자의 머리카락이 가득 들어 있는 메달이 있어서, 염복이 많아 죄를 지은 남자인 듯 보였다.

여주인이 그에게 '난봉꾼'이라고 빈정대면, 그는 말을 쓰다듬듯 태연하게 소시민다운 쾌활한 미소를 머금는 것이었다. 그의 찬장에는 살림 도구인 많은 은그릇들로 가득 차 있었다.

큰 숫가락, 스튜용 숟가락, 식기, 기름 그릇, 양념 그릇, 여러 개의 접시, 금으로 도금한 조반용 은식기 들을 꺼내어 정돈하는 것을 뷔케르 부인은 친절하게 도와주면서 눈이 휘둥그래졌으며, 무게가 많이 나가는 매우 예쁜 그릇들도 있었는데, 고리오 영감은 이것들을 풀어 놓기 싫은 듯이 보였다. 왜냐하면, 이 선물들은 그 옛날 부유했던 그의 가정 생활을 회상케 해주었기 때문이었다.

"이것은 내 아내가 결혼 기념일에 내게 준 첫 선물이오. 불쌍한 여자지! 내 아내는 이것을 사려고 처녀 때 모은 저금을 몽땅 써 버렸소. 부인께서도 아시겠지만, 이것들과 헤어지느니 차라리 손톱으로 땅을 파겠소. 그러나 천만 다행으로, 나는 여생을 이 사발로 매일 아침 커피를 마실 수 있을 것이오. 나는 동정을 받을 처지도 아니고, 편히 먹고 지낼 수 있을 만한 여유도 있소." 하며 그는 작은 사발 하나를 꼭 쥐고 뷔케르 부인에게 말하였는데, 그 사발의 뚜껑에는 꿩 두 마리가 입을 맞추고 있는 그림이 그려져 있었다.

마지막으로 뷔케르 부인은 그녀의 까치 같은 밝은 눈으로 공채 대장에서 몇 장의 등기증을 보았는데, 어림잡아도 이 훌륭한 고리오 영감에게는 약 8천 내지 1만 프랑의 수입이 있음을 알아냈다. 그리고 드 콩플랑가 태생이며, 실제는 48세지만 39세쯤으로 뵈는 뷔케르 부인은 그날부터 깊은 생각에 빠졌다. 고리오 영감의 눈물주머니는 뒤집혀 퉁퉁 부어 있어서 자주 눈물을 닦고 있었지만 그녀는 그에게서 재미있고 훌륭한 모습을 찾아볼 수 있었다. 게다가 그의 살이 찐 불룩 나온 장딴지와 네모나고 길쭉한 코는 그의 도덕적 품성을 내보였고, 바보처럼 순박하고 둥근 얼굴은 더욱 그런 성격을 확실히 해주었다. 그는 자기의 모든 것을 정열에 쏟을 수 있는 튼튼한 몸집을 가진 인물임에 틀림없었다. 비둘기 날개처럼 생긴 그의 머리는 아래 이마에 다섯 개의 날카로운 선을 그리고 있었고 그의 얼굴을 돋보이게 하는 것이었는데, 매일 아침 이공과 대학의 이발사가 와서 머리에 분을 발라 주었다. 약간 촌스럽기는 했지만 멋을 많이 부렸었고 그는 아주 부자답게 코담배를 피웠는데, 항상 마쿠바 담배를 담배 상자에 가득 넣고 있는 사람다운 자신을 가지고 담배를 들이마셨기 때문에, 그가 그녀의 하숙집에 들어간 날, 뷔케르 부인은 남편의 상복을 벗어 버리고 고리오 부인이 되고 싶은 욕망에 사로잡혀 마치 돼지 비계에 싸서 불에 굽는 자고새 고기처럼 가슴을 태우며 뜬눈으로 밤을 새웠다. 재혼해서 하숙집을 팔고 이 부르주아 계급의 멋쟁이와 팔을 끼고 걸으며 동네에서는 저명한 부인이 되어, 극빈자들을 위하여 의연금을 모으고 일요일에는 슈와지 · 쓰와지 그리고 젱틸리 같은 교외에서 산책을 하고, 7월이면 하숙인들 중의 몇 사람이 자기에게 갖다 주는 극작가의 초대권을 기다릴 필요도 없이 자기 마음대로 극장에 가서 특별석에서 구경을 한다는 등, 그녀는 파리 소시민 생활에 보이는 '황금국'을 모두 꿈꾸는 것이었다. 그녀는 푼푼이 모은 돈 4만 프랑을 가지고 있다는 것을 누구에게도 말하지 않았었다. 그래서 그녀는 재산 문제로 보아서도 자신이 어울리는 결혼 상대자라고 믿고 있었다.

'다른 점에서도 나는 그 사람에게 뒤떨어지지 않지' 라고 생각하며 그녀는 매일 아침 식모 씰뷔가 판에 박은 듯 칭찬을 해주는 자신의 매력을 직접 확인하려는 듯, 자신의 몸을 살펴보며 자리에서 돌아눕는 것이었다.

그날부터 약 석 달 간, 이 과부는 고리오 씨의 이발사에게 부탁하여 자기 하숙집을 출입하는 귀한 손님들과 어울릴 수 있게끔 단장해야 한다는 구실로 화장 비용을 부담하였다. 어떤 면으로 보나 가장 훌륭한 사람만을 이제부터는 받아들여야 한다는 주장을 내세우며, 그녀는 하숙인들의 면모를 바꾸려고 많은 애를 썼다. 처음 보는 사람이 나타나기만 하면, 그녀는 파리에서 가장 저명하고 존경할 만한 실업가의 한 사람인 고리오 씨가 자기 집에 있다고 자랑하는 것이었다. 그녀는 선전용 팸플릿을 손님들에게 나누어 주었는데, 첫머리에는 뷔케르관이라고 적혀 있었고, 뷔케르관은 라틴 구역에서 가장 오래되고, 가장 믿을 만한 하숙이며 고블 골짜기의 아름다운 경치를 바라볼 수 있으며(4층에서 볼 수 있음) 예쁜 정원 끝에는 보리수가 늘어선 오솔길이 있다고 적혀 있었다. 그녀는 자기 하숙집의 맑은 공기와 조용한 분위기에 대해서도 자랑하였다.

이 선전 팸플릿 덕분에 그녀에게는 드 랑베르메닐 백작 부인이 나타났는데, 나이는 36세이고 전장에서 전사한 장군의 미망인으로서 받아야 할 연금의 청산과 지불을 기다리는 사람이었다. 뷔케르 부인은 백작 부인의 식사에 온갖 정성을 다 쏟았고, 약 6개월 동안 살롱의 난로에 불을 피워 주는 등 선전물에 적힌 대로 약속을 이행해서 헌신하였다. 그래서 백작 부인은 뷔케르 부인을 '사랑하는 친구'라고 불렀고, 드 뷔메를랑 남작 부인과 대령의 미망인인 픽크와조 부인을 하숙에 소개하겠다고 약속했었는데, 이 두 부인은 뷔케르관보다 더 비싼 하숙비로 마레의 어느 하숙에 들어 있었으며, 계약 기한이 끝나게 됐다는 것이다. 그리고 군사 원호청이 일을 끝냈더라면 두 부인은 지금쯤 매우 부유하게 지내리라는 것이었다.

"원호청은 아직도 일을 못 끝냈어요"라고 백작 부인은 얘기하였다.

두 미망인은 저녁 식사 후에 뷔케르 부인이 거처하는 방에 함께 올라가서 딸기 술을 마시고, 뷔케르 부인은 자기가 먹으려고 남겨 둔 과자를 함께 먹으며 잡담을 하였다. 드 랑베르메닐 부인은 고리오 씨에 대한 여주인의 생각에 찬의를 표하고, 더욱이 처음부터 여주인의 생각을 알아채었으며 자기도 고리오 씨를 훌륭한 사람으로 생각한다고 했다.

"아! 그래요, 그 남자는 내 눈처럼 싱싱하고, 아직도 여자에게 즐거움을 줄 수 있는 완전히 젊은 사람이지요."

백작 부인이 그녀에게 말하였다.

백작 부인이 뷔케르 부인의 포부와는 달리, 어울리지 않는 그녀의 옷차림에 대해서 너그럽게 충고를 하였다.

"당신은 전쟁할 준비의 옷차림을 해야겠어요."

많은 생각 끝에, 두 미망인은 함께 팔레 르와이얄에 가서 갸르리 드 브와에서 깃이 달린 모자와 보네 모자를 샀다. 백작 부인은 친구를 라 프티트 쟈넷 상점으로 끌고 가서, 옷 한 벌과 목도리를 골랐다. 이렇게 준비가 갖추어지자, 뷔케르 부인은 뷔프 아 라 모드 요리점의 간판을 꼭 닮은 듯이 보였다. 그녀는 자기 모습이 매우 변했음을 알았고, 남에게 '잘 주지 않는 사람'임에도 불구하고, 백작 부인에게 20프랑짜리 모자를 선사할 테니 받아 달라고 부탁했다. 사실은 백작 부인으로 하여금 고리오 씨의 의향을 타진해 줄 것과, 고리오 씨에게 자기를 좋게 말해 달라고 부탁할 심산이었던 것이다. 드 랑베르메닐 부인은 이 책략에 기꺼이 응하여, 늙은 제면업자를 붙잡고 그와 얘기할 기회를 갖는 데 성공했었다. 그러나, 백작 부인은 자기의 이익을 위해서 고리오 씨를 유혹하려 했었으나, 이 기도에 고리오 씨는 말을 안 듣는 고집불통이며 매우 수줍은 사람이었다. 이래서 그녀는 그의 거친 태도에 화가 나서 자리를 박차고 나와 버렸던 것이다.

"이봐요, 당신은 그 남자로부터 아무것도 얻을 수 없을 거예요! 그는 가소롭게도 의심이 많아요. 그는 인색하고 어리석고 바보여서, 당신에게 불쾌감만 줄 거예요"라고 백작 부인은 친구 뷔케르 부인에게 말해 주었다.

(『고리오 영감』 중에서)

통합형 문·답

제시문은 고리오 영감이 하숙집 사람들에게 비난받는 장면이다. 그 비난의 이유가 무엇인가 밝혀 보자. 그리고 그 이유가 인간의 가치 평가에 있어 정당한 기준인지 생각해 보자.

작가는 고리오 영감이 비난받는 이유를 '사회의 불공정성'과 많은 연관이 있다고 추상적으로 미리 제시하였다.

그 불공정성을 설명하기 위해 작가는 하숙집 생활의 초창기에 고리오 영감이 비난이나 멸시는커녕 하숙집 주인에게 연모의 대상이 되었으며 고리오 영감의 존재로 인해 하숙집 자체가 귀족 미망인들의 거처가 되기도 했다는 점을 밝히고 있다. 그렇다면 그때는 왜 고리오 영감이 그러한 부러움의 대상이 되었는가.

'처음에 그는 쿠튀르 부인이 지금 쓰고 있는 방에 들었는데, 그 당시 1천2백 프랑의 하숙비를 지불하면서도 1백 프랑쯤 더 내거나 덜 내는 것을 별로 신경 쓰지 않는 사람이었다'라는 문장에 그 답이 있다. '금전 문제에 관해서는 아무것도 모르는' 관용적이면서도 돈 많은 인물로 비쳐졌기 때문이다. 멋진 옷들, 네덜란드제 중등 피륙으로 만든 와이셔츠 열여덟 벌, 장식 핀에 박힌 큰 다이아몬드, 금시계줄, 금으로 만든 담배 케이스 등은 하숙집 주인인 뷔케르 부인이 다음과 같은 상상을 하기에 충분히 매력적인 것이었다.

이 부르주아 계급의 멋쟁이와 팔을 끼고 걸으며 동네에서는 저명한 부인이 되어, 극빈자들을 위하여 의연금을 모으고 일요일에는 슈와지 · 쓰와지 그리고 정틸리 같은 교외에서 산책을 하고, 7월이면 하숙인들 중의 몇 사람이 자기에게 갖다 주는 극작가의 초대권을 기다릴 필요도 없이 자기 마음대로 극장에 가서 특별석에서 구경을 한다는 둥, 그녀는 파리 소시민 생활에 보이는 '황금국'을 모두 꿈꾸는 것이었다.

하숙집 주인은 구두쇠임에도 불구하고 드 랑베르메닐 백작 부인에게 20프랑짜리 모자를 선사할 테니 받아 달라고 부탁하면서 고리오 씨의 의향을 타진해 줄 것과, 고리오 씨에게 자기를 좋게 말해 달라고 요구한다. 말하자면 돈으로 돈을 사겠다는 것.

하숙집 주인의 이러한 꿈이 만약 실현되었다면 고리오 영감은 하숙집 주인의 비난의 대상이 될 리가 없었다. 그러나 이러한 하숙집 주인의 꿈이 실현되지 않았음은 제시문으로만 보아도 명백하다. 그 과정을 살펴보자.

우선 부탁을 받은 백작 부인은 자기의 이익을 위해서 고리오 영감을 유혹하려 했다. 이 행동은 고리오에게 접근하는 모든 사람들의 태도를 반영한다. 누구나 고리오의 애인이 되고 싶어 한다는 점, 말하자면 그의 돈을 욕망한다는 점, 그리고 고리오 영감에 대해서는 서로가 경쟁자라는 점, 만약 고리오가 이들의 욕망을 거부할 경우에는 모든 이에게 비난의 대상이 된다는 점이 그것이다.

이러한 정황하에서 고리오 영감은 먼저 백작 부인의 요구를 거절한다. 경쟁자인 백작 부인은 고리오를 하숙집 주인 앞에서 욕하게 된다. 이제 곧 고리오의 딸들에 대해 고리오 영감이 헌신적이며 모든 돈을 그녀들에게 넘기고 있다는 사실을 하숙집 주인을 포함한 하숙집 사람들이 아는 순간, 고리오는 비난의 대상이 될 것이 분명하다. 그렇다면 사람들은 돈 때문에 고리오를 존경하며 돈 때문에 그를 증오하는 것임이 명확해진다.

돈, 즉 이윤이라는 것은 자본주의 사회의 가장 큰 가치 기준이다. 이러한 가치 기준으로 사람을 평가하는 것은 위의 작품에서도 드러나듯이 가치 기준을 인간에게 두지 않고 오히려 가치를 전도시켜 돈에 둚으로 하여 비인간화된 현상을 야기한다. 돈이 없어진 아버지를 더 이상 찾지 않는 딸들의 모습 속에서 그러한 양상이 드러나며 돈이 없는 고리오 영감을 대하는 하숙집 사람들의 모습 속에서도 그것은 반복된다. 이러한 문제점은 시민사회에 사는 우리로서는 시급히 그 대안을 마련하여 극복하여야 한다고 판단된다.

아버지와 아들

투르게네프
Ivan Sergeevich Turgenev

러시아의 작가 투르게네프(1818~1883)는 중부 러시아의 오룔 주에서 태어났다. 어머니의 영지인 스파스코예루토비노보에서 유년 시절을 보냈는데 이곳은 5천여 명의 농노를 거느린 곳이었다. 가난한 사관 출신인 아버지와는 달리 어머니는 권위적이어서 '폭군적인 여지주와 비참한 농노의 생활'은 그의 어린 시절에 지울 수 없는 인상을 남겼다고 한다. 1833년 모스크바 대학 문과에 입학했으나, 이듬해, 당시 수도인 페테르부르크 대학 언어학부로 전학했다. 이때부터 농노제 폐지를 주장하는 한편 낭만적인 시작품 창작에 관심을 갖게 되었다. 졸업 후 베를린 대학으로 유학하여 헤겔 철학에 열중하였다. 귀국 후 1852년 『사냥꾼의 수기』를 발표하여 주목을 받게 되는데, 이 작품은 아름다운 자연을 배경으로 농노의 비참한 운명과 그들 속에 잠재한 역량 등을 그리고 있다. 그 후 그는 고골리 추도문 집필 혐의로 1년 간 복역하였는데 실제 혐의는 농노제 폐지론 때문이었다. 첫 번째 장편인 『루딘』(1856년)이나 『귀족의 보금자리』(1859) 등에서 그는 러시아 귀족 인텔리겐치아의 세계 특히 그 잉여인간으로서의 성격을 그렸고, 『아버지와 아들』(1862)에 이르면 1840년대의 귀족적인 인텔리겐치아에서 1860년대의 평민 출신 인텔리겐치아를 대비시켜 그들의 가능성에 기대를 걸고 있다. 그는 그 밖에 나로드니키 운동에서 취재한 『처녀지』(1877년)와, 『첫사랑』(1860년) 같은 대작을 남겼다.

작품 해제

투르게네프의 예술적 재능에 대해 일찍이 도브롤류보프는 그가 사회의 본질적 특징을 근원부터 파악하는 비상한 능력을 지닌 작가라고 평가한 바 있다. 『아버지와 아들(Ottsy i deti)』(1962)도 사회의 새로운 동향이 싹트는 순간을 포착했다는 점에 일차적인 특징이 있다. 이는 농노해방 전후 시기, 낡은 귀족문화와 새롭게 성장하는 민주적 문화의 대립을 형상화했다는 점에서 그러하다.

먼저 줄거리를 간략히 살펴보도록 하자.

지주인 니콜라이 페트로비치의 아들 아르카디는 대학을 졸업하고 의과 대학생인 바자로프를 데리고 아버지가 사는 고향으로 돌아온다. 아르카디의 아버지 니콜라이는 시대의 변화에 뒤지는 것을 싫어하여 가끔 수도로 나들이를 하는 인물이었고, 역시 한집에 살고 있던 아르카디의 큰아버지 파벨은 한때 근위장교로서 사교계에 잘 알려진 인물이었다.

한편 이 작품의 주인공인 바자로프는 러시아의 새로운 세대로 등장한 평민 출신의 인텔리겐치아이다. 그는 재능과 성실성뿐만 아니라 강한 의지력과 노동에 대한 의욕을 지니고 있었고 어떤 권위에도 굴복하지 않고 모든 것을 이성적으로 판단하는 인물이다. 지난날의 종교, 도덕, 예술, 철학을 부정하고 무엇인가 새로운 사상을 찾으려는 의욕이 강한 이 젊은이는 일종의 허무주의자였던 셈이다.

사사건건 비판적인 바자로프는 아르카디의 아버지에 대해서는 낡아빠진 로맨티스트라고 부르고, 큰아버지 파벨에 대해서는 우스꽝스러운 고고학의 현시자라고 규정한다. 한편 니콜라이는 아들 세대 즉 아들과 바자로프 등과의 대화를 통해 자신은 이미 시대에 뒤처진 인물이라고 생각한다. 구세대에 해당하는 이들 형제는 사사건건 바자로프와 대립

한다. 특히 파벨과 바자로프의 논쟁은 정치, 사상, 문화, 예술 등 모든 문제에 걸쳐 끊임없이 진행된다.

어느 날, 바자로프는 주지사 저택 무도회에서 오딘초와라는 미망인을 알게 된다. 바자로프는 연애란 어리석은 자만이 한다는 생각을 지녔었지만 그녀에게 매혹당하고 만다. 그러나 그녀에게 거절당한 바자로프는 아르카디와 함께 자신의 집으로 향한다. 그러나 그곳에서의 생활에도 적응하지 못하는데, 그의 사상으로는 육친의 정 따위는 무가치한 것으로 간주되었던 것이다. 그는 다시 아르카디 집으로 가는데 그곳에서 그는 니콜라이의 내연의 처와 키스를 하게 된다. 그 현장을 목격한 파벨이 그에게 결투 신청을 해 오고, 그와 결투하던 바자로프는 파벨의 허벅지를 찌른다. 이런 사태에 무안함을 느낀 바자로프는 다시 귀향한다. 따분함을 못 이겨 의사조수 노릇을 하던 그는, 어느 날 티푸스로 죽어 가는 농부를 해부하다 손에 상처를 입고 병이 전염되어 고열과 패혈증에 시달린다. 자신의 병이 절망적인 상태임을 깨달은 바자로프는 오딘초와의 방문을 받고 그녀에게 사랑을 고백하지만 그 역시 무의미함을 깨닫고, 한편으로 부모에 대한 깊은 연민의 정을 느끼게 된다. 그는 의지를 갖고 자신의 죽음을 극복하려 노력하지만 결국 죽어 간다. 그가 죽자 그의 노부모는 날마다 그의 무덤을 찾아 눈물을 흘리며 기도를 했고, 얼마 후 무더위가 찾아오자 온갖 꽃들이 만발하게 된다.

이상의 대략적인 내용에서도 확인되듯이 이 작품은 러시아의 신구세대 갈등을 표면적인 주제로 상정하고 있다. 구세대는 자연을 사랑하고 예술에 취미가 있으며 온화한 성격을 지녔지만 대개 결단력이 부족한 것으로 설정된다. 신세대의 대표적 인물인 바자로프는 이러한 모든 가치를 부정한다. 종교, 철학, 예술을 무의미한 것으로 간주하며 일체의 권위를 부정한다. 그는 이성과 논리와

실용성의 한계 내에 있는 것만을 인정하며 한 켤레의 구두가 셰익스피어보다 중요하다고 생각하는 인물이다. 그러나 그는 모든 권위를 부정하지만 한편으로 한 여성에게 애정조차 표현하지 못할 정도로 젊은이다운 과감함이 부족하며, 낡은 것에 대해서는 철저히 부정하지만 새로운 가치관의 정립에는 실패한다.

이러한 성격의 특징을 고려한다면 바자로프라는 인물이 아직 채 완성되지 않은, 따라서 미래에나 완성될 인물임이 드러난다. 특히 바자로프를 두고, 작가는 니힐리스트라는 새로운 용어로 그를 규정지었다. 그로 상징되는 1860년대의 니힐리스트란 과학을 신봉하는 무신론자이자 유물론자들로서 일반적으로 상식화되어 있는 허무주의와는 달리 도덕적·개인적·정치적 제약이나 국가, 사회, 가정의 모든 권위에 대한 개인적인 반항을 의미한다. 따라서 이 작품이 발표되자 러시아의 젊은이들은 제2의 바자로프가 되기 위해 노력했으며 그는 러시아의 우상적인 인물이 된다.

작가는 이 작품을 통해 1840년대의 관념적인 구세대와 새로 등장하는 1860년대의 젊은 니힐리스트들을 대립시키면서 러시아 사회의 변화를 그려 냈는데, 이 작업은 러시아 지식인의 정신사적 변화를 그리는 것이기도 하였다.

작품 읽기

파벨 페드로비치는 그를 한참 동안 응시했다. 그는 그가 이 정도까지 나오리라고는 예기치 못했다. 아르카디는 만족스러운 기분에 얼굴을 붉혔다.

"그러나 실례지만." 하고 니콜라이 페드로비치가 말을 시작했다.

"자네는 무엇이든 부정하고 있소. 아니, 좀더 정확히 말한다면 무엇

이든 파괴하고 있다는 거요. 그러나 건설이라는 것도 하지 않으면 안 되지 않겠소."

"그것은 우리들이 할 일이 아닙니다. 우선 첫째로 장소를 깨끗이 닦아 놓지 않으면 안 되니까요."

"국민의 현실적인 감정이 그것을 요구하고 있습니다." 하고 아르카디가 덧붙였다.

"우리들은 그 요구를 실현해야 합니다. 우리들이 개인적인 에고이즘에 빠질 것은 없습니다."

아르카디의 이 마지막 말은 확실히 바자로프의 기분에 들지 않는 것 같았다.

거기에도 철학, 즉 낭만적인 냄새가 풍기고 있었기 때문이다.

바자로프는 철학자도 낭만주의자라 부르고 있었다. 그러나 그는 자기의 젊은 후배를 공박할 필요는 느끼지 않았다.

"아니 아니!" 하고 파벨 페드로비치가 갑자기 소리쳤다.

"자네들이 그들의 요구나 노력의 대변자라니! 나는 그런 것을 믿고 싶지 않아! 아니, 러시아 사람들은 자네들이 상상하고 있는 따위의 그런 사람들이 아니란 말이야. 그들은 전통이라는 것을 신성시하고 있어. 러시아 사람들은 가족주의를 본위로 삼는 국민들이야. 그들은 신앙 없이는 살아갈 수가 없소."

"저는 그것을 논박하려고 하는 것이 아닙니다." 하고 바자로프가 가로막았다.

"오히려 그 점에 있어서는, 그 말씀이 옳다는 것을 확실히 말할 수 있습니다."

"만일 내 주장이 옳다고 한다면!"

"그렇다고 역시 무엇이든 증명할 수는 없습니다." "전혀 아무것도 증명할 수가 없지요." 하고 아르카디가 자신 있는 듯 되풀이했다. 그것은 마치 솜씨 있는 상대방의 수를 예상하고, 태연히 앉아 있는 능숙한 장기꾼과도 같았다.

"어째서 아무것도 증명할 수가 없다는 거지?"

하고 파벨 페드로비치가 좀 당황한 듯 이렇게 중얼거렸다.

"그렇게 보니 자네들은 자국민에 대해서 적대행위를 취하고 있다는 것이 되겠는데!"

"뭐 그렇게 생각해도 상관 없습니다." 하고 바자로프가 소리쳤다.

"러시아 국민들은 번개가 치는 것을 듣고서는, 예언자인 엘리아가 차를 타고 공중을 날고 있다고 생각합니다. 그런데 어떻습니까? 제가 거기에 동의해야 합니까? 거기다 농민들이 러시아 사람이라면, 저도 역시 러시아 사람이 아닙니까?"

"아니 그런 얘기를 하는 이상 자네는 러시아 사람이 아니지. 나는 자네를 러시아 사람이라고 인정할 수가 없소."

"저의 조부도 밭을 갈고 있었습니다."

바자로프는 거만스럽게 대답했다.

"도대체 저와 당신 두 사람 가운데 어느 쪽이 그들의 눈에 같은 국민답게 여겨질 것인가, 당신이 부리고 있는 농민들 누구에게든 한번 물어 보십시오. 당신은 농민과 이야기하는 그 서두도 모를 겁니다."

"하지만 자네는 그 농민들과 이야기하면서도 그들을 경멸하고 있소."

"그것은 그들이 경멸을 받을 만하기 때문이죠. 할 수 없는 일이 아닙니까? 당신은 저의 태도를 비난하고 있습니다만, 그러나 이 태도가 우연한 것이라고 누가 당신에게 말한 사람이 있습니까? 당신의 노력에 목적이 되어 있는 것과 같은 국민정신에 의해서 저의 태도가 이룩된 것도 아니라고 대체 누가 단정하겠습니까?"

"뭐라구? 니힐리스트 따위에게, 그렇게 대단한 용무는 없어."

"필요한지 필요치 않은지 —— 그것은 우리들이 정할 문제는 아닙니다. 사실 당신도 자기 자신을 아주 쓸모 없는 인간이라고 생각하고 있는 것은 아니겠지요."

"제발 개인문제는 언급치 말아 주시오." 하고 니콜라이 페드로비치가 외치며 의자에서 일어섰다.

파벨 페드로비치는 히죽이 웃으며 동생의 어깨에 손을 얹어, 다시 제자리에 앉게 했다.

"걱정 안해도 좋아." 하고 그는 말했다.

"나는 전후를 잊어버리지는 않아, 그것은 저…… 닥터가 저렇듯 무례하게 조롱의 대상으로 삼고 있는 나 자신의 존엄을 지키기 위해서, 오직 그 때문이야. 실례지만……."

다시 바자로프 쪽을 바라보면서 그는 이렇게 말했다.

"보아하니 자네는 자신의 주장을 새로운 것으로 생각하는 모양인데, 만일 그렇다면 커다란 착오요. 당신이 선전하고 있는 유물주의는 이미 여러 번 유행한 일이 있었소. 그러나 그때마다 그 유물주의는 무력을 드러내 놓고 말았으니까."

"또 외국어입니까?" 하고 바자로프가 가로막았다. 그는 점차 짜증을 내기 시작했다. 그의 얼굴은 어쩐지 조잡스러운 구릿빛을 띠기 시작했다.

"첫째로 나는 아무 선전도 하고 있지 않습니다. 그런 것은 우리들의 습관에 없는 것입니다."

"그러면 뭘 하고 있소?"

"제가 하고 있는 일은 이런 것입니다. 옛적부터 지금까지 우리 나라의 관리들이 뇌물을 받아먹고 있다든지, 러시아에는 길다운 길도, 상업도, 올바른 재판도 없다는 등의 그런 것을 말해 왔습니다."

"아 ── 그래요."

하고 파벨 페드로비치가 입을 열었다. "그럴 거요. 자네들이 하는 말에도 일리는 있고 찬성도 하오. 그러나……."

"그러나 그 후 우리들은 깨달았습니다. 우리 나라의 병폐를 이야기한다는 것은 단지 공론에 지나지 않는 무가치한 것이며, 이것은 곧 범속주의와 공상론으로만 끌고 간다는 것을 말입니다. 우리들의 소위 선각자라든가 폭로당이라든가 그런 영리한 신들은 아무런 도움이 되지 않습니다. 우리들은 아무 쓸데없는 일에 도취해서 뭐 예술이라든가, 무의식적 창조자라든가, 의회정치, 변호사 제도 같은 소위 뭐가 뭔지 알 수 없는 얘기를 우리가 토론하고 있지만, 한편에서는 일용할 빵에 대한 것이 문제가 되어 있습니다. 그리고 더없는 미신이 우리들을 질식시키고 있습니다. 우리 나라의 모든 주식회사들이 정직한 인간이 부족한 탓으로 파산이 되어가고 있습니다. 정부가 골치를 앓고 있는 농노해방에 대한 문제도 우리들에게는 도움이 못 될 것입니다. 왜 그런가 하면 우리 나라 농민들은 술집에서 마취제를 마시고는 취해서 시시덕거리고 있으니……."

"그렇지."

파벨 페드로비치가 말을 막았다.

"그래, 자네는 그것을 뻔히 알고 있었기에 무엇이든지 진심으로 발벗고 나서지 않기로 마음먹었단 말이군."

"그렇습니다. 아무에게도 손을 내밀지 않기로 결심했습니다."

하고 바자로프가 무표정하게 대답했다.

그는 왜 이런 '나리' 앞에서 그처럼 열변을 토했는지 갑자기 스스로가 밉살스러워졌다.

"그래서, 그렇게 욕설만 하고 있는 거요?"

"그렇습니다."

"그것이 니힐리즘이라는 건가요?"

"그것이 니힐리즘이라는 것입니다"라고 바자로프는 되풀이했지만 이번에는 별로 적의 없는 말투였다.

파벨 페드로비치는 가느다랗게 실눈을 떴다.

"호, 참!" 그는 묘하게 침착한 목소리로 이렇게 말했다. "니힐리즘

은 모든 슬픔을 구할 수 있소. 자네들은 우리들의 구세주고 영웅인 셈이오. 그런데 대체 무엇 때문에 다른 사람들까지, 자기와 같은 폭로당까지 그렇게 모욕하는 거요. 여러 사람들과 마찬가지로 자네들도 입만 놀리고 있지 않소?"

"다른 것은 몰라도 그 비난만은 받아들일 수 없습니다." 이빨 사이로 억지로 밀어내듯이 바자로프는 이렇게 말했다.

"그러면 뭐요? 자네도 실행을 하고 있다는 얘기요? 실행의 준비라도 하고 있다는 말이오?"

바자로프는 아무 대답도 하지 않았다. 파벨 페드로비치는 자기도 모르게 몸을 떨었으나 곧 자기를 억제했다.

"그러면 행동해서 파괴한단 말인가?" 하고 그는 계속했다.

"그러나 왜 그런가에 대해서 알지도 못하면서 어째서 파괴할 수 있단 말인가?"

"우리들은 힘이 있기 때문에, 그것으로 파괴한단 말입니다." 하고 아르카디가 입을 열었다.

파벨 페드로비치는 조카를 바라보다가 히죽이 웃었다.

"그렇습니다. 힘입니다. 그렇기 때문에 아무런 변명도 하지 않습니다." 아르카디는 이렇게 말하면서 허리를 폈다.

"불쌍한 사람들이군!"

파벨 페드로비치는 울듯이 부르짖었다.

"대체 너는 그 속된 문구로써 러시아의 어떤 무엇을 유지시킬 수 있는지, 애써 조금이라도 생각해 봐야 해. 야만적인 칼미크인이나 몽고인도 힘을 갖고 있어. 대체 무엇 때문에 그런 것이 우리들에게 필요하단 말이냐? 우리들에게 있어 귀중한 것은 문명이야. 바로 그것이야. 우리들에게 있어 귀중한 것은 문명의 결실이란 말이야. 그 따위 결실 같은 것을, 쓸데없다고 제발 말하지 말아라. 아무리 시시한 그림쟁이도, 또 하룻밤에 5페이카의 보수를 받는 무도회의 피아니스트도,

자네들보다는 쓸모가 있어. 왜 그런가 하면 그들은 문명의 대표자지 야만적인 몽고식인 힘의 대표자와는 다르기 때문이야. 자네들은 자신들을 선각자라고 믿고 있는 모양이네만, 자네 같은 친구들은 오히려 칼미크인의 천막 속에서나 사는 것이 오히려 어울릴 것 같아. 힘! 그러나 자네들이 말하는 그 힘이란 예를 들어 네 사람 반쯤밖에 안 되지만 나머지 수백 만의 인간들은 결코 자만이라도, 자기들의 신성한 전통을 자네들에게 유린당하지는 않을 걸세. 오히려 자네들을 짓밟아 버리겠지."

"만일 밟아 뭉갠다면 그렇게 당할 수밖에 없겠지요." 바자로프가 말했다.

"그러나 그것은 아무리 해도 애매한 얘길 수밖에 없군요. 우리들의 힘은 당신이 생각하고 있는 것과 같이 적은 것은 아니니까요."

"자네들은 농담이 아니고 정말로 세계 모든 사람들을 마음대로 설득할 수 있다고 생각하나?"

"얼마 안 되는 카페이카의 초로써 모스크바를 불태울 수 있다는 것을, 당신도 알고 있겠지요?" 하고 바자로프가 대답했다.

"그래요? 처음에는 아주 사탄과 같이 거만하고, 나중에는 야유, 조소 —— 이런 것에 지금 젊은 친구들은 매혹돼 있소. 이런 것에 경험이 없는 젊은층들이 정복되는 거요. 보시오. 그 중 한 사람이 바로 자네와 나란히 앉아 있군. 참으로 저 아이는 자네를 마치 신주 모시듯 하고 있지 않나? 자아, 보시오. (아르카디는 얼굴을 돌리며 찌푸렸다) 그 유행병은 벌써 꽤 널리 퍼져 나갔어. 뭐 어떤 사람의 이야기를 듣자니 러시아의 화가들은 로마에 가도 바티칸 궁전에는 발도 얼씬하지 않는다더군. 라파엘 같은 건 아주 바보 취급을 당하고 있는 모양이야. 왜 그런가 하면 그것이 즉 권위기 때문이지. 그 주제에 자기들은 속이 들여다보일 정도로 무력하고 겨우 안다는 것은 「샘물가의 소녀」, 그 밖에는 아무런 공상력도 미치지 않는 치들이야. 거기다 그 「샘물가

의 소녀」마저 말이 안 될 정도로 형편없는 작품이지 뭔가. 그런데 자네들 같은 사람들의 말을 듣자면, 그런 위인들이 훌륭하게 보일 거야. 어떻소?"

"제가 말씀드리자면……." 하고 바자로프가 입을 열었다.

"라파엘 같은 것은 동전 한 푼의 가치도 없습니다. 거기다 이제 말씀하신 그런 친구들 역시 뭐 그렇게 잘난 것은 없습니다."

"브라 — 보…… 브라 — 보…… 들었나? 아르카디…… 현대의 청년을 저런 식으로 말하지 않으면 안 되지. 사실 생각해 보면 젊은 친구들이 자네들 같은 사람의 뒤를 쫓는다는 것은 당연한 얘기지. 예전 젊은 사람들은 열심히 공부들을 했었소. 무식한 놈이라는 말을 듣지 않으려고 싫든 좋든 꾸준히 했던 것이오. 그런데 지금은 '세상 일은 다 돼먹지 않았다!' 라고 하면 만사가 잘된 줄 알고, 젊은이들은 아주 아주 기뻐하거든. 사실 이전에는 단지 바보였으나 이제 와서는 갑자기 모두 니힐리스트가 되고 말았어."

"도리어 자랑하시던 자기 존엄이라는 것이 땅에 떨어지고 말았군요." 하고 바자로프가 냉랭하게 말했다.

아르카디는 얼굴을 빨갛게 붉히고 눈을 빛냈다.

"우리들의 토론은 너무 깊이 들어간 것 같습니다. 이제 그만두는 것이 좋을 것 같습니다." 하고 그는 앉은 자리에서 일어나며 말했다.

"현대의 생활, 가정 생활이나 사회 생활에서 완전히 용서 없는 부정의 기분을 갖지 않게 하는 제도를 단 한 가지라도 제시해 주신다면 그때는 저도 당신에게 동의할 것입니다."

"그런 제도라면 수천 수만이라도 보여 주겠소." 하고 파벨 페드로비치가 외쳤다.

"암 수천만이라도 보여 줄 수 있지! 비근한 예로써 농민조합을 들 수 있어."

냉랭한 엷은 미소가 바자로프의 입술에서 새어 나왔다.

"아니, 농민조합의 일이라면……." 하고 그는 말했다.

"그것은 당신의 동생하고나 이야기하시는 것이 좋을 겁니다. 농민조합이라든가, 연대보증이라든가, 근면이라든가 하는 것은 당신 동생께서 더 잘 알고 계실 테니까요."

"가족, 그럼 가족을 들지. 그것은 우리 농민들 사이에도 존재하는 거니까." 하고 파벨 페드로비치가 큰소리로 외쳤다.

"이 문제는 너무 깊이 파고들지 않는 것이 좋지 않을까 생각합니다. 당신께서도 아마 데리고 들어온 양녀를 범하는 양부의 얘기를 들으셨을 겁니다. 자아, 어떻습니까? 파벨 페드로비치님. 한 이틀 동안 자신을 위해 시간 여유를 갖는 것이 좋을 듯합니다. 러시아 모든 계급을 조사해서 그 하나하나를 잘 생각해 보십시오. 나는 그 동안 아르카디와 함께 나갔다 오겠습니다."

"무엇이든 우롱하지 않으면 안 되겠다 이 말이군."

파벨 페드로비치가 말을 가로막았다.

"아닙니다. 개구리를 해부하려고 그럽니다. 가세! 아르카디, 그럼 앉아들 계십시오."

두 친구는 방에서 나갔다. 형제는 두 사람만이 남자, 잠시 동안은 서로의 얼굴을 바라볼 뿐이었다.

"저거야." 하고 드디어 파벨 페드로비치가 입을 뗐다.

"저것이 현대의 청년이네! 저런 자들이 우리들의 후계자란 말이야."

"후계자!"

한숨을 내쉬면서 니콜라이 페드로비치가 되풀이했다.

그는 토론을 계속하는 동안 안절부절못하며 병적인 표정과 예리한 눈초리로 아르카디를 힐끔힐끔 바라볼 뿐이었다.

"저 형님…… 저는 이런 것을 생각했어요. 옛날 저는 돌아가신 어머니와 말다툼한 적이 있었지요. 어머니는 혼자 떠들어대면서 제가 얘기하는 것을 통 들어주시려 하지 않았어요. 그래서 저는 결국 이렇게 말했지요. '어머니는 저를 이해할 수가 없어요. 우리들은 서로 다른 시대에 살고 있으니까요.' 어머니는 몹시 화를 내셨지만 저는 어떻게 할 수도 없다고 생각했지요. 환약은 쓰지만, 마시지 않으면 안 됩니다. 그런데 이번에는 우리들의 차례가 돌아와서 우리들의 후계자들이 '당신들은, 우리들의 세대와는 다르니 자, 환약이라도 마셔요.' 하는 꼴이 되었으니 말입니다."

"너무 너무 사람이 좋고 순해서 탈이야." 하고 파벨 페드로비치가 말했다.

"나는 자네와는 그 반대로 이렇게 믿고 있지. 우리가 좀 타락된 말로 무슨 얘기를 할는지 모르고, 또 저런 뻔뻔스러운 생각은 하고 있지 않지만, 저런 친구들보다는 훨씬 올바르다고 생각해. 지금 젊은 것들은 도대체 뭘 믿고 저렇게 잘난 체하는지 모르겠어. 아마 누구에게 '붉은 것과 흰 것 중 어느 포도주를 좋아하십니까?' 하고 물어 보면 '나는 붉은 포도주를 마시는 습관을 가지고 있습니다,' 하는 등 마치 우주 전체가 이 순간을 자기만 바라보고 있는 것처럼 잘난 척한 얼굴로 나지막하게 대답하는 것과 마찬가지라니까……."

"차를 더 안 드시겠습니까?"

페니치카가 문에서 얼굴만 내밀고 이렇게 물었다. 그녀는 토론하는 소리가 안 들릴 때까지 방에 들어서는 것을 주저하고 있었다.

"아니 사모바트를 치우도록 해도 괜찮아."
하고 니콜라이 페드로비치가 대답하면서 그녀 쪽으로 일어섰다.

"안녕!"
하고 파벨 페드로비치도 천천히 일어나 자기 방으로 가 버렸다.

(『아버지와 아들』 중에서)

통합형 문·답

제시문에서는 구세대와 신세대의 갈등을 그리고 있다. 갈등 상태에 놓인 양세대의 견해를 제3자의 입장에서 비판적으로 정리해 보자.

이 작품에서 구세대를 대표하는 인물은 파벨과 니콜라이이다. 그에 대항하는 인물로는 아르카디와 바자로프가 있다. 그런데 니콜라이는 제시문의 후반부에서도 보이듯이 바자로프 같은 인물을 자기 세대의 후계자로 생각하고 있다. 그는 자신이 과거 어머니와 통하지 못했던 사례를 연상하고서, 그 경우와 마찬가지로 자신들과 바자로프 세대가 말이 통하지 않는 점을 어느 정도 인정하였다. 이러한 점에 비추어 볼 때 니콜라이는 구세대의 입장을 강력하게 주장할 수 있는 인물은 아니다. 한편 아르카디 역시 바자로프의 입장에 편을 드는 순박한 청년으로만 등장하기 때문에 이 글에서 신세대의 대표적 존재는 아니다. 그렇다면 남은 인물로 파벨과 바자로프를 들 수 있다.

그들은 강한 어조로 구세대와 신세대의 입장을 각기 대변한다.

맨 처음 부딪친 문제는 파괴에 대해서다. 바자로프는 낡은 것, 부패한 것의 척결과 파괴만이 필요함을 역설하였다. 이에 대해 파벨은 '건설'의 측면을 생각해 달라고 이야기한다. 이런 입장은 이렇게 비판해 볼 수 있다. 바자로프의 경우는 사실 파괴의 측면에만 초점을 맞추어 그들이 건설할 사회에 대한 구체적인 전망이 전무한 실정이다. 이러한 입장은 위의 작품에서 정확히 지적하고 있듯이 과도기적인 인간들의 전망이어서 분명한 한계를 지니고 있다. 파괴의 경우에도 건설이라는 점을 염두에 두지 않으면 파괴 자체가 불가능하며 이러한 '청소'의 의미에서의 파괴는 사실상 파괴 자체의 의미조차 무화시키고 만다.

한편 파벨의 경우는 바자로프의 파괴의 주장에 대한 대타의식으로 건설의 측면을 주장할 뿐이다. 말하자면 그의 경우는 현상유지를 원하지만 현실을 파괴해야 한다는 바자로프의 주장에 대항하기 위해 건설의 측면도 강조한 것뿐이다. 그래야만 파괴를 주장하는 바자로프를 비판할 수 있기 때문이다.

이러한 파벨의 본질적 입장은 러시아 농민의 생각을 자신의 논거로 내세울 때 드러난다. 그는 러시아 농민들은 결코 바자로프처럼 생각하지 않는다고 지적한다. 즉 그들은 종교 없이는 살 수 없으며 가족주의를 신봉한다고 강조한다. 이 말은 농민들 자신이 중세적인 러시아를 지탱하는 근간인 농민 공동체와 종교를 결코 부정하지 않는다는 말이며 현실 유지를 원한다는 말이다. 농민이 그렇게 생각하는데 바자로프와 아르카디가 농민들의 입장을 대변한다고 이야기하는 것은 착오라고 말하는 것이다.

이에 대해 바자로프는 날카롭게 대응하였다. 즉 농민이 비록 그렇게 생각하고 있어도 그것은 자신의 논지에 아무런 영향을 끼치지 않는다는 것이다. 그 이유로 그는 농민의 무지를 들고 있다. 농민들이 만약 각성한다면 자신들의 진정한 소망이 무엇인지를 알 것이라는 것이 그의 입장이었다.

이런 두 입장은 모두 비판될 수 있다. 먼저 파벨의 경우는 농민의 무지를 전제로 하고 그들의 입장에 기대어 자신을 정당화하고 있다. 말하자면 무지한 인간의 말을 근거로 자신의 말이 진실이라고 증명하려는 오류를 범하고 있는 것이다. 반면 바자로프는 이 사실을 정확하게 알고 있지만 농민들의 현실적인 입장에 대한 고려 없이 그들이 앞으로 응당 느껴야 할 '계급의식'만을 내세운다. 즉 농민의 현실적 입장에 대한 고려 없이 이렇게 추상적인 미래만을 내세운다면 당장 농민들의 지지를 받지 못할 뿐 아니라 러시아 농민들 스스로 자신들의 미래를 개척하도록 추동할 수도 없게 된다. 러시아 농민들의 힘을 믿고 러시아 농민들 속으로 들어갔던 나로드니키들이 농민들에 의해서 농촌 사회로부터 추방되었다는 역사적 사실을 고려할 때, 바자로프는 러시아 농민들의 현 상황을 인정한 연후에 그 상황으로부터 사태를 풀어 나가야 옳을 것이다.

이상의 두 입장을 결론적으로 이야기하면 한쪽은 무조건 러시아 사회의 온존을 바라는 한계를 드러내고 있으며, 다른 한쪽은 미래에 대한 뚜렷한 비전 없이 모든 권위에 관념적으로 저항하는 지식인의 한계를 드러냈다고 할 수 있다.

악의 꽃

보들레르
Charles-Pierre Baudelaire

프랑스 상징주의 시인 보들레르(1821~1867)는 파리 출신으로, 6세 때 고급 관리 출신인 아버지가 죽자 재혼한 어머니와 의붓아버지 밑에서 어린 시절을 보냈다. 불우한 가정 환경으로 인하여 중학 시절부터 방종한 생활에 빠져들었으며, 이윽고 성년이 된 후는 의붓아버지가 남겨 준 재산으로 호화판 탐미 생활을 즐겼다. 그러나 2년 만에 유산을 거의 다 탕진해 버리고 법정 후견인이 딸린 준금치산자가 되었다. 한편 미술평론 · 문예비평 · 시 · 단편소설을 발표하며 문단에서 활동하던 그는 1957년 그 동안 심혈을 기울여 다듬은 시를 정리하여 시집 『악의 꽃』을 출판하였으나, 미풍양속을 해친다는 이유로 벌금형과 함께 시 6편을 삭제당했다. 그 후 『인공낙원』을 출판하고 『악의 꽃』 재판을 간행하면서 문학가로서의 명성이 높아지기 시작했으나, 궁색한 생활을 면하기 위해 시작한 강연 때문에 건강이 악화되어 끝내 46세의 나이로 사망하고 말았다. 주요 작품으로는 시집 『악의 꽃』 『인공낙원』 『파리의 우울』과 그 밖에 산문집이 있다.

작품 해제

보들레르의 대표 시집 『악의 꽃(Les Fleurs du Mal)』의 초판은 1857년 서시를 포함해 101편이 수록되어 발간되었으나, 1861년 재판에서는 127편이 수록되었고, 1868년 3판에서는 151편으로 늘어났다. 이 시집은 각기 다른 시상 및 감정, 다른 주제로 구성된 제6부의 시편으로 나누어져 있고 각각 독립된 서정시로 기능하지만 전체적으로는 통일된 구성을 보이고 있다. 제1부 「우울과 이상」에서는 비참한 인간 조건 아래서 저주받은 인간의 운명과 미적 추구에 대한 이상, 예술의 구원과 후세의 영광, 여성들로부터의 영감과 관능적인 사랑, 우울과 권태, 자기 성찰이 담긴 죄의식 등이 표현되었다. 제2부 「파리의 풍경」은 재판에서부터 추가되었는데, 파리의 낮과 밤에 대한 음울한 인상을 담았다. 파리를 감싸고 도는 현대적인 분위기와 시인의 환상, 내적 갈등이 표출되어 있다. 제3부 「술」은 인공낙원의 꿈과 죄악, 고뇌에서 도피하는 수단으로서 술을 등장시킨다. 제4부 「악의 꽃」은 악의 꽃으로 상징되는 관능적인 쾌락이 심신의 쇠진과 회한으로 얼룩져 있는 경험을 그리고 있다. 제5부 「반항」은 신에 대한 저주와 악마 예찬, 제6부 「죽음」은 삶의 마지막인 죽음을 최후의 희망으로 보았고, 그래서 마지막 시를 「여행」으로 끝을 맺고 있다. 죽음만이 모든 고뇌와 우수에서 인간을 완전히 해방한다는 것이다. 보들레르는 이 시집에서 인간의 절망적인 상황을 묘사한 것에서 나아가서 영혼의 순결과 고매한 정신적 고양을 추구했다. 풍부한 상상력과 깊은 영감, 상징과 암시로 이루어진 이 시집은 그래서 단테의 『신곡』에 버금가는 가치를 지니는 것으로 평가받는다.

다음 〈작품 읽기〉에는 두 편의 시를 소개한다. 「상승(Elevation)」은 가톨릭 거양성체를 뜻하기도 한다. 이 시 앞 편의 두 시 「신천옹」과 「축복」에서 보여 준 바대로 시인의 자리는 눈에 보이는 세계 위쪽에, '높은 공기' '맑은 공간' 속에 위치해 있다. 이것은 시인의 정신적 도피라는 테마의 변주이다. 정신은 육체에서 풀려 나와 이데아의 세계에서 움직인다. 정신은 육신의 무게에서 풀려남으로써 자신의 순수성을, 「축복」에서와 같은 아이의 순수성을 되찾게 된다. 이러한 순화를 통해 정신은 다시 '꽃들과 말없는 것들의 그 말'을, 다시 말해 교감을 이해하게 된다.

이 시에 나오는 종달새의 이미지는 바슐라르가 『공기와 꿈』에서 '날개의 심리학'을 정교하게 밝혀 놓은 이후 주목의 대상이 되었다. 재빠르게 높이 날아 올라 울음소리만 들릴 뿐 그 모습은 사람 눈에 잘 띄지 않으므로 '기체와 상승을 표현하는 중심되는 메타포로서 오로지 공기의 상상력 속에서만 살고 있는 순수한 영적인 이미지'로 표현한 바 있다. 이 시에서 상승의 이미지는 상승—하강, 밝음—어둠 등의 대립적 이미지와 더불어 단순히 우리 삶의 양극화된 비극적 속성들을 묘사하는 데 그치지 않는다. 인간의 심층 깊숙이에서 바라보이는 양극화된 삶의 조화로운 통일과 관련이 있다. 땅을 박차고 일어나 넘을 수 없는 무수한 경계선을 쏜살같이 돌파하고는 드높은 창공을 주름잡는 통쾌한 날개는 '위로 넘어, 지나, 멀리, 뒤로' 등의 전치사를 통해 무한히 이 양극의 거리를 떼어놓고 절대의 벽으로 분리시킨다. 이는 악을 통한 선의 구축, 추락을 통한 구원의 가능성을 생성적 사유로 제기하는 보들레르 어법을 관통하고 있다.

「교감(Correspondances)」은 보들레르의 시편들 중 가장 많은 주석이 남아 있는 시편으로 보들레르 미학적 관념의 요체를 담고 있는 것으로 알려져 있다. 물질세계와 정신세계는 서로 교감한다. 정신세계에 접근하게 해주는 상징들을 제공하는 것이 물질세계이다. 우리의 모든 감각들은 서로 뒤섞여, 자연의 신비를 밝혀 내는

데 협력한다. '교감'은 신비론적 어휘이다. 시인은 이 신비로운 교감들을 직관적으로 붙들어 초자연적인 그 광채의 일부를 따라잡는다.

이 두 작품에서 보이듯, 보들레르는 인간에게 신적인 것과 악마적인 것의 이원성이 있다고 보았다. 전자는 정신적인 것으로서의 상승의 욕망이며 후자는 동물적인 것으로서 인간을 타락시키는 하강을 의미한다. 그는 이 양자로부터의 내적 갈등 때문에 우울이 생겨나는데 이 우울에서 미적 정수만을 추출해 내는 것이 예술이라고 생각했다. 악이 의미 있는 것은 그것이 예술적 영감의 원천이기 때문이라는 것이다. 따라서 보들레르의 이 시편들은 이 양극적 대조를 통해 정신과 육체의 합일 혹은 통일이라는 아주 확장된 개념으로의 승화를 보여 준다. 이 시에서 대조는 인생의 비극적 양면성과 같은 의미의 범주보다 훨씬 심오하고 근원적인 것이다.

작품 읽기

3

상 승

못들 위로, 골짜기 위로
산과 숲과 구름과 바다들 위로
태양 저 너머, 하늘 저 너머로,
별 박힌 천체들 끝 저 너머로,[1)]
내 정신아, 너는 날렵하게 움직여,

물결 속에 넋을 잃은 근사한 헤엄꾼처럼,
그지없고 씩씩한 쾌락을 맛보며[2]
드깊은 무한을 희희낙락 누빈다

이 병든 독기에서 썩 멀리 날아가라;
저 높은 공기 속으로 가서 깨끗해져라,
그리고 깨끗하고 거룩한 술을 마시듯,
맑은 공간에 가득 찬 밝은 불을 마시라

안개 자욱한 삶[3]을 잔뜩 억누르는
갑갑증과 엄청난 시름들을 뒤로 하고,
맑게 빛나는 들 쪽으로 힘찬 날개로
내닥칠 수 있는 몸은 행복하구나;

자기 생각들이 종달새 떼처럼,
아침이면 자유로이 하늘 나라로 날아 올라,
── 삶을 굽어보면서, 꽃들과 말없는 것들의
그 말을 쉽사리 알아듣는 사람[4]은 행복하구나!

시구 풀이 1) 시인의 정신은 눈에 보이는 세계의 가장 높은 천체들을 굽어보는 한 이상적인 영역에 살고 있다는 것이다. 이 텍스트는 플라톤의 대화 「파이돈(Phaidon)」의 끝머리의 신화 ── 저승에서의 영혼의 운명에 관한 것 ── 를 연상케 한다.

2) 시인의 특권인 이 쾌락은 하나의 보답이다. 이 뛰어난 기쁨은, 갑판 위에서 서투르게 움직이고 있는 신천옹(알바트로스)의 괴로운 향수와는 대조적이다.

3) 잔뜩 억누르는 무게를 벗어난 맑은 공간의 밝은 불과 대조된다.

4) 시인은 직관의 눈으로 쉽사리 교감의 신비로운 삶을 이해하고 통역해 주는 마술사로 이해된다.

4

교 감

자연은, 그 살아 있는 기둥들[1]에서 시시로
아리숭한 말[2]들 새어나오는 하나의 신전;
사람은 다정한 눈길로 자기를 지켜보는
상징의 숲들을 거쳐 그리로 들어간다.[3]

멀리서 섞여드는 긴 메아리처럼
냄새들[4]과 빛깔들과 소리들이 서로 어울린다,
밤처럼 또 빛처럼 가이없이 드넓은,
어둡고 깊은 하나의 통일 속에서.[5]

어린애들 살결처럼 싱싱하고, 오보에처럼 구수하며,
초원처럼 푸르른 냄새들이 있는가 하면,
— 정신의 열광과 감각들의 열광을 노래하는,[6]

용연향과 사향처럼, 안식향과 훈향처럼,
무한한 것들 되어 번져 나가는,
썩고, 푸짐해 우쭐거리는 딴 냄새들이 있다[7]

시구 풀이 1) '살아 있는 기둥들' 은 나무들을 의미한다.

2) 잎가지의 살랑거리는 소리로 신탁을 내리던 Dodon(그리스 옛 도시)의 예언하는 떡갈나무들을 연상케 한다. 보들레르에게 시인이란 바로 이 숨은 뜻을 지닌 말들의 통역사이다. 숲들을 자연의 신전들로 변모시키는 이미지는 낭만파의 원천을 가진다. 그리고 '하나의 신전' 은 인간이 정신세계와 교섭을 갖게 되는 물질적인 장소를 뜻한다.

3) 자연이 상징들을 모든 사람에게 제공해 준다는 의미이다.

4) 프랑스 문학 최대의 후각 시인으로 보들레르를 드는 경우가 많은데, 보들레르의 후각적 예민함을 알 수 있다.

5) 밤의 세계인 '어둡고' 와 태양의 세계인 '빛' 의 상호 보충은 시인의 마음속에 있는 깊은 통일을 반영한다.

6) 빛깔들과 소리들과 냄새들 사이의 유사점과 긴밀한 결합을 의미하는 이 공감각이라는 관념은 당시에 보급되어 있었다.

7) 교감은 다른 감각들과의 교감이 아닌 넋의 상태들과의, 도덕관념들과의 교감이다.

통합형 문·답

위 시들에서 시인은 아주 근엄하고 정신적으로 고양된 존재로서 모든 사물을 굽어보고 사물의 의미를 통찰하는 존재로 그려져 있다. 보들레르를 비롯한 상징주의 시인들의 사회적인 위치와 관련시켜 보면 이것은 귀족주의적인 선민의식의 발로처럼 보인다. 그럼에도 불구하고 이들 시인들은 자신을 '창부' 와 같은 존재로 인식하곤 했다. 이들의 이러한 의식의 분열이 기인하는 원인과 그 의미에 대해 생각해 보자.

보들레르를 비롯한 상징주의 시인들이 자신들을 창부와 같은 '뿌리 뽑힌 자' 로서 인식하게 된 것은 당대 부르주아 사회의 기존 질서와 도덕과 그들이 누리는 안정으로부터 철저하게 거리를 두고자 함으로써 비롯된 것으로 보인다. 그들의 창부에 대한 동정은 둘 다 사회에서 쫓겨난 자 혹은 그러한 사회 질서를 거부한 자로서의 의미를 가지는 것이었다. 사랑이라는 관념의 제도적·부르주아적 형태에 대한 도전으로서 그들은 가정을 갖지 않았으며 집이 아닌 거리를 자신의 거주지로 삼았고, 감정에 있어서도 자연적·정신적 형태에 대한 도전으로 악과 반사랑을 추구하였다. 창부는 예술가와 쌍둥이 같은 관계인 셈이다. 예술가들은 창부처럼 자기들이 어떻게 몸을 팔고 어떻게 가장 신성한 자기들의 감정을 희생하며 또 얼마나 값싸게 자기들의 비밀을 팔아넘기는지를 알고 있었던 것이다.

예술가들의 정신생활에 대한 이러한 위기 의식은 예술가들의 존재론적 지위가 그 이전과는 현저하게 달라졌음을 의미한다. 귀족의 보호 아래서 그들의 취미와 형편에 맞게 예술 활동을 하던 시기로부터 이제 부르주아 시대 이후는 자신의 예술 작품이 하나의 '상품'으로서의 반열에 오르게 되면서 예술가들은 자신의 생계를 위해 자신의 정신적 가치의 산물인 예술 작품을 상품화하지 않으면 안 될 위험에 처하게 되었다. 그리하여 그들은 정신적 창부가 되었다는 자각을 하게 된 것이다.

그들은 다른 프롤레타리아 노동 계급과 마찬가지로 자신들의 노동이 소용되는 일자리를 찾아야 하며 모든 경쟁적인 변화에 대해서나 시장의 변화에 대해서나 일종의 상품으로 스스로를 노출시키지 않으면 안 되었다. 지식인, 예술가 등의 운명을 결정하는 것은 본질적인 진리나 아름다움이나 가치가 아니라 '경쟁의 변화, 시장의 변동'인 것이다. 이 같은 존재조건 아래서 예술가들은 그러한 세계에 맞서서 오히려 자신들이 누렸던 정신의 원광을 더욱 더 고수하려는 경향을 보이게 되었다. '예술을 위한 예술'을 발전시킨 유미주의 일파는 그것의 극단적인 예이며, 마르크스는 이들 예술가나 지성인들에게 원광을 떼어 낼 것을 주장하기도 하였다. 어떻든 이 시기 예술가들은 자신의 존재조건을 규정짓던 '정신적인 가치'의 사회적 맥락에 대해 사유하면서 그러한 사회에서 예술 정신을 지탱하기 위해 고군분투하지 않으면 안 될 위기에 처하게 되었고 이런 의미에서 그들의 예술 행위 자체가 당대 부르주아 삶의 질서에 대한 부정과 도전을 감행하는 것이 되어야 했던 것이다.

이는 다르게 생각하면 그러하므로 더욱 더 중요해진 정신세계에 대한 가치와 시인 자신의 자아 정체성 획득을 의미하는 것이기도 하다. 시인은 그 정신과 물질의 완벽한 조화와 통일을 영적 세계와 물질 세계의 교감을 통해 성취하는 자가 되는 것이다.

보바리 부인

플로베르
Gustave Flaubert

프랑스의 작가 플로베르(1821~1880)는 아버지가 외과 과장을 지내던 루앙 시립병원에서 태어났다. 1832년 루앙 중학교에 입학하여 문학에 관심을 갖기 시작한 그는 13세 때 습작을 시도하여 30여 편의 작품을 쓰게 된다. 바이런, 루소, 몽테뉴, 라블레 등에 심취하였고, 초기 걸작이라 평가되는 『11월』을 1842년 발표했다. 1843년 『감정교육』 초고 집필에 착수했으나 1844년에 신경증 발작을 일으켜 나머지 생애를 거의 크로아세에서 보내게 된다. 1848년 파리에서 2월 혁명이 일어나자 국민군으로 복무한 그는 1851년 30세에 『보바리 부인』을 집필하기 시작하여 1856년에 완성한다. 1857년 『보바리 부인』이 부도덕하고 반종교적이라는 이유로 기소되어 법정에서 재판을 받았으나 능력 있는 변호인 덕분으로 무죄 판결을 받고 유명한 작가로 알려지게 된다. 1869년 두 번째로 쓴 『감정교육』을 탈고하지만 1870년 보불전쟁이 일어나 크로아세의 그의 숙소가 프러시아 군에게 점령되자 어머니와 루앙으로 피난한다. 1880년 뇌일혈로 급서했다. 주요 저서로 『성 앙투안의 유혹』 『살람보』 『세 가지 이야기』 등이 있다.

작품 해제

서구 근대문학사상 최대의 소설 중 하나로 손꼽히는 『보바리 부인(Madame Bovary)』(1856)의 줄거리는 의외로 단순하다.

평범한 의학생 샤를 보바리는 준의사시험에 합격한 후 루앙 근교에 있는 작은 마을에서 병원을 개업한다. 그는 돈 많은 농장주인 루오를 진찰하면서 그의 딸 엠마에게 연정을 느끼는데 마침 자신의 아내가 죽자 엠마와 결혼한다.

수도원에서 교육받을 당시 늘 귀족들의 화려한 생활을 갈망하던 엠마는 자신의 결혼 생활이 상상했던 것만큼 매혹적이지 않음을 깨닫게 된다. 뿐만 아니라 단조로운 일상과 멋없는 남편에게 싫증을 느끼게 되자 이를 눈치챈 남편 샤를은 환경을 바꿔 주기 위해 용빌로 이사를 하지만 엠마는 그곳의 공증인 서기인 레옹이라는 청년에게 연정을 느낀다. 그러나 서로 사랑을 고백하지 못하고 레옹이 법률 공부를 위해 파리로 떠나자 다시 고독해진 엠마 앞에 바람둥이 시골 신사 로돌프 블랑제가 나타난다. 로돌프는 엠마를 유혹하고, 순진한 엠마는 어느덧 사랑에 빠져 점점 타락해 간다.

한편으로 엠마는 무능한 남편을 도와서 그를 출세시키고, 자기도 그 명예를 같이 누리고자 하는 욕망도 가지고 있었다. 그때 이웃에는 세속을 대표하는 성격의 소유자인 오메라는 약사가 있었는데, 엠마에게 남편의 출세를 도울 새로운 수술법을 권했다. 엠마는 여관집 마부인 절름발이 남자에게 구부러진 다리를 곧게 펴 주는 새로운 치료법을 설명하고, 남편으로 하여금 그 새로운 수술을 하도록 시켰으나 실패로 돌아간다. 엠마는 무능한 남편에게 실망하면서 로돌프와 더욱 깊은 관계를 갖게 된다. 두 사람은 도망을 결심하지만 마지막 순간에 로돌프는 엠마를 배신하고 그녀 몰래 용빌을 떠나 버린다. 실망한 엠마는 심한 병을 앓게 된다. 샤를은 엠마를 위로하기 위해 루앙의 오페라에 데리고 가는데, 마침 그곳에서 레옹을 만나게 된 엠마는 다시 한 번 그와 사랑에 빠진다. 엠마는 구실을 붙여 매주 루앙으로 나와 레옹과 밀회를 즐긴다. 그러는 사이 샤를도 모르게 집에는 빚이 쌓인다. 엠마는 빚 갚을 돈을 만들려고 동분서주해 보지만 갚을 길이 없음을 알게 된다. 결국 집과 모든 재산이 차압당하게 되자, 엠마는 오메의 약국에서 훔친 비소를 먹고 죽는다.

이 소설은 실화를 바탕으로 했다고 한다. 1848년, 루앙에서 20킬로미터쯤 떨어진 '리' 라는 마을에서 우젠 들라마르라는 개업의의 아내 델핀이 간통과 낭비의 문란한 생활 끝에 음독자살한 사건이 일어났었다. 이러한 추문은 지루한 생활에 젖어 있는 지방 사람들에게는 이목을 끄는 큰 사건이었을 것이다. 아무튼 당시 루앙 주변에서 이 사건은 자주 소문에 올랐던 모양이다. 더군다나 이 사건의 주인공인 들라마르라는 시골 의사는 루앙에서 명의로 덕망이 높았던 플로베르의 아버지 아시르 크레오파스 박사의 제자였고, 또 그의 어머니 들라마르 노부인은 플로베르의 어머니 카롤린의 친구이기도 했으므로, 플로베르는 그 사건의 내막을 자세히 알 수 있었다. 소설 『보바리 부인』에는 이 사건의 경위가 큰 줄거리로서 거의 그대로 이용되고 있다.

'들라마르 사건' 을 작품화하기 위해서 플로베르는 자료를 풍부하게 수집하였다. 사건이 있었던 '리' 마을의 지형을 세밀하게 살피고 부근 일대까지도 샅샅이 조사했는데, 오늘날까지도 거리의 위치가 일치할 정도로 정확하였다 한다.

이러한 과정을 거쳐 소설이 발표되자 대단한 반응을 불러일으켰다. 하지만 미풍양속을 파괴했다는 혐의로 재판소에 소환당하게 되는데, 이 재판에서 플로베르는 무죄 판결을 받고 결국 법정이 작품을 선전해 준 결과가 되어 더욱 인기를 끌게 되었다.

작가 플로베르는 사실주의 작가라고 평가된다. 그가 사실주의 작가의 거두인 발자크와 다른 점이 있다면 그것은 사물이나 사건에 대해 철저히 객관적인 묘사에 치중했다는 점일 터이다. 그는 정확한 기록자료를 사용했을 뿐 아니라 실제 무대인 '리'라는 마을에 대해 철저히 연구하였고 하다못해 술집 이름, 마을의 지형에 이르기까지 무엇 하나 바꾸지 않고 자세한 조사기록을 만들어 썼다. 이렇듯 객관적인 태도를 견지하면서 묘사해 나갔다는 것이 그의 특성이다. 특히 작품의 내용을 무감동적인 태도로 묘사함으로써, 그는 그의 이상의 좌절과 그가 전부터 품고 있던 부르주아에 대한 혐오 사상을 작품 표면에는 노출시키지 않고, 엠마의 절망과 엠마를 그러한 지경으로 몰아넣은 부르주아 사회를 객관적으로 묘사함으로써 같은 효과를 노렸던 것이다. 그러나 이러한 점이 그의 단점이 될 수 있다는 평가도 가능하다. 객관적인 묘사가 과연 가능한가라는 점 때문이다. 이러한 측면에 대해서는 〈작품 읽기〉를 통해 각자가 확인해 보는 것이 좋을 듯하다.

작품 읽기

그녀는 이따금, 그래도 이것이 자기 일생의 가장 좋은 때, 세상에서 흔히 말하는 밀월이라고 생각할 때가 있었다. 밀월의 감미로움을 맛보기 위해서는 결혼 뒤의 나날이 좀더 즐거운 권태를 느낄 수 있는 나라로 떠났어야 했는지도 모른다. 역마차를 타고 푸른 비단 장막 속에 숨어 앉아, 마부의 콧노래에 귀를 기울이며 가파른 언덕길을 천천히 올라간다. 그 노랫소리는 산양의 방울 소리와 멀리 폭포 소리에 섞여 산에 메아리친다. 날이 저물면 후미 가에서 레몬 향기를 맡고,

밤에는 별장 테라스에서 단둘이 손가락을 깍지 끼고, 앞날의 계획을 이야기하며 달을 바라본다.

지상 어디에나 그 지방에서밖에 자라지 않는 식물이 있는 것처럼, 행복을 낳는 곳이 어디엔가 반드시 있을 것 같았다. 왜 나는 옷자락이 긴 검은 비로드 옷을 입고, 우아한 장화를 신고, 끝이 뾰족한 모자와 소매 끝에 장식을 단 옷을 입은 남편과 함께 스위스 산장 발코니에 기대 앉아 있지 못하는가, 혹은 스코틀랜드의 산장에서 애수에 젖을 수 없는 것일까?

그녀는 이러한 모든 것을 누구에겐가 털어놓고 싶었다. 그러나 구름같이 자주 변하고, 바람처럼 소용돌이치는 종잡을 수 없는 불안을 대체 뭐라 표현하면 좋을까! 그녀는 말을 못했다. 기회도 없고, 용기도 없었다.

그러나 샤를만 그런 생각을 했더라면, 그런 눈치를 챘더라면, 단 한 번이라도 그녀가 생각하고 있는 것을 이해하려고 했더라면, 마치 생울타리의 과일나무에서 잘 익은 과일이 손만 대면 떨어지듯 그녀 가슴에 넘치는 상념들이 몽땅 쏟아져 나왔을 것이다. 그러나 부부 생활이 가까워질수록 마음은 자꾸 멀어지고 그녀를 남편에게서 떼어놓는 것이었다.

샤를의 말은 보도처럼 밋밋해서, 지극히 상식적인 생각들이 평복을 입은 채 그곳을 줄지어 지나갔다. 아무런 감동도 주지 않고, 웃음도 꿈도 불러일으키지 않았다.

그는 루앙에 있었을 때 파리에서 온 배우들을 보기 위해 극장에 간 일이 한 번도 없었다고 했다. 그는 수영도 못했고 검술도 몰랐고, 권총도 못 쏘았다. 언젠가 한번은 어떤 소설에 나오는 마술에 관한 술어도 그녀에게 설명해 주지 못했다.

남자란 그래서는 안 되고, 모든 것을 알고 갖가지 일에 뛰어나며, 정열의 힘과 세련된 생활과 모든 신비로운 세계로 안내해 주는 안내

자여야 하지 않을까? 그런데 이 남자는 아무것도 가르쳐 주지 않고, 아무것도 모르고, 아무 희망도 없다. 그는 아내가 행복하다고 믿고 있는 것이다. 그녀는 남편의 이 끄떡도 않는 침착성, 조그만 불안도 없는 우둔성, 그리고 자기가 남편에게 주고 있는 행복까지도 원망스러웠다.

그녀는 가끔 그림을 그렸다. 그럴 때 샤를은 옆에 서서, 그림을 잘 보려고 눈을 깜박거리기도 하고 엄지손가락으로 빵 조각을 동그랗게 말아 주기도 하면서 엠마가 스케치북 위에 몸을 구부리고 있는 모습을 보는 것에 여간 즐거워하지 않았다. 피아노를 칠 때는 그녀의 손가락이 빨리 뛰면 뛸수록 그의 놀람은 점점 커 갔다. 엠마는 자신 있게 고음에서 저음까지 조금도 끊이지 않고 모든 건반을 두들겨댔다. 이렇게 엠마가 요동해 대면 멍청한 소리를 내는 낡은 피아노 소리는 열린 창 너머로 동네 끝까지 퍼지곤 했다. 어떤 때는 모자도 안 쓰고 실내화를 신은 채 큰길을 지나가던 집달리 사무소의 서기가 걸음을 멈추고 서류를 손에 든 채 피아노 소리에 귀를 기울였다.

엠마는 집안일도 잘해 나갔다. 그녀는 환자들에게 계산서라고 생각되지 않도록 부드러운 말투로 왕진비를 청구했다. 일요일 식사에 이웃 사람들을 초대할 때는 멋진 음식을 내놓을 줄 알았고, 포도 잎에 자두를 피라미드처럼 모양 좋게 쌓아 올리는 지혜도 발휘했으며, 잼을 항아리째 내놓기도 했다. 심지어 디저트용으로 손을 씻는 핑거 볼을 특별히 산 이야기까지 했다. 이 모든 것은 주인 보바리에 대한 존경심을 높이는 데 많은 도움을 주었다.

샤를도 마침내 이런 아내를 가진 자신을 대단한 인물로 여기게 되었다. 아내가 연필로 그린 작은 스케치를 커다란 액자에 넣어서 초록빛 끈으로 응접실 벽에 걸어 놓고는 사람들에게 자랑했다. 일요일 미사에서 돌아오는 길에 사람들은, 그가 여러 가지 색으로 짠 아름다운 실내화를 신고 문 앞에 서 있는 모습을 볼 수 있었다.

그는 집에 늦게 돌아왔다. 밤 10시, 어떤 때는 한밤중에 돌아왔다. 돌아와서는 무언가 먹고 싶어했다. 하녀는 일찍 자기 때문에 엠마가 그 시중을 들었다. 그는 편히 식사하기 위해 프록코트를 벗고는 오늘 만났던 사람에 대한 얘기, 다녀온 마을 얘기, 또 그가 써 준 처방에 대한 얘기를 차례로 했다. 그리고 아주 만족해 하면서 남은 스튜를 다 긁어 먹고, 치즈 껍질을 벗기고, 사과를 먹고, 물병을 비웠다. 그리고 침대에 들어가 벌렁 누워 코를 골았다.

그는 오랫동안 나이트 캡을 쓰는 버릇이 있었기 때문에 머플러로 머리를 감아도 곧 귀에서 벗겨졌다. 그래서 아침이 되면 마구 헝클어진 머리가 얼굴을 덮고, 또한 밤 사이에 곧잘 끈이 풀어지는 베개의 깃털로 하얗게 되었다. 그는 언제나 튼튼한 장화를 신고 있어서 발목에 겹으로 생긴 굵은 주름이 복사뼈 쪽으로 비스듬히 기울어 박혔고, 그 앞의 발등 가죽이 목형(木型)이라고 넣은 듯이 굳어서 뻗어 나가 있었다. 그리고 언제나 '시골에서는 이런 걸로 충분해' 라고 말했다.

그의 어머니는 아들의 이러한 검소함을 대단히 좋아했다. 어머니는 자기 집에서 조금이라도 시끄러운 일이 생기면 곧 옛날처럼 아들을 만나러 왔다. 그러나 며느리에게는 호감을 갖고 있지 않았다. 며느리가 분에 안 맞는 사치를 한다고 생각한 것이다. 장작과 설탕과 양초는 꼭 '대감집 같은 쓰임새'이고, '부엌에서 타는 불의 양이면 스물다섯 명의 음식은 충분히 장만할 수 있을 텐데!' 하고 생각했다.

시어머니는 자기가 직접 옷장 속의 속옷을 정리해 보이기도 하고, 쇠고기장수가 고기를 가져왔을 때 잘 살펴봐야 한다고 며느리에게 타일렀다. 엠마는 시어머니의 가르침을 얌전히 들었다. 어머니는 몇 번이고 되풀이했다. 하루종일 '얘야' '어머니'라는 말이 오고 갔으나, 그때마다 두 사람의 입가는 바르르 떨렸다. 양쪽 다 분노에 찬 목소리로 다정한 말을 주고받았다.

전처 뒤뷔크 부인 때는, 자기가 아직도 아들에게 사랑받고 있다는 자신이 있었다. 그런데 이번에 샤를이 엠마를 사랑하는 것은 자기에 대한 애정을 버린 것이고, 엄연히 자기에게 속한 것을 침범한 것이라고 생각했다. 늙은 어머니는 마치 몰락한 사람이 옛날에 자기가 살던 집안에서 식탁에 둘러앉아 식사하고 있는 사람들을 유리창 너머로 들여다보는 기분으로 아들의 행복을 슬픈 침묵으로 지켜보았다. 그녀는 옛날이야기를 꺼내는 것처럼 슬쩍 자기의 오랜 고생과 희생을 아들에게 회상시키려고 했다. 그리고 그것을 엠마의 주책 없는 행동과 비교하여 그런 여자에게 홀딱 반해 비위를 맞춘다는 것은 큰 잘못이라고 결론을 내리는 것이었다.

샤를은 언제나 대답에 궁했다. 그는 어머니를 존경했고, 아내도 더없이 사랑했다. 그는 어머니의 판단이 옳다고 생각하면서도 아내의 행동에는 아무 불만이 없었다. 어머니가 떠난 뒤, 그는 자기가 들은 잔소리 가운데 극히 사소한 것만을 골라 한두 마디 아내에게 해보았다. 엠마는 남편의 잘못을 간단하게 증명하고 그를 곧장 진찰실로 쫓아 버렸다.

그러면서도 엠마는 자기가 옳다고 믿는 이론에 따라 사랑을 느껴보려고 애썼다. 뜰에 나가 달빛을 받으며 정열적인 시구들을 외워서 남편에게 읊어 주기도 하고, 구슬픈 곡을 느릿하게 한숨 섞어 가며 불러 보기도 했다. 그러나 그러고 난 뒤에도 그녀의 기분은 여전히 냉정했고, 샤를 또한 조금도 사랑을 자극받거나 감동한 것 같지 않았다.

이리하여 남편의 가슴에 부싯돌을 쳐 보아도 불꽃 하나 튀게 할 수 없고, 게다가 자기가 실감하지 않는 것은 이해하지 못하고, 모든 것이 판에 박은 대로 나타나지 않으면 믿으려 하지 않는 그였으므로, 엠마는 샤를의 정열에는 색다른 것이 전혀 없다고 깨끗이 체념해 버렸다. 그가 흥분하는 것은 규칙적이었다. 일정한 때가 되면 그녀를 안았다. 그것은 다른 많은 습관 가운데 하나에 지나지 않았으며, 저녁식사 뒤에 반드시 나오는 디저트 같은 것이었다.

'선생님'에게 폐렴을 치료받은 한 사냥터지기가 부인에게 귀여운 이탈리아종 그레이하운드 암컷 한 마리를 선사했다. 엠마는 산책할 때 그 개를 데리고 다녔다. 잠시 동안이나마 혼자 있고 싶은 생각에서, 또는 언제나 변화 없는 집 뜰이나 먼지 나는 행길만 바라보고 싶지 않아서 그녀는 이따금 밖으로 나가곤 했다.

그녀는 지난번에 왔을 때와 무언가 달라진 것은 없나 하고 먼저 주위를 한번 둘러보았다. 디기탈리스며 향꽃장대, 커다란 돌을 둘러싸고 있는 쐐기풀 덤불이며 세 개의 창문에 낀 이끼며 모두가 그대로였다. 창의 덧문이 푸석푸석하게 삭아서 녹슨 쇠막대 위에 걸려 있었다. 엠마의 생각은 한참 동안 그레이하운드가 들판을 빙빙 돌며 뛰어다니고 노란 나비를 보고 짖어 대고 들쥐를 잡기 위해 보리밭 가의 양귀비를 물어뜯고 있는 것처럼 정처 없이 방황하고 있었다. 이윽고 생각은 조금씩 정리되기 시작했다. 그녀는 잔디밭에 앉아 양산 끝으로 잔디를 콕콕 찍으면서 속으로 되풀이했다.

'아! 내가 왜 결혼했지?'

다른 운명으로 딴 남자를 만날 수는 없었을까 하고 생각해 보았다. 그리고 실제로 일어나지 않은 그러한 일들, 지금과 다른 생활, 알지 못하는 남편을 마음속에 그려 보려고 했다. 사실 세상 남자들이 모두 지금의 남편 같은 사람들만은 아니리라. 그 사람은 어쩌면 미남에다 재주 있고 품위 있고 매력적일지도 모른다. 수도원 시절의 친구들과 결혼한 사람들은 모두 틀림없이 그런 사람들이겠지. 그 친구들은 지금 어떻게 살고 있을까? 도회지에 살며, 거리의 소음, 극장의 떠들썩한 분위기, 무도회의 휘황한 불빛, 그런 것에 싸여 마음이 부풀고 관능이 꽃피는 생활을 하고 있을 것이다. 그런데 지금 자기의 생활은 북쪽 창밖에 없는 다락 창고처럼 차갑고, 권태가, 침묵이라는 지긋지긋한 거미가 어둑어둑한 마음 네 구석에 거미줄을 치고 있다.

그녀는 상품 수여식이 있던 날을 회상했다. 상품으로 작은 관(冠)을 받으러 연단에 올라갔었다. 머리를 땋아 내리고, 하얀 드레스를 입고, 털실로 짠 신을 신은 무척 귀여운 모습이었다. 자리로 돌아오니 남자어른들이 몸을 굽히며 축하의 말을 해주었다. 앞뜰에는 사륜마차가 가득 차 있고, 마차 창 밖으로 모두 입을 모아 잘있으라고 인사해주었다. 음악선생은 바이올린 케이스를 들고 지나가며 인사했다. 아! 그러나 이제 그 모든 것은 얼마나 아득한 옛날 일인가! 모두 머나먼 옛날 일이다.

(『보바리 부인』 제1부 제7장 중에서)

통합형 문·답

제시문에서도 보바리 부인과 남편 샤를은 불화관계에 놓여 있다. 이 두 인물의 불화의 양상과 이유에 대해 밝혀 보고 각 인물이 갖는 욕망의 성격을 비교하면서 비판해 보자.

엠마는 자신의 결혼 생활에 대해서 불만을 느끼고 있다. 자신이 기대하던 결혼 생활이 아니라는 이유에서이다. 남편은 현실에 안주해 있으며 '낭만'이라고는 조금도 없다는 것이 그녀의 불만이다. 그녀는 낭만적인 결혼 생활을 꿈꾼 것으로 드러나 있다. 가령 이런 구절 '왜 나는 옷자락이 긴 검은 비로드 옷을 입고, 우아한 장화를 신고, 끝이 뾰족한 모자와 소매 끝에 장식을 단 옷을 입은 남편과 함께 스위스 산장 발코니에 기대 앉아 있지 못하는가, 혹은 스코틀랜드의 산장에서 애수에 젖을 수 없는 것일까?'에서 보이듯 그녀는 이곳 현실과는 동떨어진 몽상적인 결혼 생활을 동경하고 있는 것이다. 이에 반해 남편 샤를은 현재의 생활에 대단히

만족하고 있다. 그림을 그리거나 피아노를 치는 아름다운 아내 엠마에 대해 만족하고 더 나아가 이런 아내를 가진 자신이 대단한 사람이라고까지 생각하게 된다. 이렇게 보자면 이 부부의 관계는 현실적인 남편에 대한 낭만적인 아내의 불만으로 생긴 일방적인 이유에서의 불화 관계로 정리될 수 있다.

그러나 이 두 사람이 현실에 대해 자기 나름의 결론을 내리는 판단근거는 유사성을 지닌다. 먼저 엠마를 보자. 엠마가 결혼 생활에 불만을 느끼는 것은 제시문에 표현되듯이 '자기가 옳다고 믿는 이론에 따라 사랑을 느껴 보지' 못했기 때문이다. 이 이론이란 '사랑이란 이런 것이다'라는 내용일 터인데 그 이론은 엠마는 수도원 시절 읽었던 2류 소설들의 주인공들에게서 배운 것이었다. 말하자면 엠마의 욕망은 그들의 모방에서 야기된 것이다. 그것은 엠마가 남편이란 '신비로운 세계의 안내자'가 되어야 한다고 생각하는 대사에서도 확인된다.

젊은 시절 탐독했던 2류 소설들의 여주인공을 통해 그녀는 상상력을 발동시키고 그 여주인공의 욕망을 모방한다. 그녀는 '자발적으로' 새로운 결혼 생활을 꿈꾼 것이 아니라 소설 속 주인공의 욕망을 모방한 것이다. 그녀의 무지와 개성의 결여로 인해 그녀는 외부 환경이 제공한 제안에 순종하는 것이다. 다만 그 주인공이 낭만적인 존재였다는 점이 그녀가 현실 생활에 불만을 느끼게 된 이유이다.

한편 남편은 어떠한가. 남편을 현재의 남편으로 만든 사람은 그의 어머니다. 소설의 제1부 전반부에는 그녀가 아들인 샤를에게 '머릿속에 산산조각이 난 자기(어머니)의 꿈을 몽땅 불어넣어 주려고 노력하는' 장면이 묘사되었다. 농부를 따라다니며 장난을 일삼던 샤를이 어머니의 완강한 주장으로 학교에 입학하게 되고 다시 의사 시험에 합격하고 개업을 하게 되기까지의 과정은 완벽하게 어머니의 소망과 노력 덕분이었다. 샤를의 첫 번째 아내도 어머니가 정해 준 여인이었다. 이런 과정을 검토해 보면 현실에 안주하려는 그의 현재 입장은 그의 어머니에게서 유래한 것이다. 그의 욕망은 어머니에 의해 조절되고 통제되며 육성되어 온 것이라 할 수 있다. '검소하게 사는 샤를을 어머니는 좋아한다'는 구절은 이러한 샤를의 욕망 구조를 확인하게 해준다.

그렇다면 이제 엠마와 샤를이 지닌 욕망의 성격이 어느 정도 밝혀진 셈인데, 이들의 욕망은 공통점과 차별성을 동시에 지니고 있어 매우 흥미롭다. 샤를은 안정된 직업과 가정생활이 가장 중요한 것이라는 어머니의 욕망을 '모방'하면서 살아온 경우이며, 엠마는 2류 소설의 여주인공이 세상에 대해 지니고 있는 욕망을 '모방'하면서 살아온 경우이다. 이런 측면에서 보면 두 사람 모두 자신의 삶을 자발적으로 자신의 판단에 의해 꾸려 온 것이라고 보기 힘들다는 점에서 공통점이 있다. 반면 차별성이란 그 욕망의 내용이 2류 소설의 여주인공의 것이냐 현실적인 이익에 집착하는 어머니의 것이냐에 있다.

결론적으로 작가 플로베르가 '보바리 부인은 나 자신이기도 하다'고 언급한 말을 참고할 필요가 있다. 이 말은 욕망과 허영으로 가득 찬 부르주아 사회에서 인간들은 자신을 찾지 못하고 몽상과 허영에 빠져 있다는 뜻이기도 하고 한편으로 그런 사회에 대한 깊은 절망감의 표현이기도 하다. 『보바리 부인』은 그러한 욕망의 부정적 양상을 표현한 작품인 것이다.

◐

카라마조프가의 형제들

도스토예프스키
Dostoevskii

러시아의 최대 작가 도스토예프스키(1821~1881)는 톨스토이와 함께 세계 최고의 문호로 손꼽힌다. 그러나 그의 일생은 불우하며 가난과 도박에 쫓기며 산 것으로 알려져 있다. 17세에 육군 공병학교에 입학하여 발자크와 위고 등의 작품에 탐닉, 19세에는 부친이 농민에게 살해당하는 비극적인 사건을 경험했다. 24세에는 가난하고 늙은 관리와 의지할 곳 없는 불행한 아가씨와의 깨끗한 사랑 이야기인 『가난한 사람들』을 써서 '새로운 고골리의 출현' 이라는 평가를 받았다. 그러나 처녀작의 성공과는 반대로, 이후 발표된 작품들은 비평가들의 혹평을 받았고, 더욱이 유토피아 사회주의 집단 서클에 가담하여 사형선고를 받았다. 사형 직전에 황제의 특사를 받아 4년 간 혹독한 시베리아 유형생활을 겪는데, 이때 겪은 죽음에 대한 공포는 이후 『백치』 『지하생활자의 수기』 속에 생생하게 기록되었다. 유형생활중에 『신약성서』를 통해 젊은 시절의 급진적인 사상을 버리고, 기존질서에 대한 존중과 민중의 메시아적인 사명에 대한 믿음을 갖게 되는데, 고통을 통해 세상을 구원한다는 그리스도의 가르침과 러시아 영성주의가 보다 깊은 의미에서 결합되어, 『카라마조프가의 형제들』이라는 대작을 남겼다. 그는 심리소설의 대가로 비참한 러시아 민중들의 생활을 리얼리즘 수법으로 묘사하여 인간과 사회, 종교 문제를 포괄하는 새로운 사상소설을 남긴 것으로 평가된다.

작품 해제

『카라마조프가의 형제들(Brat' ya Karamazovy)』(1879~80)은 『죄와 벌』과 함께 도스토예프스키의 작품 중 가장 잘 알려진 작품 중의 하나이다. 단행본 두세 권에 달하는 두툼한 분량의 이 장편 소설은 도스토예프스키 특유의 심오한 사상성, 내면세계의 다양성, 인간심리의 부조리적인 갈등을 매우 드라마적인 형식으로 펼쳐 보인다. 주요 등장인물과 줄거리를 먼저 소개하기로 한다.

몰락한 시골귀족의 후예인 아버지 표도르 카라마조프는 방탕한 호색한이다. 그는 선악의 경계를 초월한 듯한 독설가이자, 육욕과 물욕의 화신이다. 장남인 드미트리는 거칠고 난폭한 반면, 정열적이고 순진한 면도 지닌 인물이다. 그는 카라마조프가의 사람들이 가지고 있는 '정열'의 세계를 대표한다. 그는 아버지로부터 정열적인 감정과 생명력을 물려받고 있지만, 명예와 진리를 존중하는 고상한 일면도 가지고 있다. 둘째 아들 이반은 뛰어난 지성과 천재적인 두뇌를 지녔으나, 허무적이고 이지적인 무신론자이다. 셋째 아들 알료샤는 수도사에 들어간 수도원 지망생으로, 천사같이 순진무구한 청년으로 추악한 아버지에게 종교적인 밝은 빛을 비춰 주는 인물이며, 행동하는 사랑을 몸소 실천하는 미래의 새로운 희망을 상징하는 인물이다. 넷째 스메르자코프는 표도르의 사생아로, 비열하고 오만한 성격을 지닌 간질병 환자이다. 그는 카라마조프가의 아들로 취급되기보다는 거의 하인으로 취급된다.

아버지와 드미트리 · 이반 · 알료사 이 세 아들은 모처럼 한자리에 모이지만, 그들이 모인 목적은 유산 상속에 따른 분쟁 때문이다. 그들은 모두 한집에 사는 게 아니다. 퇴역장교인 장남 드미트리는 밖에 숙소를 정하고, 둘째인 이반만 아버지의 집에 머문다. 셋째 알료샤는 견습 수도생으로 수도원에 들어가 기거하고 있다. 특히 아버지와 장남은 심각한 대립 양상을 보인다. 이들은 종교적인 문제, 삶의 가치기준이 서로 다르기 때문에 만나는 자리마다 사사건건 다툰다. 이들간의 다툼은 대단히 논쟁적이며, 소설의 상당 부분을 차지할 정도로 심각하다. 이들 집안이 더욱 복잡한 것은 백치나 다름없는 여인 사이에서 사생아로 태어난 간질병 환자 스메르자코프 때문이다. 그는 자기 자신의 출생에 대해 원망하면서 세상을 분노어린 눈길로 바라본다.

아들인 드미트리와 이반은 자기 아버지에 대한 혐오와 증오라는 공통된 본능을 가지고 있다. 특히 드미트리는 그루세니카라는 여자를 사이에 두고 아버지와 사랑 다툼을 벌인다. 그는 늘 아버지를 죽이겠다고 협박한다. 한편 좀더 교묘한 수법을 취하는 이반은 스메르자코프에게 '모든 것은 허용된다'는 사상을 불어넣고, 스메르자코프가 반쯤 의식적으로 자기 아버지를 죽이도록 교사한다. 스메르자코프는 정말로 아버지를 살해한다. 드미트리는 마을의 술집에서 그루세니카와 함께 한창 흥겹게 소동을 벌이던 중에 살인자로 오인받아 체포된다. 그러나 이반은 아버지를 죽인 진범이 드미트리가 아니라 스메르자코프라는 것을 알고 있다. 한편 스메르자코프는 아버지를 죽인 사실을 이반에게 고백하고 자살한다. 이반은 법정에서 드미트리의 무죄를 주장하지만 오해는 풀리지 않고, 드미트리는 시베리아 유형을 선고받는다. 드미트리는 자신이 아버지를 직접 죽이지는 않았지만, 마음속으로 언제나 아버지를 살해하고자 하는 욕망을 가지고 있었다는 점을 깨닫고는 자신의 유죄를 인정한다.

이 작품의 백미는 셋째 아들인 알료샤와 조시마 장로가 보여주는 종교적인 세계, 철저한 무신론자이자 천재인 둘째 아들 이반이 이들과 벌이는 논쟁 부분이다. 논리와 이성의 힘을 빌려 종교를 부정하는 이반에 대해, 조시마 장로와 알료샤는 그리스도의 사랑과 그 실천의 의미에 대해 조심스럽게 자신들의 견해를 드러낸다.

결국 이 작품의 의도는 끊임없이 작가의 관념 속에 남아 있던 문제, 즉 인생의 부조리 때문에 신을 거부하는 러시아의 무신론적 지식인과 대결하여, 그것을 초월하고 극복하는 인물을 창조하는 것이었다. 이는 도스토예프스키가 사회주의 사상에서 출발하여, 점차 종교적인 깨달음의 단계로 나아갔던 것과 일치한다.

작품 읽기 1

"나는 이제 쉰다섯밖에 안 되었으니까 아직은 거뜬히 사내 구실을 할 수 있어. 앞으로 이십 년쯤은 계속해서 이 상태를 유지하고 싶단 말이야. 그러나 그때는 내가 자꾸 정력을 잃어 가니까, 또 추한 꼴이 되어 버리니까, 자연히 계집들이 잘 달라붙지 않는다 이 말이지. 따라서 바로 이때 돈이 필요한 거야. 그렇기 때문에 난 되도록이면 돈을 많이 비축해 두는 거야. 그러나 알렉세이 표도로비치, 이건 어디까지나 나 한 사람을 위한 거야. 이 점도 잘 명심해 두어라. 왜냐하면 나는 영원히 추악한 세계에 살고 싶으니까. 이 점은 특히 잘 명심해 두는 게 좋을 거야. 결국 더러운 죄악 속에서 사는 것이 훨씬 기분 좋은 것이거든. 모든 사람들이 이 추악한 행위에 대해서 비난을 퍼붓고 있지만, 사실은 누구나가 다 그러한 추악한 생활 속에 젖어 살고 있지 않느냐 말이야. 다만 차이가 있다면, 다른 사람들은 몰래 은밀히 그런 짓을 하고 있지만 나는 노골적으로 드러내 보이는, 이러한 차이밖에는 없어. 그럼에도 불구하고 이런 떳떳하고 거짓 없는 나의 행위에 대해 그 더러운 놈들은 나를 공격하고 있는 거야. 알렉세이 표도로비치, 나는 너희가 말한 그 천국이라는 곳에는 흥미 없다. 이건 잘 기억해 둬. 또, 설사 천국이 있다 하더라도 우리와 같은 위인이 그런 데 간다는 건 도대체 어울리지가 않아. 적어도 내가 믿고 있는 것은, 인간은 일단 눈을 감게 되면 영원히 깨어나지 않는 법이라는 거야. ── 이것이 내 믿음의 전부야. 내가 죽고 난 뒤, 굳이 원한다면 내 명복을 빌어 줘도 좋다. 하지만 정히 마음이 내키지 않는다면 아무래도 상관없다. 이것이 바로 내 철학관이야. 어제는 이반이 여기서 잘도 지껄여 대더구나. 하기야 그 녀석이나 나나 진탕 마셔 댔으니까. 이반은 그저 자만심에 빠져 있을 뿐이지, 그렇다고 뭐 이렇다 할 지식이 있는 건 아니야……. 또 그렇다고 남달리 교육을 받은 녀석도 아니고 말이야. 그 녀석은 그저 아무 말 않고 남의 얼굴을 물끄러미 쳐다보며 징그럽게 웃을 뿐이야. ── 그 녀석의 수법이란 빤한 거야."

알료샤는 묵묵히 듣고만 있었다. "그 녀석은 어째서 나하고는 아예 말을 하려 들지 않을까? 가끔 말을 한다 해도 공연히 비꼬기만 하거든. 돼먹지 못한 자식! 마음만 먹으면 난 지금 당장이라도 그루세니카와 결혼할 수 있어. 세상에 돈만 있으면, 알렉세이 표도로비치, 안 되는 일이 없거든. 예컨대 이반은 그게 두려워서 내가 결혼하지 못하도록 철저하게 감시를 하고 있는 거야. 그래서 미치카를 설득해서 억지로 그루세니카와 결혼을 시키려는 거야. 결국 그루세니카가 내게 오는 것을 저지하려는 거지."

"얘야, 알료샤, 오늘 난 그 강도놈을, 그 드미트리 녀석을 당장 감옥에 처넣어 버릴까 생각했단다. 하지만 확고한 결정을 내리지 못한 채 망설이게 되는구나. 하긴, 변해도 많이 변해 버린 요즘 세상에는 자기 어미 아비를 숫제 편견만을 앞세우는 고집 불통으로 인식하게 되었지. 하지만 아무리 세상이 요지경 속이라 해도 소위 늙은 아비의 머리털을 움켜쥐고, 더구나 마룻바닥에 나동그라진 아비의 얼굴을 억센 구둣발로 걷어차는 법은 아마 동서 고금을 통하여 찾아볼 수 없을 게다. 게다가 다른 곳도 아닌 바로 제 아비의 집에서 말이다! 또 그렇게 하고서도 모자라 다시 돌아와서는 아예 숨통을 끊어 버리겠다고 벼

락같이 고함을 지르니 말이다. 따라서, 내가 마음만 먹는다면, 당장에 어제 하룻동안의 일 하나만 가지고도 그놈을 거뜬히 감옥에 처넣을 수 있단 말이야."

"그럼, 아버지께선 아직 형을 고소할 생각은 없으시군요, 그렇죠?"

"그건, 이반이 극구 만류하더구나. 그렇다고 내가 이반의 설교 따위에 마음을 돌이키는 그런 어리석은 인간도 아니지만, 사실은 내게도 생각이 있어서……."

그는 알료사에게 등을 굽히고는 만족스런 얼굴로 속삭이듯 말했다.

"내가 만일 그 불한당 같은 놈을 감옥에 처넣으면, 그 소식을 전해 듣고 계집은 곧 그놈한테로 달려가겠지. 하지만 그와는 정반대로 그 놈이 늙은 아비를 마구 구타하여 만신창이로 만들어 놓았다고 한다면 오늘이라도 당장 그 계집은 그 녀석을 버리고 내게로 급히 위로하려고 오겠지……. 인간에게는 본질적으로 이러한 성질이 있게 마련이니까……. 무슨 일에든 역행하려는 성질 말이야. 그런데 어떠냐, 코냑이라도 좀 마시지 않겠니? 냉커피와 코냑을 사 대 일 정도로 잘 희석하면 아주 일품이거든."

"아닙니다. 전 이 빵이나 좀 가져가겠습니다. 괜찮겠죠?"

하고 알료사는 삼 카페이카짜리쯤 되는 프랑스 빵을 집어 법의 주머니 속에 넣었다.

"아버지도 이제 코냑을 그만 드시는 게 좋을 것 같아요."

노인의 얼굴을 들여다보며 그는 조심스럽게 충고했다.

"그래, 네 말이 맞다. 코냑은 공연히 신경만 날카롭게 할 뿐이지, 위안은 되지 않아. 그렇더라도 꼭 한 잔만 해야겠다……. 내가 찬장에서 꺼내 와야겠다……."

그는 열쇠를 끄집어 내 찬장 문을 열더니 유리잔에 술을 따라 한 모금 쭉 들이켰다. 그는 다시 찬장 문을 꼭 잠그고 열쇠를 주머니에 넣었다. (『카라마조프가의 형제들』 중에서)

통합형 문·답

제시문을 읽고 현세적 삶을 중시하는 표도르 노인의 태도에 대해 비판해 보자.

인간에게 종교는 어떤 의미를 가지고 있을까? 만일 인간에게 죽음이라는 미래의 불확실성이 없었다면 종교는 생겨나지 않았을 것이다. 이런 시각에서 본다면, 종교는 인간에게 사후의 확실성을 보장해 주기 위해서 생겨난 것이고, 그 이면에는 인간의 약한 마음을 파고드는 속성을 가지고 있다. 사후의 삶이 계속해서 편안하고 즐거울 것이라는 암시를 주면서 종교는 의심 없는 믿음의 땅에 뿌리를 뻗치는 것이다. 그렇기 때문에 종교 자체의 입장에서 본다면 종교를 대하는 입장에는 의심과 믿음, 이 두 가지밖에는 존재하지 않는다. 종교는 이 믿음의 육체 위에 친밀함의 옷을 입은 것이다.

『카라마조프가의 형제들』은 인간의 시원(始原)적인 악마성을 다루고 있는 소설이다. 그리고 이 악마성에 대한 인간의 반응을 각자의 입장에서 드러내 보인다는 점에서 종교에 대한 소설로 읽을 수 있다. 위 제시문에서 알료사의 아버지인 표도르 노인은 세상의 추악함을 인정하고 종교를 부정하는 인물이다. 결국 그는 자신이 인정하던 인간의 추악함에 의해 희생당한다. 추악함을 인정하는 만큼 노인은 속물적이다. 그에게 인간다운 것은 쾌락을 위해 간교한 술책을 짜고 자신의 이익을 위해서라면 무슨 짓이라도 서슴없이 하는 것이다. 그런 그의 생각에서는 도덕이나 교화라는 것이 그 근원에서부터 부정된다. 종교란 그저 마음의 안식을 위해서 있는 것이지 마음을 근본적으로 돌이켜 순화시키는 것이 아니다. 질서 또한 인간의 악마성으로 인해 인간이 자멸하는 것을 막기 위해서 있는 것으로 악마성 자체를 막을 수는 없다. 도리어 인간이 그 질서를 오용할 가능성만 남아 있는 것이다.

표도르 노인에게 있어 '힘의 논리'가 통한다는 것은 자명하다. 돈이 있는 자, 질서를 자기 편으로 만들 수 있는 자, 나아가 그 질서를 자신이 이용하고자 하는 대로 움직일 수 있는 자만이 인간의 진실을 깨닫는 것이다. 연민으로 살아가고 돈에 마음이 흔들리는 여성들은 철저하게 그 희생양이 된다. 드미트리에게 폭행당한 후, 표도르 노인은 아버지로서 드미트리를 가르치거나 깨닫게 하는 대신에 그대로 두는 쪽을 택한다. 그것은 법의 심판을 받은 자식을 동정해서가 아니다. 단지 자신이 소유하고자 하는 여인의 눈이 연민과 동정으로 흐려지지 않을까 하는 우려 때문이었다. 노인이 바라는 것은 질서의 확립도 도덕적인 대접도 아니다. 단지 자신의 쾌락을 유보해야 한다는 안타까움이다. 현실 속의 욕망에 대한 절실함이 그의 행동을 이루는 근본적인 사고이다.

우리는 일단 표도르 노인의 논리가 솔직하다는 것은 인정할 수 있다. 노인은 아무런 가식 없이 도리어 인간의 원초적인 위악성마저 드러내며 말을 하고 있다. 하지만, 우리는 모든 인간이 그런 인식으로 살아간다면 어떻게 될 것인가 생각해 볼 수 있을 것이다. 누가 더 뛰어난 계략을 쓰며 인간의 마음을 읽고 움직이느냐에 따라서 그 행동의 가치가 결정되는 사회, 철저한 '힘의 논리'가 지배하는 사회, 약육강식 논리가 횡행하고 쾌락이 우선시되는 사회는 도리어 타인들의 유약함에 기대어 살고 있는 사람들의 논리다. 모두가 강하다면 이런 논리는 나올 수가 없기 때문이다.

이러한 논리적인 면을 따지지 않더라도 우리는 그런 사회를 상상할 수 있다. 또 이것이 우리가 몸담고 있는 우리 사회의 자화상이기도 하다. 아들이 아버지를 죽이고 학생이 교사를 폭행하는 사회, 사기꾼들이 늘어 가고 힘든 일이나 어려운 일들은 피하는 사회, 그러나 도시의 골목 골목에서는 환락을 즐길 수 있는 많은 상품들이 즐비한 사회, 백화점의 세일 매장보다도 모피 코트 판매대가 더 붐비는 사회, 이러한 우리 사회의 부정적 단면들은 표도르 노인과 같은 사고에서 싹터 왔다. 인간이 본래 악하다면 스스로의 자멸을 막기 위해서 더욱 강력한 법이 필요하다. 그러나 그 강력한 법을 펼치는 사람들의 성품도 우리는 믿을 수가 없다. 이런 순환의 논리 속에서 살아가게 되는 것이다.

이 글에서 표도르 노인의 논리는 나이 든 노인의 독백에 불과하다고 생각할 사람이 있을지도 모르겠다. 하지만 그 독백들은 수 없이 많은 사람들의 가난과 순진함을 착취하는 독백들이다. 이런 논리들 속에서는 인간에 대한 믿음이나 사회를 구성하는 합의점이 나올 수 없을 것이다. 이들의 오만은 자신들이 그런 믿음을 가지고 있는 사람들이나 사회의 합의점에 기초해서 기생한다는 것을 은폐하고 있다. 더불어 죽음이라는 문제를 제기하여 자신의 위악성이 현실 세계에서는 진실이라고 믿게 만드는 것이다. 우리가 현실에 살고 있으므로 현실이 최고라는 말은 가치를 판별하는 논리 같지만 사실은 모든 논리를 부정하는 것이다. 강렬한 현실성은 과거와 미래 그 어떤 것도 인정하지 않는 순간의 독백에 불과하기 때문이다.

작품 읽기 2

"나는 너에게 한 가지 고백해야 할 일이 있어." 하고 이반은 말을 시작했다. "나는 사람이 어떻게 자기에게 가까운 사람을 사랑할 수 있는지 도무지 이유를 알 수 없어. 내 생각 같아선 먼 곳에 있는 사람은 사랑할 수 있어도 가까이 있는 사람은 도저히 사랑할 수 없을 것

같은데 말이야. 언젠가 나는 어떤 책에서 '자비로운 요한' 이라는 성서의 얘기를 읽은 적이 있는데, 어느 굶주린 나그네가 얼어죽게 되어 그를 찾아와서 몸을 녹이게 해달라고 간청하자 그 성인은 나그네를 자기 침대에다 눕혔을 뿐 아니라 그를 꼭 껴안아 주고 무슨 무서운 병으로 썩어 문드러져 고약한 냄새를 풍기는 그의 입에다 입김을 불어넣어 주었다는 거야. 그러니까 성인이 그런 짓을 한 것은 위선적인 발작 때문이야. 스스로 자기에게 그런 고행을 부과한 것은 의무 관념에 강요된 거짓 사랑 때문이라고 나는 확신해. 누군가를 사랑하려고 한다면, 그 본인은 그 앞에 나타나서는 안 되는 거지. 그 인간이 조금이라도 얼굴을 나타냈다면 사랑도 그것으로 끝나고 마는 거야."

"거기에 대해선 조시마 장로님도 여러 번 말씀하셨습니다." 알료샤가 말했다 "장로님도 역시 인간의 얼굴은 사랑의 경험이 얕은 많은 사람들에게 흔히 사랑의 장애가 된다고 말씀하셨습니다. 그렇지만 실제로 인류 속에는 많은 사랑이 깃들여 있어요. 거의 그리스도의 사랑과 같은 것도 있지요. 이것은 나 자신도 잘 알고 있어요, 형님."

"그렇지만 나는 아직까지 그런 걸 알지도 못하거니와 이해할 수도 없어. 그리고 수없이 많은 대다수의 사람들도 나와 마찬가지일 거야. 결국 문제는 인간의 나쁜 성질 때문에 이런 일이 일어나느냐, 아니면 인간의 본질이 그렇게 돼먹었기 때문이냐 하는 점에 있어. 내 생각으로는 그리스도의 사랑은 이 지상에 있을 수 없는 일종의 기적이야. 하기는 그리스도는 신이었지만 우리는 신이 아니니까. 가령 예를 들어 내가 깊은 고뇌를 경험할 수 있다 하더라도 과연 내가 어느 정도까지 고민하고 있는지 타인은 결코 알 수 없는 거야. 왜냐하면 타인은 어디까지나 타인이지 내가 아니기 때문이지. 게다가 인간은 남의 고통을 잘 인정하려 들지 않거든(마치 그게 무슨 영예로운 일이라도 되는 듯 말이야). 왜 인정하려 들지 않는다고 생각하니? 그건 다름 아니라 내 몸에서 악취가 풍긴다든지, 내가 바보 같은 얼굴을 하고 있다든지, 또 언젠가 그 사람의 발을 밟았다든지 하는 그런 간단한 이유 때문이야.

그리고 또 고뇌에는 여러 가지가 있지. 비굴한 고뇌, 자기 자신의 인품을 떨어뜨리는 굴욕적인 고뇌, 이를테면 공복의 고뇌 같은 건 자선가도 인정해 줄 테지만 좀더 고상한 고뇌, 이를테면 이념을 위한 고뇌 같은 건 극소수를 제외하고는 결국 인정해 주지 않게 마련이야. 왜냐하면 나의 얼굴이 그 자선가가 공상하고 있던 얼굴, 즉 그의 공상 속의 수난자의 얼굴과 전혀 닮지 않았다는 이유 때문이지. 결국 이런 이유로 해서 나는 그 사람의 호의를 놓쳐 버리게 되는 거야. 그러나 이것은 그 사람에게 악의가 있어서 그러는 건 절대 아니거든. 거지들은, 특히 점잖은 거지들은 절대로 사람 앞에 나타나지 않고 신문지상을 통해서 구걸해야 옳을 거야. 이웃을 사랑하는 것은 추상적인 경우에만 가능해. 때로는 멀리서도 사랑할 수는 있지만, 아주 가까이 있는 사람을 사랑한다는 것은 거의 불가능한 일이야. 만약 발레 무대에서 거지가 비단으로 된 누더기에 갈기갈기 찢어진 레이스를 걸치고 우아하게 춤을 추면서 구걸을 한다면 잠자코 앉아서 구경을 할 수도 있겠지. 그러나 그것은 어디까지나 구경으로 끝나는 거지 결코 사랑할 수는 없는 거야. 하지만 이런 얘긴 그만두기로 하자. 나는 다만 너를 나의 견지에서 세우기만 하면 되는 거니까.

나는 인류 전반의 고뇌라는 것을 얘기할 생각이었으나, 그보다도 아이들의 고뇌에 대해서만 얘기하기로 `하겠다. 이것은 나의 의론의 효과를 10분의 1로 약화시키는 것이지만, 어쨌든 아이들에 대해서만 얘기하기로 하자. 물론 나한테는 불리한 일이기는 하지만. 우선 첫째로 아이들은 가까이 있어도 사랑할 수 있어. 미운 애도 귀여운 애도 다 사랑할 수 있어. 하긴 얼굴이 미운 아이는 하나도 없을 것 같지만 말야. 둘째로 내가 어른들의 얘기를 하고 싶지 않다고 말한 것은 그들이 추악해서 사랑을 받을 자격이 없을 뿐만 아니라 그들에게는 천

벌이라는 것이 있기 때문이야. 그들은 지혜의 과실을 따먹음으로써 선과 악을 알게 되었고, 그리하여 '하느님처럼' 되어 버렸어. 그리고 지금도 역시 그 과실을 먹고 있어. 그러나 아이들은 아무것도 먹지 않았으니까 아직까진 순결한 존재들이지. 알료샤, 너는 아이들을 좋아하니? 알고 있어. 좋아할 수밖에. 그러니까 지금 내가 왜 아이들 얘기만을 하려 하는지 너도 알 수 있을 게다.

그런데 아이들도 마찬가지로 이 세상에서 무서운 고통을 받고 있다고 한다면, 그것은 물론 그 아버지 때문일 거야. 지혜의 과실을 따먹은 자기 아버지 대신에 벌을 받는 셈이지. 그러나 이러한 논의는 저 세상에서나 할 얘기지, 이 지상에 사는 인간의 생각으론 도무지 이해할 수가 없는 얘기야. 죄 없는 자가 다른 사람들 때문에 고통을 겪으라는 법이 어디 있겠니? 특히 그 죄 없는 자가 어린애고 보면 더욱 그렇지! 이렇게 말하면 놀랄지도 모르지만, 알료샤, 나도 역시 아이들을 무척 좋아해. 아이들이 어릴 때는, 예를 들어 일곱 살 정도까지는 어른들과는 너무나 다르기 때문에 전혀 다른 성질을 가진 별개의 생물처럼 생각되거든. 나는 감옥에 들어가 있는 강도를 한 사람 알고 있지만, 그는 밤마다 강도질을 하고 다니며 일가족을 몰살하기도 하고 때로는 아이들을 몇 명씩 한꺼번에 목을 졸라 죽이기도 했지. 그런데 감옥살이를 하는 동안에 그는 이상하리만치 아이들이 좋아져서, 감옥 안뜰에서 놀고 있는 아이들을 철창 너머로 바라보는 것이 일과처럼 되어 버렸다는 거야. 나중에는 조그만 어린애 하나를 사키어 창밑에까지 오게 해서, 그애하고 아주 친해졌다지 뭐냐. 내가 왜 이런 얘기를 하는지 너는 모르겠지? 아, 왜 이렇게 머리가 아프지, 기분도 우울하고."

…〈중략〉…

"알료샤, 그래 너는 이 불합리한 얘기를 설명할 수 있겠니? 너는 나의 친구야, 하느님께 봉사하는 수도사야. 도대체 무슨 필요가 있어 이런 불합리한 일들이 일어나는지, 어디 한번 설명해다오! 이런 불합리 없이는 지상에서 인간은 생활할 수가 없다, 왜냐하면 선악을 인식할 수가 없을 테니까 ── 이렇게 사람들은 말하지만, 이런 대가를 치르면서까지 그 보잘것없는 선악 같은 걸 인식할 필요가 어디 있느냐 말야? 만일 그렇다면 인식의 세계를 통틀어 봐도 이 어린애가 '하느님'께 흘린 눈물만한 가치도 없지 않느냐 말이다. 나는 어른들의 고뇌에 대해선 말하지 않겠다. 어른들은 금단의 과실을 따먹었으니 될 대로 되라지. 모두 악마의 밥이 되어 버린대도 좋아. 그러나 이 아이들만은, 아이들만은! 알료샤, 내가 너를 괴롭히는 건 아니냐? 넌 제정신이 아닌 것 같아. 듣고 싶지 않다면 그만두마."

"괜찮습니다. 저 역시 괴로워하고 싶으니까요." 알료샤는 중얼거렸다.

(『카라마조프가의 형제들』, 제5편 「찬과 반」 중 '반역'에서)

통합형 문·답

다른 종교관을 지닌 이반과 알료샤의 견해를 정리하고, '신과 인간' '선악과 생사'에 관하여 어떤 태도를 지니는 것이 바람직한지 자신의 견해를 논술해 보자.

플라톤의 『향연』은 인간의 사랑을 세 가지로 나누고 있다. 그 중 첫 번째는 아가페로서, 신에 대한 사랑 또는 신적인 사랑 즉 종교에서 이야기하는 인류애에 해당된다. 두 번째는 에로스로서, 우리가 일상생활에서 흔히 볼 수 있는 이성적이고 육체적인 사랑을 말한다. 『향연』에서는 에로스의 사랑을 폄하했는데, 그 이유는 육체적인 사랑인 에로스의 전개과정은 질투와 소유욕에 휩쓸리기 쉽기 때문이다. 세 번째는 정신적이고 동성간의 사랑에 해당되는 플라톤식 사랑이 있다. 사랑의 세 가지 종류 중 플라톤식 사랑은 플라톤이 미소년을 좋아했던 소크라테스를 옹호하기 위해서 집어넣은 것이라고 하는데,『향연』에서는 이 사랑이 용기를 북돋우고 진리에 대한 사랑을 일깨우는 것이라고 말하고 있다.

위 제시문에서 이반과 알료사가 이야기하는 사랑은 아가페적 사랑에 가깝다고 볼 수 있겠다. 이들은 육체적이거나 정신적인 영역에서의 사랑이 아니라 보편적인 인간에 대한 사랑, 그럼으로 해서 신에게 연결되는 사랑의 영역에 대해서 말하고 있기 때문이다. 이반의 입장은 인간은 근본적으로 남의 고통을 이해하려 하기보다는 당장의 현실 속에서 그의 악취를 맡게 되는 자신의 고통을 먼저 자각하게 되기 때문에 타인을, 특히 가까이에 있는 타인을 더욱더 사랑할 수 없다는 것이다. 그의 견해에 따르면 자선가건 성인이건 보편적인 휴머니즘에 입각해서 누군가를 사랑한다고 하는 것은 일종의 위선적인 발작이다.

이반의 견해는 인간을 보편적으로 사랑할 수 없다고 하는 것에서 신에 대한 사랑을 불신하는 것으로 이어진다. 가령 아이들을 보자. 아이는 가까이 있더라도 사랑할 수 있는 존재이다. 하지만 그 아이들도 세상의 고통을 받는다. 태어난 것 외에는 죄될 것이 없는 아이들이 고통을 받는다는 것은 어른들의 죄 때문이다. 기독교에서 말하는 원죄 때문이라고도 할 수 있다. 그러나 어른들의 죄 때문에 아이들이 고통을 받는다는 것은 불합리하다. 그러므로 신의 말은 중대한 오류에 속하는 것이고 도리어 사람을 사랑하게 할 수 없게 만드는 것이다.

알료사의 견해는 위 제시문에 아주 조금 등장하지만, 그가 수도사라는 신분을 지니고 있다는 점까지 감안한다면 짐작할 수 있는 바가 있다. 알료사는 그리스도의 사랑을 믿는다. 우리가 가까이 있

는 어떤 사람을 그 악취 같은 것 때문에 사랑할 수 없다는 것은 그 악취나 사람의 얼굴을 사랑에 대한 일종의 시련으로 생각하지 못하기 때문이다. 그 시험을 견디지 못한 사람은 일상의 나락으로 떨어져 죄를 벗어날 수 없다. 하지만 그리스도의 사랑을 믿고 그를 따른다면 비록 악인이라고 할지라도 사랑할 수 있게 되는 것이다. 그러나 알료사의 경우에도 아이들의 이야기에는 괴로워한다. 아이들의 죄악은 그들로 인해 일어난 것도 아니고 그들의 순진함을 보자면 교화의 대상이 될 수 없기 때문이다. 그들은 어떻게 해야 할 것이가.

종교의 영역은 믿음의 영역이다. 종교가 믿음을 토대로 하고 있다는 것은 독일의 철학자 칸트가 말한 바와 같이 그것은 증명의 영역도 판단의 영역도 아닌 실천의 영역에 속해 있다는 것이다. 종교는 실천을 통해서 사람의 인식이나 존재 자체가 변화될 수 있다고 생각하는 것이다. 그래서 종교는 항상 죽음의 영역을, 인간으로서는 파악할 수 없는 불가지의 영역을 그 영토에 포함시킨다. 인간은 죽음이 안식이 되는지, 괴로움이 되는지 알지 못한다. '개똥 속에 굴러도 저승보다 이승이 낫다'라고 하는 말은 인간에게 불가지의 괴로움이 얼마나 큰 고통인지 알 수 있게 해준다. 지하실에 갇혀 다음에 올 고문을 기다리는 고통을 겪는 사람처럼 현세의 사람들은 두려움에 휩싸여 있다. '신'은 자신을 지상명제로 제시하면서 인간의 고통을 일소해 준다. 죽음 이후에 대한 보장은 그 이전의 삶에 대해 자신감과 타인에 대한 사랑을 불어넣어 주는 것이다.

우리는 종교가 이런 지상명제의 성격으로 존재하면서 인간의 도덕적 발전에도 큰 기여를 했다는 것을 알 수 있다. 마치 어린 아이가 말을 안 듣거나 정신없이 울 때 '쥐가 온다'거나 '피를 빨아먹는 무서운 생물'에 대해 이야기하여 말을 듣게 하듯이, 종교는 인간을 교화하는 역할을 끊임없이 해 왔다. 이러한 입장에 서는 것은 인간의 이성에 대한 신뢰를 잠정적으로 유보하는 것이라고 우리는 생각할 수 있다. 두려움이라는 인간의 근원적인 감정에 호소함으로써 종교는 자아 위에 군림하는 일종의 도덕적 억압을 행사하는 것이다. 가족에 대한 비난을 듣고 정신없이 그에 대해 변명하는 아이는 두려움에 휩싸여 있다. 자신의 모든 것이 와해될 것이라는 생각이 들었기 때문이다. 종교는 권위를 통해 사람들에게 그것이 그 자신의 존재 그 자체인 것 같은 판단을 내리게 한다. 종교의 결속감 속에서 안정을 느끼게 되는 원인은 그 점에 있다.

그러나 종교가 외부에 존재하는 억압이 아니라 개인의 내부에 현존하는 신비한 경험이며 정말 존재 자체가 된다면 어떻겠는가. 그러한 경지에 대해서 무어라고 말할 수는 없지만 우리는 지난 시대를 거쳐 갔던 성인들의 모습에서 종교의 권위나 도덕적 관습에 얽매이지 않는 모습을 보기도 한다. '신과 인간' '선악과 생사'를 대립된 것으로 보기보다는 일체의 것으로 보는 그들의 입장은 때로는 우리를 현혹시키기도 한다. 이 글에서 온전한 결론을 내리기는 어렵지만, 우리는 종교를 가지거나 종교에 대해 어떤 입장을 가지고 있는 사람들에게 그것을 권위나 거부반응이 생기는 존재로 생각하기보다는 우리 모두의 자산으로 생각하며 비판하고 판단하라는 이야기를 할 수 있겠다.

도박사 도스토예프스키

소설 속이 아닌 실제 상황으로, 도스토예프스키는 비밀혁명 결사에 참가하여 활동하다 체포되어 사형대에 오른 경험이 있다.

처형의 순간, 그에게 남은 시간은 단 5분이었다. 그는 이 시간을 셋으로 나누었다. 처음 2분은 동료들과의 이별을 위해 쓰고, 다음 2분은 어떻게 인간이 인간에게 죽음을 선고할 권리를 가질 수 있는가에 대해 생각하고, 마지막 1분은 자신의 주변을 둘러보는 것에 소비하기로 했다. 처음 2분은 빨리 지나갔으나 나머지 3분은 무한히 긴 것처럼 느껴졌다. 아직 살아 있는 그는 3분 후에는 자신이 전혀 다른 존재가 된다는 사실을 받아들일 수 없었다. 그렇게 벌써 죽음 가까이 간 그에게 러시아 황제의 변덕이 급박하게 알려지고, 그의 형 집행은 철회된다.

이 사건을 겪으면서 선천적인 간질병을 앓고 있던 도스토예프스키의 신경조직은 완전히 망가졌다. 이 세상으로부터 유리되었던 그 길고도 짧은 시간은 이후 그의 모든 고뇌의 원천이 된다. 징역의 고통에 대해 『죽음의 집의 기록』이라는 작품을 썼지만, 그것도 그 3분 동안의 죽음의 공포에는 미치지 못했을 것이다.

도스토예프스키는 끊임없이 소설보다 더 드라마틱한 인생을 연출한다. 그는 자신의 소설 『도박사』를 속기해 준 여성과 재혼하고, 그 자신 희대의 도박사가 된다. 자신의 소설 속에서 냉정하고 객관적으로 도박사의 심리나 행실을 표현했던 사람이 도박 자체에 조종당해, 몇 번이나 하지 않겠다고 맹세하면서도 자신의 충동에 끌려다닌 것은 그의 인간적인 나약함 때문이라고 이해해야 할 것이다. 죽음에 직면했던 그가 도박을 통해 운명을 시험해 보거나 드미트리 카라마조프처럼 곤드레 만드레 취함으로써 현실의 고통을 잊어버리고자 한 것은 어쩌면 당연한 일이었을 수도 있다.

부 활

톨스토이
Lev Nikolaevich Tolstoi

러시아의 대문호 톨스토이(1828~1910)는 백작 집안의 넷째 아들로 태어났다. 대학 시절에는 동양어과에서 아랍어와 터키어를 전공하고 괴테 · 루소 · 고골리의 작품을 탐독하였다. 대학을 중퇴하고 고향으로 돌아가 농장을 경영하며 농민들의 자제를 위한 학교를 설립하기도 하였다. 1852년 입대한 이후에 작품을 쓰기 시작했고, 1864년부터 4년 간에 걸쳐 『전쟁과 평화』를 썼다. 1895년에는 헨리 조지의 「토지 국유론」을 읽고 깊은 감명을 받아 사유재산을 부정함으로써 재산을 지키려는 아내와 의견 대립을 일으켰고, 이후 육식과 담배를 끊고 음주반대 동맹운동을 주도했다. 60세의 나이에 초등학교 교사가 되기 위해 원서를 제출하기도 했으나 당국으로부터 거절당하였고, 1891년에는 기근이 들자 농민 구제를 위해 활약하기도 하는 등, 사회적인 실천운동에 나섰다. 1899년 발표된 『부활』은 당시 종교적인 박해를 받고 있던 두호보르 교도들을 캐나다로 이주시키기 위한 자금을 조달할 목적으로 발표한 작품이다. 이 작품 속에서 그는 러시아의 국교인 러시아 정교의 형식적 태도를 비판했는데, 이 때문에 그리스 정교에서 파문당하기도 하였다. 1905년 러시아의 제1차 사회주의 혁명 때는 국민의 폭동에 정부의 탄압이 가해지자 어느 쪽도 편들지 못하고 고민하였다고 한다. 재산 분배 문제를 둘러싸고 아내와 불화를 거듭한 끝에 가출하여 한적한 시골역에서 생애를 마쳤다.

작품 해제

『부활(Voskresenie)』(1899)은 『전쟁과 평화』 『안나 카레니나』와 더불어 톨스토이의 3대 걸작 중의 하나다. 특히 『부활』은 톨스토이가 70세를 넘겨서 쓴 작품이므로, 그의 인생관·세계관·종교관이 압축된 작품으로 보아도 될 것이다. 『부활』은 문학작품의 의미를 넘어서서, 하나의 종교와도 같은 위치를 점하고 있다. 이 작품 속에서 창녀이자 도둑으로 전락한 카추샤를 향한 네플류도프 백작의 사랑은 곧 인류 전체를 향한 사랑의 감정을 말하는 것으로, 이는 20세기의 새로운 종교, 즉 '톨스토이즘'의 탄생을 의미하는 것이기도 했다. 줄거리는 다음과 같다.

어느 날 재판소의 배심원으로 나온 주인공 네플류도프(드미트리 비아노비치) 공작은 살인절도 혐의를 받아 재판정에 선 카추샤(예카체리나 미하일로바 마슬로바)를 만난다. 그녀는 청년 시절에 자기가 처음으로 사랑을 느끼고 정조를 유린했던, 순결하고 아름답던 카추샤였다. 그녀는 네플류도프의 아이를 임신한 후, 하녀 겸 양녀로 있던 집에서 쫓겨나 타락의 길로 접어들었고 마침내는 살인절도의 혐의를 쓴 피의자가 되어 버린 것이다. 네플류도프는 그 타락의 원인이 결국 자신의 무책임한 행동에 있었음을 자각하게 된다. 그는 카추샤에 대한 양심의 가책을 느끼면서, 자기가 살아온 귀족적 삶에 대해 반성한다. 이러한 반성은 당대 러시아의 사회제도, 즉 귀족들이 러시아 농민들을 착취하고 있다는 사실에 대한 반성으로 이어진다. 그는 카추샤를 구명하기 위해 백작이라는 신분상의 체면과 특혜를 버리고, 카추샤를 따라 감옥과 유형소까지 따라나선다. 그는 이 과정에서 무고한 죄수들의 모습을 보고, 사회의 구조적 모순에 눈뜨게 된다. 마침내 그는 괴로운 시베리아 유형을 자청하여 시베리아의 황막한 벽지까지 카추샤를 따라가 용서를 빈다.

네플류도프는 십 년 전의 죄악을 속죄하기 위해 카추샤와 결혼할 생각까지 하고 자신의 추악한 과거를 사방에 알린다. 그는 귀족으로서의 체면과 기득권을 유지하는 것이 중요한 게 아니라, 자유와 용기의 기쁨, 선(善)의 무한한 가능성에 대한 환희로 거듭 '부활'한다. 그의 영혼은 고통스러운 참회의 길에서 오히려 당당한 부활의 기쁨을 얻게 되는 것이다. 네플류도프는 천신만고 끝에 카추샤의 특사령을 받아내 시베리아 수용소로 달려가지만 카추샤는 정치사상범인 시몬손과 결혼하여 그와 더불어 떠나겠다고 말한다. 카추샤는 시몬손과 함께 민중에 대한 봉사의 길을 걷기로 결심하고, 네플류도프는 이들을 축복하며 삶의 새로운 환희를 느낀다.

우리는 이 작품에서 네플류도프가 작가 톨스토이의 분신임을 느낄 수 있다. 19세기 말 러시아의 전제정치하에서 귀족들은 나태와 향락으로 나날을 보내고, 민중들은 빈곤 속에 허덕이고 있었다. 소수의 귀족과 다수의 러시아 농노 사이의 극심한 격차는 결국 러시아 사회주의 혁명의 한 원인이 되었던 셈이다.

톨스토이는 사회주의자들과는 다르게 이러한 계급적인 차별에 대해 그만의 독특한 세계관으로 대응했다. 사회주의자들이 결국 민중들에 의한 '아래로부터의 혁명'을 내세운 반면, 톨스토이는 귀족층의 자각과 반성에 의해 사회를 개혁하고자 하는 '위로부터의 혁명'을 주창한 것이다.

톨스토이가 유럽에서 관심을 끈 것은 문학가로서보다는 하나의 사회적인 인물로서였다. 그는 거대한 토지를 소유한 백작이었는데, 자기의 재산을 포기하고 한 사람의 소박한 농부로 살기로 결정한 것이었다. 그는 보통 농부처럼 허름하게 옷을 입고, 농부들이 먹는 음식을 먹으며, 밭을 갈고, 손수 구두도 만들어 신은 인물이었다. 그러나 불행하게도 그의 결심은 그의 부인과 가족들의 지지를 얻지 못했다. 그래서 그는 82세 노령의 몸을 이끌고 집을 나와 한 시골역에서 차가운 죽음을 맞는다. 세상을 떠날 쯤에 그는 새로운 종교운동의 창시자이자 자신의 교리의 전파자가 되었는데, 이를 두고 '톨스토이즘'이라 부른다. 그가 이끈 새로운 종교운동은 초기 그리스도교의 이상을 실천하는 것으로서, 이는 현대문명에 대한 철저한 거부와도 연결되었다. 그 결과 톨스토이즘은 국가, 법률, 재판제도, 전쟁, 애국심, 현대 예술의 난해함 등을 거부하는 하나의 사상이 되었다.

결국 톨스토이는 그의 모든 작품에서 무엇이 훌륭한 삶인가 하는 주제를 다루고 있다. 그는 문명에서 멀리 떨어진, 흙에 묻혀 사는 삶 속에서 의미 있는 삶을 찾았고, 이러한 생활 속에서 소박하고 겸손한 삶, 우리 이웃들 속에서의 사랑을 얻을 수 있다고 보았다. 권력에 대한 욕구와 사치에 대한 욕망을 그는 언제나 악이라고 보았고, 이런 연장선상에서 그는 계급 간의 갈등이라는 구조적 모순에 대한 사회주의적 해결책조차도 부정적인 것으로 간주했다. 그것 또한 인위적인 권력의 일종이기 때문이다.

작품 읽기

'나는 그날 밤에 그녀를 사랑했었던 것이다. 아름답고 순수한 애정으로 사랑했던 것이다. 아니 그 전에도 이미 사랑하고 있었다. 처음으로 내가 고모네 집에 가서 논문을 쓰고 있을 때부터 벌써 진심으로 그 여자를 사랑하고 있었던 것이다.'

그는 그 당시의 자신을 상기했다. 그러자 싱싱하고 젊고 충만된 삶의 숨결이 휙 몰아치는 것 같은 기분이 들어서 그는 마음이 무척 아팠다.

그 당시의 자기와 현재의 자기 사이에는 커다란 차이가 있었다. 그것은 시골 교회에 함께 갔을 때의 카추샤와 오늘 여러 사람들이 재판을 한, 상인을 상대로 술을 마시는 매춘부 카추샤와의 사이에 생긴 차이에 못지않을 만큼 큰 것이었다. 그 무렵 그는 발랄하고 자유로운 청년이어서 그의 앞날에는 무한한 가능성이 열려 있었으나, 지금의 그는 어리석고 공허한, 목적도 없는 하찮은 인생의 굴레를 덮어쓴 채 벗어날 출구를 찾지 못하는, 아니 오히려 찾으려는 생각조차도 하지 않는 것이었다. 지금에 와서 생각하면 그도 전에는 자기의 정직함을 자랑으로 알고 진실을 말하는 것을 신조로 삼아 왔다. 그리고 또 실제로 정직한 인간이었다. 그러나 지금은 온몸이 허위 투성이였다. 그것은 가장 무서워해야 할 허위, 주위 사람들에게 진실이라고 인정되는 허위인 것이다. 이 허위로부터 빠져 나갈 길은 전연 없었다. 적어도 그의 눈에는 그것이 보이지 않았다. 더욱이 그는 그 속에 빠져 버려서, 그것과 친숙해졌으며, 그 속에서 만족을 느끼고 있었다.

'어떻게 해야 토지 사유를 부정이라고 인정하면서도 어머니의 유산을 차지하고 있는 모순으로부터 벗어날 수 있을까? 어떻게 하면 카추샤에 대한 죄를 보상할 수 있을까? 그 여자를 이대로 내버려둘 수는 없다. 자기를 사랑해 온 여자를 뿌리쳐 버릴 수는 없다. 변호사에게 돈을 주어 억울한 죄명으로 선고를 받은 징역의 고통으로부터 구해 주는 것만으로 만족할 수는 없다. 돈으로 죄를 보상하다니 될 말인가? 그런 것은 그때 내가 그녀에게 돈을 줌으로써 할 일을 다했다고 생각했던 것과 똑같은 일이다.'

그러자 그때 복도에서 그녀를 쫓아가서 돈을 가슴팍에 찔러 넣고는 도망쳤던 일이 생생하게 그의 머리에 떠올랐다.

"아! 그 돈!"

그때와 똑같은 공포와 혐오를 느끼면서 그는 그 순간을 상기했다.

"아아! 그 무슨 더러운 짓이냐!"

역시 그때와 마찬가지로 그는 소리를 내어 이렇게 말했다.

"악당이나 부랑자만이 그런 짓을 할 수 있는 것이다! 따라서, 나는 악당이다! 부랑자다!" 하고 그는 소리를 질렀다.

"정말 나는, 정말로 틀림없는 악당일까? 그렇지 않으면 뭐란 말이냐?"

그는 문득 발을 멈추고 자문 자답했다. '그리고 나쁜 일이란 이 일 한 가지뿐일까?' 하고 그는 계속 자기 자신을 비난했다. '마리아 바실리예프나와 그녀의 남편에 대한 관계는 비열하지 않단 말인가? 더러운 행위가 아니란 말이냐? 그리고 재산에 대한 태도는 어떠냐? 어머니로부터 받았다는 구실 아래, 불법이라고 인정되는 재산을 이용하고 있지 않은가! 그리고 게으르고 추잡한 생활의 전체는 어떠냐! 그 중에서도 가장 더러운 것은 카추샤에 대한 나의 행위다. 부랑자! 악당! 그렇다. 세상 사람들이 나를 마음대로 비판하라지. 나는 그들을 속일 수는 있어도 나 자신을 속일 수는 없다.'

그는 문득 깨달았다. 최근에 그가 다른 사람들에게 느끼고 있는 혐오, 특히 오늘 코르차긴 공작이나 소피아 바실리예프나, 미시나, 코르네이에 대해서 느낀 혐오감은, 실은 자기 자신에 대한 혐오의 감정이었던 것이다. 그리고 또 놀란 것은 자기의 비열함을 스스로 인정하는 이 감정 속에는 뭔가 병적이면서도 동시에 마음을 기쁘게 하고 안정시키는 것이 있었다.

네플류도프의 생애 중에는 이미 몇 번이고 그가 말하는 '마음의 정화작용(淨化作用)' 이란 것이 일어났다. 그가 마음의 정화작용이라고 부른 것은 다음과 같은 마음의 상태였다. 가끔 상당한 시일이 경과한 후 느닷없이 내적 생활의 지체나 때로는 정지를 의식한다. 그러면 그는 자기 마음속에 쌓여서 이러한 정지의 원인이 된 쓰레기를 청소하기 시작하는 것이다.

(『부활』 제1부 제28장 중에서)

통합형 문·답

사회의 구조적 모순에 대해 개인은 어떤 태도를 가질 수 있는가. 주인공의 태도를 중심으로, '개인의 양심에 따라 실천하는 일의 중요성'에 대해 논술해 보자.

사람이 세상을 둘로 나누는 가장 근본적이고 오래된 기준은 주관과 객관이다. 주관과 객관을 시각적 기준으로 환원해서 보면, 이것은 보이는 것과 보이지 않는 것으로 양분될 수 있을 것이다. 사람은 대개 보이는 것을 기준으로 세상을 판단한다. 그리고 이 판단이 세상에 대한 자신의 가장 기본적인 태도라고 생각하는 것이다. 자신의 행동보다도 말이 자신의 근본적인 태도라고 생각하는 사람의 태도가 바로 그러한 태도의 전형적인 예라고 할 수 있다.

우리 주변에서 우리는 '말하는 사람들'을 많이 만날 수 있다. 무엇이 옳고 그르다는 것을 정확히 알고 있는 사람들 말이다. 그 사람들에 의하면, 차별은 나쁘고 성실한 노력에 의해서 달성하는 것만이 참된 가치가 있다. 장애자나 불구자들은 사회가 보살펴야 할 사람들이고 가난한 많은 사람들을 위해서 해줘야 할 일들이 많다. 교육은 발전시켜야 하고 사람들은 서로를 이해해야 한다. 그러나 일상 생활에서 이러한 것들을 실천하는 사람들은 흔하지 않다. '남들이 하면 잘못된 일이고, 자신이 하면 그럴 수도 있는 일'이라는 말은 우리 시대에 나타난 신종 질병인 '양심 불감증'일

뿐만 아니라, 자신이 이야기하는 '언어'가 자신과 동일하다는 착각에서 비롯된 일종의 실천을 무시한 대리만족 행위라는 점을 보여 준다.

우리는 TV, 영화, 컴퓨터 게임 등 미디어의 세계에 살고 있다. 이러한 미디어는 실제로 우리가 어떤 상황을 체험했다는 가상의 이해를 진정한 이해인 것처럼 탈바꿈시키는 힘이 있다. 또한 실제 상황의 전개가 우리가 의도하는 바대로 이루어지고 있다는 착종된 이해를 불러오는 것이다. 불가피한 상황이 다가왔을 때, 그에 대해서 아무런 대처를 한 적이 없으면서 그 일이 닥칠 줄 알았다는 오만한 인식과 판단은 우리 주변 상황들이 더 이상 실제적인 것으로 판단되기보다는 우리와 먼 가상의 것으로 판단된다는 것을 보여 주는 반증이기도 한 것이다.

실천은 진정한 이해를 바탕으로 하고 있다. 양심이라는 반성적 이성의 활동은 그 사람의 내부로 향해 있기 때문에 그가 변화하지 않고는 양심을 지킬 수 없다. 위 제시문에서 네플류도프의 깨달음은 그런 의미에서 한 사람의 일생에 대한 진정한 이해이다. 우리가 말로만 다 알고 있었다고 하는 이야기 중에서 그 한 사람의 일생에 대한 전면적인 이해가 함축된 적이 얼마나 있었는가를 생각하면 실천적인 삶과 입바른 말과의 차이는 명백하게 드러날 것이다.

타인에 대한 이해는 자신의 비열함을 드러낼 정도로 충격적일 때가 많다. 자신을 비열하다고 인식하는 것은 비참한 일이기도 하다. 하지만 그 충격은 결국 그의 존재와 행동 자체에 커다란 영향을 미치는 것이다. 아무리 정의와 사랑을 부르짖는다고 해도 그 사랑과 정의가 사회에서 구현되는 것은 아니다. 우리가 실제 생활에서 행복이라는 삶의 질을 선택하기 위해서는, 이전의 자신을 비판할 수 있는 용기와 실제 생활에서 그것을 실현하는 의식의 비약이 필요한 것이다. 이것은 책에서 오는 것도, 우리 주변의 각종 미디어나 노랫말에서 오는 것도 아니다. 실제 생활에서 오는 것이다. 읽고 보고 말하는 것으로 자신의 우월함을 입증하려는 많은 사람들이 있다. 그러나 그것은 생활과 실천에 대한 인식이 아니라는 것에 맹점이 있다. 그것은 단지 사회적인 생활의 영위 속에서 자신의 존재를 내보이고 싶은 욕구에 속하는 것이다. 톨스토이는 이를 '마음의 정화작용'이라고 표현하였다.

그렇다고 우리 모두가 자신이 일하는 영역에서 벗어나 다른 영역(가령 종교적인)으로 향하자는 것은 아니다. 사실 실천은 꼭 어느 하나만이 우월한 성격을 가지는 것은 아니기 때문이다. 자신의 영역에 충실하고 그것이 실제적인 것이라는 인식과 끊임없는 자기 반성을 통해서 그 실천은 자신의 활동영역 속에서 일어나는 것이다. 그러므로 여기서의 실천은 봉사활동이나 구호활동에 국한되는 것이 아니다. 하지만, 실천을 무시하는 대리만족의 행태로서의 '말'들이 범람하고 있는 오늘날 실천의 중요성을 강조하는 것은 의미 있는 일일 것이다.

대문호 톨스토이 아내의 진실

'아내가 나와 집안을 완전히 망치고 있다.' 작품의 저작권을 모두 막내딸에게 남긴다는 유언장 서류를 뒤지는 아내를 보고, 이 말을 남기며 집을 뛰쳐나간 나이 여든둘의 레프 톨스토이는 어느 시골 기차역에서 세상을 떠나고, 그 후 그의 아내 소피아는 돈밖에 모르는 이 세상에 둘도 없는 악처로 알려져 왔다. 그로부터 70년 뒤, 결혼 초부터 톨스토이가 사망할 때까지 쓴 소피아의 일기가 발견되어 두 사람의 관계에 대한 새로운 사실이 드러나게 되었다.

두 살 때 어머니를 잃은 탓에 톨스토이는 아내에게 모성을 유난히 강조, 피임도 결사 반대하여 소피아는 아이를 열셋이나 낳았다. 여느 귀족처럼 유모도 두지 않고 직접 젖을 먹여 기른 아이들 중 여섯이 어려서 죽는다. 소피아는 톨스토이가 쓴 원고를 정서하고 교열, 교정하는 일을 맡아 했다. 톨스토이는 지독한 악필이어서 아무나 그 원고를 읽을 수 없었던 것이다. 결혼 전 소설을 쓰기도 했던 소피아는 훌륭한 교열가였다. 『전쟁과 평화』 『안나 카레니나』를 비롯한 톨스토이의 많은 작품들이 소피아의 손을 거쳐 태어났다. 끊임없는 출산과 육아, 교정과 정서로 인해 소피아는 하루 다섯 시간 넘게 자 본 적이 없었다고 한다. 스스로를 톨스토이 작품의 유모라고 자조하면서 절망에 빠지기도 했다.

'나는 자동인형처럼 살고 있다. 걷고 먹고 잠자고 목욕하고 정서한다. 사생활이란 없고 독서도 놀이도 생각에 잠길 수도 없다. 이것이 도대체 사는 걸까?'

만년의 톨스토이는 사유재산을 부정하고 농민계몽에 힘쓰는 금욕주의자로 변신하지만 그러한 사상적 변화 뒤에도 톨스토이의 여성관은 매우 부정적이었다. 그에게 여자란 남자를 유혹하는 존재, 성적 사랑밖에 모르는 속물에 불과했다. 두 사람은 서로에게 상처 내기를 끊이지 않아 소피아 역시 여러 번 자살을 시도했다고 한다.

이렇듯 악처 소피아를 위한 변명에는 대문호에 가려진 그녀의 삶이 들어 있는 것이다.

인형의 집

입 센
Henrik Ibsen

노르웨이 태생의 시인이자 극작가 입센(1828~1906)은 유한 선주였던 아버지가 8세 때 파산하자 15세 때부터 그림스타라는 작은 읍에서 약국 점원생활을 했다. 그는 이곳에서 시나 만화를 투고하고, 독일의 의과대학에 진학하기 위해 라틴어 등을 독학했다. 1848년 2월 혁명이 일어나자 운문사극 『카틸리나』를 써서 혁명을 옹호하는 심정을 피력, 친구 실레루드의 도움으로 출판했으나 32부밖에 팔리지 않았다. 1950년 3월, 크리스티아니아(현 오슬로)로 가서 의과대학 입학을 위한 예비학교에 들어간 입센은 이곳에서 친구들의 영향으로 문학 지망생이 된다. 그 중 뵈른손은 뛰어난 시인이자 민중의 지도자였다(노르웨이 국민극장 양편에 이 두 사람의 동상이 세워져 있음). 입센은 어려운 살림 때문에 단막극 「용사의 무덤」을 써서 상연하고 친구 비니에와 함께 사회주의적 경향의 주간지를 창간했으나 곧 폐간했다. 이후 낙향하여 베르겐시 국민극장에서 6년 간, 다시 수도 노르웨이 극장에서 5년 여를 무대감독 생활을 했다. 36세 때 해외여행길에 오른 입센은 로마에서 쓴 「브랑」이 본국에서 인정받아 연금지급 혜택을 받고 경제적 안정을 찾았다. 1879년 발표한 『인형의 집』으로 세계적인 주목을 받고, 『유령』 『민중의 적』 『들오리』 등을 남긴 입센은 1906년 79세에 동맥경화증으로 타계했다.

작품 해제

1990년대 한국 문단의 특징으로 여성작가들의 대거 등장을 들 수 있다. 이들의 작품은 여성으로서 살아오면서 겪은 일들이라든지 여성의 눈으로 바라본 세계에 대한 이야기가 그 내용의 주조를 이루지만, 단지 여성이 썼다는 데 의미를 지니는 것이 아니라 넓은 의미에서의 근대문학이 지니는 문제점들에 대한 대안을 제시한다는 해석도 가능하고 현대 사회의 방향성과 관계지어 그 의미를 평가할 수도 있다.

노르웨이의 시인이자 극작가인 입센은 그의 작품 『인형의 집(Et Dukkehjem)』(1879)으로 우리에게 잘 알려져 있다. 그의 희곡 작품들은 그리스의 비극들, 셰익스피어의 작품들과 함께 세계 희곡사에서도 중요한 위치를 점하고 있다. 사실 우리는 『인형의 집』에 대해 '한 여성이 자신의 삶을 찾고자 집을 나왔다'는 결론만을 주로 알고 주인공 노라가 집을 나온 구체적 계기라든지 남편의 사람됨 등에 대해서는 잘 알고 있지 못한 경우가 많다. 대략의 줄거리는 다음과 같다.

결혼 생활 8년째 되는 노라는 부유한 은행가의 아내다. 그러나 그 부부가 안락한 생활을 하게 된 것은 집을 나오기 전 얼마 동안이고 그 이전까지는 어려운 생활을 할 수밖에 없었다. 특히 남편의 병 때문에 크로구스타라는 사기꾼에게 빚을 얻어 쓴 노라는 결혼 생활 내내 부채의 이자를 감당하느라 마음 고생을 한 터였다. 그러나 이 사실을 남편에 대한 애정 때문에 숨기면서도 한편으로 자랑스럽게 생각하며 살아왔다. 어느 날 남편이 은행장으로 승진하여 평이 안 좋은 크로구스타를 은행에서 쫓아내려 하자 문제가 발생한다. 크로구스타가 차용증서의 법적 하자를 문제삼아 그녀를 협박한 것이다. 협박내용이란 물론 자신을 은행에서 해고시키지 말게 해달라는 것. 그녀는 차용증서의 서명을 위조한 동기가 남편에 대한 애정 때문이었음에도 법적으로 문제가 되기에 안타까움을 느낀다. 그러나 더욱 억울했던 것은 남편이 이 사실을 알고 보인 반응이었다.

남편은 노라에게 가족을 파멸의 구렁텅이로 몰아넣었다고 비난한다. 만약 그가 사건을 진지하게 수습했다면 그의 명예나 은행에서의 직책은 잃을지 모르지만 노라의 사랑만큼은 확인할 수 있었을 터이다. 그는 노라의 사랑보다는 돈과 명예를 더 중시했던 것이다. 이 사건을 수습하면서 그는 노라에게 집에만 있어야 할 것과 남들에게는 아무 일 없었던 것으로 가장할 것을 강요하며, 이제까지 자신을 속인 것으로 보아 성격이 위선적이므로 아이들의 교육은 맡길 수 없다고 하며 노라의 성격은 장인의 나쁜 피 때문이라고 비난했다.

이 순간 노라는 그녀가 '인형'이었기에 몰랐던 새로운 사실을 깨닫는다. 남편이 자신을 사랑하기보다는 돈과 명예에 더 집착한다는 것과 일반적인 의미의 가족윤리, 즉 가부장적 윤리체계에 짜 맞추어 자신이 양육되어 왔다는 인식이 그것이다. 이 깨달음은 악당 크로구스타가 차용증서를 되돌려주며 사과했을 때 보인 남편의 돌연한 태도 변화를 보며 더욱 굳어진다. 이제 문제가 없어졌으니 아내를 용서하겠다는 것이 남편의 새로운 반응이었다. 이에 '아내이고 어머니이기 이전에 독립적인 인간으로 살 것'을 결심한 노라는 여행가방을 들고 집을 나온다.

노라의 남편의 사고방식에 있어서 가치판단의 기준은 돈과 보수적 윤리 그리고 명예이다. 물론 이러한 남편의 태도는 그로 대표되는 가부장적인 자본주의 사회의 인격적 표현이기도 하다. 따라서 노라가 이에 저항하는 것은 당연하다. 그러나 그에게 그리고 그로 대표되는 사회의 윤리체계에 저항하는 방법은 이 남자와는 같이 살지 않겠다는 것으로, 노라는 집을 나오게 된다. 이 출가 직전의 장면에서 특징적인 점은 우선, 자아를 찾고자 스스로를 학습시키기 위해 사회 속으로 파고들어가겠다는 노라의 단호한 다짐이고, 다른 하나는 남편의 반응으로 노라는 여전히 철이 없으며 종교적 심성이 부족하여 도덕적인 가정을 유지하려 하지 않는다는 발언이 그것이다.

노라는 인형으로서의 삶이라는 꿈에서 깨어나 가족 내에 응어리진 가부장적 자본주의의 흔적을 보아 버렸고 이제 스스로 자아를 찾기 위해 어려운 삶을 살아가겠다고 다짐한다. 이 다짐은 당시 보수적인 도덕률이나 가족과 사회에 내재한 가부장적 가치 기준에 대한 저항이라는 차원에서 읽히기에 충분했고 이 작품이 사회극이라는 평가의 근거가 되기도 했다.

문제는 이제 노라가 어떤 삶을 살아갈 것인가인데 작품에서 드러나지 않은 이 부분이야말로 여성으로 살아가는 어려움을 가장 잘 보여 주는 영역이자 노라라는 인물 설정의 한계이기도 하다.

작품 읽기

(가) 노라 : 우리가 결혼한 지 8년이 되네요. 그래도 모르시겠나요? 우리가, 당신과 제가 남편과 아내로서 이렇게 마주앉아 진지하게 이야기하는 것이 오늘이 처음이라는 사실을 말예요.

헬머 : 진지한 이야기라니, 그건 무슨 뜻이지?

노라 : 만 8년 동안 아니, 더 될 거예요. 우리는 처음 서로 알게 된 날부터 이제껏 한번도 우리 일에 대해 진지하게 이야기를 나눈 적이 없었어요.

헬머 : 그럼 내가 당신을 항상 걱정스런 일에 끌어들였어야 했단 말이오? 당신으로서는 어떻게 할 수 없는 일에 말이오?

노라 : 그것에 대해서만 말하는 게 아니에요. 다만 어떤 일이든 둘이 마주앉아 진지하게 의논해 본 사실이 한번도 없었다고 말씀드리는 거예요.

헬머 : 그러나 여보, 그런 것은 당신에겐 어울리지 않는 일이었소.

노라 : 바로 그것이 문제예요. 당신은 저에 대해 전혀 모르고 계세요. 당신들은 저에게 크나큰 잘못을 저질러 왔어요. 처음엔 아버지, 다음엔 당신이.

헬머 : 뭐라고? 우리 두 사람이? 당신을 이 세상에서 가장 사랑해 온 우리 두 사람이?

노라 : (머리를 가로 저으며) 당신들은 저를 사랑한 게 아니에요. 저를 사랑하고 있다는 것을 자기 스스로에 대한 위안으로 삼고 있었을 뿐이에요.

헬머 : 여보, 노라! 무슨 말을 하는 거지?

노라 : 네, 그래요. 제가 아버지와 함께 살 무렵, 아버지는 무슨 일이든 당신의 생각만 저에게 말했어요. 그것은 바로 저의 생각이기도 했어요. 서로 의견이 다를 경우엔 전 그것을 숨기곤 했어요. 왜냐하면 그렇게 말하면 아버지가 싫어하셨을 테니까요. 아버지는 저를 자신의 인형이라고 불렀지요. 마치 제가 인형하고 노는 것을 좋아한 것처럼 말이에요. 그러다가 당신에게 왔어요.

헬머 : 그런 식으로 우리 결혼을 말하다니!

노라 : (아랑곳하지 않고) 아버지의 손에서 당신의 손으로 건너갔다는 의미예요. 당신은 모든 것을 당신의 취미대로 했어요. 그래서 저는 또 당신과 같은 취미가 되고 말았어요. 하지만 그런 체했을 뿐인지도 몰라요. 그 점에 대해서는 저도 잘 모르겠어요 ── 아마도 그 양쪽 다였는지도 몰라요. 저는 당신에게 여러 가지 재주를 부려 보이면서 살아왔죠. 당신도, 아버지도 제게 굉장한 죄를 지은 거예요. 제가 아무것도 못하는, 것은 당신들 때문이에요.

헬머 : 어쩌면 그렇게 어리석고 은혜를 모른단 말이오! 당신은 이 집에서 행복하지 않았다는 거요?

노라 : 네, 조금도 행복하지 않았어요. 행복하다고 생각했었지만 전혀 그렇지 않았어요.

헬머 : 행복하지 않았다고?

노라 : 네, 다만 재미있었을 뿐이에요. 당신은 언제나 저에게 무척 친절하셨어요. 하지만 우리 가정은 다만 놀이하는 방에 지나지 않았어요. 여기에서 나는 당신의 장난감 인형 같은 아내였던 거예요. 마치 친정에서 아버지의 인형 아기였듯이. 그리고 이번에는 아이들이 제 인형이었어요. 아이들의 상대가 되어 놀아 주면 저는 그것이 무척 기뻤어요. 그것이 우리 결혼이었어요.

헬머 : 당신 말이 어떤 점에서는 일리가 있소. 과장이 지나치긴 하지만 말이오. 하지만 이제부터는 모든 게 달라질 거요. 장난하며 놀 때가 끝났으면 교육시간이 있는 거요.

노라 : 누구의 교육이지요? 제 교육인가요, 아니면 아이들의 교육인가요?

헬머 : 당신과 애들 둘 다요.

노라 : 아, 토르발, 당신은 저를 당신을 위한 훌륭한 아내로 교육할 수 있을 만한 남편은 되지 못해요.

헬머 : 무슨 말을 하는 거요?

노라 : 그리고 저도…… 저 또한 아이들을 교육할 만한 자격은 가지고 있지 않아요.

헬머 : 노라!

노라 : 당신이 조금 전에 말씀하셨잖아요? 저에게는 그런 책임을 지우지 않겠다고요.

헬머 : 그건 화가 났기 때문이오! 어째서 그런 말을 지금 이러쿵저러쿵 한단 말이오!

노라 : 하지만 당신이 하신 말씀은 옳았어요. 제게는 그럴 힘이 없어요. 그보다 먼저 해결해야만 할 문제가 제게는 따로 있어요. 저 자신을 교육하는 데 노력해야만 하겠어요. 그리고 당신은 그렇게 하는 저를 도울 수 없어요. 저 혼자서 해야 할 일이에요. 그래서 저는 당신 곁을 떠나려 해요.

헬머 : (펄쩍 뛰며) 뭐라고?

노라 : 제 자신과 바깥세상을 올바르게 알기 위해서 저는 독립할 필요가 있어요. 그러니까 이제 더 이상 당신 곁에 있을 수가 없어요.

헬머 : 노라! 노라!

노라 : 당장 여기서 나가겠어요. 오늘 밤엔 크리스티네한테 가서 잘 생각이에요.

헬머 : 당신 정신 나갔구려. 그건 안 돼! 용서하지 않겠소. 허락할 수 없어.

노라 : 이제부터는 아무것도 제게 금할 수 없어요. 제 물건만을 가지고 나가겠어요. 당신한테서는 아무것도 받지 않겠어요. 지금은 물론 앞으로도.

헬머 : 이건 미친 짓이야!

노라 : 내일은 집으로 가겠어요 …… 제가 태어난 집을 말하는 거예요. 뭔가 시작하려면 그곳이 가장 적당할 것 같아요.

헬머 : 어쩌면 그렇게 사리를 분별하지 못하고 마구 덤빈단 말이오?

노라 : 그러니까 이젠 세상일을 알려고 애써야 하지 않겠어요?

헬머 : 당신의 가정도, 남편도, 아이들도 다 버리고 말이오? 생각해 봐요. 세상사람들이 뭐라고 하겠나!

노라 : 그런 것은 문제가 안 돼요. 저로선 이 길만이 필요하다는 것을 알고 있을 뿐이에요.

헬머 : 정말 어이없는 사람이군. 그런 짓을 하면 당신은 가장 신성한 의무를 저버리게 되는 거요.

노라 : 제게 있어서 가장 신성한 의무가 뭐라고 생각하시는 거죠?

헬머 : 그걸 꼭 말로 해야 안단 말이오? 남편과 아이들에 대한 의무가 아니고 무엇이겠소!

노라 : 제게는 그와 똑같이 신성한 의무가 있어요.

헬머 : 그런 게 있을 리 없소. 대체 어떤 의무가 있다는 거요!

노라 : 저 자신에 대한 의무예요.

…〈중략〉…

헬머 : (우울하게) 알았소, 알았소. 정말로 우리 사이에는 깊은 도랑이 생기고 말았구려. 하지만 여보, 그 도랑을 어떻게도 메울 수는 없는 걸까?

노라 : 지금 이 상태로는 도저히 더 이상 당신의 아내가 될 수 없어요.

헬머 : 내게는 자신을 바꾸는 힘이 있소.

노라 : 아마 당신에게서 인형이 없어졌을 때는 그렇게 되겠죠.

헬머 : 헤어지다니, 당신과 헤어지다니! 안 돼! 안 돼, 그런 건 생각조차 할 수 없소.

노라 : (오른쪽 문으로 들어간다) 그럴수록 더욱 단호하게 헤어져야만 해요. (모자와 외투를 들고 조그마한 여행가방을 들고 나온다. 가방을 테이블 옆 의자 위에 놓는다)

헬머 : 노라, 노라, 지금은 안 돼! 내일까지만 기다려요.

노라 : (외투를 입으면서) 전 낯선 남자의 집에서 밤을 보낼 수는 없어요.

헬머 : 정 그렇다면 이 집에서 남매처럼 살아갈 수는 없을까?

노라 : (모자를 쓰고) 그런 것이 오래 계속되지 못한다는 것은 당신이 더 잘 아실 텐데요. (숄을 걸치고) 안녕, 토르발. 아이들은 만나고 싶지 않아요. 아이들은 저보다 훨씬 좋은 분이 돌봐 주겠죠. 지금 제 상태로는 아이들을 돌볼 수 없어요.

헬머 : 그러나 언젠가는 또 …… 여보, 언젠가는 다시.

노라 : 어떻게 될지 모르겠어요. 저 자신 어떻게 될 것인지 저도 모르겠어요.

헬머 : 그렇지만 당신은 나의 아내요. 지금도, 그리고 앞으로도.

노라 : 여보, 토르발. 지금 제가 하듯이 아내가 남편의 집에서 나가면 제가 아는 한 남편은 아내에 대한 의무에서 풀려나는 것으로 법률에는 되어 있을 거예요. 적어도 저는 당신을 모든 의무에서 풀어 드리겠어요. 당신은 저와 마찬가지로 아무데도 구속당하지 않게 돼요. 어느 쪽이나 완전히 자유롭게 되어야만 해요. 당신의 반지를 돌려드리겠어요. 제 것도 돌려주세요.

헬머 : 그것까지도?

노라 : 네.

헬머 : (한참을 머뭇거리다가) 자, 받아요.

노라 : 됐어요. 이것으로 우리 둘 사이의 모든 일이 끝났어요. 열쇠는 여기에 놓아 두겠어요. 집안 살림은 헬레네가 잘 알고 있어요. 저보다도 훨씬 잘. 내일 제가 떠난 뒤에 크리스티네가 와서 제가 친정에서 가지고 온 것을 챙겨서 꾸려 주리라고 생각해요. 나중에 보내달라고 부탁해 두겠어요.

(『인형의 집』 제3막 중에서)

(나) 만데르스 목사 : 내가 말하는 것은 남자 혼자의 살림을 말하는 게 아니야. 가정이라고 하면 남편과 아내, 그리고 자녀들이 같이 사는 그런 것이지.

오스왈드 : 물론 그렇지요. 그러나 자기 자녀들과 또 그 자녀들의 어머니와 같이라도 좋지 않겠어요?

만데르스 목사 : (깜짝 놀라 자기도 모르게 두 손을 마주친다) 그렇지만 오스왈드군!

오스왈드 : 네?

만데르스 목사 : 동거생활이라 …… 아이들 어머니하고 말이지!

오스왈드 : 그럼, 아이들 어머니를 내팽개치는 것이 좋단 말씀이신가요?

만데르스 목사 : 자네가 말하는 것은 결국 비합법적인 부부관계란 말이군! 소위 야합이란 말이지!

오스왈드 : 그 사람들의 동거생활에서 불순한 점을 느껴 본 적은 한 번도 없어요.

만데르스 목사 : 적어도, 다소나마 교육을 받은 사람과 젊은 여자가 그런 방식으로 동거생활을, 남들이 보는 앞에서 그런 생활을 할 생각이 어떻게 날 수 있지?

오스왈드 : 그럼 그들더러 어떻게 하란 말인가요? 가난한 젊은 예술가와 가난한 처녀가 결혼하려면 돈이 많이 들지요. 그럼 그들은 어떻게 해야 한단 말입니까?

만데르스 목사 : 어떻게 하면 좋으냐고? 알빙군, 어떻게 해야 할지 말해 주지. 그들은 처음부터 떨어져 있어야 했어. 그랬어야 옳았단 말일세!

오스왈드 : 그 말씀은 젊은 피가 끓는 연인들에게는 너무도 당치않는 이야기예요.

알빙 부인 : 그럼, 그렇구말구!

만데르스 목사 : (상관없이) 관청에서 그런 것을 내버려두다니! 어떻게 공공연하게 그런 일이 자행될 수 있는 거지! (알빙 부인을 향하여) 제가 아드님을 위해서 진정으로 걱정하던 이유가 바로 이런 것이었습니다. 그런 부도덕이 버젓이 자행되고 그것이 당연한 것처럼 되어 버린 그런 사회에서 …….

오스왈드 : 목사님, 제가 잠깐 말씀드리고 싶은 것이 있어요. 저는 그런 비정상적인 몇몇 가정에 일요일마다 손님으로 초대를 받아 갔

었어요…….

만데르스 목사 : 하필이면 주일날에!

오스왈드 : 네, 그래요. 일요일은 누구나 즐겨야 할 날이지요. 저는 그런 가정에서 불쾌한 말을 한번도 들어 본 적이 없을 뿐 아니라, 더구나 비도덕적이라고 부를 만한 그 무엇도 발견하지 못했어요. 아니, 제가 예술가들 사회에서 언제 그런 비도덕적인 경우를 보았는지 아십니까?

만데르스 목사 : 글쎄, 다행히도 나는 그런 건 모르겠는데.

오스왈드 : 그럼, 제가 감히 그 이야기를 들려드리지요. 제가 그러한 일을 본 것은 관광차 파리에 온 우리의 모범이 될 만한 가정의 남편이며, 또한 아버지인 사람들에게서였어요. 예술가들은 그들이 늘 다니던 목로주점 같은 데서 그런 일들을 목격하는 영광을 가졌답니다. 그런 데서 저희들은 배울 것이 많았지요. 그분들은 저희들이 상상도 못한 그곳 일들을 이야기해 주곤 하였으니까요.

만데르스 목사 : 뭐라구? 그게 정말인가? 우리 나라의 저명한 인사들이 외국에 가서?

오스왈드 : 목사님은 들어 보신 적이 없으신가요? 그런 저명한 인사들이 외국에 다녀와서는 외국의 풍기문란을 비난하는 이야기를 말입니다.

만데르스 목사 : 그야 물론 있지.

알빙 부인 : 그 이야기는 나도 들었어.

오스왈드 : 그들의 이야기는 확실히 신용할 수 있는 말입니다. 그들 가운데는 그 방면의 전문가가 있으니까요. (머리를 움켜쥔다) 아, 그 아름답고 화려한 외국에서의 자유로운 생활…… 그런 생활이 이렇게도 모독되어야 하다니, 너무하지 않습니까?

알빙 부인 : 흥분하지 말아라. 몸에 해롭다.

오스왈드 : 네, 어머니 말씀이 옳아요. 몸에 좋지 않은 것 같군요.

아, 왜 이렇게 피곤할까! 점심때까지 산책이나 하고 오겠어요. 실례하겠습니다, 목사님. 목사님은 잘 이해하시지 못하실 거예요. 그러나 저는 말을 하지 않곤 배길 수가 없었어요. (오른쪽 문으로 퇴장)

알빙 부인 : 가엾은 내 아들!

만데르스 목사 : 네, 그러시기도 하겠습니다. 저렇게까지 되었으니! (알빙 부인, 그를 바라보며 말이 없다)

만데르스 목사 : (방안을 왔다갔다한다) 자기 말로 잃어버린 아들이라고 했지요. 그래, 안됐군…… 안됐어!

알빙 부인 : (여전히 그를 바라보고만 있다)

만데르스 목사 : 부인께서는 그래 이 일을 어떻게 생각하십니까?

알빙 부인 : 오스왈드의 말은 하나하나 모두 옳다고 생각해요.

만데르스 목사 : (걸음을 멈춘다) 옳다구요? 그런 이론이?

알빙 부인 : 이렇게 고독한 제 처지에서는 저 역시 그런 생각이 들어요, 목사님. 그렇다고 감히 어떻게 해보자는 생각은 없어요. 저는 이제 이 생활에 만족하고 있어요. 제 아들이 저 대신 말을 하겠지요.

만데르스 목사 : 동정합니다, 알빙 부인. 그러나 이제 저는 부인께 진심으로 말씀드리고 싶습니다. 부인의 사업관리자나 고문역으로서도 아니고, 또 돌아가신 주인의 옛친구로서도 아닙니다. 성직자로서 부인을 대하는 것입니다. 부인 생애에 있어 가장 어려운 고비였던 그 당시에 제가 했던 것처럼 말입니다.

알빙 부인 : 그래 목사님으로서 저에게 하실 말씀은 무엇인가요?

만데르스 목사 : 우선 부인의 기억을 새롭게 해드리고 싶습니다. 마침 기회가 좋으니까요. 내일이 주인 되시는 분이 돌아가신 지 10주년 되는 날입니다. 그리고 고인의 기념상 제막이 있을 예정이구요. 내일 저는 참석한 여러분 앞에서 연설을 할 생각입니다. 그러나 오늘은 부인에게만 말씀을 드리고자 합니다.

알빙 부인 : 네, 목사님. 말씀하세요!

만데르스 목사 : 부인은 결혼하시고 나서 겨우 일 년도 되지 않아 가장 위험한 고비에 처했던 것을 기억하시지요? 집과 가정을 버리고, 남편을 저버리고 나가셨던 일 말입니다. 그랬어요, 알빙 부인은 도망을 쳤었어요. 남편이 아무리 애원해도 그에게로 돌아오기를 거절했었어요.

알빙 부인 : 제가 그 첫해에 얼마나 큰 불행에 처해 있었던가를 잊으셨나요?

만데르스 목사 : 그것은 바로 항상 인생의 행복만을 찾으려는 잘못된 정신에서 비롯된 것입니다. 도대체 우리 인간이 행복을 찾을 권리가 어디에 있는 걸까요. 그럴 권리는 없습니다. 우리는 우리의 의무를 다해야 해요. 알빙 부인! 부인의 의무라면 일단 부인께서 남편으로 선택한 성스러운 인연을 맺은 그분 곁에서 참고 살아야 할 일이었습니다.

알빙 부인 : 그 당시 알빙이 어떤 생활을 했고, 얼마나 방탕했던가 잘 아실 거예요.

만데르스 목사 : 미안한 이야기지만, 그의 주위에 어떤 소문이 떠돌고 있었는지는 저도 다 알고 있었습니다. 그가 청년시절에 행한 생활태도를 두둔하려는 것은 아닙니다. 그 소문이 대체로 사실에 근거를 두고 있었으니까요. 그러나 부인은 남편 된 사람을 재판할 처지가 못됩니다. 겸손한 마음으로 하나님이 자기에게 지워준 십자가를 지고 가는 것이 부인의 의무였을 것입니다. 그런데 부인은 화를 내며 십자가를 내던지고, 부인께서 구원해 주어야 할 환자를 버리고 나갔습니다. 그래서 부인의 명예와 명성을 손상시키게 되었고, 거기다가 남의 명예까지 손상시킬 뻔했단 말입니다.

알빙 부인 : 남이라니요? 남이라면 어떤 사람을 말하시는 건가요?

만데르스 목사 : 저에게서 도피처를 구하셨다는 것은 정말 경솔한 일이었습니다.

알빙 부인 : 우리들의 목사에게로 간 것이? 우리 집안의 친지에게로 간 것이 말인가요?

만데르스 목사 : 바로 그것입니다. 제가 그때 결단성 있게 부인의 과도한 행동을 제지하고, 아내로서의 의무의 길인 가정으로…… 남편에게로 되돌아가게 해드릴 수 있었던 것은 모두 우리 주 하나님께 감사드려야 할 일입니다.

알빙 부인 : 네, 만데르스 목사님. 어쨌든 그것은 목사님의 공덕이었어요.

만데르스 목사 : 저는 다만 가장 높은 분의 손에 들린 보잘것없는 도구에 불과합니다. 제가 부인으로 하여금 의무와 순종의 테두리 속으로 들어가시도록 한 것은, 후일 부인을 위해서 좋은 공덕이 되지 않았습니까? 제가 부인께 미리 말씀드린 대로 되지 않았던가요? 그리하여 알빙도 그때부터 최후까지 다정하고 결점 없는 생활을 하지 않았던가요? 그리하여 그는 이 지방의 자선가가 되었고, 부인까지 자기 일에 동조하도록 이끌지 않았습니까? 그 일에는 정말 착실한 협조자…… 오오, 그것이 바로 알빙 부인입니다. 저는 부인께 칭찬의 말을 드리지 않을 수 없어요. 그러나 이번에는 부인의 일생에서 행한 두 번째 실수를 말씀드리겠습니다.

알빙 부인 : 무슨 말씀을 하시려는 건가요?

만데르스 목사 : 부인이 한때 아내로서의 의무를 저버렸을 때, 그때부터 어머니로서의 의무도 저버리셨다는 겁니다.

알빙 부인 : 아아!

만데르스 목사 : 부인은 일생 동안 어찌할 수 없는 고집에 사로잡혀 계십니다. 부인의 모든 생각이나 행동은 속박도 규율도 없는 그런 곳을 지향하고 있었어요. 부인은 어떤 속박이건 전혀 참지 못하셨어요. 부인의 생활을 속박하거나 압박하는 것이라면 무엇이건 생각도 해보지 않고, 양심의 가책도 받지 않고 마치 아무렇게나 처리해 버릴 수

있는 짐처럼 내던지고 말았어요. 아내의 자리가 마음에 들지 않으면 남편을 팽개치고, 어머니의 자리가 괴로우면 아들을 떼내 버렸어요…… 외국으로 말입니다.

알빙 부인 : 사실이에요. 저는 그랬어요.

만데르스 목사 : 그래서 부인은 오스왈드군과도 남처럼 되고 말았어요.

알빙 부인 : 아니, 그렇지는 않아요.

만데르스 목사 : 아닙니다. 부인은 그러셨어요. 또 그럴 수밖에 없었습니다. 부인은 그를 어떻게 맞이하셨습니까! 알빙 부인, 그 일을 생각해 보세요. 부인은 남편에게 큰 죄를 지으신 겁니다. 그것을 생각하시고 남편에 대한 사죄의 심정으로 부인은 저 아래에다 기념상을 세우신 거예요. 그러나 이번에는 아드님에게 어떤 죄를 지었는가도 아셔야 합니다. 오스왈드를 과오에서 벗어나게 하는 데는 아직도 시간이 많습니다. 부인 자신의 마음부터 돌리세요. 그리하여 그의 마음을 돌릴 수 있으면 돌리게 하세요. 왜냐하면, (집게손가락을 들며) 정말 알빙 부인은 죄 많은 어머니시니까요. 이런 말씀을 드리는 것이 저의 의무라고 생각해서 감히 말씀드린 겁니다.

(입센의 희곡 『유령』 제1막 중에서)

통합형 문·답

『인형의 집』에서 작가가 비판하고자 하는 것은 남편으로 대표되는 모범적인 시민계급의 사고방식이다. 즉 그들의 가부장적인 사고방식이 그것인데, 아내는 남편의 '인형'으로서 남편에게 절대복종해야 하고 남편의 명예를 손상시키는 어떤 행동도 불가하며, 아내의 역할이란 아이를 양육하고 가정을 온화하게 꾸미는 정도로 국한지었다. 이 역할에서 벗어난 일탈행동은 절대 용납되지 않았다. 그 이유란 남편이 사회적으로 누리고 싶어하는 위치와 명예에 손상이 가기 때문이다. 그리고 그 남편의 욕망이란 자본주의 사회의 개인의 위치와 긴밀하게 연관되어 있다. 남편으로 대표되는 시민계급의 사고방식에 대해 (나)를 참고로 하여 비판해 보자.

입센의 『유령』에서는 자유로워지고 싶은 예술가 오스왈드와 목사의 규범적 이데올로기적 사고와의 대립양상이 구체화되어 있다. 작가는 이 작품에서 오스왈드 편을 들어 중세의 기독교적 엄격주의의 허위성을 비판하는 입장을 취하고 있다. 이 중세적 엄격주의 내지는 규범적 이데올로기에 대해 입센이 비판의 초점을 맞춘 동기나 노라가 남편에게서 보이는 시민적 규범에 대해 비판한 것은 동일한 선상에서 파악된다. 말하자면 그 규범들은 인간이 자신의 뜻에 따라 자유롭게 살고 싶어하는 욕망을 억압하는 기제로 인식되고 있기 때문이다.

이런 관점에서 보자면 노라가 남편에게서 벗어나야겠다고 생각하게 된 계기가 바로 그 시민적 규범의 비인간성에 있다. 즉 작품 속에서 남편은 노라가 가족을 파멸의 구렁텅이로 몰아넣었다고 비난한다. 남편은 노라의 사랑보다는 경제 생활과 명예를 더 중시했던 것이다. 크로구스타의 협박 사건을 수습하는 과정에서 보여준 남편의 행동을 통해 노라는 새로운 사실을 깨닫게 된다. 자신의 남편이 자신을 사랑하기보다는 돈과 명예에 너 집착한다는 사실과 일반적인 의미의 가족 윤리 즉 가부장적 윤리체계에 짜 맞추어 자신이 양육되어 왔다는 인식이 그것이다. 이러한 노라의 깨달음은 크로구스타가 차용증서를 되돌려 주며 사과했을 때 보인 남편의 돌연한 태도 변화를 보며 더욱 굳어진다. 이제 문제가 없어졌으니 당신을 용서하겠다는 것이 남편의 새로운 반응이었다. 남편의 사고방식에 있어서 그 가치판단의 기준은 돈과 보수적 윤리 그리고 명예였던 것이다. 물론 이러한 남편의 태도는 그로 대표되는 가부장적인 자본주의 사회의 인격적 표현이기도 하다.

따라서 노라가 이에 대해 저항하는 것은 당연하다. 그러나 남편에게 그리고 남편으로 대표되는 사회의 윤리 체계에 대해 저항하는 방법은 무엇인가. 우리가 잘 알고 있듯이 그런 남편과는 같이 살지 않겠다는 것밖에 무엇이 있겠는가. 그리하여 노라는 집을 나오게 된 것이다.

노라는 인형으로서의 삶이라는 꿈에서 깨어나 가족 내에 응어리진 가부장적 자본주의의 흔적을 보아 버렸고 이제 스스로 자아를 찾기 위해 어렵지만 의미 있는 삶을 살아가겠다고 다짐한다. 이 다짐은 당시 보수적인 도덕률이나 가족과 사회에 내재한 가부장적 가치 기준에 대한 저항이다. 문제는 이제 노라가 어떤 삶을 살아갈 것인가인데 이것이야말로 여성으로 살아가는 어려움을 가장 잘 보여 주는 대목이라 할 수 있다.

◐

쿠오바디스

셍키에비치
Henryk Adam Aleksandr Pius Sienkiewicz

셍키에비치(1846~1916)의 소설가로서의 운명은 그의 조국 폴란드가 1773년부터 137년 동안 러시아 · 프랑스 · 오스트리아 3국의 지배와 간섭, 그 이후 러시아 속령으로 편입되는 역사와 같이 한다. 당시 폴란드 사회에 일기 시작한 실증주의의 영향을 받은 그는 초기에는 사회 문제에 깊은 관심을 보였으나 점차 폴란드 역사를 소재로 한 애국적 정열이 넘쳐나는 역사소설가로서의 입지를 굳히는 작품 활동을 하게 된다. 네로 시대를 통해 폴란드 역사의 전사로서의 서사구조를 보인 그의 최대 야심작이자 출세작인 『쿠오바디스』는 발표되자마자 언론과 대중으로부터 열광적인 찬사를 받았다. 이는 『쿠오바디스』가 폴란드 역사를 전사로서 조명해 준다는 사실뿐 아니라 헬레니즘과 헤브라이즘의 대립 충돌을 통해 인간의 자유, 정의, 진리의 승리를 재현해 냈다는 데 그 이유가 있었다. 그의 역사소설은 소설적 제재를 단지 역사에서 취해 왔다는 의미에서가 아니라 시대정신과 결합된 역사, 곧 당대적 삶의 전사로서의 의미를 읽어 내게 한다는 점에서 현재적 가치를 가진다. 또한 미학적으로도 정교하고 치밀한 묘사력과 세련되고 유려한 문장력, 분석적이고 치밀한 성격탐구와 인간정신의 궁극적 승리를 이루어 내는 주제의식의 강렬함 등이 고도의 소설미학적 가치를 지니는 것으로 평가된다. 주요 작품으로 『불과 검을 가지고』 『판 보우오디요프스키』 『쿠오바디스』 등이 있다.

작품 해제

이 소설 『쿠오바디스(Quo Vadis)』의 제목은 '주여! 어디로 가시나이까?(Quo Vadis, Domine?)'라는 의미로, 성서에 나오는 사도 베드로의 에피소드를 차용한 것이다. 베드로가 폭군 네로의 박해에 견디다 못해 로마를 벗어나 도피의 길을 떠나고 있을 때 압피아 국도에서 그리스도의 환영을 만나 "Quo Vadis, Domine?" 하고 물었을 때 그리스도가 대답하기를 "또다시 십자가에 못박히기 위하여 로마로 가는도다. 그대가 나의 어린 양을 버렸으니"라고 대답하였다는 데서 연유한다. 이것은 고난과 대속의 의미를 포함한다. 137년 동안 타국의 억압과 지배하에 있던 폴란드와 네로의 폭정 아래서 신음하던 초기 그리스도교도의 순교와 운명은 서로 비견되는 데가 있다. 피압박민족의 불굴의 저항정신과 불의에 반한 정의, 물리적인 힘으로 대표되는 헬레니즘 문명에 대한 헤브라이즘 정신의 승리가 이 작품의 중요한 테마를 이룬다. 이 소설은 이 같은 억압과 불의, 그로부터의 진리, 정의의 승리에 대한 묵시론적 의미를 담고 있다.

로마의 청년 귀족이자 호민관인 비니키우스와 인질로 로마에 잡혀와 있던 리기아 족의 공주 리기아와의 사랑 이야기가 주축이 되면서, 비니키우스의 회개와 그리스도교도들의 순교, 네로의 폭정이 전체적인 골격을 이루는 이 소설의 줄거리는 다음과 같다.

리기아를 첫눈에 보고 반해 버린 비니키우스는 충신이며 외숙인 페트로니우스의 힘으로 리기아를 소유하려고 하지만 그리스도교도에게 발각돼 실패하고 만다. 괴로워하던 비니키우스는 시인이자 철학자인 킬로의 안내로 투기사인 크로톤을 데리고 리기아가 숨어 있는 집을 습격하는데 리기아의 충복인 힘센 장사 우르수스의 저항을 받아 크로톤은 목숨을 잃고 비니키우스 자신도 부상당하지만 그리스도교도의 도움으로 회복하게 된다. 차츰 비니키우스는 리기아에 대한 영적인 사랑에 눈뜨게 되고 리기아도 그를 사랑하게 된다. 로마의 '대화재 사건' 이후 그는 리기아와 약혼을 하고 사도 바울의 세례를 받아 그리스도교도가 된다. 네로는 대화재가 그리스도교도의 방화에 의한 것이라는 구실로 그리스도교도를 극렬하게 탄압하면서 로마 원형경기장에서 그들을 처형시키는 폭정을 서슴지 않는다. 리기아도 이때 붙잡혀 사나운 황소의 뿔에 목숨을 잃을 위기에 처하지만 우르수스가 소와 격투 끝에 리기아를 구한다. 그러자 경기장에 운집한 관중들은 열광하여 네로에게 리기아의 구명을 요구하기에 이른다. 관중들의 분노를 두려워한 네로는 어쩔 수 없이 리기아를 살려 주고 비니키우스와 리기아는 시칠리 섬에서 행복한 결혼생활을 영위하게 된다. 한편 네로의 총애받던 신하인 비니키우스의 외숙 페트로니우스는 간신 티겔리누스의 모략에 걸려 네로의 총애를 잃고 죽음을 명령받는다. 이 사실을 미리 안 페트로니우스는 주연을 베풀어 생의 최후를 가장 비극적인 아름다움으로 맞이할 생각을 한다. 만찬 석상에서 그는 자신의 여자 노예 에우니케와 자살함으로써 그의 별명에 알맞은 '풍류를 아는 자'의 생을 마친다. 그 후 마침내 병사들의 반란으로 네로는 도망하던 중에 자살한다.

이 소설은 비니키우스와 리기아와의 사랑이 주축을 이루지만 풍류를 아는 자(심미판관)인 페트로니우스의 삶과 죽음도 중요한 의미를 가진다. 이 소설의 주제인 절대적 권력에 대항하는 그리스도교도의 순교와 승리라는 애국적 정열의 고취 이외에 삶과 예술, 시와 아름다움에 대한 솅키에비치의 사유를 담아 내고 있다는 데서 그러하다. 그것은 미적이고 탐미적인 페트로니우스의 마지막 자살 장면에서 절정을 이룬다.

'통치자의 절대 권력에 대항하는 오직 하나의 정신력, 이것은 물리적 힘 위에다 정신의 승리를 두고자 하는 폴란드의 정신이다'라는 신념에 입각한 솅키에비치의 소설가로서의 입지점은 그가 세계적인 대문호로서 성장할 수 있는 동인이 된다. 그의 작품은 사실(史實)과 상상을 조화시킨 서사시적 아름다움, 웅대한 스케일, 다양한 인간 유형의 설정, 시대정신과 역사의식을 긴밀하게 직조하는 탁월한 문체의 힘을 그 특징으로 하고 있다. 이 『쿠오바디스』도 이러한 그의 역사소설가로서의 능력을 새삼 확인하게 한 작품이다.

작품 읽기

페트로니우스는 무지개처럼 아름다운 빛깔을 띤 미레네의 술잔을 높이 쳐들며 말을 이었다.

"나는 이 술잔으로 키프로스의 여신을 위해 축배하겠습니다. 여러분은 이 술잔에 입을 대지 마십시오. 또 이 술잔으로 다른 신들을 위하여 축배를 들어도 안 됩니다."

이렇게 말한 그는 사프란꽃을 뿌려 놓은 마룻바닥에 그 잔을 던져 산산조각으로 깨 버렸다. 깜짝 놀라는 손님들을 쳐다보며 그는 말을 이어 갔다.

"친애하는 여러분들이여! 오늘밤을 마음껏 즐겨 주십시오. 두려워할 건 조금도 없습니다. 세월이 가면 너나 할 것 없이 누구나 늙고 쇠약해지는 것이 인생의 슬픈 상례입니다. 이제 여기에서 나는 여러분에게 좋은 예를 보여 드리고 충고를 드리겠습니다. 가만히 앉아만 있을 수는 없으니까요. 우리는 우리들 자신을 처리할 수 있습니다. 이제 제가 여러분께 실제 그 방법을 보여 드리겠습니다."

"대체 무슨 말을 하는 거요?" 일제히 질문이 터졌다.

"나는 내 마음껏 즐기고, 술을 마시며 음악도 듣고, 화관을 쓰고 양쪽에 미녀를 낀 채 그대로 죽어 가고 싶습니다. 이미 나는 황제와 헤어졌습니다. 그래서 나는 여기 마지막으로 황제에게 보낼 서신을 준비하였습니다." 이렇게 말하고 그는 자줏빛 옷소매에서 서신을 꺼내어 들고 읽기 시작했다.

신성하고 귀하신 황제시여!

나는 그대가 지루한 마음으로 내가 궁전에 들어서기를 기다리고 있으며, 굳은 우정으로 매일같이 나의 신변을 염려하고 있음을 알고 있소. 거기다가 또 나는 그대가 내게 분에 넘치는 선물을 하고, 나를 근위대 대장으로 임명함과 동시에 티겔리누스를 그로서는 가장 알맞은 노새지기로 전락시켜, 그대가 도미티우스를 독살하고 빼앗은 영토에다 귀양을 보낼 마음을 먹고 있다는 것도 나는 잘 알고 있소. 하지만 미안하네. 지옥의 여러 신들과 그대의 모친, 그대의 아내, 그대의 형제와 세네카의 망령에 맹세컨대 나는 그대의 그 호의를 받아들일 수가 없네. 인생은 하나의 커다란 보물상자가 아닌가. 그 속에서 나는 갖가지 귀한 것들을 발견하였네. 그러나 그 한편으로는 추악한 것도 수없이 많았네. 그러나 너무 겁내지 말게. 나는 그대가 저지른 수많은 과오…… 이를테면 그대가 그대의 모친과 아내, 그리고 형제를 죽인 것과 또 로마에 불을 지르고, 이 나라의 수많은 죄 없는 사람들을 무자비하게 학살했다고 자네를 비난하려는 것은 아니니까.

크로노스의 손자여! 절대로 그럴 생각은 없소. 죽음은 어차피 인간의 숙명이니 자네 같은 인간에게 살인 이외의 다른 행동을 요구한다면 그 자체가 어리석은 일이 아니겠는가? 그러나 가엾은 풋내기 시인이여! 어떻게 내가 앞으로 몇 해 동안이나 더 그대의 그 서투른 시(詩)를 억지로 들으며, 피리아춤으로 구부러진 그대의 가느다란 다리와,

도미티우스 집 사람 같은 그 뚱뚱한 배때기를 보란 말인가? 나는 도저히 그것을 참을 수 없어서 차라리 내 손으로 나의 목숨을 끊어 버리는 게 낫다고 생각했다네.

그대가 시를 읊으면 로마는 귀를 막을 것이고 사람들은 그대에게 욕을 퍼부을 것이오. 나는 더 이상 그대 앞에서 얼굴을 붉히며 그러한 치욕을 당하고 싶지 않네. 아니, 이젠 설령 그렇게 하고 싶어도 할 수가 없게 되어 버렸다. 케르베루스(지옥문을 지키는 개)의 짖어대는 소리가 그대의 노랫소리와 비슷하다 해도 나는 차라리 그쪽을 택하겠소. 왜냐하면 이제까지 케르베루스와 사귀어 본 일도 없을 뿐더러 그 짖는 소리 때문에 사람들 앞에서 부끄러워할 필요도 없었기 때문이오. 그러니 제발 부탁하오. 앞으로는 사람들 앞에서 노래를 부르지 말아 다오. 사람들을 학살하는 것은 그래도 괜찮지만 제발 시만은 짓지 마시오, 그대가 정 하고 싶다면 사람들을 독살하는 것도 좋을지 모르나 춤만은 삼가시오. 또 불장난이 하고 싶으면 하되, 그 엉망인 솜씨로 하프만은 타지 마시오. 이것이 그대의 친구요 '풍류를 아는 사람'인 페트로니우스가 그대에게 보내는 마지막 부탁이자 충고이기도 하오.

그 연회에 참석하였던 모든 사람들은 이 편지의 사연을 듣고는 공포에 떨며 묵묵히 앉아 있었다. 네로가 이 편지를 본다면 그는 온 로마제국을 잃는 것보다 더 심각한 충격을 받으리라는 것이 뻔했다. 사실 듣고 보니 이 편지는 네로에게 있어 꽤나 잔혹한 것임에 틀림없었다. 그들은 누구나가 이 편지를 쓴 사람은 사형당하리라고 생각했다. 아니, 더 나아가 이 편지를 읽는 것을 들었다는 사실만으로도 충분한 사형감이 되리라 여겨져서 모두들 심한 공포에 사로잡혔다.

페트로니우스는 이런 일이 모두 철없는 어린아이 짓인 것처럼 한바탕 즐겁에 웃어대고는 손님들에게 말을 이었다.

"맘껏 즐기시고, 두려운 마음은 말끔히 털어 버리시오. 그렇다고 이 편지 낭독을 들었다고 다른 사람들에게 알릴 필요는 없습니다. 나도 지옥의 강가를 지날 때, 카론(지옥에 있는 나룻배의 사공)에게만 이것을 전할 테니까요."

이렇게 태연스럽게 말한 다음, 그는 그리스 의사에게 눈짓을 하고 팔을 내밀었다. 익숙한 그 의사는 금실로 잽싸게 그의 팔을 잡아매어 팔뚝의 동맥을 끊어 버렸다. 순식간에 방석은 핏빛으로 물들고 그의 머리를 받치고 있던 에우니케에게도 그 핏방울이 튀었다. 에우니케는 안타까운 표정으로 페트로니우스를 바라보며 말했다.

"주인님, 저도 주인님과 같이 가고 싶습니다. 신이 제게 영원한 생명을 주시고, 황제가 온 세상을 다 준다 해도 저는 정녕 주인님만을 따르겠습니다."

페트로니우스는 엷은 미소를 띤 채 그녀의 입술에 입을 맞추며 나직이 말했다.

"그럼 나와 함께 가자꾸나…… 너는 진심으로 나를 사랑해 주었다." 그러자 그녀도 그 분홍빛이 어린 팔뚝을 의사에게 내밀었다. 순식간에 붉은 핏방울이 떨어지고 두 사람의 피가 함께 뒤섞였다. 그는 연주 지휘자에게 다시 연주를 시작하라는 신호를 보냈다. 그들은 처음엔 '하르모디우스'를 부르고, 다음은 '아나크레온'을 불렀다. '아나크레온'이란 노래는, 시인 아나크레온이 그의 집 문앞에서 아프로디테의 아들 큐피드가 추위에 떨며 울고 서 있는 것을 보고 따뜻한 그의 방안으로 데리고 가서 그 날개를 말려 주었는데, 철없는 큐피드가 도리어 활로 그 시인의 가슴을 쏘아 은혜를 원수로 갚았으며 그로 인해 자신의 무서운 가책 때문에 영원히 그의 마음속에서 '평화'를 잃었다는 줄거리였다.

페트로니우스와 에우니케는 두 개의 몸으로 된 아름다운 신처럼 서로 몸을 기댄 채 만족스런 표정을 짓고 음악을 듣고 있었다.

그들의 얼굴은 차차 핏기가 가셔 창백해져 갔다. 노래가 끝나자 페트로니우스는 술과 요리를 더 가져오게 하고 그전처럼 옆에 있는 사람과 흥겹게 농담을 주고받았다. 얼마 후 그는 의사에게 다시 끊어진 동맥을 잇도록 지시하고, 졸리우니 죽기 전에 잠깐 잠을 자고 싶다고 말했다.

이윽고 그는 깊은 잠에 빠졌다. 얼마 후 눈을 떠 보니 에우니케는 흰 백합처럼 되어 창백하게 그의 가슴에 머리를 파묻고 있었다. 그는 에우니케의 머리를 베개 위에 올려 놓고 그녀의 얼굴을 다시 한 번 바라보았다. 그러고는 의사더러 다시 동맥을 끊으라고 지시하였다. 그가 고개를 끄덕이자 가수들은 '아나크레온'의 새로운 노래를 불렀다. 반주는 노래 가사가 들릴 정도로 은은히 물결쳤다. 페트로니우스의 얼굴이 점점 창백해 갔다.

마지막 노래가 끝나갈 때 그는 다시 한 번 손님들에게 말했다.

"여러분, 여러분은 내 말을 이해하실 겁니다. 우리들은 망해 갑니다. 그리고……."

그는 애석하게도 말끝을 맺지 못했다.

그는 안간힘을 써서 에우니케를 끌어안고 최후의 숨을 거두었다. 그의 머리가 힘없이 뒤로 젖혀졌다.

그들의 두 시체는 아름다운 하얀 조상(彫像)처럼 보였다.

그들의 죽음은 그들이 살아 있음으로써 그 가치를 발휘할 수 있었던 것 — '시(詩)와 아름다움'마저 송두리째 이 세상에서 앗아간 것 같았다.

에필로그

처음에 황제는 빈덱스와 갈리아 군단(軍團)의 반란을 그리 대수롭지 않게 여겼다. 황제는 이제 겨우 서른한 살이어서 이 세상이, 억압하고 있는 악마의 손에서 곧 풀려나리라고는 미처 생각을 못하였다. 옛날에도 번번이 여러 군단에서 반란이 있었건만 그것은 정부에 대해 아무런 영향도 미치지 못하고 진압되었다는 것을 백성들은 잘 알고 있었다.

그렇지만 헬리우스로부터 더 이상 아케아에 머무는 것은 제위(帝位)를 빼앗길 염려가 된다는 급보를 받고서는 어쩔 수 없이 나폴리를 향해 출발했다.

네로가 로마로 들어올 때의 광경은 실로 굉장했다. 그는 아우구스투스 황제가 개선할 때 사용했던 전차(戰車)를 타고 로마에 들어섰다. 그것 때문에 경기장의 아치 문 하나를 완전히 부숴 길을 넓혀야 했을 지경이었다. 원로원 의원을 비롯해 군인과 수많은 군중이 그를 반겨 맞았다. "아우구스투스 만세! 헤르쿨레스 만세! 폐하 만세! 올림피아 불멸의 신(神) 피티아 왕 만만세!" 하며 그를 환영하는 소리는 성벽을 뒤흔들 정도였다. 그리고 그 뒤에는 그가 여행중에 얻은 월계관과 그가 대성공을 거두었던 도시의 이름, 또 그와 경쟁해서 진 사람들의 이름을 새긴 목판(木版)이 가득 실린 수레가 따랐다. 네로는 혼자 기쁨에 들떠 정신이 없는 듯했다. 그는 흥분하여 옆에 있는 아우구스타들에게 자기의 로마 입성과 율리우스 카이사르의 개선과 비한다면 어느 편이 더 장관이겠느냐고 묻기까지 했다. 반신반인(半神半人)인 자기에게 대항한다는 것은 도저히 있을 수 없는 일이라 생각했다. 자기는 올림피아 신의 하나라서 절대로 안전하다고 생각했다. 군중들의 광적인 환영은 그의 이러한 망상을 더 한층 부채질했다. 사실 이날은 네로나 로마뿐만 아니라 온 세계가 온통 미친 것 같았다.

여전히 네로는 극장과 음악에만 몰두했다. 그의 가장 큰 즐거움은 새로 발명한 악기나 새로 고안한 오르간을 팔라티네궁에서 연주하는 것이었다. 제 나름대로의 소견도 없고 스스로는 아무런 계획이나 행동도 할 수 없는 철부지 같은 그는 위급할 때는 무조건 백성들에게 투기와 구경거리만 벌여 주면 아무 걱정이 없을 것으로 생각하고 있었다. 네로에게 아부하는 자들까지도 그가 반란군을 진압할 생각을 털끝만큼도 하지 않고, 다만 이런 위기를 어떤 말을 써야 좋게 표현할 수 있을까 하는 엉뚱한 고민만을 하는 것을 보고는 걱정을 하였다. 어떤 사람은, 그런 게 아니라 실은 황제도 속으로는 걱정을 하면서도 겉으로만 태연한 척하며 한가로이 시나 읊으면서 백성들을 조롱하고 있을 뿐이라고 말하였다. 그의 행동은 눈에 띄게 갈팡질팡하며 방향을 잡지 못했다. 매일 수천 가지 계획이 머리를 스치고 흘러갔다. 그는 때때로 피리와 비파를 수레에 싣게 하고, 젊은 여자 노예들을 동원하여 아마존처럼 여자부대를 조직하는 한편, 동양에 주둔하고 있는 군대에게 다시 로마로 회군하라는 명령을 내릴까 하기도 하면서 눈앞의 위험을 피하려 하였다. 또 어떤 때는 갈리아의 반란군을 노래로써 정복해 보리라는 생각을 했다. 반란군들이 그의 노래를 듣고 항복하는 광경을 그려 보고는 속으로 웃었다. 그렇게만 되면 그놈들은 눈물을 흘리면서 내 앞으로 모여들 것이다. 그때 나는 그들 앞에서 개선가를 부르리라. 이것은 아마도 후세 사람들까지도 놀라는 일일 것이라고 그는 공상했다. 그러다가도 간혹 살기(殺氣)가 고개를 들어 또다시 전쟁을 해볼 마음이 나는 때도 있었다. 또 어느 때는 지나치게 겸손해져서, 나는 이집트만으로 만족하련다 하고 말하기도 했다. 이런 때면 그에게 예루살렘까지도 그의 지배하에 둘 수 있다고 말한 점쟁이 생각이 났다. 그런가 하면 느닷없이 눈물을 흘리면서 자기가 미천한 유랑시인이 되어 하루의 빵을 해결하기 위해 구걸하는 모습을 상상하고 로마를 지배하는 군주가 아니라 뛰어나고 위대한 시인으로서 온 백성들의 존경을 한몸에 받게 될 것을 생각하며 혼자 흥분할 때도 있었다.

갈바와 이스파니아가 반란을 일으켰다는 소식을 듣자 황제는 화가 나서 미치다시피 되었다. 그는 연회 석상에서 술잔을 집어던지며 술상을 부숴 버리고 여러 가지 명령을 내렸다. 그러나 이제는 헬리우스나 티겔리누스도 도저히 수행할 수 없는 그런 명령뿐이었다. 그것은 로마에 살고 있는 모든 갈리아인을 학살하고 두 번째로 로마를 불지르고, 우리 안에 있는 맹수들을 전부 풀어 놓고, 도읍을 알렉산드리아로 옮긴다는 것이었는데 이런 것이 그로서는 퍽 쉬운 일로 생각되었고 또 획기적이고 굉장한 것으로 생각되었다.

그러나 이미 그의 전성기는 막을 내리고 있었다. 예전에 그와 한패거리가 되어 갖가지 죄를 꾸미던 조신들까지도 이제는 그를 다만 하나의 미친 사람으로 보기 시작했다.

며칠이 지난 어느 날 밤에 근위대에서 보낸 사자(使者)가 급히 와서 지금 로마 시내에서 군대가 반란을 일으켜 갈바를 황제로 추대했다고 전했다.

네로는 이때 마침 잠을 자고 있었다. 네로는 잠을 깬 후 밤에 당직하고 있는 근위병을 침실로 오라고 소리쳤으나 아무도 오지 않았다. 궁전에는 아무도 없었다. 멀리서 노예들이 물건을 약탈하는 소리가 들려왔다. 그들은 네로를 보고 달려오기는커녕 도망을 쳤다. 네로는 죽은 듯이 고요한 팔라티네궁을 혼자서 걸어가며 공포와 절망으로 소리소리 질렀다.

드디어 그의 해방노예인 파온과 스포루스와 에파프로디투스가 그를 구원하러 달려왔다. 그들은 황제에게 시간이 급박하니 급히 도망하시라고 말했다.

파온은 네로에게 노멘타나 문밖에 있는 자기 별장에 숨을 것을 권했다. 잠시 후에 그들은 말을 집어 타고 시의 변두리 쪽으로 달렸다. 네로는 머리에 외투를 뒤집어썼다. 차차 새벽이 가까워졌다. 거리에는 드문드문 움직이는 물체가 보였다. 보통 때와는 다른 기미를 느낄 수 있었다. 거리마다 무리를 지어 다니는 병사들이 눈에 띄었다. 그들이 영문 가까이 왔을 때, 길바닥에 있는 시체를 보고 네로의 말이 놀라 날뛰자 이때 얼굴에 뒤집어썼던 외투자락이 벗겨져 버렸다. 그때 마침 그곳을 지나고 있던 병사 하나가 네로를 알아보았다. 그 병사는 너무나 뜻밖에 황제와 마주치자 정신없이 군대식 경례를 했다. 그들이 근위대 영문 앞을 지날 때 갈바를 추대하는 환호성이 천둥과 같이 들려왔다. 황제는 이제 자기가 죽을 시간이 왔다는 것을 알았다.

다음날 새벽에 파온의 별장에 도착했다. 이곳에 오자 그의 해방노예들 모두는 이젠 황제가 죽을 수밖에 없다는 사실을 감추지 않았다. 모든 것을 안 네로는 자기의 무덤을 파라고 말했다. 그리고 직접 자신이 흙바닥에 드러누워 꼭 들어맞게 무덤을 파도록 했다. 그러나 그들이 곡괭이질을 할 때마다 튀는 흙은 그에게 무서운 공포를 가져다 주었다. 그의 살찐 얼굴이 창백해지며 이마에선 아침 이슬 같은 땀이 흘러내렸다. 그는 아직도 주저하고 있었다. 비극 배우의 시늉을 하며 떨리는 음성으로 아직 죽을 때가 아니라고 말했다. 그러고는 버릇대로 시구를 중얼거리더니 끝내는 자기를 화장시켜 달라고 애걸했다.
"아아, 위대한 예술가의 종말이 이토록 허무한가!" 하며 부르짖었다.

바로 그때 파온이 보냈던 사자가 급히 돌아왔다. 그는 원로원이 네로에게 고대의 관습에 따라 근친살해죄(近親殺害罪)를 적용하여 처벌할 것을 결정했다고 전하였다.

"고대의 관습이란 도대체 어떤 것이냐?" 하고 네로는 하얗게 질린 입술로 물었다.

"당신의 목을 삼각창에 올려 놓고 죽을 때까지 매질해서 시체는 티베르 강에다 던져 버리는 것입니다." 하고 에파프로디투스는 시큰둥하게 대답했다. 네로는 가슴을 내밀었다.

"이젠 나도 죽어야 한단 말이지! 아아, 이처럼 위대한 예술가가 이렇게 죽어야 하다니!" 하며 하늘을 쳐다보고 울부짖었다. 바로 그때 멀리서 말굽 소리가 들려왔다. 백인대장이 부하를 거느리고 그의 목을 가져가기 위해 오는 듯했다.

"어서 빨리 하십시오!" 하고 해방노예는 재촉했다.

네로는 체념한 듯이 단검을 자기의 목에 갖다 대었으나 칼을 누르지 못하고 벌벌 떨고 있었다. 그가 스스로 목을 찔러 죽을 용기가 없다는 것이 확실했다. 에파프로디투스는 갑자기 네로에게 다가가 자기 손으로 단검을 눌렀다. 네로의 눈은 앞으로 튀어나왔고 놀란 공포의 빛을 띠었다.

"형벌이 집행유예되었습니다." 하며 백인대장은 도착하기가 무섭게 가쁜 숨을 몰아쉬며 외쳤다.

"늦었다"라고 네로는 목쉰 소리로 말했다. 이윽고 덧붙였다. "너는 충신이다."

죽음의 그림자가 드디어 그를 뒤덮었다. 붉은 선지피가 굵은 목에서 솟아나 정원의 꽃들을 물들였다. 그는 잠시 동안 두 다리를 허우적거리다가 그 육중한 몸뚱이를 땅바닥에 축 늘어뜨렸다. 그는 마침내 숨을 거두었다.

그 다음날 아침에 충실한 악테가 값진 천으로 그의 시체를 싸서 향유를 잔뜩 먹인 장작으로 화장시켰다.

이렇게 해서 돌풍처럼, 폭풍처럼, 불과 전쟁처럼 네로는 사라졌다. 그리고 바티칸 언덕에 있는 베드로의 교회당이 로마뿐만 아니라 전 세계를 다스리게 되었다.

옛날의 카페나 문 가까이에 지금도 조그마한 교회당이 서 있다. 이곳에 군데군데가 지워졌으나 다음과 같은 글이 씌어져 있다.

"쿠오바디스, 도미네?(주여, 어디로 가시나이까?)"

(『쿠오바디스』 중에서)

논점 위 대목은 이 소설의 마지막과 에필로그이다. 마지막에 페트로니우스는 네로에게 배반당하고 사형당할 운명에 처하게 된다. 그는 자신의

죽음을 미리 예견하고 마지막 연회를 베풀면서 황제에게 편지를 쓰고는 그 자리에 참석한 사람들에게 읽어 준다. 그리고는 팔뚝 동맥을 자르게 해서 그의 노예 애인인 에우니케와 더불어 자살한다. 그의 죽음을 작가는 시와 아름다움의 죽음이라 표현하였다. 네로는 마침내 민중의 힘을 더 이상 거부하지 못하고 파온의 별장에까지 쫓겨나 거기서 자신의 죽음이 유예되었다는 마지막 전갈을 채 듣기 전에 단검으로 자결하고 만다. 작가는 네로가 돌풍처럼, 폭풍처럼, 전쟁처럼 사라졌다고 기술하고 있다.

통합형 문·답

제시문은 삶과 예술, 죽음의 의미에 관한 두 인물 곧 네로와 페트로니우스의 뚜렷한 인식의 차이를 보여 주는 대목이다. 이 페트로니우스와 네로의 예술에 대한 태도를 서술하고 그것이 그들의 삶에 어떤 방향을 제시해 주었는지를 생각해 보자.

이 소설에서 페트로니우스는 '풍류를 아는 자'로 기술되어 있다. 그에게 시나 예술은 삶 그 자체이며 그런 의미에서 그는 유미주의자다. 이에 반해 네로는 자신이 시와 예술을 사랑한다고 공언했지만 사실은 자신의 폭정과 살인을 정당화하기 위한 수단으로 시를 도구화한다.

마지막 편지에서 페트로니우스는 그러한 '아마추어적인 시'를 더 이상 짓지 말라고, 예술을 모욕하지 말라고 충고한다. 네로의 시와 예술에 대한 '아마추어리즘'은 철저하게 현실의 억압적 국면을 조장하거나 그러한 자신의 민중에 대한 억압 행위를 철저하게 위장하는 자기 기만적인 태도에 지나지 않는다. 그의 가장 큰 즐거움이 새로 발명한 악기나 새로 고안된 오르간을 연주하는 것이며, 백성들에게는 투기판을 보여 주기만 하면 위기는 해소된다는 무소견과 무계획, 철부지 같고 터무니없는 그의 생각과 그의 예술관은 그대로 대응되고 있다. 그는 지도자로서는 철저하게 부적격한 인물이며 그의 아마추어리즘은 예술에 대한 헌신적인 사랑과 순수한 관심에서 오는 것이 아니라 이러한 현실에 철저히 무감각한 방향성과 자격 없는 지휘자로서의 심성에서 비롯된다. 시와 예술에 대한 관심은 그의 결여된 인격을 그대로 노출시켜 주는 것인데, 그것은 예술 본질에 대한 사랑이나 관심과는 가장 먼 거리에 있는 것이다.

실제로 예술의 근본 태도는 철저한 자기 성찰에 있다. 예술은 미적 자율성의 형식으로, 정치나 사회·경제가 이르지 못하는 방식으로 인간의 삶에 개입한다. 철저한 자기 성찰은 세계와 인간에 대한 이해를 기본 원리로 한다. 그러나 네로는 그의 정치적 위험과 파탄을 방어할 목적으로 혹은 그저 그의 삶을 표면적이고 쾌락적 탐닉의 형식으로 변용할 수단으로 예술을 선택했다. 무계획적이고 무반성적인 삶을 지탱하지 못한 채 시를 쓰고 노래를 부르고 꿈과 환상 사이에서 허우적대는 네로의 삶이 이를 잘 설명해 준다. 그의 망상이 그의 파탄을 부른 것이다. '아아 위대한 예술가의 종말이 이토록 허무한가'라고 부르짖는 그의 육성은 처절하다기보다는 아이로니컬해 보인다. 그는 한마디로 잘못된 예술가였다. 그것이 그의 죽음과 파탄을 가져왔다.

반면 유일하게 풍류를 아는 사람인 페트로니우스는 삶 자체를 예술화하고 예술을 자기 나름으로 즐기려 했다는 점에서 탐미적 예술가였다고 생각된다. 그래서 그는 죽음 자체도 미학화하고 있다. 그의 죽음은 풍류의 극한이며 탐미적 아름다움 그 자체이다. 그래서 작가는 그가 살아 있었으면 더 의미가 있었을 가치인 시와 아름다움을 그의 죽음이 앗아갔다고 비통하게 말하고 있는 것이다. 노예와 함께 죽어 가는 그의 시신이 아름다운 하나의 조상처럼 부조되고 있는 이유도 그가 죽음까지 풍류의 형식으로 만들고자 했다는 점을 표현한 것이다. 시인으로서나 예술가로서 그는 그 임무에 충실했던 사람이며 그 점에서는 네로와 극한적으로 대립적 위치에 서 있는 인물이다.

◐

풍차간의 편지

도 데
Alphonse Daudet

프랑스의 상징주의 시인이자 소설가인 도데(1840~1897)는 비단장수인 아버지와 감수성이 풍부한 어머니 사이에서 태어났다. 가업이 파산하자 학업을 중단한 그는 알레스에 있는 중학교 사환 노릇을 하면서 청소년 시절을 보냈다. 그러다가 1857년 형이 있는 파리에 가서 문학에 전념하였다. 대표작은 『꼬마 철학자』 『풍차간의 편지』 『월요 이야기』이다. 『꼬마 철학자』는 도데의 분신인 주인공 다니엘을 통해 서정적인 언어로써 한 인간에 내재한 이중적인 측면을 제시하였으며, 『풍차간의 편지』는 다분히 시적이고 환상적인 문체로 인생과 자연의 신비한 아름다움을 그려 냈다. 그러나 『월요 이야기』는 프랑스와 독일의 접경지대인 알사스 로렌 지방에서 벌어지는 삶의 애환을 다루고 있어 사실주의적인 경향을 보인다. 그는 프로방스 지방의 언어와 문화에 대해 탐구했으며 이를 지키기 위해 노력한 민족주의자이기도 했다. 그의 작품은 매우 짤막한 단편들이 많은데, 독일 침략에 의한 알사스 로렌 지방의 피억압 상태를 그린 「마지막 수업」, 알프스 목동의 사랑을 그린 「별」은 국내에도 이미 소개되어 잘 알려진 주옥과도 같은 단편들이다.

작품 해제

이 작품은 단편집 『풍차간의 편지(Lettres de mon moulin)』(1966)에 실린 단편 중의 하나이다. 『풍차간의 편지』는 작가의 인생관이 아름다운 서정적 문체로 잘 그려진 단편들로 가득 차 있다. 다음에 소개하는 「산문으로 된 환상시」라는 제목의 이 단편에도 '왕자의 죽음'과 '들판의 군수님'이라는 두 개의 에피소드가 함께 실려 있다. 이 두 개의 에피소드만 소개하기로 한다.

작가는 '왕자의 죽음' 속에서 한 왕자가 죽음에 직면하는 순간에 깨닫게 되는 삶의 진실을 제시하고 있다. 왕자라는 신분, 돈과 권력조차도 죽음 앞에서는 무의미하다는 사실이야말로 평범한 진실이다. 그러나 우리는 이러한 진실을 잊고 살아간다. 작가는 왕자의 죽음이라는 소재를 통해, 우리가 정말 소중하게 아껴야 할 것은 삶 자체에 있다는 생각을 넌지시 제시한다.

'들판의 군수님'은 동화적인 분위기로 가득 차 있다. 군수님은 군민들 앞에서 멋진 연설을 하기 위해 숲 속에 들어가 원고를 쓴다. 그러나 지저귀는 새 소리, 흐르는 물 소리 때문에 원고 쓰는 일에 집중하지 못하고, 이내 짜증을 내고 만다. 그러나 주위가 산만하여 원고 쓰기를 포기했을 때, 그는 갑자기 짜증이 없어지고 점차 즐거움으로 가득 차는 것을 느낀다. 그는 진정으로 자연의 소리에 눈뜬 것이다. 그는 원고를 내팽개치고 자연의 아름다움을 만끽한다.

도데는 이처럼 산문을 통해 자연과 인생의 환상적인 아름다움을 포착하였다. 「산문으로 된 환상시」라는 단편뿐만 아니라, 도데의 모든 작품은 이처럼 자연에 대한 친화적인 태도를 담고 있어, 각박한 생존경쟁에 지친 현대인을 위로해 주는 힘을 갖는다. 도데는 자연의 아름다움으로 인간의 상처를 치유할 수 있다고 본 낭만주의자였던 셈이다.

작품 읽기

어린 왕자가 병이 들어 죽게 되었습니다. 왕국의 모든 교회에서는 왕자의 회복을 빌며 낮이나 밤이나 성체를 내어 놓고, 커다란 초에 불을 켜 놓았습니다. 고색 창연한 거리는 고요하고 쓸쓸했으며 교회의 종소리도 들리지 않았고, 마차들도 조용조용히 다녔습니다……. 궁궐 주위의 주민들은 궁금해서, 위엄 있는 태도로 궁정 안에서 이야기를 하고 있는 금줄 단 뚱뚱보 호위병들을 창살 틈으로 바라보았습니다.

성안이 온통 들끓고 있었습니다. 시종들과 청지기들이 종종걸음으로 대리석 층계를 오르내립니다. 현관에는 비단옷을 입은 신하들과 시동들로 가득 차 있으며 그들은 이리 몰리고 저리 몰리며 새로운 소식을 알아내려고 수군거립니다. 넓은 계단 위에서는 눈물에 젖은 시녀들이 수놓인 고운 손수건으로 눈물을 닦으면서 서로 인사를 주고받습니다.

오렌지 온실 안에서 가운을 입은 의사들의 회합이 거듭됩니다. 그들의 긴 검정 소매가 움직이고, 길게 늘어뜨린 가발이 점잖게 수그러지는 모습이 유리창 너머로 보입니다. 사부(師父)와 시종(侍從)은 문 앞에서 서성대며 시의(侍醫)의 발표를 기다립니다. 요리사들이 그들 곁을 인사도 없이 지나갑니다. 시종은 이교도처럼 욕설을 퍼붓고, 사부는 호레이스의 시를 읊습니다. 그러는 동안 저편 마구간 쪽에서는 구슬픈 말 울음소리가 길게 들려 옵니다. 그것은 마부들이 잊고 밥을 주지 않아 텅 빈 구유 앞에서 슬프게 울부짖는 왕자의 밤색 말이었습니다.

그런데 임금님은 어디 계신가? 임금님은 성 끝에 있는 방안에 홀로 들어앉아 계십니다. 임금님들이란 남에게 눈물을 보이는 것을 좋아하지 않으십니다. 그러나 왕비님은 다릅니다. 왕비님은 어린 왕자의 머리맡에 앉아 고운 얼굴이 눈물에 젖은 채 비단장수처럼 모든 사람들이 보는 앞에서 큰소리로 흐느껴 울고 계십니다.

레이스가 달린 침대에는 어린 왕자가, 깔고 누운 요보다도 더 흰 얼굴로 눈을 감은 채 누워 있습니다. 잠들어 있는 듯하였지만 자고 있는 것은 아니었습니다. 어머니를 향해 몸을 돌린 왕자는 어머니가 울고 있는 것을 보고 이렇게 말했습니다.

"어마마마, 왜 울고 계셔요? 정말 제가 죽을 거라고 생각하세요?"

여왕님은 대답을 하려고 하였지만 목이 메어 말이 나오질 않습니다.

"어마마마, 제발 울지 마세요. 제가 왕자라는 것을 잊으셨군요. 왕자가 이렇게 죽을 수 있나요?"

왕비님은 더욱더 흐느껴 웁니다. 그래서 왕자도 무서워집니다.

"그만두세요! 전 죽고 싶지 않아요. 절대로 죽음이 여기까지 오지 못하도록 막을 수 있을 거예요……. 당장 사십 명의 아주 힘센 근위병을 오게 해서 침대 주위를 둘러싸게 해주세요…… 대포 백 문을 창 밑에 배치하여 도화선에 불을 붙인 채, 밤이나 낮이나 지키게 해주세요. 그래도 죽음이 접근해 올 때는 호통을 쳐 줄 거예요!"

왕자를 즐겁게 해주려고 왕비님은 손짓을 합니다. 당장 궁정 안으로 커다란 대포가 굴러 오는 소리가 들리고, 창을 든 장대한 사십 명의 근위병들이 몰려와 방안에 둘러섭니다. 이들은 수염이 허옇게 된 노병들입니다. 왕자는 그들을 보자 손뼉을 칩니다. 왕자는 그들 중에서 자기가 알고 있는 한 사람을 불렀습니다.

"로뎅! 로뎅!"

그가 침대 앞으로 한 걸음 나섭니다.

"로뎅, 난 당신이 참 좋아……. 당신의 장검을 좀 보여 줘. 죽음이 나를 잡으려고 하면 죽여 버려야 하겠지?"

로뎅이 대답합니다.

"그렇습니다, 왕자마마!"

노병의 거무죽죽한 뺨 위에는 굵은 눈물이 두 줄 흘러내립니다.

이때, 궁정 목사가 왕자 곁으로 가까이 오더니 십자가를 보이며 낮은 목소리로 오랫동안 이야기를 합니다. 어린 왕자는 아주 놀란 얼굴로 이야기를 듣고 있더니 갑자기 목사의 말을 가로막았습니다.

"사제님의 말씀은 잘 알겠습니다. 그렇다면 친구 삐뽀 녀석에게 돈을 많이 주고 나 대신 죽게 할 수는 없을까요?"

목사는 낮은 목소리로 이야기를 계속합니다. 어린 왕자는 더욱더 놀란 얼굴을 합니다.

목사가 이야기를 다 끝내자, 어린 왕자는 한숨을 쉬며 이렇게 말했습니다.

"사제님의 말씀은 한마디 한마디 나를 아주 슬프게 합니다. 하지만 저 하늘 위 별들의 낙원에 가도 나는 역시 왕자일 테니까 안심이 되는군요……. 하느님은 나의 친척이니 나를 신분에 맞도록 대우할 것을 잊으시진 않겠죠."

그리고는 어머니 쪽으로 몸을 돌리며 왕자는 이렇게 덧붙여 말합니다.

"제 가장 고운 옷들, 흰 담비가죽 저고리와 비로드 무도화를 가져오라고 하세요! 왕자의 옷을 입고 천국에 들어가서 천사들에게 뽐내고 싶어요."

목사는 세 번째로 어린 왕자를 향해 몸을 숙이고 낮은 목소리로 오랫동안 이야기를 합니다. 이야기를 하는 도중 왕자는 화를 내며 말을 가로막더니, 이렇게 말합니다.

"그렇다면 왕자는 아무것도 아니군요!"

그리고는 더 이상 이야기를 들어 보려고 하지 않고 벽을 향해 돌아눕더니, 왕자는 흐느껴 우는 것이었습니다.

(『풍차간의 편지』, 「산문으로 쓴 환상시」 중에서)

통합형 문·답

제시문에서 목사의 말은 표면에 전혀 나타나지 않는다. 목사가 왕자에게 들려줬을 이야기를 상상하여, 이를 본문의 문체에 합당하게 목사의 설교나 기도의 형식으로 써 보자.

첫 번째 이야기 : 왕자님, 죽음은 날카로운 장검과 커다란 대포와 단단한 성으로 막을 수 있는 것이 아닙니다. 그것은 마치 안개와도 같습니다. 맑은 대기와 신선한 녹음 속에 서 있다가 서서히 강으로부터 몰려오는 안개처럼, 죽음은 천천히 왕자님의 몸을 감싸고 주변의 것들을 지워 갈 것입니다. 날카로운 장검을 휘두른다고 해서 안개가 상처를 입지 않듯이, 허공에 대포를 쏜다고 안개가 상처 입은 짐승처럼 울부짖는 것이 아니듯이, 죽음은 단단한 성벽을 어스름한 저녁의 안개처럼 넘어 들어옵니다. 그것은 악마도 아니고, 총검을 든 병사도 아닙니다. 들녘에 고요히 있다가 소나기를 맞이한 농부처럼 사람들은 죽음에 닥치면 허둥대면서 막아 보려고 애를 쓰지만 금세 흠씬 젖어 버리고 맙니다. 왕자님, 죽음은 우리가 맞서 싸울 수 있는 것이 아닙니다. 사과를 먹다가 씨를 뱉어 놓은 곳에 어느새 사과나무가 자라 있듯이 죽음은 우리가 삶과 함께하던 어느 순간에 갑자기 다가오는 그런 것입니다. 우리 주변에 항상 기다리고 있다가 어느 순간 눈에 활짝 뜨이게

보여지는 그런 장미꽃과도 같습니다.

두 번째 이야기 : 왕자님, 죽음은 누구로 하여금 대신 죽게 할 수 있는 그런 것이 아닙니다. 장미꽃의 아름다움에 혹해서 그것을 꺾으려던 사람이 어느 순간 가시에 찔렸다는 것을 깨닫는 그런 아픔과도 같습니다. 이미 찔린 다음에야 누구에게 대신 아파해 달라고 할 수 없듯이 이미 죽음의 어두운 안색을 느끼고 있다면 그것은 지우거나 대신하게 할 수 없는 그 자신의 아픔과 그 자신의 안색이 됩니다. 어느 날 들녘에 야유회를 갔다가 벌들이 몰려와 왕자님을 쏜 적이 있을 것입니다. 그때 왕자님은 벌들이 자신의 말을 듣지 않았다고 하셨죠. 사실 그 벌들은 왕자님의 말을 알아듣지 못합니다. 다만 자신들의 식량이 있는 벌집을 왕자님께서 위협하셨기 때문에 왕자님에게로 달려든 것입니다. 왕비님께서 멀리 가셨을 때 가시지 않는 그리움이 온전한 왕자님의 것이듯이, 누구더러 대신 그리워해 달라고 할 수 없듯이, 왕자님이 죽음을 겪는다면 그것은 왕자님만의 것입니다. 신은 심장의 박동이 뜨겁게 고동치기 시작하는 순간, 이미 그 박동이 멈출 날을 예정하고 계시는 것입니다. 피할 수 없는 그러한 것들, 죽음과도 같은 것들을 우리는 운명이라고 부릅니다. 왕자님은 죽음과 대면하고 계시고 그것은 누구도 대신할 수 없는 운명인 것입니다. 왕자님의 친구인 삐뽀도 역시 그런 운명을 마주하게 될 것입니다. 왕비님도 임금님도 자신만이 대면할 수 있는 죽음의 안식 속에서 신의 얼굴을 대면할 것입니다. 다행히 왕자님은 죄의 두터운 외투를 입기에는 나이가 어리십니다. 왕자님은 천사들이 노래하고 왕자님과 함께 놀아 주는 저 하늘 별들의 낙원으로 가실 것입니다. 그곳에서 아름다운 흰 대리석 궁전에 별빛과도 같은 천사들과 무도회를 벌이면서 살 수 있을 것입니다.

세 번째 이야기 : 왕자님, 사람은 벌거숭이로 태어납니다. 벌거숭

이로 태어난다는 것은 사람이 본래 신의 영역에서 아름다움을 누리는 존재일 뿐 그 신분을 원래 지니고 태어나는 것은 아니라는 것을 보여 줍니다. 지상의 권세는 지상에 있을 뿐이고, 하늘의 권세는 하늘에 있는 것입니다. 지상에서 왕자님이 누리던 것을 왕자님께서 하늘로 가져갈 수는 없습니다. 그건 물 속의 달을 떠올리려고 하는 것과 같습니다. 물 속의 달이 아름답고 손이 닿을 것 같다고 해서 떠올려 보면 그것은 단지 흐려진 물일 뿐입니다. 지상의 모든 권세는 그러한 것과 같습니다. 왕자님이 입고 계시는 옷, 무도화는 지상의 것입니다. 하지만 그것은 그리 나쁜 일은 아닙니다. 왕자님이 가실 별들의 낙원은 옷이 필요한 곳이 아니니까요. 그곳은 신의 아름다운 미소로 옷을 입고 신의 아름다운 음성으로 음악을 삼아 춤을 추는 곳입니다. 그곳의 천사들은 귀천이 따로 없지요. 모두가 신의 아이들일 뿐입니다. 왕자님도 그곳에서 천상의 권세를 가진 신의 아이가 되는 것입니다. 서로에 대한 구별도 없고 질투도 있을 수 없습니다. 풍성한 과육과 먹을 것이 꿀처럼 흐르는 강물이 왕자님을 반겨 줄 것입니다. 그곳에서 마음껏 춤을 추고 동무들과 어울리십시오. 그리고 맑고 드높은 웃음소리 속에서 왕자님도 그들과 하나가 되십시오. 우리를 괴롭히던 모든 것들을 잊고 그들과 함께 뛰어 노십시오. 무엇을 시킬 일도 명령을 받을 일도 없는 곳입니다. 죽음의 세계는.

◐

좁은 문

지 드
Andr'e-Paul-Guillaume Gide

프랑스의 작가 앙드레 지드(1869~1951)는 파리대학 교수인 아버지와 북프랑스 출신의 어머니 사이에서 태어났다. 아버지는 남프랑스 출신 캘빈파 신교도였고 어머니는 구교도(가톨릭)여서 대조적인 성향의 부모 밑에서 성장했다. 1880년 장결핵으로 부친이 사망하자 어머니의 엄격한 교육 분위기 속에서 성장하나 이에 염증을 느끼기 시작하고, 학교에 대한 공포로 신경병에 걸리기도 하며 복학과 휴학을 거듭했다. 1887년 알사스 학원의 수사학 학급에 편입한 그는 같은 반에서 뒷날 유명한 시인이 된 피에르 루이스를 만나 교유하며 문학적 자극을 받았다. 20세 때인 1889년 독학으로 대학 입학 자격시험에 합격했다. 1891년 『앙드레 발테르의 수기』를 발표한 이래 1951년 사망할 때까지 기행문, 소설, 자서전 등 무수한 작품을 남겼다. 대표작으로는 『배덕자』 『좁은 문』 『전원교향곡』 『한 알의 밀이 썩지 않으면』 『소련기행』 등이 있다.

작품 해제

『좁은 문(La Porte étroite)』(1909)은 앙드레 지드의 대표작으로 유명하다. 먼저 간략한 내용부터 파악해 보도록 하자.

순결한 소녀 알리사와 소년 제롬은 서로 사랑하는 사이이다. 그들의 사랑이란 문자 그대로 청순한 것이다. 그러나 알리사는 사촌동생 제롬을 사랑하면서도 지상에서의 사랑을 피하고 남몰래 죽어 간다. 알리사의 그러한 행위에는 불륜에 빠진 어머니에 대한 괴로운 추억, 제롬을 마음속으로만 사랑하고 싶은 욕망 등등 몇 가지의 원인이 깃들여 있었다. 그러나 핵심적인 이유는 그녀의 신비적 금욕주의에 있었다. 이런 모습을 전형적으로 보여 주는 장면이 예배당에서의 목사의 설교 장면이다. 목사는 엄숙한 목소리로 좁은 문으로 들어가라고 하는 성구를 낭독한다. 그 성구는 제롬의 알리사에 대한 사랑과 합치되는 듯하다. 알리사의 명상에 잠긴 눈초리가 제롬에게는 성녀의 명상의 표시이며, 그녀의 아무렇지도 않은 몸짓도 그에게는 덕의 완성을 지표로 삼는 노력의 증거로 여겨지는 것이다. 제롬은 알리사를 단테의 베아트리체에 견주어 미화시키고 있는 셈이다. 제롬의 노력의 목표는 오로지 알리사의 덕에 견줄 만한 청년이 되는 것뿐이었다. 그러기 위해서는 속세의 온갖 즐거움을 내버리고 성서가 가르치는 좁은 문으로 들어가는 괴로움을 따르지 않으면 안 되었던 것이다. 이 작품은 작가의 자전적인 요소가 짙은 것으로, 장차 작가의 아내가 되는 그의 사촌 마들렌의 영상을 많이 엿보게 한다. 아무튼 이 작품의 여주인공 알리사는 천국에서의 영혼의 합일을 꿈꾸나 그녀가 그런 생각을 품게 된 것은 단순히 어머니의 불륜을 목격한 절망감에서뿐만 아니라 자기가 사랑하는 제롬을 여동생 줄리엣이 연모하고 있는 것을 알게 된 데서, 자기 희생을 각오한 때문이기도 하다. 그러나 이러한 고행은 그녀에게는 너무나 벅

찬 것이어서 그녀는 마침내 덕과 천국과 신에 대한 신앙마저 잃고 요양원에서 짧은 패배의 생애를 마치게 된다. 이 사실을 알게 되는 제롬에게 현실적으로 행복하게 사는 줄리엣은 충고한다. '자, 이제는 잠을 깨지 않으면 안 돼요.' 그러나 그 충고하는 과정에서 줄리엣은 울음을 터뜨리고 만다.

이 작품은 앙드레 지드 개인에게는 『배덕자』(1902)의 세계에서 보여 준 생의 패배와 비탄, 그리고 이에 이어진 작가적 슬럼프에서 그를 구해 낸 작품이라 할 수 있다. 보통 『좁은문』은 『배덕자』의 음화(陰畵)라고 지적된다. 여주인공 알리사는 『배덕자』의 미셸과는 반대로 청교도적 신비주의를 신봉하고 자기 희생의 계율 속에 살려고 한다. 그녀는 제롬에 대한 사랑을 거절하고 신의 사랑 속에서 마음의 평화를 찾으려 했으나, 오히려 신마저 잃게 되는 위기에 이르러 자연으로부터 복수당하고 만다. 『배덕자』의 경우는 이와 정반대다. 주인공 미셸은 인간적 삶의 약동을 이루기 위해 병든 아내를 데리고 아프리카 땅으로 간다. 생명의 충실을 희구하여 도덕, 인습, 가정에 반역하며 기독교적인 유럽이라는 틀에서 벗어나려는 것이었다. 그러나 이런 것들에 대한 설명 없이 순종만 하는 병든 아내를 아프리카로 끌고 다니다 죽게 만든 것이다. 그렇다면 그녀의 죽음으로 인해 그는 자유를 얻었는가. 그는 이 자유 앞에서 괴로워하고 있다.

따라서 그 다음에 알리사와 제롬이라는 청교도적인 인물들을 등장시켜 새로운 방식으로 그러나 같은 주제를 천착하고 있는 것이다.

작품 읽기

나는 알리사의 방문 앞까지 왔다. 나는 잠시 동안 그대로 기다렸다. 웃음소리로 떠들썩한 소리가 아래로부터 들려왔다. 아마도 그 소리가 내 노크 소리를 지워 버렸는지 아무런 대답이 없었다. 나는 문을 밀었다. 문은 소리 없이 열렸다.

알리사를 곧 찾아낼 수 없을 만큼 방안은 어두웠다. 알리사는 엷은 광선이 스며드는 창 쪽을 등지고 침대머리에 무릎을 꿇고 있었다. 알리사는 뒤돌아보았으나 내가 곁으로 가도 일어나려고 하지 않고 속삭이듯 말하였다.

"오! 제롬, 왜 돌아왔어?"

나는 입을 맞추려고 몸을 굽혔다. 그녀의 얼굴엔 온통 눈물이 넘쳐흐르고 있었다…….

이 순간이 내 일생을 결정지었던 것이다. 나는 지금도 괴로움 없이 그때 일을 회상할 수가 없다. 물론 나로서는 어렴풋이밖에 알리사의 슬픔의 원인을 알 길이 없었다. 그러나 나는 이런 슬픔이 사납게 고동치는 이 가엾은 영혼과 흐느낌으로 온통 떨고 있는 연약한 육신에게 너무나도 벅찬 것이라는 것을 뼈저리게 느꼈다.

무릎을 꿇고 앉은 그녀 곁에 나는 그대로 서 있었다. 나는 내 마음속에서 솟구치는 새로운 이 흥분을 뭐라 말로 다 표현할 수가 없었다. 다만 그녀의 머리를 내 가슴팍에 가져다 안고, 내 영혼이 흘러 넘치는 입술을 그녀의 이마에 대고 있을 뿐이었다. 사랑과 연민에 그리고 또 감격과 희생과 덕행이 뒤얽힌 감정에 도취된 나는 힘껏 신에 호소하고, 내 일생의 목적은 오직 이 알리사를 공포와 고난과 생명으로부터 보호해 주는 것뿐이라 생각하며 스스로 몸을 바치기로 하였다. 나는 기도 드리고 싶은 마음에서 무릎을 꿇었다. 나는 그녀를 내 몸으로 감싸 주었다. 속삭이는 듯한 그녀의 목소리가 들렸다.

"제롬! 남들한테 들키지 않았지? 자! 빨리 가 줘! 들키면 안 돼."

그리고 나서 더욱 목소리를 낮추며,

"제롬, 아무보고도 말하지 마……. 가엾은 아버지는 아직 모르셔……."

그래서 나는 어머니께도 아무 말도 하지 않았다. 그러나, 프랑티에 이모와 어머니의 긴 밀담이나 두 분의 걱정스러운 듯한 이상한 모습이나, 수군거리는 곳에 내가 다가갈 때마다,

"넌, 저리로 가서 놀아라."

하면서 나를 멀리 하던 일, 이런 모든 것이 나로 하여금 뷔콜랭 댁의 비밀에 대하여 두 분이 전혀 모르는 것도 아니구나 하는 생각을 갖게 하였다.

우리가 파리로 돌아가자마자, 한 장의 전보가 어머니를 르아브르로 되돌아가게 하였다. 외숙모가 집을 뛰쳐나갔던 것이다.

"어느 남자와 함께가요?"

나는 나를 맡고 있던 미스 애쉬버튼에게 물었다.

"그건 어머님께 여쭤볼 일이야. 난 뭐라고 말할 수 없구나."

하고 이 사건에 몹시 당황해 하고 있던 그녀는 이렇게 대답하였다.

이틀 후 미스 애쉬버튼과 나는 어머니 뒤를 좇아 갔다. 그날은 토요일이었다. 나는 이튿날 외사촌누이들을 교회당에서 만나기로 되어 있었다. 그래서 내 마음은 오직 이 생각만으로 꽉 차 있었다. 그것은 어린 내 마음에도, 이런 장소에서 만난다는 것으로써 우리의 재회가 정화되는 것이 대단히 중대하게 여겨졌기 때문이다. 아무튼 외숙모의 일은 그렇게 깊이 생각하지도 않았다. 어머니에게도 아무 말도 묻지 않는 것이 사내다운 일이라고 생각하였다.

그날 아침 자그마한 교회당에는 사람이 많지 않았다.

보티에 목사는 생각 끝에 일부러 그랬겠지만 '좁은 문으로 들어가기를 힘쓰라'는 그리스도의 말씀을 묵상의 인용구로서 들었다.

알리사는 내 앞에서 조금 떨어진 곳에 있었다. 나 있는 데서는 그녀의 옆모습만이 보였다. 나는 정신없이 그녀만을 보고 있었기 때문에, 사실은 열심히 듣고 있는 그 말씀도 그녀를 통하여 듣고 있는 듯싶었다. 외숙은 어머니 곁에 앉아서 눈물을 흘리고만 있었다.

목사는 맨 처음 성경 구절을 전부 읽었다. "힘을 다하여 좁은 문으로 들어가라. 멸망으로 이르는 문은 크고 그 길이 넓어 그리로 들어가는 자가 많고, 생명으로 이르는 문은 좁고 길이 좁아 이를 찾는 이가 적으니라." 그리고 주제를 분명히 나누면서 '넓은 길'에 대하여 말씀하였다. 정신이 흐리멍텅해지며 마치 꿈꾸는 것처럼 외숙모가 누워 있는 방이 머릿속에 떠올랐다……. 다음에 역시 웃고 있는 번지르르한 장교 얼굴이 눈앞에 떠올랐다……. 그리고 웃는다는 것, 기뻐한다는 것 자체가 벌써 사람을 상처 입히고 해치는 것으로, 마치 죄악의 더러운 과장된 표현같이 여겨졌다…….

"그리로 들어가는 자는 많고……."

보티에 목사는 계속하였다. 그리고 그는 설명해 나갔다. 나는 웃고 떠들며 우쭐해서 행렬을 지어 걸어가는 호사스러운 많은 사람들이 눈에 비쳤다. 그 사람들과 발걸음을 맞추어 가는 걸음마다, 나는 알리사에게서 멀어지는 것 같아, 도저히 그런 사람들 틈에 끼일 수도 없거니와 끼이고 싶지도 않다고 생각하였다. 목사는 다시 본문 앞절로 돌아왔다. 그러자 나는 그리로 들어가기가 대단히 힘들다는 그 '좁은 문'을 보았다. 나는 잠겼던 꿈속에서 일종의 쇠붙이를 늘이는 기계처럼 상상하고는 그리로 힘써 들어가는 것이었다. 그것은 무척 고통스럽기는 하지만, 그러나 거기엔 무슨 하늘의 축복의 예감 비슷한 것이라도 섞여 있는 것같이 생각되었다. 그러자 그 문은 다시 알리사의 방 바로 그 문이 되었다. 나는 그리로 들어가기 위해서 스스로를 억제하며, 내 속에 남아 있는 모든 '이기심'이라는 것을 던져 버리는 것이었다…….

"생명으로 이르는 문은 좁고 길이 좁아……."

보티에 목사는 계속하였다. 그리고 나는 모든 괴로움, 모든 슬픔을 넘어 아득히 먼, 하나의 순결하고 신비스럽고 맑은 기쁨, 내 영혼이 이제 그것을 끌어안기 시작할 또 하나의 기쁨을 상상하고 예감하였다. 이 기쁨을 생각할 때, 나는 그것을 저 날카로우면서도 상냥스런 바이올린 소리와 같이, 또는 저 알리사의 마음과 내 마음이 그 속에서 녹아 버리는 활활 타는 불꽃과 같이도 상상하였다. 우리 두 사람은 저 '묵시록'에 적혀 있는 것 같은 흰옷을 입고, 서로 손과 손을 마주잡고서 꼭 같은 목표를 바라보고 나아가는 것이었다. 이 같은 어린 애가 품는 공상이 설사 미소를 자아낸들 그게 무슨 상관이 있으랴. 나는 지금, 오직 있는 그대로를 얘기하고 있는 것이다. 가끔 분명치 않은 데가 있는 것은 오직 언어와 불완전한 비유, 이것들 때문에 감정을 정확하게 정할 수가 없는 것이다.

"찾는 이가 적음이니라."

하고, 보티에 목사는 끝을 맺었다. 그는 어떻게 해서 이 좁은 문을 찾아낼 것인가에 대해서 설명하였다. '찾는 이가 적음이니라' —— 나는 확실히 그 중의 한 사람이 되리라…….

설교가 끝날 무렵이 되자, 마음의 긴장은 극도에 달하였다. 예배가 끝나자마자 나는 알리사를 찾아보려고도 하지 않고 뛰쳐나와 버렸다. 일종의 자랑스러운 마음에서 벌써부터 내 결심을 —— 나는 결심한 바가 있었던 것이다 —— 시련에 부대끼게 하고 싶었고, 그러기 위해서는 곧 그녀에게서 몸을 멀리 함으로써 그녀에게 어울리는 나 자신이 될 수 있다고 생각했기 때문이었다.

(『좁은 문』 제1장 중에서)

통합형 문·답

제시문에서는 '좁은 문으로 가라'는 언급을 통해 남녀간의 사랑과 삶을 살아가는 태도를 상징하고 있다. 현재 우리 사회의 남녀간의 부정적 관계 양상들과 비교하면서 그런 태도의 의의와 한계에 대해 생각해 보자.

우리 사회의 남녀간의 관계 양태는 물론 천차만별이지만 가장 일반적인 것은 그 관계에 있어 정신적인 측면보다는 물질적 측면이 강조되는 것이리라. 가령, 미인이라든지 부자라든지 학벌이 좋다든지 하는 물질적 기준에 의해 관계가 성립되는 것은 이제 부정할 수 없게 되었다. 이러한 기준에 의한 만남이란 결국 인간적·정신적 삶 자체가 물질적인 것 혹은 수단에 해당하는 것이 목적 자체가 되어 버린 경우라고 할 수 있다. 경제적 삶의 편리함을 위해 화폐가 만들어졌지만 화폐 자체의 획득을 위해 삶이 총동원되어야 하는 것과도 마찬가지다.

이런 양상은 분명 물질적인 것에 의해 정신적인 것이 소외되어 있는 양상이다. 반면 위의 작품에서는 주인공이 모든 가치 기준을 성서적인 정신적 가치로 환원시켜 생각하고 있다. 특히 자신이 사랑하는 연인을 성녀의 차원으로 인식하면서 자신이 그녀의 수준에까지 도달하여 신성하게 관계를 맺으려는 주인공의 노력은 의미 있다고 하겠다.

그러나 작품의 결말에서도 드러나듯이 알리사의 헌신과 청교도적 엄숙함은 결국 파멸로 귀결된다. 그 이유는 알리사 자신이 그것을 참아낼 수 없었기 때문이다. 이 말은 인간이란 강한 존재가 아니라는 결론으로 읽힌다. 특별한 경우를 제외하면 인간이란 그렇게 강하지도 낙관적이지도 그리고 특히 선하지도 않은 것이다.

작품의 말미에서 현실적으로 성공한 줄리엣이 제롬에게 이제는 잠에서 깨어나야 한다고 이야기하면서도 흐느끼는 장면은 이러한 인간의 이중성 때문이라 판단된다.

그렇다면 현실적이면서도 이상적인 것, 물질적이면서도 정신적인 것, 즉 두 대립항의 통일을 지향하는 태도나 의식이 필요함은 당연하다. 그것은 무엇이며 어떤 태도인가. 이에 대해서는 추상적으로밖에 답할 수가 없겠다. 다만 인간 존재에 대한 이러한 소망은 많은 지성들이 집요하게 추구하는 가장 문제적인 주제라는 점만은 확실하다.

◐

어린 왕자

생텍쥐페리
Antoine-Marie-Roger de Saint-Exupery

프랑스의 작가 생텍쥐페리(1900~1944)는 리옹 시에서 장 마르크 드 생텍쥐페리 백작의 장남으로 출생하여, 리옹 교외의 대저택에서 유년 시절을 보냈다. 1909년 부친의 연고지인 르망 시로 이주하여 명문교인 성십자 학교에 입학했으며, 1917년 대학입학 자격시험에 합격하나 이 해에 친동생이 15세로 병사했다. 1919년 파리 미술학교에 적을 두었고, 1921년 입대하여 공군 제2항공연대에 배속되었으며, 1921년 공군 파일럿 시험에 합격하여 소위로 진급한다. 제대 후 기와 회사, 자동차 회사를 전전하다 1926년 라테코에르 항공회사에 입사하여 우편비행에 종사하였다. 1926년 처녀작 「자크 베니스의 탈출」의 발췌 작품인 「비행사」 발표, 1934년 「야간비행」 발표, 같은 해 12월 페미나 상을 수상하여 작가로서의 지위를 확립하게 된다. 1935년 거금의 상금이 걸린 파리-사이공 간 장거리 비행기록에 도전하다 리비아 사막에서 조난당하나 다음해 기적적으로 생환했다. 1939년 「인간의 대지」 집필. 1939년 제2차 세계대전 발발로 공군 예비역 대위로 입대, 정찰 비행 대대에 배속되었다. 1940년 휴전되자 12월 미국으로 망명, 독일의 괴뢰정부인 비시정권으로부터 국민회의 일원으로 임명된 사실을 알고 거부 성명서를 발표했다. 1943년 『어린 왕자』 출간. 1943년 비행대대에 복귀하여 정찰업무를 수행했는데, 1944년 그르노블 방면으로 정찰 비행중 행방불명되었다.

작품 해제

『어린 왕자(Le Petit Prince)』(1943)는 생텍쥐페리의 대표작이다. 줄거리를 살펴보면 다음과 같다.

한 비행기 조종사가 사막에 불시착한다. 절망에 빠져 있던 그에게 한 어린아이가 와서 양을 그려 달라고 한다. 그는 생각 끝에 상자 하나를 그려 주며 그 안에 양이 있다고 이야기한다. 어린아이는 별의 왕자였는데 그 별이란 것의 크기는 집 한 채 정도의 크기였다. 이곳에서 양과 함께 살게 된 어린 왕자는 어느 날 장미꽃이 피었음을 알게 된다. 어린 왕자는 장미꽃을 사랑하여 양이 먹지 못하도록 정성 들여 보살펴 주지만 장미꽃은 짜증만 낸다. 견디다 못한 어린 왕자는 그 별을 떠나 우주 여행을 시작한다.

처음 도착한 별에는 왕이 혼자서 잘난 척을 하고 있었다. 이 장면은 사회 현실에서 자기만 뛰어나다고 생각하는 사람들을 그려 낸 것이다. 다음 별에는 허영꾼이 살고 있었다. 그는 아무도 없는데도 자신이 박수를 받고 있는 줄 착각하고 인사하기에 바쁘다. 이런 인물은 아무 능력도 없으면서 지위만 얻어 자기 만족에 빠지기를 즐겨 하는 사람들의 모습이다. 세 번째 별에는 주정뱅이가 살고 있었다. 그는 술에 취해 세상사를 잊고 무질서한 생활을 하고 있었는데, 이러한 인물은 세상에 대해 아무런 의욕이 없고 세상을 망각하고자 하는 사람을 가리킨다. 네 번째 별에는 실업가가 살고 있었다. 그는 오로지 돈만 세고 있다. 모든 가치를 돈에 두는 사람은 돈을 위해서라만 무슨 짓이든지 하는 잔악성도 지니고 있다. 다섯 번째 별에 사는 사람은 가스등 점화부로 기계적인 반복적 행동만을 하는 사람이었다. 먹고살기 위해 자신을 찾지 못하고 반복적으로 그리고 무의식적으로 삶에 쫓기는 인물의 모습인 것이다. 여섯 번째 별에는 지리학자가 살고 있었다. 그는 지구라는 별을 어린 왕자에게 가르쳐 준다. 그러나 지구에 온 어린 왕자는 외로움만을 느낀다. 그러다 그는 어느 골짜기에서 자신이 좋아하던 장미꽃이 무수히 피어 있음을 보게 된다. 이 자리에 여우가 나타나 친구가 된다는 것의 참뜻을 가르쳐 준다. 관계란 함께 서로를 다른 것과는 다르다고 생각하며 인식하는 과정에서 성립된다는 것이었다. 여우는 그에게 보이지 않는 곳에 진리가 있음을 일깨운다. 결국 어린 왕자는 자신이 자기 별의 장미에게 소홀했음을 자책하고 뱀에게 자신을 물어 달라고 부탁하여 그 때문에 죽게 된다.

대개 이 작품의 내용에서 우리가 표면적으로 얻을 수 있는 주제란 진리로 가득 차 있는 어린아이의 세계와 현상에만 매몰되어 있는 어른 세계의 대립이다. 그런데 한 단계 더 나아가 보면 진리란 눈에 보이지 않는 곳에 있고 이 인식에 닿아 있는 어린아이의 세계가 바로 후자의 세계를 극복할 수 있는 관건임을 제시하고 있다. 그러나 작품의 말미에서도 확인되듯이 이러한 인식은 고독과 죽음이라는 문제와 함께 제시된다. 생텍쥐페리에게 고독감이란 홀로 있을 때 느끼는 것이 아니고 자기의 인생이 무의미하게 낭비되는 느낌을 깨달을 때 온다. 이에 대해 그는 합리적인 지성을 통해, 한편으로는 인간 상호간의 친밀한 관계에서 생겨나는 감성을 통해 이러한 고독이 극복되리라 생각했다. 감성에 의한 방법은 우리의 눈에 보이지 않는 것으로 작가는 이를 희생이라는 말로 표현했다. 이러한 사랑만이 이 인간의 고독을 극복할 수 있다는 것이다. 그렇다면 『어린 왕자』에는 아주 상징적으로 인간이 고독을 극복하는 과정이 그려져 있다고 할 수 있다.

다음으로는 죽음의 문제이다. 이 작품의 말미에서 어린 왕자는 죽음을 맞이한다. 이 죽음을 둘러싸고 해석상에 여러 이견이 있을 수 있다. 특히 어린 왕자가 어떤 존재인가,라는 점 때문에 해석이

다를 수 있다. 이 점과 관련하여 일반적으로는 어린 왕자를 주인공 '나'의 내면에 존재하는 훼손되지 않은 의식으로 해석한다. '나'가 사막에 불시착하여 극단적인 체험을 하게 되는 순간, 자신의 내부에서 어린 왕자를 발견하게 된다. 어린 왕자는 참된 자아인 것이다. 이 어린 왕자라는 참된 자아는 제1장에서의 어린 시절의 추억 장면이나, 어른과 어린아이의 세계의 대립이란 형식으로 전개된 그 이후의 내용으로 보건대 어른이 배워 되살려야 할 참된 의식이기도 하다. 주인공은 이런 참자아를 깨달았고 따라서 어린 왕자와 함께 우물을 찾아 나서는 것이다. 그러나 이 어린 왕자는 별나라에 사는 존재로서 현실 세계에 사는 나라는 인간을 이해할 수 없다. 뿐만 아니라 어린 왕자와 함께 깨달은 진리, 즉 중요한 것은 마음으로만 볼 수 있다는 진리는 현실 세계에서는 적용되기 어렵다. 이런 비극적 상황에서 오는 절망감은 함께 깨달았으나 그 깨달음이 현실에서는 적용될 수 없다는 절망감인 것이다. 이것이 어린 왕자를 죽음으로 몰아간 것은 아닌가 생각해 볼 수 있다.

제시문은 어린 왕자가 여우를 만나 새로운 깨달음을 얻게 되는 장면이다. 작품 내용 전개의 전환점이 되는 장면이기도 하다.

작품 읽기

그때 여우가 나타났다.

"안녕." 여우가 말했다.

"안녕."

어린 왕자는 공손하게 대답하고 몸을 돌렸으나 아무것도 보이지 않았다.

"여기 사과나무 밑에 있어"라는 목소리가 들렸다.

"넌 누구니?" 어린 왕자가 물었다. "정말 예쁜데……."

"난 여우야." 여우가 대답했다.

"이리 와 나하고 놀자." 어린 왕자가 청했다. "정말 쓸쓸하구나……."

"난 너하고 놀 수 없단다……." 여우가 말했다. "난 길들여지지 않았거든."

"그래? 미안해." 어린 왕자가 말했다.

그러나 조금 생각한 끝에 그가 덧붙여 말했다.

"'길들인다'는 게 무슨 뜻이니?"

"넌 여기 애가 아니구나." 여우가 말했다. "넌 뭘 찾고 있니?"

"사람을 찾고 있지." 어린 왕자가 말했다. "'길들인다'는 게 무슨 뜻이지?"

"사람들은 총을 가지고 사냥을 한단다." 여우가 말했다.

"정말 성가신 일이야. 그들은 또 병아리도 키운다. 그게 그들의 유일한 낙이지. 너 병아리를 찾는 거니?"

"아니야." 어린 왕자가 말했다. "난 친구들을 찾는 거야. '길들인다'는 게 무슨 뜻이야?"

"그건 너무 잊혀져 있는 일이지." 여우가 말했다. "그건 '연줄을 만든다'라는 뜻이야."

"연줄을 만든다?"

"그래." 여우가 말했다.

"넌 아직까지 나에게는 다른 수많은 꼬마들과 똑같은 꼬마에 지나지 않아. 그러니 나에겐 너가 필요 없지. 물론 너에게도 내가 필요 없겠지. 네 입장에서는 내가 다른 수많은 여우와 똑같은 여우에 지나지 않을 테니까. 하지만 만일 너가 날 길들이면 우린 서로를 필요로 하게 돼. 나에게는 너가 세상에 하나밖에 없게 될 거구, 너에게는 내가 세상에 하나밖에 없게 될 거야……."

"아, 이제 좀 알겠어." 어린 왕자가 말했다. "나에겐 꽃이 하나 있는데…… 그 꽃이 날 길들였던가 봐……."

"그럴 수 있지." 여우가 말했다. "지구에는 별의별 것이 다 있으니까……."

"아니야! 지구에 있는 게 아니야." 어린 왕자가 말했다.

여우는 호기심이 꽤 동하는 모양이었다.

"다른 별에 있어?"

"그래."

"그 별엔 사냥꾼이 있니?"

"아니."

"거 괜찮은데! 병아리는?"

"없어."

"완벽한 건 하나도 없군." 여우가 한숨을 내쉬었다.

그러나 여우는 자기의 생각으로 되돌아갔다.

"내 생활은 단조로워. 난 병아릴 쫓고 사람들은 나를 쫓지. 병아리는 전부 비슷비슷하고 사람들도 전부 비슷비슷해. 그래서 약간 심심해. 하지만 너가 날 길들이면 내 생활은 환해질 거야. 여느 발자국 소리와는 다르게 들릴 발자국 소리를 알게 될 거야. 다른 발자국 소리는 나를 땅속으로 도로 들어가게 하지만 네 발자국 소리는 음악 소리처럼 나를 굴 밖으로 불러낼 거야. 그리고 저길 봐! 저기 밀밭이 보이지? 난 빵을 먹지 않아. 나에겐 밀이 소용없는 거야. 밀밭을 봐도 내 머리엔 아무것도 떠오르는 게 없어. 그게 슬프단 말이야! 하지만 넌 금발이니까 너가 날 길들여 주면 기막힐 거야. 밀밭도 금빛이니 네 생각이 나게 할 거야. 그렇게 되면 나도 밀밭을 지나가는 바람 소리를 좋아하게 될 거야……."

여우는 말을 그치고 오랫동안 어린 왕자를 바라보았다.

"제발 날 길들여 줘." 여우가 말했다.

"그러고 싶어." 어린 왕자가 대답했다. "하지만 시간이 많이 없는걸. 난 친구들을 찾아내야 하고 알아야 할 일들이 많으니까."

"누구든지 자기가 길들이는 것밖에는 모르는 거야." 여우가 말했다. "사람들은 이제 무얼 알 시간조차 갖고 있지 못해. 그들은 상점에서 다 만들어 놓은 걸 사지. 하지만 친구를 파는 상점은 없으니까, 사람들은 친구가 없어. 친구를 원하거든 날 길들여!"

"어떻게 하면 돼?" 어린 왕자가 말했다.

"아주 참을성이 있어야지." 여우가 말했다. "맨 처음엔 지금처럼 나에게서 좀 멀리 떨어져서 풀밭에 앉아 있어. 곁눈질로 널 볼 테니까. 말은 하지 마. 말이란 오해의 원천이야. 하지만 매일 조금씩 더 가까이 앉아……."

그 다음날 어린 왕자가 다시 왔다.

"시간을 정해 놓고 오는 게 더 좋았을 텐데." 여우가 말했다. "예를 들어 오후 네시에 온다면, 세시부터 난 행복해지기 시작할 거야. 시간이 갈수록 난 더 행복해질 거야. 네시가 되면 벌써 안절부절못하고 조바심할 거야. 난 행복의 값을 알게 될 거야. 하지만 너가 아무 때나 온다면, 난 몇시에 마음을 준비해야 할지 알 수가 없을 거란 말이야…… 의례가 필요한 거야."

"의례가 뭐야?" 어린 왕자가 말했다.

"그것도 너무 잊혀져 있는 것이지." 여우가 말했다. "그건 어느 날을 다른 날과 다르게 어느 시간을 다른 시간과 다르게 만드는 거야. 예를 들면 사냥꾼들에게도 의례가 있지. 그들은 목요일에 동네 처녀들하고 춤을 춘단다. 그러니 목요일은 기막힌 날이지! 난 포도밭까지 산보를 나가. 사냥꾼들이 아무 때나 춤을 춘다면 그날이 그날이지 뭐. 난 휴가라는 게 없을 거구."

그렇게 해서 어린 왕자가 여우를 길들였다. 떠날 시간이 임박했을 때 여우가 말했다.

"아아!…… 난 울 테야……."

"그건 네 잘못이야." 어린 왕자가 말했다. "난 너를 괴롭힐 생각은 조금도 없었는데, 너가 나보고 길들여 달랬단 말야……."

"그건 그래." 여우가 말했다.

"그런데 울려고 들다니!" 어린 왕자가 말했다.

"그럼." 여우가 말했다.

"그럼 넌 얻은 게 하나도 없잖아."

"얻은 게 있지." 여우가 말했다. "밀 색깔이 어디야." 그리고 덧붙여 말했다. "장미에게 다시 가 봐. 그러면 네 꽃이 세상에 하나밖에 없다는 걸 알게 될 거야. 그리고 돌아와 작별해 줘. 비밀을 선물해 줄게."

어린 왕자는 장미꽃을 다시 보러 갔다.

"너희들은 내 장미와 닮은 데가 없어. 너희들은 아직 아무것도 아니야." 어린 왕자가 꽃들에게 말했다. "아무도 너희들을 길들이지 않았고 너희들도 누구 하나 길들여 놓지 않았어. 너희들은 옛날 길들이기 전의 여우와 같아. 다른 수많은 여우와 똑같은 여우였었지. 하지만 난 여우를 내 친구로 삼았으니까, 이제는 세상에 하나밖에 없는 거야."

그러니까 장미꽃들은 어쩔 줄을 몰라 했다.

어린 왕자는 또 말했다. "너희들은 아름다워. 하지만 텅 비어 있어. 누구든 너희들을 위해 죽을 수는 없을 거야. 물론 지나가는 행인은 내 꽃도 너희들과 비슷하다고 생각할 거야. 하지만 그 꽃 하나만으로도 너희들보다 더 중요해. 내가 물을 준 게 그 꽃이니까. 내가 고깔을 씌워 준 게 그 꽃이니까. 내가 병풍으로 가려 준 게 그 꽃이니까. 내가 벌레를 잡아 준 게 그 꽃이니까. (나비들 때문에 두어 마린 남겼지만) 원망하는 소리나 뽐내는 소리나, 때로는 아무 말 하지 않는 것까지 들어준 게 그 꽃이니까. 그것은 내 장미니까."

그리고 어린 왕주는 여우에게 되돌아왔다.

"잘 있어." 어린 왕자가 말했다.

"잘 가." 여우가 말했다. "내 비밀은 이거야. 아주 간단한 거지. 마음으로 보아야만 잘 보인다. 본질적인 것은 눈에 안 보인다."

"본질적인 것은 눈에 안 보인다." 잊지 않으려고 어린 왕자가 따라 했다.

"너가 네 장미에게 소비한 시간 때문에 네 장미가 그토록 소중해진 거야."

"내가 내 장미에게 소비한 시간 때문에……." 잊지 않으려고 어린 왕자가 되풀이했다.

"사람들은 이 진리를 잊어버렸어." 여우가 말했다. "하지만 넌 잊어서는 안 돼. 너는 네가 길들여 놓은 것에 대해 언제까지나 책임을 맡게 되는 거야. 넌 네 장미에 대해 책임이 있는 거야……."

"나는 내 장미에 대해 책임이 있는 거다……." 잊지 않으려고 어린 왕자는 되풀이했다.

(『어린 왕자』 중에서)

통합형 문·답

제시문에서 여우가 들려준 내용, 즉 마음으로 보아야만 잘 보인다는 진리를 작품 전체의 내용에 비추어 설명해 보고 그것이 '길들인다'는 표현과 어떤 관계가 있는지 생각해 보자.

여우가 들려주는 진리는 여우의 말대로 간단하다. '내 비밀은 이거야. 아주 간단한 거지. 마음으로 보아야만 잘 보인다. 본질적인 것은 눈에 안 보인다'는 것이다. 이 말은 작품의 첫 장면에서

부터 이미 암시되어 있다. 어른들이 모자라고 생각하는 그림이 그것이다. 눈에 보이지는 않지만 그 그림은 코끼리를 잡아먹은 뱀인 것이다. 비행사가 사막에 불시착하여 비행기 수리에 여념이 없을 때 어린 왕자가 나타나 양을 그려 달라고 말한다. 온갖 양을 그려 주었으나 모두 거절당하고 마침내 상자 하나를 그려 주며 그 안에 양이 있다고 이야기하자 어린 왕자는 탄성을 지른다. 어린 왕자는 '보이지 않는 존재에 대한 투시'를 해낸 것이다.

작가는 어린아이만이 위대한 인간의 미덕인 상상력의 소유자이자 현상에 매몰됨으로부터 오는 독단에 함몰되지 않는 유일한 존재로 보았다. 이런 어린아이의 의식은 가시적인 것에 매몰되어 인간의 순수함을 허황하고 메마른 것으로 만드는 태도에 대해 비판적이다. 어린 왕자가 소혹성들에서 만나는 이상한 어른들은 모두 현상에 사로잡힌 인간들이다. 자신의 명령을 거부할 것까지 명령하는 왕이라든지 손뼉을 치게 해서 자신이 숭배받도록 하는 허영꾼, 술 마시는 게 창피해서 술을 마시는 술꾼, 별의 숫자를 세면서 자기 재산으로 여기는 상인, 기계적으로 가스등을 켰다 껐다 하는 점등인(點燈人)이나 지리학자들은 모두 현상에 집착하는 착오자들이다. 실로 세계의 참모습은 권력이나 허영, 자포자기나 부(富), 혹은 기능이나 지식으로 얻어지는 것이 아니라 마음의 눈으로 얻을 수 있는 전혀 다른 것이다.

이런 마음의 눈을 통해 어린 왕자나 조종사가 파악해 낸 진실은 무엇인가. 그것은 다름 아닌 세상과의 관계에 대한 것이다. 그것의 중심 단어는 '길들인다'이다.

여기서 '길들인다'는 단어에 대해 생각해 보자. 여우는 어린 왕자에게 이렇게 이야기한다.

> 넌 아직까지 나에게는 다른 수많은 꼬마들과 똑같은 꼬마에 지나지

않아. 그러니 나에겐 너가 필요 없지. 물론 너에게도 내가 필요 없겠지. 네 입장에서는 내가 다른 수많은 여우와 똑같은 여우에 지나지 않을 테니까. 하지만 만일 너가 날 길들이면 우린 서로를 필요로 하게 돼. 나에게는 너가 세상에 하나밖에 없게 될 거구, 너에게는 내가 세상에 하나밖에 없게 될 거야…….

여기서 길들인다는 말은 정확하게 이해하자면 관계 창조하기 혹은 새롭게 관계하기이다. 따라서 이런 새로운 관계 맺음을 통해 새롭게 벌어질 일들을 여우는 이렇게 이야기한다. '너가 날 길들이면 내 생활은 환해질 거야. 여느 발자국 소리와는 다르게 들릴 발자국 소리를 알게 될 거야. 다른 발자국 소리는 나를 땅속으로 도로 들어가게 하지만 네 발자국 소리는 음악 소리처럼 나를 굴 밖으로 불러낼 거야.' 이 말은 마음으로 가장 중요한 것을 봄으로써 세계의 진상과 진실을 포착하여 그것과 관계 맺음으로써 과거 신이 내리던 은총을 인간의 마음으로부터 찾아낼 수 있다는 것이다.

결국 작가는 『어린 왕자』에서 인간의 마음의 눈을 통해 새로운 관계를 맺음으로써 세계의 의미를, 비록 허무함의 색채가 있더라도, 새롭게 깨우치도록 조언하고 있는 것이다.

◐

목걸이

모파상
Guy de Maupassant

안톤 체호프와 더불어 세계 단편소설의 쌍벽을 이루는 모파상(1850~1893)은 1850년 프랑스 노르망디 지방의 소읍(小邑)에서 태어났다. 부모의 불화에도 불구하고 예술가적인 기질을 지닌 어머니의 보호 속에서 행복한 어린 시절을 보냈다. 열세 살 때 이브토의 신학교에 입학했으나, 합리주의적 사고 때문에 쫓겨난 그는 이때부터 시를 짓기 시작하였다. 1870년 보불전쟁이 일어나자 지원병으로 참전하게 되고 이러한 전쟁 경험은 많은 작품의 소재가 되었다. 다음해 전장에서 돌아온 그는 해군성(海軍省)과 문부성(文部省)에서 하급 관리 생활을 하였으며, 이때의 궁핍한 생활을 통해 파리 서민층의 생활상을 직접 체험하거나 목격할 수 있었다. 이 시기에 그는 어머니의 친구이자 자연주의의 거장(巨匠)인 플로베르에게서 엄격한 작가 수업을 받았다. 1880년 그는 에밀 졸라를 중심으로 한 자연주의 작가군이 발간한 작품집에 「비계덩어리」를 발표해 유명해졌다. 이것을 시작으로 그는 1891년 정신병으로 요양소에 감금되기까지 10년 동안 300여 편의 단편소설과 6편의 장편소설을 창작하였다. 이후 자살을 기도했으나 실패한 후, 1893년 43세의 젊은 나이로 세상을 떠났다. 대표작으로는 『여자의 일생』 『죌르 아저씨』 등이 있다.

작품 해제

「목걸이」는 단편소설의 특성이 잘 나타나 있는 작품으로, 모파상의 문학적 지론인 묘사의 사실성과 간결성, 치밀한 언어 선택, 빠른 전개 등을 모두 보여 주고 있다. 이 소설은 '허영심'으로 요약되는 르와젤 부인이 불러온 아이로니컬한 비극을 다루고 있는데, 이러한 점은 결말 부분에서의 극적 반전이라는 구성을 통해 효과적으로 제시된다.

줄거리는 다음과 같다.

주인공 르와젤 부인은 처녀 시절 매우 아름답고 매력적이었으나 가난한 하급 공무원 집안 출신으로 어쩔 수 없이 가난한 문교부의 하급 공무원과 결혼해 평범한 생활을 한다. 그러나 평소 화려한 생활을 꿈꾸는 그녀로서는 자신의 결혼 생활에 흥미를 느낄 수 없었다. 그녀에게는 수도원 학교 시절 동창이었던 부유한 친구인 포레스티에 부인이 있었는데, 그 친구를 만나고 돌아오는 날에는 더욱 절망과 슬픔에 빠지기도 하였다.

그러던 어느 날 파티에 초청을 받는데, 입고 갈 옷은 구했으나 보석이 없음을 알고 친구 포레스티에 부인에게서 목걸이를 빌린다. 연회가 끝난 후 목걸이가 없어진 것을 깨달은 르와젤 부인은 사방으로 목걸이를 찾아 다니지만 허사임을 알고 잃어버린 목걸이를 대신할 비슷한 목걸이를 찾아낸다. 그리고 엄청난 빚을 내어 다이아몬드 목걸이를 구입하여 친구에게 돌려준다. 그러나 엄청난 빚을 진 르와젤은 자그마치 10년 동안 온갖 고생을 다하면서 그 돈을 갚아 나간다. 그리고 그 10년 후, 빚은 다 갚았지만 르와젤 부인은 이제 더 이상 예전의 그녀가 아니다. 빚을 갚아야 하는 상황, 그래서 궂은일을 해야만 하는 르와젤 부인의 환경이 아름답고 젊고 허영심 많던 그녀의 옛모습을 빼앗아 갔으며, 이제 그녀에게 남은 것이라곤 그 고생스런 10년의 흔적인 거칠고 투박한 늙은 아낙네의 모습뿐이었다.

그러던 어느 날 우연히 10년 전 목걸이를 빌렸던 그 친구를 만난 르와젤 부인은 자신이 잃어버린 목걸이가 가짜였음을 알게 된다.

이러한 결말의 극적 반전을 통해 모파상은 인간의 삶이 사소한 계기에 의해 얼마나 달라질 수 있는가, 그리고 인간의 어리석은 욕망이 어떤 결과를 불러올 수 있는가를 잘 보여 주었다. 즉 모파상은 어리석은 욕망으로 인한 한 인간의 파멸을 정확하고 간결한 표현과 객관적인 묘사를 통해 훌륭하게 그려 내었다.

작품 읽기 1

그녀는 집안일이 얼마나 힘이 들고, 또 부엌 치다꺼리가 얼마나 귀찮은지 몸소 체험하여 잘 알게 되었다. 그녀는 기름기가 묻은 그릇과 냄비 속을 닦느라고 분홍빛 손톱이 다 닳았다. 더러운 옷이나 내복, 걸레 등속을 빨아서 줄에 널었다. 아침마다 쓰레기를 담아 들고 거리까지 나갔다. 층계마다 숨을 돌리며 물을 길어 올렸다. 하류계급의 아낙네들과 다름없는 차림을 하고, 바구니를 팔에 끼고 야채가게와 식료품 상점과 고깃간을 드나들며 값을 깎다가 욕을 먹기도 하면서, 돈 한푼을 아꼈다.

두 내외는 달마다 지불할 것은 또박또박 이행하고, 경우에 따라서는 차용증서를 고쳐 쓰고 지불을 연기하였다.

남편은 저녁마다 어느 상인의 장부를 정리하는 부업을 맡았다. 그리고 때로는 한 페이지에 5수우의 보수를 받고 사본(寫本)을 만들어 주기도 하였다.

이러한 생활이 10년 동안이나 계속되었다.

10년이 지나서야 모든 빚을 정리할 수 있었다. ……고리대금의 이자와 묵은 이자의 이자까지 다 갚게 되었던 것이다. 르와젤 부인은 무척 늙어 보였다. 그녀는 억세고 완강하고 거칠고 가난한 살림꾼 아낙네가 되어 버렸던 것이다. 머리는 빗질을 하지 않아 텁수룩하고, 치마는 구겨지고, 뻘개진 손으로 마룻바닥을 훔치고, 커다란 목소리로 떠들어대었다. 그러나 가끔 남편이 출근하고 나면, 창가에 걸터앉아서, 지난날의 무도회 …… 그토록 아름다워 총애를 받던 무도회를 회상해 보는 것이었다.

그 목걸이만 잃어버리지 않았던들, 어떻게 되었을까? 누가 알 수 있으랴. 알 수 없지! 인생이란 무척 기이하고 허망한 거야! 대수롭지 않은 일이 파멸을 가져오기도 하고 구원을 해주기도 하고!

…〈중략〉…

"뭐! 마틸드 …… 아이 가엾어라! 그런데 왜 이렇게 변했어!"

"그 동안 고생 많이 했어. 우리가 마지막 헤어진 후로 고생살이가 이만저만이 아니었어. 그것도 다 너 때문이지 뭐야……."

"나 때문이라니 …… 그게 무슨 소리야?"

"왜 생각나지 않아? 저 문교장관 연회에 가려고 내가 빌려 갔던 다이아몬드 목걸이 말이야."

"응, 그래서?"

"그걸 잃어버렸지 뭐야."

"뭐? 아니 내게 고스란히 돌려주지 않았어?"

"그렇지만 그건 품질은 같지만 다른 목걸이야. 그 목걸이 값을 갚느라고 10년이나 걸렸지 뭐야 …… 인제 해결은 다 되었어. 얼마나 마음이 후련한지 몰라."

포레스티에 부인은 발길을 멈추고 서 있었다.

"그래, 내 것 대신에 다른 다이아몬드 목걸이를 사왔단 말이야?"

"그럼. 여태도 그걸 몰랐구나. 하긴 똑같은 것이니까."

그녀는 약간 으스대는 듯한 순박한 웃음을 지어 보였다.

포레스티에 부인은 크게 감동되어 친구의 두 손을 꼭 쥐었다.

"아이 가엾어라! 마틸드! 내 것은 가짜였어. 기껏해야 500프랑밖에 되지 않는……."

(「목걸이」 중에서)

논점 여기에서 모파상은 인간이 환경에 얼마나 큰 영향을 받는지를 보여 준다. 빚을 갚아야 하는 상황, 그래서 궂은일을 해야만 하는 르와젤 부인의 환경이 아름답고 젊고 허영심 많던 그녀의 옛모습을 앗아가 버렸으며, 이제 그녀에게 남은 것이라곤 그 고생스런 10년의 흔적인 거칠고 투박한 늙은 아낙네의 모습이다. 이 모든 것이 우연한 사건에 의해 일어났으며 모파상은 '인생이란 무척 기이하고 허망한 거야! 대수롭지 않은 일이 파멸을 가져오기도 하고 구원을 해주기도 하고!'라는 두 문장으로 이 일을 설명하였다. 이 우연이라는 것은 이 작품 결말 부분에서도 등장한다. 르와젤 부인은 우연히 친구를 만나 잃어버린 목걸이가 가짜였음을 알게 되는 것이다. 이 두 번째 우연은 르와젤 부인의 생활을 다시 바꾸기 위해서라기보다는 우연한 일에 의해 인생이 바뀔 수도 있다는 모파상의 메시지를 더욱 강하게 전달하기 위한 장치로 여겨진다.

통합형 문·답

제시문의 밑줄 친 부분은 인간과 환경의 관련성에 대한 모파상의 생각, 즉 자연주의적 문학관이 잘 드러난 구절이다. 다음에 밝힌 자연주의 문학론을 살펴보고 그 한계점을 논해 보자.

자연주의 문학론의 대표적인 작가인 에밀 졸라는 텐의 환경결정론과 다윈의 진화론의 영향을 받았고, 여기에 유전학과 실증주의 시각을 보태어 자신의 「실험소설론」에서 실험으로서의 소설을 주장하였다. 그는 한 인간의 삶이란 유전과 환경이라는 두 가지 조건에 의해 결정된다는 세계관을 피력하였고, 실제로 사회의 여러 인간 군상들을 조직하여 이들의 삶이 어떤 양상을 띠는지를 드러내고자 하였다. 졸라의 이러한 생각은 이후 여러 작가들에게 번져 나갔고, 모파상도 이러한 계열의 작품을 창작하였다.

이러한 자연주의 문학론은 사실주의와 비교해 볼 때 보다 뚜렷한 차이점이 드러난다. 사실주의는 현실을 충실하게 있는 그대로 '재현' 하려는 문예사조이다. 따라서 '기록적 소설' 에 만족하는 반면, 자연주의는 대상을 자연과학자나 박물학자의 눈으로 분석, 관찰하여 서술해야 한다는 것을 원칙으로 하고 있다. 따라서, 사실주의 소설은 현실 생활의 묘사와 더불어 과거라든가 먼 다른 지역의 생활까지도 그릴 수가 있지만 자연주의 소설은 전적으로 현재의 현실만을 그 대상으로 삼는다. 그리고 문체에 있어서도 사실주의는 모든 사람들의 이해를 위해 되도록 있는 그대로 단순하고 정확하게 재현하고자 구성의 정연함과 표현의 정확성에 부심하는 데 반해, 자연주의는 오직 '생활의 단면' 을 제시하는 것에 전념한 나머지 구성과 표현을 의식적으로 무시하기까지 한다.

밑줄 친 부분에서 모파상은 인간이 환경에 얼마나 큰 영향을 받는지를 보여 주고 있다. 즉, 한순간 실수로 인해 주인공의 인생이 완전히 달라졌음을 보여 주는 장면이다. 이러한 모파상의 생각은 자연주의 문학관과 깊은 연관을 가진다.

그런데 자연주의 문학론은 '현실의 단면' 을 과학자의 눈으로 분석 · 해부하기 때문에, 중요한 것은 소설 속에서의 인물이 아니라 인물이 속해 있는 현실 즉 환경이 되고 만다. 이러한 자연주의 문학론은 이전의 낭만주의 문학론에 대한 대타의식으로서, 과도한 감정의 과잉을 비판하는 데 있어서는 긍정적으로 작용해 큰 역할을 수행할 수 있었지만 인간을 자율적인 존재로 보지 않고 '표본실의 청개구리'로밖에 보지 못한다. 이렇게 될 경우 인간은 분석과 해부의 대상이 될 수는 있지만 자신의 생각에 따라 살아가는 존재일 수는 없다. 즉 현실(환경)에 순응적인 존재일 뿐 적극적으로 환경을 극복하는 존재로서 인간을 파악하지는 못하는 한계를 지닌다.

위 밑줄 친 제시문과 연결시켜 보면 더욱 그 의미가 자명해진다고 볼 수 있다. 즉, 르와젤 부인이 목걸이를 잃어버린 후 벌인 일련의 대처 행동에 있어 수동적인 태도를 취하는 쪽으로 그려질 수밖에 없는 한계를 지니는 것이다. 르와젤이 친구에게 솔직히 고백한 다음 이해를 구하고 사건을 풀어 나가려는 적극적인 행동을 보였다면 소설의 뒷부분은 완전히 달라졌을 것이다. 그러나 자연주의적 문학관을 지닌 모파상으로서는 철저히 주인공을 비롯한 인물들이 환경에 얼마나 묶여 있는가를 보여 줄 뿐이다.

물론, 인간이 환경의 영향을 받는 동물이라는 것은 더 말할 나위 없는 상식이다. 그러나 전적으로 환경이 인간을 결정한다면 인간의 자율성은 더 이상 설 자리가 없게 된다. 많은 사람들이 범죄를 예로 들면서 범죄가 저질러질 수밖에 없었던 환경에 대해 말한다. 결손가정을 예로 들 수 있을 것이다. 그리고 이러한 환경적 영향은 많은 사람의 동의를 끌어낼 수 있다. 그러나 결손가정에서 성장한 모든 사람이 범죄자가 되는 것은 아니라는 점에서 환경결정론은 전체를 볼 수 있는 시각이 아니라 한 방향만을 보는 시각에 지나지 않음을 알 수 있다.

작품 읽기 2

재능이란 긴 인내인 것이다. 아직 누구에게도 보이지 않았고 말한 일도 없는 일면을 발견하기 위해서는 충분한 시간과 인내로써, 표현하고 싶다고 생각하는 모든 것을 주시해야 한다. 일체의 것 가운데 아직 탐구되지 않은 부분이 있을 것이다. 왜냐하면, 우리들은 주위의 것을 볼 때 자기들보다 먼저 누가 생각하지 않는 것을 머리에 두고 눈을 쓰지 않는 습관이 되어 있기 때문이다. 어떠한 사소한 것이라도 미지의 부분을 얼마간은 포함하고 있는 것이다. 불타는 벌판 가운데 한 그루의 나무를 묘사하기 위해서는 그 불이든지 나무든지, 다른 어떠한 불 어떠한 나무와도 같은 데가 없을 때까지 정면에서 맞서 보아야 한다.

이렇게 하여 사람은 독창적이 되는 것이다.

또 동일한 두 알의 모래, 두 마리의 파리, 두 개의 손, 두 개의 코는 이 세상에는 존재하지 않는다는 진리를 말하고 나서 스승(플로베르 — 편집자 주)은 나에게 몇 줄의 문장으로 묘사해 보도록, 그리고 이것을 같은 종족 혹은 같은 종류의 모든 생물이나 물건으로부터 식별되도록 표현할 것을 강요했다.

스승은 말했다.

"문턱에 앉아 있는 잡화상 주인 앞이나, 파이프를 빨아대는 문지기 앞이나, 역마차의 대합실 앞을 지날 때, 그 잡화상이나 문지기의 자세나 용모를, 그 성품까지를 포함해서 훌륭히 묘사해 보게. 내가 그것들을 다른 잡화상이나 문지기와 바꾸지 않도록 말이다. 그리고 다만 한 마디로 말 한 마리가 뒤따라 오거나 앞서거나 하는 오십 마리의 말과 어디가 다른가 나에게 알게 해보아라."

문체에 대해서 스승의 의견은 별도의 장소에서 설명해 두었다. 그것은 내가 지금 적어 놓은 관찰론과는 중대한 관계를 가지는 것이다.

무엇을 말한다 하더라도 그것을 표현하기에는 오직 하나의 단어밖에 없고 그것을 팔팔하게 활동시키기에는 오직 하나의 동사, 그 성질을 나타내기에는 하나의 형용사밖에 없다. 그러므로 그 말, 그 동사, 그 형용사를 발견하기까지 탐구를 계속해야 된다. 그리고 어려움을 피하기 위해서 비슷한 것으로 만족하거나 속임수를 쓰거나, 혹은 말의 요술을 부리거나 해서는 안 된다.

(모파상, 『피에르와 장』 중 '소설' 에서)

논점 모파상의 유일한 소설론이다. 그의 스승 플로베르의 가르침을 토대로 자신의 소설론을 전개시킨 것으로 모파상의 소설과 소설 언어에 대한 생각을 알 수 있는 구절이다. 그는 이러한 엄격한 창작태도로써 지극히 평범하고 진부한 일상생활 속으로 파고들어, 비참과 무지에 찬 인생의 진상을 정확히 포착하여 간결한 문체로 더욱 진실하고 생생하게 제시한다. 그리하여 그의 작품 소재는 우리가 흔히 접할 수 있는 평범한 것임에도 불구하고, 그의 작품들이 독자의 흥미를 끄는 것은 이러한 평범한 사건들이 적절한 표현과 극적인 구성을 통해 현실 자체보다는 더 함축성 있고, 실감 있는 진실로 표현되기 때문이다.

통합형 문·답

모파상의 언어관이 무엇인지를 밝히고, 이를 문학의 언어와 과학의 언어에 연관시켜 해석해 보자.

제시문에서 드러난 모파상의 언어관을 한마디로 말하면 현실을 정확하게 표현하는 언어가 가장 훌륭한 언어라는 것이다. 이를 찾아내기 위해서는 엄청난 인내가 필요한데, 이러한 인내가 힘들다고 비슷한 표현에 만족하거나 독자를 속이거나 독자의 생각을 어지럽게 해서는 안 된다고 그는 단호하게 말한다.

우리는 흔히 문학의 언어를 말하면서 과학의 언어와의 대비 속에서 그 특징을 찾으려고 한다. 즉 과학적 언어는 말과 사물 사이에서 벌어진 끈질긴 혼동과 얽힘을 버리고 기호에 '지시'라고 하는 유일한 기능을 부여하고자 노력하는 것으로 생각한다. 하나의 기호가 오직 하나의 대상만을 지칭하고, 기호와 기호가 완전한 연역 체계 속에서 배열되는 이상 언어를 구축하는 것이 과학의 목표이다. 이러한 목표는 사물을 기하학화함으로써 가능해진다. 모든 대상이 안정된 공간 속에서 자리잡고 있을 때, 이상 언어의 구축이 가능해지기 때문이다. 가장 원초적인 과학은 분류학이다. 한자(漢字)는 그 자체 분류의 원칙에 따라 이루어졌으며 가장 원초적인 과학인 아리스토텔레스의 철학 또한 기본적으로 계통학에 입각해 있다. 과학적 글쓰기는 사물과 언어 사이에 완벽한 사상 관계를 수립하고자 한다.

반면 문학의 언어는, 특히 19세기 이래, 언어의 기하학화를 끊임없이 넘어서려고 노력했다. 문학은 대상과 기호의 일대일 대응이라는 과학의 목표를 벗어나 사물과 언어 사이에 새로운 관계를 창출해 내고자 노력했다. 이 점에서 문학의 목표는 우리가 살고 있는 '이' 세계를 넘어서는 새로운 가능 세계를 창출해 내는 것이었다.

이러한 대비적 판단이 틀린 것은 아니고 또 어느 정도 우리에게 시사점을 주는 것도 사실이다. 그러나 이러한 판단은 한 가지 사실을 은폐하고 있다는 점에서 주의를 요한다. 즉 문학의 언어와 과학의 언어가 공통적으로 지향하고 있는 목표가 그것이다. 과학적 언어가 목표로 삼는 언어를 통한 대상의 정확한 표현과 문학적 언어가 목표로 삼는 새로운 세계의 창출이란 모순된 것이 아니기 때문이다.

이제 모파상의 언어관과 이 두 언어관의 연관성을 언급할 차례이다. 모파상의 소설을 통해서 과연 그의 언어관이 정확하게 실현되고 있는지를 따져 보아야 하겠지만 적어도 모파상이 생각하고 있는 언어관은 위에서 언급한 두 언어관의 목표와 모순된다고 생각되지는 않는다. 아니 정확하게 말한다면 이 두 언어관과 정확하게 일치한다고 할 것이다.

나 나

졸 라
Emile Zola

에밀 졸라(1840~1902)는 파리 출신으로 토목기사인 아버지와 가난한 유리공의 딸인 어머니 사이에서 태어났다. 7세 때 부친이 죽자 집안이 기울기 시작하였고 외조부모를 따라 온 가족이 여러 지방을 전전하였다. 19세 때 파리 이과대학 자격시험에서 탈락하고 독서와 시작에 몰두하였으며, 28세 때인 1868년 발자크의 유명한 「인간희극」을 모델로 하여 「루공 마카르 가족」 총서를 구상하였다. 다음해인 1869년 그 총서의 제1권인 『루공가의 운명』을 발표하기 시작하여, 37세 때인 1877년에 총서 제7권인 『목로주점』으로 졸라는 일약 유명 작가가 된다. 『나나』는 이 총서의 제9권에 해당하는 작품이다. 1898년 유명한 드레퓌스 사건의 부정을 폭로하는 글 「나는 탄핵한다」를 발표하여 징역 1년, 벌금 3천 프랑을 선고받자 영국으로 망명하였다. 1899년 재심 결과 무죄로 확정되어 귀국한 후, 1902년 가스 중독으로 파리 자택에서 사망했다. 주요 작품으로 『테레즈 라캥』 『제르미날』 『대지』 『수인』 등이 있다.

작품 해제

『나나(Nana)』는 1879년 10월 16일부터 다음해 2월 5일까지 90회에 걸쳐 일간지 『볼테르』에 연재하여, 같은 해 3월 단행본으로 출간되었다. 「루공 마카르 가족」 총서의 제9권으로 출간된 이 작품은 미모의 매춘여성이자 연극배우인 주인공 나나의 삶을 중심으로 제2제정기 프랑스 상류사회의 타락과 붕괴 과정을 그린 수작으로 평가받는다. 줄거리를 요약하면 다음과 같다.

주인공인 미모의 고급 매춘부 나나는 방종한 생활로 많은 남자들, 가령 귀족, 미소년, 청년 장교 등을 유혹하여 모든 재산을 탕진시키고 파멸의 구렁텅이로 몰아넣는다. 나나의 손길이 닿는 곳은 모든 것이 썩게 된다. 나나의 출생과 성장과정은 총서의 제7권인 『목로주점』에 드러나 있으며, 『나나』만을 읽을 경우, 그것은 몇 마디로 요약 서술되어 있는 정도이다. 『목로주점』에 의하면 그녀의 부모인 제르베즈와 쿠포 부부의 어긋난 삶과 주위 환경에 의해 가출을 반복하다가 결국 현재의 모습이 된 것이다. 『나나』에서 그녀는 좋은 목소리도 명석한 두뇌도 가지고 있지 못하지만 육체적 매력만큼은 대단하여 보르드나브라는 흥행사의 눈에 띈다. 그리하여 바리에테 극장에서 「금발의 비너스」라는 희가극의 여주인공으로 등장하는 데서부터 제1장이 시작된다. 그러나 그녀는 바로 등장하지 않고 초반부는 연극을 보러 온 관객들이 퍼뜨리는, 나나에 대한 소문을 소개하는 것으로 채워져 있다. 말하자면 당시 파리란 경박한 소문으로 가득 차 있는 공간임을 암시하는 것이다.

그녀가 무대에 등장하자 관객들은 실망하는 표정을 짓는다. 야유와 조소가 감도는 찰나 17세 소년 조르주가 '멋있다' 라는 한마디를 던지자 모두가 찬사를 보내는 분위기로 전환된다. 이것은 광기에 빠져 있는 파리의 분위기의 한 표현인 것이다. 결국 육체를 거의 드러내다시피 하여 음란한 자세를 보이는 그녀는 모든 관객을 사로잡고 만다. 졸라는 제1장에서 나나의 여성으로서의 매력을 인상 깊게 그리고는 있지만 그녀의 성적 매력만이 그녀가 온 파리의 사교계를 장악하게 된 계기는 아니다. 그를 데뷔시킨 보르드나브에 의하면 그 계기란 '그녀에게서 나는 냄새' 혹은 그 피부라고 이야기하기도 한다. 그러나 결정적인 이유는 그녀의 그런 특징에 있다기보다는 바로 파리가 지니고 있던 경박함 때문이었다. 이 파리란 나나의 환경이자 제2제정 그 자체이기도 한 것이다.

제2장에서는 매일 외상값을 재촉하는 상인의 등쌀에 못 이겨 매춘을 서슴지 않는 모습 등 나나의 비참한 사생활이 소개된다. 그녀의 미모에 매료된 부호와 귀족들은 그녀에게 자신의 명예와 재산을 후회 없이 바친다. 그들의 이런 행태를 그려 내면서 작가는 광기와 허위 그리고 경박함에 빠져 있는 당대 사회의 모습을 그리고 있는 것이다.

우선 스타이너라는 돈 많은 사업가를 보자. 그는 나나에게 별장을 사 주고, 그녀의 요구를 모두 들어 주지만 결국은 파산 지경에 빠진다. 뮈파 백작의 경우는 더욱 광적이다. 수십 년 간에 걸친 종교 생활을 버리고 나나의 육체를 우상으로 삼게 된 백작은 마치 신에게 홀린 듯 나나의 마력에 끌려 일체의 모든 것을 버린다. 백작의 아내는 아내대로 청춘을 다시 찾고자 신문 기자 포슈리와 은밀한 정사에 빠진다. 소년 조르주, 그의 형 필립, 방되브르 백작, 슈아르 후작, 라 팔루아즈 등 숱한 남자들이 나나의 정욕과 금전욕과 허영심의 제물이 되고 마는데 이러한 양상은 단지 그들만의 파멸이 아니라 당대 사회의 전반적인 타락과 붕괴, 그리고 쾌락과 소문과 욕정에 사로잡힌 사회 전체의 분위기를 의미한다.

졸라는 이 소설에서 자주 나나가 착한 여자라는 것을 강조한다. 사실 제8장에서 그녀는 금전적인 문제를 떠나서 가장 순수한 사랑을 찾으려고 퐁탕이라는 비열한 추남배우와 동거를 하는데, 그녀의 행동과 각오는 갸륵하기까지 하다. 이런 점으로 보아 졸라는 나나라는 인물을 선천적으로 악한 여성으로 그리지는 않았다.

나나가 파리에서 자취를 감춘 것은 뮈파 백작의 아이를 낙태한 후이다. 많은 가구를 팔고 자취를 감춘 그녀에 대해 여러 소문이 나돌았다. 야만족의 여왕이 되었다느니, 이집트에서 흑인 노예의 아내가 되었으나 나중에 거지가 되었다느니, 러시아 왕자를 유혹해 호화롭게 산다는 등의 소문이었다.

수개월 후 프랑스와 독일 간의 전쟁이 터지자 파리 전체가 불안감에 휩싸여 있을 때 나나가 다시 나타났다는 소문이 돈다. 그녀의 아들 루이제가 천연두로 죽어간다는 소식을 듣고 간병을 하러 왔으나 그녀가 오히려 병에 걸려 누워 있다는 것이었다. 병에 전염될까 두려워 사람들은 그녀에게 접근하지 못했고 한편으로 나나의 얼굴은 무섭게 일그러져 있었다. 전쟁에 열광한 군중들이 미친 듯이 날뛰고 있을 때 그녀는 숨을 거둔다. 죽은 그녀의 얼굴은 흙 위에 곰팡이가 돋은 듯 보였다. 호텔의 문밖 벤치에 쓰러져 흐느끼는 뮈파 백작이 열광적으로 떠들며 날뛰는 군중들의 '베를린으로, 베를린으로!' 라는 아우성을 멍하니 듣는 것으로 작품은 막을 내린다.

이상으로 요약할 수 있는 이 작품의 특징을 지적해 보자. 『나나』의 시간적 배경은 프랑스의 제2제정기이다. 제2제정기는 1851년 12월 루이 나폴레옹에 의한 쿠데타로 시작되어 1870년 프로이센과의 전쟁에 패배함으로써 끝나는 약 20년 간의 시기를 뜻한다. 졸라는 이 시기를 나나가 태어나서 죽은 시기와 정확히 일치시키고 있다. 말하자면 나나는 제2제정이자 루이 나폴레옹이라 해도 무방하다. 나나는 하나의 여자라기보다 그 사회를 붕괴하는 제2제정, 그 자체를 상징하는 것이다. 나나는 루이 나폴레옹에 의한 쿠데타와 거의 동시에 태어나 제2제정이 붕괴한 해에 죽는다는 사실에서뿐 아니라 그녀의 손이 닿는 것은 모두 썩으며 더욱이 이 작품의 서두에서 노래도 연기도 할 줄 모르는 나나가 보르드나브라는 협잡꾼 흥행사에 의해 다만 강렬한 성적 매력만을 내세우고 거의 쿠데타적으로 데뷔한다는 점에서 그러하다. 졸라는 나나의 운명을 제2제정의 운명적 상징으로서 그려 낸 것이다.

두 번째 특징으로는 이러한 프랑스 사회의 비유로서의 나나의 환경은 연극무대라는 장치를 통해 구체화된다는 것이다. 파리의 축소판으로서의 연극무대는 박수부대와 경박한 레퍼토리와 자질이 부족한 배우, 그런데도 몰려드는 관객으로 특징지어진다. 연극적 정황에 끊임없이 빠져드는 시민들의 모습은 보불전쟁의 와중에 '베를린으로'를 외치는 군중들의 모습 속에 드러난다. 뤼시라는 인물은 대부분의 시민들이 그렇게 생각하듯이 이번 전쟁이 프랑스의 명예를 지키기 위한 것이라고 주장한다. 반면 레아 드 오른이란 인물은 '튈르리 궁의 인간들이 미친놈이며, 피를 흘리다니 미친 짓'이라 강변하다 다른 여자들에게 '비국민'이라는 욕을 듣는 소동을 겪는다. 졸라는 이 모든 과정을 시체로 변한 나나를 지켜보는 것만큼이나 감정의 개입 없이 지켜본다. 이 분위기는 시체에서 흘러나오는 냉기를 새로 인식함으로써 생긴 깊은 공포로 막을 내린다. 로즈의 '아아 너무 변해 버렸어, 너무도'라는 탄식은 분홍빛 피부가 기괴망칙한 모습으로 변해 버린 나나에 대한 것이자 제2제정기라는 한 시대에 대한 결론과도 같다.

작품 읽기

가) 나나가 죽었다. 누구에게나 충격이었다. 뮈파는 잠자코 벤치로

돌아가 다시 얼굴을 손수건으로 가린다. 다른 사람들이 왁자지껄 떠들기 시작한다. 군중들이 지나가면서 외쳐대는 바람에 그것도 지워진다.

"베를린으로! 베를린으로! 베를린으로!"

"나나가 죽었다! 정말이야, 그렇게 예쁜 애가!" 미뇽이 안도의 한숨을 내쉰다. 이제는 로즈도 내려오겠지. 무언가 섬뜩한 느낌이다. 한 번은 비극 속에 들어가고 싶어하는 퐁탕은 입을 굳게 다문 채 비통한 표정을 지으며 치켜뜬 눈으로 하늘을 쏘아보았다. 포슈리는 품위 없는 신문 기자다운 농담을 하면서도 감상에 젖어, 줄곧 엽궐련을 씹어댔고 두 여자는 여전히 비탄의 소리를 지르고 있었다. 뤼시가 마지막으로 나나를 만난 것은 게테 극장에서였다. '블랑슈도 멜뤼진'의 무대가 마지막이었다. 정말 훌륭했어, 나나가 수정 동굴 안쪽에 모습을 나타냈을 때는! 남자들도 생생하게 기억하고 있었다. 퐁탕은 코코리코 왕으로 나왔었다. 기억이 되살아나서 그들은 언제까지나 세세한 추억을 더듬었다. 수정 동굴 속에 들어간 나나의 풍만한 육체는 참으로 훌륭했지! 말은 한마디도 안했지만, 처음에는 대사가 한마디 있었는데, 작가가 없애 버린 거야, 방해가 된다면서. 아니, 그런 정도가 아니야, 더 굉장했어. 그 자태만 보고도 관객들이 벌렁 나자빠져 버렸으니까. 이제 그런 육체는 두 번 다시 볼 수 없을걸. 그 어깨하며, 다리하며, 허리하며, 그 나나가 죽었다니, 거짓말 같아! 그녀는 속옷에 금띠를 한 가닥 맸을 뿐이었으며 간신히 앞과 뒤를 가리고 있었다. 그 주위를 둘러싸고 찬연히 빛나던 수정 동굴. 다이아몬드의 폭포가 쏟아지고 종유동 속으로 진주가 줄줄 굴러 떨어졌다. 투명한 동굴 그 샘의 흐름 속에서 나나는 타는 듯한 살결과 머리채로 마치 태양 같았다. 파리는 그런 나나의 모습을 언제까지나 잊지 않을 것이다. 수정에 둘러싸여 하느님처럼 허공에 빛나던 나나를! 그렇다, 그 나나가 이런 상태로 죽다니. 이 무슨 일인가! 지금쯤은 아마 저승에서 아름답게 태어나 있을지도 모른다.

"아까운 사람이 죽었군!" 미뇽이 침통한 목소리로 말했다. 쓸모 있고 훌륭한 것을 잃게 돼서 참으로 쓰라리다는 심정 같았다.

그는 뤼시와 카롤린에게 당장 올라갈 참이냐고 슬쩍 물어 보았다. 그럼요, 올라가겠어요, 그녀들은 호기심에 부풀었다. 거기에 블랑슈가 보도를 막는 군중에게 화를 내면서 헐레벌떡 달려왔다. 죽었다는 소식을 듣고 다시 한바탕 비탄의 소리가 인다. 여자들은 스커트를 서걱거리면서 층계로 향했다. 미뇽이 뒤로 물러서서 소리쳤다.

"로즈에게 기다리고 있다고 전해 줘요…… 당장."

"옮을 우려가 있는 것은 초긴지 후인지, 아직 뚜렷이 알려져 있지 않아." 퐁탕이 포슈리에게 설명해 준다. "내 친구 중에 의사가 한 사람 있는데, 죽은 후 몇 시간이 특히 위험하다고 단언하더라만…… 말하자면 독기가 발산한다는 거야…… 아아, 갑자기 이렇게 되다니. 마지막으로 손쯤은 쥐어줄 만했는데."

"이제 와서 그런 소리 해봐야 무슨 소용 있나." 하고 포슈리가 말한다.

"암, 하는 수 없지." 다른 사람도 말한다.

군중의 수가 점점 더 불어 간다. 상점에서 새어 나오는 불빛으로 흔들거리는 가스등의 불빛 아래 양쪽 보도를 흘러가는 모자의 물결이 보인다. 이제 흥분은 여기저기로 번져 나갔다. 사람들은 작업복을 입은 사나이들과 합세한다. 끊임없이 차도를 휩쓰는 사람의 파도, 모든 사람의 가슴에서 치솟는 열광적인 부르짖음.

"베를린으로! 베를린으로! 베를린으로!"

5층의 그 방은 하루에 12프랑이었다. 로즈가 다소는 좋은 방을 희망한 것이다. 사치스러운 구석은 없었다. 고통에 사치는 필요 없다. 큰 꽃무늬 벽지를 바른 방에는 어느 호텔에나 있는 마호가니 가구류가 놓여 있고, 검은 잎사귀가 그려져 있는 붉은 양탄자가 깔려 있었다.

무거운 침묵 속에서 이따금 소곤거리는 소리가 들린다. 그때 복도에서 말소리가 들렸다.

"틀림없이 잘못 온 거야. 웨이터는 오른쪽으로 돌라고 그랬는데…… 꼭 병원 내부 같잖아."

"잠깐 기다려 봐. 보고 올 테니까……401호, 401호라…… ."

"어마, 이쪽이야……405, 403…… 이 근천데…… 아, 있다. 401호…… 이리 와요, 쉿! 쉿!"

목소리가 그친다. 마른 기침소리가 들리고, 잠시 조용해진다. 이윽고 문이 천천히 열리더니 뤼시가, 이어 카롤린과 블랑슈가 들어온다. 그러다가 그녀들은 걸음을 멈추었다. 방안에는 이미 여자가 다섯이나 있었다. 가가가 붉은 비로드 안락의자에 몸을 쭉 뻗고 앉아 있었다. 난로 앞에는 시몬과 클라리스가 서서 앉아 있는 레아 드 오른과 이야기하고 있었다. 한편 문 쪽의 침대 앞에는 로즈 미뇽이 아래쪽의 나무 장식에 기대어 커튼의 어둠에 싸인 시체를 가만히 들여다보고 있다. 다른 여자들은 모두 정식 방문객처럼 모자를 쓰고 장갑을 꼈다. 로즈만 모자도 장갑도 없고, 사흘 밤에 걸친 철야 간호로 피로하여 창백했으며, 이 갑작스러운 죽음을 앞에 놓고 슬픔에 얼이 빠져 있다. 옷장 끝에 놓인 갓을 끼운 램프가 강렬한 빛을 가가에게 던지고 있었다.

"참, 가엾은 일이야!" 뤼시가 로즈의 손을 쥐고 소곤거린다. "작별인사를 하러 왔어."

뤼시는 목을 돌려 나나의 얼굴을 보려 했지만 램프가 너무 멀었다. 일부러 가까이 가는 것도 꺼림칙했다. 침대에 누운 회색 덩어리, 적갈색의 땋은 머리와 얼굴인 듯한 창백한 부분만 간신히 알아볼 수 있었다. 뤼시는 말을 이었다.

"난, 게테 극장에서 본 이후로는 저 사람을 만나지 못했어. 그 동굴 안에서……."

로즈가 문득 방심 상태에서 깨어나 약간 미소를 지으며 되풀이한다.

"아아, 너무나 변해 버렸어 …… 너무나도!"

로즈는 다시 입을 다물고는 꼼짝도 않은 채, 자기 생각 속으로 빠져들어갔다. 세 여자는 난로 앞에 있는 여자들 곁으로 갔다. 시몬과 클라리스가 고인의 다이아몬드에 관해서 말을 주고받았다. 대체, 정말 있는 거야, 그 다이아몬드? 본 사람이 없다니까, 풍설인지도 몰라. 그러자 레아 드 오른이 그것을 봤다는 사람을 알고 있어 하고 말한다. 정말이야, 괴장한 보석이래! 그뿐이야. 러시아에서 다른 것도 여러 가지 갖고 왔대. 수를 놓은 천이라든가, 비싼 골동품이라든가, 금으로 만든 세트라든가, 가구류까지. 그래, 고리짝이 52개, 큰 상자가 몇 개로 화차 3대분이나 된대. 그것이 정거장에 놓여 있다는 거야. 정말 운이 나빠. 짐을 끌러 볼 시간도 없이 죽어 버리다니. 그리구 돈도 있었대, 100만 프랑이라든가. 누가 물려받지? 하고 뤼시가 묻는다. 먼 친척, 그러니까 고모겠지 뭐, 그 할머니, 횡재했네. 그 사람은 아직 아무것도 몰라. 나나가 마지막까지 그 사람한테는 알리지 말아 달라고 부탁하잖겠어. 아이가 죽은 걸 원망하고 있었던 거야. 사람들은 그 아이를 경마장에서 본 적이 있는 것을 기억하고 무척 측은해 했다. 그 아이는 늘 앓기만 하고 늙은이 같은 음산한 얼굴이었지. 결국은 태어나지 않은 편이 나았던 거야.

"저승 쪽이 더 행복해." 하고 블랑슈가 말한다.

"나나도 마찬가지야!" 카롤린이 덧붙인다. "인생이란 결국 그다지 즐거운 것이 아냐."

이 엄숙한 방안에서 그녀들은 차츰 어두운 생각에 사로잡히기 시작했다. 무서워졌다. 여기서 이렇게 오래 이야기하고 앉아 있는 것은 어리석은 짓이야. 그들은 나나를 한번 보고 싶은 생각에서 양탄자에 못박혀 있는 것이었다. 무척 더웠다. 램프가 마치 달과 같이, 방을 채

우고 있는 차분한 어둠 속에 비치고 있었다. 침대 밑의 살균제를 담아 놓은 접시에서 김빠진 범새가 풍겨 왔다. 이따금 한길로 나 있는 창문의 커튼이 바람에 부풀며 둔한 소음이 올라오고 있었다.

"저 사람, 무척 괴로워했어?" 하고 뤼시는 그때까지 미의 세 여신이 발가벗고 무희처럼 미소짓고 있는 벽시계의 디자인을 멍청하게 바라보고 있다가 갑자기 물었다. 가가가 잠에서 깨어난 것처럼 말했다.

"말을 해서 뭐해 …… 숨을 거둘 때 옆에서 보고 있었는데, 정말 눈 뜨고 못 볼 지경이었어 …… 별안간 심한 경련이 일더니만 …… ." 그러나 설명을 계속할 수 없었다. 다시 솟아오르는 절규!

"베를린으로! 베를린으로! 베를린으로!"

(졸라, 『나나』 제14장 중에서)

나) 헤겔은 어느 부분에선가 세계사에서 막대한 중요성을 지닌 모든 사건과 인물들은 되풀이된다고 지적하였다. 그러나 그는 다음과 같은 사실을 첨가하는 것을 잊었다. 즉 첫 번째는 비극으로, 두 번째는 희극으로 끝난다는 사실이다. 당통에 대해서 코시디에르가 그러하며 로베스피에르에 대해서는 루이 블랑이, 1793～1795년의 산악당에 대해서는 1848～1851년의 산악당이 그러하며 삼촌에 대해서는 조카가 그러하다(여기서 삼촌은 나폴레옹 보나파르트를, 조카는 루이 나폴레옹을 의미한다). 그리고 브뤼메르 18일의 재판(再版)이 이루어진 정세 속에서도 동일한 현상이 발생하고 있는 것이다. …〈중략〉… 프랑스 국민은 12월 10일의 선거가 증명해 준 바와 같이 그들이 혁명에 관여하고 있는 한 나폴레옹에 대한 기억을 저버릴 수가 없었다. 그들은 혁명의 파멸로부터 벗어나서 이집트의 고기남비로 되돌아가기를 갈망했으며 그러한 갈망에 대한 답변은 1851년 12월 2일의 사건으로 나타났다. 그들은 과거의 나폴레옹에 대한 하나의 희화(戱畵)만을 갖

고 있는 것은 아니었다. 그들은 19세기 중반에 틀림없이 출현하도록 희화적으로 그려져 있는 과거의 나폴레옹 자신을 갖고 있었다.

(마르크스,『루이 보나파르트와 브뤼메르 18일』 제1장에서)

논점 (가)는 나나의 죽음과 독일과의 전쟁에 광적으로 몰입하는 군중들의 모습이 중첩되어 묘사된 장면이다. 작가는 이러한 장면을 통하여 나나의 죽음과 제2제정의 몰락 그리고 2개월 후에 패배하게 되는 전쟁에 몰입하는 군중들의 광기를 냉정하게 묘사하고 있다. '베를린으로! 베를린으로! 베를린으로!' 이 장면은 독일과의 전쟁을 맹목적으로 찬양하는 군중들의 모습을 그려 놓은 것으로, 이 군중들의 아우성과 나나의 죽음은 일정한 연관성이 있음이 드러난다.

(나)는 제2제정기에 대한 마르크스의 생각을 보여 주는 글이다. 브뤼메르 18일은 1799년 11월 9일에 발생한 쿠데타를 의미한다. 이 쿠데타로 인해 나폴레옹 보나파르트의 군사독재 체제가 성립되었다. 그의 조카 역시 1851년 12월 2일 쿠데타를 일으켜 프랑스의 제정 시대가 성립되었다. 프랑스 국민들은 나폴레옹이 재출한 법안을 찬성 748만 표, 반대 64만 표로 가결시켰다. 독재정권에 대해 무려 92퍼센트의 찬성을 보낸 것인데 이 글은 이러한 행위의 심리적 근거를 설명하고 있는 것이다.

통합형 문·답

(가)는 나나의 사망 장면이다. 특징적인 점은 나나의 죽음이 군중들의 '베를린으로'라는 아우성과 중첩되어 묘사되고 있다는 점이다. (나)의 글을 참고하면서 나나의 사망과 군중들의 아우성 간에 연관성이 있다면 어떤 측면에서인지 생각해 보자.

파리의 시민들이 나나에 열광했던 것은 그녀가 뛰어난 연극배우여서도 아니고 아름다운 여인이어서도 아니었다. 다만 육체적인 관능미를 노골적으로 드러내는 매춘부급 배우에 불과했음에도 사람들은 그녀에 매혹되었다. 그녀가 데뷔하던 첫 무대에서 어린 소년의 '멋있다'라는 말 한마디에 관객들은 모두 군중심리에 휩쓸려 그녀를 찬양했던 것이다. 어느 평론가의 표현처럼 그녀는 마치 '쿠데타적으로' 등장한 것이다.

그 이유를 작가는 광기의 발작 같은 격렬한 파리 시민의 호기심 때문이라 지적했지만, 파리 시민들은 실현 불가능한 어떤 욕망을 그녀를 통해 실현하려 한 것이다. 이러한 지적은 파리 시민이 경박했으며 현실을 직시하지 못하고 환영만을 보았다는 말이기도 하다.

특히 환영만을 보았다는 말은 공화국을 부정하는 제2제정 제국이 국민투표에 의해 압도적으로 선택되었다는 것과 관계 있다. 국민들은 과거 프랑스의 영광을 상징하는 나폴레옹을 머릿속에 그리며 그의 조카인 루이 나폴레옹을 지지했던 것이다. 이것은 과거의 영광을 되찾으려는 비현실적인 열망의 표현이기도 한데 루이 나폴레옹은 삼촌의 가면을 얼굴에 쓰고 국민들로 하여금 자신 속에서 나폴레옹의 영광을 보도록, 즉 그 환영을 보도록 유도한 것이다.

따라서 이러한 제2제정의 출현기에 태어나 제2제정의 마지막 해에 사망한 나나라는 인물의 삶은 의미심장하다. 나나가 제2제정의 인격적 표현이자 나폴레옹의 비유로 볼 수 있는 이유도 여기에 있다. 등장인물들 가운데 많은 사람들이 나나에게 맹목적으로 추종하여 자신의 삶을 망친다거나, 그녀의 손이 닿는 곳은 모두 '썩어 가는' 모습은 충분히 제2제정기의 전형적인 비유로 해석해 볼 수 있다. 이런 나나가 죽었다는 것은 제2제정의 사망선고나 다름 아니다. 제2제정하의 군중들이 최후의 수단인 전쟁에 광적으로 열광하는 장면에서 작가 졸라가 '그들은 한밤중에 도살장으로 끌려가는 양떼'라고 표현한 것은 곧 전쟁에서 패배한다는 의미뿐 아니라 제2제정의 종말이며 그 비유인 나나의 죽음을 의미하는 것이라 할 수 있다.

이니스프리 호수의 섬

예이츠
William Butler Yeats

아일랜드 출신의 시인이자 극작가 예이츠(1865~1939)는 더블린에서 화가의 아들로 태어났다. 더블린과 런던에서 화가가 되기 위한 수업을 시작하였으나 도중에 진로를 바꿔 시 창작의 길로 들어서게 되었다. 1889년 발간한 첫 시집 『오이신의 방랑기』를 계기로 문학적 재능을 인정받았고, 후기 낭만주의를 대표하는 시인으로 성장하였다. 1891년 '아일랜드 문예협회'를 창립하여 적극적인 문예부흥운동을 벌였고, 국민 극장을 창립하여 극예술 발전에 힘썼다. 한편으로 아일랜드 독립운동에도 참가하여 아일랜드 자유국 성립 이후에는 원로원 의원이 되었으며, 1923년 노벨문학상을 수상하였다. 주요 작품으로 시집 『갈대 사이로 부는 바람』 『탑』 『나선형 계단』과 다수의 극작품이 있다.

작품 해제

예이츠 문학의 뿌리는 그가 태어나고 자란 아일랜드와 대서양 연안의 항구 도시 슬라이고를 배경으로 하고 있다. 그는 여기에서 조상의 과거와 아일랜드의 역사와 신화의 뿌리에 접하였고 그것이 그의 시적 상상력의 바탕을 이루게 되었다. 우리에게 잘 알려진 시 「이니스프리 호수의 섬」이나 최후작 「벤불벤산록」은 이곳 슬라이고의 섬과 호수, 산록을 배경으로 하고 있다. 그는 중고등학교와 미술학교를 더블린에서 잠깐 다닌 것을 제외하고는 정규 교육을 받지 않고 거의 독학으로 공부했는데, 화가인 아버지의 예술가적 기질과 격려를 통해 문학의 길에 들어서게 되었다.

아일랜드 국민의 대부분을 차지하는 켈트족은 초자연적 신화와 로맨스, 자연 속에 깃들인 요정, 전설적인 기사 이야기를 풍부하게 소지한 민족으로서 예이츠는 아일랜드 민족의 전통과 문화 속에 스며 있는 이러한 풍부한 문화적 요소를 그의 문학 속에 자연스럽게 받아들이게 되었고 그의 문학은 아일랜드 민족의 고유 문학을 부활하는 방향으로 자리잡게 된 것이다. 그는 후에 이 같은 자기 민족의 신화와 요정에 관한 이야기를 모아 『신화(Mythologies)』라는 책을 엮기도 하였다. 초자연적 존재들과 신화에 관심을 둔 그의 시들은 따라서 몽환적 신비와 낭만적인 아름다움을 동시에 지니고 있다. 그의 낭만적 열정은 아일랜드의 문예부흥과 독립운동에 대한 헌신으로 이어지면서 현실 정치에 깊이 관여하였다. 이때 만난 모드 곤(Maud Gonne)은 그의 시적 상상력과 열정을 자극하는 구원의 여성으로 자리해 『장미(The Rose)』와 『최후시편(Last Poems)』 등에서 장미의 여신으로, 아일랜드의 전설상의 미인 데어드르 등으로 비유되기도 한다.

그는 점차 낭만주의적 시풍에서 벗어나 현실에 눈을 돌리게 되는데, 극단을 창설하고 에비 극장을 세워 연극운동에 전념하기도 했다. 영국풍의 상업적 극과는 달리 민중적 연극이 되기 위해서는 예술성 높은 작품이 공연되어야 한다는 확신으로 극에서 음악성과 상징성을 중시하는 시극을 시도하기도 했다. 낭만적 열정과 신비로운 분위기가 감도는 초기 시들과는 달리 이때 그는 인간과 사회와 철학에 대한 관심을 보이면서 점차 밀교에 심취해 신비주의 계통의 시를 쓰게 되었다. 노년에는 아일랜드 자유 정부의 의원으로 일했으며, 1924년에 노벨문학상을 수상했다.

그는 감상과 웅변조, 무절제한 낭만성을 배격하고 시에 있어 절제와 규범의 양식적 아름다움을 추구했다. 육체의 쇠퇴와 역비례해 정신의 빛나는 지혜와 살아 있는 시 정신을 추구했던 그의 묘비명은 아직도 사람들에게 널리 회자되고 있다. '인생에 대해서 죽음에 대해서 싸늘한 눈길을 보내라. 말 탄 이여 지나가라.'

다음 〈작품 읽기〉에서는 예이츠의 대표작 「이니스프리 호수의 섬(The Lake Isle of Innisfree)」(1890)과 「비잔티움으로의 항해(Sailing to Byzantium)」(1926)를 소개한다.

작품 읽기

(가) 이니스프리 호수의 섬

나는 지금 일어나 가리, 이니스프리로,
흙과 나뭇가지로 오막살이 집 한 채 짓고
아홉 이랑 콩밭 갈고, 꿀벌 한 통 치며,
벌 소리 요란한 숲 속에 살리.
거기에는 평화가 있으리, 아침 안개에서

귀뚜라미 오는 곳으로 평화가 서서히 흘러내리니.
한밤중에도 온통 빛나고, 대낮에는 보랏빛 광채,
저녁에는 홍작(紅雀)이 가득 날으는 곳.

나는 지금 일어나 가리, 밤이나 낮이나
호숫가에서 출렁거리는 낮은 물소리를 듣나니
대륙 위나 회색 포도(鋪道) 위에 서 있을 때에도
가슴속 깊이 깊은 물소리를 나는 듣나니

(나) 비잔티움으로의 항해

1

저것은 늙은이를 위한 노래는 아니다.
젊은이들이 서로 팔을 끼고, 나무의 새들이
── 저 죽을 세대들이 ── 그들의 봄을 노래하고,
폭포를 뛰어 오르는 연어, 바다에 우글거리는 고등어,
물고기, 짐승, 새들은 온 여름 동안 노래 부른다,
배여, 태어나서, 죽어 가는 모든 것들을.
저 관능적인 음악에 사로잡혀서 모두는
늙는 일이 없는 기독(基督)의 기념비를 소홀히 한다

2

늙은 사람은 다만 보잘것없는 것,
막대기 위에 씌워 놓은 찢어진 코트,
영혼이 손뼉을 치며 노래 부르지 않는 한,
그 찢어진 옷 때문에 한층 더 높이 노래하지 않는 한.

장엄한 영혼의 기념비를 공부하지 않고서는
노래를 배울 수 있는 학교는 없다.
그래서 나는 바다를 건너 성스러운 성(城)
비잔티움으로 찾아오게 된 것이다.

3

벽의 황금 모자이크로 되어 있는 것과 같은,
신(神)의 성화(聖火) 속에 서 있는, 오 성자(聖者)들이여,
그 성화로부터 나와서 팽팽 회전하라,
그리하여 내 영혼의 노래의 선생이 되어 다오.
내 심장을 태워 없애 다오, 욕망에 병들고
죽어 가는 동물에 매달려 있는 심장은
영혼이 무엇인지 모르고 있으니, 나를
뭉쳐서 영원의 예술품으로 만들어 다오.

4

한번 자연에서 떠나면 나는 결코 다시는
어떤 자연적인 것에서 내 육체를 취하지 않고,
졸고 있는 제왕을 잠에서 깨어나게 하기 위해서
그리스의 세공사들이 두들긴 금과 금박으로써
만든 것 같은 그러한 형상을 취하겠노라.
그 형상은 비잔티움의 군왕(君王)들과 숙녀들에게
과거에 지나갔고, 지금 지나가고, 미래에 올 것에 관해서
노래하도록 황금 나뭇가지에 올려 놓았던 것

논점 예이츠의 초기 시 중의 하나인 「이니스프리 호수의 섬」은 19세기 낭만주의적 이상향에 대한 동경을 담고 있다. 주관적인 열정, 모호한 몽상, 붙잡을 수 없는 광채, 저 먼 곳에 대한 그리움이 19세기 낭만주의 시풍의 주된 정서였다. 이에 반해 「비잔티움으로의 항해」는 그가 아일랜드 독립 운동에 헌신하고 의회에 진출해 정치가로서의 활동을 하면서 현실주의적 경향의 시를 쓰다 현실에 대해 환멸을 느끼고 다시 이상의 세계를 흠모하게 되는 시기에 씌어진 시다. 이때 그가 추구한 것은 젊은 시절 즐겨 그렸던 19세기적 자연에 대한 낭만적 동경이 아니라 영원한 예지의 성도인 비잔티움에 대한 영적 동경이었다. 이러한 경향은 뒤에 그가 인도의 신비주의적 사상에 눈을 돌리면서 점차 비의적인 사유에 심취하게 되는 밑바탕이 된다.

통합형 문·답

제시된 예이츠의 두 시는 현실과는 일정한 거리를 둔 '현실도피적인 경향'을 보이는 시들이라고 할 수 있다. 그러나 하나는 자연에 대한 동경이라는 점에서 다른 하나는 영적인 성소에 대한 동경이라는 점에서, 차이를 보인다. 그가 동경하는 '미지의 것'의 의미가 이 두 시에서 어떻게 다르게 의미화되고 있는지 지적해 보자.

낭만주의의 중심 개념은 '동경'이다. 낭만주의 문학을 동경의 문학이라 부르는 이유가 여기 있다. 동경에서 출발하여 동경의 과정 속에서 동경으로 완성되는 낭만주의 문학은 '영원한 생성'으로서의 동경을 기본적으로 상정하고 있다. 동경은 상상력에 기초한다. 시인은 천부적으로 타고난 영감의 소유자로서 먼 미지의 것에 대한 동경을 탁월한 상상력으로 포착해 낸다. 이들이 예찬하는 자연은 이성적이고 균형 잡힌 자연이기보다는 소박하고 야성적인 범신론적 숭고미가 깃들인 자연이었다. 이러한 주관화되고 내면화된 자연은 극단적으로 끓어오르는 감정의 무한한 분출을 중시하는 낭만주의 시의 주된 경향과 밀접한 관련을 맺는다. 병적이고 퇴폐적인 경향과 함께, 한편으로는 세속적인 이 현세의 삶으로부터의 탈출을 의미하는 초월이나 아이러니의 경향을 낳기도 하였다. 그 한 방편이 저 '먼 나라'로의 여행이나 그리움이었다.

「이니스프리 호수의 섬」도 이 같은 낭만주의적 동경의 이미지가 짙게 깔려 있다. 시인이 동경하는 '이니스프리'에는 소박하고 생래적인 자연이 존재해 있다. 흙과 나뭇가지로 지어진 오막살이 집과 겨우 아홉 이랑의 밭은 가장 낮은 수준의 그러나 가장 이상적인 삶의 방식이 된다. 이는 동양적인 청빈한 삶의 의미를 드러내기보다는 탈현세적인 삶의 의미로 이해된다. '이곳'이 아닌 '저곳'의 삶에 대한 극단적인 그리움은 그 세계가 범신론적인 초월의 표상으로 인식되기 때문인 것이다. 평화와 공존의 이미지, 즉 귀뚜라미가 울고 빛의 광채가 흘러내리며 공작이 가득 날으는 몽환적이고 신비적인 이미지는 동양적 현세 초월의 이미지는 아닌 것이다. 이 세속적 삶에 대한 부정이 자리한 곳에 저곳 '이니스프리'의 몽환적인 삶은 존재할 수 있는 것이다.

이에 반해 「비잔티움으로의 항해」의 '탈현실 경향'의 의미는 사뭇 다른 양상을 띤다. 단순히 자연에 대한 동경이나 범신론적인 생명관과는 다른 의미를 지니고 있다. '항해'의 이미지가 주는 것은 우선 젊음, 모험, 동경이다. 그러나 동경이 지향하는 목적지가 다르다. 그것은 영적인 여행이며 영적인 차원의 획득을 향한 모험인 것이다. 비잔티움은 젊은 영혼이 안착하는 곳이며 생명의 성소이다. '늙은이들의 나라'란 현세적이고 세속적인 이미지로 가득 차 있다. 죽은 세대라고 한마디로 요약할 수 있다. 물고기, 짐승, 새들이 부르는 노래는 죽은 세대의 노래이다. 반면 기독의 젊은 노래는 성스러운 비잔티움에서 울려 나온다. 기독의 기념비는 늙는 일이 없다고 시인은 노래한다. '신의 성화' 속에서 나온 성자들이 자기 영혼의 노래 선생이 되고, 그 영적 감화로 자신의 심장은 생명을 얻어 영원한 예술품이 된다. '비잔티움'이 내재한 불멸의 이미지는 과거와 현재와 미래를 잇는 단 하나의 궁극적 가치이다. 그것을 시인은 비잔틴 황금 나뭇가지에 걸린 금과 금박 세공의 성스러운 형상이라 부르고 있다.

시인이 성장한 19세기 말의 낭만주의 열풍의 영향을 받아 쓴 앞의 시는 자연과 저곳에 대한 동경이라는 점에서 현실적이고 세속적인 것으로부터의 초월을 의미하는 '낭만주의적 현실도피' 경향을 보이지만, 후자의 시는 그가 현실에 대한 환멸을 절감하고 다시 영적이고 성스러운 것에 대한 이상을 담았다는 점에서 현실초월의 의미를 지닌다. 예이츠는 이 두 시편을 썼던 시기의 중간에 정치에 참가하고 그로부터 벗어나면서 '가장 선한 자는 모두 신념을 잃었고 가장 악한 자는 강렬한 열정으로 가득 차 있다'는 말로 그의 현실 정치가로서의 삶을 마감하게 된다.

◐

어머니

고리키
Maxim Gor'kii

고리키(1868~1936)는 러시아 사회주의 문학을 대표하는 작가로 20세기 전반에의 러시아 문학에 큰 영향을 끼쳤다. 목수의 아들로 태어났지만 어릴 때 양친을 잃고 일찍부터 노동으로 자신과 할머니의 생계를 꾸렸는데, 그의 이러한 생활고 체험은 이후 작품 활동에 있어 중요한 자산으로 작용하였다. 그의 작품 『유년 시대』 3부작에는 그의 어릴 적 체험이 생생하게 소개되어 있다. 1904년 페테르부르크 과학 아카데미 문학부 명예 회원이 되었으나 1905년 러시아 혁명 때 사회민주당에 가입하고 '피의 일요일' 사건의 민중학살에 항의하는 글을 썼다가 이 단체에서 제명당하고 투옥되었다. 석방 후 미국으로 망명하여 그곳에서 장편 『어머니』(1906)를 집필하였고, 그 후 귀국하여 1917년 10월 혁명 이후 소비에트 문학 육성에 큰 역할을 하였다. 이 후 10월 혁명 이전의 40년 간 러시아 사회의 변화와 인텔리겐치아 정신의 타락상을 그린 『클림 사므긴의 생애』(1927~1936)를 발표했으나 완성짓지 못하고 세상을 떠났다.주요 작품으로 소설 『어머니』와 희곡 『밤 주막』 등이 있다.

작품 해제

고리키의 『어머니(Mat')』(1906)는 사회주의 리얼리즘 문학의 대표작이라고 평가되어 왔다. 고리키 이전에도 노동자의 생활을 묘사한 작가가 적지 않았지만 그 작품들은 대부분 노동자는 일만 하는 불행한 사람이라는 동정적인 시각에 의해 집필된 것이다. 고리키 자신도 중편소설 「세 사람」(1900)과 희곡 『소시민』 등에서 각성한 노동자를 등장시키기는 했지만 이들 작품이 혁명적 노동자들의 혁명운동을 주제로 한 것은 아니었다. 소설 『어머니』는 노동자들과 그들의 지도자들을 묘사하는 데 있어 단순히 동정의 대상으로서의 노동자나 혹은 영웅적 인물을 그리는 차원을 넘어서고 있다. 줄거리를 간략히 살펴보자.

이 작품의 주인공은 닐로바라는 여성이다. 본명은 펠라게야 닐로바 블라소바. 작품의 무대인 니즈니노브고르드에 있는 크라스노예 소르모보 조선공장에 다니는 노동자 파벨의 어머니이다. 닐로바와 파벨, 이 두 인물이 혁명가로 성장하는 모습이 작품의 주요 내용이다. 공장이 위치한 마을에 살고 있었던 평범한 노동자 파벨은 혁명적인 인텔리겐치아의 영향하에서 정부가 금지한 금서를 몰래 읽으면서 점차 사회주의 사상에 눈뜨게 된다. 그는 노동자들의 지하 조직을 만들어 계몽활동을 벌이면서 한편으로 노동자들에게 정치적인 의식을 심어 주기 위해 노력한다. 그는 뛰어난 정치적 안목, 혁명에 대한 신념, 그리고 불굴의 투지를 지닌 혁명가로 성장한다.

결국 경찰에 체포되어 재판까지 받게 되는데 일반적인 경우와는 달리 그는 재판정에서도 노동자 계급이 결국은 승리할 것이라고 대담하게 말한다.

한편 억압적인 사회에서 아들에 대한 걱정과 생활의 고통을 말없이 참고 견디어 오던 파벨의 어머니 닐로바는 아들과 그의 동료들의 영향을 받으면서 슬기로운 지하 활동가로 변해 간다.

아들이 잡혀가고 그의 동료들이 역시 체포되어 재판이 벌어지는 상황에서 그녀는 아들의 연설문을 스스로 돌리겠다고 자원한다. 그녀는 이제 자신이 진정한 자아를 찾았다고 생각하고 자식에 대한 진정한 사랑이란 바로 아들과 뜻을 같이하며 혁명활동에 가담하는 것임을 깨닫는다. 그러나 다만 아들에 대한 사랑이 앞서는 것이 아니라 피보다는 진리가 비합리적 억압보다는 진리가 승리하리라는 확신에서 비롯된 행동이었고, 더 나아가 그러한 진리를 세우는 사람들이 바로 민중들이라는 깨달음이 있었기 때문이다.

아래의 〈작품 읽기〉에 인용된 부분은 이 작품의 마지막 장면으로, 어머니인 닐로바가 사람들을 향해 전단을 뿌리며 연설하고 한편으로 경찰들과 첩자들이 그녀를 체포하는 내용이다.

고리키의 『어머니』가 사회주의 리얼리즘 작품으로 유명하다는 점은 이미 지적한 바이다. 이를 좀더 구체적으로 언급하면 리얼리즘 작품 즉 사회의 현실을 그린 작품들은 대개 비판적 리얼리즘 작품과 사회주의 리얼리즘 작품으로 구분한다. 비판적 리얼리즘 작품이란 대개 지식인 작가들에 의해 씌어졌는데, 사회주의자들이 말하는 역사발전의 중추세력 즉 노동자 계급 내부에서의 시각이 아니라 외부의 시각에서 자본주의 사회를 비판적으로 그리는 경우이다. 우리의 경의를 들자면 가령 채만식의 『태평천하』 같은 작품은 비판적 리얼리즘으로 분류될 수 있다. 반면 노동자 계급의 시각 내부에서 노동자 계급의 삶과 혁명운동을 그린 작품을 사회주의 리얼리즘이라 규정할 수 있다. 고리키의 이 작품은 바로 그 내부의 시각에서 사회를 바라보며 그린 것이다. 이런 점에서 『어머니』는 사회주의 리얼리즘 작품에 속한다.

"흠! 도둑년! 이렇게 나이 처먹고도, 아직도 도둑질을 해."

어머니는 그의 말이 자기의 얼굴을 한 번, 두 번 심하게 후려치는 것같이 들렸다. 상처를 내고, 볼을 찢으며, 눈을 뽑아 내는 것 같았다.

"난 도둑이 아니오! 그런 거짓말이 어디 있어!" 하고 그녀는 온 힘을 다해 고함을 쳤다. 눈앞에 있는 모든 것이 펄쩍 뛰며, 반항의 소용돌이가 끓어오르기 시작했다. 가슴은 쓰디쓴 모욕감으로 들끓고 있었다. 그녀는 가방을 홱 잡아당겼다. 가방이 열렸다.

"자, 보시오! 봐! 이 사람들아, 모두!"하고 벌떡 일어서며 위에 있는 선언문을 한다발 끄집어내서 머리 위로 흔들어 보였다. 왁자지껄한 소리 가운데서 그녀는 사람들이 달려오면서 소리치는 고함들이 들었다. 사방에서 재빨리 사람들이 몰려들고 있는 것이 보였다.

"무슨 일이야?"

"첩자가 있대!"

"도둑년이라는데!"

"저 여자가?"

"도둑이 소리를 질러?"

"저렇게 점잖게 보이는데! 나, 원, 참!"

"누굴 잡은 거야?"

"나는 도둑이 아니오."하고 어머니는 고함을 쳤다. 사방에서 몰려들어 빽빽하게 들어찬 사람들을 확인하면서 그녀는 소리쳤다.

"어제 정치범 재판이 있었다오. 내 아들도 그 중에 하나인데, 파벨 블라소프요. 그가 연설을 했소. 여기 그게 있어요. 난 사람들이 읽으라고 그걸 운반하는 중입니다. 정의에 대해 생각해 보시오."

선언문 한 장을 누군가가 잡아당겼다. 그녀는 그것들을 사람들의 머리 위에 휙 뿌렸다.

"저 여자 저러면 별로 재미없을 텐데." 하고 누군가가 놀란 목소리로 소리쳤다.

"쉬 — 잇!" 하는 대답이 나왔다.

어머니는 사람들이 제각기 유인물을 움켜쥐고 가슴이며 호주머니에다 감추는 것을 보았다. 이것을 보고 그녀는 다시 발을 꼿꼿이 세우고 섰다. 보다 침착하고도 강하게, 그녀는 바짝 긴장을 했다. 그리고 그녀는 사람들 위에 자기가 높이 올라서 있는 데 대한 자부심으로 얼마나 흥분을 했던지, 그리고 얼마나 큰 기쁨이 솟아났던지, 그녀는 가방 속에서 유인물 뭉치들을 꺼내 왼쪽 오른쪽 할것없이 사방에다 부지런히 재빠르게 집어 던졌다. 그리고 말했다.

"이것 때문에 아들과 친구들이 모조리 재판을 당했습니다. 아시겠어요? 저는 여러분들께 말씀드리겠어요. 어미의 마음을 믿어 주시오. 이 백발을 보고 믿어 주시오. 어제 그들이 재판을 받았어요. 그들이 당신들과 모든 사람들에게 참되고 신성한 진리를 알려 줬다는 이유 때문에 말입니다. 여러분들은 어떤 삶을 살고 있습니까?" 모인 사람들은 깜짝 놀라서 말이 없었다. 그리고 아무 소리도 없이 조용하게 숫자는 불어나고, 점점 더 가까이 밀착해 들어오며, 생기 있는 표정으로 원을 그리며 그녀를 둘러싸고 있었다.

"빈곤과 굶주림 그리고 질병 — 아무리 노동해도 그것만이 우리 가난한 사람들에게 주어지는 대가입니다. 이러한 사물의 질서가 우리를 도둑질하게 하고 타락시키는 거예요. 우리를 딛고 서서 부자들은 배불리 먹고 게으르게 살고 있습니다. 우리를 경찰과 권력자와 지배자들에게 복종시키기 위해, 모든 사람을 저들의 수중에 두고 모두가 우리에게 대항하게 하고, 모든 것이 우리에게서 돌아앉아 있게 했어요. 우리는 매일매일 고통스런 일과 항상 불결한 환경 속에서, 기만 속에서 우리의 모든 생명들을 죽여 가고 있습니다. 그러나 저들은 게걸스럽게 우리의 노동을 착취하고, 개같이 쇠사슬로 묶어 놓고, 무지

속에 가두어 놓고 있어요. 우리는 아무것도 모르고, 공포 속에서 모든 것을 두려워하고 있어요. 우리의 생활은 밤중입니다. 깜깜한 밤중이에요. 지긋지긋한 악몽과 같아요. 저들은 아주 지독한 독약으로 우리를 마취시켜 놓고 우리의 피를 빨아먹고 있습니다. 저들은 실컷 먹고 싶은 대로 처먹고 뚱뚱해지고 토해 내곤 합니다 ── 그 욕심 사나운 악마의 노예들은 말입니다. 그렇지 않습니까?"

"맞아." 하는 대답 소리가 들렸다.

군중들 뒤편에는 첩자와 두 명의 경찰관이 있다는 걸 어머니는 알았다. 그녀는 마지막 남은 유인물까지 다 주려고 서둘렀다. 그러나 가방 속에 손을 넣으니 다른 사람의 손이 이미 들어와 있었다.

"가지시오. 모두 가져가시오." 하고 어머니는 내려다보면서 말했다.

꾀죄죄한 얼굴을 한 사람이 그녀에게 다가서며 낮게 속삭이는 소리가 들려 왔다.

"누구한테 얘기할까요? 누구한테 알릴까요?"

그녀는 대답을 하지 않았다.

"이 같은 생활을 바꾸기 위해서, 모든 사람들을 해방시키기 위해서 잠자는 사람들을 깨우기 위해서, 제가 일어선 것같이 생활 속에서 진리를 발견하고 은밀히 일하는 사람들이 나타났습니다. 비밀리에, 아시다시피 아무도 진리를 크게 외칠 수 없기 때문입니다. 크게 외치면 저들은 여러분들을 사냥하듯이 쏘아 넘어뜨리고 목을 졸라 죽이며 감옥에서 썩게 하고 불구로 만들어 버릴 것입니다. 재산은 힘이지만 진리의 친구는 아닙니다. 왜냐하면 진리는 부자들의 힘에 대해서 영원히 화해할 수 없는 적이라고 맹세했기 때문이에요! 우리 아이들이 그러한 진리를 이 세상으로 가져오고 있습니다. 총명하고 순수한 사람들이 진리를 여러분들께 가져오고 있어요. 그러나 아직도 멀었어요. 숫자가 적습니다. 아직 힘도 적어요. 그러나 나날이 숫자가 불어나고 있습니다. 그들은 새파랗게 젊은 가슴을 스스로 결단코 진리 속에 쏟아 넣고 있어요. 눈에 보이지 않는 힘을 길러 가고 있어요. 그들의 가슴이 가는 길을 따라가면, 우리에겐 힘든 생활이 시작되겠지만, 우리의 마음은 따뜻해집니다. 그들은 활기를 불어넣어 주며, 부자들의 압제에서 우리를 해방시켜 주고, 영혼을 매수당한 사람들을 해방시켜 줍니다. 제 말을 믿으세요."

"빨리 나가지 못해!" 하고 경찰들이 사람들을 밀치며 고함을 질렀다. 사람들은 서로 밀고 밀리고 뭉친 힘으로 경찰들을 밀어내며, 흩어지고 싶지 않다는 몸짓을 보였다. 나이 많은 회색머리의 여인이 친절한 얼굴에 크고 정직한 눈을 치켜뜨고 사람들의 주의를 끌고 있었기 때문이다. 생활에 찌들린 사람들, 서로 갈갈이 찢어진 사람들이 이 두려움을 모르는 말을 듣고 뜨거운 가슴을 태우며 서로 하나로 뒤섞이고 있었다. 아마도 그들은 이런 말들을 오랫동안 가슴속에서 목마르게 갈구해 왔던 것이었고, 고통스런 생활 속에서 부당한 취급을 당해 모욕을 느끼며 저항해 왔던 가슴들을 찔러 주었기 때문이었을 것이다. 어머니 가까이에 선 사람들이 침묵을 지키며 서 있었다. 어머니는 그들의 침울한 얼굴과 찌푸린 눈썹들, 눈들을 바라보며 그들의 얼굴에서 따뜻한 숨결을 느꼈다.

"의자 위로 올라서시오." 하고 그들이 말했다.

"나는 곧 체포될 것이오, 그럴 필요가 없어요."

"좀더 빨리 말씀하세요! 그들이 오고 있어요!"

"정직한 사람들을 만나러 가십시오. 가난하게 찌들린 모든 사람들에게 충고를 해주는 그들을 찾으세요. 결코 타협하지 마시오. 동지들! 결코! 권력의 압제에 굴복하지 마시오. 일어나세요. 여러분, 노동자 여러분! 당신들은 주인입니다! 모두가 당신들의 노동 때문에 먹고살아요. 저들은 노동을 시킬 때만 여러분의 손을 풀어 줍니다. 보세요! 여러분은 묶여 있습니다. 저들은 여러분의 영혼을 죽이고 도둑질해 갔어요. 가슴과 마음을 하나의 힘으로 단결시키세요. 그러면 모든 것을 이겨낼 것입니다. 여러분 자신 외에는 친구가 없습니다. 그래서 우리의 유일한 친구들이 노동자들을 향해 외치며 나아가고, 감옥으로 가는 길목에서 쓰러져 죽고 하는 것입니다. 정직하지 못한 사람들은 그렇게 하지 못합니다. 속이는 자들은 그렇게 하지 못해요."

"빨리 나갓! 흩어지란 말야!" 경찰들의 고함 소리가 훨씬 가까이에서 들려 왔다. 그들도 숫자가 많이 불어났다. 훨씬 우악스럽게 밀어붙이는 바람에 어머니 앞에 있는 사람들이 이리저리 밀렸다. 서로 손을 잡은 채로 밀리고 있었다.

"가방 속에 든 것이 전부요?" 하고 누군가가 속삭였다.

"가지시오! 모두 가져가시오!" 하고 어머니는 큰 소리로 외쳤다. 그 소리가 자신의 가슴속에서 노래와 같이 울려퍼져 나오는 것 같았고, 말이 더 이상 나오지 않아 고통스러웠다. 말은 거칠어지고 떨리고 갈라지고 있었다.

"내 아들의 말은 정직한 노동자의 말이오. 매수당하지 않은 노동자의 이야기요. 여러분은 대담한 그의 말에서 썩지 않은 영혼을 발견할 것입니다. 두려움이 없어요. 그것은 진리를 찾기 위해 필요하다면 자기 자신까지 버리는 것입니다. 그 영혼은 여러분 노동자들을 향해 썩지 않고, 총명하게, 두려움을 모르고 나아가고 있어요. 가슴을 활짝 열고 받아들이세요. 그것을 삼키세요. 모든 것을 이해하고, 인류의 진리와 자유를 위하여 모든 것과 투쟁할 수 있게 힘을 줄 것입니다. 그것을 받아들이세요. 믿으세요. 그것과 함께 모든 사람의 행복을 향해서 나아가고, 진정한 기쁨을 맛보는 새생활을 향해서 나아가십시오!"

드디어 그녀는 가슴을 강하게 한 대 얻어맞았다. 비틀거리면서 벤치 위에 쓰러졌다. 경찰들의 주먹이 사람들의 머리 위를 날고 있었다. 그들은 사람들의 멱살과 어깨를 잡고 한쪽으로 집어 던지며, 모자를 찢고 널리 내팽개치고 있었다. 앞이 캄캄해지고 눈앞이 빙그르르 돌았다. 어머니는 기진맥진한 몸을 간신히 일으키며 다시 고함을 질렀다.

"여보시오. 여러분의 힘을 하나의 단단한 힘으로 모으세요."

덩치가 큰 경찰 하나가 어머니의 멱살을 벌건 손으로 잡고 흔들어댔다.

"입 닥쳐!"

어머니의 뒤통수가 벽에 가서 쾅 부딪혔다. 잠시 눈앞이 캄캄해지며 숨이 꽉 막혔다. 그러나 다시 몽롱한 안개가 걷히며 정신이 돌아왔다.

"가지 못해!" 경찰이 말했다.

"죽여라, 이놈아! 평생 당한 고통보다 더할 게 있는 줄 아느냐!"

"닥치라고 하지 않아!" 경찰은 어머니의 팔을 잡고 질질 끌었다.

"하루도 안 빼고 가슴을 갉아먹고 심장을 말리고 힘을 말렸는데 그것보다 더한 고통이 있을 줄 아느냐."

첩자가 달려오더니 주먹으로 얼굴을 후려 갈겼다. 그리고 고함을 쳤다.

"닥쳐, 이 마귀할망구야!"

그녀의 눈이 둥그렇게 떠지며 불꽃이 튀었다. 턱이 파르르 떨렸다. 미끈미끈한 돌 바닥에 두 다리를 버티고 그녀는 안간힘을 쓰면서 고함을 질렀다.

"부활한 영혼까지 네놈들이 죽일 줄 아느냐, 이놈아!"

"개 같은 년!"

첩자가 날카롭게 얼굴에 주먹을 휘둘러댔다. 검붉은 핏방울이 튀며 눈앞이 아찔해졌다. 짭짤한 피범새가 입안을 가득 채웠다.

주위에서 고함 소리가 터져 나와 어머니의 머리를 스쳤다.

"그녀를 치지 마라, 이놈들아!"

"청년들!"

"왜 이래 이거!"

"오, 악당 같은 놈!"

"천벌받을 놈들!"

"피로 이성을 죽일 것 같으냐, 진리를 어떻게 할 수 있을 줄 아느냐!"

그녀는 목과 등을 호되게 밀리며 어깨, 머리 할것없이 수없이 두들겨 맞았다. 사방이 빙그르르 돌고, 고함과 울부짖는 소리, 호각 소리에 소용돌이 치면서 눈앞이 캄캄해 왔다. 무언가 둔하고 멍멍한 충격이 키에 가해지면서 목이 아프고 숨이 꽉 막혔다. 발밑이 빙그르르 돌며 흔들렸다. 다리가 휘청거리고, 온몸이 부들부들 떨리며, 고통이 심해지고, 몸이 무거워서 비틀비틀거렸다. 그러나 눈은 감겨지지 않았다. 그녀는 수많은 다른 눈들이 불꽃을 튀기며 빛나고 있는 것을 보았다. 그것은 어머니도 알고 있고 가슴에 간절한 불길로 빛나고 있는 눈들이었다.

그녀는 어딘지 모를 곳에서 문안으로 밀어 던져졌다.

그녀는 경찰의 손을 뿌리치며 문설주를 움켜잡았다.

"피바다를 이루어도 진리를 마르게 하지 못할 것이다 ──"

경찰들이 붙잡고 있는 손을 후려쳤다.

"천벌받을 놈들, 이 바보 같은 놈들아! 네놈들 머리 위에 ──"

누군가 목을 잡고 누르기 시작했다. 목구멍에서 꼬르륵하는 소리가 났다.

"불쌍한 것들, 이 가련한 것들 ──"

(『어머니』 제39장에서)

통합형 문·답

고리키의 『어머니』와 유사한 경향으로서, 우리 문학에서는 민중문학이라 하여 1980년대에 많이 씌어졌다. 이런 민중문학류 작품들의 문학사적 의의에 대해 지적해 보고 현재의 시각에서 그것이 지닌 역사적 한계에 대해 자신의 견해를 밝혀 보자.

민중문학 작품들의 주인공은 대개 노동자나 농민으로 되어 있다. 이러한 주인공들이 등장하는 작품들의 의의를 먼저 지적해 보자면 문학이라는 것이 다루는 영역의 확대를 들 수 있다. 문학이라면 대개 미적인 대상만을 소재로 하여 만들어진 것이라든지 문학적인 가치 기준 이외의 것이 개입되면 안 된다는 순수문학적인 인식이 널리 퍼져 온 것이 사실이다. 또한 문학 작품에 묘사되는 세계 역시 노동자나 농민의 모습은 가난한 자 혹은 동정받을 필요가 있는 집단으로, 지식인이나 중산층의 시혜를 받아야 할 대상으로만 그려져 온 것도 사실이다. 이러한 측면에서 보자면 생산자 계층인 노동자와 농민의 세계를 그들 자신의 눈으로 그려 냈다는 것은 인간은 평등하다는 민주주의 사상을 부각시켰을 뿐 아니라 현실 세계 전체에 대해 심화된 인식을 가능케 하여 과학으로서의 문학의 성격을 확인시키기도 하였다.

뿐만 아니라 정치적·경제적으로 억압된 사회, 가령 제정러시아 사회라든가 군부독재 사회에서는 그 억압에 대하여 그 사회의 서민 대중이 항거하고 일어났기 때문에 그러한 대중을 그려 낸다는 것은 폐쇄사회의 억압에 대한 문학적 저항의 의미도 지니고 있다. 이러한 형상화는 문학이 지니는 사회적 책임 문제까지 언급함으로써 문학이 지녀야 할 윤리성을 환기시키는 역할도 했다.

그러나 이러한 민중문학이 현재의 시점에 있어 지니는 한계도

간과할 수 없다. 위의 작품에서 보이듯 민중문학에서 주로 설정하는 모순 관계는 지배계급을 대표하는 정부 대 노동자/농민/운동적 지식인 사이에서 일어난다. 그리고 그 갈등의 핵심 내용은 생산자의 잉여노동분을 착취하려는 자본가와 그 자본가의 이익을 대변해 주는 정부와의 사이에서 야기된 것들이었다. 이러한 갈등의 형상화는 근본적으로 노동자와 자본가를 계급의 양대 축으로 보는 자본주의 사회의 계급대립에 기초한다. 이러한 사회 인식론하에서는 사회의 구성원들은 그 어느 계급의 이익에 봉사하도록 필연적으로 구조화되어 있다고 생각한다. 말하자면 경제적 토대가 인간의 의식을 규정하는 인식론에 근거한 것이다.

그러나 현대 사회는 많은 학자들이 주장하듯이 경제적인 측면이 인간의 의식을 전일적으로 규정한다고 보지는 않는다. 인간의 의식을 규정하는 것으로는 이 이외에도 여러 이데올로기적인 국가 제도 특히 문화적 요인들이 존재한다는 것이다. 뿐만 아니라 민중문학이 흔히 그 갈등의 축으로 내세우는 억압하는 존재와 억압받는 존재의 갈라짐은 현대 사회에서는 그 분명한 실체를 발견하기 어렵게 되어 있다. 말하자면 국민 대중을 통치하는 억압적 거대 정치권력은 이제 존재하지 않는다. 차라리 국민 대중은 관리된다는 편이 옳은 말일 터이다. 여러 문화적 교육적 제도나 장치들에 의해 관리되는 사회에서는 자본가와 노동자의 대립으로 사회를 보거나 억압하는 비도덕적 거대 권력과 국민 대중과의 대립 구조로 사회를 바라보는 시각은 한계를 지닌다. 틀렸다기보다는 새로운 요소 혹은 그 사회의 핵심을 보지 못하는 불충분한 인식론으로 귀결될 수 있다. 이러한 점이 민중문학에 내재한 문학적 인식의 현재적 한계라고 생각된다.

◐

말테의 수기

릴 케
Rainer Maria Rilke

당시 오스트리아 지배하에 있던 체코 프라하에서 태어난 릴케(1875~1926)는 어머니로부터 지나치게 종교적인 가식성에 시달리면서 억압적 유연을 경험한다. 프라하 대학에서 법학을 공부하고 뮌헨에서 미학 · 미술사 등을 공부하면서 문학적 성과들을 쌓아갔는데, 이 시기에 있었던 루 살로메와의 만남은 그에게 운명적인 것이었다. 루는 릴케 삶의 여러 가지 문제에 개입해 어머니로부터 받은 정신적 상흔들을 치유해 주면서 그의 정신적 지주가 된다. 루 살로메와 함께 러시아를 여행하면서 그는 파스테르나크와 톨스토이를 만나 교유한다. 1903년 『로댕론』을 쓰고, 1904년 『말테의 수기』를 집필하기 시작했으며, 1912년 두이노 성에 머물면서 창조의 영감을 받아 그의 필생의 대작인 『두이노의 비가』를 집필한다. 1926년 발몽요양소에서 백혈병으로 사망했다. 그의 묘비명으로 씌어진 다음의 시는 그가 평생 추구한 예술가적 영혼을 담고 있다. 이는 열린 상태를 위한 동경의 외침이며 열린 세계를 향해 완전히 산산조각 나 흩어져 날리고 싶은 소망의 표출로서 세속적 욕망과 두려움을 지닌 자아로부터의 해방을 전제하는 것이다.
'장미여, 오 순수한 모순이여, / 그리도 많은 눈꺼풀 아래 / 누구의 것도 아닌 잠이고픈 마음이여'

작품 해제

『말테의 수기(Die Aufzeichnungen des Malte Laurids Brigge)』(1910) 초반부에 나타나는 '고통'의 문제는 릴케의 예술관과 밀접한 관련이 있다. 모든 존재하는 것에 대한 예술가의 선택은 예외없는 헌신을 기반으로 해야 하는데 이를 그는 '문둥이 옆에 눕기'라고 표현했다. 대상에 대한 무조건적인 헌신과 예술가의 실존적 체험의 관계에서 대상을 제대로 관찰하기 위해서는 그 대상이 아무리 역겹고 경악스런 것일지라도 대상과의 동침이 불가피하다. 관조와 통찰은 대상의 본질을 파악하는 기법이다. 관찰 대상은 아름다운 것뿐 아니라 추한 것까지도 포함하며 이것은 시인의 내적 표현력을 위해 필수불가결하다.

『말테의 수기』 마지막은 그 유명한 성서적 주제인 '탕아의 귀향' 부분이다. 성경의 우화 중에서 '돌아온 탕아'의 전설은 조형예술 및 문학의 가장 중요하고도 빈번한 주제가 되어 왔다. 성서의 탕아 이야기는 누가복음 제15장 11절~32절 속에 있다. 한 사람이 두 아들을 두었는데 작은아들은 자기 몫의 재산을 분배받아 다 탕진하고 돌아다니다 거지가 되어 돌아온다. 아버지는 그 아들의 귀환을 축하하기 위해 잔치를 벌인다. 큰아들이 이를 보고 불평하자 아버지는 '아들아, 너는 항상 내 곁에 있었고 나의 모든 것은 네 것이다. 그러나 네 동생은 죽었다가 다시 살아온 것이다. 잃었다가 다시 찾은 것이다. 너도 기뻐해야 한다'고 말한다. 예수는 이 전설에서 아버지의 용서와 사랑을 신의 그것으로 이해시키고자 했다. 신의 입장에서는 아흔아홉의 돌아온 자보다 후회하고 돌아온 죄인이 더 중요하다는 것이다.

릴케는 이 '탕아'의 주제를 그의 『기도시집』과 『신시집』에서 여러 번 형상화했다. 릴케는 이를 시인적 삶을 포기한 예술가의 자기 실현이라는 관점에서 극단적으로 변형시켰다. 여기서 그는 탕아를 '사랑받기를 원치 않는 자'로 간단하게 규정한다. 더불어 탕아의 가출을 '새로운 삶의 입구'로 정의한다. 그것은 옛날의 삶과 새로운 삶 사이의 결정적 전환점이다. 탕아의 가출은 자신의 핏줄, 가족에 의해 부여되는 모든 소유물의 파기를 뜻한다. 가족의 사랑은 그에게 그의 심장의 진지한 무관심에 따라 살아갈 수 있는 여지를 주지 않는다. 진지한 무관심이란 어린아이와 같은 순진무구함에 의해 부여되는 존재의 질과 같은 성스러움의 상태이며 탈자아, 개방성, 헌신성 등의 특성을 지닌 사랑을 행할 수 있는 고유한 능력이다. 이것이 그가 말하는 '소유하지 않는 사랑'이다. 탕아의 목표는 신과 직접적인 연관을 맺는 것이다. 신으로부터 사랑을 구하기 위한 작업은 예술을 통해 현존하는 사물들의 진실한 모습을 찾아 주는 것이다. '신은 사랑의 대상이 아니라 방향이다'라는 말은 예술적·인간적 삶을 향한 끝없는 추구를 강조한 것이다. 신은 예술가가 도달할 수 있는 대상이 아니라 방향일 뿐이며, 이로써 그가 말한 사랑은 현실적 한계를 뛰어넘어 궁극적인 예술가적 영혼과 만나게 되는 것이다.

『말테의 수기』는 1, 2부로 나누어져 있고 71개의 작은 장으로 된 소설이지만 통일된 시간을 축으로 진행되는 연속적인 줄거리는 없다. 제1부는 파리 인상기로부터 시작되고 파리의 한 미술관에서 끝난다. 파리에 있어서의 불안, 죽음의 거리, 조국 덴마크에서 개성 있게 죽어 간 사람들에 대한 회상, 유년 시절 회상, 특히 유년기에 그를 공포로 몰아넣었던 외조부 브라에가의 유령 이야기, 손의 환각, 병에 대해서, 이모인 아벨로네에 대한 사랑 등이 제1부의 주요 내용이다. 제2부는 제1부에 이어 융단에 대한 이야기를 이어가면서 여러 죽음에 대한 고찰과 성자와 고독자에 대해서, 혹은 독서 회상을 통해 떠오른 인물들, 오랑주 원형 극장의 장

대함 묘사, 사랑으로 사는 여인들에 대해 묘사하고 이어서 마지막으로 탕아 이야기로 끝난다.

이 이야기는 말테 라우리츠 브리게라는 귀족 가문의 후손인 젊은 덴마크 사람의 수기다. 이 소설의 영문판 제목의 하나가 '나의 또 다른 자아 일지(The Journal of my Other Self)'라고 되어 있는 데서 알 수 있듯이 릴케 자신이 말테의 주모델이 되고 있다. 말테는 파리에서 고독과 무시무시한 가난 속에 살면서 그의 수기를 때로는 일기같이 때로는 정리용 카드 같은 형식으로 써 내려갔다. 그의 파리 체험의 회상, 덴마크에서 보낸 청춘기의 회상, 베토벤·입센·보들레르·두제와 같은 인물에 대한 설명과 그들의 작품과 성경 구절의 인용, 먼 과거의 역사적 사건을 소재삼아 여러 줄거리를 가닥으로 해서 이 소설은 진행된다.

작품 읽기

나는 성서에 있는 탕아의 이야기가 사랑받는 것을 거부한 젊은이의 일대기가 아니라고 역설한다 해도 그렇게 믿어 주지 않을 것이다. 그는 어렸을 때부터 가족 누구에게나 사랑을 받았다. 그는 장성하면서도 사랑받지 않은 일이 없었다. 그리고 어렸을 때는 사람들의 다정한 사랑에 따뜻이 감싸여 있었다.

그러나 소년이 되자 그는 그 습관을 버리려고 생각했다. 그는 아직 그것을 확실하게 표현하지 못했으나, 하루 종일 들판을 뛰어다닐 때 개를 데리고 다니기 싫어한 것은 개도 그를 사랑했기 때문이었다. 개의 시선에도 주시와 관심, 기대와 걱정이 나타나 있었기 때문이었다. 소년의 일거수 일투족이 개를 기쁘게 하거나 슬프게 했기 때문이었다. 그리고 그가 그 무렵에 원한 것은 깊은 무관심한 기분이었다. 그는 아침 들판에서 그 기분의 순수하고 강한 힘에 사로잡혀 새벽 동이 트는 가벼운 일순을 순수하게 간직하기 위해서, 거기에다 다시 땅에 떨어지는 시간과 여유를 주지 않기 위해서 급히 달리기 시작하는 것이었다.

…〈중략〉…

아아, 신이여, 집에 돌아가려면 모든 것을 벗어 버리거나, 잊어버려야 하지 않을까. 왜냐하면 완전히 잊어버리는 것이 무엇보다도 중요했기 때문이다. 그렇지 않으면 집안 사람들에게 추궁을 당하게 되었을 때 비밀을 폭로하게도 될 것 같았다. 아무리 천천히 걷고 아무리 뒤를 돌아보면서 걸었어도, 마침내 집의 박공이 보이기 시작했다. 위층 제일 높은 창이 그를 지켜보았다. 그 창가에는 누군가가 서 있었을 것이다. 하루 종일 기다리다 지친 개들이 수풀을 지나 달려와서는, 그를 평소의 소년으로 환원시켰다. 그리고 집에 한 발자국 들여놓자 만사는 끝이었다. 집에 퍼져 있는 범새 속에 한 걸음 들여놓음과 동시에 대세는 결정되어 버렸다. 지엽적인 변화는 아직 허용되어 있었으나, 총체적으로는 집안 사람들이 생각하고 있는 것과 같은 소년으로 환원되어 있었다. 일찍부터 그의 어린 과거와 거기에다 어른들의 희망으로부터 이미 인생의 약도가 그려진 소년으로 환원되어 버렸다.

밤낮을 가리지 않고 그들의 사랑의 암시 밑에 그들의 희망과 시의(猜疑) 사이에 그들의 비난 아니면 칭찬 앞에 서는 공유물로서의 소년이 되어 있었다. 이처럼 말로 형언할 수 없을 정도로 조심하면서 계단을 올라가더라도 소용은 없다. 모두가 거실에 모여 있다가 문이 열리면 일제히 이쪽을 보겠지. 그는 어두운 구석에 서서, 질문받는 것을 기다리려고 한다. 그러나 최악의 사태가 다가온다. 그들은 소년의 손을 붙잡고 테이블 앞으로 데리고 간다. 한자리에 있던 사람들은 모두 신기하다는 듯이 램프 앞으로 밀려온다. 그들은 다행스러웠다. 그들은 불빛을 받지 않고 있으며, 소년 혼자에게만 비친 불빛은 얼굴을 갖고 있다는 굴욕을 훤하게 비춰 주고 있다.

그는 집안에 남아서 그들이 상상하고 있는 생활을 겉껍데기로만 살고, 그들 모두의 얼굴까지도 닮게 될 것인가? 그의 의지의 섬세한 성실성과 그리고 그 성실성을 그의 내부에 있어서마저 부패시키는 서투른 기만과의 사이에서 자신의 삶을 나누어 살아갈 것인가? 겁쟁이 같은 마음만을 가진 가족들을 해칠 수 있는 존재가 되는 것을 단념할 것인가?

아니, 그는 떠날 것이다. 이를테면 그들이 서투른 추측에 의해서 마음대로 선택한 선물, 이번에는 또는 모든 것을 유화시켜 줄 선물로서 생일 테이블을 바삐 장식하고 있는 사이에라도 다시는 돌아오지 않기로 마음먹고서 떠날 것이다. 그 당시의 그가 사랑받는다는 무서운 처지로 어느 누구도 밀어 넣지 않기 위해서, 결코 어느 누구도 사랑하지 않겠다고 그가 얼마나 굳게 결심했는가는 여러 해가 지난 후에야 비로소 깨닫게 될 것이다. 여러 해 뒤에 그에게는 결심이 머리에 떠오르고, 그 결심도 다른 결심과 마찬가지로 실행되지는 못하고 있었다. 그는 고독한 생활 속에서 종종 사랑했기 때문이다. 그때마다 온갖 정력과 근기(根氣)를 다해서 상대방의 자유에 대해서 더할 나위 없이 마음을 썼다. 그는 사랑의 대상을 감정의 광선에 의해서 연소시키는 대신 그 광선으로 구석구석까지 비추는 법을 차츰 습득했다. 그리고 그때마다 투명도가 더해 가는 애인의 모습을 비춰 그 모습이 그의 끝없는 소유욕에 대하여 넓은 정신의 전망이 열리게 되는 것을 알고, 그것에서 느끼는 기쁨에 익숙해졌다.

그리고 그는 자신도 그처럼 구석구석까지 빛이 가득 차 있었으면 하는 동경으로 잠을 이루지 못하고 눈물을 흘린 밤이 얼마나 많이 있었던가. 그러나 사랑받는 여인은 사랑을 받아들인 것만으로는 아직 사랑하는 여인이 되지는 않는다. 아아, 밀물과 같이 밀려오는 사랑의 선물이 허무함에 의해서 무거워진 마음에 조각 조각으로 되돌려 받는 쓸쓸한 밤과 밤. 그리고 그는 소원을 들어주는 것을 무엇보다도 두려워했던 그 중세의 연애 시인들을 그 얼마나 그립게 생각했던가. 그는 이 고뇌를 경험하지 않기 위해서, 벌고 불린 돈을 마구 뿌렸다. 여자가 그의 사랑에 응하지나 않을까 하는 공포심이 나날이 높아져, 그는 무례한 보수로써 여자의 마음을 상처 입혔다. 구석구석까지 비춰 줄 사랑의 여인을 만나게 되리라는 희망을 이미 갖고 있지 않았기 때문이다.

…〈중략〉…

그의 마음의 이해는 더욱 넓게 퍼져서 자신이 일찍이 성취할 수 없었고, 단순히 기다리는 것만으로 그치게 된 생활의 중요한 부분을 지금부터 획득하려고 결심하기에 이르렀다. 그리하여 그는 무엇보다도 먼저 유년 시절을 생각했다. 조용히 생각을 더듬어 감에 따라, 유년 시절은 공백인 채로 있음을 느꼈다. 그 당시의 추억은 모두가 예감처럼 막연하여 지나가 버린 것으로 간주되는 것이 마치 미래의 일처럼 느껴졌다. 그것들을 모두 다시 한 번 그리고 이번에는 실제로 체험하려는 것이 고향을 떠난 탕아가 다시 그곳에 돌아온 이유였다. 우리는 그가 그곳에 머물러 있었는지 어떤지는 모른다. 그가 그곳에 되돌아온 것만을 알고 있을 뿐이다.

그 이야기를 전해 준 사람들은 이 부분에서 그 집이 어떻게 생겼었는가를 상기시키려 하고 있다. 왜냐하면 그 집에서는 얼마 되지 않는 시간이 흘렀고, 얼마 되지 않는 시간이 헤아려졌을 뿐이기 때문이다. 집안 사람들은 누구나 어느 정도의 시간이 흘렀는지를 말할 수 있었다. 개들은 늙었지만 아직 살아 있었다. 그 중 한 마리가 짖었다고도 기록되어 있다. 온 집안의 일이 일제히 중단되고, 늙기는 했으나, 또는 크기는 했으나, 가슴이 갑갑해질 정도로 옛날 그대로의 얼굴이 창가에 나타난다. 완전히 늙어빠진 하나의 얼굴에 갑자기 인식의 색조가 창백하게 스쳐 지나간다. 인식뿐일까? 정말로 그것뿐일까?——

아니 그것은 용서다. 무엇에 대한 용서일까? 사랑이다. 아아, 신이여, 사랑이다.

인식하게 된 그는 너무 바쁜 것에 쫓겨 생각할 겨를이 없었다. ── 사랑이 아직도 있을 수 있다는 것을. 다음 순간에 일어난 모든 일 중에서, 다만 이것만이 적혀 있음은 이상할 것이 없다. 즉 그의 몸짓이다. 거의 본 적도 없는 괴상한 동작이었다. 그는 모든 사람의 발밑에 엎드려 기원하는 거동을 취했다. 사랑해 주지 말아 달라고 애원하면서 몸을 엎드렸다. 그들은 놀란 나머지 당황하면서 그를 안아 일으켰다.

그를 용서하고 그 격렬한 동작을 다른 뜻으로 해석했다. 이 절망적인 그리고 솔직한 그의 거동을 보면서도 모두가 그의 뜻을 오해한 것은, 그것에 대해서는 그에게 형언할 수 없는 안도감을 주었음에 틀림없다. 다분히 그는 집에 머무를 수가 있었을 것이다. 그들이 그를 틀림없이 기쁘게 해줄 것이라고 믿고서 몰래 서로 격려하면서 보여 준 사랑은 결국 그에게 향해진 사랑이 아님을 그는 날이 갈수록 더욱 뚜렷이 인식했다. 그들이 사랑하려고 노력하는 것을 보고서 그는 거의 미소 짓지 않을 수 없었다. 그리고 그는 자신이 그들의 사랑이 얼마나 미칠 수 없는 존재로 되었는가를 분명히 알았다.

그가 어떤 사람인지를 그들은 알지 못했다. 그를 사랑하는 일은 매우 어렵게 되어 있었다. 그리고 그는 어느 한 사람만이 그를 사랑할 수가 있음을 예감하고 있었다. 그러나 그 한 사람은 아직 그를 사랑하려고 하지 않았다.

(『말테의 수기』 마지막 부분)

논점 이 부분은 릴케가 누가복음 제15장 제11절~32절까지의 '탕아의 귀향'을 자기 나름으로 해석해서 쓴 글이다. 주위 사람들의 지나친 기대와 중압감에 시달리다 가출했다 돌아온 탕아는 이제 가족의 사랑과 기대

는 '진지한 무관심'으로 버틸 수 있게 된다. 그는 구속에 대한 두려움으로 사랑을 회피해 왔으나 돌아온 탕아에게 그 사랑은 신에게로 전화되는 힘을 부여해 준다. 그러나 신에게 이르지는 않는다. 오직 방향성만을 가지는 것이다. 마지막 문장 '그 한 사람은 아직도 그를 사랑하려고 하지 않는다'로 끝맺고 있는 데서 잘 알 수 있다.

통합형 문·답

이 마지막 탕아의 귀향 모티프에서 우리는 탕아가 가족의 사랑에 대한 태도의 변화를 보이는 것을 감지하게 된다. 가족의 기대감과 사랑에 질식해 가출한 탕아가 다시 집으로 돌아왔을 때 그는 가족들의 오해된 사랑을 나름대로 승화해서 받아들인다. 이 '사랑의 수용'에 대한 차이가 무엇인지, 그리고 전환의 계기가 무엇인지 생각해 보자.

탕아는 집에 돌아와 가족들의 발밑에 엎드려 용서를 구하고 그들의 사랑을 호소한다. 그러나 이 행위는 사실은 그들 가족들과의 일정한 거리 두기를 통해 자신의 사랑을 승화시키는 데 목적이 있다. 집이 그리워서 돌아온 것으로 생각하는 가족의 오해가 오히려 그의 마음을 편하게 해준다. 그것은 탕아의 고독을 확인시켜 주는 계기가 된다. 그가 처음 집을 떠났을 때 사랑한 여인들에게서 그는 사랑의 본질적 의미를 획득하지 못했다. 사랑은 사랑하는 상대방의 시야를 가려 버리기 때문이다. 말테의 사랑받지 않으려는 사랑이라는 테마는 소유하지 않는 사랑이라는 테마로 발전한다. 이러한 사랑은 진정한 사랑과 고독을, 그리고 무한성을 향한 개방성을 전제로 한다. 탕아는 심지어 개가 주는 사랑까지도 존재의 구속에 대한 두려움 때문에 기피한다.

그러나 탕아의 귀향은 신에 대한 사랑으로 그 사랑의 목표를 전화함으로써 '사랑받기'의 의미로 변화한다. 이때 신은 목표가 아니라 하나의 방향을 의미하며 그것은 예술가적 영혼의 끊임없는 탐구와 비견된다. 탕아는 고독의 세계를 찾아 전세계를 돌아다녔으며 자신을 구속할까 두려워 모든 사랑을 회피해 왔다. 그러나 그가 집에 돌아옴으로써 그 사랑은 질적으로 전환되는 단계에 들어간다. 이제 사랑의 귀착점은 신과 관련된 존재의 끝없는 작업이 되며 그것은 시적 변용 즉 예술 창작과 관계를 맺는다.

릴케의 신을 향한 추구는 예술적 완성의 길, 자기 완성의 길과 관련된다는 것은 잘 알려져 있다. 신을 향한 사랑은 무한한 예술적 작업이다. 그것은 끝없는 인내에 대한 사랑으로 표현된다. 시인은 외계의 사물들을 변용시켜 신에게 봉사한다. 탕아는 고독과 고통의 단계를 극복하고 창조적 인내의 단계로 몰입한다. 이 작업은 궁극적으로 신으로부터 사랑을 구하기 위함이며 구체적으로 예술을 통해 현실 사물의 진실된 모습을 재현하는 것이다. 이 마지막 구절은 결국 릴케가 평생 추구한 예술가의 삶과 사랑의 본질인 '소유하지 않는 사랑'의 궁극적 목표이자 해답이 된다. 탕아의 귀향이란 기독교적 의미를 지니는 사랑의 확인이나 탕아에 대한 용서의 의미가 아니라 인간 고독의 본질을 확인하면서 사랑의 궁극에 도달하려는 예술가적 영혼과 삶의 표상에 관한 이야기다. 이것이 탕아로 하여금 가족의 그릇된 오해를 견뎌내게 하는 힘이 되고 있는 것이다.

릴케와 로댕

릴케가 로댕을 처음 만났을 당시 62세의 로댕은 명성의 절정에 있었다. 릴케는 로댕의 위대한 작품에 경탄을 금치 못했으며 독일에 로댕을 전파하는 사도의 역할을 담당한다.

출판사에서 의뢰한 『로댕론』를 집필하기에 앞서 릴케는 '시인은 언어를 통해 기능하지만, 조각가는 행동으로 기능한다'는 가우리쿠스 「조각론」의 한 구절과 '영웅이란 요지부동으로 자기집중의 상태에 있는 사람이다'라는 에머슨의 말을 모토로 적어 놓았다. 릴케가 조각을 보는 관점과 로댕의 작품세계를 찬양하게 된 그의 개인적인 배경이 이 두 가지 말에 집약되어 있다고 할 수 있다. '행동' '영웅' '자기집중'이라는 낱말은 릴케의 입장에서는 곧 그가 본받아야 할 예술가로서의 로댕의 본질을 꿰뚫는 말이다.

결혼으로 인하여 생활과 예술 사이에서 방황하며 어떻게 사는 것이 예술가다운 삶인지 갈피를 잡지 못하던 릴케는 예술을 위해 '생활을 마치 더 이상 필요치 않은 신체기관처럼' 내동댕이쳐 버린 거장 로댕에게 경탄을 보낸다.

릴케와 로댕은 본질적으로 성향이 다른 예술가다. 그렇지만 릴케에게 없는 것을 가진 로댕이 릴케 자신에게는 큰 도움이 된 것 같다. 특히 창작 측면에서 당시까지만 해도 늘 영감에 의해서 무언가가 떠오를 때까지 단 한 줄의 시도 쓰지 못하는 창작방식에 의지하며 실존에 불안을 느끼던 릴케에게, 연장을 손에 들고 끊임없이 일하는 로댕의 모습은 하나의 부러움이 아닐 수 없었다. 로댕과의 만남은 그의 내면에서 끊이지 않고 떠오른 불안과 고통을 잠재우는 진통제 역할을 하기에 충분했다. 릴케의 내적인 물음에 대한 로댕의 답은 '끊임없이 일하시오'라는 것이었다.

완성된 『로댕론』은 잠시 로댕의 제자로 있었던 젊은 여성 조각가, 즉 릴케의 아내 클라라에게 헌정된다.

변 신

카프카
Franz Kafka

카프카(1883~1924)는 유대인 소설가로 체코 프라하에서 출생하였다. 풍족한 어린 시절을 보낸 카프카는 프라하대학에서 법률을 공부하였으며, 1907년부터 그가 죽기 2년 전인 1922년까지 보험회사에서 일하는 한편, 문학에 대한 강한 열정으로 20대 초반부터 작품활동을 시작하여 초현실주의적 경향의 작품을 많이 남겼다. 그러나 1917년 폐결핵이라는 진단을 받은 후 요양 생활을 하다가 결국 1924년 41세의 나이로 요양소에서 사망하고 만다. 카프카는 인간 운명의 부조리성과 인간 존재의 불안성을 날카롭게 지적함으로써 실존주의 문학의 선구자로 평가받는다. 대표 작품으로 『심판』(1912), 『변신』(1915), 『유형지에서』(1919), 『성(城)』(1926) 등이 있다.

작품 해제

카프카가 1912년 집필에 착수하여 4년 뒤에 발표한 중편 소설 『변신(Die Verwandlung)』은 제1차 세계대전이 일어나기 직전의 암울한 서구 사회를 배경으로 하고 있다. 이 시기는 산업혁명으로부터 시작된 서구의 과학 문명이 고도로 발달된 나머지 인간의 존엄성을 무시한 채 물질적인 만족만을 추구하는 물질만능주의가 팽배하였고, 합리적인 이성도 그 기능을 상실하여 온 유럽의 국가가 전쟁을 향해 치닫고 있던 때였다. 이러한 시대적 흐름 속에서 인간마저도 도구화되고 기계화되는 일이 벌어지게 되었는데, 카프카는 바로 이와 같은 인간 존재의 자기 상실을 깊이 있게 탐구하였다.

줄거리를 요약하면 다음과 같다.

가족을 위해 상점의 외판원으로 힘든 생활을 해 오던 그레고르 잠자는 어느 날 불안한 꿈에서 깨어났을 때, 자신이 한 마리의 커다란 벌레로 변해 있는 것을 발견한다. 여러 사람들이 출근을 재촉하지만 그레고르는 번민을 거듭하다 결국 벌레의 모습으로 사람들 앞에 나타난다. 벌레로 변신한 그를 보는 순간 사람들은 놀라서 도망가거나 기절하고 만다. 날이 갈수록 가족의 사랑조차 받을 수 없게 된 그레고르였지만, 그 자신은 가족들에게 인간으로서의 애정을 계속 유지하려 한다. 하지만 가족들은 벌레로 변한 그레고르의 말을 이해할 수 없었고, 그레고르 역시 벌레로 변한 뒤에야 가족을 위한 자기의 희생이 헛된 것이었음을 깨닫게 된다. 그러던 중 그레고르가 가장 아끼던 여동생 그레테가 오빠를 없애자고 주장하게 되고, 그레고르는 가족들의 냉대 속에서 고독과 불안에 시달리는 생활을 한다. 날이 갈수록 열등감, 불면, 식욕 부진 때문에 고통을 당하던 그레고르는 결국 아버지가 던진 사과에 맞아 온몸에 상처를 입고 방안에 갇힌 채 죽음을 맞이하기에 이른다. 그러자 가족들은 그의 죽음을 슬퍼하기는커녕 오히려 골칫거리가 없어져 다행스럽다고 생각하면서 평온을 되찾고 교외로 산책을 나간다.

카프카는 벌레로 변신한 그레고르 잠자의 상황을 통해 현실 속에서 철저하게 소외되고 고립된 현대인의 모습을 그리고 있다. 그리고 주인공을 냉대하는 가족의 모습에서 모든 인간관계는 허위나 위선에 바탕을 두고 있다는 사실을 밝혀 낸다. 여기에서 우리는 인간의 순수한 애정이 수용되지 않는 단절된 사회 속에서 존재의 허무를 발견하는 현대인의 비극을 엿볼 수 있다.

작품 읽기

이른 아침에 파출부가 와서 — 그러지 말라고 몇 번이고 부탁했지만 모든 문을 힘차게 급히 열어젖히는 바람에, 그 여자만 오면 집안에서는 더 이상 조용히 잘 수 없었다 — 평소대로 그레고르의 방을 잠깐 들여다보았으나 처음에는 아무 이상도 발견할 수 없었다. 그녀는 그레고르가 일부러 꼼짝 않고 누워서 화가 난 척하고 있다고 생각했다. 그녀는 그가 온갖 지능을 다 갖고 있다고 믿었다. 우연히 긴 빗자루를 손에 들고 있었기 때문에 그녀는 그것으로 그레고르를 간질이려고 했다. 그런데도 아무런 반응이 없자 그녀는 화가 나서 그레고르를 약간 찔러 보았고, 그레고르는 아무런 저항도 없이 그 자리로부터 밀려났다. 그때서야 그녀는 이상하게 여겼다. 이내 진상을 알자 그녀는 눈이 휘둥그래져서 휘파람을 불었다. 그러나 그녀는 오래 서 있지 않고 침실문을 열어젖히고 큰소리로 어둠 속에다 대고 외쳤다.

"좀 와보세요. 그것이 죽었어요. 자빠져 있어요. 영영 죽었어요."

잠자 부부는 침대에 반듯하게 앉아 그녀의 보고 내용을 알아차리기 전에 우선 파출부에게 놀란 기색을 드러내지 않으려고 애썼다. 그런 다음에 잠자 부부는 각각 급하게 자기 쪽으로부터 침대에서 내려왔는데, 잠자씨는 이불을 어깨에 걸치고 있었고, 잠자 부인은 잠옷 바람이었다. 그런 모습으로 그들은 그레고르의 방으로 들어갔다. 그러는 동안, 하숙인이 입주한 뒤부터 그레테가 잠자리로 사용하는 거실의 문이 열렸다. 그레테는 전혀 잠을 자지 않은 사람처럼 옷을 다 입고 있었는데, 그녀의 창백한 얼굴 역시 잠을 자지 않았다는 것을 입증해주는 듯했다. "죽었나요?" 하고 잠자 부인은 의아스럽게 파출부를 쳐다보았다. 그러나 그녀 스스로 그것을 검사해 볼 수도 있겠고 또 검사하지 않아도 알 만한 일이었다. "그런 것 같아요." 하고 파출부는 자기 주장을 입증하기 위해서 그레고르의 시체를 빗자루로 힘껏 옆으로 밀었다. 잠자 부인은 빗자루를 잡아두려는 듯한 동작을 했지만 실제로 그러지는 않았다. "그럼," 잠자씨가 말했다. "이젠 하나님께 감사를 드려야 해." 그가 성호를 긋자 세 여자가 따라했다. 시체에서 눈을 돌리지 않은 그레테가 말했다. "얼마나 여위었나 좀 보세요. 오랫동안 아무것도 안 먹었어요. 음식은 들여놓았던 그대로 다시 내보내졌으니까요." 사실 그레고르의 몸은 아주 납작하게 말라 있었다. 그것을 이제야 제대로 알 수 있었다. 이제는 그의 몸이 다리로 버티고 있지도 않고 또 보는 사람의 시선을 흐트러뜨리게 하지도 않았던 때문이었다.

"그레테야, 잠깐 이리로 오너라." 잠자 부인이 우울한 미소를 띠고 말했다. 그레테는 시체를 돌아다보면서 부모를 따라 침실로 들어갔다. 파출부는 문을 닫고 창문을 활짝 열었다. 이른 아침인데도 맑은 공기에는 온화한 기운 같은 것이 감돌았다. 이미 삼월 말이었다.

세 하숙인들이 자기네 방에서 나와 놀란 기색을 하며 아침 식사를 찾았다. 모두 그들에 대해서는 잊고 있었다. "아침 식사는 어디에 있지요?" 하고 가운데 하숙인이 파출부에게 무뚝뚝하게 물었다. 그러나 파출부는 손가락을 입술에 댄 채 말없이 급하게 그 남자들에게 그레고르의 방으로 가 보라는 눈짓을 보냈다. 그들도 들어갔다. 이미 환해진 방안에서 그들은 약간 낡은 상의 호주머니에 두 손을 찌른 채 그레고르의 시체 주위에 둘러섰다.

그때 침실문이 열리고 제복 차림의 잠자씨가 한쪽 팔에는 아내를 끼고, 또 다른 팔에는 딸을 끼고 나타났다. 모두가 좀 울었던 것 같았다. 그레테는 때때로 얼굴을 아버지 팔에 묻었다.

"당장 우리 집에서 나가시오." 하고 잠자씨는 여자들을 떼어놓지 않은 채 문을 가리켰다. "무슨 말씀이지요?" 가운데 하숙인이 약간 당황한 듯이 말하고 싱긋 웃었다. 다른 두 사람은 손을 등뒤로 보낸 채 계속 비비고 있었다. 마치 자기네한테 유리하게 끝날 대언쟁을 신이 나서 기다리고 있다는 듯이. "내가 말한 그대로올시다." 하고 잠자씨가 대답하고서 두 명의 여자와 나란히 가운데 하숙인에게로 다가갔다. 그 남자는 처음엔 가만히 서 있다가, 마치 자기 생각이 머릿속에서 새로 정리된 듯이 방바닥을 내려다보았다. "그렇다면 우리는 나가지요." 하고 그는 마치 갑작스레 자신을 덮친 겸손으로 그 결심에 대해서 새로운 승낙이라도 요청하는 듯이 잠자씨를 쳐다보았다. 잠자씨는 크게 눈을 부릅뜨고 그에게 여러 번 짤막하게 고개를 끄덕였다. 그러자 그 남자는 실제로 즉시 현관방으로 성큼성큼 걸어갔다. 그의 두 친구는 잠시 손을 움직이지 않고 듣고 있다가, 마치 잠자씨가 자기네보다 먼저 응접실에 들어가 자기네 지휘자와의 사이를 끊어 놓을까 두려워하는 양 그의 뒤를 따라갔다. 현관방에서 그들 세 사람은 옷장에서 모자를 꺼내고 지팡이통에서 지팡이를 꺼내더니 말없이 꾸벅 인사를 하고는 집을 나갔다. 전혀 근거가 없는 것으로 밝혀진 의혹을 품고 잠자씨는 두 여자와 함께 층계참으로 나가 난간에 기댄 채, 세 남자가 천천히 계속 층계를 내려가 각 층마다에 있는 층계 커브 길에서 사라졌다가는 잠시 후에 다시 나타나는 것을 내려다보았다. 그들이 점점 밑으로 내려갈수록 그들에 대한 잠자 가족의 관심도 점점 줄어들었다. 그리고 머리에 들것을 진 정육점 점원이 으스대며 마주 오다가 위로 지나 올라가자 잠자씨는 여자들과 함께 난간을 떠났다. 그들은 모두가 시름을 놓은 듯이 집안으로 들어왔다.

그들은 오늘 하루를 쉬면서 산책하는 데 보내기로 했다. 그들은 그렇게 일을 그만두고 쉴 만한 이유가 있었을 뿐만 아니라, 그것이 절대로 필요했다. 그래서 그들은 식탁에 앉아서 세 장의 결근계를 썼다. 잠자씨는 지배인에게, 잠자 부인은 청탁인에게, 그레테는 상점 주인에게 썼다. 결근계를 쓰고 있는 동안에 파출부가 들어와 아침일을 끝냈으니 돌아가겠다는 말을 했다. 결근계를 쓰던 세 사람은 처음엔 쳐다보지도 않고 고개만 끄덕였지만, 파출부가 갈 생각을 하지 않자 언짢게 쳐다보았다. "뭐지요?" 잠자씨가 물었다. 파출부는 빙긋이 웃으면서 문안에 서 있었는데, 그것은 마치 식구들에게 큰 기쁜 소식을 전할 게 있지만 열심히 물어 봐야만 말하겠다는 태도처럼 보였다. 그녀의 모자에 꽂힌 빳빳한 작은 타조 깃이 이리저리 가볍게 흔들리고 있었다. "도대체 왜 그러는 거지요?" 파출부에게 가장 존경을 받고 있는 잠자 부인이 물었다. "네," 하고 파출부가 대답하고는 생글생글 웃느라고 이내 얘기를 계속하지 못했다. "옆방의 물건을 치워 버리는 일에 대해선 걱정 안하셔도 됩니다. 벌써 치워 버렸으니까요." 잠자 부인과 그레테는 마치 결근계를 계속 쓰려는 것처럼 고개를 수그렸다. 파출부가 얘기를 자세하게 하기 시작하려는 것을 눈치챈 잠자씨가 손을 죽 내밀며 한사코 그녀를 막았다. 이야기를 못하게 하자 그녀는 자기가 바쁘다는 것을 생각하고 분명 모욕당한 투로 말했다. "모두들 안녕히 계세요." 그녀는 획 돌아서더니 요란하게 문을 닫고서 집을 떠났다.

"저녁엔 해고해야겠다." 하고 잠자씨가 말했지만, 그의 아내나 딸은 아무 대답도 하지 않았다. 왜냐하면 겨우 얻은 휴식을 파출부가 깨뜨려 버린 것 같았기 때문이었다. 아내와 딸은 일어나 창가로 가서 서로 부둥켜안은 채 거기에 서 있었다. 잠자씨는 소파에 앉은 채 두 사람 쪽을 향해 몸을 돌리고 잠시 묵묵히 그들을 바라다보았다. 그러다가 그들을 향해 소리쳤다. "자 이리 와, 이제 지난 일을 생각하지 마. 그리고 날 좀 생각해 줘." 아내와 딸은 당장 그의 말을 좇아 그에게로 달려가 그를 안아 주고는 재빨리 결근계를 써 버렸다.

그런 다음 그들은 함께 집을 나섰다. 벌써 몇 달째 그래보지 못했던 일이었다. 그리고는 전차를 타고 야외로 나갔다. 타고 있는 사람이라곤 그들밖에 없는 전차에는 따스한 햇살이 들어오고 있었다. 그들은 의자에 편안히 앉은 채, 장래의 전망에 대해서 얘기했다. 그 전망이라는 것도 잘 생각해 보면 조금도 나쁘지 않았다. 그들 서로가 아직 제대로 따져 본 적이 없었지만, 그들의 직장은 꽤 괜찮은 자리인데다가 훗날이 유망했기 때문이었다. 그들의 생활 환경을 당장에 최대한으로 개선하는 문제는 물론 집을 이사하면 쉽사리 해결될 것이다. 그들은 그레고르가 골랐던 지금의 집보다는 좀 작고 싸면서도 위치가 낫고 실용적인 집을 구할 작정이었다. 그들이 그런 얘기를 나누는 동안 거의 동시에 잠자씨 부부는 점점 활발해지는 딸을 바라보면서 딸이 근래에 뺨이 창백해질 정도로 고생을 했음에도 불구하고 아름답고 풍만한 몸집의 처녀로 피어나고 있음을 보았다. 점점 조용해지고 거의 무의식적으로 시선을 주고받으면서 그들은 이젠 딸을 위해서 착한 남자를 구해야 할 때가 되었다고 생각했다. 그리고 전차가 목적지에 도착해서 딸이 맨 먼저 일어나 젊은 육체를 쭉 펴자, 그것이 그들에게는 마치 새로운 꿈과 훌륭한 계획에 대한 확신처럼 생각되었다.

논점 이 부분은 작품 전체의 결말에 해당한다. 주위 사람들에게 골칫거리였던 그레고르가 죽자 시체를 치우고서 의기양양해 하는 파출부와 잠깐 슬픔에 빠졌다가 활기를 되찾는 가족들의 모습이 그려져 있다. 생전에 그레고르는 열심히 일하여 부모의 빚을 갚으며 가족의 생계를 꾸려 나가고 있었다. 그는 자신의 희생이 가족의 행복에 기여하는 길이라고 생각하며 힘든 일을 견뎌 나갔던 것이다. 그러나 정작 그가 벌레로 변하자 가족들은 그를 냉대하고 어서 죽어 버렸으면 하고 바라기까지 한다. 뿐만 아니라 그가 죽자 가족들은 활기를 되찾고 모처럼 교외로 나가 장래의 일에 대한 이야기를 주고받으며 희망에 마음이 부풀기도 한다. 현대 사회의 인간관계와 가족 윤리가 얼마나 이해 타산적이고 비윤리적인가를 확인하게 되는 대목이다.

통합형 문·답

다음 글은 『변신』의 서두 부분이다. 이를 읽고 주인공 그레고르 잠자가 벌레로 변신하게 된 동기와 〈작품 읽기〉에서의 그의 죽음이 지니는 사회적 의미에 대해 서술해 보자.(단, 다음 단어를 반드시 사용하시오. — 노동, 소외, 수단)

어느 날 아침 그레고르 잠자가 불안한 꿈에서 깨어났을 때, 그는 자신이 침대 속에 한 마리의 커다란 해충으로 변해 있는 것을 발견했다. 그는 갑옷처럼 딱딱한 등을 대고 누워 있었는데, 머리를 약간 쳐들면 반원으로 된 갈색의 배가 활 모양의 단단한 마디들로 나누어져 있는 것이 보였고, 배 위의 이불은 그대로 덮여 있지 못하고 금방이라도 미끄러져 내릴 것만 같았다. 나머지 몸뚱이 크기에 비해 비참할 정도로 가느다란 다리가 눈앞에서 힘없이 흔들거리고 있었다.

'어찌 된 일일까?' 그는 생각했다. 결코 꿈은 아니었다. 약간 좁긴

해도 제대로 된 사람 사는 방이라 할 수 있는 그의 방은 낯익은 네 개의 벽으로 둘러싸여 있었다. 옷감 견본 꾸러미가 풀려져 있는 책상 위쪽에는 ── 잠자는 외무 사원이었다 ── 그가 얼마 전에 화보 잡지에서 오려내 금박으로 된 멋진 액자에 끼워 넣은 그림이 걸려 있었다. 그 그림은 한 숙녀의 초상화였는데, 그녀는 모피 모자를 쓰고 모피 목도리를 두른 채 꼿꼿이 앉아, 팔목까지 오는 무거운 모피 토시를 바라보고 있는 사람에게 쳐들고 있었다.

그레고르는 창 쪽으로 눈길을 돌렸다. 흐린 날씨가 ── 창턱 함석 위로 빗방울 떨어지는 소리가 들렸다 ── 그를 온통 우울하게 만들었다. '좀더 잠을 청해 이런 어리석은 일을 잊도록 하자.' 그는 생각했다. 그러나 전혀 그럴 수가 없었다. 그는 오른쪽으로 누워 자는 습관이 있었는데, 지금 상태로는 그렇게 누울 수가 없기 때문이었다. 아무리 애를 써서 오른쪽으로 돌리려고 해도 자꾸만 나둥그러졌다. 그는 백 번쯤이나 그렇게 했으며, 허우적거리는 다리를 보지 않으려고 눈을 감았다. 옆구리에 전에는 없었던 가볍고 무딘 통증을 느끼기 시작하자 그는 그 짓을 그만두었다.

'아아! 이렇게도 힘든 직업을 택하다니. 매일같이 여행이다. 이 일은 회사에서 하는 실질적인 일보다 훨씬 더 신경을 자극시킨다. 그 밖에 여행하는 고역이 있고, 기차 연결에 대해 늘 걱정해야 하며, 식사는 불규칙적이면서도 나쁘고, 대하는 사람들은 항상 바뀌고 따라서 그들과의 인간 관계는 절대로 지속적일 수 없으며 또한 진실한 것일 수도 없다. 이 모든 걸 악마가 가져갔으면!' 그는 배 위가 약간 가려운 것을 느꼈다. 머리를 더 잘 쳐들기 위해서 그는 드러누운 채 몸을 서서히 침대 기둥 가까이로 밀었다. 그는 가려운 곳을 찾았으나 작은 흰 점만이 보였고, 그게 무엇인지 알 수가 없었다. 그는 한쪽 다리로 그곳을 만져 보려고 하다가 곧 다리를 뒤로 젖혔다. 거기에 다리가 스치자 온몸이 소스라칠 정도로 아팠기 때문이다.

그는 먼저 자세로 나자빠졌다. 그는 생각했다. '이렇게 일찍 일어나니까 사람이 멍청해지는군. 사람이란 잘 만큼 자야 해. 다른 외무 사원들은 규방 여인들처럼 살고 있지 않은가. 예를 들어, 내가 주문받은 것을 기입해 두려고 여관에 들어오면 그때서야 그들은 아침 식사를 하고 있거든. 사장한테 한번 그렇게 하겠노라고 말해 볼 만도 한데. 그러면 당장에 쫓겨날 거야. 하지만 쫓겨나는 게 나에게 좋을는지 몰라. 부모님 때문에 망설이긴 했지만, 그렇지만 않다면야 벌써 오래전에 사표를 냈을 거야. 사장 앞에 다가가서 내 의견을 송두리째 털어놓았을 것이고, 그러면 사장은 책상에서 굴러 떨어졌을 거야. 사장이 책상 위에 앉아 내려다보며 직원한테 얘기하는 것은 참 별난 짓이다. 게다가 사장은 귀가 어두워 가까이에 다가서야 하지. 하지만 아직 희망은 있다. 부모의 빚을 그에게 다 갚을 만큼 돈을 모으면——그렇게 되려면 아직 오륙 년이 더 걸릴 테지만——꼭 그렇게 하고 말겠어. 그러면 큰일을 한 게 되지. 그렇지만 지금은 우선 일어나야겠다. 기차가 다섯시에 떠나니까.'

위에서 보이듯, 그레고르가 힘들고 증오스러운 직업을 참아야 하는 유일한 이유는 부모가 회사 사장에게 진 빚을 갚기 위한 것이다. 이 사실은 그레고르의 노동이 이중의 외부적 목적에 의해 조건지워져 있다는 것을 의미한다. 곧 그의 노동은 자신의 인간적 가치를 실현하는 수단이 아니라 특정 기업의 경제적 이익을 증대시키기 위한 수단이며, 또한 가족의 부채를 해결하기 위해 자신의 의지와는 관계없이 떠맡게 된 것이다.

이렇듯 한 사람이 유리한 위치를 즐기기 위해 다른 사람의 희생이 뒤따라야만 하는 세계는 타락한 세계이다. 노동을 통한 그레고르의 자기 희생은 처음에는 가족을 풍부하게 부양할 수 있다는 자부심을 느끼게 하기도 했다. 그가 힘들여 번 돈을 식탁 위에 늘어놓아 가족을 '놀라고 즐겁게' 할 수 있었던 때는 어떻게 보면 행복한 시절이었다. 그러나 일에 대한 자기 복종은 이중의 소외를 야기시킨다. 내면적으로는 자신의 일이 인간적 존재를 만족시킬 수 없는 종류의 것이므로 그 일에서 소외된 채로 남는다. 더구나 사장은 그가 성실하지 않거나 불평을 늘어 놓을 경우 언제든지 그를 해고할 수 있다. 또한 그레고르가 가족을 부양하게 된 결과, 가정 내에서의 그의 위치 상승과 더불어 그레고르와 다른 가족 사이에는 모종의 거리가 생길 수밖에 없다. 어떻게 보면 그레고르의 힘겨운 노동은 일과 사회로부터 그를 소외시키고, 또한 가족으로부터 그를 소외시키는 결과를 가져오고 말았다.

그레고르의 변신의 내적 동기는 바로 이와 같은 그 자신의 노동과 존재가 가족과 사회로부터 소외되었음에서 찾을 수 있을 것이다. 변신으로 인해 그레고르는 결국 자기 자신으로부터도 소외되는 바, 이것은 현대 사회에서 겪는 인간의 절대적인 소외를 상징한 것으로 볼 수 있다. 변신 이전에 그레고르는 이러한 소외를 의식적으로 깨닫지 못하고 있었지만, 변신 이후에 직장과 가족으로부터의 소외를 절망적으로 인식하게 된다. 변신으로 인해 그레고르는 더 이상 소외된 노동을 수행할 수 없게 되었고, 직장이나 가정에 있어서 그가 가지고 있던 수단적 가치마저도 박탈당하게 된다. 그렇기 때문에 그레고르의 변신은 현대 사회에서 한 인간의 노동이 내포하고 있는 자기 소외적 성격을 확인시키는 한편, 사회와 가족 속에서 인간이 처해져 있는 개인의 소외를 드러냄으로써 그러한 소외 상태를 강요하고 방치하는 사회와 가족의 비인간성과 비윤리성을 부각시키는 장치로서 설정된 것이다.

기괴하고 흉칙한 벌레로 변한 그레고르를 가족들은 수치스러워하고 경멸한다. 그러한 가족들의 수치감과 무시, 그리고 그로 인한 절망감 속에서 그레고르는 죽음을 맞이한다. 이렇게 본다면 결국 그레고르의 변신과 죽음은 현대 사회 속에서 인간이 겪는 불안과 소외를 극단적인 방식으로 형상화함으로써 인간의 실존적인 고독과 더불어 그와 같은 소외 상황을 만들어 내는 중요한 원인의 하나인 현대 사회의 비인간성을 드러내는 사회적 의미를 갖는다고 할 수 있다.

결혼 기피증 환자 카프카

'사랑이란 알고 보면 자동차나 마찬가지로 별 문제가 없는 것이다. 다만 있다면 운전자와 승객, 그리고 도로 조건이 유일한 문제다.' 이것은 결혼 기피증 환자 프란츠 카프카의 말이다.

카프카는 한 여자와 약혼중에 또 다른 여자를 사랑하는 이상한 버릇이 있었다. 이렇게 하는 것이 결혼을 피할 수 있는 확실한 방도였던 셈이다. 그는 결핵병동에서 만난 율리 보리체크라는 여자와 약혼중에 자기 소설을 체코어로 옮기기를 희망하는 24세의 번역가 밀레나 예젠스카와 사랑에 빠진다. 아마도 그녀가 결혼한 신분이라는 것 때문에 카프카로서는 뒷일을 신경써야 하는 다른 여자들과는 달리 사랑을 마음놓고 고백할 수 있었을 것이다.

'나는 지금 당신의 눈빛 아래, 당신의 숨결을 느끼며 화창한 날 행복한 마음으로 행간을 자유롭게 거닐 뿐이오.'

'나는 정신적으로 병들어 있어요, 폐결핵이란 따지고 보면 이 정신적인 병이 과도해서 나타난 것으로 처음 두 번의 약혼이 있은 지 4, 5년 뒤부터 이런 병이 생겼습니다. 두 여성을 불행하게 만든 것은 전적으로 제 탓인 게 분명합니다.'

밀레나에게 보낸 이 초기 편지에서 카프카는 그녀를 미리부터 겁주려는 속셈에서 자신의 과거 연애 실패담을 쓰고 있다. 밀레나는 그의 변덕과 병적인 여성 혐오증을 견뎌 낼 자신이 있다고 생각하였다. 더욱이 그녀는 카프카의 우울증과 매사에 불안정한 성격을 고쳐 주고 그를 행복한 사람으로 만들어 줄 자신까지 있었다. 카프카로서는 그녀의 이러한 확신에 찬 태도에 잠시 끌리기도 했지만, 예의 자신의 오랜 고질병인 절망감에 다시 사로잡히게 되었다. 결국 그는 죽기 바로 직전에, 변함없이 사랑하면서도 밀레나와의 관계를 청산하기에 이른다.

수레바퀴 밑에서

헤 세
Hermman Hesse

헤르만 헤세(1877~1962)는 선교사로서 인도 등지에서 포교 활동을 한 경력이 있는 아버지와 인도학자인 부친을 둔 어머니 사이에서 태어났다. 이러한 그의 출생 배경은 그의 문학에도 심대한 영향을 끼쳤는데, 이는 『싯다르타』나 『유리알 유희』 등의 소설에 잘 드러나 있다. 그는 아주 어렸을 때부터 시인이 되겠다는 오직 한 가지 열망으로 그의 꿈을 키워갔는데, 선교사인 그의 아버지는 아들을 목사나 교사를 만들 요량으로 라틴어 학교와 신학교에 입학시켰다. 그러나 그는 입학한 지 1년도 채 안 되어 결국 신학교를 뛰쳐 나왔다. 엄격한 규율과 딱딱한 교과 과정에 견딜 수 없었던 탓도 있었지만 그 스스로 시인이 되어야겠다는 결심이 워낙 완고했던 까닭에 신학교를 더 이상 다닐 수 없었던 것이다. 이때의 경험은 『수레바퀴 밑에서』에 자세히 재현되었다. 실연으로 자살을 기도하고 서점 점원이란 직업을 갖기도 했지만 그는 번번이 그로부터 뛰쳐 나와 방황하곤 했다. 17세 때 고향 카르프에서 기계공장의 견습공이 되어 삶의 안정을 회복하면서 그의 소설적 자양과 기반을 점차적으로 체득하게 된다. 주요 작품으로 장편 『수레바퀴 밑에서』 『크눌프』 『데미안』 『싯다르타』 『나르치스와 골드문트』 『유리알 유희』 등이 있고, 그 밖에 단편집 · 시집 · 우화집 · 여행기 등이 있다.

작품 해제

『수레바퀴 밑에서(Unterm Rad)』(1906)는 작가 자신의 소년 시절 체험을 기록한 소설이다. 이 소설은 그의 출세작 『페터 카멘친트』의 뒤를 이어 그의 문학적 명성을 확인시켜 준 작품으로 그의 작품 중에서는 가장 대중적인 작품이다. 이 '수레바퀴 밑에서'라는 표제는 아주 상징적이면서도 강렬한 인상을 풍기는데, 이는 '지쳐버리지 않도록 조심해야지 자칫하면 수레바퀴 밑에 깔리고 말거든'이라는 신학교 교장의 친절을 가장한 말에서 따온 것이다.

마울브론의 신학교에 부모의 이기적인 명예욕 때문에 입학을 강요당한 소년 한스 기벤라트는 그릇된 교육 제도의 수레바퀴에 짓눌려 지옥과 같은 학교 생활을 견디다 못해 뛰쳐 나온다. 그는 자살을 기도하고, 기계공장의 시계 톱니바퀴를 닦는 견습공이 되지만 끝내 강에 익사하고 만다는 것이 이 소설의 줄거리다.

헤세의 성격은 한편으로는 유순하고 내향적이며 순진함 그 자체였지만 다른 한편으로는 고집스럽고 심술궂은 편이었는데, 이 소설에서 후자적 경향은 한스의 친구 헤르만 하일러에게 잘 묘사되어 있다.

헤세가 그의 문학에서 필생의 과제로 추구해 온 것은 삶의 편력을 통한 자기 실현의 문제였다. 『데미안』에서는 자신의 마성을 인정하고 그 내면의 소리가 이끄는 길을 충실히 걸어가는 것을 삶의 가치로 삼았고, 『싯다르타』 『나르치스와 골드문트』에서는 불교 혹은 기독교 신앙을 바탕으로 한 인간관을 이야기하였다. 『황야의 늑대』에서는 시민적 사회에서 소외감을 느끼는 천재적 인간이 현실과의 갈등을 어떻게 극복하는가 하는 문제에 깊은 관심을 보여 주었고, 『수레바퀴 밑에서』는 시민사회에서의 천재성의 소외라는 점에서는 『황야의 늑대』의 전편적인 성격을 갖는다고 볼 수 있다. 『유리알 유희』는 이것에 대한 해답을 미래소설적 성격을 지닌 것으로서 제시하고 있다. 그는 선과 악, 정신과 자연, 음과 양, 질서와 혼돈의 양극적 대립을 포용하는 지혜에 도달하고자 했다. 이것은 그의 양친으로부터 받은 동양적 지혜의 자양과, 그가 실제로 심취했던 주역(周易)의 독일어 번역판 해설(1925)에서 쓴 바와 같이 동양고전의 영향이 지대하게 컸다. 보다 고양된 인간의 삶이란 이원성을 수용 융합하여 조화시키는 데 있다. 이러한 이상을 지닌 초월적 존재로서 비장하게 자신의 삶을 걸어가는 모습이 바로 정신적 인간인 『유리알 유희』의 크네히트의 행로이다. 크네히트의 삶은 『수레바퀴 밑에서』의 한스가 추구한 삶의 이상적 방향인지도 모른다. 크네히트의 삶은 속세로부터 정신세계로, 그리고 다시 속세로 돌아오는 편력의 과정을 거친다. 보다 충일된 인간적 삶을 위해 방황하는 크네히트의 편력을 그린 『유리알 유희』는 그래서 괴테의 『파우스트』에 비견되기도 한다. 이 소설에서 등장하는 카스탈리엔은 헤세가 지향하는 이상국이다. 온갖 가치관이 타락한 우리가 살고 있는 20세기에 대한 반동으로 설정된 정신의 왕국이 바로 이 카스탈리엔이며 이는 이미 『수레바퀴 밑에서』의 신학교의 두 이단아인 한스와 하일러가 꿈꾼 천재의 예술혼이 궁극적으로 완성되는 정신의 고향이기도 하다.

작품 읽기

두 사람의 새로운 우정은 수도원 안에 적잖은 흥분을 자아내 주었지만 두 사람에게는 그때부터 기이한 나날이 시작되었다. 특별한 체험이라고 할 것까지는 없었으나 두 사람 사이에는 서로 결합되었다는 행복감과 남모르는 무언의 양해가 서려 있었다. 옛날과는 다소 다른 데가 있었다. 몇 주일 동안 떨어져 있었다는 사실이 두 사람을 변화시켰던 것이다. 한스는 더욱더 따뜻하고 부드러워졌으며 하일러는 더욱 힘차고 남성적인 태도가 되어 있었다. 두 사람은 그 동안 서로 떨어져 있으면서도 그리워했었으므로 그들의 재결합은 크나큰 체험이나 귀중한 선물처럼 여겨졌다.

조숙한 두 소년은 그들의 우정 속에서 첫사랑이 갖는 미묘하고 신비스러운 것을 불안과 흥분에 싸여 무의식적이나마 이미 맛보고 있었다. 게다가 그들의 결합에는 성숙한 남성이 갖는 씁쓰레한 맛도 곁들여 있었다. 그것은 쓰디쓴 약초로서 동료 전체에 대한 반항심을 불러일으키기도 했다. 어느 모로 보거나 다른 아이들에게는 하일러는 친할 수 없는 사람이었고, 한스는 이해할 수 없는 인간이었다. 다른 아이들 사이의 여러 가지 우정은 아직도 소박한 소년들의 장난에 지나지 않았던 것이다.

한스가 그 우정에 대해 보다 깊은 행복감으로 매달릴수록 학교 생활은 점점 서먹서먹해져 갔다. 새로이 얻은 그 행복감은 신선한 포도주처럼 그의 피와 사상 속에서 부글부글 끓어올랐으며 리비우스도, 호메로스도 그 중요성과 광채를 잃어만 갔다. 선생들은 지금까지의 모범 소년 한스가 요주의 인물인 하일러의 나쁜 감화를 받아 의문의 인간으로 변해 가는 것을 보고 놀랐다. 선생들이 두려워하는 것은 무엇보다도 청년의 발효가 시작되는 위험한 시기에 조숙한 소년들에게 나타나는 이상 현상이었다. 게다가 하일러라는 인물 속에는 원래가 어떤 천재성이 음험하게 도사리고 있다고 보지 않았던가. 천재와 교직자 사이에는 옛부터 뛰어넘을 수 없는 심연이 있다. 천재적인 인간이 학교에 나타난다는 것은 교사들에게는 금기였다. 교사들에게 있어서는 천재라는 자는 대개 교사를 존경하지 않으며, 열네 살에 담배를 피우기 시작하고, 열다섯에 벌써 연애를 하며, 열여섯에 술집 출입을 하고, 금서(禁書)를 읽으며, 대담한 글을 쓰고, 흔히 조롱 섞인 시선으로 교사들을 바라보며, 교무일지에는 언제나 선동자나 감금 후보자로 기록되는 그런 인물이다. 교사는 자기 담임 반에 한 사람의 천재를 갖기보다는 확실성이 보장되는 열 명의 바보를 갖기를 바란다. 그러나 그것도 어떻게 생각해 보면 당연한 일이리라. 교사의 임무는 상규(常規)를 벗어난 인물을 기르는 것이 아니라, 라틴어를 잘하고 수학 문제를 잘 풀며 성실한 인간을 기르는 데 있기 때문이다. 그러나 어느 쪽이 더 많은 상처를 입는 쪽일까, 선생이 생도로부터 더 괴로움을 받는가, 혹은 그 반대인가. 어느 쪽이 더 폭군이며 괴롭히는 자인가. 그리고 상대의 영혼과 생활에 더 많은 상처를 입히고 더럽히는 쪽이 어느 쪽인가. 그것을 검토해 보고 연구해 보면 누구나 괴로운 기분이 되어 분노와 수치심으로 자신의 젊은 시절을 회상하게 된다. 그러나 그것은 우리들이 상관할 바가 아니다. 단지 우리들의 위안이 되는 것은 진정한 천재라면 상처는 대개의 경우 잘 치유가 되고, 학교 같은 것을 문제삼지 않는 좋은 작품을 내어 죽어서도 시간의 흐름이 주는 유쾌한 후광에 싸여 여러 세대를 거치면서도 학교 선생들로부터 걸작으로서, 또는 고귀한 모범으로서 소개되는 인물이 있다는 사실이다. 이렇게 해서 학교에서 학교로, 규칙과 정신과 싸움은 영원히 되풀이된다. 그리고 국가와 학교는 매년 나타나는 몇 사람의 뛰어난 정신을 타도하여 그 뿌리째 뽑아 버리겠다고 노력하고 있는 것을 우리들은 쉽게 알 수가 있다. 그러나 언제나 학교에서 미움을 받는 자, 때로는 벌을 받는 자, 탈주에 성공한 자, 추방된 자들이 먼훗날 우리 국민의 보물을 더해 주는 사람이 된다. 하지만 대개는 마음속에 품는 반항 속에서 자신을 망치고 파멸하게 마련이다. 그 수효가 얼마나 되는지 누가 알겠는가?

옛부터 내려오는 훌륭한 원칙에 따라 이 학교도 두 젊은이가 이상하다고 느끼자마자 사랑 대신에 가혹함을 배가했다. 단지 한스를 가장 근면한 헤브라이어의 연구자로 여겨 자랑스럽게 알던 교장만이 서툴기는 하지만 어떤 구제 방법을 모색했다. 그는 한스를 집무실로 불렀다. 그림같이 아름다운 옛 원장의 거실로서 전설에 의하면 거기서 가까운 크닛트링겐 출신의 파우스트 박사가 엘핑거 술을 즐기던 곳이라고 했다. 교장은 상당한 인물로 학식도 실무적인 역량도 있었으며 학생들에 대해서도 호인다운 데가 있어 심지어 반말을 쓰기도 하는 그런 사람이었다. 그러나 그의 가장 큰 결점은 지독한 자부심이었다. 때문에 그 자부심이 가끔 교단에서 그로 하여금 아슬아슬한 줄타기를 하도록 했으며 그의 힘과 권위에 대해 조금이라도 의심받는 것을 참지 못하게 했다. 그는 어떤 비난도, 과도의 고백도 용서치 않았다. 그러므로 무기력하거나 정직하지 못한 학생들은 그와 잘 통했으나 힘차고 정직한 학생들은 그러기가 어려웠다. 약간의 암시적인 반대 의사를 보이기만 해도 그를 흥분시키기에 족하기 때문이다. 격려의 시선과 감동 어린 음성으로 아버지나 친구 같은 역할을 하는 데는 명수였는데, 이번에도 그는 그 역할을 하는 중이었다.

"앉아요, 기벤라트." 그는 다정하게 입을 열었다. 머뭇거리며 걸어 들어오는 젊은이의 손을 힘차게 쥐면서,

"몇 가지 이야기가 있어서, 그런데 너라고 불러도 괜찮겠나?"

"물론입니다. 교장 선생님."

"최근에 와서 너의 헤브라이어 성적이 떨어졌다는 사실을 너도 아마 느꼈을 게다. 여태까지 너는 헤브라이어에 있어서는 아마 일등이었지. 그래서 갑작스럽게 성적이 떨어지는 게 금세 눈에 띄었다. 아마도 이제는 헤브라이어가 싫어진 겐가?"

"아닙니다. 교장 선생님!"

"잘 생각해 보아라! 무언가 생각이 날 게다. 아마도 너는 어떤 다른 과목에 특히 주력을 기울이는 것이겠지?"

"아닙니다. 교장 선생님!"

"정말이냐? 그렇다면 어떤 다른 원인을 찾아봐야 되겠구나. 너도

나를 도와 주겠지?"

"모르겠습니다…… 저는 언제나 숙제를 했는데요……."

"물론이지. 그건 틀림이 없어. 하지만 한 탯줄에도 바보는 있는 법이야. 너는 물론 숙제를 했다. 그게 너의 의무니까 한 거야. 하지만 전에는 더 잘했었다. 그때는 더욱 열심이었고 언제나 흥미를 갖고 했었다. 그러던 너의 열성이 갑자기 식어진 게 왜 그럴까 하고 나는 생각해 본다. 어디 아프냐?"

"아닙니다."

"두통이 나느냐? 물론 그렇게 원기가 있어 보이지는 않구나."

"네. 가끔 두통이 납니다."

"매일 숙제가 너무 많으냐?"

"아닙니다. 절대로 그렇지 않습니다."

"그렇다면 다른 독서라도 하는 거냐? 솔직히 말해 보란 말이다!"

"아닙니다.. 아무것도 읽지 않고 있습니다."

"그렇다면 정말 모르겠군. 무언가 시원찮은 게 있을 텐데. 앞으로는 정상으로 돌아가겠노라고 내게 약속하지 않겠나?"

한스는 교장 선생의 손에다 손을 얹었고 교장은 엄숙하면서도 다정스러운 시선으로 그를 바라보았다.

"그렇다면 좋아. 지쳐 버리지 않도록 조심해야지. 자칫하면 수레바퀴 밑에 깔리고 말거든."

그는 한스의 손을 쥐어 주었다. 한스는 안도의 한숨을 내쉬고 문쪽으로 걸어갔다. 거기서 교장이 그를 또다시 불렀다.

"한 가지 더 묻겠는데…… 너 하일러와 친하게 지내느냐?"

"네. 몹시 가깝습니다."

"다른 아이들보다 훨씬 가까운 사이겠지? 그렇지 않은가?"

"네, 그렇습니다. 그는 제 친구니까요."

"도대체 어떻게 된 거냐? 너희들은 아주 성질이 다른데 말이다."

"모르겠습니다. 그저 친구가 되었습니다."

"내가 너의 친구를 별로 좋아하지 않는다는 것을 너도 알 게다. 그는 불평객이고 불안정한 영혼이야. 재능은 있을는지 몰라도 아무것도 이루는 것이 없고 네게도 좋은 영향을 주지 못해. 네가 그와 멀리했으면 좋겠는데…… 어떤가?"

"그럴 수는 없습니다. 교장 선생님."

"그럴 수 없다고? 왜 안 된다는 거냐?"

(『수레바퀴 밑에서』(계몽사) 중에서)

논점 이 부분은 한스와 하일러 사이에서의 우정과 사랑의 진전 및 둘 사이의 관계가 진정한 발전을 지속하게 되는 계기가 되는 대목이다. 모범생이면서 밝은 성격을 지닌 한스가 신학교에서의 성실과 미래에 대한 성공을 유보하고, 어둡고 사색적이며 고독한 명상가로서 교사나 학생들로부터 문제아로 낙인 찍힌 하일러에게 진정한 친구가 되겠다는 맹세를 하면서 그들 사이는 새로운 전기를 맞게 된다. 교장은 이 둘 사이의 관계를 떼어 놓기 위해 한스를 타이르면서 학교 규칙과 질서에 복종하기를 강요한다. 기성 질서의 기만성과 권위적 신학교의 규율을 신랄히 비판하는 헤세의 인식을 엿볼 수 있는 대목이다.

통합형 문·답

제시문의 밑줄 친 부분을 중심으로 '수레바퀴 밑에 깔리다' 라는 이 소설 표제의 의미를 검토해 보자.

착하고 순진하며 절대적으로 모범생인 한스는 내면에 천재성을 지니고 있지만 학교에서는 문제아로 낙인 찍힌 하일러와의 우정을 새삼 깨닫게 되면서 조숙한 청년으로서의 성장을 하게 된다.

하일러의 천재성은 학교의 규율과 신학교 선생의 권위를 전복하면서 교사들에게 위험 대상이 된다. 교사는 그런 천재성을 가진 인물을 위험 인물로 간주한다. 그가 가진 천재성은 체제와 권위에 대한 도전으로 인식된다. 따라서 교사는 기존 권위와 질서와 규율에 복종하는 '바보'를 선망하지, 철저하게 그것으로부터 일탈을 꿈꾸는 천재를 갖기를 희망하지 않는다. 그 천재는 체제를 송두리째 전복할 수 있는 위험인물이 되기 쉽기 때문이다. 기존의 질서를 고수하려는 이 권력적 자기 중심적 집단들은 자신들의 질서를 그대로 전수받아 지배 이데올로기를 공고히 할 수 있는 추종 세력을 원한다. 헤세는 이들을 천재와 바보로 이분하고 규칙과 정신의 영원한 싸움으로 규정한다.

그리고 그가 궁극적으로 말하고자 하는 것은 이러한 천재는 결코 이 질서를 그대로 수용하거나 그들 집단으로부터 철저하게 상처받아 영혼을 소모하는 그런 사람을 가리키는 것이 아니라, 그 상처를 잘 치유해서 나중에 자신이 가진 천재성을 불멸의 예술작품으로 승화시키는 인간이다. 학교에서 미움을 받는 자, 탈주에 성공한 자, 추방된 자라고 헤세가 규정한 인간들은 이른바 삶의 유목민들인 것이다. 현실에 안주하지 않고 끝없이 어떤 모험과 도전을 위해 기존 질서와 안정된 생활로부터 뛰쳐 나오는 자만이 창조의 승화된 정신을 향유할 수 있다. 그들에 의해 이루어진 창조적 영감은 단지 자신의 천재성을 증거하는 것만이 아니라 국민들에게 그 결과물인 예술작품 곧 보물을 마련해 주는 것이다. 인류의 위대한 정신적 유산들은 이 일탈자들, 유목민들에 의해 성취된 것들이다.

그렇다면 '수레바퀴 밑에 깔리는 일'이란 어떤 쪽을 의미하는 것일까. 교장의 이 이야기는 역설적이다. 진정으로 수레바퀴 밑에 깔려 죽는 사람은 기존의 권위와 질서를 그대로 따르고 순종하면서 자신의 정체성을 망각하는 질서의 순응주의자들이다. 수레바퀴 밑에서 뛰쳐 나오는 자는 바로 신학교의 엄격한 규칙과 권위로부터 탈주하는 자, 바로 하일러 같은 문제아다. 고독하고 사색적이며 조숙한 하일러의 정신적 성숙과 그가 보여 주는 신학교에서의 일탈 행위과 고뇌는 바로 이 정신적 유목민의 값진 창조행위를 준비하는 영혼의 내적 자양이 된다. 그것은 단순한 반항과는 거리가 먼, 영혼의 충밀한 고양이다.

억척어멈과 그 자식들

브레히트
Bertholt Eugen Brecht

독일의 희곡작가이자 연출가 브레히트(1898~1956)는 독일 아우크스부르크에서 태어났다. 1914년 베르톨트 오이겐이란 이름으로 아우크스부르크 최신 소식지에 최초로 시와 단편소설을 발표하였다. 김나지움을 졸업한 후 1917년부터 의학 공부를 시작하였다. 1919년 아우크스부르크 『인민의지』에 연극 비평문을 기고하고, 트루테 헤스터베르크의 '거친무대'와 칼 발렌틴의 극장에서 함께 활동하였다. 1921년 『도시의 밀림 속에서』 『거지』 『그가 악마를 쫓아내다』 『결혼』 등을 집필했으나, 『거지』 『그가 악마를 쫓아내다』는 발표되지 못했다. 1924년 직접 연출을 시작했으며 한편으로 마르크스주의에 대해 본격적으로 연구하기 시작하였다. 1933년 『조치』 공연이 경찰에 의해 금지되고, 제작자는 반역죄로 재판을 받을 정도로 사회 비판적 연극에 몰입하였다. 같은 해 나치의 탄압을 피해 취리히로 망명한 그는 1937년 직접 창작하여 연출한 『제삼제국의 공포와 참상』을 공연하였다. 1939년 『억척어멈과 그 자식들』을 집필하였고, 1948년 동독으로 귀국하여 활동하다가 1956년 세상을 떠났다.

작품 해제

브레히트의 『억척어멈과 그 자식들(Mutter Courage und ihre kinder)』(1939)이 씌어진 시기는 독일에서 히틀러의 나치즘이 그 위세를 더해 갈 때였다. 전쟁이 불길하게 다가오는 것을 느낀 브레히트는 파국으로 치닫는 절망적 비극을 이 작품을 통해 그린 것이다.

이 작품의 배경은 30년 전쟁 시기의 전쟁터이다. 30년 전쟁이란 독일 역사상 가장 비참한 대량 살상의 전쟁이었다. 이 전쟁은 독일을 중심으로 유럽 여러 나라 사이에 벌어진 종교전쟁으로, 처음에는 황제와 신교도가 싸우다가 에스파냐가 구교파를 지원하고 덴마크, 스웨덴, 프랑스 등이 신교파를 지원하면서 국제적인 전쟁으로 비화되었다. 1648년에 유명한 베스트팔렌 조약으로 전쟁이 끝났으나 독일 국토는 황폐화되었고 인구의 3분의 1이 사망했으며 이후 정치적 분열과 문화적 정체의 원인이 되었다. 브레히트가 이러한 성격의 전쟁을 배경으로 설정한 이유는 물론 '명분'을 앞세워 국민을 현혹시키면서 한편으로 나치즘적 야욕을 채우려는 나치 집권의 당대 독일 상황과 매우 유사하기 때문이었다. 줄거리를 살펴보면 다음과 같다.

이 작품은 스웨덴군 상사와 모병관이 도시에서 멀지 않은 국도변에 앉아 시국을 개탄하는 것으로 시작된다. 첫 장면에서부터 곧 전쟁이란 혼란과 도덕적 타락을 가져오고 평화란 도덕과 질서를 뜻한다는 통상적인 관념이 완전히 전도되어 나타난다. 이러한 전쟁터에서 장사를 하는 주인공 억척어멈은 전쟁터에서의 체험을 통해 그 억척스러움뿐만 아니라 철저한 현실주의와 냉소주의를 동시에 지니고 있다. 억척어멈의 자식들은 모두 셋이다. 첫째인 아일리프는 핀란드인 아버지로부터 총명함을 물려받아 '농사꾼의 바지를 본인도 모르게 엉덩이에서 벗겨낼' 정도이다. 전쟁을 겁내지 않으며 폭력도 언제든지 불사하는 깡패 기질도 있다. 그는 군에 입대하여 무공을 세우지만 평화가 '터졌음에도' 계속 과격한 행동을 일삼다 사형을 받는다. 특히 그는 윗사람들의 필요에 봉사하는 맹목적인 하수인의 성격으로 묘사된다. 둘째인 슈바이처카스는 미련하기는 하지만 정직한 인물이다. 군에 입대하여 연대 출납계에 근무하며 정직하게 금고를 지키다가 사건에 휘말려 사형 당한다. 그 역시 군에 대한 맹목적인 충성심과 정직성으로 인해 죽음에 이르게 되는 것이다. 셋째인 카트린은 동정심 많고 착한 처녀로 구교측 군대의 기습 앞에 무방비로 방치된 할레시를 구하려다 사살된다.

억척어멈은 이런 자식들을 먹여살리기 위해 물불을 가리지 않고 장사에 몰입한다. 억척어멈이란 별명도 곰팡이가 피기 시작한 50개의 빵을 팔기 위해 포화 속을 달리다가 붙여진 것이었다. 그녀는 요리사의 약점을 이용해 닭 값을 부풀린다거나 포탄까지 거래하며 장사를 위해서는 부당한 일에도 불평하지 않는다. 장사하는 동안 큰아들은 도망치고 또 그가 사형당할 때는 물건을 사러 가느라 보지도 못한다. 또한 그가 흥정을 하는 동안 둘째 아들은 사형을 당하며, 시내에 물건을 받으러 간 사이 딸 역시 사살된다. 자식을 먹여살리려고 장사에 몰입하지만 바로 그것 때문에 자식들을 모두 잃고 마는 것이다. 그녀는 이러한 불행이 전쟁 때문이라는 것을 잠시 깨닫기는 하지만 곧 전쟁이란 장사 이외의 그 아무것도 아니라고 생각한다. 그래서 결국 자식들을 다 잃게 한 전쟁을 저주하면서도 다시 장사를 하러 전쟁터를 찾아 나선다.

이상의 줄거리에서 작가는 어머니의 지혜와 큰아들의 용기, 작은아들의 정직함과 딸의 착한 심성이 전쟁이란 정황 속에서 왜곡되어, 결국 보상받기는커녕 그 미덕들로 인해 파멸되어 감을 보여 준다. 말하자면 이런 미덕들이 전쟁이란 상황 속에서는 미덕이 될 수 없는 것이며, 이런 상황이란 대단히 잘못된 상황이라는 것이다. 뿐만 아니라 전쟁이라는 것은 장사판이라는 인식도 보여 준다.

따라서 작품의 주제란 현실은 근본적으로 모순에 차 있고 그 현실 속의 인물들 역시 그러하다는 것이다. 이런 주제가 잘 드러나는 부분은 지배자들의 관점의 허구성, 그 이데올로기적 성격을 폭로하는 장면에서이다.

작가가 이러한 작품을 쓰고 공연했던 것은 물론 당시 독일의 상황 때문이었다. 그러나 그는 당대 독일의 상황을 그대로 그리지 않고 과거의 역사적인 사건을 그리면서 간접적으로 현실을 보여 주려 하였다. 이러한 양상은 그의 작품『갈릴레오 갈릴레이의 생애』에서도 보이는데, 힘 앞에 굴복해 가는 독일 지식인을 염두에 두고 갈릴레이의 굴복을 그린다는 식이다.

이런 특징 이외에도 그의 연극은 통상적인 연극과는 다른 특징을 지니고 있다. 이에 대해서는 브레히트 자신이 전통적인 연극(이를 아리스토텔레스적 연극이라 한다)과 자신의 연극(이를 그는 서사극이라 불렀다)을 구별하면서 지적해 놓은, 둘 사이의 차이점들이 참고가 된다. 전통극에서는 무대가 사건을 구체화한다거나 관중을 사건의 진행 속으로 끌어들인다거나 관객으로 하여금 감정을 불러일으키게 하고 체험을 전달하며, 인간이란 변화할 수 없는 이미 정해진 존재이며 인간에게 있어서 그의 사고가 존재를 결정한다고 브레히트는 보았다. 반면 서사극에서는 사건을 서술하며 관객을 객관적인 관찰자로 만들며 관중 스스로 판단을 내리고 결론을 짓도록 유도하는 선에 그치고 인간은 미지의 존재로서 조사의 대상이 되며 인간에게 있어서 그 사회적 존재가 사고를 결정한다고 그는 파악하였다.

따라서 이러한 특징을 가진 서사극에서는 같은 내용의 공연을

하더라도 이를 받아들이는 관객의 입장에서 보면 많은 차이를 가진다. 브레히트 자신의 설명에 의하면 전통극에서 '우는 자와 같이 울고 웃는 자와 같이 웃을밖에 없다니까' 라는 대사가 서사극에 오면 '우는 사람을 보면 웃음이 나오고 웃는 사람을 보면 울음이 나온다니까' 로 바뀐다든지, '모든 것이 그럴 수밖에 없는 바를 잘 표현한 위대한 예술이야' 라는 대사가 '당연하다고들 하는 것이 하나도 당연한 것으로 나타나지 않았으니 그건 위대한 예술이야' 로 바뀐다는 것이다.

이러한 논법으로 위의 작품을 읽는다면, 당시 독일 국민들이 전쟁이란 필연이며 마치 성전(聖戰)인 양 선동하는 집권자들의 말이 허구라는 점을, 다시 말하면 당연하게 보이던 것이 당연하지 않은 것임을 깨닫게 된다는 것이다.

이러한 맥락에서 다음 작품을 읽어 보도록 하자.

작품 읽기

1624년 봄. 용병대장 옥센스티에르나는 폴란드 원정을 위하여 달라르네에서 모병을 하고 있다. 억척어멈이라고 불리는 이동주보의 주인 안나 피어링은 아들 하나를 잃게 된다.

도시에서 멀지 않은 국도변.

상사와 모병꾼이 떨며 서 있다.

모병꾼 : 이런 데서 어떻게 병정을 주워 모으람? 이봐 상사, 나는 이따금 내 손으로 이 목숨을 끊어 버릴까 하는 생각도 한다니까. 12

일까지 용병대장 앞에 4개 중대를 편성해서 대령하라니, 게다가 이곳 사람들은 약아빠져 놔서, 난 밤이면 잠을 못 이루는걸. 천신만고 끝에 한 놈을 구했더니 새가슴에다 핏줄이 툭 불그러진 놈이었는데, 그것도 눈감아 주면서 그저 너그럽게 술독에다 처박아 놓았지. 놈은 물론 도장도 찍었고 해서 술값을 치르고 있는데 그놈이 밖으로 나가더란 말이야. 뒤따라 나갔지. 아무래도 미심쩍어서 말야. 아니나다를까, 그대로 줄행랑을 치지 않아? 긁적거리다 이 새끼 놓치는 격이지. 장부 일언은 천금과 같다는 것은 생각하지도 않고, 신의나 믿음, 명예심 같은 것도 없다니까. 상사, 난 이곳에 와서 인류에 대한 신뢰감을 상실했네.

상사 : 이곳엔 너무 오랫동안 전쟁이 없었기 때문에 그 꼴이지. 도덕심이 어디서 나겠어? 나는 이렇게 생각해. 평화란, 그게 바로 타락이라고 말이야. 전쟁이 일어나야 비로소 질서가 생긴단 말야. 평화시엔 인간은 그저 종자만 퍼뜨리거든. 사람도 동물도 더러운 짓이나 하면서도 태연해 하고, 먹고 싶은 대로 처먹기만 하고, 흰빵에다 치즈를 얹어 먹고 나서는 또 치즈 위에다 돼지 비계를 놓아 먹지. 저 앞에 보이는 도시에 젊은이가 몇이나 되고 좋은 말이 몇 필이나 되는지 아무도 몰라. 조사를 한 적이 없으니까. 언젠가는 한 칠십 년 동안이나 전쟁이 없던 지방엘 간 적이 있었는데, 사람들이 이름도 없더라니까. 자기가 누군지도 모르고. 전쟁이 있어야 제대로 명단과 호적부가 있고, 그래야만 신발짝 꾸러미도 챙겨지고 곡식은 자루에 담아지고, 인간과 가축이 똑 부러지게 계산되어서 수송을 할 수가 있는 것이지. '질서 없이는 전쟁도 없다'는 것을 알 수 있다구.

모병꾼 : 지당하구 말구!

상사 : 대저 좋은 일이란 다 그렇게 마련이긴 하지만, 전쟁이란 처음에는 참으로 어렵단 말이야. 그러다가 일단 불이 붙기 시작하면 끈질기기도 하지. 그러면 사람들은 오히려 평화를 겁내게 되지. 마치 주

사위 놀이를 하는 사람이 끝을 낼 때처럼 말야. 얼마나 잃었는지를 셈해야 되니까. 한데 우선은 전쟁이라면 질겁을 하거든. 무엇인가 새로운 것이니까.

모병꾼 : 이보게, 저기 포장마차가 오네. 계집이 둘에다 젊은 녀석 둘이라. 상사 자네가 저 할멈에게 수작을 걸어 보아. 이번에도 허사면 4월의 찬바람 속에서 이 고생은 그만 두겠네. 정말이야.

구금(口琴) 소리가 들려온다. 두 젊은이가 끄는 포장마차가 굴러온다. 마차 위에는 억척어멈과 벙어리 딸 카트린이 앉아 있다.

억척어멈 : 안녕들 하슈, 상사 나으리!

상사 : (길을 막으며) 여러분 안녕하시오! 당신들은 뭐요?

억척어멈 : 장사꾼입죠.

(노래한다.)

여러분 장교님네, 북소리를 멈추어
보병들의 행군을 잠시 쉬게 하오.
억척어멈이 왔소이다.
이와 물것에 시달리며
짐짝과 대포 소리와 소마차를 이끌고
전쟁터로 행군하니
구두라도 좋은 것을 신어야지.

봄이 오네. 기독교인이여, 깨어나라!
눈은 녹아 버리고, 죽은 이들은 고이 잠들었는데.
아직 죽지 않은 것들은
이제 출발을 서두르네.

여러분 장교님네, 당신네 병정들은

순대 하나 못 먹은 한을 안고서도
황천길을 마다 않는구려.
이 억척어멈이 우선 포도주로
심신의 고달픔을 풀어 주게 하구려.
빈속에 대포라니, 장교님네들, 몸에 해롭소이다.
배불리 먹이고 내 축복을 받은 다음
황천길로 이끄소서.

봄이 오네. 기독교인이여, 깨어나라!
눈은 녹아 버리고, 죽은 이들은 고이 잠들었는데.
아직 죽지 않은 것들은
이제 출발을 서두르네.

상사 : 그만 해! 그런데 소속이 어디야, 이 거지 같은 것들아?

큰아들 : 핀란드 제2연댑죠.

상사 : 증명서는 있어?

억척어멈 : 증명서?

작은아들 : 이분이 우리 억척어멈이오!

상사 : 들어 본 일 없어. 왜 억척이라고 하지?

억척어멈 : 패망을 두려워한 때문에 억척이라오, 상사. 포장마차에 빵덩이 쉰 개를 싣고 대포알이 쏟아지는 리가 지방을 뚫고 왔소. 곰팡이가 슬기 시작해 더 기다리고 있을 수 없었다오. 죽기 아니면 살기로.

상사 : 이봐, 수다 떨지 말고, 증명서나 내!

억척어멈 : (주석 깡통에서 한줌의 종이뭉치를 꺼내들고 내려온다.) 여기 내 서류가 다 있소. 상사 여기 기도서 하나가 그대로 있고, 알퇴팅 것이죠. 오이지 싸 주는 것, 매련 지방 지도…… 거기까지 흘러가게

될지 누가 알아? 못 가면야 무용지물이고…… 여긴 우리 백마가 주둥이나 발굽 병이 없다고 도장이 박혀 있고, 한데 그 말은 유감스럽게도 죽어 버렸다오. 그 놈 열닷 냥이나 들었는데…… 하지만 내 돈은 아니었으니 천만다행이었지. 이 정도의 서류면 충분하오?

상사 : 나를 놀릴 작정인가? 그 이죽거리는 버릇을 싹 뽑아 주지. 영업 허가증이 있어야 되는 것쯤 알고 있겠지?

억척어멈 : 그 말투 좀 고분고분 하시오! 그리고, 우리 어린애들 앞에서 내가 임자를 놀려 먹잔다고 마시오. 예절도 모르시오? 난 당신들하고는 아무 상관 없소. 제2연대에서 내 영업 허가증은 나무랄 데 없는 내 얼굴인데 댁이 그걸 읽지 못하니 난들 어쩌겠소? 얼굴에단 도장을 못 박고 다녀요.

모병꾼 : 상사, 이 여편네는 반항정신이 박힌 것 같아. 병영에서는 순종이 필요한 건데 말이야.

억척어멈 : 내 생각엔 순종이 아니라 순대가.

상사 : 성명!

억척어멈 : 안나 피어링.

상사 : 그럼 너희 전부가 피어링인가?

억척어멈 : 그건 또 무슨 소리요? 내 성이 피어링이지 애들은 달라요.

상사 : 애들은 모두 당신 자식들 아니오?

억척어멈 : 그야 그렇지만, 그렇다고 성이 전부 같으란 법이야 없지 않소? (큰아들을 가리키며) 저애로 말하자면 아일리프 노요키요. 왜냐구요? 그애 아버지가 늘상 코요키, 아니면 모요키라고 우겨댔거든. 저녀석은 그를 아직도 잘 기억하고 있소. 그런데 저애가 기억하는 것은 다른 사람이죠. 염소 수염이 난 프랑인이었죠. 그런데 저 아이는 아버지한테서 총명함을 물려받았죠. 농사꾼의 바지를 본인도 모르게 엉덩이에서 벗겨 내리기도 하고. 어떻든 그런 연유로 우리 애들은 각각

성이 달라요.

상사 : 아니, 각기 성이 다 다르다고?

억척어멈 : 뭘 그리 모르는 체하셔?

상사 : (작은아들을 가리키며) 그러면 저애는 중국사람의 자식인가?

억척어멈 : 틀렸어요. 스위스 작자죠.

상사 : 프랑스 사람 다음이었나?

억척어멈 : 어떤 프랑스 사람? 난 프랑스 사람이라곤 아는 사람이 없어요. 뒤죽박죽으로 만들지 말아요. 이러다간 밤중까지도 끝이 안 나겠소. 스위스 사람이었는데 이름은 페요스였죠. 그 이름은 그의 아버지완 아무 상관이 없소. 그 아버진 전혀 엉뚱한 이름이었고 성채 쌓는 게 직업이었으나 술고래였지.

(슈바이처카스는 활짝 웃음을 띄고, 벙어리 카트린도 재미있어 한다.)

상사 : 그런데 페요스라고 하였다니?

억척어멈 : 내 나으리에게 모욕을 주고 싶지는 않으나 별로 상상력이 풍부하진 못하시군. 물론 그가 페요스라고 불린 것은, 왜냐하면 그가 돌아왔을 때 나는 마침 헝가리 사람하고, 그에게야 아무렇지도 않았지만, 술이라곤 한 방울도 입에 대지 않았는데 그자는 벌써 콩팥이 오그라드는 병에 걸려 있었고, 굉장히 정직한 인간이었죠. 저 녀석은 그를 닮았죠.

(『억척어멈과 그 자식들』 제1막 첫 장면 중에서)

통합형 문·답

제시문은 『억척어멈과 그 자식들』의 첫 장면에 해당한다. 여기서 작가는 전쟁을 보는 상사의 전도된 시각과 주인공들의 성격을 밝혀 놓았다고 볼 수 있는데, 이를 통해 작가가 의도한 바가 무엇인지를 설명해 보자.

먼저 상사의 말이 문제가 된다. '이곳엔 너무 오랫동안 전쟁이 없었기 때문에 그 꼴이지. 도덕심이 어디서 나겠어? 나는 이렇게 생각해. 평화란, 그게 바로 타락이라고 말이야. 전쟁이 일어나야 비로소 질서가 생긴단 말야'라는 구절에서 전쟁에 대한 시각이 드러난다. 전쟁에 대한 일반적인 통념을 전도시켜 버린 듯한 이 발언은 전쟁의 성격을 암시하는 대목이기도 하다. 전쟁 속에서의 질서란 사람과 가축과 상품의 수량을 헤아리고 기록하고 목록을 만드는 식의 표면적이고 강제적인 것이며, 그것은 결국 모든 자원을 전쟁에 동원하기 위한 질서이다. 그리고 전쟁이 가져온다는 사나이의 의리나 명예심 같은 도덕도 전쟁의 약탈과 강간, 살인 등의 부도덕을 인정하는 허구적인 도덕이다. 또 상사 자신의 주장도 모순적이다. 그는 전쟁이 나야 질서가 생긴다고 했다가 질서 없이는 전쟁도 없다고 이야기한다.

따라서 관객들은 상사의 주장을 통해 일상적인 논리가 뒤바뀌어 있음을 보게 되고 또한 그의 말에 모순이 있음을 파악하면서 전쟁과 평화에 대해 재고하게 된다.

한편 억척어멈과 그 자식들의 성격 묘사는 작품의 후반부에 가면 대조적인 장면을 통해 충격적인 효과를 준비하는 과정으로 볼 수 있다. 전쟁에 개의치 않고 장사에 몰입하는 억척어멈은 바로 그 전쟁으로 인해 사업이 번창하지만 횡포한 군사들은 착한 그녀의 딸을 난행한다. 억척어멈의 큰아들 아일리프는 그의 천성으로 인해 전쟁중 노략질한 공로로 훈장을 받았는데, 뤼첸 전투 후의 갑작스러운 평화조약에 대해 듣지 못한 채 계속 노략질을 일삼다 처형된다. 그의 성격으로 인해 영웅적인 행위가 가능했으나 갑자기 그것이 범죄로 뒤바뀐 것이다. 또한 작은아들은 그 착한 천성 때문에 군대 내에서 금고를 지키다 사형당하게 되는데 억척어멈은 전쟁이 자신의 착한 작은아들조차 앗아갔다는 사실을 모른 채 자신의 병사를 먹여살리는 전쟁에 찬가를 부른다. 이러한 장면들은 따라서 작가가 전쟁이 야기하는 파멸적이고 비참한 결과들을 보여 주는 것이라 할 수 있다. 그렇다면 위의 억척어멈과 그 자식들의 성격 묘사는 이들이 지닌 미덕들이 결국 이들을 파멸시켰다는 점을 보여 주는 단서이다. 여기에는 미덕이 보상받지 못하고 악행이 활보하는 세상은 잘못된 것임을 깨닫게 하려는 작가의 생각이 담겨져 있는 셈이다.

◐

구 토

사르트르
Jean-Paul Sartre

프랑스의 실존주의 철학자이자 문인이며 행동적인 지식인인 사르트르(1905~1980)는 파리의 전형적인 중산층 부르주아 집안에서 출생하였으나 아버지가 일찍 병사하자 주로 외가에서 자랐다. 3세 때 뜨거운 홍차를 뒤집어쓴 사고로 인하여 오른쪽 눈이 실명 상태나 다름없이 되었으나 독서를 좋아하는 소년이었다 한다. 11세 때 어머니가 재혼하자 혼자 외가에서 자라게 되었고 15세 때 명문인 앙리 4세 고등중학교에 복학하여 뛰어난 성적으로 졸업, 파리 고등사범에 진학하여 동인지 『표제 없는 잡지』에 단편 「병든 장의 천사」를 게재하였다. 1928년, 그와 계약결혼을 하게 되는 시몬 드 보부아르와 만나 교수 자격 시험에 함께 응시, 이듬해에 그는 1등 보부아르는 2등으로 합격하였다. 1931년 『인간 존재의 무상성에 관한 반박서』를 집필, 후에 『구토』의 핵심 내용을 이루게 된다. 1933년 『구토』의 내용이 될 제2원고인 『자아의 초월』을 집필하였으며 1938년 『구토』를 발간하였다. 1945년 『현대』지를 창간하여 작가로서의 책무와 자유 실현을 위한 노력을 호소하였으며, 1964년 자전적 소설 『말』로 노벨문학상 수상자로 결정되었으나 노벨상의 공정성 상실을 이유로 거부하였다. 1980년 4월 사망할 때까지 강연과 순방, 그리고 뛰어난 저술 활동을 벌여 전설적인 인물로 평가받는다.

작품 해제

실존주의 문학의 대표작으로 거론되는 『구토(La Nausee)』(1938)는 앙트완 로캉탱이라는 주인공의 삶을 통해 인간의 실존적 존재로서의 자각 과정을 일기 형식으로 그린 작품이다. 먼저 줄거리를 살펴보도록 하자.

주인공 로캉탱은 부빌에 거주하며 도서관에서 드 로르봉 후작이라는 프랑기 혁명기의 인물에 대해 조사하게 된다. 마리 앙트와네트가 '친애하는 나의 원숭이'라고 부른 이 괴상한 인물에 매혹되어 그에 대해 조사하면서 로캉탱은 갈등한다. 결국 그는 로르봉이라는 존재가 나의 존재를 위해 필요한 단순한 협력자였음을 깨닫게 된다. 즉 나는 나의 존재로부터의 해방(나의 존재에 대한 깨닫음이 아니라)을 위해 그를 필요로 했던 것이다. 그렇다면 나는 나의 내부에 존재하는 것이 아니라 로르봉의 내부에 존재했을 뿐인 것이다. 로카탱은 로르봉 연구를 포기한다. 이런 맥락에서 보면 로캉탱은 역사란 과연 인식 가능한 것인가라는 회의에 부딪힌 것으로도 이해할 수 있다. 한편 그는 카페 마담과 정사를 벌이기도 하지만 어떤 정신적 사회적 연관 관계도 갖지 않은 채 고립된 생활을 계속한다. 그러던 그는 구토 증세를 느끼게 되는데, 바닷가에서 조약돌을 주웠을 때나 포크나 파이프를 잡았을 때, 컵에 담긴 맥주를 바라볼 때, 카페 급사의 멜빵이 셔츠의 주름을 가렸을 때 등이 그러하였다.

어느 날 구토증에 시달리던 로캉탱은 공원으로 달려간다. 벤치에 앉은 그의 앞에 있는 것은 마로니에 나무 한 그루였다. 그것은 일상의 가면을 벗어버린, 본연의 모습이었다. 그 본연이란 인간을 포함한 모든 존재가 언어로 포장된 온갖 외장에도 불구하고 다만 그곳에 존재하는 것에 불과하다는 의미다. 이것은 존재의 허망함이다. 왜냐하면 우연히 거기 존재하는 것에 불과하기 때문이다.

로캉탱은 이러한 깨달음을 과거의 애인 아니와의 재회를 통해 확인한다. 아니는 과거에 완벽한 순간을 추구했던 심미주의자였다. 그러던 그는 그녀가 현재 그 신비한 매력을 잃고 타성적으로 살아가는 평범한 존재에 불과함을 깨닫는다. 허무한 순간이자 존재의 본연에 대한 확인의 순간인 것이다.

로캉탱은 이제 그 역시 그저 살아가기 위해 파리로 돌아가려 한다. 그는 마지막으로 흑인 여가수의 레코드를 듣는다. 음악을 들으며 그 노래의 작곡자는 존재하는 죄로부터 정화되어 있다는 생각을 한다. 그는 책을 쓰겠다고 다짐한다. 그러나 타인의 존재에 대한 이야기인 역사책은 아니라고 생각한다. 한 존재는 다른 존재를 정당화시키지 못하기 때문이며 이는 이미 로르봉과의 씨름에서 확인했었다. 오히려 그는 '강철처럼 굳게 아름다워야 하며, 사람으로 하여금 그들의 존재에 대해 부끄러워하도록 하는' 작품을 쓰겠다고 생각한다.

이상의 줄거리에 특징적인 주요 모티프라면 단연 '구토'라는 현상이다. 구토 증세의 의미는 결론적으로 이야기한다면 사물의 존재에 대한 그리고 자아의 존재에 대한 자각 과정의 표현이다. 샤르트르는 관념적으로나 철학적으로 사색하는 것 — 이것의 무기는 주로 언어이며 이 언어란 부조리의 핵심을 이루는 것이다 — 이 아니라 사물을 보고 촉각, 청각, 후각, 시각 등을 통해 존재의 이유를 찾고자 했다. 이 과정에서 구역질은 사물이나 타자의 존재 속에서의 자기 존재의 의미를 깨달았을 때 느끼는 생리작용인 것이다. 환언하면 존재의 가면을 벗어 버릴 때 느끼는 당혹감과 의식 착종의 표현이다. 그리고 이러한 구토 증세 후에는 존재에 대한 허무적 깨달음이 뒤따른다.

『구토』는 사르트르가 실존주의로 나가는 길목에 놓인 작품이다.

특히 '실존은 본질에 앞선다'라는 그의 실존주의에 대한 선언이 이 작품에서처럼 명백하고 구체적으로 형상화된 경우는 달리 찾기 힘들다는 점에서 이 작품의 의의가 있다.

〈작품 읽기〉에 제시된 부분은 처음 구토감을 느끼게 되는 순간에 해당한다. '구토'의 의미에 대해 생각하면서 읽어 보도록 하자.

작품 읽기

이상하다. 나는 10페이지를 썼는데도 진실을 쓰지 못했다. ── 적어도 진실 전부를 쓰지 못했다. 내가 날짜 밑에 '새로운 일이란 아무것도 없다'고 쓴 것은 솔직하지 않았던 탓이다. 사실은 수치스럽지도 않고 비정상적이지도 않은 짧은 이야기가 입 밖으로 나오기를 거부했던 것이다. '새로운 일이란 아무것도 없다.' 사람이란 참말을 하는 것 같으면서도 얼마나 거짓말을 할 수 있는 것인가. 나는 경탄하여 마지않는다. 분명히 새로운 일이란 아무것도 생겨나지 않았다고 할 수 있겠다. 오늘 아침 8시 15분에 도서관에 가려고 프랭타니아 호텔에서 나왔을 때 땅에 떨어진 종잇장을 주우려 했다가 줍지 못하고 말았다. 일이라곤 그뿐이다. 그리고 그런 것은 사건일 수조차도 없다. 그렇다. 그러나 진실을 말하자면 그것이 나에게 깊은 인상을 남긴 것이다. 나는 이미 내가 자유롭지 않다고 생각했다. 도서관에서 나는 그 생각을 없애 버리려고 애썼으나 허사였다. 나는 그 생각을 떨쳐 버리려고 카페 마블리에 갔다. 밝은 데서는 그 인상이 사라져 버리리라고 생각했기 때문이다. 그러나 그것은 나의 내심에 무겁게, 고달프게 남아 있었다. 나로 하여금 앞에서 기록한 수페이지를 쓰게 한 것이 바로 그 생각이다.

왜 나는 그 이야기를 안했을까? 그것은 아마 자존심 때문이었으리

라. 그리고 또 어느 정도는 내가 서툴렀기 때문이었으리라. 나는 나의 내심에서 일어나는 일에 대해서 생각하는 데 익숙하지 못하다. 그래서 나는 사건의 연속을 잘 찾아내지 못하며 어떤 것이 중요한가를 잘 구별하지 못한다. 그러나 이제는 다 끝났다. 내가 카페 마블리에서 쓴 것을 다시 읽고 나는 부끄러웠다. 마음속에 숨겨진 것이라든지 내심의 상태라든지 무어라 표현할 수 없는 것, 그런 것은 집어치워야겠다. 나는 내면적 생활을 누리려는 동정녀도 아니고 신부도 아니다. 대수로운 일이 있는 것도 아니다. 내가 종이장을 줍지 못했다는 것뿐이다.

나는 밤이나 낡은 헝겊이나 특히 종이 조각 등을 줍기 좋아한다. 그것을 줍고 그것을 손에 쥐는 일은 기쁘다. 어쩌면 애들이 하듯이 나는 그것을 입에다 갖다 대기라도 할 지경이다. 내가 묵직하고 사치스러운, 그러나 똥이 묻었을지도 모르는 종잇장들의 한 귀퉁이를 잡고 집어 올릴 때, 아니는 화가 나서 얼굴이 창백해지는 것이었다. 여름이나 초가을에는 햇볕에 익어 낙엽처럼 마르고 부석부석한, 마치 피크린산을 친 것처럼 누렇게 보이는 신문지 조각을 공원에서 볼 수가 있다. 겨울에는 다른 종잇장들이 구겨진 채 짓밟혀 더럽혀져 있다. 그것들이 흙이 되어가고 있다. 또 다른 아주 새 종이, 반질반질하기까지 한 아주 희고 빳빳한 종이들이 백조들처럼 구르고 있으나 그 밑에서 이미 땅이 그것들을 집어삼키려 하고 있다. 그것들은 몸부림을 치며 진흙에서 빠져 나가지만 결국은 얼마 못 가서 땅에 찰싹 붙어 버린다. 그 모든 것을 손에 쥐는 게 즐겁다. 가끔 나는 아주 가까이에서 그것들을 보면서 쓰다듬어 보기도 하고, 또 어떤 때는 그 종이들이 길게 뽑아내는 빠지직하는 소리를 듣기 위해 그것을 찢어 보거나 혹은 종이가 축축할 때는 불을 붙이는 것인데, 그건 쉽게 되는 일이 아니다. 그리고는 흙투성이가 된 내 손바닥을 벽이나 나무 둥치에다가 문지른다.

그래서 오늘, 나는 영문(營門)에서 나온 기병 장교의 연한 황갈색

장화를 바라보고 있었다. 그 장화에 눈이 팔려 있다가 물구덩이 한 모퉁이에 나뒹구는 종이 하나를 발견했다. 나는 장교가 발뒤꿈치로 그것을 짓밟고 가리라고 생각했다. 그러나 아니었다. 그는 한걸음으로 그 종이와 물구덩이를 건넜다. 나는 가까이 갔다. 줄이 쳐진 것이 분명히 학교 공책에서 뜯어진 종이였다. 비에 젖고 뒤틀어져 그것은 화상을 입은 손처럼 퉁퉁 부어 오른 물집투성이였다. 여백의 붉은 선이 분홍빛 안개처럼 흐려지고 사방에 잉크가 번져 있었다. 종이 아래쪽은 진흙덩어리에 가려져 있었다. 나는 허리를 굽혔다. 나는 내 손가락 아래에서 회색의 조그마한 공처럼 구를 그 부드럽고 산뜻한 반죽에 손을 대는 것이 즐거웠다……. 그런데 나는 할 수가 없었다. 나는 잠깐 몸을 굽히고 있었다. '받아쓰기 —— 흰 부엉이'라고 적혀 있었다. 그래서 나는 빈손으로 일어섰다. 나는 이미 자유롭지 못하다. 나는 내가 하고 싶은 짓을 할 수 없다.

물체들, 그것들이 사람을 '만져서'는 안 될 것이다. 그것은 살아 있지 않기 때문이다. 우리는 그것을 사용하고, 그것을 정리하고, 그 틈에서 살고 있다. 그것들은 쓸모 있을 뿐 그 이상 아무것도 아니다. 그런데 그것들은 나를 만지는 것이다. 나는 그것을 참을 수가 없다. 마치 그것들이 살아 있는 짐승들인 것처럼 그 물체들과 접촉을 갖는 게 나에게는 두렵다. 이제 생각이 난다. 지난날 내가 바닷가에서 그 조약돌을 손에 들고 있었을 때 내가 느꼈던 것이 이제 잘 생각이 난다. 그것은 시큼한 일종의 구토증이었다. 그 얼마나 불쾌한 것이었던가! 그런데 그것은 그 조약돌 탓이었다. 확실하다. 그것은 조약돌에서 손아귀로 옮겨졌었다. 그렇다, 그것이다. 바로 그것이다. 손아귀에 담긴 일종의 구토증.

(『구토』(신영출판사), 「1월 30일 화요일」 중에서)

통합형 문·답

제시문에는 주인공 로캉탱이 조약돌을 줍는 순간 '구토증'을 느꼈음이 서술되어 있다. 왜 구토증이 일어났는지 제시문을 면밀히 검토하여 답해 보자.

조약돌을 '손에 쥐었을 때' 구토증이 일어났다는 것은 사물을 관념이나 철학 혹은 언어로 느끼거나 인식하지 않고 '촉감'으로 직접 느꼈음에서 기인한다. 이 말은 존재에 대해 새롭게 깨달았다는 뜻이다.

조약돌 생각이 주인공에게 떠오르게 된 계기는 그가 길거리의 종이를 줍지 못한 '사건'에 있었다. 즉 제시문의 앞부분을 모두 채우고 있는, 그가 종이를 줍지 못한 이유와 이 구토증은 긴밀히 관련되어 있음을 알 수 있다. 그렇다면 왜 그는 종이를 줍지 못했을까. 그는 평소에 종이를 주우면서 흙과 함께 반죽이 된 그 사물의 촉감을 즐겼었다. 그 행위는 거의 무의식적인 것이었으며 그것 자체로 즐거운 일이었다. 그런데 이 행위를 중단하게 된 결정적 이유는 종이 위에 씌어진 글씨 때문이었다. '받아쓰기 — 흰 부엉이'라고 씌어진 종이를 보는 순간 그는 심한 불쾌감과 함께 부자유를 느끼고 만 것이다.

그렇다면 그 불쾌감은 어디서 온 것일까. 씌어진 글씨의 '내용' 자체에서 온 것이 아닌 것만은 확실하다. 왜냐하면 그 내용이란 거의 의미가 없는 것이기 때문이다. 그렇다면 종이라는 존재가 글씨만를 쓰기 위한 사물이라는 인식에 자신이 빠져 있었다는 깨달음 혹은 사물과의 관계에 있어서 '언어'의 부정적 역할에 대한 새로운 깨달음이 생겼기 때문은 아닐까.

사르트르는 위의 작품에서 존재의 허망함에 대해 이야기하고 있다. 존재란 포장된 온갖 외장 —— 특히 이 외장에 중요한 역할을 하는 것은 언어이며 이 언어가 부조리의 핵심이라고 그는 지적했다 —— 에도 불구하고 선행하여 존재하며 그 존재는 단순히 우연하게 거기 있는 것이라고 이야기한다. 즉 그 존재의 실상과 그 허망함을 깨닫게 되는 순간 그는 불쾌감과 함께 구토감을 느끼게 되는 것이다. '종이 사건'의 경우도 이런 경우에 속하는 것이 아닐까.

한편 '언어'와 관련시켜 보자면 이 언어는 사물을 무의식적으로 그리고 그 존재를 가린 상태로 받아들이게 하는 데 큰 매개 역할을 한다. 언어를 통하지 않고 전달되는 사물은 없기 때문이다. 가령 문학에서 말하는 '낯설게 하기'란 이 언어가 가지고 있는 일상적 의미, 즉 일상적으로 쓰기 때문에 의식하지 못하는 언어의 사물 지시 기능에 대한 도전이라는 점을 상기해 보자. 그렇다면 주인공은 이 언어의 부조리함에 대해 깨닫게 되었다는 뜻이기도 하겠다.

그렇다면 제시문에서 조약돌을 주웠을 때 느꼈던 구토증이란 바로 존재 자체에 대한 확인에서 오는 일종의 의식의 각성이자 현기증이라 할 수 있다.

여자의 사랑은 유죄

'당신을 위해 빨래도 하고 설거지도 하고 원하는 것은 무엇이든 할 것이며 만일 원하지 않는다면 손도 어깨도 잡지 않겠다'며 남자에게 애원하는 사랑에 빠진 어느 여성을 두고, 프랑스인들은 믿는 도끼에 발등 찍힌 기분을 느낀다고 한다.

그 사랑에 빠진 믿는 도끼는 바로 살아 생전의 시몬 드 보부아르.

『제2의 성』을 통해 '여자는 태어나는 것이 아니라 만들어지는 것이다'라며 여성의 정신적 해방과 주체성 확립을 주장했던 보부아르가 거의 20년에 걸친 세월 동안 미국의 소설가 넬슨 앨그렌에게 쓴 원색적인 사랑의 편지가 얼마 전 출간되었다. 보부아르가 넬슨 앨그렌을 처음 만난 것은 1947년 첫 미국여행 때 친구의 소개를 통해서였다. 두 사람의 마음 아픈 사랑 이야기는 보부아르의 소설 『레 망다랭』에 절절하게 묘사되어 있다. 그들의 관계는 끝내 사랑의 결실을 이루지는 못했다.

여성해방운동의 가장 뛰어난 이론가이자 실천가로 알려진 보부아르의 지극히 평범한 사랑이 후세 사람들에게 배신감과 당혹감을 안겨 주는 것은 어느 정도 어쩔 수 없는 일이지만, 유명 여성에 대한 지나친 탄핵 역시 비판받아야 한다.

보부아르와 계약결혼이라는 형태의 세기적 사랑을 나눈 사르트르의 경우는 어떠했던가. 나이 일흔이 넘어서도 스물도 안 된 어린 여학생과 정기적인 밀회를 나누는 등 끊임없는 스캔들을 일으켰지만, 그러한 사실이 보도되었을 때 프랑스 사람들은 배신을 운운하는 비난을 보내지는 않았었다. 그런데 평생을 두고 사랑했던 남자에게 애절하게 쓴 연애편지를 가지고 그녀가 이룬 업적을 훼손한다는 것은 형평성에도 어긋나는 일이다.

남성에게도 여성에게도 사랑에 대한 순수한 욕망만큼은 무죄가 아닐는지.

1984년

오 웰
George Orwell

조지 오웰(1903~1950)은 인도 벵골 출생으로 본명은 블레어이며, 부친은 식민지 정부의 세관원이었다. 14세 때 영국으로 건너가 5년 간 이튼 학교에서 공부, 장학금으로 졸업했으나 진학을 포기하고 인도 왕실 경찰이 되어 미얀마에서 근무했다. 1927년 식민지 경찰직에 염증을 느껴 사임하고 1927년 문학수업을 위해 파리로 갔다. 이곳에서 그는 빈곤 때문에 닥치는 대로 일을 했으나 미얀마에서의 경찰생활보다 마음이 편했다 한다. 1935년 경찰관 생활을 토대로 지배계급인 백인과 피지배계급인 원주민 사이에서 고뇌하는 젊은 식민지 관리의 이야기 『버마 시절』을 발표하여 작가로서의 자질을 인정받는다. 그는 당시 영국 젊은이들 사이에 유행하였듯이 사회주의자가 되어 1936년 에스파냐 내란이 터지자 민병대에 가담했으나, 4개월 만에 부상하여 바르셀로나로 돌아오고 말았다. 그곳에서 그는 좌익들의 암투와 배신 그리고 전체주의를 목격하고 이후 영국으로 돌아와 줄곧 민주적 사회를 옹호하는 글을 썼다. 1940년 평론집 『고래 속에서』 출간. 1945년 스탈린 독재를 우화적으로 표현한 『동물농장』을, 1949년 미래소설 『1984년』을 발표하였다. 47세인 1950년 폐결핵으로 런던에서 사망했다. 사후에 평론집 『코끼리를 쏘며』, 자서전 『즐거웠던 시절』과 『영국, 그대의 영국』이 출판되었다.

작품 해제

『1984년(Nineteen Eighty-four)』(1949)은 인류의 장래를 소름 끼칠 만큼 끔찍하게 그린 20세기의 반(反)유토피아 소설이라 할 수 있다. 말하자면 헉슬리의 『멋진 신세계』와 그 주제를 같이하고 있다.

이 작품은 전체주의가 야기할 비인간적 미래에 대한 무서운 경고서의 의미를 지닌다. 그러나 이 작품이 더욱 흥미 있게 읽히는 또 다른 이유가 있다. 첫째 이유는, 표면적으로는 미래에 대해 말하지만 실질적으로는 현재를 비판하고 있다는 점이다. 오웰이 초점을 맞춘 것은 물론 공산주의 사회의 폭력성이기도 하지만 실질적으로는 파렴치한 엘리트의 손에 장악된 중앙집권적인 권력 그 자체이다. 따라서 작가는 이러한 전체주의가 어느 사회에서나 그 씨앗을 지니고 있으며 또 어디서나 승리할 수 있다는 경고를 보내고 싶었던 것이다. 둘째 이유는, 새로운 단어를 만들어 내는 그 착상과 정치와의 관련성에 있을 것이다. 즉 언어와 정치의 관련성이다. 이 주제는 오웰 자신이 쓴 평론에서 직접 다루고 있는 항목이기도 하다.

작품의 줄거리를 간략히 보도록 하자.

소설의 무대는 오세아니아라는 나라이다. 영국은 이 나라의 일부로 등장한다. 영문 모를 전쟁이 계속되는 가운데 런던 시민들의 생활은 피폐함을 더해 가고 있다. 이곳은 네 개의 통치 기구를 지니고 있는데 그 위에 군림하는 것은 당이다. 여기서의 당은 만능으로, 당이 말하고 생각하는 모든 것은 진리가 된다. 따라서 당이란 인간을 지배할 뿐 아니라 그들의 마음까지 지배한다.

당은 국민들을 철저히 감시한다. 뿐만 아니라 이 당도 '당내의 당'에 의해 은밀히 통제된다. 당의 정치적 성격은 '전쟁은 평화, 자유는 예속, 무지는 힘'이라는 슬로건 속에 잘 드러난다고 볼 수 있다.

주인공 윈스턴 스미스는 당의 교육, 뉴스, 선전 사업을 관장하는 '진리성' 관리이다. 그의 역할이란 당의 정책에 걸맞게 역사를 고쳐 쓰고 숙청된 자들의 이름을 기록에서 삭제하는 것이다. 그런데 그는 당의 정책에 대한 불만과 자기 자신의 비참한 생활에 대한 염증 때문에 몰래 일기를 쓰며 자신의 불만을 토로하곤 했다. 또한 같은 직장에 근무하는 여직원과 불법적인 정사를 나누면서 규율에서 이탈한다. 두 사람은 반당음모를 꾸민 후 상사인 오브리엔에게 동조를 구하다가 붙잡히게 된다. 투옥된 윈스턴은 고문을 이기지 못하고 애인의 이름을 발설하지만 사실은 이미 애인이 자신의 이름을 발설한 후의 일이다.

이 작품에서 당의 지배자들에게는 단 한 가지 목적밖에 없다. 그 목적이란 권력 장악이다. 그리고 그 권력이란 오직 인간에게 참을 수 없는 고통과 괴로움을 주는 능력 이외의 아무것도 아니다. 그러므로 전쟁을 끊임없이 계속하는 것도 바로 권력 유지를 위한 수단에 불과하다.

이상의 줄거리로 되어 있는 이 작품은 대개 세 부분으로 구분하여 읽어 볼 수 있다. 첫째 부분은 주인공 윈스턴 스미스가 1984년의 사회의 억압자 편으로 등장한다. 둘째 부분은 그의 애인 줄리아와의 정사 장면 묘사와 함께 그녀와의 관계에서 오는 행복감, 이런 것들로 인한 그의 삶의 변화 등이 그려진다. 셋째 부분은 그가 체포되고 경찰들의 고문이 시작되며 그의 지적인 성실성 자체가 포기되는 과정이 그려진다.

이 작품에서 그가 묘사하고 있는 세계란 전체주의 사회이다. 이 세계에서는 개인의 특권이나 권리는 일체 인정되지 않는다. 당만이 보도와 통신, 선전의 권리 및 통제권을 지닌다. 이런 권한에 대해 반항하는 자는 즉각 투옥되거나 살해된다. 모든 사람들은 언어,

역사, 사상 등에 대해 국가의 지도와 통제를 받으며 텔레스크린이 각 방에 설치되어 행동까지 감시받는다. 2분 간의 증오 시간, '빅 브라더는 당신을 감시하고 있다'는 포스터, 신어(新語) 등이 이 세계의 특징을 보여 준다. 이 세계는 또한 끊임없는 전쟁 속에 놓여 있다. 오세아니아, 유라시아, 이스트 아시아로 구성되어 있는 1984년의 세계는 적을 미워해야 한다는 선전과 전쟁이 유지되고 있는 것이다.

이 소설 속에서 우리는 전체주의 사회의 야만성을 몸소 느낄 수도 있지만 한편으로 현대 사회의 부정적 측면이 만약 그대로 온존되고 고무되었을 경우 성립할지 모를 비인간적 체계에 대한 경각심도 아울러 갖게 된다. 이 작품이 예언소설, 미래소설이기도 하지만 우리가 살고 있는 현대 사회에 대한 경고 소설이기도 하다는 지적이 가능한 것은 이 때문이다.

작품 읽기

청명하고 쌀쌀한 4월의 어느 날, 시계는 13시를 치고 있었다. 윈스턴 스미스는 세찬 바람을 막으려고 턱을 잔뜩 당기고, '빅토리 맨션(Victory Mansions)'의 유리문으로 미끄러지듯이 재빨리 들어갔다. 그 바람에 먼지도 그와 함께 안으로 빨려 들어갔다.

복도에는 삶은 양배추와 낡은 매트리스 냄새가 확 코를 찔렀다. 복도 끝에는 실내에 붙이기에는 너무나 큰 컬러 포스터가 벽에 붙어 있었다. 포스터에는 1미터 이상이나 되는 거대한 얼굴이 그려져 있었고, 그 얼굴은 검은 수염이 텁수룩하게 난 마흔댓쯤 보이는 멋진 남자의 모습이었다. 윈스턴은 층계를 올라갔다. 엘리베이터는 쓸모가 없었다. 가장 좋은 때도 움직이지 않았는데다가 지금은 대낮이라 전기가 들어오지 않았다.

이것은 '증오 주간(Hate Week)'에 대비하기 위한 절약 운동의 일환이기 때문이다. 서른아홉 살인 윈스턴은 오른쪽 발목에 정맥류궤양(靜脈瘤潰瘍)이 있어서 7층에 있는 그의 아파트로 올라가면서 몇 번이나 쉬며 천천히 발을 떼어놓았다. 각 층계참마다 엘리베이터의 맞은편에 붙어 있는 거대한 얼굴의 포스터가 노려보고 있었다. 이 초상화는 교묘하게 그려져 있어서 보는 사람이 움직이는 대로 그 눈알도 따라 움직이는 것 같았다. 초상화 밑에는 '빅브라더(Big Brother)는 당신을 감시하고 있다'는 설명문이 씌어 있었다.

방안에선 선철(銑鐵) 생산에 관계되는 수표(數表)를 읽어 내려가는 낭랑한 목소리가 들리고 있었다. 그 목소리는 오른쪽 벽 표면의 일부를 이루는 흐릿한 거울 같은 네모꼴의 금속판에서 흘러나왔다. 윈스턴이 스위치를 돌리자 그 소리는 약간 작아졌지만, 여전히 또렷하게 들렸다. 소위 '텔레스트린'이라고 부르는 그 기구는 소리를 줄일 수 있지만 완전히 꺼버릴 수 없게 되어 있었다. 윈스턴은 창문 쪽으로 갔다. 그의 작고 연약한 얼굴과 초라한 체구는 당(黨)의 제복인 푸른 옷에 더욱 짓눌려 보였다. 그의 머리카락은 말쑥했고 얼굴은 타고난 붉은빛이었다. 피부는 나쁜 비누와 무딘 면도칼을 쓰는데다, 이제 막 물러간 겨울 추위로 거칠었다.

닫혀진 창문을 통해 바깥을 보아도 세상은 냉랭해 보였다. 거리에는 한 줄기 바람이 먼지와 휴지를 회오리치고 있었다. 햇빛이 내리쬐고 하늘은 맑은데도 곳곳에 붙어 있는 포스터 이외에는 색채란 게 없어 보였다. 검은 수염의 얼굴이 구석구석에서 높다라니 내려다보고 있었다. 대로 맞은편에 있는 집 앞에도 붙어 있었다. 시커먼 눈이 '빅부라더는 당신을 감시하고 있다'면서 윈스턴의 눈을 뚫어지게 바라보고 있었다. 저 아래 길가에도 한 구석이 찢어진 또 하나의 포스터가 바람에 펄럭이며 INGSOC(England Socialism : 영국 사회주의)의 신조약어(新造略語)라는 낱말을 보였다 가렸다 했다. 저 멀리서 헬리콥터가 지붕 사이를 스치듯 날더니 쇠파리처럼 잠시 머뭇거리다가는 한 바퀴 선회하면서 날아가 버렸다. 그것은 주민들을 창문으로 감시하는 순찰 헬리콥터였다. 그러나 순찰쯤은 별 문제가 아니다. 문제는 사상 경찰(思想警察)이었다.

윈스턴의 등뒤에서는 선철과 제9차 3개년 계획의 초과 달성에 대해 텔레스크린이 지껄이고 있는 소리가 여전했다. 이 텔레스크린은 방송과 동시에 수신도 한다. 윈스턴이 내는 소리는 아무리 작은 속삭임이라도 모두 잡아낸다. 그뿐 아니라 이 금속판의 시계(視界) 안에 있는 한 윈스턴이 하는 행동 모두가 보이고 들린다. 물론 언제 감시를 받았는지조차 모른다. 사상 경찰이 얼마나 자주, 그리고 어떤 계통으로 개인을 감시하는가는 추측할 수밖에 없는 노릇이다. 사상 경찰이 모든 사람들을 언제나 감시한다고 믿을 수밖에 없다. 어쨌든 그들은 원하기만 하면 언제든지 감시의 선(線)을 꽂을 수 있다. 그래서 사람들은 자기가 내는 소리는 모두 들리고, 캄캄할 때 이외에는 모든 동작이 일일이 감시되고 있다는 전제 아래서 본능이 된 습관으로 살아왔고, 살아가야 했다.

윈스턴은 텔레스크린 앞에 등을 대고 서 있었다. 등이 보이겠지만 그것이 좀더 안전했다. 그의 근무처인 웅장하고 새하얀 '진리성(Ministry of Truth, 眞理省)' 건물이 1킬로미터 떨어진 곳에 흐릿한 풍경 위로 우뚝 솟아 있었다. 윈스턴은 쓸쓸한 기분으로 이런 생각을 했다.

이것이 제1공대(空帶)의 중심지이며 오세아니아에서 세 번째로 인구가 많은 런던이다. 런던이 옛날에도 이러했던가를 어렸을 적 기억을 짜내려고 애를 썼다. 그때에도 19세기 낡은 가옥들이 늘어서 있고 벽은 나무로 받쳐져 있으며, 창문은 마분지로 더덕더덕 발라진 채로 지붕의 함석판은 쭈그러지고 뜰을 두른 담이 제멋대로였던가? 그리고 폭탄이 떨어진 자리에서 횟가루 먼지가 바람에 소용돌이를 치고 버드나무 잎이 자갈 더미 위에서 뒹굴었던가? 또 폭탄이 쓸어 버린 넓은 공지에 닭장같이 옹색한 판자촌이 있었던가? 그러나 소용없는 일이었다. 그는 이런 것들을 기억해 낼 수 없었다. 그는 어린 시절에 대해서 환한 정경(情景) 이외에는 아무 배경도 생각나지 않고 분간할 수도 없었다.

신어(Newspeak, 新語)로 '진성'이라고 하는 진리성은 겉보기에 다른 건물들과 판이하게 달랐다. 반짝이는 새하얀 콘크리트의 이 거대한 피라미드형 건물은 테라스와 테라스가 이어져 높이 3백 미터나 우뚝 솟아 있었다. 윈스턴이 서 있는 앞쪽에는 흰 글씨로 씌어진 당(黨)의 세 가지 슬로건이 똑똑히 보였다.

전쟁은 평화
자유는 예속
무지(無知)는 힘

진리성에는 지상 건물에 3천 개의 방이 있고, 지하에도 그만큼의 지청(支廳)이 있다고 한다. 런던에는 이와 비슷한 모양에 크기도 같은 다른 선물이 세 개나 있다. 이 건물들 때문에 주위에 있는 다른 건물들은 완전히 난쟁이처럼 보여서 '빅토리 맨션' 지붕에서는 이 네 건물들을 동시에 바라볼 수 있었다. 이 건물들이 모든 정부 기관을 수용한 네 개의 청사(廳舍)이다. 정부기구에는 보도 · 연예 · 교육 · 예술을 관장하는 평화성(Ministry of peace), 법과 질서를 유지하는 애정성(Ministry of Love), 그리고 경제 문제에 책임을 지는 풍부성(Ministry of Plenty)이 있었다. 이들 이름은 신어로 진성(Minitrue, 眞性) · 화성(Minipax, 和省) · 애성(Miniluv, 愛省) · 부성(Miniplenty, 富省)이라고 불렀다.

애정성은 정말로 놀랄 만한 곳이었다. 그 건물에는 창문이 전혀 없었다. 윈스턴은 그 안에 들어가 보기는커녕 5백 미터 근처에도 가 보지 못했다. 거기는 공무(公務)로만 들어갈 수 있으며, 게다가 가시철망과 철문 그리고 기관총이 숨겨져 있는 무장 미로(武裝迷路)를 거쳐야만 했다. 외곽으로 가는 길에도 검은 제복을 입은 고릴라처럼 생긴 위병이 곤봉을 차고 순찰하고 있었다.

윈스턴은 갑자기 돌아섰다. 그는 낙천적인 표정을 얼굴에 띄고 있었다. 텔레스크린에 마주설 때는 이런 표정이 유리한 것이다. 그는 방을 가로질러 조그만 부엌으로 갔다. 이 시간에 사무실을 나오느라고 점심을 먹지 못했다. 그는 다음날 아침에 먹으려고 남겨 둔 검은 빵 한 덩어리 이외에는 먹을 것이 없다는 것을 알고 있었다. 그는 선반에서 '빅토리 진'이라고 흰 상표가 붙은 술병을 꺼냈다. 중국의 소주처럼 고약하고 느글느글한 냄새가 났다. 윈스턴은 찻잔에 넘칠 만큼 가득 부어 약을 마시듯 상을 찡그리며 꿀꺽 마셨다.

이내 그의 얼굴이 붉어지고 눈물이 핑 돌았다. 이 술은 마치 초산과 같아서 마시자마자 고무 망치로 뒤통수를 얻어맞은 것 같은 기분을 준다. 그러나 다음 순간 화끈거리던 뱃속이 진정되면서 기분이 좋아지기 시작했다. 그는 '빅토리 시가레트'라고 표시된 구겨진 담뱃갑에서 담배를 꺼내 무심히 만지작거리다가 그만 담뱃가루를 마룻바닥에 떨어뜨렸다. 그는 담배를 다시 꺼내 입에 문 다음에 거실로 가서 텔레스크린 왼쪽에 있는 작은 책상 앞에 앉았다. 책상 서랍에서 펜대와 잉크병 그리고 뒷장은 붉고 앞장은 대리석 색깔인 4절(四切)짜리 두툼한 공책을 꺼냈다.

이 거실에 있는 텔레스크린이 보통과 다른 위치에 설치된 것은 몇 가지 이유가 있기 때문이다. 텔레스크린은 일반적으로 방안을 전부 볼 수 있는 벽 끝에 설치되는데, 이 거실에는 창문 맞은편에 있는 긴 벽에 붙어 있었다. 벽 한쪽 끝에 윈스턴이 현재 앉아 있는 움푹 들어

간 곳은 아마도 책장을 잘 숨기면 텔레스크린의 감시망에서 벗어날 수 있었다. 물론 소리는 들리겠지만 현재의 위치에 숨어 있는 한 보이지는 않을 것이다. 이 방의 독특한 구조가 이제 막 시도하려는 그의 일에 부분적인 동기가 되었다.

그러나 그가 방금 서랍에서 꺼낸 공책에도 그 동기가 있었다. 그 공책은 유달리 아름다웠다. 부드러운 크림색 종이는 오래되어 약간 노랗게 변색되었지만 적어도 지난 40년 동안은 만들지 않았던 품목이다. 따라서 윈스턴은 그 공책이 40년이 더 된 것임을 추측할 수 있었다. 그가 이 도시의 어떤 빈민가(지금은 그 이름이 생각나지 않는다)에 있는 곰팡내 나는 작은 고물상의 진열장에서 이것을 보자 견딜 수 없는 소유욕을 억제할 수 없었다. 당원(黨員)은 일반 상가('자유 시장 거래'라고 부름)에는 가지 못하도록 되어 있지만 이 규칙을 엄수하지 못하는 것은, 구두끈이라든가 면도날이 이런 상점 아니고서는 손에 쥘 수 있는 방도가 달리 없었기 때문이었다. 그는 거리 주위를 위아래로 재빨리 훑어보고 가게 안으로 들어가 그 공책을 2달러 50센트에 샀다. 그 당시에는 이 공책에 어떤 특별한 목적이 있었던 것은 아니었다. 그는 죄나 진 듯 서류 가방 속에 넣어 집으로 가지고 왔다. 그 안에 아무것도 씌어 있지 않다고 해도 그 공책 자체는 혐의를 받을 만한 물건이었다.

그가 하려고 하는 것은 일기를 쓰고자 하는 것이었다. 이것은 불법은 아니지만(이미 법이 없으니 불법이란 것도 없다) 발각되면 사형이나 적어도 강제노동 5년형을 받을 것이 틀림없었다. 윈스턴은 펜촉을 꺼내 펜대에 꽂고 펜 끝의 기름기를 닦아냈다. 그 펜은 서명에도 거의 사용되지 않는 구식 필기 도구였지만, 이 아름다운 크림색 공책에는 볼펜으로 끄적거리는 대신에 진짜 펜촉으로 써야 합당할 것 같아서 남몰래 어렵게 구한 것이었다. 사실상 그는 손으로 글을 쓰지 않았다. 아주 짤막한 글 외에는 모든 것을 구술 기록기(口述記錄機)에 받아

쓰게 하는 것이 보통인데, 물론 현재의 목적에 쓰기는 불가능했다. 그는 펜을 잉크에 찍고는 잠시 머뭇거렸다. 창자에서부터 전율이 스쳤다. 종이에 글씨를 쓴다는 것은 중대 행위이다. 그는 작고 서투른 글씨를 썼다.

1984년 4월 4일

그는 등을 기대고 앉았다. 무력감이 그를 완전히 짓눌렀다.

(『1984년』 제1부 제1장에서)

통합형 문·답

제시문은 『1984년』의 첫 장면이다. 여기에서 주인공을 감시, 억압하고 있는 체제의 특성을 살펴보고 일기를 적는 일이 이 체제에서 왜 문제가 되는지를 설명해 보자.

주인공이 살고 있는 체제를 잘 드러내 주는 것으로 그 첫째는 벽에 붙어 있는 '빅브라더는 당신을 감시하고 있다!'는 포스터다. 이 포스터는 이 체제가 빅브라더라는 1인 독재 체제라는 점을 밝힘과 동시에 한 개인의 행동조차도 당의 철저한 통제하에 있음을 보여 준다. 이 통제 기능의 대명사가 바로 사상 경찰과 텔레스크린이다. 전자가 인간들의 사상적 측면을 감독한다면 후자는 일상 행동을 면밀히 감시한다.

둘째로는 '전쟁은 평화, 자유는 예속, 무지는 힘'이라는 당의 슬로건이다. 전쟁 상태를 유지하는 것만이 대중들의 경각심을 외부로 돌리면서 내부의 견고한 단결을 도모할 수 있다는 점, 전쟁 상황에서 오는 긴장감은 개인의 자유를 일체 허용할 수 없다는 점을 암시한다. 무지라는 것은 당에서 제시한 것 이외의 정보란 필요 없다는 뜻으로 인간 세계에 대한 풍부한 지식은 이 체제의 유지에 오히려 장애가 된다는 점을 암시한다. 말하자면 대중들의 의식을 통제하고 그 통제 자체가 정당함을 입증해 주는 것이 바로 이 슬로건인 것이다.

이런 체제 속에서 주인공의 일기 쓰는 행위가 왜 사형 아니면 강제노동 5년 형에 대응되는 죄악인가.

이런 체제는 대개 전체를 위하여 개인은 복종하고 희생해야 하며 그것만이 선(善)이라고 강조한다. 따라서 한 개인이 자신만의 내면, 즉 내성을 지니는 일이란 체제 유지에 불길한 징조이다. 내면이란 한 인간을 다른 인간과 구별시키는 중요한 지표이며 또 그것은 '개성'으로 구체화되면서 민주주의의 토대를 이루는 인간학적 요소가 되기도 한다. 그런데 이런 내면을 만들어 내고 키우고 확립케 하는, 그리하여 자신의 개인적 입장과 사상을 확보케 하는 좋은 훈련 통로가 바로 일기 쓰기인 것이다.

따라서 주인공 윈스턴이 일기를 쓰는 일은 이 체제에서는 전체가 아닌 개인의 자유와 개인의 권리를 주장하는 행위와 동일시되는 것이다. 이런 인식을 통해 이제 전체와 개인, 통제와 자유, 무지와 지, 현재와 옛 것 등등의 대립항이 이 작품에서 중요한 갈등 구조임을, 그리고 그 갈등에 있어서 부정적인 것에 대조되는 긍정적 항목이 바로 인간의 내면이라는 점을, 마지막으로 사소한 일기 쓰기가 바로 대단히 정치적인 행위가 됨을 알 수 있다.

꿈

아이히
Günter Eich

독일 브란덴부르크의 오더 강변에서 농장관리인의 아들로 태어난 귄터 아이히(1907~1972)는 라이프치히에서 김나지움을 졸업하고, 베를린의 대학에서 중국문학을 전공하였다. 1931년 최초의 방송극 『가수 카루소의 삶과 죽음』을 발표한 이후 대학을 중퇴하고 1939년까지 주로 베를린 방송국의 원고들을 집필하였다. 1939년부터 공군 사병으로 복무, 주로 베를린의 참모본부에 있다가 1944년 전선으로 배치되었으며, 1945년 미군의 포로가 되었다. 라인강변의 포로수용소에서 다시 시를 쓰기 시작, 1947년에는 '47 그룹' 의 창설 동인으로 활약하였다. 시와 단편을 주로 쓰는 한편, 독일 특유의 방송극을 문학의 한 장르로 정착시키는 데 큰 공을 세웠으며, 1959년 게오르크 뷔히너 상 등을 수상했다. 히틀러 치하의 독일에서 경험한 독재와 인간 상실의 비극을 다루어, 전후의 최대 문제작가 중의 한 사람으로 평가받는다.

작품 해제

『꿈(Träume)』은 방송극으로서 1951년 초연되었고, 1964년 거듭 제작 방송되었다. 이 작품은 다섯 개의 꿈으로 구성되어 있는데, 줄거리는 다음과 같다.

첫째 꿈은 암흑 속의 이야기다. 어디론지 끊임없이 달려가는 기차의 화물칸에 할머니와 할아버지, 손자와 손자며느리, 그리고 아이가 갇혀 있다. 외부와 차단된 이 공간에는 희미하게 명암만 뒤바뀔 뿐, 시계도 달력도 없다. 그들이 언제부터 이곳에 갇혀 있으며, 또 언제까지 이 기차가 달려갈 것인지 아무도 알지 못한다. 게다가 이 공간 속의 상황에 익숙해져서 이곳이 바로 그들의 오직 하나뿐인 세계라고 생각한다. 꼭 한 사람, 할아버지만이 지난날을 기억하고 있는데, 할머니만 그의 말을 믿는다. 다른 사람들은 화물칸에 갇혀 살았으므로 그러한 사물의 존재를 믿으려 하지 않고, 오히려 할아버지의 이야기가 거짓이며 동화에 지나지 않는다고 생각한다.

이들이 갇혀 있는 화물칸은 히틀러 독재하의 제3제국을 상징한다. 유대인들은 여기에 나오는 주인공들처럼 느닷없이 제복을 입은 사나이들에 의해 강제수용소로 끌려갔으며, 인간의 기본적인 권리마저 박탈당한 채 죽음 속에 던져졌던 것이다. 이러한 체제 아래서 사람들은 그들이 어디로 끌려가며, 그들의 삶이 어떠한 의미가 있는지 생각해 볼 겨를도 없고, 또 그러한 의문도 제기해서는 안 되며, 오로지 그들에게 강요된 현실을 전부로 알고 살아가는 수밖에 없다. 권력의 압제하에서 생존선상을 헤매는 민중이 왜소해져 가는 반면에 권력은 급속도로 비대해져서 이 작품에 나오는 외부 세계의 사람들, 혹은 화물칸의 창문을 통해 어렴풋이 비치는 세계처럼 공포스러운 것이 된다. 이런 의미에서 화물칸에 갇힌 사람들은 현대인의 정신적 위상을 상징하는 것이라고 볼 수도 있다. 화물칸이라는 격리된 공간 속에서 사람들은 저마다 넓은 세계와 단절되어 국한된 자기 생활 분야밖에 모르고 살아간다. 소시민적 자기 만족과 안일한 물질 생활에 빠진 현대인은 인간으로서의 자아를 상실하고, 끊임없이 달리는 찻간 속에서 극단적인 이기주의와 경쟁의 삶을 살아가는 것이다. 첫째 꿈의 마지막 장면은 안일한 현실의 꿈에서 벗어나라는 경고로 끝맺음하고 있다.

둘째 꿈의 무대는 중국의 어느 도시. 한 부부는 해마다 아이를 낳는데, 살기가 어려워서 대여섯 살 정도까지 기른 다음에는 자기 아이들을 팔아 버린다. 흥정 끝에 아이를 산 사람은 자기의 신병을 고치기 위해 아이의 피를 마시고 심장과 간을 삶아먹는다. 인간이 다른 인간의 피를 먹고사는 흡혈귀가 되어 버린 상태, 작가는 이를 통해 인간을 파멸시키는 요인이 바로 인간 내면에 도사리고 있다는 점을 경고한다.

셋째 꿈은 무엇인가에 쫓기는 악몽을 담고 있으며, 넷째 꿈은 기억상실증을 초래하는 망각초(忘却草)를 먹은 사람의 이야기를, 다섯째 꿈은 흰개미가 쉴새없이 벽을 갉아먹는 아파트에 살고 있는 사람의 이야기를 담고 있다.

작가는 이러한 꿈의 열거를 통해, 풍요하고 안락한 현대 문명의 이면에 담긴 절망과 비극을 응시하였다. 이 작품은 발표 당시 많은 청취자들에게 비난과 항의를 받았다고 한다. 아마도 제2차 세계대전을 일으킨 장본인인 독일국민들이 겨우 전쟁의 상흔을 씻고 경제복구의 단계에 들어선 시점에서 이 작품이 발표되었기 때문일 것이다. 즉 이 작품이 겨우 떨쳐 버렸던 제2차 세계대전과 히틀러 독재하의 제3제국의 악몽을 다시 한 번 일깨우고, 당대의 사회현실이 야기할 보다 근본적인 재난과 파멸을 예고하면서 각성하지 않으면 또 한번 역사의 가해자가 될 것이라는 점을 가혹하게 경고했기 때문이다. 청취자들은 이 작품이 자신들을 모욕하고 있다고 느꼈던 것이다.

이와 같이 이 작품은 꿈의 형태를 빌려 현실을 적나라하게 드러냈다. 이 꿈들은 그저 악몽에 불과한 것이지만, 이것이 바로 현실의 내면을 꿰뚫는 궤적인 셈이다. 주인공 일가족이 오랜 세월 동안 갇힌 채 달리는 밀폐된 기차 화물칸은 참다운 삶에서 소외된 현대인의 정황을 잘 보여 준다. 이 작품의 논리대로 읽자면, 화물칸 속에서 안주하며 일상적인 삶을 살아가는 사람은 곧 우리들 자신인 셈이다. 우리가 자기와 직접 관련이 없다는 얄팍한 판단으로 모든 책임과 양심을 회피할 때, 결국 우리를 화물칸에 가둔 사람이 이 세상을 어둠 속으로 몰고 간다는 것이 작가의 생각이다.

작품 읽기

1948년 8월 1일 밤. 힌터 포메른 지방의 뤼겐발테에 사는 철공기사 빌헬름 슐츠는 별로 유쾌하지 못한 꿈을 하나 꾸었다. 그 동안 슐츠는 세상을 떠났는데, 그가 위장병을 앓았었다고 하므로 이 꿈을 별로 진지하게 생각할 필요는 없다. 위가 너무 포만하거나 너무 비어 있을 때는 악몽을 꾸게 마련이니까.

첫째 꿈

(천천히 달리고 있는 기차의 화물칸 속에서)

할아버지 : 그들이 우리를 침대에서 끌어냈을 때가 새벽 네시였지. 마루의 큰 시계가 네 번 울렸어.

손자 : 또 그 이야기를 하시는군요. 할아버지, 그 이야기는 이제 지겨워요.

할아버지 : 한데 우리를 끌어낸 놈이 누구였을까?

손자 : 얼굴을 알 수 없는 네 명의 사나이들이었잖아요? 할아버지는 지난날을 매일 우리에게 그렇게 이야기하시지요. 그만해 두시고 주무세요.

할아버지 : 하지만 그 사나이들이 누구였을까? 경찰이었을까? 그들은 내가 알 수 없는 제복을 입고 있었어. 사실 제복이라고는 말할 수 없지만, 어쨌든 그들은 넷이 모두 똑같은 옷을 입고 있었지.

할머니 : 내 생각으로는 그들이 틀림없이 소방대원이었을 거예요.

할아버지 : 당신은 언제나 그렇게 말한단 말이야. 그럼 왜 소방대가 우리를 한밤중에 잠자리에서 쫓아내어 화물칸에 가뒀겠어?

할머니 : 경찰이 그랬을 거라고 생각하는 것보다는 소방대원이었을 거라고 생각하는 편이 덜 이상하지요.

할아버지 : 시간이 흐르다 보니 모두들 그런 것을 당연하게 생각하게 되어 버린 것이지. 하기야 그날까지 우리가 살아온 삶이라는 것이 애당초 퍽 이상했던 거야.

손자며느리 : 누가 알겠어요. 상당히 이상했었는지.

할아버지 : 화물칸에 갇혀 사는 삶이 마침내 당연한 것으로 되었단 말인가?

할머니 : 조용히 해요. 그런 말을 하면 안 돼요.

손자며느리 : 네, 이젠 그만해 두세요! 그것은 어리석은 수다예요! (낮은 목소리로) 구스타프, 좀 가까이 와서 나를 따뜻하게 해줘요.

손자 : 그래.

할아버지 : 춥군. 할망구, 당신도 좀 가까이 오구려!

할머니 : 나는 이제 당신의 몸을 따뜻하게 하는 데는 별로 쓸모가 없게 되었어요.

…〈중략〉…

할머니 : 당신이 방금 말씀하신 그 꽃이 뭐라고 했지요? 그 노란 꽃

말이에요.

할아버지 : 민들레.

할머니 : 민들레, 네, 나도 생각나요. (그때 아이가 운다) 얘가 왜 이러지?

손자며느리 : 왜 그러니, 프리다?

아이 : 할아버지와 할머니는 언제나 노란 꽃 이야기만 하잖아.

손자 : 할아버지와 할머니는 언제나 이 세상에 없는 것들을 이야기하신단다.

아이 : 노란 꽃을 갖고 싶어.

손자 : 할아버지, 쓸데없는 이야기를 하시니까 그렇잖아요. 얘가 노란 꽃을 갖고 싶대요. 우리는 아무도 그것이 무엇인지 모르는데 말이에요.

손자며느리 : 얘야, 노란 꽃이란 이 세상에 없어.

아이 : 하지만 할아버지와 할머니는 언제나 그 이야기를 하시잖아.

손자며느리 : 얘야, 그건 동화란다.

아이 : 동화가 뭐야?

손자며느리 : 동화는 진짜 이야기가 아냐.

할아버지 : 어린애한테 그렇게 말하면 못쓴다. 나는 사실을 이야기하는 건데.

손자 : 그럼, 그 노란 꽃을 한번 보여 주세요.

할아버지 : 너도 알다시피 그것을 내가 지금 어떻게 보여 줄 수 있겠니?

손자 : 그러니까 그것은 거짓말이에요.

(『꿈』 제1막 중에서)

통합형 문·답

제시문에 등장하는 손자, 손자며느리, 아이는 왜 어리석은가. 그 이유를 설명하고, 이러한 어리석음이 우리가 실제로 경험하고 있는 삶 속에서 어떤 형태로 나타나는지 논술해 보자.

그리스의 철학자 아리스토텔레스는 유명한 그의 『시학』에서 그의 스승인 플라톤의 시인추방론을 반박하였다. 우리가 마주 대하는 현실이나 현실의 사물들이 그것들의 완성된 현존인 이데아의 모사이기 때문에 불완전하고 그 모사를 다시 모방한 시들은 더욱 불완전하다는 것이 플라톤의 시에 대한 견해였다. 아리스토텔레스의 반론은 플라톤의 현실모방론을 그대로 따랐다. 그러나 아이로니컬하게도 바로 그 때문에 시가 필요하다는 것이 아리스토텔레스의 주장이다. 시는 불완전한 현실을 모방하지만 그대로 모방하지 않기 때문에 이데아에 더욱 가까워질 수 있다는 것이 그 아이러니를 진실로 만드는 근본전제이다.

플라톤의 입장에서 보자면 이는 시인과 철학자를 동일시한 것이다. 플라톤에게 있어서 시는 꿈속의 꿈이다. 그리고 거짓 속의 거짓이다. 반면에 아리스토텔레스는 시를 거짓 속의 참이라고 생각하였다. 플라톤과는 달리 인간의 창조적 활동과 반성적 활동이 대립된다고 보지 않은 것이다. 그 원인은 꿈속의 꿈을 꾸는 주체인 시인이 진리에 대한 이상을 버리지 않기 때문이다. 고통 속에서 신(神)을 발견하고 비극 속에서 광기와 이성을 조화시키는 비극의 시인은 아리스토텔레스가 생각하는 작가의 전범이다. 아리스토텔레스가 말한 카타르시스는 악몽을 보며 현실의 악몽을 발견하는 눈물의 자각이다.

권터 아이히의 『꿈』 중 위에 제시된 글은 현상과 본질에 대한 이야기다. 현상과 본질이 나누어져 있고 시인은 그것을 자각한다. 그리고 그것의 모순됨을 드러내고 우리의 일상적인 편견을 밝혀내는 것이다. 중국의 철학자 장자의 책 첫머리에 나오는 '붕새를 비웃는 참새'에 관한 일화는 여기에 적절한 이야기다. 세계의 북쪽에 '북명'이라고 불리는 호수가 있고 그 호수에는 '곤'이라고 불리는 커다란 물고기가 있다. 이 물고기는 때가 되면 새로 변해 수백 리에 이르는 날개를 펴며 하늘로 날아오르는데, 날개를 퍼덕일 때는 천지의 바람을 모으고 날개를 펼 때는 우주의 기운을 타 단번에 수천 수만 리를 날아간다. 이 새가 날아갈 때 수풀이나 나뭇가지의 꼭대기에 있는 작은 새들은 이 새를 비웃는다. 그들은 그리 높이 멀리 가지 않아도 잘 먹고살 수 있는데 그 큰 몸으로 멀리까지 날아가는 것이 우스워 보이기 때문이다.

붕새는 우주의 운행 원리를 알며 우주의 기운을 안팎으로 떠받치고 사는 사람에 대한 은유이다. 반면 참새는 일상 속에서 붕새의 일이 허사라고 비웃는 사람들에 대한 은유이다. 참새에게 아무리 우주의 운행을 이야기해도 참새는 알 수 없다. 참새에게 그것은 꿈일 뿐이기 때문이다. 위 제시문에서 할아버지를 붕새라고 본다면, 손자와 손자며느리, 그리고 아이는 참새이다. 일상 생활에 만족하는 사람들은 불 위에 물을 올리면 끓는다는 것을 알고 있지만 왜 그런지에 대한 고민은 하지 않는 사람들이다. 필요하지 않기 때문이다.

진리에 대한 인식을 추구하지 않는 사람들에게는 당면한 사실들만이 중요하다. 그들에게는 지나간 과거도 당면하지 않은 것일 뿐이며, 따라서 중요하지 않다. 소박한 경험론자가 되어 버린 이들은 불현듯 다가온 어둠의 시간에 익숙해져 버린 것이다. 자유로운 들판도 평화로운 햇살도 이들에게는 어렵기만 한 관념일 뿐이다. 그 머릿속의 관념을 위해 그나마 편안한 자신들의 공간을 포기할 수 없는 것이다. 시간이 흘러가도 이들의 인식은 변화하지 않는다. 그 공간마저 빼앗으려고 하지 않는 이상, 이들은 그 상태로 살아갈 수 있는 것이다. 고개를 숙이고 몸집을 옴츠리며 이들은 일상을 이야기한다.

이렇게 살아가는 손자와 손자며느리가 겁내는 것은 아이가 이 당면한 현실에서 눈을 돌리는 것이다. 일단 눈을 돌려 진리의 햇빛을 보게 되면 아이는 눈이 멀고 나래를 펼 것이다. 물을 떠나려고 마음 먹고 나래를 펴면 붕새가 될 수 있다는 진실이 있기 때문이다. '노란 꽃'을 가지고 싶어하는 아이의 마음은 '꿈'을 사랑하는 마음이다. 비록 그것이 현실적으로 불가능한 헛된 꿈이라 할지라도, 이 '꿈'은 우리 주변을 돌아보게 하는 계기가 된다. '꿈'의 무서운 힘은 그것이 새롭고, 강렬하며, 희망의 계기이기 때문이다.

우리 주변에서 이렇게 '꿈'을 꾸는 사람이나 당면한 현실만을 바라보는 사람은 많다. 자신만이 유일한 대안이라고 주장하는 정치가들, 치부만이 유일한 현실이라고 여기는 배금주의자들, 자국의 평안을 위해 다른 나라에 전쟁을 유발시키는 국수주의자들이 이에 해당한다. 그러나 귄터 아이히가 주장하는 것은 '꿈'만이 유일한 대안이라는 것도, '현실'만이 유일한 대안이라는 것도 아니다. 보다 중요한 것은 '꿈'과 '현실'의 차이를 보다 분명하게 인식하고 그 격차를 줄이려는 노력인 것이다.

이방인

카 뮈
Albert Camus

알베르 카뮈(1913~1960)는 프랑스 식민지였던 알제리에서 노동자인 아버지와 농아인 어머니 사이에서 태어났다. 1914년 제1차 세계대전에 참전했던 아버지가 마르스 전투에서 전사하자 외가로 가서 소년기를 보낸다. 이 시기의 빈한한 생활은 그의 의식에도 일정한 영향을 끼쳐 세계의 부조리에 대한 그의 세계인식의 토대를 이루었다. 또한 카뮈 자신의 말에 의하면 '연배의 모든 사람들과 마찬가지로 제1차 세계대전의 북소리를 들으며 자랐고' '살인과 부정과 폭력의 역사' 속에서 성장했기에, 세계에 대해 성실히 항의하는 그의 문학 및 정치 행위가 가능했다. 1930년 알제 대학 입학, 그곳에서 그리스 철학을 전공하며 연극 활동에도 관심을 둔다. 1934년 공산당에 입당하였으나 곧 탈당하고, 식민지 정부를 공격하는 글을 신문에 기고하여 알제리에서 추방되어, 이후 파리로 이주하여 작품 활동을 하게 된다. 그는 1942년 갈리마르 출판사에서 『이방인』을 출간하며 레지스탕스에 가담했으며, 1951년 유명한 『반항적 인간』을 출간한 후 사르트르와 격렬한 논쟁을 벌였다. 1960년 1월 4일 자동차 사고로 숨졌다. 주요 작품으로 『시지프의 신화』 『페스트』, 미완성 유작 『최초의 인간』 등이 있다.

작품 해제

『이방인(L'Étranger)』(1942)은 카뮈를 세계적인 작가로 일거에 올려 놓은 그의 대표작으로, 현대 사회의 부조리와 인간들의 의식 속에 내재된 모순적 의식을 극단적으로 묘사하여 그의 또 다른 대표작인 『시지프의 신화』와 함께 프랑스 현대 지성사에 엄청난 영향을 끼쳤다.

이 작품은 2부로 구성되어 있다. 1부는 주인공의 일상생활과 그의 아라비아인 살해 과정까지가 설명되어 있고, 2부에서는 그의 재판과 감옥생활이 그려져 있다. 먼저 작품의 줄거리를 알아보자.

주인공 뫼르소는 어느 날 어머니가 사망했다는 양로원측의 전보를 받는다. 알제의 선박회사에 근무하던 그는 아무렇지도 않다는 듯 어머니의 장례를 치른다. 마지막으로 어머니의 시신을 보겠냐는 담당자의 말에 고개를 저으며 그 이유를 묻는 질문에도 모르겠다고 대답한다. 그리고 어머니의 나이를 몰라 이를 묻는 질문에는 '꽤 많았습니다'라고 대답한다.

장례식이 끝나자 알제로 돌아온 그는 직장 동료였고 현재 연인이기도 한 마리와 해수욕장에 가고 영화도 보며 주말을 보낸다. 직장에서 열심히 일하는 그는 똑같은 생활을 반복하며 하루 하루를 보낸다. 파리 출장소 책임자로 가 보지 않겠느냐는 직장 사장의 제의를 거절하며, 변화를 좋아하지 않느냐는 질문에는 모든 생활이라는 것이 그게 그거며 자신은 이곳 생활에 만족한다고 대답한다. 그는 마리의 청혼 제의에 '사랑하지는 않지만 원하면 결혼하겠다'고 대답한다. 뫼르소는 같은 층에 사는 레이몽 생테스라는 건달과 가깝게 지내며 그와 그의 정부 사이의 분쟁에서 레이몽의 편을 들어 증언을 해주기도 한다. 어느 날 레이몽의 초대로 놀러 갔던 바닷가에서 아라비아인들과 편싸움이 벌어진다. 싸움은 일행이었던 마송의 부상으로 끝난 듯했으나 혼자 산책하던 뫼르소는 역시 혼자 남아 있던 아라비아인과 마주치자 햇빛과 땀 때문에 쓰라린 눈, 그리고 아라비아인의 칼끝에서 반사되는 태양광선으로 인해 무의식적으로 총을 뽑아 아라비아인을 살해한다.

재판정에서 뫼르소는 자신의 살해 동기를 우연으로 돌리며 태양광선 탓이라고 말한다. 자기변명이나 방어를 하지 않고 더구나 반성의 빛이 보이지 않는 뫼르소에게 사형이 언도된다. 재판 과정에서 판사나 검사는 그가 본래적으로 악한 본성의 소유자며 그로 인해 악한 행위가 가능했음을 입증하려 한다. 또한 뫼르소에게 보이는 심리적 공허가 사회 전체를 위태롭게 만들 수 있는 원천이 되는 경우 이를 징치해야 한다고 강변한다. 어머니의 죽음에 대한 뫼르소의 태도나, 그 이후의 그의 행위 등도 뫼르소에게 불리하게 작용한다. 결국 뫼르소는 이들에게 이해되지 않는 인물로 남아 사형이 언도된 것이다.

이제 사형수가 된 그에게 신부가 계속 면회를 신청한다. 그의 죄를 신 앞에 빌고 신에게로 인도하려는 것이 신부의 목적이었다. 뫼르소는 신부의 면회를 거절하다 갑작스러운 신부의 방문을 받는다. 뫼르소는 신부의 말에 분노를 느끼다가 결국 그에게 분노를 폭발시킨다. 이 싸움 이후 그는 별들로 가득한 밤 하늘을 바라보며 평화로움을 느낀다. 말하자면 그 자연과 자신 사이에는 무관심이라는 동질성이 있음을 느끼고 그 무관심에 마음을 열 수가 있었던 것이다. '그처럼 세계가 나와 다름없고 형제 같다는 것을 느끼며 나는 동시에 행복감을 느꼈고 지금도 행복하다' 고 생각한다.

이상의 줄거리에서 확인할 수 있듯이 주인공 뫼르소는 '이방인' 이다. 사회적 관습이나 전통적 가치체계에서 벗어나 있는 인물이며 세계가 그를 적으로 간주하여 추방하려는 세계 속에 놓인 존재이다. 그러나 그는 정직하다. 그의 언어나 행동의 이면에는 사실만을 응시하며, 느낀 대로만 말하려는 강한 무의식이 작동한다. 따라서 자신의 재판 과정에서도 전통적 가치 규범에 맞추어 자기 변명이나 옹호를 늘어놓지 않으며 솔직히 자신의 심정만을 이야기하여 스스로를 불리하게 만든 것이다.

주인공 뫼르소에 있어 또 한 가지 특징적인 점은 그 인물이 외견상 어떻게 생겼는지에 대한 설명을 이 작품에서 전혀 찾아볼 수 없다는 것이다. 아마도 작가는 이 인물이 어떤 특정인이 아니라 바로 우리들 자신이라고 이야기한 것인지도 모른다.

작품 읽기

레이몽한테서 회사로 전화가 걸려 왔다. 자기 친구 한 사람이(그 친구에게 내 이야기를 해 놓았다는 것이다) 알제 근처에 있는 조그만 별장에서 일요일 하루를 보내도록 나를 초대했다는 것이었다. 나는 그러고는 싶지만 여자친구와 만날 약속이 있다고 대답하였다. 그러자 레이몽은 여자친구와 같이 오라고 했다. 그 친구의 부인은 남자들 가운데 여자라곤 자기 혼자뿐이기 때문에 매우 좋아할 것이라고 했다. 밖에서 우리들에게 전화가 걸려 오는 것을 사장이 좋아하지 않는다는 것을 알고 있었으므로 수화기를 놓으려고 하는데, 레이몽이 조금만 기다리라고 했다. 이 이야기는 저녁에라도 할 수 있지만, 그보다는 진짜 할 이야기가 있다고 했다. 그는 하루 종일 먼저 정부의 오라비도 한몫 끼인 아라비아인 패거리들에게 뒤를 밟혔다는 것이었다. 그러면서 "퇴근하는 길에 집 근처에서 그놈들을 만나거든 내게 좀 알려 줘." 하고 말했다. 나는 그러마고 대답했다.

잠시 뒤에 사장이 나를 불렀다. 전화는 좀 삼가고 일에 열중하라는 말일 것 같아 갑자기 불쾌한 생각이 들었다. 그런데 그와는 전혀 다른 이야기였다. 아직 막연한 것이긴 하지만 어떤 계획에 대해서 나와 상의를 하고 싶다는 것이었다. 그는 다만 그 문제에 관하여 내 의견을 들어 볼 생각이었다. 파리에 출장소를 설치하여 현지에서 직접 큰 회사들과 거래를 하려고 하는데, 그리로 갈 생각이 없느냐는 것이었다. 그러면 파리에서 생활하며 일 년에 얼마 동안은 여행을 할 수도 있다는 것이었다.

"자넨 젊으니까 그런 생활이 마음에 들걸세."

나는 그렇기는 하지만, 결국 이러나저러나 내게는 마찬가지라고 말했다. 사장은 생활의 변화에 흥미를 느끼지 않느냐고 물었다. 사람이란 생활을 바꿀 수는 결코 없는 노릇이며, 어쨌든 어떤 생활이든 다 그게 그거고 또 나는 이곳에서의 생활을 조금도 불만스럽게 생각지 않는다고 대답했다. 그는 좋아하지 않는 표정으로, 나의 대답은 언제나 겉돌 뿐이고, 야심이 없어서 사업에 큰 지장을 준다고 했다. 나는 일을 하려고 자리로 돌아왔다. 나는 사장의 비위를 거슬리게 하고 싶지는 않았으나, 나의 생활을 바꾸어야 할 아무런 이유가 없었다. 곰곰이 생각해 보아도 나는 결코 불행하지 않았다. 학창 시절에는 야심도 많았지만, 학업을 중도에서 포기하지 않을 수 없게 되었을 때 그러한 것이 실제로 아무런 중요성도 없다는 것을 깨닫게 되었다.

저녁에 마리가 찾아와서 자기와 결혼할 생각이 있느냐고 물었다. 나는 아무래도 좋지만 마리가 원한다면 결혼할 수 있다고 말했다. 그러자 이번에는 내가 자기를 사랑하는지 어떤지 알고 싶어했다. 언젠가 말한 것처럼, 그런 건 내게 아무런 의미도 없지만 아마 사랑하지는 않는 것 같다고 대답했다.

"그렇다면 왜 나와 결혼을 해요?" 하고 마리는 말했다. 나는 이미 한 번 말했듯이 그런 건 아무런 의미도 없지만, 그녀가 원한다면 결혼해도 괜찮을 것이라고 했다. 그리고 결혼을 요구한 것은 그녀이고, 나는 승낙을 하였을 뿐이다. 그때 마리는 결혼이란 중대한 것이라고 나무라는 투로 말했다. 그러나 나는 그렇지 않다고 대답했다. 그녀는 잠시 말없이 나를 쳐다보더니 자기와 같은 처지에 있는 다른 여자가 청혼을 한다 해도 승낙할 것이냐고 물었다. 나는 물론 그렇다고 대답했다.

그러자 마리는 내가 자기를 사랑하는지 어떤지 생각해 보는 듯하였으나, 나도 그 점에 대해서는 알 수가 없었다. 잠시 침묵이 흘렀다. 그녀가 다시 입을 열어 나는 이상스러운 데가 있어, 아마 그 때문에 나를 사랑하는지 모르지만, 바로 그 같은 이유로 내가 싫어질 때가 올지도 모른다고 하였다. 그 말에 대해 언급할 말이 없어 잠자코 있자, 마리가 웃으면서 나의 팔을 붙들고 나와 결혼하고 싶다고 말했다. 나는 언제든지 그녀가 원한다면 결혼을 하겠다고 대답했다. 그리고 사장의 제안을 이야기해 주자, 마리는 파리에 가 보고 싶다고 하였다. 내가 잠시 파리에서 살아 본 적이 있다고 말하자, 파리는 어떠냐고 물었다.

"더러워. 비둘기들과 음침한 뜰만 눈에 띄거든. 사람들은 모두 창백하지."

그러고 나서 우리들은 큰길을 골라서 거닐었다. 여자들은 모두 아름다웠다. 나는 마리에게 그렇게 생각지 않느냐고 물었다. 마리는 그렇다고 대답하며 나의 심정을 이해한다고 말했다. 한동안 우리는 말이 없었다. 그래도 나는 그녀가 나와 함께 있어 주었으면 해서, 셀레스트의 레스토랑에서 저녁을 같이 먹으면 어떻겠느냐고 물었다. 마리는 그러고 싶지만 볼일이 있다고 했다. 그때 우리는 집 근처에 와 있었으므로 나는 잘 가라고 인사말을 하였다. 그녀는 나를 쳐다보며, "내가 무슨 볼일이 있는지 알고 싶지 않아요?" 하고 말했다 그것을 알고 싶지 않은 것은 아니었지만 미처 생각을 하지 못했을 뿐이었는데, 마리는 그것을 나무라는 눈치였다. 그리고는 내가 어색한 표정을 짓자 다시 웃음을 터뜨리며, 불쑥 내 쪽으로 몸을 기울이며 입술을 내밀었다.

나는 셀레스트의 레스토랑에서 저녁을 먹었다. 막 먹으려 하는데 키가 작은 이상한 느낌의 여자가 들어와서 내 테이블에 앉아도 좋으냐고 물었다. 물론 앉아도 좋다고 나는 말했다. 앙증맞은 체구에 사과 같은 얼굴을 하고 있었다. 재킷을 벗고 성급히 메뉴를 살피더니, 셀레스트를 불러 곧 명확하고 빠른 목소리로 요리를 주문했다. 그리고는 오르 되브르를 기다리는 동안 핸드백을 열어 네모진 종이와 연필을 꺼내어 계산을 해보고는 지갑에서 팁까지 덧붙인 정확한 금액을 꺼내 앞에 내놓았다. 오르 되브르가 나오자 그녀는 서둘러서 먹었다. 다음 요리를 기다리며 다시 핸드백에서 파란 색연필과 일주일 동안의 라디오 프로그램이 실려 있는 잡지를 꺼내어, 정성껏 일일이 모든 프로에 표시를 하였다. 잡지는 열두어 페이지 되는 것으로, 그녀는 식사를 하면서도 그 일을 계속하였다. 내가 식사를 끝마칠 때까지도 그녀는 여전히 그 일을 하고 있었다. 이윽고 식사를 마친 그녀는 벌떡 일어서서 꼭두각시 같은 몸짓으로 재킷을 입고 나가 버렸다. 나는 별로 할 일이 없었으므로 밖으로 나가서 그녀의 뒤를 밟았다. 그녀는 보도의 가장자리를 따라 믿을 수 없으리만큼 빠른 속도와 정확한 걸음걸이로 옆으로 비키거나 뒤를 돌아보지도 않고 곧장 걸어갔다. 마침내 나는 그녀를 놓쳐 버려 가던 길을 되돌아왔다. 이상한 여자라는 생각이 들었지만 곧 잊어버리고 말았다.

현관에서 살라마노 영감을 만났다. 내 방으로 가자고 하였더니, 개 보호소에 가 보았는데도 없는 걸 보면 자신의 개를 잃어버린 것 같다고 했다. 개 보호소의 사무원들은 아마 차에 치였을 것이라고 말하더라는 것이었다. 경찰서에서 그런 것도 모르냐고 묻자, 매일 있는 일이라 아무 기록도 남기지 않는다고 대답하더라는 것이었다. 나는 살라마노 영감에게 다른 개를 기르면 되지 않느냐고 말하니까 영감은 그 개와 사는 동안 정이 들었다고 강조했다. 있을 법한 일이었다.

나는 침대 위에 걸터앉고, 살라마노는 테이블 앞 의자에 앉았다. 영감은 나와 얼굴을 마주한 채 두 손을 무릎 위에 얹고 있었다. 낡은 소프트 모자를 쓴 채 누런 수염 밑으로 씹어삼키는 듯한 목소리로 중얼거리곤 했다. 그와 대면하고 있기가 좀 거북했으나, 별로 할 일도 없고 졸음도 오지 않아 나는 그 개에 대해 이것저것 물어 보았다. 개를 기른 것은 아내가 세상을 떠난 후부터라고 영감은 대답하였다. 그는 꽤 늦게 결혼했는데, 젊은 시절에는 연극을 좋아해 군대에 있을 때 군인극 '보드빌'에도 출연했다는 것이다. 그러나 결국 철도국에 근무하게 되었는데, 그것을 후회한 적은 없었다. 왜냐하면 적으나마 월급을 탈 수 있었기 때문이다. 아내와의 생활이 그리 행복한 것은 아니었으나 정이 든 편이었다. 아내가 세상을 떠났을 때 그는 외로움을 느꼈다. 그래서 직장 동료에게 부탁하여 강아지 한 마리를 얻었다. 처음에는 우유를 먹여서 길러야만 했다. 그러나 개의 수명이 사람보다 짧기 때문에 그들은 함께 늙고 말았다.

"그놈은 성미가 못되어서 가끔 입에다 부리망을 씌우곤 했었지요." 살라마노는 말하였다. "그렇지만 좋은 개였어요."

내가 혈통이 좋은 개였다고 말하자, 살라마노는 만족해 하는 눈치로 "게다가," 하고 덧붙였다. "병에 걸리기 전에 보신 일이 없으시죠? 털이 정말 아름다웠어요."

개가 피부병에 걸린 다음부터는 매일 아침 저녁으로 살라마노는 연고를 발라 주었다. 그의 말에 의하면, 사실은 그 개는 노쇠한 것인데, 노쇠병은 고칠 도리가 없다는 것이다.

그때 내가 하품을 하자 노인은 가 보겠노라고 말했다. 내가 좀더 있어도 괜찮다고 말하고 개가 그렇게 되어 안되었다고 하자, 그는 고맙다고 했다. 그리고 어머니가 그 개를 무척 귀여워했었다고 말했다. 어머니 이야기를 하면서 그는 "가엾은 자당님"이라고 말했다. 어머니가 세상을 떠난 이후 매우 쓸쓸하겠다고 말했지만, 나는 아무런 대답도 하지 않았다. 그러자 그는 빠른 어조로 어색한 낯을 보이며, 동네 사람들이 어머니를 양로원에 보낸 탓으로 나를 나쁘게 생각하고 있는 것은 알지만, 자기는 내가 어떤 사람인지 잘 알고 있으며, 내가 어머니를 퍽 사랑한 것도 알고 있노라고 말했다. 나는 그때까지만 해도 내가 악평을 받고 있다는 것을 모르고 있었으며, 나에게는 어머니를 모실 만한 돈이 없었으므로 양로원에 보낸 것은 마땅한 처사라고 대답했다.

"그리고 오래전부터 어머님은 내게 하실 말씀도 없고 해서 매우 적적해 하셨어요." 하고 덧붙였더니, 그는 "그럼은요, 양로원에 가면 친구라도 생기지요." 하고 말하고 자리에서 일어섰다. 졸음이 온 것이었다. 이제 그의 생활은 변해 버렸는데 앞으로 어떻게 해야 좋을지 모르고 있었다. 그와 알게 된 이후 처음으로 그는 슬그머니 나에게로 손을 내밀었다. 내 손에 그의 피부의 비늘이 느껴졌다. 그는 희미하게 웃어 보이고는 방을 나서려다가 말했다.

"오늘만은 개들이 제발 짖지 않았으면 좋으련만. 개가 짖을 때마다 우리 개가 아닌가 하는 생각이 들어요."

(『이방인』(삼성당) 제1부 제5장 전문)

통합형 문·답

제시문에서 묘사된 주인공의 사고나 의식의 특징을 정리해 보고 그런 의식이 지니는 의미에 대해 생각해 보자.

첫 장면에 등장하는 레이몽이라는 인물은 주인공 뫼르소가 아라비아인들과 악연을 맺게 만든 장본인이자 건달이다. 이런 인물의 전화를 받고 흔쾌히 부탁을 들어주는 뫼르소의 태도는 분명 다른 사람들과는 구별된다. 이웃 사람들은 레이몽이 여자를 '등쳐 먹고' 산다고 비난하고 있기 때문이다. 뫼르소가 레이몽을 상대해 주는 이유는 상대하지 않을 분명한 이유가 없기 때문이다. 실재하는 현상과 그 순간의 느낌에 철저히 정직하게 살아온 뫼르소로서는 당연한 일이었다. 이러한 태도나 의식은 사장이 그에게 파리로 영전 가지 않겠느냐는 건의를 묵살하는 장면에서도 드러난다. '사람이란 생활을 바꿀 수는 결코 없는 노릇이며, 어쨌든 어떤 생활이든 다 그게 그거고 또 나는 이곳에서의 생활을 조금도 불만스럽게 생각지 않는다'고 그는 대답한다. 말하자면 생활을 바꾸어야 할 아무런 이유가 없다는 것이다.

결혼에 대한 그의 생각도 마찬가지다. '그런 건(결혼할 상대인 마리에 대한 사랑) 내게 아무런 의미도 없지만 아마 사랑하지는 않는 것 같다'고 하는 그의 대답 속에서 자기 자신에게 의미 있게 느껴지는 것과 없는 것 간의 철저한 인식, 그리고 그 심정의 정직하고 단호한 표현이 눈에 띈다. 어머니에 대한 언급에서도 자신이 돈이 없었으므로 양로원에 보낼 수밖에 없었다고 솔직히 이야기한다.

이러한 뫼르소의 의식과 그 행동 속에서 우리는 관습이나 전통적인 도덕을 넘어서서 육체와 마음과 이성을 동시에 지닌 인간, 즉 구체적 인간을 그리고 싶어하는 작가의 소망을 읽어 낼 수 있다. 생이라는 어두운 현실에 뿌리 박은 구체적 인간이면서도 이 현실의 노예가 되지 않기 위해서는 어떤 윤리가 필요한데, 그것이 바로 뫼르소가 보여 주는 사고 방식이자 행동 패턴인 것이다.

노인과 바다

헤밍웨이
Ernest Miller Hemingway

헤밍웨이(1899~1961)는 미국의 작가로 일리노이 주에서 출생하였다. 그의 부친은 낚시와 사냥을 즐기던 의사였는데, 만년에는 우울증에 시달리다가 1928년 권총으로 자살했다. 헤밍웨이는 고교 졸업 후에 적십자군의 구급차 운전수로 제1차 세계대전을 겪은 바 있으며, 에스파냐 내전과 제2차 세계대전 때는 보도원 자격으로 일선에 참여하였다. 이와 같은 체험은 『해는 다시 떠오른다(The Sun Also Rises)』(1926), 『무기여 잘 있거라(Farewell to Arms)』(1929), 『누구를 위하여 종은 울리나(For Whom The Bell Tolls)』(1940) 등의 그의 대표작들에 반영되어 있다. 유럽에서 전쟁이 끝나자 그는 쿠바로 돌아와 진지하게 작품을 다시 쓰기 시작했다. 『노인과 바다(The Old Man and the Sea)』(1952)는 이 시기의 대표작으로 퓰리처상(1953)과 노벨문학상(1954)을 수상하는 계기가 되었다. 1960년경 쿠바에서 혁명이 일어나자 그는 아이다호로 돌아와 여생을 보냈으나 불안과 우울증에 시달리다가 1961년 엽총자살로 사망했다.

작품 해제

인간은 생존을 위해, 그리고 더 나아가서는 인간으로서의 가치를 획득하기 위해, 세계는 물론 그 자신과 끊임없이 투쟁해야 하는 존재이다. 그러나 스스로와의 싸움은 죽음을 맞이하기 전에는 결코 완결될 수 없기에, 이 고투의 과정에 순간순간 고독이 찾아오는 것은 필연적이다. 누군가는 자신의 존재 가치를 발견하기 위해 자연과의 싸움에 몰두하지만, 그 싸움이 끝나면 어김없이 원점으로 되돌아와 있는 자신을 발견하게 된다. 이 고독감의 심층에는 죽음에서 벗어날 수 없는 인간의 숙명이 가로놓여 있다. 죽음은 인간이 이룬 모든 성취의 결과를 무(無)로 되돌려 놓기 때문이다.

『노인과 바다』는 자연 속에서 한 인간이 겪어 가는 이와 같은 스스로와의 대결을 보여 주는 작품이다. 헤밍웨이의 대표작이자 노벨상 수상(1954)의 계기가 되기도 했던 중편 분량의 이 소설은, 바다에서 고기잡이를 하는 한 노인과 소년을 중심으로 한 단순한 구성으로 이루어져 있지만 헤밍웨이의 문학적 태도와 문체적 특성을 전형적으로 보여 주는 작품이라고 할 수 있다. 우선 작품의 줄거리를 보면 다음과 같다.

늙은 어부 산티아고는 84일 간 한 마리의 고기도 낚지 못한다. 그의 곁에는 그를 매우 존경하며 따르는 소년 마놀린이 있다. 이제 마침내 행운이 올 것이라는 기대를 안고 그는 어느 날, 따라 나서겠다는 마놀린을 뒤로 한 채 날이 밝기도 전에 쪽배를 타고 아바나 항을 떠난다. 여지껏 한 번도 나간 적이 없는 먼 바다로 나갈 작정을 한 것이다. 그는 대어를 낚아서 돈도 벌고 동시에 인간적인 체면도 살릴 수 있기를 꿈꾸고 있다. 그리하여 그는 마침내 거대한 고기를 낚게 되지만 이 물고기는 작은 쪽배를 끌고 바다를 도망쳐 달린다. 노인과 물고기의 팽

팽한 대결이 이틀에 걸쳐 이어진다. 마침내 사흘째 되는 날 힘이 빠진 물고기는 수면으로 떠오르고 노인은 작살로 물고기를 마침내 포획한다. 그 거대한 물고기는 상어였는데, 그 크기가 배보다도 컸기 때문에 노인은 상어를 배 옆에 묶고 다시 아바나 항구로 되돌아가고자 한다. 그러나 피냄새를 맡은 상어들이 하나 둘씩 모여든다. 노인은 필사적으로 자신이 잡은 고기를 지키고자 하지만, 결국 항구에 이르렀을 때는 뼈만 앙상하게 남게 된다. 노인은 돛을 어깨에 짊어지고 언덕을 비틀거리며 올라가서 자신의 오두막집에 들어가 잠이 든다. 노인은 젊은 시절 아프리카 해안에서 보았던 사자의 꿈을 꾼다.

이 작품에서 노인과 소년은 각각 산티아고와 마놀린이라는 이름이 있음에도 불구하고 작가는 이 두 인물을 '노인(the old man)'과 '소년(the boy)'이라고만 지칭하고 있다. 그만큼 이들은 사회적 관계로부터 격리된 외로운 존재들이라고 할 수 있다. 그러나 한편 다른 각도에서 보면 이것은 이들 둘을 맺어 주는 끈이 사회적 관계가 아니라 인간으로서의 원초적인 교감과 애정이라는 의미도 될 수 있을 것이다. 두 사람은 소멸과 생성의 교집합이 이루어 내는 좁은 공간 속에 놓여 있다. 노인은 젊은 시절의 과거 속에서 현재를 사는 반면, 소년은 미래에 대한 호기심과 꿈속에서 현재를 살고 있다. 작가는 노인과 소년을 통해 인간 존재의 의미와 허무를 교차시키고 있는 것이다.

한편 헤밍웨이 소설의 문체는 간명하고 건조한 것으로 유명하다. 이른바 하드 보일드(hard-boiled) 리얼리즘이라고 부르는 것이 그것이다. 이 작품은 '그는 멕시코 만류(灣流)에 조각배를 띄우고 홀로 낚시질을 하면서 살아가는 늙은 노인이었다. 그는 지금까지 지난 84일 동안, 고기 한 마리도 낚지 못한 채 헛된 나날을 보냈다(He was an old man who fished alone in a skiff in the Gulf

Stream and he had gone eighty-four days now without taking a fish)'라는 문장으로 시작되는데, 여기에서 보면 총 26개의 단어 중 형용사는 'old', 부사는 'alone'뿐이다. 이처럼 극도로 수식을 배제한 채 대상을 냉정하게 묘사하는 그의 문체는 이 작품에서도 잘 나타나 있다. 이러한 특징은 이 작품의 마지막 부분인 다음의 〈작품 읽기〉에서도 쉽게 확인된다. 곧 상황에 대한 간결한 묘사와 노인과 소년과의 대화만이 그대로 옮겨져 있는 것을 볼 수 있다.

작품 읽기

그가 작은 항구에 들어갔을 때 테라스의 불빛은 꺼져 있었다. 그는 모두가 잠들었다는 것을 알았다. 미풍이 꾸준히 일더니 이제는 강풍이 불고 있었다. 그러나 항구 안쪽은 고요했다. 그는 바위 아래쪽의 조약돌 깔린 조그만 해변에 배를 댔다. 도와 주는 사람이 아무도 없었으므로 그는 가능한 한 배를 뭍에 바짝 대었다. 그런 다음에 배에서 내려 배를 바위에 단단히 묶었다.

그는 돛대를 내리고 돛을 감아서 묶었다. 그리고는 돛대를 어깨에 메고 기어 올라가기 시작했다. 그가 죽도록 피곤한 것을 느낀 것은 바로 이 순간이었다. 그는 잠시 멈추고 뒤를 돌아보았다. 그리고 가로등의 반사를 통해 배의 고물 뒤쪽에 세워져 있는 고기의 큰 꼬리를 보았다. 그는 하얗게 드러난 고기의 등뼈 선과 삐죽한 주둥이를 가진 대가리의 검은 덩어리와 그리고 그 사이가 텅 빈 것을 보았다.

그는 다시 육지로 기어 올라가기 시작했으나, 꼭대기에 이르러 넘어지는 바람에 돛대를 어깨에 짊어진 채 잠시 동안 쓰러져 있었다. 그는 일어나려고 애써 보았다. 그러나 너무 힘들었고, 그래서 돛대를 어깨 위에 멘 채로 거기에 앉아 길 쪽을 바라봤다. 저 멀리에서 고양이가 바쁜 듯이 지나갔고 노인은 그걸 멍하니 보고 있었다. 그러고는 다만 길거리를 바라보고 있을 뿐이었다.

드디어 돛대를 땅바닥에 내려놓고 일어섰다. 돛대를 집어들어 다시 어깨에 메고 나서 길을 올라가기 시작했다. 그의 오막살이에 도달하기까지 다섯 번이나 주저앉아야 했다.

오막살이 안으로 들어가 벽에 돛대를 기대어 놓았다. 어둠 속에서 물주전자를 발견하고 그것을 마셨다. 그리고 나서 침대에 누웠다. 그는 위로 담요를 끌어올려 어깨와 등과 다리를 덮고, 두 팔을 밖으로 쭉 뻗고 손바닥을 위로 젖힌 채 신문지에 얼굴을 파묻고 엎드려 잠이 들었다.

아침에 소년이 문안을 들여다봤을 때 그는 자고 있었다. 바람이 세차게 불고 있어서 조각배는 바다에 나가지 않을 것이므로 소년은 늦게까지 자고, 매일 아침 그랬듯이 오늘도 노인의 오막살이로 또 온 것이었다. 소년은 노인이 숨을 쉬고 있는 것을 보았고, 그리고 노인의 손을 보고는 울음을 터뜨렸다. 소년은 커피를 가지러 가려고 아주 조용히 밖으로 나와 길을 걸어 내려가면서 내내 울고 있었다.

많은 어부들이 배 주위에 모여 배에 달려 있는 것을 바라보고 있었다. 한 사람은 그 골격의 길이를 재 보려고 바지를 걷어올리고 물속에 들어가 있었다.

소년은 내려가지 않았다. 그는 벌써 거기에 가 보았었다. 어부 한 사람이 노인을 위해 배를 돌봐 주고 있었다.

"할아버지는 어떠냐?" 한 어부가 소리쳤다.

"주무세요." 소년이 응답했다. 소년은 자기가 울고 있는 것을 그들이 보아도 전혀 개의치 않았다. "아무도 그를 깨우지 마세요."

"코끝에서 꼬리까지 18피트구먼." 재 보고 있던 어부가 소리쳤다.

"그렇고말고요." 소년이 답했다.

소년은 '테라스'에 가서 커피 한 깡통을 달라고 했다.

"뜨겁게, 밀크하고 설탕을 잔뜩 넣어서요."

"뭐 다른 것은?"

"아뇨. 좀 있다가 할아버지가 무엇을 잡수실 수 있을지 알아보고요."

"거 굉장한 고기더구나"라고 주인이 말했다. "그런 거대한 고기는 처음 봤어. 하긴 네가 어제 잡은 것 두 마리도 꽤 좋았지만."

"내 고기 따윈 아무것도 아녜요." 소년은 대답하고 또다시 울음을 터뜨렸다.

"뭘 좀 마시겠니?" 주인이 물었다.

"아뇨." 소년이 대답했다. "사람들에게 산티아고 할아버지를 괴롭히지 말라고 해주세요. 곧 다시 올게요."

"내가 참 안됐다고 그러더라고 전해라."

"고마워요." 소년이 말했다.

소년은 커피 깡통을 들고 노인의 오막살이로 올라가서 그가 깰 때까지 옆에 앉아 있었다. 한 번 그가 깨는 것 같았다. 그러나 다시 깊은 잠에 빠졌고, 그래서 소년은 커피를 끓일 장작을 얻으러 마을로 내려갔다.

드디어 노인이 일어났다.

"일어나려고 하지 마세요." 소년이 말했다. "이걸 마시세요." 그는 커피를 유리컵에 조금 부어 주었다.

노인은 그걸 받아 마셨다.

"그놈들이 나를 이겨냈구나, 마놀린." 그가 말했다.

"고기가 할아버지를 이긴 게 아니에요. 고기는 이기지 못했어요."

"암, 그렇고말고. 진 것은 그 이후였지."

"페드리코가 배하고 선구를 챙기고 있어요. 대가리를 어떻게 하라 할까요?"

"페드리코에게 잘라내 고기 어망 만드는 데 쓰라고 해라."

"그리고 창 같은 주둥이는요?"

"네가 갖고 싶으면 가져라."

"갖고 싶어요." 소년이 대답했다. "이제 또 다른 일들을 계획해야 해요."

"사람들이 나를 찾았니?"

"그럼요. 해안경비대와 비행기까지 나섰어요."

"바다는 거대하고 배는 조그마하니 찾기 어려웠겠지." 노인이 말했다. 그는 자기 자신이나 바다를 상대로 혼자 지껄이는 것보다 같이 얘기할 사람이 있다는 게 얼마나 즐거운가를 새삼스럽게 느꼈다. "너가 보고 싶었다." 그가 말했다. "넌 뭘 낚았느냐."

"첫날에 한 마리, 둘째 날에도 한 마리, 그리고 셋째 날에 두 마리 잡았어요."

"거 잘했군."

"이제 우리 같이 나가서 잡아요."

"안 돼. 내 운은 이제 다 끝났어. 운이 더 돌아오지 않을 것 같구나."

"운수를 따지다니요?" 소년이 말했다. "행운은 제가 갖고 다닐게요."

"네 가족들이 뭐라고 하겠느냐?"

"상관없어요. 어제 두 마리 낚은걸요. 하지만 이제 우리 같이잡으러 가요. 배울 게 아직 많은걸요."

"우리가 좀더 좋은, 죽이는 데 필요한 창을 준비해야 돼. 그리고 바다에 나갈 때 그것을 항상 가지고 가야겠어. 낡은 포드 자동차에서 용수철 조각을 떼어 칼날을 만들면 될 거야. 그리고 구아나바코아에서 갈아 오면 되고. 끝이 뾰족하게, 그러나 너무 약해서 부러지면 안 되지. 내 칼이 부러졌어."

"제가 칼을 하나 구해 오고 용수철도 갈겠어요. 앞으로 며칠이나 더 태풍이 불까요?"

"아마 사흘쯤 더 계속될지도 모르지."

"모든 것을 정리하도록 하겠어요"라고 소년이 말했다. "손이 낫도록 하세요, 할아버지."

"손을 낫도록 하는 방법을 알고 있어. 간밤에 이상한 것이 입으로 넘어왔는데 가슴속 무언가가 터진 기분이 들더구나."

"그것도 낫게 하세요." 소년이 말했다. "할아버지, 다시 누우세요. 그리고 제가 깨끗한 셔츠를 갖다 드릴게요. 뭐 잡수실 것도 갖다 드리구요."

"내가 나간 사이에 온 신문을 모두 갖다 다오." 노인이 말했다.

"빨리 건강해지셔야 해요. 제가 배울 것이 많고 할아버지가 제게 가르쳐 줄 것이 많지 않아요. 얼마나 힘들었나요?"

"지독했지." 노인이 말했다.

"제가 음식과 신문을 갖고 올게요"라고 소년이 말했다. "잘 쉬세요, 할아버지. 약국에 가서 손을 치료할 약을 사 오겠어요."

"페드리코에게 대가리는 가지라고 할 것을 잊지 말아라."

"네. 잊지 않아요."

소년은 문을 열고 나가 닳은 자갈길을 걸어 내려가면서 또다시 울고 있었다.

그날 오후 한떼의 관광객이 '테라스'에 들어와 죽은 꼬치고기와 빈 맥주 깡통이 바닷물에 잠겨 있는 것을 바라보고 있었는데, 한 부인이 동풍이 항구 쪽으로 들어오려는 파도를 일으키는 것을 보다가 물결과 함께 흔들리고 있는 거대한 꼬리와 굉장한 길이의 등뼈를 목격했다.

"저게 무엇이지요?"라고 부인이 종업원에게 물었다. 거기에는 지금 막 물결에 씻겨 내려가려고 하는 쓰레기 같은 대어(大魚)의 등뼈가 보였다.

"티버론(Tiburon)." 하고 종업원이 말했다. "상어의 일종입니다." 그는 무슨 일이 일어났었던가를 얘기해 주고 싶은 눈치였다.

"상어가 그처럼 날씬하고 예쁜 꼬리를 가졌는지 정말 몰랐군요."

"나도 모르고 있었소." 그녀의 남자 친구인 듯한 사람이 대답했다.

길 위의 오막살이에는 노인이 아직도 잠자고 있었다. 노인은 아직도 엎드린 채 잠자고 있었으며, 소년은 그 옆에서 지켜보고 있었다. 노인은 사자의 꿈을 꾸고 있었다.

(『노인과 바다』(학원출판공사) 중에서)

논점 노인은 85일 만에 대어를 낚았지만, 상어들에게 모두 빼앗기고 앙상한 뼈만을 가지고 되돌아온다. 노인이 대어와 벌인 대결은 그 자신의 인간으로서의 가치를 발견하기 위한 최후의 사투였지만, 결국 패배로 끝나고 만 것이다. 지친 노인을 위로하는 것은 소년뿐이다. 그러나 소년이 노인의 못다한 싸움을 대신할 수 있을 것인가. 소년 또한 삶의 마지막에 가서는 노인처럼 존재의 고독감에 사로잡히지 않겠는가. 노인은 잠속에서 젊은 시절 아프리카 해안에서 보았던 사자의 꿈을 꾼다. 아마도 그것은 노인이 마음속에 간직한 영원한 젊음의 상징일 것이다.

통합형 문·답

제시문과 다음 글을 함께 읽고, 노인이 추구하는 삶의 자세가 갖는 의미에 대한 각자의 견해를 현재적 관점에서 서술해 보자.

그는 몸뚱이가 다 뜯겨졌을 고기를 더 이상 보고 싶지 않았다. 고기가 물어뜯길 때 노인은 꼭 자기가 뜯기는 듯한 기분이었다. '그렇지만 나는 내 대어에 달려든 상어를 죽였어. 내가 본 중에 가장

큰 덴투소(상어의 일종으로 이빨이 고르지 않은 특징이 있음)였지. 그전에도 큰 상어들을 많이 보아 왔지만 말이야.' 하고 그는 생각했다.

'너무 좋은 일은 오래가지 않는 법이지. 차라리 꿈이었으면 좋았을걸. 고기는 잡히지도 않았고, 침대에 신문지나 깔고 홀로 누워 있다면 좋겠다.' 하고 그는 생각했다.

"그렇지만 인간은 패배하려고 태어나지는 않았지. 인간은 파괴될 수는 있을지언정 패배할 수는 없어." 하고 그는 말했다.

'그렇지만 고기를 죽였으니 유감이로군.' 그는 생각했다. '이제 악몽의 시간이 오고 나는 작살조차 없다. 덴투소는 잔인하고 능력이 있고 강하고 영리하다. 그러나 나는 그놈보다 더 영리했지. 아마 그렇지 않을지도 몰라.' 하고 그는 생각했다. '아마 내가 좀더 무장이 잘되었기 때문인지도 모르지.'

"생각은 그만둬, 늙은이." 그는 큰소리로 말했다. …〈중략〉… '희망을 버리는 것은 어리석어.' 하고 그는 생각했다. '게다가 그건 죄악이라고 나는 생각해. 죄에 대해서는 생각지 말자.' 그는 생각했다. '죄가 아니라도 문젯거리는 얼마든지 많아. 그리고 나는 죄에 대해 아무것도 모르고.'

'이해도 못하거니와 죄라는 것을 내가 믿고 있는지도 확실치 않아. 아마도 고기를 죽인 것은 죄일 것이다. 내가 살기 위해서 그리고 남들을 먹이기 위해 고기를 죽였더라도 죄가 될 거야. 그렇다면 모든 게 죄일 거야. 죄에 대해서는 생각하지 말자. 그런 생각을 하기에는 너무 늦었고, 돈을 받고 생각을 일로 삼는 사람들이 있으니까. 그런 생각은 그런 사람들이나 하게 놔 두자. 고기가 고기로 태어난 것처럼 너는 어부가 되려고 태어났어. 성 베드로도, 위대한 디마지오(양키즈 팀 소속의 유명한 야구선수)의 아버지처럼 어부였지.'

그러나 그는 자기에게 관련되어 있는 모든 것에 대해 생각하기를 좋아했다. 읽을거리나 라디오가 없었으므로 그는 생각을 많이 했으며, 계속 죄에 대해 생각하고 있었다. '너는 오직 살기 위해서, 그리고 고기를 팔아 음식을 사려고 이 물고기를 죽인 건 아니야' 라고 그는 생각했다. '너는 긍지를 살리기 위해서 고기를 죽였어. 왜냐고? 너는 어부니까. 너는 고기가 살아 있을 적에도 사랑했고, 그 후에도 그것을 사랑했지, 네가 그것을 사랑한다면 죽이는 게 죄가 되지 않아. 아니면 죄보다 더한 것일까?'

"자네는 생각이 너무 많으이." 하고 그는 크게 말했다.

이 작품에서 노인이 고기를 잡으려고 필사적인 대결을 벌이고, 또한 자신이 잡은 고기를 지키기 위해 상어들과 사투를 펼치는 행위는 단지 고기를 잡아 돈을 벌기 위한 것만은 아니다. 노인 스스로도 '긍지를 살리기 위해서' 라고 말하고 있는 것처럼, 그것은 인간으로서의 가치를 발견하기 위한 자신과의 싸움에 다름 아닌 것이다. 따라서 노인이 고기와의 싸움에서 승리를 거두었다는 것은 고기를 포획한 결과를 두고 말하는 것이라기보다는 그가 포기하지 않고 사력을 다해 싸우는 과정 속에서 자기 주위의 사물에 대해 보다 확실한 깨달음과 이해에 도달했을 뿐만 아니라, 인간 존재에 대한 그 나름의 통찰을 획득했다는 것을 의미한다고 할 수 있다. 그렇기 때문에 노인이 자신이 잡은 고기를 상어들에게 모두 빼앗기고 앙상한 뼈만을 갖고 되돌아온다고 하더라도, 궁극적으로 그것이 노인에게 패배를 의미하는 것은 아니다. 바다로부터 지쳐서 되돌아온 노인은 분명 패배감에 휩싸여 있다. 노인에게 있어서 물고기와의 사투는 자연과의 대결이자 그의 인간으로서의 가치를 발견하기 위한 최후의 싸움을 의미하는 것이었기 때문이다. 그러나 이러한 맥락에서 본다면 작품 끝부분에서 상어들에게 패배했다는 노인의 탄식은 오히려 죽음이라는 운명을 초극할 수 없는 인간 존재의 본질에 대한 이해를 겸허하게 표현하고 있는 것으로 볼 수 있다. 고기를 잡는 것이 인간으로서의 가치를 빛내는 것이 아니라 그러한 과정 속에서의 의지가 인간으로서의 존엄을 보여 주는 것이기 때문이다. 이러한 깨달음을 통해 노인은 사물에 대한 집착으로부터 스스로를 분리시키고, 사자의 영상을 통해 영원한 젊음의 꿈을 다시 떠올릴 수 있었던 것이다.

바다 가운데서의 노인은 평범한 고기잡이꾼이지만, 그는 곧 세상 속에 놓인 한 인간의 모습으로 확대시켜 바라볼 수 있다. 바다는 곧 인간의 생존을 위협하는 한편 인간 스스로의 가치를 발견하도록 부추기는 세계가 아니겠는가. 그 속에서 인간은 자연에 맞서 싸워야 하는 한편 인간 존재의 본질에 대면하기 위해 매일 바다를 향해 떠나지 않을 수 없는 것이다.

이렇듯 노인과 바다를 그 자체의 사실적 의미가 아닌 문학적 상징으로 파악할 때, 노인의 태도는 물질 만능의 현실을 살아가는 사람들에게 삶의 태도에 대한 하나의 암시를 던져 주고 있다. 곧 바다와 대결하는 노인의 태도는 우리에게 인간으로서의 가치와 고귀함을 일깨워 줄 뿐만 아니라, 인간으로서의 가치를 획득하는 것, 그리고 그것을 위해 포기하지 않고 끊임없이 스스로를 내던지는 것이 삶에 있어서 뚜렷한 의미라는 사실을 말해 주고 있다. 설사 죽음이라는 인간의 숙명적인 조건으로 인해 그러한 추구가 필연적으로 좌절될 수밖에 없다고 하더라도, 그러한 통찰은 인간으로서의 성실한 추구 끝에 얻어지는 성숙하고도 고귀한 결과일 것이다.

황무지

엘리엇
Thomas Stearns Eliot

엘리엇(1888~1965)의 문학은 기독교 본질인 인간 영혼의 구원과 재생에 근간을 두고 있다. 그것은 그가 청소년 시절부터 느꼈던 종교적인 회의와 갈등에서 비롯된 것인데, 그는 현대 종교의 세속화에 따른 위기의식으로부터 자유로울 수 없었다. 기독교 성직자 가문에서 태어나 엄격한 도덕적 금욕주의와 종교교육 그리고 생활규범으로부터 자유로울 수 없었던 엘리엇은 성장기 동안 내내 심리적인 압박감과 의식적인 반항감 속에서 지내게 된다. 그것은 그가 영국 국교로 개종하게 하는 결과를 빚는다. 초기 작품의 종교적 갈등과 회의는 개종 이후 후기에 이르러 영적 구원의 확신과 재생의 환희로 전이되어 있다. 그의 작품은 그의 신앙의 변모 과정과 깊은 관련을 맺고 있다. 그를 종교시인이라 부르는 이유는 그의 전생애를 통한 종교 체험과 깊은 관계가 있는 셈이다. 그는 1927년 영국인으로 귀화한다. 「황무지」를 비롯해 「대성당에서의 살인」 「칵테일파티」 「원로정치가」 등의 시작품뿐만 아니라 하버드 대학에서 강의한 「시의 효용과 비평의 기능」 「전통과 개인의 재능」은 시론격의 산문으로서 우리에게도 깊은 영향력을 끼쳤고, 특히 김기림은 「황무지」를 염두에 두고 장시 「기상도」를 썼던 것으로 알려져 있다.

작품 해제

「황무지(The Waste Land)」는 1922년 계간지 『크라이티어리언(The Criterion)』지 창간호에 게재된 것인데 이 「황무지」의 원고는 에즈라 파운드에 의해 1차 수정되어 총 433행으로 완성되었다. 엘리엇이 「황무지」를 쓰던 시기는 자신의 가정과 주변에 험난한 일들이 많이 닥친 시기였다. 1919년 부친 사망, 아내 비비언의 건강 악화로 인한 가정 생활 파탄, 성 마그너스 마터와 성 매리 울노스 교회의 붕괴 가능성에 대한 심적 비통함 등이 그의 주변을 에워싸고 있었다. 그 같은 상황은 그야말로 정신의 '황무지'를 대변했었던 것이다.

「황무지」는 일반적인 관점에서 현대 물질문명의 부패와 타락, 그리고 제1차 세계대전을 치르면서 나타난 인간성 불모 현상과 그것에 대한 환멸을 다루고 있다. 문명의 기계화로 인해 인간 정신이 황폐화되고 부박해지면서 인간의 정신적 에너지는 고갈되고 현대인들이 휴식할 수 있는 가능성은 점차 희박해졌다. 인간 상호관계의 단절, 인간 정신문화의 피폐 등 인간의 정신적·육체적 피폐함을 엘리엇은 문명비판사적인 관점에서 보고자 한 것이다. 이러한 상황에서 인간 구원 문제가 중요해질 수밖에 없는데, 엘리엇은 이를 해결하기 위한 하나의 방법론으로 「황무지」를 썼던 것이다. 인간의 고뇌와 선·악 간의 갈등, 인간의 운명과 신의 섭리에 대해 깊이 있게 관찰하고 분석함으로써 인간 영혼 구원의 가능성을 들여다보고자 한 것이다. 종교적 열정과 인간 구원 문제에 대한 일생의 시적 편력을 생각해 본다면 그가 「황무지」를 통해 드러내고자 한 것은 문명비판이라는 관점을 훨씬 뛰어넘는 것이다.

「황무지」는 실제로 기독교의 신화적인 요소를 강력하게 띠고 있다고 한다. 성배전설에서 따온 성적 불모로부터의 재생과 부활의 이미지는 기독교에 기초를 둔 성체성사의 상징에서 그 뿌리를 찾는다. 「황무지」가 종교시라는 점은 일반적인 평가인 만큼 성(性)의 문제도 실은 기독교적인 관점에서 다루어진다.

한편으로 「황무지」는 엘리엇 개인으로서는 신앙고백적인 성격을 띠고 있는 시다. 그가 평생 매달린 죄에서 구원으로의 길이라는 영적 여정의 모습이 들어 있는데, 오랜 동안의 종교적 회의가 종교적 확신으로 바뀜으로써 황무지를 쓸 수 있었던 것이다. 엘리엇의 원죄의식이나 자신의 죄에 대한 인식은 철저한 금욕과 금기에 관심을 갖는 청교도적인 신앙태도보다는 실제 자신의 죄의 실체에 대한 철저한 자각을 통해 무릎을 꿇고 자신의 죄인됨을 고백함으로써 영적 구원과 재생의 가능성을 믿는 영국 국교의 신앙태도에 더욱 근접해 있었다. 이것이 그가 영국국교로 개종한 것이나 황무지를 쓴 배경을 이해할 수 있게 해준다.

작품 읽기

1. 죽은 자의 매장

4월은 가장 잔인한 달,
죽은 땅에서 라일락을 피우며
추억과 욕망을 뒤섞고
봄비로 잠든 뿌리를 깨운다.
겨울은 오히려 따뜻했다.
망각의 눈(雪)으로 대지를 덮고
마른 구근으로 작은 생명을 길러 주며,
슈타른버거호 너머로 소나기와 함께 갑자기

여름이 왔지요.
우리는 가로수 아래에 머물렀다가
햇빛이 나자 호프가르텐 공원에 가서
커피를 마시며 한 시간이나 이야기했지.
저는 러시아 여인이 아닙니다. 출생은 리투아니아지만
진짜 독일인입니다.
어려서 사촌 대공집에 머물렀을 때
썰매를 태워 줬는데 겁이 났어요.
그는 말했죠, 마리 마리 꼭 잡아.
그리곤 쏜살같이 내려갔지요.
산에 오면 자유로운 느낌이 드는군요.
밤에는 대개 책을 읽고 겨울엔 남쪽으로 갑니다.
이 움켜잡는 뿌리는 무엇이며,
이 자갈더미에서 무슨 가지가 자라나오는가?
사람의 아들아, 너는 말하기는커녕 짐작도 못하리라
네가 아는 것은 파괴된 우상더미뿐
그곳엔 해가 내리쬐고
죽은 나무에는 쉼터도 없고
귀뚜라미도 위안을 주지 않고
메마른 돌엔 물소리도 없다.
단지 이 붉은 바위 아래 그늘이 있을 뿐
(이 붉은 바위 그늘로 들어오너라)
그러면 너에게 아침에 네 뒤를 따르는 그림자나
저녁에 너를 맞으러 일어서는 네 그림자와는 다른
그 무엇을 보여 주리라.
한 줌의 먼지 속에서 공포를 보여 주리라.

바람은 상쾌하게
고향으로 불어요
아일랜드의 님아
어디서 날 기다려 주나?

"일년 전 당신이 저에게 처음으로 히아신스를 주었기에
사람들은 저를 히아신스 아가씨라 불렀어요."
── 그러나 네가 팔에 꽃을 한아름 안고, 늦게,
머리칼이 젖은 채, 같이 히아신스 정원에서 밤늦게
돌아왔을 때
나는 말도 못하고 눈도 안 보여
산 것도 죽은 것도 아니었다.
빛의 핵심인 정적을 들여다보며
아무것도 알 수 없었다.
바다는 황량하고 쓸쓸합니다.

유명한 천리안 소소스트리스 부인은
독감에 걸렸다. 그러나
영특한 카드 한 벌을 가지고
유럽에서 가장 슬기로운 여자로 알려져 있다.
이것 보세요. 그녀가 말했다.
여기 당신 카드가 있어요. 익사한 페니키아 수부군요.
(보세요, 그의 눈은 진주로 변했어요.)
이건 벨라돈나, 암석의 여인
부정한 부인이에요.
이건 지팡이 셋 짚은 사나이, 이건 바퀴,
이건 애꾸눈 상인

그리고 아무것도 그려져 있지 않은 이 카드는
그가 짊어지고 가는 무엇인데
내가 보지 못하도록 되어 있습니다.
교살당한 사내의 카드가 보이지 않는군요.
물에 빠져 죽는 걸 조심하세요.
수많은 사람들이 원을 그리며 돌고 있군요.
또 오세요. 에퀴톤 부인을 만나시거든
천궁도를 직접 갖고 가겠다고 전해 주세요.
요즘은 조심해야죠.

공허한 도시
겨울 새벽의 갈색 안개 밑으로
런던 다리 위로 많은 사람들이
그처럼 많은 사람을 죽음이 망쳤다고
나는 생각도 못했다.
이따금 짧은 한숨들을 내쉬며
각자 발치만 내려다보면서
언덕을 넘어 킹 윌리엄가(街)로 내려가
성 메리 울노스 성당이 죽은 소리로
드디어 아홉시를 알리는 곳으로
거기서 나는 친구를 만나
소리쳐서 그를 세웠다. "스테츤!
자네 밀라에 해전 때 나와 같은 배에 탔었지!
작년에 뜰에 심었던 시체에 싹이 트기 시작했나?
올해엔 꽃이 필까?
혹시 때아닌 서리가 묘목을 망쳤나?
오, 개를 멀리하게, 비록 놈이 인간의 친구이긴 해도

그렇지 않으면 놈이 발톱으로 시체를 다시 파헤칠 걸세!
그대! 위선적인 독자여! 나와 같은 자, 나의
형제여."

(「황무지」(태학당) '죽은 자의 매장' 전문)

논점 이 시는 '4월은 가장 잔인한 달, 죽은 땅에서 라일락을 피우며'라는 우리에게 너무나 잘 알려진 구절로 시작되는 시로서 「황무지」 연작의 제일 첫 시편이다. 엘리엇이 평생 매달린 불모와 재생이라는 테마를 통해 현대문명사 비판과 그것에 대한 종교적 구원의 가능성을 보여 주고자 한 것으로, '4월이 가장 잔인'한 것은 죽음과 불모의 땅에서 싹을 틔우는 그 강한 생명력 때문이다. 겨울은 눈(雪)으로 대지를 덮으며 작은 생명을 그 안에 품고 있다. 그 마른 생명을 4월의 소나기가 잉태하는 것이다. 시인은 우리가 아는 것은 다만 불모와 죽음의 그림자, 파괴된 우상뿐, 즉 해가 내리쬐고, 귀뚜라미도 위안을 주지 않고, 메마른 돌엔 물소리도 없는 그런 것이라고 말한다. 그리고 공허한 겨울 새벽의 런던 거리에서 죽음의 냄새를 맡는다. 그러나 그는 그것과는 다른 그 무엇을 우리에게 보여주겠다고 말한다. '그 무엇'이란 바로 '한 줌의 먼지 속에서 공포'를 아는 것, 이것은 결국 죽음으로부터 싹트는 경이로운 생명의 재생이 된다. 죽음 속에 생이 있다는 이 철학이야말로 가장 공포스럽고 경이로운 생명의 역설이 아닐 수 없다.

통합형 문·답

「황무지」의 전반적인 구조는 불모와 재생이라는 부정-긍정의 틀을 이루고 있다. 삶에 대한 철저한 부정과 그로부터 긍정을 이끌어 내는 이 같은 인식이 드러나 있는 다른 문학작품을 예로 들어, 이것이 우리의 삶을 의미 있게 하는 조건과 결과들에 대해 생각해 보자.

우리가 사는 삶의 터전이 불모와 같다거나 황무지라고 인식하는 경우는 두 가지를 들 수 있는데, 하나는 시대 및 역사와 관련되는 문제이며 다른 하나는 사회구조 및 문명 그 자체에 대한 비판적인 시각에서 비롯된다고 볼 수 있다. 일제시대를 비롯해 1970년대에서 1980년대에 이르는 우리 역사에서 시인들과 작가들은 이 땅을 불모의 땅으로 인식했다. 그들은 불모의 이 고통스러운 땅을 떠나 다른 세계에 대한 이상을 노래하는 것으로 그들 시적 상상력의 원천을 삼았다. 황지우가 「만수산 드렁칡」 연작이나 「새들도 세상을 뜨는구나」 등을 통해 율도국에 대한 지향을 보이고 만수산 드렁칡이 넝쿨째 늘어져 있는 그곳으로 가자고 호소할 때 시인이 발을 내리고 있는 이 땅은 분명 꽃 한 송이 피어날 수 없는 황무지 바로 그 자체다. 이 황무지로서의 삶은 군부독재와 민주주의 탄압으로 인식되는 우리 삶의 역사적 조건들과 분리될 수 없다. 그래서 일제시대 이육사는 「절정」 「교목」 등의 시에서 자신의 시적 이상을 저 극지대 툰드라 지역의 광활하고 삭막한 곳으로 설정하였다. 그것은 모든 생명력이 소실되고 단 하나의 극한적 대결 의식만이 남은 곳이다. 철저한 불모의식은 사실은 정신의 마지막 타오르는 한 줄기 불꽃의 강렬한 이미지를 낳는다. 삶을 철저하게 부정하는 자만이 정신의 구원을 얻는다. 그들은 '지금 여기'의 삶을 부정하기 위해서가 아니라 진정한 긍정의 삶, 적극적이고 생성적인 삶을 위해 삶 자체를 저 극한 지역으로 밀어낸다. 부정하지 않으면 그 삶은 찾아지지 않는다. 부정하지 않고 긍정하고 들어가면 그 삶은 억압과 고난의 영속을 보여 줄 뿐이다. 그래서 시인들은 이 땅에 살기 위해 이 땅의 삶을 철저하게 황무지로 인식할 수밖에 없는 것이다.

『홍길동전』에서 길동은 서자로 태어난 설움을 그 자체로 받아들이는 것이 아니라 그것을 적극적으로 부정하고 이를 통해 율도국의 이상을 실현시키고자 했다. 그것은 당대 사회가 안고 있는 여러 부정적이고 모순적인 삶의 조건들에 대한 성찰을 담는다. 철저하게 개인을 구속하는 신분상의 모순과 한 개인의 자유를 억압하는 유교적 질서, 개인의 자유보다는 가부장적 질서에 의해 움직이는 사회의 구조적 맥락들, 이것을 인식하는 길동에게 이 같은 사회구조는 분명 너무나 황폐화된 삶의 조건이 된 것이다.

여성 시인에게 불모로서의 자기 육체에 대한 인식은 여성적 삶의 자기 인식과 관련이 있다. 여성에게 육체는 생명력이며 다산성의 상징이며 생산력이다. 그런데 여성 시인은 자신의 육체를 불모의 이미지로 제시한다. 그것은 가부장적 남성 위주의 삶에 대한 철저한 비판이다. 불모의 자기 육체를 드러냄으로써 시인은 자신의 육체가 더 이상 어떤 생명력도 지속시킬 수 없게 된 사실을 드러내고 그것이 어떤 삶의 조건들에서 비롯되었는지를 보여 준다. 여성에게 불모의 육체란 죽음 이외는 아무것도 아니다. 이 같은 자기 육체의 철저한 부정은 자신의 존재 조건을 규정짓는 우리 삶의 구체적 실상을 거울처럼 들여다볼 수 있게 한다. 최승자의 시에서 제시되는 사랑의 불가능성에 대한 확인과 마멸되는 자기 육체를 들여다보는 시선은 섬뜩하리만치 강렬하다. 시인은 그 철저한 불모의 삶을 보여 줌으로써 그 조건들의 한계를 뛰어넘고자 한다. 그래서 불모는 다시 사랑으로 전화된다. 불모는 사랑의 전주곡인 셈이다.

세일즈맨의 죽음

밀 러
Arther Miller

밀러(1915~)는 미국의 대표적인 현대 극작가의 한 사람으로 뉴욕의 유대인 가정에서 출생하였다. 그의 아버지는 성공적인 소규모 제조업자였는데, 1929년의 경제공황은 그의 가정에 큰 재정적 충격을 주었으며, 그로 인해 그는 트럭 운전사, 하역부, 창고 직원, 웨이터 등의 일들을 해야만 했다. 이때의 경험은 하층민들의 삶에 대한 이해에 도움을 주었으며 그의 작품에도 반영되어 있다. 그는 등장인물들의 내면의 삶에 대한 끊임없는 탐구와 사회의식을 결합했으며, 특히 『세일즈맨의 죽음』(1949)은 그의 대표작으로 브로드웨이에서 장기 공연된 바 있다. 테네시 윌리엄스와 함께 미국 연극의 발전과 실험에 크게 이바지했으며, 그의 희곡은 미국인의 비극적인 생활을 공통된 주제로 하고 있다. 두 번째 아내인 마릴린 먼로(1926~1962)를 위해 영화 시나리오 『부적격자』(1961)를 쓰기도 했으며, 그 외 대표작으로 『나의 모든 아들들』(1947), 『세일럼의 마녀들』(1953) 등이 있다.

작품 해제

현대는 시시각각으로 급변하는 고도의 산업화 사회이다. 그로 인해 전통적인 가치관은 순식간에 허물어지고 새로운 사회조건에 합당한 새로운 가치체계는 미처 정립되지 못한 과도기적인 혼란 상태가 초래된다. 이렇듯 정신적 가치의 변화가 물질적인 발전을 좇아가지 못하는 지체 현상은 어느 사회나 근대화를 이루어 가는 과정에서 겪게 되는 불가피한 단계라고 할 수 있다.

『세일즈맨의 죽음(Death of Salesman)』(1949)은 바로 이러한 사회적인 상황을 배경으로 하고 있다. 이 작품에서 작가는 세일즈맨의 불행한 정신편력과 죽음을 통해 자기 정체성을 제대로 확립하지 못한 현대인의 비극을 그려 내고 있다. 주인공 윌리는 물질적 성공이 인생의 가치를 결정짓는다는 집념에 사로잡혀 있다. 그러나 이미 경제 구조가 대량 생산과 직매 체재로 바뀐 마당에 방문 판매원인 윌리가 설 자리는 없어지고 만다. 결국 그는 일이 잘되던 과거와 난관에 빠진 현재 사이의 심리적 괴리감과 기대대로 되지 않는 자식들에 대한 고민을 죽음으로 해결하고 만다. 그의 죽음은 가족을 위한 마지막 헌신으로 기도된 것이지만, 결국은 자기 자신을 객관적으로 인식하지 못한 비극적 결말인 것이다. 이 작품의 전체 줄거리는 다음과 같다.

원래 전원생활과 노동을 좋아하던 윌리 로먼은 고생하지 않고 성공하겠다는 심산으로 세일즈맨이 되었다. 그는 평생을 외판원으로 살아오면서 자신의 일을 자랑으로 여겨 왔고, 성실하게 일하면 반드시 성공한다는 신념을 가지고 있었으나, 이제는 늙어서 정신조차 온전치 못한 인물이 되었다. 그에게는 이해심 많고 사려 깊은 아내 린다와 두 아들 비프와 해피가 있다. 윌리는 대인 관계에 있어서의 매력이 곧 사업에서 성공을 좌우하는 열쇠라고 생각하며, 그 신념으로 자신과 가족들에게 불가능한 꿈을 강요한다. 둘째 아들 해피는 건달로 지내면서도 윌리를 이해하고 따르려 하지만, 아버지가 출장중 바람을 피운 사실을 알게 된 큰아들 비프는 그렇지 않다. 비프는 그 이후 도벽이 생기는 등 불량하게 변하고, 아버지의 지나친 기대 때문에 자신이 희생되었다고 생각한다. 하지만 밖으로 나돌던 비프가 돌아오면서 모든 식구들은 새롭게 출발하려고 마음먹고, 서로를 격려하며 꿈에 부푼다. 그렇지만 외판 업무를 그만두고 정식 사원 자리를 부탁하러 간 윌리는 36년 간 다니던 회사로부터 해고당하고, 돈을 빌려 운동구점을 차릴 꿈에 부풀어 있던 비프도 꿈을 이루지 못한다. 비프에게 희망을 걸고 있던 윌리는 파멸의 원인이 모두 자기의 잘못된 신념에 있었다는 것을 자각하고 비프에게 생명보험금을 남기겠다는 생각에서 자동차를 폭주하여 자살하고 만다.

다음 〈작품 읽기〉에 수록된 부분은 윌리의 장례식을 치르고 난 후, 윌리의 아내 린다와 친구 찰리, 그리고 두 아들 비프와 해피가 주고받는 대화로, 이 극의 대단원에 해당된다.

작품 읽기

등장인물 : 윌리 로먼 — 늙은 외판원
린다 — 그의 아내
비프 — 큰아들
해피 — 둘째 아들
버너드 — 이웃집 아들
찰리 — 버너드의 아버지, 윌리의 친구

벤 — 윌리의 형

하워드 와그너 — 젊은 사장

곳 : 윌리 로먼의 집과 뒷마당. 그 밖에 그가 자주 다니는 현재의 뉴욕과 보스턴의 몇몇 장소

때 : 현대

(자동차가 질주해 사라지자 음악은 광적인 소리로 커지다가 작아지면서 첼로의 한 줄이 부드럽게 진동한다. 비프, 천천히 침실로 돌아간다. 비프와 해피, 상장(喪章)이 붙은 저고리를 입는다. 린다, 천천히 방에서 나온다. 음악은 장송 행진곡으로 바뀐다. 낮의 나뭇잎들이 모든 것 위에 나타난다. 찰리와 버너드, 정중한 옷차림으로 주방문에 나타나 노크한다. 비프와 해피, 천천히 계단을 내려와서 주방으로 가는데, 찰리와 버너드도 등장한다. 상복을 입은 린다가 조그만 장미꽃 다발을 들고 휘장을 친 문을 나와 주방으로 들어오자 일동은 잠시 동작을 멈춘다. 린다, 찰리에게 가서 그의 팔을 잡는다. 이윽고 주방 벽선을 통하여 그들은 객석 쪽으로 나온다. 맨 앞 무대 끝까지 오자 린다는 꽃을 내려놓고서 무릎을 꿇고 두 발로 괸다. 그들, 무덤을 내려다본다.)

진혼곡(鎭魂曲)

찰 리 : 어두워지는데요.

(린다, 반응이 없다. 무덤만 응시할 뿐)

비 프 : 어머니, 이젠 그만 가셔서 쉬시는 게 좋겠어요. 여기 문도 닫을 시간이 됐으니까요.

(린다, 움직이지 않는다. 사이)

해 피 : (몹시 노기를 띠고) 그런 짓을 하셨다는 건 잘못이야. 그럴 필요가 없었어요. 저희들이 도와 드리려고 했는데요.

찰 리 : (중얼거리며) 으 …… 음.

비 프 : 어머니, 그만 가세요.

린 다 : 왜 아무도 안 올까요?

찰 리 : 장례식은 조촐하게 잘됐습니다.

린 다 : 하지만, 그이가 아는 분들은 다 어디 있죠? 모두들 그이를 욕하는지도 모르죠.

찰 리 : 뭣 때문에요? 그저 세상이란 야박한 곳이죠. 고인을 욕할 사람은 없습니다.

린 다 : 참 알 수 없는 일예요. 하필이면 이런 때에. 35년 만에 처음으로 빚을 다 갚고 홀가분해졌는데 말예요. 월급이나 조금 받으면 살아갈 수 있어요. 치과에도 다녀왔으니까요.

찰 리 : 몇 푼 월급만 가지고야 어렵죠.

린 다 : 정말 알 수 없군요.

비 프 : 즐거웠던 시절도 있었죠. 출장 갔다 돌아오실 때라든지, 일요일이면 현관 입구를 만드신다든지, 지하실 고치시는 일, 그리고 베란다를 새로 내신다, 욕실을 따로 지으신다, 차고를 만드신다. 찰리 아저씨, 아버진 물건 파시는 일보다는 현관 만드시는 일이 더 능숙하셨던 것 같아요.

찰 리 : 그래. 시멘트만 좀 있으면 행복한 분이었네.

린 다 : 그이는 손재주가 좋았어요.

비 프 : 아버진 당치 않은 꿈을 가지고 계셨죠. 하나같이 당치 않은.

해 피 : (비프와 싸우기라도 할 듯이) 그런 소리 하지 말아.

비 프 : 아버진 자신을 올바로 평가할 줄 모르셨거든.

찰 리 : (해피가 대들며 대답하려는 것을 막고, 비프에게) 자네 어른을 나무랄 사람은 아무도 없네. 자넨 모르겠지만 춘부장은 외판원이었단 말일세. 외판원에게는 인생의 밑바닥이란 있을 수 없어. 직공이라든지 법률가라든지 의사처럼 판에 박힌 직업이 아니라는 말이네. 반짝거리

는 구두에다 미소를 지으며, 저 멀리 푸른 하늘 밑을 달리는 분일세. 그런데 세상 사람들이 반겨 주지 않는다면 지진이 일어나는거나 마찬가지지. 그뿐인가, 모자에 자국만 몇 개 생겨도 그걸로 끝장이 나는 거야. 그러니 아무도 춘부장을 나무랄 수는 없단 말일세. 외판원이란 꿈이 있어야 되는 거야. 그 꿈이란 담당 지역처럼 떼어 놓을 수 없어.

비 프 : 아저씨, 아버진 자신이 어떤 분이라는 걸 모르셨어요.

해 피 : (분개하며) 그런 소린 집어치워!

비 프 : 얘, 너 나하고 같이 가자.

해 피 : 그렇게 쉽사리 넘어가지는 않아. 난 여기 뉴욕에 있겠어. 그리고 아버지가 못다하신 일을 하고야 말겠어. (턱을 버티고 비프를 본다.) 로먼 형제 목장이라구!

비 프 : 제격에 맞는 일을 해야 해.

해 피 : 좋아요. 난 형이나 다른 사람들한테 아버지가 허무하게 돌아가시지 않았다는 걸 보여 줄 테야. 아버진 훌륭한 꿈을 간직하셨어. 우리가 지닐 수 있는 유일한 꿈이지…… 뛰어난 인물이 될 수 있는 꿈이란 말야. 아버진 여기서 그것을 위해서 싸우셨거든. 그러니까 아버지가 이루지 못하신 걸 내가 대신 해보겠다는 거야. 바로 여기서 말야.

비 프 : (절망적인 시선을 해피에게 보내고, 어머니 쪽으로 몸을 기울이며) 어머니, 그만 가세요.

린 다 : 금방 가마. (찰리에게) 먼저 가세요. (찰리, 망설인다.) 조금만 더 있고 싶군요. 작별 인사도 할 기회가 없었어요.

(찰리, 저만큼 움직인다. 그 뒤에 해피, 비프는 린다의 후면 왼쪽으로 조금 떨어져 있다. 린다, 기운을 내어 거기 앉는다. 그다지 멀지 않게 플루트 음악이 시작되고 다음 대사의 뒤에 깔린다.)

린 다 : 여보, 날 야속하게 생각하지 마시우. 울 수도 없구료. 어떻게 된 거유? 울음도 안 나오니. 정말 알 수 없구료. 뭣 때문에 그런 짓을

저질렀단 말유. 날 좀 도와 줘요. 울 수도 없다니까요. 또 출장 가신 것만 같구료. 돌아오시려우? 여보, 왜 울 수도 없을까요. 뭣 때문에 그런 짓을 했수? 아무리 생각해도 알 수가 없구료. 오늘 마지막 집세도 냈다구요. 오늘 말예요. 하지만 집이 텅 빌 게 아뉴. (목이 메어 온다.) 이젠 빚도 없고 홀가분해졌는데. (울음을 억제할 수 없어 터뜨리며) 맘 편히 살 수 있어! (비프, 천천히 어머니에게 간다.) 빚도 갚았다우…… 이젠 맘 놓고 살 수 있는데…….

(비프, 어머니를 일으켜 두 팔로 부축하고, 후면 오른쪽으로 나간다. 린다, 조용히 운다. 버너드와 찰리, 같이 나와서 그들을 따라간다. 그 뒤에 해피. 오직 플루트 음악만이 어두운 무대 위에 남아 있다. 동시에 집 위로 아파트 건물의 우뚝 솟은 모습만이 똑똑하게 보이면서 막이 내린다.)

(『세일즈맨의 죽음』(범우사) 중에서)

논점 이 부분은 가족에게 보험금을 남기려고 일부러 자동차 사고를 내고 숨진 윌리 로먼의 장례식 장면이다. 장례식에는 그의 아내 린다와 두 아들 비프와 해피, 그리고 친구인 찰리와 그의 아들 버너드만이 참석한다. 생전에 윌리 로먼은 인생에 있어서 돈을 모아 부자가 되는 것이 성공의 척도라고 생각했으며, 그러한 성공을 거두기 위해서는 노력보다는 대인관계에 있어서의 인기가 더욱 중요하다는 믿음에 집착하고 있었지만 변화된 현대 사회 속에서 이런 믿음은 통하지 않는다. 비프는 그러한 윌리의 꿈이 헛된 것이었음을 깨닫고 안타까워하지만, 그와 반대로 해피는 여전히 윌리처럼 현재 속에서 과거의 꿈을 좇고 있다. 초라한 윌리의 장례식과 윌리의 죽음을 둘러싼 비프와 해피, 찰리의 어수선한 말다툼, 그리고 린다의 애절한 절규는 고도 산업사회의 비정함과 그 속에서의 인간 소외, 그리고 중산층의 힘겨운 삶의 현실을 잘 보여 주고 있다.

통합형 문·답

다음은 『세일즈맨의 죽음』에서 윌리 로먼이 비극적 결말에 이르게 된 원인을 둘러싸고 벌이는 상반된 해석이다. 이를 읽고, 윌리 로먼의 경우를 예로 들면서 현대 사회 속에서 개인이 겪는 불행의 원인과 그러한 불행을 피하기 위해 필요한 덕목이 무엇인지에 대해 각자가 생각하는 바를 서술해 보자.

A : 윌리 로먼이 결국 불행한 죽음에 이르는 것은 현대 사회의 모순 때문입니다. 그는 같은 회사에서 34년 동안이나 근무했습니다. 오로지 회사를 위해 일을 했던 거지요. 그러나 회사는 그가 늙어 실적을 제대로 올리지 못하자 가차없이 해고해 버렸으니, 결국 책임은 사회에 있는 겁니다. '오렌지를 먹고 껍질을 버리듯이 인간을 취급할 수는 없는 거요. 인간은 과일이 아니니까'라는 윌리 로먼의 항변은 인간을 철저하게 수단시하는 비정한 현대 사회의 일면을 보여 주는 것이 아니겠습니까. 또한 윌리 로먼이 집착하는 아메리칸 드림도 잘 따져보면 사회가 만들어 낸 산물이라고 할 수 있습니다. 그렇기 때문에 그러한 꿈에 사로잡혀서 그가 파멸하게 되는 것도 근원적으로는 사회의 책임이라고 할 수 있습니다.

B : 윌리 로먼을 거대한 자본주의 체제의 희생물로 간주하기에는 그에게는 너무나 많은 선택의 기회가 있었습니다. 그는 거짓말하는 것을 아무렇지 않게 생각했는데 이것은 그의 도덕적 결함을 말해 주는 것입니다. 별로 실적도 못 올렸으면서, 아내에게 출장 가서 큰 수입을 올렸다고 거짓말하는 장면을 보십시오. 또한 아이들에게 공사장에서 자재를 훔쳐 오라고 하고 비프가 공을 훔쳐 오는 것을 두둔한 적도 있지 않았습니까. 그는 허황된 꿈에 사로잡혀서 다른 사람에 대한 인기 따위를 가장 중요한 덕목으로 생각하고 수단 방법을 가리지 않고

이기기만 하면 제일인 줄 알았습니다. 결국에 그는 자신의 허황된 꿈을 버리기보다 목숨을 버리고 말지 않습니까. 그의 파국적 결말은 현실을 직시하기보다는 적당히 얼버무리고 거짓말로 덮어 버리는 그의 태도에서 비롯된 것입니다.

사회 속에서 겪게 되는 개인의 불행에 대해서는 두 가지 상반된 견해가 충돌하는 것이 보통이다. 하나는 그 원인을 개인에게서 찾는 것이다. 이 경우 개인이 사회의 변화 과정과 그 속에서의 자신의 위치와 역할에 대한 명확한 인식이 없기 때문이며, 타인과 경쟁할 능력과 자신의 생존 전략을 개발하는 노력을 기울이지 않았다는 논거가 제시되곤 한다. 그리고 불리한 여건 속에서도 노력을 통해 자수성가한 사람들의 성공담을 들추어 보인다. 이와 같은 맥락에서 보자면 『세일즈맨의 죽음』에서 윌리 로먼의 경우도 그에게 자기 자신에 대한 솔직한 이해와 사회에 대한 객관적인 인식이 결여되어 있으며, 현실을 직시하지 않고 이상적인 꿈만을 간직하였다는 비판이 가능하다. 분명 윌리 로먼의 불행한 삶과 비극적인 파멸은 그 자신에게도 책임이 있으며, 그가 새롭게 변화된 상황에 대처할 자세를 갖고 능력을 개발하고자 노력했으면 상황이 달라졌을 것이라고 말할 수도 있다.

그러나 과연 이러한 불행의 책임이 전적으로 개인에게 있다고만 할 수 있을까? 현대 사회는 기술과 문명의 급속한 성장으로 인해 하루가 다르게 생활 양식이 변해 가고 있다. 그 속에서 현대인은 새로운 기술과 급속하게 변모하는 생활 양식에 적응하기 위해 부단히 노력하지 않을 수 없게 되었다. 그리고 그러한 적응과 경쟁의 대열에서 낙오한 인간에게 사회는 결코 관대하지 않다. 더구나 문제는 그러한 적응과 경쟁에 있어 평등한 조건을 사회가 마련해 줄 수 없다는 점이다. 곧 적응과 경쟁의 사회 메커니즘은 끊임없이 불평등한 조건과 새로운 경쟁을 만들어 낸다. 적응과 경쟁의 메커니즘 뒤에는 한편으로 성공의 신화를 내세우면서 개인을 경쟁의 대열로 유도하지만, 그러한 경쟁에서 도태된 개인들의 불행에 대해서는 개인의 능력과 성실성 부족을 이유로 사회로부터 배제시키는 극도의 비인간성이 놓여 있다. 윌리 로먼과 같은 평범한 인간이 자신의 자질과 성향과 관계없이 세일즈맨의 길을 선택한 것 또한 사회가 만들어 낸 성공 신화의 산물인 것이다. 그렇기에 윌리 로먼의 비극적인 죽음은 억압적인 경쟁 체제에서 소외된 나약한 현대인의 비극이자, 출구 없는 현실에 대한 한 인간의 극대화된 절망을 보여 주는 것이다. 『세일즈맨의 죽음』이 불러일으키는 공감은, 윌리 로먼의 개인적인 결점에도 불구하고 독자들이 윌리 로먼이 처한 상황에 대한 연민을 느끼게 하는 한편 비정한 현대 사회 속에서 스스로가 처한 상황에 대한 불안과 두려움을 확인하게 하기 때문일 것이다.

경쟁 체제 속에서 한 개인이 성취하는 성공은 그 자체가 타인의 불행을 담보로 한 것이 아닐 수 없다. 개인 차원의 행복과 불행이 아닌 사회 전체의 행복이 고려되고 추구되어야 하는 이유가 바로 여기에 있다. 그렇기에 현대 사회 속에서 개인들이 겪는 불행을 극복하기 위해서는 적응과 경쟁의 가치 체계를 공존과 포용의 가치 체계로 전환시키는 전사회적인 노력이 무엇보다도 필요하다. 물론 여기에는 현실적으로 도달할 수 없는 이상적인 성공에 대해 집착하기보다, 사회 속에서의 자신의 위치에 대한 객관적인 성찰을 바탕으로 자기 정체성을 확보하고자 하는 개인적인 노력이 전제되어야 할 것이다.

◐

이반 데니소비치의 하루

솔제니친
Alexander Isayevich Solzhenitsyn

솔제니친(1918~)은 러시아의 작가로 키슬로보트스크에서 출생하였다. 아버지는 그가 태어나기 전에 사고로 죽었으므로 주로 어머니 손에서 자라났다. 대학에서는 수학을 전공하였으며, 제2차 세계대전에 참가하여 포병대 대령으로 진급했으나 1945년 스탈린을 비판한 편지를 썼다는 이유로 체포되어 1956년까지 11년 간을 감옥과 강제노동수용소에서 보냈다. 『이반 데니소비치의 하루』(1962) ,『암병동』(1968), 『연옥 일번지』(1968) 등 스탈린주의와 소비에트 정책에 비판적인 경향의 작품을 주로 썼으며, 1970년에 노벨 문학상 수상자로 선정되었으나 소련 정부의 방해로 직접 수상식에 참석하지 못했다. 1974년 강제수용소의 내막을 폭로한 『수용소 군도』(1968)의 국외 출판을 계기로 강제 추방당해 미국 등지에서 오랜 해외 망명 생활을 했다. 그의 작품은 1960년대 중반 이후 소련 국내에서 출판금지를 당해 왔으나 암암리에 지하 유통되면서 읽히다가 1987년 소련 정책의 변화에 따라 국내에서도 합법적으로 출간되기 시작하였다. 1990년 복권을 거쳐 1994년 러시아로 다시 귀국하여 활동하고 있다.

작품 해제

어느 날 갑자기 억울한 누명을 쓰고 10년 간 강제노동 수용소에 갇혀 하루하루를 물질적 궁핍과 혹독한 노동 속에서 지내게 되었다고 생각해 보자. 처음에는 당황스럽기도 하고 무엇보다도 억울할 것이다. 시간이 지날수록 자유에 대한 갈망은 한없이 강렬해질 것이다. 그러나 그러한 상황으로부터 벗어날 가망은 어디에도 없다. 그럴 경우 인간은 억압적인 체제에 대한 비판적 의식이나 자유라는 고귀한 이념에 대한 의지를 상실한 채 본능적인 욕구에 굴종하는 동물적인 상태로 전락하게 될 것이다. 『이반 데니소비치의 하루(Odin deniz zhizni Ivana Denisovicha)』(1962)는 바로 그와 같은 극단적인 전체주의 사회 속에서 개인들이 자유를 박탈당해야만 했던 스탈린 시대를 배경으로 하고 있다. 전체 줄거리는 다음과 같다.

평범한 농부였던 이반 데니소비치 슈호프는 독·소(獨蘇) 전쟁의 와중에 독일군의 포로가 되었다가 탈출하지만 독일군의 첩자라는 누명을 쓰고, 10년형을 언도받는다. 이후 그는 굶주림, 질병 및 온갖 학대에 시달리며 단지 하루하루 생존을 연장하는 속에 형기를 8년이나 채운다. 고향에는 그가 돌아오면 염색장이를 시키고 싶어하는 아내가 있지만, 이제는 편지조차 뜸해졌다. 이날 아침 슈호프는 오한 때문에 기상 신호가 울렸는데도 누워 있다가 간수실에 끌려간다. 그는 영창에 갈 줄 알았는데, 뜻밖에도 청소 명령을 받고는 몸이 거뜬해짐을 느낀다. 전쟁 같은 아침 식사를 치르고는 혹한의 벌판에서 공사장의 블록 쌓는 일을 명령받는다. 그러던 중 점심 시간을 알리는 기적이 울리고 운 좋게도 죽을 두 그릇이나 먹는다. 오는 길에 줄칼을 주워 감추어서 무사히 검열을 통과하여 막사로 돌아온다. 밤에 그는 국그릇을 놓고 서로

먼저 많이 먹으려는 전쟁을 또 한번 치른다. 그에게 오늘은 지극히 만족스러운 하루였고, 이제 행복한 마음으로 잠을 청한다.

1962년에 발표된 이 작품은 러시아의 대문호 솔제니친의 처녀작이자 대표작으로, 그를 일약 세계적인 작가로 부상시킨 작품이다. 솔제니친은 자신의 실제 경험을 바탕으로, 이반 데니소비치 슈호프라는 평범한 농민을 등장시켜, 스탈린 시대의 강제노동 수용소의 하루를 유머 섞인 필치로 담담하게 그려 냈다. 특히 절망과 기아와 공포가 지배하는 강제노동 수용소의 생활이 처음으로 작품 속에 전면적으로 그려졌다는 점에서 많은 감명을 불러일으켰다. 또한 이 작품에서 작가는 이반 데니소비치의 눈을 통하여 다양한 인물들의 성격을 구체적으로 드러내고, 억압적인 체제가 인간의 삶을 유린하는 것을 날카롭게 고발했다.

작품 읽기

슈호프는 말없이 천장을 바라보았다. 그는, 자기가 과연 자유를 바라고 있는지 없는지 이제는 그것조차 알 수 없게 되었다. 처음에는 애타게 자유를 갈망했었다. 저녁마다 앞으로 남은 형기를 손꼽아 세어 보곤 했던 것이다.

그러나 얼마 후엔 그것도 싫증이 났다. 그리고 또 얼마 후엔, 형기가 끝나더라도 집에는 돌아갈 수 없고 다시 유형지로 쫓겨가야 한다는 것을 알게 되었다. 유형지에서의 생활이 과연 여기보다 나을지 어떨지, 그것도 그에게는 분명치 않다.

슈호프가 자유를 갈망한 것은, 다만 집으로 돌아가고 싶다는 한 가지 희망 때문에서였다.

그러나 지금은 형기가 끝나도 집으로 돌려보내 줄 것 같지가 않다…….

알료사(고향에서 단지 기도를 드렸다는 이유로 체포되어 온 인물)는 거짓말을 할 줄 모른다. 그의 음성이, 그의 눈이 그가 진심으로 감옥살이를 기쁘게 생각하고 있음을 증명해 주고 있었다.

"알료샤,"

슈호프는 변명 비슷이 말했다.

"자네는 감옥살이를 한다 해도 억울할 건 없을 거야. 자넨 그리스도의 명령에 따라, 그리스도의 이름을 위해 감옥에 들어온 사람이니까. 하지만 나는 무엇 때문에 들어왔을까? 41년(독·소 전쟁이 일어난 해)에 우리 나라가 무방비 상태에 있었기 때문일까? 그렇지만 그것이 나와 무슨 상관이 있느냐 말이야?"

"두 번째 점호는 없을 모양이군……."

키르가스(리트비아 출신. 형기 2년째 되는 인물)가 자기 침상에서 중얼거렸다.

"그럴 것 같군!"

슈호프가 말을 받았다.

"굴뚝 속에다 숯덩어리로 써 놔야겠어, 두 번째 점호는 없다고."

하품을 하고 나서 중얼거렸다.

"아마 잠이 들어 버렸나 보지."

그러나 바로 그 순간, 바깥쪽 문고리를 벗기는 소리가 조용한 막사 안에 들려 왔다. 방한화를 건조대에 가지고 갔던 죄수 두 명이 복도로 달려들어오며 소리쳤다.

"두 번째 점호다!"

뒤이어 간수가 외치는 소리도 들린다.

"건너편 방으로 집하압!"

벌써 잠이 들어 버린 패들도 있었다. 투덜거리며 자리에서 일어나

방한화를 신는다(솜바지를 벗은 사람은 한 사람도 없었다. 담요 한 장만으로는 다리가 시려서 잠을 잘 수 없기 때문이다).

"쳇, 제기랄!"

슈호프는 씹어 뱉듯 말했다. 그러나 아직 잠이 들었던 것도 아니니 너무 화를 낼 것까지는 없다.

체자리(전직 영화 감독. 사상이 문제가 되어 끌려온 인물)가 위층으로 손을 올려 밀었다. 비스킷 두 개와 사탕 두 뭉치, 그리고 소시지 한 개가 쥐어져 있다.

"고맙습니다, 체자리 마르코비치!"

슈호프는 통로 쪽으로 몸을 구부리고 말했다.

"자, 당신의 자루를 이리 올려 보내세요. 내 베개 밑에 넣어 두면 안전하니까."(위층에 놓아 두면 지나는 길에 슬쩍 집어가려 해도 그리 쉽지는 않을 것이다. 더욱이 슈호프 따위 가난뱅이의 침대에 눈독을 들일 놈이 어디 있으랴?)

체자리는 주둥이를 잡아맨 흰 자루를 슈호프에게 넘겨 주었다. 슈호프는 그것을 매트리스 밑에 넣었다. 그러고 나서도 마루 위에 맨발로 서는 시간을 조금이라도 단축할 셈으로, 재촉이 심해질 때까지 그냥 침상에 앉아 있었다.

간수가 호통을 친다.

"야, 거기 구석에 있는 놈!"

슈호프는 얼른 밑으로 뛰어내렸다. 발에는 아무것도 걸쳐 있지 않다(방한화와 발싸개가 난로 바로 위에 걸려 있었기 때문에 풀어 내리기가 아까웠던 것이다!). 남에게는 슬리퍼를 여러 켤레 만들어 준 슈호프였지만, 자신의 것은 가지고 있지 않았다. 게다가 그다지 시간이 걸리는 것도 아니고, 맨발로 실내점호를 받는다는 것쯤은 이미 익숙해져 있었기 때문이다. 그리고 낮에는 슬리퍼를 신고 다닐 수 없게 되어 있는 것이다.

방한화를 건조대에 보낸 반원들도 실내 점호라면 그다지 걱정하지 않는다. 슬리퍼를 신거나 발싸개를 감거나, 아니면 그냥 맨발로 나온다.

"야, 빨리 해!"

간수가 소리친다.

"막사 밖으로 나가고 싶으냐, 굼벵이 놈들아!"

막사장은 한 술 더 뜬다.

전원이 건너편 방으로 들어갔다. 뒤늦은 몇 명만이 복도 벽 밑, 똥통 옆에 서 있어야 했다. 슈호프도 그들 사이에 끼여든다. 발밑이 질퍽질퍽하고, 현관문 쪽에서는 얼음 같은 찬바람이 불어온다.

죄수들을 죄다 몰아낸 다음, 간주와 막사장은 또 한번 방안을 살피고 돌아간다. 혹시 남아 있는 놈은 없는가, 어두컴컴한 구석에서 그냥 자고 있는 놈은 없는가를 살피는 것이다. 인원수가 모자라서 다시 세어야 한다면 곤란하다. 하루 저녁에 세 번이나 점호를 되풀이하다가는 잠잘 새가 없다.

한 바퀴 둘러보고 나서 출입구로 돌아온다.

"하나, 둘, 셋, 넷 ……."

이번에는 한 사람씩 방으로 들여보낸다. 슈호프는 열여덟 번째에 끼여들었다. 맨발로 곧장 침상에 달려와서, 한쪽 발로 발판을 짚고 훌쩍 위층으로 뛰어올랐다.

이젠 살았구나! 솜옷 속에 다시 발을 쑤셔 넣는다. 담요를 덮고 그 위에 작업복을 덮는다. 이젠 이대로 잠들 수 있다! 이번에는 건너편 방의 죄수들이 전원 이쪽으로 들어올 차례다. 그까짓 건 우리들이 알 바가 아니다.

체자리가 돌아왔다. 슈호프는 그에게 자루를 도로 내준다.

알료샤도 돌아왔다. 착하다 할까 어수룩하다 할까, 누구에게나 친절을 베풀어 주면서도 자기 자신은 아무런 벌이도 할 줄 모른다.

"이것 받게, 알료샤!"

비스킷을 한 개 그에게 내준다.

알료샤는 벙긋 웃는다.

"고맙습니다! 하지만 당신이 먹을 것은 있습니까?"

"어서 먹게!"

우리들이야 없으면 또 벌면 되니까 염려할 건 없다.

그리고 자기는 소시지를 한 조각 입에 던져 넣는다. 어금니로 지그시 눌러 본다. 자근자근 씹어 본다. 향긋한 고기 냄새! 달콤한 고기즙이 혀끝을 녹인다. 아, 목구멍으로 넘어간다. 뱃속으로 미끄러져 들어간다.

벌써 '이상, 끝'이로구나.

나머지는 내일 아침 작업장에 가기 전에 먹기로 하자.

그는 때묻은 얄팍한 담요를 머리서부터 뒤집어썼다. 침상 사이의 통로는 점호를 기다리는 건너편 방의 죄수들로 가득 찼다. 그러나 그리로는 귀를 기울이지도 않았다.

슈호프는 더없이 만족한 기분으로 잠을 청했다. 오늘 하루 동안 그에게는 좋은 일이 많이 있었다. 재수가 썩 좋은 하루였다. 영창(營倉)에는 들어가지 않았고, '사회주의 단지'로 추방되지도 않았다. 점심 때는 죽그릇 수를 속여 두 그릇이나 얻어먹었다. 작업량 사정도 반장이 적당히 해결한 모양이다. 오후에는 신바람나게 블록을 쌓아 올렸다. 줄칼 토막도 무사히 가지고 들어왔다. 저녁에는 체자리 대신 순번을 기다려 주고 많은 벌이를 했다. 담배도 사왔다. 병에 걸린 줄만 알았던 몸도 거뜬히 풀렸다.

이렇게 하루가, 우울하고 불쾌한 일이라고는 하나도 없는, 거의 행복하기까지 한 하루가 지나갔다.

이런 날들이 그의 형기가 시작되는 날부터 끝나는 날까지 만 10년을 —— 3653일이나 계속되었다.

사흘이 더 가산된 것은 그 사이에 윤년이 끼였기 때문이다.

(『이반 데니소비치의 하루』(마당) 마지막 부분 중에서)

논점 이 부분은 이 작품의 마지막 대목이다. 작가는 이반 데니소비치 슈호프의 절망적인 하루 생활을 운수 좋은 날로 묘사하였다. 석방될 기약 없이 갇혀 있는 처지에 죽을 두 그릇 먹은 것이 운수 좋은 것이라면 다른 모든 날은 어떤 것인가는 물어 볼 필요가 없는 것이다. 작가는 이런 좋은 날이 만 10년 —— 3653일이나 계속되었다고 했다. 3일이 더 많은 것은 그 사이에 윤년이 끼였기 때문이라고 웃음 섞인, 그러나 결코 웃을 수 없는 표현을 하고 있다. 또한 강제노동 수용소에는 슈호프 외에도 그와 유사한 과정으로 수용소에 끌려온 인물들이 적지 않다. 이들은 모두 내부의 적과 반대자를 끊임없이 억압해야만 유지되었던 스탈린 체제의 희생양들인 것이다. 이 작품은 절망적인 수용소 생활의 묘사를 통해 억압적인 체제가 인간의 정상적인 삶을 어떻게 파괴하는지를 극명하게 보여 주고 있다.

통합형 문·답

『이반 데니소비치의 하루』에 나타난 것과 같은 폐쇄된 사회의 문제점과 그와 같은 상황 속에서 개인주의가 갖는 의미와 한계에 대해 서술해 보자.

중국의 고대 사상가인 순자(荀子)는 이런 질문을 던진 적이 있다. '사람은 말보다 빠르지도 않고 소보다 힘이 세지도 않은데 왜 말이나 소를 부릴 수 있는가?' 순자의 대답은 '사람은 사회를 만들기 때문'이라는 것이었다. 이 말은 곧 사회를 통해 인간은 개인의 능력을 조직하고 효율적으로 발휘하며 인간다운 생활을 영위할 수 있다는 것을 의미한다. 그러나 다른 한편으로 사회는 개인

혹은 집단간의 이해가 서로 얽혀 충돌하는 장소이기도 하다. 그와 같은 충돌의 결과 인간의 역사에서 사회는 특정 집단의 이해를 대변하고 다른 집단을 지배하기 위한 권력 기구의 성격을 드러내기도 했다. 이 경우 사회는 개인을 위해 존재하는 것이 아니라 다수의 삶을 억압함으로써 소수의 이익을 확보하고 또한 그러한 지배 체제를 유지하기 위한 수단으로 전락하고 만다.

『이반 데니소비치의 하루』는 사회가 폐쇄적이고 억압적일 경우 개인의 삶을 어떻게 철저하게 파괴하는지를 극명하게 보여 주고 있다. 사회 구성원들의 동의와 이해에 기초하지 않은 사회는 그 존립을 확보하기 위해 더욱 폐쇄적이고 억압적인 방식을 취하게 된다. 그 속에서 인간은 개인의 자율성과 선택의 자유를 박탈당하고 한낱 꼭두각시나 기계의 톱니 바퀴에 지나지 않는 존재가 되고 만다. 그럴 경우 일관된 가치 기준에 의해 사회 구성원들 간의 이해를 신속하게 조정하고 사회 발전을 도모한다는 전체주의의 명분 또한 설 자리가 없어진다. 폐쇄적이고 억압적인 사회 속에서 개인주의의 가치가 고귀하게 생각되는 것 또한 개인의 자율적이고 합리적인 의지를 통해서만 사회의 발전과 그 속에서의 인간의 행복이 보장된다는 믿음 때문일 것이다. 그런 의미에서 개인의 성숙과 그를 통한 합리적인 비판 능력은 어떠한 이념보다 중요한 개인 혹은 사회 발전의 동력이라고 할 수 있다. 개인주의가 갖는 긍정적인 의미는 바로 이 지점에서 발견할 수 있다.

그러나 개인주의는 이기주의와 혼동될 수 없다. 개인주의는 각 개인의 자유와 권익을 우선하여 그것을 극대화하고자 하는 것이지만, 개인의 이익이 반드시 전체의 이익과 일치하는 것은 아니다. 이런 점에서 개인의 이익을 우선시하는 개인주의는 이기주의로 흐를 위험성을 내포하고 있다. 그렇기에 타인의 자유에 대한 고려와 사회의 전체적인 발전 전망이 결여될 경우 개인주의는 그 본래의 의미를 상실하고 사회를 자연상태로 전락시킬 수도 있다. 전체주의 또한 개인주의가 파행으로 치닫는 상황 속에서 초래된 것이라는 사실을 망각해서는 안 될 것이다.

주요용어 보기

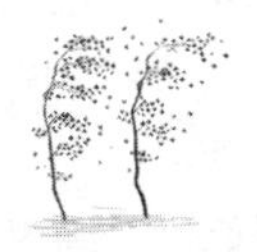

검열(檢閱) : 공권력이 언론·출판·예술 등에 대해 검사하는 제도. 일반적으로는 신문·잡지·서적·방송·영화·연극 등 사회적인 커뮤니케이션의 표현 내용에 대한 검사를 말하는 것이나, 우편 등 개인적 신서(信書)에 대해서도 실시될 수 있다. 검열의 대상이 되는 표현 내용은 보통 사실에 관한 보도나 의견 또는 사상이 주가 되지만, 문학 작품이나 영화의 성적 묘사와 같은 감정적 표현도 포함된다.

고전주의(古典主義) : 넓은 의미로는 그리스 로마 시대의 고전을 전범으로 삼아, 이러한 고전에 통용되는 규칙과 질서를 존중하자는 태도에서 비롯된 문학적 성향을 뜻한다. 보다 좁은 의미로는 17, 18세기 유럽 각국에서 일어난 문학적 조류로, 엄격한 규칙에 대한 존중, 합리성과 과학성에 대한 존중의 태도를 담고 있다.

낭만주의(浪漫主義) : 낭만주의는 고전주의 문학에 반발하여 18세기에서 19세기 전반에 형성된 문예 흐름을 말한다. 그 특색은 다음과 같이 요약된다. 1) 엄격한 규칙이나 질서에서 벗어나 풍부한 상상력을 구사하여 분방한 감정을 드러내는 것. 고전주의가 조형적·객관적·정적인 존재 양식이라면, 낭만주의는 음악적·주관적·동적인 양식에 속한다. 2) 미의 다양성을 지향하며, 먼 나라에 대한 동경, 과거의 역사에 대한 향수의 감정을 드러낸다. 소위 이국 취미와 세계주의는 이것을 뜻한다. 3) 보편성보다 개성을 중시하여 자기 고백적 경향이 강함. 4) 무한(無限)의 이념을 추구하며, 현상을 고양하려고 함. 이 점에서 낭만주의는 고전주의와 함께 이상주의의 일종이라 할 수 있다. 자연 예찬, 먼 곳에 대한 동경, 중세 찬미, 사랑, 현실 도피 등이 그 특징이다.

마녀 재판 : 하나의 정치적 신조를 절대화하여 고문에 의해 이단자를 유죄로 만드는 형식. 유럽에서는 십자군원정 실패 이후, 가톨릭 교회가 사회불안이나 종교적 위기를 극복하기 위하여 12세기 말 이단적 신앙에 공격을 가하면서부터 18세기 초까지 격렬한 '마녀 사냥'을 전개하였다.

부조리(不條理, absurd) : 평범하게는 일관된 조리(條理)가 없는 상태를 지칭한다. 그러나 부조리 문학은 인생이 원래 부조리하다는 인식을 바탕으로 새로운 삶을 모색하기 위한 경향을 말한다. 카뮈는 그의 저서 『시지프의 신화』에서 부조리를 '목적과 질서를 명백히 할 것을 끊임없이 거부하고 있는 세계 속에서, 목적과 질서를 발견해 내려는 인간의 결심으로부터 발생하는 긴장 사태'라고 규정한 바 있다.

사실주의(寫實主義): 사실주의는 서양의 근대 문학에서 고전주의와 낭만주의 사조 다음에 나타난 사조로서, 사실을 있는 그대로 충실히 묘사하는 것을 기본 방침으로 삼았다. 프랑스의 발자크와 스탕달, 러시아의 고골리, 영국의 디킨스 등은 아름답고 고상한 것보다는 추악하고 불쾌한 현실을 실제대로 제시하여, 역사와 현실 속에서의 개인을 보다 구체적으로 취급한 점이 특징이다. 사실주의는 19세기 시민사회의 산물이다. 즉 사회적 현실의 문제가 문학적 관심으로 대두되면서 사실주의 문학이 성립된다. 시대적 배경으로는 1) 자본주의 시대의 도래로 인한 경제적 관심의 증대 2) 사회의 계층 갈등이 심화되면서 겪는 사회적 부조리와 모순에 대한 인식 3) 저널리즘의 발달로 인해 확대되는 사회 현실에 대한 관심 4) 새로운 독자층의 형성 등에서 이유를 찾을 수 있다. 사실주의는 사실주의(事實主義), 현실주의라는 용어와 혼용되기도 하며, 때에 따라서는 리얼리즘(realism)이라는 용어를 그대로 사용하기도 한다.

서사시(敍事詩) : 민족적이거나 역사적인 사건이나 신화, 또는 전설과 영웅의 사적 등을 이야기 중심으로 꾸며 놓은 시.

신화(神話) : 어떤 신격(神格)을 중심으로 한 하나의 전승적 설화. 신화를 뜻하는 myth는 그리스어의 mythos에서 유래하는데, 논리적인 사고 내지 그 결과의 언어적 표현인 로고스(logos)의 상대어로서, 사실 그 자체에 관계하면서 그 뒤에 숨은 깊은 뜻을 포함하는 '신성한 서술(敍述)'이라 할 수 있다.

실존주의(實存主義) : 허무감과 부조리한 삶의 체험에 대한 문학적, 철학적 반응. 이때 부조리한 허무감을 체험함으로써, 혹은 이러한 체험 내부에서 의미를 찾으려는 시도를 뜻한다. 모든 실존주의 작가들은 이성, 의지력, 소유욕, 생산성, 기술성을 너무 중요하게 여기는 사회적인 체제와 제도에 의해 '존재론적 차원'이 의식으로부터 강제로 소외됨을 인식하는 것에서부터 출발한다. 그리하여 인간과 인간 사이, 사물과 사물 사이, 객체와 주체 사이, 과거와 현재 사이의 실제적인 결합을 원활하게 성립시키기 위해 이에 대한 분리감과 상실감을 먼저 드러낸다.

엘도라도(El Dorado) : 남아메리카의 아마존 강변에 있다고 상상된 황금향(黃金鄉). 에스파냐어에서 '엘'은 정관사, '도라도'는 '황금의'라는 뜻이다. 아메리카 정복에 나선 에스파냐의 모험가들은 아마존 강과 오리노코 강의 중간쯤에 이 황금향이 있다고 믿었다.

우화(寓話) : 단순하고 짤막하면서도 명확한 관점을 내세우거나, 교훈적 의미를 가진 이야기. 우화는 그 분위기가 반어적이고 현실적이며 풍유적이다. 특히 '풍유(Allegory)'와 가까운데, 풍유라는 용어는 같은 이야기라도 더욱 체계적이고 복잡한 구조를 가졌을 경우를 가리키는 데 쓰이는 경향이 있다. 도덕·욕망·공포 등의 추상 개념을 의인화하거나, 동물을 통하여 인간적인 상황과 인간적인 행동을 묘사한다.

자연주의(自然主義) : 자연주의라는 용어는 현실을 있는 그대로 모사(模寫)한다는 측면에서 볼 때, 넓은 의미의 사실주의 개념에 포함된다. 그러나 좁은 의미의 사실주의와 자연주의는 구분되어 사용되기도 한다. 발자크와 스탕달 등의 사실주의 작가가 현실을 세부적인 측면에서 그리면서도 전체 사회와의 관련성을 중시한 반면, 자연주의는 자연과학이나 실증주의를 받아들여 현실을 객관적으로 해부하는 데만 그쳤다는 점에서 다르다. 즉 자연주의는 추악한 현실을 있는 그대로 해부하여 표현하지만, 이를 전체 사회와 관련하여 새로운 대안이나 전망을 제시하겠다는 의도는 전혀 보이지 않는다. 즉 자연주의는 자연 과학적 방법이 해부를 통해 사물의 비밀을 밝힐 수 있다고 믿었던 것처럼, 사회 현실을 냉철하게 해부하는 선에 그치고 있는 것이다. 현재는 사실주의적 기법이 적용된 작품에 대해 부정적인 측면을 강조할 때는 자연주의라는 용어를 사용하고, 긍정적인 측면을 부각시킬 때는 사실주의라는 용어를 사용한다.

질풍노도(疾風怒濤) : 어휘 자체로는 '마구 몰려드는 바람과 거센 파도'를 뜻하지만, 독일 낭만주의 문학에 드러난 어떤 성향에 대한 비유적 표현이다. 독일 낭만주의는 괴테에 의해 시작되었는데, 천재의 영감과 상상력에 의존한 문학 작품에 대한 옹호의 태도를 담고 있다. 독일 낭만주의는 엄격한 규칙과 질서를 존중하는 고전주의에 대한 반발로 시작되었으며, 낭만적인 세계에 대한 동경과 현실적인 구속으로부터의 탈출을 이상으로 삼았다.

카타르시스(Catharsis) : 아리스토텔레스가 『시학』에서 주장한 비극의 심리적 효과. 아리스토텔레스는 비극을 '연민과 공포를 통하여 감정의 카타르시스[정화(淨化)]를 일으키는 행위'라고 정의하였다. 예술은 인간의 감정을 불건전하게 자극시키기 때문에 예술 활동을 억제해야 한다는 플라톤의 '예술 추방론'에 반대하여, 아리스토텔레스는 청중이 비극에서 고통의 장면을 보게 됨으로써 일종의 해방감을 느끼게 된다고 주장하였다. 우리의 주관적인, 잠재적으로 병적인 감정은 비극적 주인공에 대한 연민을 통하여 마음이 넓어지고 외부로 확산되어진다. 그리하여 비극은 우리로 하여금 심리적 조화감을 지향하도록 해준다.

풍자(諷刺) : 정치적 현실과 세상 풍조, 기타 일반적으로 인간생활의 결함・악폐・불합리・우열・허위 등에 가해지는 기지 넘치는 비판적 또는 조소적인 발언. 본래 시의 한 형식이었으나 산문 쪽에서도 발달하여 풍자소설 또는 풍자문학 등의 호칭이 생겼다. 역사적으로 그리스 희극 시인 아리스토파네스의 작품까지 거슬러 가는 풍자문학은 퇴폐한 시기나 언론이 억압당하기 쉬운 시기에 걸작이 나오는 경향이 많으며, 이로 인하여 정치나 세상 돌아가는 방향을 불건전한 쪽에서 건전한 쪽으로 돌리는 효과도 기대할 수 있다.

하드 보일드(Hard Boiled) : 형용사를 가급적 피하고, 짧은 수식과 빠르게 진행되는 서술 방식으로 작품을 써내려 감으로써 냉정하고 비정서적인 느낌을 주는 문체, 혹은 그런 묘사 방법. 추리 소설에서 이러한 문체로 비정한 분위기를 묘사해 내는 작가들을 하드 보일드파(派)라고 부른다.